Gütesiegel und Qualitätskennzeichen Österreich

Österreich hat seit Jahren eine V... nachhaltiger Produkte und Tec... um hat mit der Schaffung des österr... ein klares Signal für die Wirtschaf... und Konsumenten gesetzt. Daneben hat sich eine Reihe von Gütesiegeln und Kennzeichnungen in den verschiedensten Sparten am österreichischen Markt entwickelt. Auch auf EU Ebene wird an der Entwicklung und Verbesserung von europaweiten Kennzeichnungen, wie dem Europäischen Umweltzeichen, gearbeitet.

Ob biologisch erzeugte, fair gehandelte oder qualitativ hochwertige regionale Produkte - entscheidend ist eine klare, nachvollziehbare und wiedererkennbare Kennzeichnung, die den Bürgerinnen und Bürgern eine verlässliche Grundlage für eine mögliche Kaufentscheidung bietet. Eine schlüssige Information darüber, was ein Siegel aussagt, wer es vergibt und wer die Einhaltung der Richtlinien für das jeweilige Siegel kontrolliert, muss beim Einsatz eines brauchbaren Gütesiegels gewährleistet sein.

Langfristiger wirtschaftlicher Erfolg ist nur Hand in Hand mit ökologischer und sozialer Verantwortung möglich. Produkte mit ausgereifter Kennzeichnung ermöglichen, dass auch von Konsumentenseite starke Impulse für eine nachhaltige Wirtschaft gesetzt werden können. In diesem Sinne freue ich mich, dass mit dem "Buch der 7 Siegel" eine aktuelle Analyse in diesem Themenbereich geschaffen wurde.

Josef Pröll
Landwirtschafts- und Umweltminister

Danksagung:

Unser besonderer Dank gebührt dem Lebensministerium, insbesondere Dr Barbara Schmon, Ing Josef Raneburger, Dr Thomas Jakl sowie DI Alois Posch für ihre Fachbeiträge. Herzlicher Dank gilt auch der Österreichischen Gesellschaft für Umwelt und Technik (ÖGUT): Fr. Mag^a Henriette Gupfinger, Mag^a Andrea Ebner und Mag^a Susanne Hasenhüttl für ihre fachliche Unterstützung in Bezug auf die Label-Auswahl sowie ihre Expertinnenbeiträge. Weiters danken wir den folgenden Autoren für ihre Fachartikel: Mag^a Martina Glanzl, Dr. Erik Bauer und Dr Norbert Weiß von der oekodatenbank oesterreich; DI Marc Mößmer von der ARGE Biofisch; Andreas Besenböck vom WWF; Barbara Bauer vom IBO; Jutta Kellner von der ARGE Helix; Mag^a Michaeler Knieli von "die umweltberatung"; Dr Markus Groll; Regina Slameczka vom Österreichischen Normungsinstitut. Dank gilt auch den Bio- und Siegelverbänden für ihre Kooperation und Auskunft.

Das Team der oekodatenbank oesterreich:

Geschäftsleitung: Dr Gudrun Soyka, Dr. Norbert Weiß; Redaktion & PR: Dr. Erik Bauer; Marketing: Mag^a Martina Glanzl; Verkaufsleitung: Mag Georg Lippay; Kundenbetreuung: Mag^a Barbara Kovalenko, Lana Sendzimir, Michael Huber, Thomas Breinl, Mag^a Astrid Wolf; Sekretariat: Sarah Steinberger, Iris Binder, Albert Hauer; Buchhaltung: Andrea Hallama; IT: Mag Florian Goldenberg, DI Andreas Frosch, Ing Michael Baumann

Einleitung

Die Redewendung vom „Buch der 7 Siegel" hat uns zum Titel dieses Buches inspiriert. Sie sagt aus, dass wichtige Wahrheiten oft unverständlich hinter Siegeln verborgen sind.

ÖKO, bio, naturnah, nachhaltig…. viele Attribute mit scheinbar klaren Botschaften. Aber was öko oder bio in dem einen oder anderen Fall meint, kann ganz unterschiedlich sein. Es ist auch schwer zu entscheiden, was mehr wiegt: Ist eine Frucht ökologischer, wenn sie biologisch, allerdings im fernen Afrika, oder vom Bauern ums Eck konventionell produziert wurde?

Ist es sinnvoller einen alten Kühlschrank weiter zu verwenden, obwohl es neue Geräte mit besserer Energieeffizienz gibt, oder soll man möglichst oft neue Geräte einsetzen und dabei Rohstoffverschleiß und das Anwachsen der Mülldeponien in Kauf nehmen?

Der Begriff Nachhaltigkeit hat sich in der öffentlichen Diskussion etabliert. Er umfasst die Bereiche Ökologie, Ökonomie, und soziale Verantwortung. Es geht dabei um die Notwendigkeit, unsere zerstörende Wirtschaftsweise solcherart zu verändern, dass der Erhalt des Gesamtlebensraumes Erde gewährleistet werden kann.

Aus diesem Ansatz heraus vermehrt sich das Angebot an zertifizierten Waren laufend. Vielerlei Etiketten und Gütesiegel sind entstanden. Sie sollen Klarheit und Sicherheit geben, schaffen aber oft Verwirrung, da der Konsument nicht weiß, wer die Produkte an welchen Kriterien misst.

Diese Informationslücke will das vorliegende Buch schließen. Über achtzig Siegel werden mit ihren Hintergründen transparent dargestellt.

Im ersten Teil haben wir für Sie interessante Artikel von fachlich versierten Autoren zusammengetragen. So ergibt sich ein Spiegel der momentanen Entwicklung im Bereich der Nachhaltigkeitssiegel.

Nach Themeninseln gegliedert, werden im zweiten Teil die österreichischen Siegel sowie die wichtigsten in Österreich gültigen europäischen und deutschen Siegel vorgestellt. Zur besseren Orientierung und Auffindbarkeit geschieht dies in Tabellenform. Jeweils im Anschluss daran sind die zugehörigen Adressen aufgeführt. Bitte beachten Sie die Benutzertipps zu Beginn dieses Teils auf Seite 55. Als rasche Einkaufshilfe gibt es am Ende des Buchs eine Übersichtstabelle für die Handtasche.

In diesem Sinne öffnen wir für Sie das "Buch der 7 Siegel" und lüften die Geheimnisse der Nachhaltigkeitssiegel, damit aus dem Informationsgewirr hilfreiches Wissen wird.

Dr. Gudrun Soyka
Dr. Norbert Weiß
Geschäftsleitung

Inhalt

Vorwort 1
Einleitung 2
Inhalt 3

Magazin ab Seite 4

Was ist ein Gütesiegel 4
Die „Nachhaltigen Wochen" 6
Das österreichische Umweltzeichen 8
Chemiepolitik 10
Biofisch 13
Der Marine Stewardship Council 15
Gütezeichen in der Holzwirtschaft 18
Forest Stewardship Council 21
Clever Einkaufen für die Schule 23
Fairtrade 26
Naturkosmetik zum Wohlfühlen? 30
Nachhaltigkeitssiegel Reparatur 32
Ökotextilien 34
Gesunde Geschäfte 36
EU-Verordnung Biolandbau 38
Aktuelle Entwicklungen 41
Regionalität 43
Umweltmanagementsysteme 46
Was ist eine ON-Regel 49
Geld nachhaltig investieren 52
Und wohin geht's weiter? 54

Adressen ab Seite 55

Benutzungshinweise 55
Bauen und Wohnen 56
Bedarfsartikel 116
Bekleidung und Textilien 140
Bildung 152
Elektrogeräte, Energie & Umwelttechnik 160
Essen und Trinken 180
Freizeit und Urlaub 286
Garten & Pflanzen 314
Interessenvertretungen, NGOs & Soziales 326
Reparaturen 350
Wellness, Gesundheit & Kosmetik 362
Wirtschaft 376

Branchenregister 378

Siegeltabelle vor Umschlagseite 3

www.oekoweb.at
Österreichs zentrales Umweltportal

Was ist ein Gütesiegel?

Sucht man in Wikipedia, dem größten weltweiten online-Lexikon, dann beginnt der Eintrag zum Thema „Gütesiegel" mit dem folgenden Absatz: „Als „Gütesiegel", „Gütezeichen" oder „Qualitätssiegel" werden grafische oder schriftliche Markierungen an Produkten bezeichnet, die eine qualitative Aussage geben sollen und oft einen besonderen Bekanntheitsgrad haben. Häufig werden sie auch als „Prüfzeichen" oder „Prüfsiegel" bezeichnet."

Damit fasst Wikipedia bereits die wesentlichen Charakteristiken eines Gütesiegels zusammen: es soll eine Aussage tätigen und vielen Menschen bekannt sein, die sich auf die Aussage des Siegels verlassen können. Denn das Logo oder Bildzeichen selbst enthält an sich keine qualitative Aussage. Ein Prüf- oder Gütesiegel repräsentiert erst tatsächlich eine besondere Produkt-Qualität, wenn die zugrunde liegenden Bestimmungen, Regeln oder sonstigen zeichenbezogenen Eigenschaften eingehalten und bekannt gemacht werden.

Die VERBRAUCHER INITIATIVE e.V. nennt auf ihrer Homepage (www.label-online.de) 4 Kriterien, nach denen die Seriosität eines Gütesiegels beurteilt werden kann:

1. Anspruch: nach welchen Kriterien wird beurteilt? Wie umfassend ist die Beurteilung?
2. Unabhängigkeit: sind anerkannte und unabhängige Institutionen und Spezialisten bei der Festlegung der Kriterien beteiligt?
3. Überprüfbarkeit: sind die Kriterien klar und nachprüfbar und erfolgt eine Kontrolle durch anerkannte und unabhängige Institute?
4. Transparenz: werden alle Kriterien und Bewertungsmaßstäbe offengelegt?

© www.sxc.hu/Oliver Gruener

Da es keine Limitationen gibt, wer Gütesiegel herausgeben darf, versuchen natürlich viele Firmen Zeichen und Labels auf ihren Produkten abzubilden, die den Eindruck eines Gütesiegels erwecken, um so ihre Glaubhaftigkeit zu unterstreichen. Umso wichtiger ist eine genaue Abgrenzung der Gütesiegel. Im zweiten Teil des Buches, in dem wir in Österreich gültige Gütesiegel vorstellen, sind daher auch Eigenmarken aufgeführt, die oft fälschlicherweise für Gütesiegel gehalten werden. Dabei ist zu beachten, dass es sich dabei nicht unbedingt um schlechte Produkte handelt! Die Bio-Linie der Rewe-Handelskette, Ja!Natürlich, wird nach österreichischen Bio-Standards produziert und ist für Konsumenten empfehlenswert. Die Bekanntheit des Ja!Natürlich Marken-emblems hat aber dazu geführt, dass viele Konsumenten dieses Emblem für ein Gütesiegel halten. Tatsächlich handelt es sich aber um ein Markenzeichen (nur Bioprodukte des Rewe-Konzerns tragen dieses Label), das dahinter stehende Bio-Gütesiegel ist das Austria Bio-Zeichen der AMA.

Wer darf nun ein Gütesiegel herausbringen? Meist werden Gütesiegel von Interessensverbänden oder Vereinen herausgebracht – entweder von Produzentenseite, um gewisse Standards in der Produktion einzuführen, oder von Konsumentenseite, um anderen Konsumenten die Auswahl zu erleichtern. Idealerweise erarbeiten diese Verbände gemeinsam mit Experten Richtlinien, an die sich zertifizierte Betriebe halten müssen. Eine unabhängige Institution sollte dann die Einhaltung dieser Richtlinien überprüfen. Diese Kontrollstellen werden selbst überprüft – nationale Normungsinstitute (siehe Artikel zum Thema Ö-Normen) geben Kriterien vor, die Institute erfüllen müssen, um als „übergeordnete Instanz" zu gelten und andere Betriebe überprüfen zu dürfen. In Österreich ist das die Norm DIN EN 45 011. Kontrollinstitute, die diese Norm erfüllen, dürfen sich als „staatlich anerkannte (akkreditierte) Kontrollinstitutionen" bezeichnen.

Eine weitere Möglichkeit der Zertifizierung sind „Test-Urteile", wie sie die Stiftung Warentest, Öko-Test oder Konsumentenschutzverbände herausgeben. Die auf das Produkt aufgedruckten Test-Urteile (z.B.: Stiftung Warentest: „sehr gut") sind keine allgemeinen Gütesiegel, sondern bewertende „Qualitätsprädikate".

Mag^a. Martina Glanzl ist Zoologin und in der oekodatenbank oesterreich zuständig für Marketing, Grafik und Projektmanagement.
Kontakt: martina.glanzl@oedat.at

Bewußt kaufen.besser leben –
Die „Nachhaltigen Wochen" in Österreich

„Bewusstes Einkaufen" bedeutet, die Nachfrage nach bestimmten, bewusst ausgewählten Waren zu erhöhen.

Als KonsumentIn haben Sie die Wahl: zum Beispiel für mehr regionale Waren, Produkte, die biologisch oder naturnah angebaut oder umweltfreundlich produziert und verpackt werden, für Produkte die langlebig, reparaturfreundlich und recyclingfähig sind, fair gehandelt und unter menschenwürdigen Bedingungen und gerechter Entlohnung hergestellt werden.

Wie? - Indem Sie bewusst danach fragen, sich informieren und dann entscheiden – Gütezeichen helfen Ihnen dabei.

© Lukas Beck/ lukasbeck.com

Das vorliegende „Buch der 7 Siegel" gibt Ihnen nicht nur eine kompakte Übersicht über Gütezeichen, sondern auch Information darüber, wofür die Zeichen stehen, wer sie vergibt und wer die Einhaltung der Kriterien prüft. Damit unterstützt die Broschüre die vor 4 Jahren initiierte Kampagne „Die Nachhaltigen Wochen" des Lebensministeriums, die seitdem jedes Jahr gemeinsam mit starken Partnern auf Bundes- und Landesebene erfolgreich durchgeführt wird.

Begonnen mit dem Lebensmittel- und Baumarkthandel haben sich von Jahr zu Jahr immer mehr Handelsketten und Branchen, sowie selbständige Kaufleute bereit erklärt, diese Initiative mit zu tragen. Mit dem Logo: „Das bringts.Nachhaltig." wirbt der Handel 4 Wochen lang (immer vom 15.9. - 15.10.) für „nachhaltige Produkte". Die Bewerbung erfolgt durch Hauspostwurfsendungen und Plakaten sowie in den einzelnen Filialen durch Regalstopper und Hinweisschilder. Produkte mit ökologischem

und sozialem Mehrwert werden in diesem Zeitraum verstärkt ins Bewusstsein der Öffentlichkeit gerückt. Informationsfolder, die in allen Filialen der beteiligten Handelspartner aufliegen und Informationsveranstaltungen zu aktuellen Themen (heuer z.B. zum Thema Naturkosmetik) unterstützen die Aktion. Ziel der „Nachhaltigen Wochen" ist es, den bewussten Konsum in der Öffentlichkeit zu forcieren und damit die Nachfrage nach „nachhaltigen Produkten" zu steigern.

„Bewusstes Einkaufen" bedeutet, unsere Ressourcen auch für nachkommende Generationen zu erhalten und im Zuge der Globalisierung den Gestaltungsspielraum jedes Einzelnen für mehr „fairen Handel" zu nützen. Das Angebot ist da.

Mehr Information zur Kampagne auch unter www.nachhaltigewochen.at

Dr. Barbara Schmon ist Projektleiterin der „Nachhaltigen Wochen" in der Abt. für Nachhaltige Entwicklung und Umweltförderpolitik des Lebensministeriums
Kontakt:
barbara.schmon@lebensministerium.at

Die „Nachhaltigen Wochen 2007" sind eine Initiative des Lebensministeriums, in Kooperation mit dem Bundesministerium für Wirtschaft und Arbeit, der Wirtschaftskammer Österreich, der Österreichischen Entwicklungszusammenarbeit im Außenministerium, dem Bundesministerium für Gesundheit, Familie und Jugend und dem österreichischen Einzelhandel sowie den Gewerbebetrieben. Die Bundesländer Oberösterreich, Niederösterreich, Salzburg und Steiermark sowie die Wirtschaftskammer Oberösterreich unterstützen ebenfalls die Aktion.

Lebensmittelhandel und -hersteller, Drogerien, Elektrohändler, Baumärkte, Möbelhändler, Bäckereien und Fleischereien haben sich im Rahmen der „Nachhaltigen Wochen" bereit erklärt, mit der Wort-Bild-Marke „Das bringt´s. Nachhaltig." gemeinsam auf Bioprodukte sowie regional erzeugte, fair gehandelte und umweltschonende Produkte in ihrer Eigen-Werbung hin zu weisen.

Das Österreichische Umweltzeichen

Umweltschutz spielt heute bei einem steigenden Anteil der Bevölkerung eine wichtige Rolle. Dabei zeigt sich, dass immer mehr Menschen durch ihr persönliches Konsumverhalten einen Beitrag zum Umweltschutz leisten wollen. Für eine ausgewogene Kaufentscheidung fehlen den KonsumentInnen jedoch oft entsprechende Informationen. Zusätzlich werden sie durch die Fülle verschiedener im Umlauf befindlicher "Umwelt-Pickerl" verunsichert.

Aus diesem Grund wurde auf Initiative des Umweltministeriums 1990 das "Österreichische Umweltzeichen" geschaffen. Dadurch ist es nun möglich, der Öffentlichkeit Informationen über die Umweltbelastung von Verbrauchsgütern durch deren Herstellung, Gebrauch und Entsorgung zu liefern und den KonsumentInnen umweltfreundliche Produktalternativen und Dienstleistungen erkenntlich zu machen.

Die graphische Gestaltung des Österreichischen Umweltzeichens erfolgte durch den Künstler Friedensreich Hundertwasser, der dem Umweltministerium seine Entwürfe unentgeltlich zur Verfügung gestellt hat. Das aufgrund seiner kreativen Symbolik (Erde, Wasser, Luft, Natur) sehr einprägsame Zeichen wurde vom Umweltministerium als Verbandsmarke angemeldet.

Das Umweltzeichen wendet sich primär an KonsumentInnen, aber auch an die Wirtschaft. Den KonsumentInnen soll mit dem Umweltzeichen eine Orientierungshilfe für den Einkauf geboten werden. Sie sollen durch das Umweltzeichen auf umweltfreundliche bzw. umweltfreundlichere Produkte aus dem Warenangebot aufmerksam gemacht werden. Umweltfreundlich bedeutet in diesem Zusammenhang "umweltfreundlicher als das aktuelle Angebot der demselben Gebrauchszweck dienenden Produkte". Ziel ist es, das Nachfrageverhalten von KonsumentInnen dahingehend zu beeinflussen, dass umweltfreundlichen Produkten der Vorzug gegeben wird.

Das Umweltzeichen soll aber auch die Hersteller und den Handel motivieren, umweltschonendere Produkte zu entwickeln und anzubieten. Am Markt soll dadurch ein dynamischer Prozess ausgelöst werden, der die Angebotsstruktur positiv in Richtung umweltfreundlicher Produkte beeinflusst.

Darüber hinaus trägt das Umweltzeichen zu mehr Transparenz bei der Beurteilung der Umweltauswirkungen von Produkten bei. Produkte mit dem Umweltzeichen müssen eine Reihe von Kriterien (sog. Richtlinien) erfüllen, die ihrerseits durch ein Gutachten nachzuweisen sind. Ausgezeichnet werden weiters nur jene nachgewiesen umweltschonenden Produkte, die auch eine angemessene Gebrauchstauglichkeit (Qualität) aufweisen. Auf diese Weise garantiert das Umweltzeichen einen gehobenen Umweltstandard, ohne dass dabei Einbußen bei Qualität und Sicherheit befürchtet werden müssen.

In den Tourismusbetrieben soll das Österreichische Umweltzeichen den bewussten Umgang mit Energie und Wasser, sowie die Abfallvermeidung und –reduktion dazu beitragen, die Betriebskosten zu senken. Die umweltfreundliche Betriebsführung trägt zur Erhaltung einer intakten Natur und Umwelt bei, die eine wichtige Grundlage für den Tourismus ist.

Ziel des Umweltzeichens für Schulen ist es, bei allen beteiligten Personengruppen, wie SchülerInnen, Eltern, lehrendes und nicht lehrendes Personal, die Bewusstseinsbildung für eine nachhaltige Entwicklung zu erreichen und zu ökologisch sinnvollem Handeln auch im Alltag zu motivieren. Durch gesetzte Ziele und der Evaluation wird eine interne Qualitätssteigerung der Bildungsanstalt erreicht.

Umweltzeichen Tourismus

Das Österreichische Umweltzeichen für Tourismusbetriebe richtet sich an Beherbergungsbetriebe, Gastronomie und Campingplätze und ist eine Qualitätsgarantie für den Gast.

Mittlerweile wählen zahlreiche Menschen ihr Urlaubsziel und auch die Unterkunft nach ökologischen Kriterien aus. Gerade die Schönheit und Intaktheit der Natur sind für viele Touristen ein Anreiz, nach Österreich zu kommen. Umso wichtiger ist der sorgsame Umgang mit unseren Ressourcen, um die Voraussetzungen für Österreich als Tourismusland aufrecht zu erhalten. Durch die Sensibilisierung der Menschen gegenüber Umweltschäden und Umweltauswirkungen wird es daher auch für Tourismusbetriebe immer wichtiger, sich umweltschonend zu verhalten. Mit dem Österreichischen Umweltzeichen für Tourismusbetriebe wurde daher im Jahr 1996 ein Gütesiegel geschaffen, dessen Erwerb umweltbewusstes Management und soziales Handeln in einem Tourismusunternehmen nach außen demonstriert. Dieses nationale Zeichen ist ein Projekt des Lebensministeriums (Bundesministerium für Land- und Forstwirtschaft, Umwelt und Wasserwirtschaft) und soll dazu beitragen, Qualität und Umweltbewusstsein in der österreichischen Tourismus- und Freizeitwirtschaft zu fördern. Derzeit sind Österreichweit rund 170 Betriebe ausgezeichnet.

Umweltzeichen-Betriebe …

… schaffen wohlige und gesunde Atmosphäre

… bieten gesunde und regionale Lebensmittel an

… sparen Energie

… vermeiden Abfall

… verzichten auf aggressive Reinigungsmittel

… fördern sanfte Mobilität

… und leisten einen Beitrag zum Schutz unserer Umwelt!

Ing. Josef Raneburger ist Referent in der Abteilung VI/5: Betrieblicher Umweltschutz und Technologie des Lebensministeriums.
Kontakt:
josef.raneburger@lebensministerium.at

Zentrale Herausforderungen und aktuelle Entwicklungen in der Chemiepolitik

Die tragende Säule der österreichischen Chemiepolitik ist ebenso wie jene der europäischen das Vorsorgeprinzip. Dieses mahnt Maßnahmen zum Gesundheits- und Umweltschutz schon dann ein, wenn sich konkrete Gefährdungen abzeichnen. Zum einen zeigen jüngste Befunde, dass bereits äußerst geringe Konzentrationen an Chemikalien in den Umweltmedien (Wasser, Boden und Luft) zu Beeinträchtigungen der menschlichen Gesundheit oder auch zu Schädigungen der Lebewelt im Allgemeinen führen können. Als Beispiele dafür seien die verstärkte Zunahme von (durch Chemikalien bedingte) Allergien, Symptome wie „Multiple Chemikaliensensibilität", oder auch die Eigenschaft von Chemikalien erwähnt, das Hormonsystem beeinträchtigen zu können (Stichwort „Endocrine Disrupters"), genannt. Der Dokumentation und Kontrolle dieser Phänomene dienten große Forschungs- und Dialogvorhaben der vergangenen Jahre.

Das REACH-System (Registration-Evaluation and Authorisation of Chemicals) der EU wird jene Informationsbasis zu den Eigenschaften und Risiken von Industriechemikalien sicherstellen, die vorsorgeorientiertes Handeln möglich macht. Im Gegensatz zur derzeitigen Situation, wo die Chemiepolitik anlassbezogen eingreift und dem Vorsorgegedanken nur bedingt entsprechen kann, wird nach Umsetzung des REACH-Systems eine gesicherte Datenbasis zugleich Bedingung für den Marktverbleib und Grundlage zum Management von chemischen Substanzen darstellen.

So bedingt REACH eine neue Form der Kooperation und Kommunikation zwischen Herstellern und Anwendern von Chemikalien, was das Lebensministerium durch die Entwicklung eines neuartigen Geschäftsmodells „Chemikalien-Leasing" unterstützt und nützt. Im Mittelpunkt dieser Pilotvorhaben stehen nicht mehr die chemischen Produkte selbst, sondern die Dienstleistungen, die sie verrichten (Reinigen, Lösen, Kühlen, Schmieren etc.). Die Umsetzung derartiger Geschäftsmodelle (diese geschieht mittlerweile durch eine Kooperation mit UNIDO in internationalem Maßstab) bringt nicht

Gefahrensymbol nach GHS (Global harmonisiertes System zur Einstufung und Kennzeichnung von Stoffen und Zubereitungen) „Umweltgefahren"

nur quantifizierbaren Nutzen für die menschliche Gesundheit und die Umwelt - der Anreiz, Chemikalien effizient einzusetzen, wird dadurch extrem gesteigert - sondern nutzt auch die von der neuen EU-Chemiepolitik vorgezeichnete neue Qualität der Kooperation zwischen Herstellern und Anwendern und eröffnet damit der chemischen Industrie und ihren Partnern einen wesentlichen und mittlerweile anerkannten Entwicklungsimpuls.

Diese Achse chemiepolitischer Maßnahmen wird flankiert von sektoriellen Initiativen, wie beispielsweise der F-Gase-Verordnung auf Basis des Chemikaliengesetzes, welche die Treibhauswirksamkeit von Industriechemikalien zum Anlass für einen österreichweiten Ausstieg aus den damit verbundenen Technologien genommen hat. Ähnlich wie bei der österreichischen Lösungsmittelverordnung wird hier nicht nur Umweltnutzen gestiftet, sondern es werden für die österreichische Industrie auch First Mover Advantages erzielt. Beide Regelungen standen Pate für deren Pendants auf EU – Ebene.

Zunehmend von Bedeutung und eng verknüpft mit allen chemiepolitischen Handlungsfeldern ist die optimierte Umsetzung von EU – Vorgaben und die bundesweite Koordinierung und Steuerung des Vollzuges, der durch Organe der Bundesländer wahrgenommen wird.

Innerhalb der Europäischen Union versteht sich Österreich als Motor für eine vorsorgeorientierte und kontrollierte Chemiepolitik, vor allem im Zuge der Verhandlung und Umsetzung internationaler Chemiekonventionen, deren Anliegen beispielsweise der globale Ausstieg aus persistenten organischen Verbindungen, aus Substanzen, welche die Ozonschicht schädigen oder die Sicherung eines Managementsystems – und Informationsflusses im internationalen Umgang mit Chemikalien ist.

Dr. Thomas Jakl ist Leiter der Abteilung V/2: Stoffbezogener Umweltschutz, Chemiepolitik, Risikobewertung und Risikomanagement im Lebensministerium.
Kontakt:
thomas.jakl@lebensministerium.at

Chemikalien-Leasing
Ein intelligentes und integriertes Geschäftsmodell als Perspektive zur nachhaltigen Entwicklung in der Stoffwirtschaft

Von Jakl, T. , Joas, R. , Nolte, R. , Schott, R. , Windsperger, A., erschienen im Verlag Springer, 2003, 142 Seiten, 44 Abbildungen, broschiert. ISBN 3-211-08279-4.

Diese Publikation kann zum Preis von € 20,-- im Publikationskatalog des Lebensministeriums www.lebensministerium.at/publikationen (Bereich Umwelt/Umweltpolitik-Nachhaltigkeit) angefordert werden und ist außerdem im offiziellen Buchhandel erhältlich. Dem Lebensministerium sowie den Autoren erwächst durch den Preis von € 20,-- (Selbstkostenpreis) kein Gewinn.

ÖkoBusinessPlan
Wien

Wer Qualität sucht bei Hotels, Restaurants, Cafés, Heurigen und Cateringbetrieben und sicher gehen möchte, dass umweltgerecht gewirtschaftet wird, der ist bei Umweltzeichen-Betrieben richtig.

Unternehmen, ausgezeichnet mit dem "Umweltzeichen Tourismus", bieten hohe Standards bei geprüften ökologischen Rahmenbedingungen. Alle Wiener Umweltzeichen Tourismus Betriebe finden Sie in der Broschüre "Umweltfreundliche Wiener Gastlichkeit", kostenlos zu bestellen beim Foldertelefon der Wiener Umweltschutzabteilung - MA 22 unter 01-4000/88220.

Wie Umweltschutz hilft Betriebskosten zu sparen, erfahren die Unternehmen im Rahmen des ÖkoBusinessPlan Wien, dem Servicepakt der Wr. Umweltschutzabteilung für Betriebe. Mehr dazu unter **www.oekobusinessplan.wien.at**

www.umweltschutz.wien.at **www.umweltzeichen.at**
www.oekobusinessplan.wien.at **www.oeko-gastlichkeit.wien.at**

Bezahlte Anzeige

Biofisch – Ihr neuer Schwarm

Die statistischen Quellen, aus denen der Österreicher mit Daten gefüttert und der durchschnittliche Fischkonsum errechnet wird, sind sich uneins – sie nennen für den Fischverzehr pro Kopf und Jahr Werte zwischen 8 und 12 kg. Das entspricht ungefähr einem Zehntel der durchschnittlich verzehrten Fleischmenge. Österreicher sind schon auf Grund der geographischen Lage als Binnenland keine großen Fischesser. Dennoch hat auch bei uns das Thema Fisch neue Aktualität erlangt. Zu den Themen Fischzucht, Aquakultur, Herkunft der Fische sowie Rettung und Erhaltung von gefährdeten, weil überfischten, Fischbeständen gibt es in der Öffentlichkeit eine steigende Anzahl interessanter und kritischer Beiträge.

So schwer es ist, die Unterschiede zwischen naturgemäßer, nachhaltiger, umweltgerechter Bewirtschaftung, Kreislauftechnologie und ähnlichen Begriffen, die im Zusammenhang mit Fischzucht beschrieben und beworben werden, zu erfassen, so klar und einfach ist es, Biofisch als vertrauenswürdige Alternative bei Zuchtfischen zu erkennen.

Nur die von Bio-Kontrollstellen streng auf die Einhaltung biologischer Wirtschaftsweise kontrollierten Fischzuchten und Verarbeiter sind berechtigt, Biofische mit dem Bio-Echtheitszertifikat in den Handel zu bringen. Das gibt allen KonsumentInnen beim Kauf von Biofisch ein klares Signal – Bio!

Karpfen, Schleie, Forelle und Saibling werden in Österreich hauptsächlich als Biofisch angeboten. Feinschmecker finden aber durchaus auch den schmackhaften Seesaibling, die Bachforelle oder Wels und Hecht im Angebot.

Die Richtlinien für die Biofischzucht sind in Österreich im Lebensmittelkodex genau festgelegt und werden Ende dieses Jahres in überarbeiteter Fassung neu herauskommen. Diese Richtlinien sind Mindeststandard für alle österreichischen Fisch-

Quellwasser zur Versorgung der klaren Forellenteiche

züchter. Einige Bioverbände (z.B. ERNTE, KT-Freiland) geben darüber hinaus strengere Richtlinien vor, mit denen der Produzent natürlich auch werben kann.

Die ARGE Biofisch, in der sich österreichische Biofischproduzenten auf freiwilliger Basis zusammengeschlossen haben, setzt hier besondere Maßstäbe. Neben den gesetzlich vorgeschriebenen Richtlinien werden die strengeren Richtlinien von Bio Austria und KT-Freiland eingehalten. Ziel ist es, Biofisch von höchster Qualität möglichst frisch und professionell verarbeitet in den Fachhandel zu bringen. Die Arbeitsgemeinschaft vermarktet unter dem bekannten Biofisch-Markenzeichen sowohl Frischfisch, wie auch geräucherte Spezialitäten und schmackhafte Aufstriche. Für Informations-Hungrige gibt es die Möglichkeit, sich auf einer informativen Hompage www.biofisch.at näher einzulesen oder auch Rezepte zu schmökern bzw. nach einem Bauernmarkt oder einem Laden / Hauszusteller mit Biofisch zu suchen.

Der Weg bis zur Zertifizierung als Biofisch-Züchter kann durchaus zeitaufwändig und mühsam sein, da bei der Forelle zumindest ein Jahr und beim Karpfen sogar mindestens 2 Jahre biologisch gewirtschaftet werden muss, bevor man die Fische als zertifizierte Biofische in den Handel bringen darf. Durch den oft deutlich geringeren Ertrag und die zum Teil mühselige Arbeit sind Biofische 10 – 30 % teurer als konventionelle Ware aus regionaler Produktion.

Der Autor mit einem Mutterkarpfen (Schuppenkarpfen) für die Zucht

Die Fischzucht hat eine stark prägende regionale Tradition. Die Fischzuchttradition und die vielen von Klöstern angelegten Teiche sind zum Teil schon mehrere hundert Jahre alt und die Biofisch-Züchter haben sehr selbstbewusst bereits einen großen Teil der bewirtschafteten Fläche auf Bio umgestellt - dadurch sind z.B. im Waldviertel beinahe die Hälfte (50%!!) der Teiche Bio, im Österreichschnitt sind es immerhin gute 20 % - die Zukunft gehört der Biofisch-Tradition!

DI Marc Mößmer ist Fischzüchter, Berater, Geschäftsführer der ARGE Biofisch und internationaler Experte für Bio-Fischzucht
Kontakt: office@biofisch.at

Der Marine Stewardship Council (MSC)

Fisch – frisch, als Filet, Konserve, Sushi oder Fischstäbchen – gilt weltweit als hochwertiges und bekömmliches Nahrungsmittel und ist in vielen Teilen der Welt sogar die Hauptquelle tierischen Eiweißes. Im Meer spielt Fisch eine existenzielle Rolle in der Nahrungskette, nicht nur für andere Fische, wie zum Beispiel Haie und Schwertfische, sondern auch für Meeressäugetiere wie Seehunde und viele Delfin- und Walarten.

Doch Fisch ist nicht in unbegrenzten Mengen vorhanden. Die weltweite Überfischung der Meere ist eine ernst zunehmende Bedrohung, sowohl für die Gesundheit der Meere und das Überleben seiner Bewohner, als auch für die menschliche Ernährung. 75 Prozent der kommerziell genutzten Fischbestände weltweit werden bis an ihre Grenzen befischt oder gelten als überfischt.

Da durch diese Entwicklung die Fische in den Weltmeeren immer knapper werden, hat der World Wide Fund for Nature (WWF) zusammen mit dem Nahrungsmittelkonzern Unilever 1997 den Marine Stewardship Council (MSC) ins Leben gerufen (www.msc.org). Diese, seit 1999, unabhängige Organisation hat Standards für die Bewertung von umweltverträglichen Fischereien erarbeitet. Das MSC-Siegel soll die Zukunft der Fischbestände langfristig sichern. Dies geschieht durch eine verantwortungsvolle Fischerei, die unter anderem die Fischbestände und die Meeresumwelt schont.

© Canon/Edward Parker

Konkret heißt das, dass Fangmengen nur so hoch sein dürfen und Alter, genetische Struktur und Geschlechterverhältnis der Fischbestände so erhalten bleiben müssen, dass die Fortpflanzung der Art nicht beeinträchtigt wird. Die natürlichen Verhältnisse zwischen den verschiedenen Arten innerhalb eines Ökosystems müssen bestehen bleiben. Das Töten und Verletzen von gefährdeten, bedrohten oder geschützten Arten muss auf das absolute Minimum reduziert werden. Es müssen umweltverträgliche Fangmethoden eingesetzt werden. So werden Laich- und Aufzuchts-Gebiete und einmalige Lebensräume geschützt.

Um das MSC-Siegel zuerhalten, müssen sich Fischereien freiwillig um die Zertifizierung bewerben. Ein unabhängiger – vom MSC akkreditierter – Zertifizierer überprüft in einem transparenten Prozess die Einhaltung der MSC-Standards unter Beteiligung all derer, die ein Interesse an der Fischerei haben. Bei Erfolg wird das MSC-Siegel meist unter Auflagen für fünf Jahre verliehen. In diesen fünf Jahren soll eine kontinuierliche Weiterentwicklung der Fischerei zu mehr Nachhaltigkeit erfolgen. Nach jährlichen Überprüfungen muss sich die Fischerei dann erneut dem Zertifizierungsprozess stellen, wenn sie das Siegel weiterhin tragen will.

© Canon/Edward Parker

Auch in der Fischerei-Industrie werden die Zeichen der Zeit langsam erkannt. Immer mehr Firmen entscheiden sich, MSC Produkte in ihr Sortiment zu übernehmen. Ihnen bleibt so langfristig die Ressource Fisch erhalten und ihr Verhalten wird durchaus vom Verbraucher honoriert.

Die MSC-Zertifizierung wird vom WWF als ein Lösungsweg zum Schutz und zur Regeneration der Fischbestände angesehen. Durch ihr Kaufverhalten können Verbraucher aktiv zum Schutz der Meere beitragen. Auch immer mehr Unternehmen erkennen ihre Verantwortung und bieten Produkte aus naturverträglicher Fischerei an. Eine Liste von Produkten und Anbietern finden Sie auf der WWF Homepage unter www.wwf.at/downloads/cms_uploaded/fischfuehrer_2006_45acf7694373a.pdf

---

52% des Fischbestandes sind komplett erschlossen. Sie werden bis an ihre biologische Grenze befischt. 24% sind überfischt, erschöpft oder erholen sich von der Überfischung. 21% des Fischbestandes sind mäßig erschlossen.
Nur 3% des weltweiten Fischbestandes sind noch wenig befischt. Der Fischverbrauch stieg von 93.6 Millionen Tonnen in 1998 auf 100.7 Millionen Tonnen in 2002.

 *Andreas Besenböck* ist beim WWF Österreich für Corporate Relations im Bereich Research and Analysis zuständig.
Kontakt: andreas.besenboeck@wwf.at

KLEINE FISCHE LASSEN WIR
uns gerne durchs Netz gehen

Der Fischreichtum der Weltmeere ist ein kostbares Gut. Dass diese Vielfalt der Natur erhalten bleibt, ist Iglo schon seit vielen Jahren ein großes Anliegen. Deshalb stellt Iglo als erster österreichischer Anbieter von Fisch sein gesamtes Sortiment schrittweise auf die Richtlinien des Marine Stewardship Council (MSC) um. Diese unabhängige Institution kontrolliert die Größe der gefangenen Fische und die Einhaltung der Fangmengen, damit die Fischbestände erhalten bleiben.
Und damit kommen Sie auch morgen noch in den Genuss von frischen, wild gefangenen Fischen.

Produkte, die das MSC Gütesiegel tragen dürfen, garantieren: Verantwortung für die Zukunft ist das beste Qualitäts-Rezept.

Bei Iglo stammen bereits 70 % des Sortiments aus bestandserhaltender Fischerei.

Bezahlte Anzeige

Gütezeichen in der Holzwirtschaft

Holz ist ein umweltfreundlicher Rohstoff, weil nachwachsend. Ist aber eine Gewinnung aus Urwäldern oder Monokulturen, ein Transport über tausende Kilometer auch umweltfreundlich? Um Die Umweltfreundlichkeit von Holz zu garantieren, bedarf es glaubwürdiger Umweltzeichen.

Wozu Zertifikate?

In unserer Zeit, wo Rohstoffe aus der ganzen Welt kommen und Produktionsprozesse selten nachvollziehbar sind, sind Auswirkungen auf Umwelt und Gesundheit im Detail kaum zu erfassen. Umwelt-, Gesundheits- und Soziallabels als Marketing-Instrumente beeinflussen den Konsum und damit auch die Produktion. Sie können die Belastung der Umwelt bzw. der Nutzenden reduzieren und die Arbeitsbedingungen verbessern.

Grundlage aller Zertifizierungen und auch ihrer Glaubwürdigkeit sind die Kriterien und deren Überprüfung.

Ansprüche an Zertifikate

Bei Forstzertifizierungen wesentlich sind:
- der Erhalt des Waldes in seiner natürlichen Vielfalt und Dynamik
- die Anerkennung von traditionellen Landrechten und Zustimmung der lokalen Bevölkerung, die das Recht zur freien Meinungsäußerung haben muss
- der Verzicht auf Pestizideinsatz und Kahlschläge

Holzwirtschaft in Österreich, Deutschland und der Schweiz ist schon allein durch die Forstgesetze der Nachhaltigkeit verpflichtet. Wie aber sieht es in anderen Ländern aus? Wie wird in Brasilien, auf den Philippinen, in Sibirien mit den letzten Urwäldern umgegangen? Für Holz direkt aus dem Wald in Ihrer Gemeinde ist ein Zertifikat nicht nötig, aber wissen Sie, wo Ihr Holz herkommt? Im Falle von Papier, von Holzwerkstoffen, von Produkten mit vielen Fertigungsschritten ist es unwahrscheinlich. Dann genügt es nicht nur die Forstwirtschaft zu überprüfen, dann ist eine Überprüfung der Handelskette, vom Wald zum Sägewerk, vom Hersteller zum Verkauf nötig: Die CoC(Chain of Custody)-Zertifizierung.

Überprüfung der Handelskette:

Da es der Holzwirtschaft anscheinend nicht möglich ist, die Herkunft ihres Holzes zu dokumentieren, haben sich die CoC-Zertifizierungen auf den Nachweis von Prozentsätzen zurückgezogen. Wenn ein Betrieb mehr als 70 % seiner Ware aus zertifizierten

Beständen bezieht, so ist er zur Gänze als zertifiziert anzusehen. Keine befriedigende Lösung, jedoch derzeit die einzig gängige.

FSC, Naturland und PEFC

In Europa am bekanntesten sind FSC – Forest Stewardship Council und PEFC – Programme for the Endorsement of Forest Certification (früher Paneuropean Forest Certification). Weiters gebräuchlich sind das kanadische CSA (Canadian Standard Association), die amerikanische SFI (Sustainable Forestry Initiative) und AFTS (American Tree Farm System), AFS (Australian Forestry Standard).

Von geringerer Bedeutung sind die Zeichen CERFLOR (Brasilien), Certfor (Chile), MTCC (Malaysia). Die Kriterien dieser Zeichen genügen den Ansprüchen an seriöse Siegel nicht.

Vorwiegend in Deutschland üblich ist die Forst-Zertifizierung Naturland-Siegel, bei der ökologische Kriterien im Vordergrund stehen.

FSC hat den Anspruch international nachhaltige Waldbewirtschaftung, Holzzertifizierung und Chain of Custody zu überprüfen und zu fördern.

Auch PEFC hat ähnliche Ziele. 4 Jahre nach FSC gegründet, war es zunächst eine europäische Initiative, um Zertifizierung auch Kleinwaldbesitzenden zu ermöglichen.

Unterschiede liegen vor allem in der Formulierung der Kriterien, und in den Interessen der Zeichenträger. Ist bei FSC der Zeichenträger ein von der Holzwirtschaft unabhängiger Verein, so ist es bei PEFC die europäische Holz- und Forstwirtschaft. Kriterien enthalten bei FSC überprüfbare Anforderungen.

Zertifikate haben, abhängig von Zielsetzung und tragenden Institutionen, unterschiedliche Charakteristika. Gerade bei Produkten mit großer Fertigungstiefe sind Überprüfungen eine gute Orientierungshilfe.

Mündige KonsumentInnen werden aber nicht umhin kommen, sich selbst eine Meinung über Zertifizierungen zu machen. Dann sind Zertifikate als Nachweis für bestimmte Qualitäten eine echte Arbeitserleichterung und als Marketing-Instrument langfristig einsetzbar.

Barbara Bauer ist zuständig für die Produktprüfung im Institut für Baubiologie und Bauökologie (IBO).
Kontakt: barbara.bauer@ibo.at

FSC – Forest Stewardship Council

Das glaubwürdige Gütesiegel für Holz- und Papierprodukte

Immer tiefer rücken Rodungskolonnen in die letzten Urwälder der Erde vor. Mit der Vernichtung der Wälder sterben täglich 60 Tier- und Pflanzenarten aus. Die massive Entwaldung führt zu Dürrekatastrophen, Erdrutschen und Überschwemmungen. Menschen hungern, verlieren ihre Heimat und ihre Kultur. Über 15 Mio. Hektar Wald, etwa die Fläche von Österreich, Sachsen und der Schweiz zusammen, werden jährlich weltweit gerodet. Viele dieser Rodungen erfolgen illegal, im Fernen Osten Russlands werden 50%, im Amazonasbecken gar 80% des Holzes „schwarz" geschlägert.

Um dieser dramatischen Entwicklung entgegenzuwirken wurde 1993 der Forest Stewardship Council (FSC) von Waldbesitzern, Vertretern der Holzindustrie, sozialen Bewegungen und Umweltgruppen, wie dem World Wide Fund for Nature (WWF), als globale, unabhängige, Nicht-Regierungs- und Not-Profit-Organisation gegründet.

Ziel des FSC ist es, weltweit eine umweltgerechte, sozial verträgliche sowie ökonomisch tragfähige Waldbewirtschaftung zu fördern. Waldbesitzer, Unternehmen der Holzindustrie, Gewerkschaften, Umweltinstitutionen, Organisationen indigener Völker und Einzelpersonen können Mitglied des FSC werden.

© Canon/Edward Parker

Das global anwendbare Prüfverfahren des FSC, welches von unabhängigen Gutachtern durchgeführt wird, wird von allen größeren Umweltverbänden als einziges glaubwürdiges internationales Zertifizierungssystem für eine ökologisch unbedenkliche Waldbewirtschaftung akzeptiert. Zertifiziert werden nach diesem Verfahren nicht nur Forstbetriebe, sondern auch Handels- und Verarbeitungsunternehmen, um zu gewährleisten, dass Verbraucher im Geschäft auch tatsächlich FSC-Produkte erhalten.

Weltweit sind bereits über 84 Millionen Hektar Wald nach den Richtlinien des FSC zertifiziert.

Mittlerweile lassen sich immer mehr Holzverarbeitungsunternehmen FSC-zertifizieren, damit sie ihre Produkte mit dem Holzgütesiegel auszeichnen können. In Europa gehören etwa Dalum Papir aus Dänemark, Drewsen Spezialpapiere in Deutschland oder SCA aus Schweden zur Gruppe der zertifizierten Firmen. In Österreich hat die Firma Neusiedler urwaldfreundliche, FSC-zertifizierte Büro- und Zeitungspapiere in ihrem Repertoire. Der ökologische Musterbetrieb gugler print & media in Pielach bei Melk betreibt Österreichs erste und einzige Druckerei, welche nach FSC zertifiziert wurde und Mitglied der WWF Wood Group ist.

Die WWF WOOD GROUP – auf Initiative des World Wide Fund for Nature gegründet – ist ein freiwilliger Zusammenschluss von internationalen Unternehmen, Verbänden und Großabnehmern, die sich verpflichtet haben, zunehmend Holz und Holzprodukte aus umweltverträglicher Waldwirtschaft in den Handel zu bringen und Holz aus illegalen Quellen und Urwaldzerstörung auszuschließen.

Das zentrale Ziel der WWF WOOD GROUP ist die kontinuierliche Steigerung des Angebots und der Nachfrage nach FSC-zertifizierten Produkten. Endziel ist eine Zertifizierung aller Produkte. Eine Liste der österreichischen Unternehmen, die sich für FSC entschieden haben, finden Sie unter www.wwf.at/woodgroup, Internationale Informationen unter www.fsc.org oder www.fsc-deutschland.de/

© Canon/Edward Parker

Andreas Besenböck

Weltweit (Stand Dez. 06): Entwicklung FSC-zertifizierter Waldflächen	Entwicklung FSC-zertifizierter Holzwirtschaftsbetriebe	Europa (Stand Dez. 06):	Österreich (Stand Dez. 06):
2006: 84.291.464 ha	2006: 5.400	FSC-zertifizierte Waldfläche: 38.854.016 ha	FSC-zertifizierte Waldfläche: 5.039 ha
2004: 48.020.358 ha	2004: 3.561		
2002: 30.852.896 ha	2002: 2.367	FSC-zeritifizierte Holzwirtschaftsbetriebe: 3.015	FSC-zertifzierte Holzwirtschaftbetriebe: 47
2000: 21.330.698 ha	2000: 1.153		
1998: 11.163.017 ha	1998: 257		
1996: 3.300.210 ha	1996: 17		

„Clever einkaufen für die Schule"

Rund 85.000 Kinder freuen sich auch in diesem Schuljahr über ihre erste Schul-tasche. Insgesamt sind es mehr als 1 Million SchülerInnen die sich für den Schulstart in den Geschäften eindecken.

Viele der Schulartikel, vor allem im Bereich Mal- und Zeichenartikel gelten als Spielzeug für Kinder bis 14 Jahre. Ein großes Problem ist, dass viele Schreibwaren aus dem Erwachsenensortiment für Kinder verkauft werden. Diese Produkte sind weder kindgerecht noch beinhalten sie die für Kinder notwendigen Sicherheitsvorschriften. Nur für wenige Schulartikel aber auch Büroartikel gibt es Normen, wobei diese immer nur das minimale Sicherheitsniveau festlegen. Kontrollen und Tests zeigen, dass sich manche Hersteller selbst darum nicht ernsthaft kümmern.

© ARGE helix

Zunehmend werden Schulartikel als „Fun-Artikel" konzipiert, um den SchülerInnen Unterhaltung zu bieten. Darunter sind auch genügend Fernost-Artikel bzw. No-Name Produkte, deren Herkunft und Herstellungsweise nicht nachvollziehbar ist. Duftendes Gel im Stift verleitet Kinder etwa. daran zu riechen oder zu kosten. Um Fehlgebrauch und Verwechslung mit Lebensmitteln zu vermeiden, verzichten die Mitglieder des Deutschen Industrieverbandes Schreiben, Zeichnen, Kreatives Gestalten e.V. auf parfümierte Tinten mit Duftstoffen.

Wie können sich Eltern und Schülerinnen vor solchen und anderen „Mogelpackungen" mit versteckten Gesundheits- und Umweltrisiken schützen? Der Preis alleine ist jedenfalls kein guter Ratgeber, denn teuer bedeutet nicht unbedingt besser und billig nicht automatisch schlechter.

Jetzt heißt's Bauch einziehen.

WIENER LINIEN

Die Stadt gehört Dir.

Für Eltern, SchülerInnen und LehrerInnen bietet die Initiative „Clever einkaufen für die Schule" des Lebensministeriums praktische Hilfe, die einfach funktioniert. Empfohlen werden dabei keine bestimmten Marken sondern sichtbare Zeichen und Merkmale, die umweltfreundliche, gesunde und sichere Produkte von anderen leichter unterscheidbar machen. Der Mix besteht aus empfehlenswerten Umweltzeichen und nützlichen Herstellerangaben auf Produkt und Verpackung. Ein Beispiel ist der Hinweis auf eine NORM wie die DIN 5023 oder ÖNORM 2140 für Malkästen. Zusätzlich sind auch erkennbare Produktmerkmale wie unlackierte Holzoberfläche, die Dicke der Mine oder die ertastbare Tiefenprägung beim Qualitäts-Geo-Dreieck ausschlaggebend. Solche Merkmale kann jede/r im Geschäft und vor dem Kauf optisch erkennen oder durch Fühlen überprüfen. Damit steht Eltern, Kindern und LehrerInnen ein Rüstzeug zur Verfügung, um Fehlkäufe für die Schule zu vermeiden.

Die Broschüre und weitere Informationen sind kostenlos erhältlich auf www.umweltzeichen.at (auch als Download) und über das Umweltservice-Telefon 0800/240 260 des Lebensministeriums (Mo – Fr 9.00 – 15.00 Uhr) oder unter info@umweltzeichen.at.

Jutta Kellner ist Autorin der Broschüre „Clever einkaufen für die Schule" und arbeitet seit mehr als 15 Jahren unter anderem zu Themen wie Ökologisierung des Einkaufs und Büroökologie.

Kontakt: Jutta Kellner, Büro für Umwelt & Kommunikation, jutta.kellner@argehelix.at www.argehelix.at

FAIRTRADE

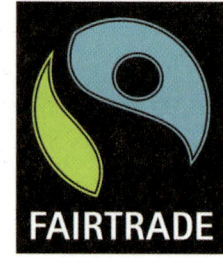

Das FAIRTRADE Gütezeichen garantiert menschenwürdige Arbeitsbedingungen und faire Bezahlung für ProduzentInnen in den Entwicklungsländern. Biologischer Landbau wird durch ein Prämiensystem gefördert.

FAIRTRADE Österreich wurde 1993 als gemeinnütziger Verein gegründet und wird heute von 30 Organisationen getragen: darunter die Caritas und andere katholische und evangelische Organisationen, Klimabündnis, WWF, Umweltberatung, eine Gewerkschaft und die Volkshilfe.

* Gesellschafter der EZA sind der Verein Aktion 3. Welt – A3W, die Kath. Männerbewegung, Österreich, Oberösterreich und Innsbruck

FAIRTRADE handelt nicht selbst mit Waren (wie z.B. der bekannte, von FAIRTRADE aber unabhängige Kooperationspartner EZA fairer Handel GmbH*), sondern vergibt als unabhängige Siegelinitiative für fair gehandelte Produkte das bekannte FAIRTRADE-Siegel.

Kontrolle und Zertifizierung von Produkten mit dem FAIRTRADE Gütezeichen erfolgen nach den internationalen Standards der sogenannten „FLO - FAIRTRADE Labelling Organizations International", der Dachorganisation von 20 nationalen Siegelinitiativen.

Laut Jahresbericht arbeitete die Organisation Ende 2006 weltweit mit 569 einzelnen zertifizierten ProduzentInnenorganisationen zusammen. 1,4 Millionen Arbeiter- und Bauernfamilien in Entwicklungsländern sind dabei Nutznießende des fairen Handels.

FLO besteht aus der Organisation FLO e.V. und der unabhängigen Zertifizierungsstelle FLO – CERT GmbH. Die GmbH ist für die Inspektion und Zertifizierung der ProduzentInnen und HändlerInnen zuständig sowie für die Kontrolle des Warenflusses verantwortlich. Sie wurde als juristisch unabhängige Organisation errichtet um sicherzustellen, dass die Zertifizierungsentscheidungen effektiv und unabhängig vom Verein FLO e.V. und seinen nationalen Mitgliedern getroffen werden.

Welche Kriterien gelten für das Fairtrade-Siegel?

Für alle ProduzentInnen gilt:
- Verbot von Zwangs- und illegaler Kinderarbeit,
- Maßnahmen zum Gewässer- und Erosionsschutz,
- Maßnahmen zum Schutz des Regenwaldes,
- allmählicher Ersatz von Pestiziden und Mineraldüngung durch biologischen Pflanzenschutz- und organische Düngemittel,
- kontinuierliche Durchführung ökologischer Fortbildungsprogramme,
- Abfallvermeidung und umweltgerechte Entsorgung,
- gezielte Förderung von Bioanbau durch Prämien,
- kein Einsatz von genverändertem Pflanzenmaterial oder genveränderten Substanzen.

Über 50% der Fairtrade Produkte sind auch bio-zertifiziert! Sie tragen neben FAIRTRADE auch ein Bio-Siegel.

Kleinbauernfamilien, die sich in Genossenschaften organisiert haben, werden gezielt gefördert. Sie müssen jedoch politisch unahängig sein und eine demokratische Struktur aufweisen. Dies gilt insbesondere für die Verwendung des Mehrerlöses aus dem Fairen Handel. Die Genossenschaften verpflichten sich, arbeitsrechtliche und ökologische Mindeststandards umzusetzen.

Um die stark benachteiligten PflückerInnen außerhalb von Genossenschaften zu unterstützen (etwa in der Orangensaftproduktion), werden bei der FLO auch Betriebe und Plantagen registriert, wenn sie zusätzlich zu den erwähnten FAIRTRADE

Kriterien weitere strenge Auflagen (u.a. Erfüllung der jeweils geltenden gesetzlichen

und tariflichen Mindest-Standards, Recht sich einer unabhängigen Gewerkschaft anzuschließen, kollektive Verhandlungen, Einsatz für eine nachhaltige Entwicklung von Ökologie, Bildung sowie Frauenförderung) erfüllen.

ImporteurInnen und HerstellerInnen dürfen ihr Produkt mit dem FAIRTRADE Gütezeichen ebenfalls nur auszeichnen, wenn sie sich vertraglich verpflichten, die Kriterien des Fairen Handels einzuhalten.

Durch das rapide Wachstum von Fairtrade (Umsatzplus 2006 weltweit 41 Prozent, Österreich sogar 63 Prozent) blieb natürlich auch Kritik nicht aus: So wurden vor allem in alternativen Publikationen Unregelmäßigkeiten bezüglich einzelner Kontrollen oder Zertifizierungen kritisiert, ebenso die Vergabe des Labels an einzelne Produkte von ansonsten weniger als „fair" geltenden Großkonzernen. Doch können Fairtrade-Produkte im Sortiment nicht auch unterstützend für eine positive Entwicklung der Konzerne wirken?

Für eine weitreichende Änderung der ungerechten Weltmärkte wären wohl auch internationale gesetzliche Standards und Abkommen notwendig. Trotz aller dieser Diskussionen steht das Grundprinzip von FAIRTRADE nicht in Frage, stellt der Kauf von FAIRTRADE-zertifizierten Produkten einen wichtigen Schritt der Solidarität und Bewusstseinsbildung dar, der erstmals über die Nische der entwicklungspolitischen Szene weit hinausgeht.

 *Dr. Erik Bauer* ist Publizist und seit 1990 am Aufbau der Öko-datenbank Österreich beteiligt. Seit 1992 ist er für redaktionelle Belange zuständig.

Bilder wurden dankenswerter Weise von FAIRTRADE Österreich zur Verfügung gestellt.
Alle Bilder © FAIRTRADE

DIE WELT DES FAIREN HANDELS

NATÜRLICH FAIR

Kaffee Orgánico von EZA Fairer Handel ist der Bestseller unter den fair gehandelten Kaffees in Österreich. 1988 noch der erste fair gehandelte Bio Kaffee das Landes, wurde er zum Beispiel, das Schule machte. Kleinbauernorganisationen in Mexiko, Nicaragua, Guatemala und Uganda profitieren davon heute ebenso wie österreichische KaffeegenießerInnen.

Handel so zu gestalten, dass er Zukunftsperspektiven auch für jene eröffnet, die normalerweise „im Spiel" um die größten Gewinne auf der Strecke bleiben, wurde bereits 1975 zur Basis einer ungewöhnlichen Unternehmensgründung in Österreich. Seit mehr als 30 Jahren setzt sich EZA Fairer Handel – die landesweit größte Fair Trade Importorganisation – für einen gerechteren Nord-Süd Handel ein. Hohe soziale und ökologische Standards und Transparenz auf allen Ebenen liegen dabei den internationalen Handelspartnerschaften zugrunde. An die 130 Organisationen aus Lateinamerika, Afrika und Asien – mehrheitlich Kleinbauern und -bäuerinnen und Handwerksvereinigungen – profitieren davon.

Aus anonymen ProduzentInnen werden Menschen mit Gesicht und Stimme. In ihrem Angebot spiegelt sich deren Kultur, deren Können und Kreativität. Ästhetik findet man in origineller Handwerkskunst. Neue Akzente setzt das Unternehmen mit dem Thema Bekleidung. FAIRTRADE besiegelte Bio-Baumwolle von indischen Kleinbäuerinnen und -bauern verbindet sich mit sorgfältiger Verarbeitung in einem sozial engagierten Unternehmen auf Mauritius zu tragbarer und geschmackvoller Mode in jeder Hinsicht.

Die kulinarische Seite reicht von Arabica Hochlandkaffees über feine Schokoladen bis zu exotischen Gewürzen und traditionellen Reissorten. Der Bio-Gedanke ist stark verwurzelt, mehr als 70 Prozent aller Lebensmittel entsprechen den strengen internationalen Kriterien. Mit dem FAIRTRADE Gütesiegel auf einem breiten Lebensmittelsortiment, auf Fußbällen und Baumwolltextilien garantiert die EZA zusätzlich unabhängige Kontrolle.

Im Mittelpunkt stehen jedoch die direkten Beziehungen zu den Kleinbauernorganisationen und HandwerkerInnen, die EZA seit vielen Jahren pflegt. „Der Austausch mit den Menschen, mit denen wir zusammenarbeiten, ist die Basis unseres Handels. Hier wird das FAIRTRADE Konzept gelebte Praxis."

EZA Fairer Handel GmbH

Ein mehrfach ausgezeichnetes Niedrig-Energie-Haus in der Salzburger Gemeinde Köstendorf ist seit 2005 das neue Zuhause der EZA:

EZA Fairer Handel GmbH
Wenger Straße 5 · 5203 Köstendorf · T 0 62 16 / 202 00-0
office@eza.cc · www.eza.cc

Bezahlte Anzeige

Naturkosmetik zum Wohlfühlen?

Immer mehr Cremen, Duschgels, Lotions & Co werden als Naturkosmetik bezeichnet. Begriffe wie „Natur" oder „pflanzliche Wirkstoffe" versprechen oft mehr als sie beinhalten.

Im Allgemeinen versteht man unter Naturkosmetik jene Produkte, die nur aus natürlichen Inhaltsstoffen - also ohne chemisch behandelte Inhaltsstoffe - erzeugt werden. Oft ist der Anteil an tatsächlich natürlichen Rohstoffen aber sehr gering. Denn anders als bei Bio-Lebensmitteln gibt es auf europäischer Ebene noch keine einheitlich gesetzliche Definition des Begriffs „Naturkosmetik".

Die ersten KundInnen von Naturkosmetikprodukten waren oft Menschen, die unter Hautausschlägen und Allergien gegen chemische Inhaltsstoffe in herkömmlichen Kosmetika litten. Mittlerweile boomt diese Produktsparte mit zweistelligen Zuwachsraten. Trotzdem sind die Marktanteile von Naturkosmetika am Gesamtmarkt in Österreich noch unter 5 Prozent.

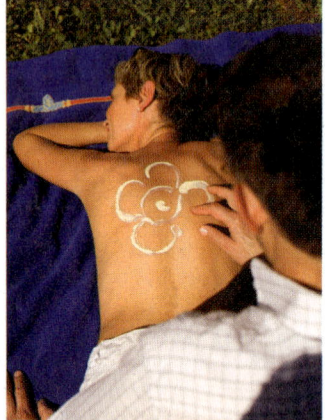
© Lukas Beck/lukasbeck.com

In Österreich regelt der österreichische Lebensmittelcodex Kapitel Kosmetikmittel, was als „Naturkosmetik" produziert und bezeichnet werden darf. Kontrollierte Naturkosmetik nach den Lebensmittelcodex garantiert naturreine, ökologisch hochwertige Rohstoffe, optimale Haut- und Umweltverträglichkeit der sorgfältig ausgewählten Wirkstoffe, keine Verwendung von gesundheitsschädlichen Konservierungsstoffen und synthetischen Duftstoffen wie auch synthetischen Farbstoffen oder Silikonen, die Allergien auslösen können. Zusätzlich ist die radioaktive Bestrahlung von Rohstoffen und Endprodukten verboten und die gentechnikfreie Verarbeitung wird garantiert. Produkte nach dem Lebensmittelcodex werden durch ein staatlich autorisiertes Kontrollinstitut geprüft. Für KonsumentInnen sind sie jedoch nicht wirklich erkennbar.

Auch in Deutschland gibt es einen Verband, der kontrollierte Naturkosmetik definiert. Das BDIH (Bundesverband

Deutscher Industrie und Handelsunternehmen für Arzneimittel, Reformwaren, Nahrungsergänzungsmittel und Körperpflege) -Label ist kein staatlich kontrolliertes Label. Seine Richtlinie ergänzt die Definition des Verbandes mit Kriterien für verfügbare Inhaltsstoffe aus kontrolliert biologischem Anbau. Hierbei handelt es sich aber nicht um Produkte mit einem 100%-Anteil an Zutaten aus biologischer Landwirtschaft, denn auch ein wesentlich geringerer Anteil ist zulässig. Neben Verboten für Tierversuche bei der Gewinnung der Rohstoffe und der Herstellung der Produkte sollen die HerstellerInnen, der Richtlinie entsprechend, sozial verträglich arbeiten, beispielsweise durch die Verwendung von Produkten aus fairem Handel. Obwohl zahlreiche Grund- und Rohstoffe aus so genannten Entwicklungsländern kommen, sind kaum fair gehandelte Kosmetikprodukte am Markt.

Die bereits erwähnte Problematik der Tierversuche im Bereich Kosmetika ist nach wie vor präsent: Inhaltsstoffe diverser Shampoos und Cremen werden immer noch an lebenden Tieren getestet, obwohl der Kosmetikindustrie bereits rund 8.000 getestete Inhaltsstoffe zur Verfügung stehen. Erst ab 2013 gilt in der EU ein generelles Verbot für Tierversuche für Kosmetikinhaltsstoffe. Auf internationaler Ebene besteht der Humane Cosmetics Standard (HCS). Dessen Kriterien bestehen in der Absage an Tierversuche, einem Kontrollsystem über die Lieferkette und in regelmäßigen Überprüfungen durch ein unabhängiges Kontrollinstitut. Auf der Kosmetikhersteller-Positivliste unter www.kosmethik.at sind diejenigen Unternehmen dargestellt, die mit ihrer Unterschrift eine tierleidfreie Herstellung von Kosmetikprodukten garantieren.

Alle angesprochenen Zertifizierungs- und Kontrollsysteme beinhalten bestimmte nachhaltige Aspekte, aber es zeigt sich auch, dass Naturkosmetik nicht wirklich eine 100%ige Sicherheit gibt, dass die Produkte tierleidfrei erzeugt wurden, aus kontrolliert biologischem Landbau stammen oder keine synthetisch hergestellten Stoffe beinhalten.

Insbesondere besteht ein Bedarf an besseren, standardisierten Kennzeichnungssystemen für kontrollierte Naturkosmetik. Derzeit sind weitere Kennzeichnungssysteme laut EZA (Österreichische Entwicklungszusammenarbeit) oder Bioverbänden in Entwicklung, die den KonsumentInnen einen nachhaltigen Einkauf erleichtern sollen.

Mag^a. Henriette Gupfinger ist Mitglied der Geschäftsleitung der Österreichischen Gesellschaft für Umwelt und Technik (ÖGUT).
Kontakt: henriette-gupfinger@oegut.at

Nachhaltigkeitssiegel für reparaturfreundlich konstruierte Elektro- und Elektronik-Geräte (Weiß- und Braunware)

Langlebige, wertvolle Gebrauchsgüter werden zunehmend zu kurzlebigen Wegwerfprodukten transformiert. Am deutlichsten wird die Kurzlebigkeit in der Elektrobranche und der Welt der Unterhaltungselektronik und der Informationstechnologie. Z.B. wechseln PC- und Handygenerationen bereits im ¼-Jahrestakt.

Es geht nicht um Frust statt Lust. Niemandem soll die Freude am Neuen verdorben werden. Jeder soll nach seinem eigenen stil leben können! Aber gerade da hapert mittlerweile. Wer langlebige, reparaturfreundliche und wertbeständige Güter möchte, hat es zumindest im Elektro- und Elektronikbereich immer schwerer die richtigen Produkte zu finden. Und ehrlich, wer möchte sich schon alle 2 Jahre die mühevolle Plage mit der Anschaffung einer neuen Waschmaschine oder eines neuen Geschirrspülers antun? Der äußere Glanz der Geräte, die Vielzahl an Funktionen und auch der Kaufpreis geben nicht wirklich Auskunft über die Qualität des Produktes.

© www.freeimages.co.uk

Service- und Reparaturdienste klagen zunehmend über deren Bauart. Viele Geräte und Geräteteile lassen sich nicht mehr zerlegen, weil sie verschweißte Gehäuse haben. Auch das Fehlen von Bau- und Schaltplänen erschwert die Arbeit maßgeblich. Es nützt auch nichts, wenn das Gerät zwar repariert werden könnte, die Ersatzteile aber nicht mehr geliefert werden.

Was also, wenn ein Konsument die Sicherheit haben möchte, dass seine neue Waschmaschine, sein neuer Fernseher oder seine neue Kaffeemaschine langlebig und reparaturfreundlich ist? Das neue „Reparaturgütesiegel", eine Norm des Österreichischen Normungsinstitutes mit dem sperrigen Namen „Nachhaltigkeitssiegel für reparaturfreundlich konstruierte Elektro- und Elektronik-Geräte" (Weiß- und Braunware) ON-Regel 192102, leistet hier Abhilfe. Eine Plankette auf der Frontseite des Gerätes angebracht, signalisiert die Qualifikation des Gerätes in punkto Reparaturfreundlichkeit und Langlebigkeit mit „gut", „sehr gut" oder „ausgezeichnet", sodass auch Unterschiede in der Qualität sichtbar werden.

Voraussetzung für die Erlangung des Siegels ist, dass das jeweilige Produkt durch einen unabhängigen, zerti-fizierten Prüfer ausführlich nach 39 konkreten Kriterien getestet wurde. Dabei geht es um Fragen der durchschnittlichen Gebrauchsdauer, Zugänglichkeit und Zerlegbarkeit des Gerätes, softwaregestützte Fehlersuche, die Dauer der garantierten Verfügbarkeit von Ersatzteilen, Funktionalität des Gerätes bei Ausfall von unwesentlichen Teilfunktionen und vieles mehr. Ein wichtiger Schwerpunkt bei der Prüfung auf der Verfügbarkeit von guter Servicedokumentation auch für herstellerunabhängige Servicedienste. Nach Ablauf des Gewährleistungszeitraumes hat so der Konsument die Wahl, wem er sein Gerät zur Servicierung anvertraut.

Es wird noch eine Weile dauern, bis eine entsprechende Marktdurchdringung mit diesem Siegel erreicht werden kann, denn das Siegel ist brandneu und wurde im Juni dieses Jahres mit ersten Produkten der Marke EUDORA aus der Taufe gehoben.

© www.sxc.hu

 *Dr. Norbert Weiß* ist mitbegründer des Reparaturnetzwekes und war auch an der Schaffung des des beschriebenen Siegels beteiligt. Der Psychologe, und ausbildete Psychotherapeut und Coach leitete die Organisationsabteilung der OeNB, und ist heute als selbständiger Unternehmensberater tätig.
Kontak: nw@organisationsberatung.co.at

Ökotextilien – das Comeback der Natur!

Die Textilproduktion hat enorme ökologische und soziale Auswirkungen und auch mögliche gesundheitliche Folgen für die TrägerInnen der Kleidungsstücke. Wer nachhaltig konsumieren will, greift am besten zu kontrollierten Ökotextilien. Diese werden nach ökologischen und sozialen Richtlinien produziert. Sie sind durch Labels gekennzeichnet, die Ihnen gesunden Tragekomfort ohne negativen Beigeschmack garantieren.

Bio – ein gutes Gefühl

Biologisch einkaufen ist die schönste Art des Umweltschutzes. Wer ein Bio-T-Shirt kauft, kann mit gutem Gefühl sagen, 7m² Landschaft vor Pestiziden zu schützen. Doch Ökotextilien sind nicht nur besser für die Umwelt und die Gesundheit der LandarbeiterInnen. Auch Konsument-Innen spüren den Unterschied, denn Öko-textilien sind frei von Rückständen und somit für empfindliche Haut gut geeignet.

© hess natur

Gefährlicher Chemikaliencocktail

Vom Anbau der Faser bis zum Produkt auf der Kleiderstange ist es ein langer Weg, der mit ökologischen und sozialen Auswirkungen gepflastert ist (Anbau unter intensivem Einsatz von Chemikalien, schlechte Arbeitsbedingungen und mehr-fache chemischen Behandlung der Fasern). Für den Anbau von Baumwolle werden 25 Prozent der weltweit eingesetzten Insektizide verwendet. Weltweit werden jährlich ca. 2 Mio t Textilhilfsmittel, 2 Mio t Säuren, Laugen und Salze und ca. 250.000t Farbstoffe verbraucht. Im Durchschnitt fließen 90% der eingesetzten Chemikalien und Textilhilfsmittel, sowie 20 % der eingesetzten Farbstoffe ins Abwasser[1].

Wo gibt es grüne Mode?

Ökomode ist durch Ökotextil-Labels gekennzeichnet. Je nach Label wird bei der Kennzeichnung entweder nur das Endprodukt betrachtet oder die gesamte

---

[1] Swisstextiles Textilverband Schweiz

Herstellungskette. Renommierte Ökotextil-Hersteller verwenden nur hautfreundliche Farbstoffe und verzichten auf die chemische Ausrüstung ihrer Produkte. Der Unterschied zeigt sich klar auf der Haut - Ökotextilien sind frei von gefährlichen Schadstoffen wie Azofarbstoffen oder zinnorganischen Verbindungen und deswegen besonders für Personen mit sensibler Haut geeignet. Optimale Ökotextil-Labels erfüllen sowohl gesundheitliche als auch ökologische und soziale Kriterien. Ökotextilien sind in Österreich in Fachgeschäften erhältlich. Über Versandhandel und Onlineshops gibt es eine sehr große Auswahl, diese geht von klassischen Naturtextilien aus Leinen oder Hanf bis zu trendigen Jeans und T-Shirts.

Ist wirklich 100 % Bio drin wo Bio draufsteht?

Bio liegt im Trend und hat es auch in die konventionellen Läden geschafft. Allen voran bietet der Branchenriese H&M eine Biokollektion unter dem Namen „Organic" an. Leider beziehen sich hier die Kriterien nur auf die Produktion der Baumwolle, diese wird biologisch angebaut und unabhängig kontrolliert. Die weiteren Schritte wie Spinnen, Färben, Bleichen entsprechen jedoch den üblichen Bedingungen der konventionellen Textilindustrie und sind keineswegs ökologischer.

"die umweltberatung" Wien hat die Kriterien der 43 in Österreich erhältlichen Ökotextil-Labels unter die Lupe genommen. Infos finden Sie unter www.umweltberatung.at .

Unter 01/803 32 32 beraten wir Sie gerne für Ihren nächsten Einkauf!

Mag. Michaela Knieli ist Koordinatorin des Komptenz-Zentrums Lebensmittel & Konsum bei "die umweltberatung"
Kontakt: michaela.knieli@umweltberatung.at

Gesunde Geschäfte um die tolle Knolle

Warum Konsumenten vermeintliche Biovorteile kritisch hinterfragen sollten.

Der erzielbare Preis für Bioware und die Bereitschaft der Konsumenten, sich diesem Niveau auch widerspruchslos unterzuordnen, veranlasst einige Marktteilnehmer zu hinterfragenswürdigen Praktiken. Da gibt es zum einen die Trittbrettfahrer, konventionelle Produzenten (Händler, Verarbeiter), die sich nur ein grünes Mäntelchen umhängen. Genauso zweifelhaft sind die Schwarzfahrer, an sich echte Bios, die tricksen, um die Gewinnspanne zu erhöhen. Oder fast noch schlimmer: Die Sonntagsfahrer, die aus mangelnder Professionalität und Naivität Biovorteile bei der Produktion kaputt machen.

Von letzteren beiden reden die Bios nicht gerne, doch der Konsument wird von allen angelogen, denn er zahlt höhere Preise und bekommt keinen Mehrwert dafür. Und das ist auch im Sinn der Biosache gefährlich: Denn wer nach nicht gehaltenen Versprechen beim realen Biokonsum enttäuscht wird – etwa, weil er mit Biokost nicht sofort gesünder wird, glückliche Kühe angebunden im Stall stehen sieht, oder ratlos vor einer Handvoll Biosiegeln steht – der ist als Käufer für die Biobranche verloren.

© www.sxc.hu

Beispiele, wo Versprechen in Biomarketing und Biowerbung der Realität nicht standhalten, gibt es genügend: So etwa weiß kaum jemand, dass das Siegel des größten Österreichischen Biobauernverbandes Bio-Austria zwar die Bauern gut kontrolliert, aber an Teile der Verarbeitungsindustrie (etwa Gastronomie) fast ohne verbindliche Richtlinien einfach verkauft wird. Oder dass Vergleichsstudien aus Naturkostläden den Schluss zulassen, dass heimische Top-Biomarken oft mit ungerechtfertigt hohen Spannen verkauft werden. Oder dass ausgerechnet die EU-Bioverordnung 2092/91 genau jene Ausnahmen möglich macht, nach denen sich etwa viele Naturkostläden und Bauernmärkte völlig legal jeder Biokontrolle entziehen dürfen.

Oder: Warum darf für den eigentlich Geschmack bildenden Prozess bei der Herstellung von Biowein auf im Labor selektionierte Hefestämme zurückgegriffen werden? Und warum sind Biotiere auf dem Weg zum Schlachthof keineswegs erste Klasse unterwegs? Besonders ärgerlich, wenn sich das innere Leuchten einer Biokartoffel aus der Biopohotonenanalyse quasi in erhellenden Lebensumständen glücklicher Konsumenten niederschlagen soll. Dabei ist Biogemüse keineswegs jene besondere Trägerrakete für Vitaminbomben, als die es verkauft wird – zumindest nicht mehr als jedes andere Gemüse auch, solange es nur standortgerecht angebaut, reif geerntet und schnell verarbeitet wird. Nicht zuletzt sind Biobauern keineswegs arme Schlucker, sondern gehören zu den bestverdienenden Kollegen der Landwirtschaft - was allerdings so manche Subventionsforderung relativiert.

Gerade engagierte Bioaficionados sollten aufpassen, wo die biologisch-helle Seite der agrarischen Macht ihre Bösewichte hat - um sich dann an die Guten halten zu können.

© www.sxc.hu

Dr. Markus Groll, geb 1963, promovierter Publizistik- und Kommunikations-wissenschafter, Musikpädagoge, Journalist, Herausgeber und Co-Autor der Bestseller "Die 50 größten Fitness-Lügen", "Die 50 größten Diät-Lügen", "Die 50 größten Wein-Lügen", langjähriger Redakteur des Wirtschaftsmagazins 'trend', zuvor bei "Wirtschaftswoche", "New Business", "Cash-Flow", ORF-Landesstudio NÖ, Pressepreis 2004 der Ärztekammer für Wien für hervorragende medizinische Berichterstattung.

Markus Groll, Gernot Loitzl:
Die 50 größten Bio-Lügen
Die gängigsten Irrtümer rund um glückliche Kühe & gesunde Geschäfte

152 Seiten, broschiert, zahlr. Farbabb.
ISBN 978-3-902532-29-9, EUR 16,90

Die EU-Verordnung Nr. 2092/91 über den ökologischen Landbau (Biologische Landwirtschaft)

und die entsprechende Kennzeichnung der landwirtschaftlichen Erzeugnisse und Lebensmittel

Zum Schutz des Begriffes "bio" oder "öko" wurde die EU-Verordnung 2092/91 zur Biologischen Landwirtschaft erlassen und gilt seit Juli 1994 auch in Österreich. Der konsolidierte Verordnungstext kann unter www.raumberg-gumpenstein.at – Service – Download – Gesetze, Verordnungen und Umsetzungsrichtlinien heruntergeladen werden.

Sie gliedert sich in:
- Anwendungsbereich
- Etikettierung (Kennzeichnung)
- Erzeugungsvorschriften für Pflanzen und Tiere, Zusatzstoffe, Verarbeitungshilfsstoffe
- Kontrollsystem
- Import

Anwendungsbereich:
- Unverarbeitete Agrarerzeugnisse
- die für den menschlichen Verzehr bestimmten verarbeitete Agrarerzeugnisse
- Futtermittel
- sofern diese Erzeugnisse mit Bio vermarktet werden sollen.

Etikettierung:

Im Sinne dieser Verordnung gilt ein Erzeugnis als aus Biologischer Landwirtschaft stammend gekennzeichnet, wenn in der Kennzeichnung das Erzeugnis mit Bezeichnungen versehen wurde, die dem Käufer den Eindruck vermitteln, dass das Erzeugnis nach den in der Verordnung 2092/91 genannten Produktionsregeln gewonnen wurde.

Ein Bioerzeugnis darf die Bezeichnung „aus biologischer Landwirtschaft" nur führen, wenn das Produkt zu 100 % aus biologischer Landwirtschaft stammt. Der Anteil von einigen in der Verordnung aufgelisteten konventionellen Zutaten darf bis zu 5 % betragen.

Erzeugungsvorschriften:

Pflanzenbau

Der Biobauer muss so wirtschaften, dass er Betriebsmittel wie leichtlösliche Handelsdünger („Kunstdünger") und synthetische Pflanzenschutzmittel nicht braucht und daher auf diese verzichtet. Er nützt die Fruchtbarkeit des Bodens, Selbstschutzmechanismen der Pflanzen etc, deswegen muss er besonders auf ökologische Fruchtfolgen achten; Unkraut wird beispielsweise mechanisch entfernt; Nützlinge wie z.B. Raubmilben werden gefördert.

WIR SIND **BIO**

AUSTRIA BIO — AUS BIOLOGISCHER LANDWIRTSCHAFT — AMA-BIOZEICHEN

Ich bin bio. Ich lebe bio. Wo das AMA-Biozeichen drauf ist, ist bio drin. Da kann ich mir sicher sein. Ich liebe das pure Leben.

Das AMA-Biozeichen, das Zeichen für Bio-Qualität. www.wirsindbio.at

Tierhaltung

Die Tiere müssen artgerecht gehalten werden, daher Auslauf haben und die Stallfläche ist durchschnittlich doppelt so groß wie bei der konventionellen Haltung. Sie dürfen nicht vorsorglich Tierarzneimittel erhalten (erst wenn sie erkranken). Das Futter muss biologisch erzeugt sein.

Zusatzstoffe:

Ein Bioprodukt muss grundsätzlich zu 100 % aus biologischer Landwirtschaft stammen. Da aber nicht alle Rohstoffe in Bio-Qualität lieferbar sind, dürfen bis zu 5 % Zutaten aus konventionellem Anbau verwendet werden. Die erlaubten Zutaten aus konventioneller Landwirtschaft sind taxativ in der EU-Verordnung aufgelistet. Dazu zählen etwa Kakaobutter, Stachelbeeren und Pfeffer.

Die Bioverordnung gibt weiters eine kleine Liste von Zutaten nicht landwirtschaftlichen Ursprungs an, die ebenfalls verwendet werden dürfen. Dazu gehören beispielsweise Ascorbinsäure und Schwefeldioxid (nur bei Obstwein) als Konservierungsmittel oder Pektin als Geliermittel.

Geschmacksverstärker oder synthetische Farbstoffe dürfen nicht verwendet werden.

Gentechnik – keinesfalls bei Bioprodukten!

Kontrollsystem:

Die Kontrolle des Biobetriebes wird in Österreich durch unabhängige private Kontrollstellen durchgeführt, die vom jeweiligen Landeshauptmann (Lebensmittelbehörde) zugelassen und kontrolliert werden. Neben der jährlichen vollständigen Besichtigung der Betriebseinheit führt die Kontrollstelle unangekündigte Inspektionsbesichtigungen bei den landwirtschaftlichen Betrieben, aber auch bei den Verarbeitern und Vermarktern durch. Somit erstreckt sich die Bio-Kontrolle auf den gesamten Produktionsprozess.

Importe:

Wird ein Bio-Erzeugnis importiert, muss nachgewiesen sein, dass es entsprechend den Vorschriften der EU-Bio-Verordnung erzeugt wurde.

Der Österreichische Lebensmittelcodex:
Die VO 2092/91 lässt bei der Tierhaltung gewisse nationale Spielräume. Diese werden durch den Österreichischen Lebensmittelcodex Kapitel A8 geregelt und betreffen insbesondere den Sonderfall, ob und unter welchen Umständen Bio-Kühe zeitweise angebunden werden dürfen. Ist dies der Fall, muss der Biobauer den Tiergerechtheitsindex einhalten (das sind eine Anzahl von Sonderauflagen zum Wohle der Tiere).

DI Alois Posch ist Leiter der Abteilung II 8 Agrarumweltprogramme und Biologische Landwirtschaft im Lebensministerium
Kontakt: alois.posch@lebensministerium.at

Aktuelle Entwicklungen in der österr. Bio-Landwirtschaft

Österreich ist Bioland No. 1. Das merkt man nicht nur an der Anzahl der Bioprodukte in unseren Supermarktregalen, auch die Zahl der Bio-Landwirtschaftsverbände in Österreich war zeitweise rekordverdächtig. Um die 25 Verbände zählte man noch um die Jahrtausendwende. Verwirrend für den österreichischen Konsumenten – welchen Produkten schenke ich mein Vertrauen?

Dann kam der Bio-Getreideskandal im Jahr 2002: in Deutschland wurden plötzlich erhöhte Werte des für den Menschen schädlichen Herbizids Nitrofen ausgerechnet in Bio-Babynahrung gefunden. Wie war es dahin geraten? Nitrofen wurde in der Bundesrepublik Deutschland bereits im Jahr 1988 verboten. Doch im Jahr 1988 existierte die DDR noch, und dort war die Verwendung von Nitrofen bis zum Mauerfall und der folgenden Übernahme der BRD-Gesetze im Jahr 1990 erlaubt. Zu diesem Zeitpunkt waren natürlich noch Restbestände vorhanden, und so kam es, dass Bio-Getreide in einer Nitrofen-kontaminierten Lagerhalle gelagert wurde,

© www.sxc.hu

anschließend an Bio-Hühner verfüttert wurde und so über das Geflügel in die Babynahrung kam.

In den Jahren 2000 und 2001 verkaufte ein Waldviertler Getreidehändler 14.000t konventionelles Getreide als Bio-Getreide. Diese Skandale erschütterten die österreichische Bio-Welt. Krisensitzungen im damaligen Landwirtschaftsministerium unter Minister Molterer folgten und der Minister ließ verlauten, dass das Ministerium keine parallelen Förderungen an eine Unzahl von Verbänden mehr auszahlen würde, die Bio-Szene habe sich zu organisieren.

Der Ernteverband, die Vereinigung „Ernte für das Leben", war damals der größte Bio-Verband und erarbeitete gerade gemeinsam mit dem Rewe-Konzern die Marke Ja!Natürlich. Und aus eben diesem Ernteverband entstand die heutige Plattform BIO AUSTRIA, Österreichs größter Bioverband. Viele kleine Verbände gingen in der BIO AUSTRIA auf, wobei darauf geachtet wurde, dass vorhandene personelle und wissensbezogene Ressourcen nicht verloren gingen (einige Leiter kleinerer Bioverbände arbeiten heute als Leiter der einzelnen Bundesländer-Abteilungen der BIO AUSTRIA). Andere, größere Verbände, die oft weltweite „Zweigstellen" besitzen, wie z.b. der Demeterbund, arbeiten heute im Netzwerk BIO AUSTRIA eng mit dem großen Verband zusammen, sodass ein einheitliches Auftreten der österreichischen Biolandwirtschaft gegeben ist.

Die Richtlinien der staatlich unabhängigen Verbände gehen oft über die Grundlage des europäischen Biolandbaus, die EU-Verordnung zum biologischen Landbau (EU-VO 2092/91), hinaus.

Weitere „Spieler" auf dem österreichischen Bio-Markt sind die AMA, deutsche Bioprodukte und die österreichischen Supermarktketten. Die Agrarmarkt Austria (AMA), die staatliche Agrarmarkt-Marketingorganisation, betreut das zweite große Bio-Siegel für die österreichische Biolandwirtschaft, das Austria-Bio-Zeichen (siehe Siegelvorstellung im Adressteil). Das AMA-Biozeichen ist daher als das staatliche österreichische Biozeichen zu sehen.

Eine weitere nicht zu vernachlässigende Größe auf dem österreichischen Biomarkt sind Produkte aus Deutschland, vor allem Produkte mit dem deutschen Biozeichen (siehe Siegelvorstellung im Adressteil). Die Richtlinien für das Zeichen basieren, ähnlich den Richtlinien des österr. AMA-Biozeichens, auf der EU-Verordnung zum biologischen Landbau.

Am bekanntesten und am häufigsten gekauft werden in Österreich die Bio-Linien der Supermarktketten. Meist werden die Supermärkte von Bauern beliefert, die ihrerseits wieder einem der Bioverbände angehören. Leider ist das aber oft auf den Verpackungen nicht mehr zu sehen, wenn man also auf Produkte eines bestimmten Verbandes oder spezielle Richtlinien eines Verbandes Wert legt, so muss man spezialisiertere Händler aufsuchen.

Mag^a. Martina Glanzl

Regionalität - regionale Lebensmittel

Die regionale Herkunft ist ein wichtiges Merkmal beim Einkauf von Lebensmitteln. Das bestätigen viele Umfragen immer wieder. Als Begründung, regionale Produkte zu kaufen, wird sehr oft Frische und Qualität angeführt. Aber auch Rückverfolgbarkeit und Vertrauen sowie Tradition sind wesentliche Gründe, um Produkte aus der Region auszuwählen.

Eine einheitliche Definition für den Begriff der Region gibt es allerdings nicht. Eine Region kann in unterschiedlichen Kontexten gesehen werden – politisch-administrativ, wirtschaftlich-sozial oder kulturell und wird zumeist unterhalb einer staatlichen Ebene angegeben. Die Region wird von ihren BewohnerInnen oder BesucherInnen sehr unterschiedlich wahrgenommen und erzeugt bei den BetrachterInnen ihr ganz eigenes Bild.

Lässt sich der Begriff Region nicht einheitlich definieren, so gilt das auch für regionale Produkte. Wie regional ist beispielsweise das Brot vom Bäcker ums Eck?

Verwendet die Bäckerei zugekaufte Backmischungen, um dem Konkurrenzdruck vieler Supermarktketten hinsichtlich Produktvielfalt und immerwährender Frische der Produkte standhalten zu können, so müssen nicht alle Rohstoffe zwingend auch aus der Region stammen. Backmittelhersteller sind oft in Händen großer Konzerne, die weltweit agieren und ihre Rohstoffe zunehmend global einkaufen. Jedoch ist dies auch mit ein Grund, dass gerade diese Bäckerei in der Region

© Lukas Beck/ lukasbeck.com

überleben kann. Damit bleibt sie und somit auch Arbeitsplätze der Region erhalten. Eine Nahversorgung ist ebenso weiterhin gewährleistet. Allerdings wird in dieser Sichtweise die Herkunft der Rohstoffe nicht mit einbezogen.

Andere Betriebe wiederum produzieren verstärkt mit Rohstoffen aus der Region. Um bei dem Beispiel der Bäckereien zu bleiben: Hier findet zum Teil wieder verstärkt ein Backen mit alten Getreidesorten statt. Dabei wird Getreide verwendet, das bewusst wieder in der Region angebaut wird. Oft kein leichtes Unterfangen, muss doch der Ernteertrag wie auch der Klebergehalt stimmen. Manche Bäckereien mischen ihre Backmischungen selbst und zwar aus heimischem Getreide. Dabei gehen sie oft regionale Kooperationen mit LandwirtInnen und Mühlen ein.

Regionale Kooperationen zwischen landwirtschaftlichen und gewerblichen Betrieben gibt es auch in anderen Bereichen, wie etwa bei Frischfleisch, Milch und Milchprodukten oder beim Obst und Gemüse. Einige dieser Kooperationen und auch andere regionale Initiativen vermarkten ihre Produkte unter einer eigenen Marke oder einem Gütezeichen. Leider finden sich nur wenige dieser Produkte in unseren Supermärkten. Die

Mengen sind oft nicht ausreichend, um sie österreichweit vermarkten zu können. Nur wenige Handelsketten bieten derzeit Produkte aus einer Region für diese Region an. Die Zahl ist erfreulicherweise im Steigen. Was für regionale Produkte allerdings noch unzureichend vorhanden ist, sind einheitliche Kriterien bzw. Richtlinien und eine klare Erkennbarkeit.

Produkte, deren Rohstoffe aus einer Region stammen und die auch in dieser Region verarbeitet werden, stärken die Region, oft auch indirekt. So können natürliche Ressourcen und die Vielfalt an regionalen Produkten erhalten und regionale (Land-)Wirtschaftskraft, Wirtschaftsstruktur wie auch regionale Stoffkreisläufe durch kurze Transportwege gestärkt werden. Diese regionalen Produkte sollten für uns KonsumentInnen durch eine ehrliche und transparente Kennzeichnung gut nachvollziehbar sein.

© Petra Blauensteiner, ÖGUT

Mag^a. Andrea Ebner ist wissenschaftliche Projektmanagerin und Expertin zum Thema Nachhaltiger Konsum, Schwerpunkt Lebensmittel in der ÖGUT (Österreichische Gesellschaft für Umwelt und Technik)
Kontakt: andrea-ebner@oegut.at

Umweltmanagementsysteme – weltweit oder EUweit   ISO 14001

Die ökologisch-soziale Verantwortung von Unternehmen gewinnt in der Öffentlichkeit zunehmend an Bedeutung. Entsprechend steigt der Druck auf Unternehmen und Organisationen, sich über die umweltgesetzlichen Anforderungen hinaus zu verbessern. Eine systematische Umweltarbeit schafft Geschäftschancen und bahnt den Weg für einen vertrauenswürdigen Dialog mit KundInnen, Behörden und anderen Interessenten. Der Einsatz von zertifizierten Umweltmanagementsystemen dient Kooperationspartnern als strategisches Instrument, um Umweltrisiken und Umweltbelastungen kontinuierlich zu vermindern, interne Abläufe zu verbessern und dabei die Kosten für Energie, Wasser und Rohstoffe zu minimieren.

Seit 1996 steht als Grundlage für den Aufbau von Umweltmanagementsystemen die weltweit anerkannte Norm DIN EN ISO 14001 zur Verfügung. Neben der Norm ISO 14001 besteht für Organisationen in Europa die Möglichkeit, sich am Öko-Audit-System (EMAS - Eco-Management and Audit Scheme) der EU zu beteiligen. Das europäische Umweltmanagement bietet ein freiwilliges Instrument für eine nachhaltige Entwicklung für Betriebe und Einrichtungen der Verwaltung. Die Verordnung ist in Österreich seit April 1995 in Kraft und wurde 2001 einer Revision unterzogen.

Mit Inkrafttreten der neuen EMAS-Verordnung wurde auch die Verbindung zur ISO 14001 geregelt. Die Systemanforderungen an das Umweltmanagementsystem gemäß der "neuen" EMAS-Verordnung und der EN ISO 14001 sind nunmehr ident mit dem Vorteil, dass Organisationen auf einfache Art und Weise über die EN ISO 14001 in die EMAS einsteigen können.

Die beiden Programme unterscheiden sich vor allem darin, wie die Umwelteinwirkungen, die Umweltleistungen und das Managementsystem nach außen kommuniziert werden. Bei EMAS ist dafür eine öffentliche, detaillierte Umwelterklärung mit allen konkreten Maßnahmen und Daten verpflichtend vorgesehen. Bei ISO 14001 zertifizierten Unternehmen muss lediglich die Umweltpolitik öffentlich publiziert werden. Um den Mehrwert des staatlichen EMAS-Systems gegenüber der rein privatwirtschaftlichen ISO-Norm zu erhalten, wurden in EMAS allerdings Zusatzanforderungen definiert:

Die EMAS-Verordnung misst der Eigenverantwortung der Wirtschaft bei der Bewältigung ihrer direkten und indirekten Umweltauswirkungen eine entscheidende Rolle zu. Die externe Kommunikation sowie die Motivation und Einbeziehung der MitarbeiterInnen werden mit der neuen EMAS-Verordnung gestärkt. Teilnehmende Organisationen müssen einen offenen Dialog über die Umweltauswirkungen

Recycling von Glasverpackungen: aktiver Umwelt- und Klimaschutz

Recycling von Glasverpackungen ist Kreislaufwirtschaft in Vollendung.

Glasrecycling schützt die Umwelt
Glas ist vollständig verwertbar: Aus gebrauchten Glasverpackungen stellt die österreichische Glasindustrie neue Glasverpackungen her – echtes bottle-to-bottle-Recycling. Weniger Primärrohstoffe müssen abgebaut werden. Das bewahrt Natur- und Landschaftsraum.

Glasrecycling schützt das Klima
Altglas schmilzt bei geringerer Temperatur als die Primärrohstoffe. Weniger Energie wird benötigt. Das reduziert CO_2-Emissionen und schützt das Klima.

Glasverpackungen getrennt sammeln bringt's! Denn Glasrecycling ist aktiver Umwelt- und Klimaschutz.

Glasrecycling schont die Geldbörse
Getrenntes Sammeln und stoffliches Verwerten von Glasverpackungen kostet nur 70 - 95 Euro pro Tonne, die Sammlung im Restmüll jedoch etwa 180 Euro pro Tonne. Dies würde die Müllgebühren erhöhen.

AUSTRIA GLAS RECYCLING GMBH – verantwortlich für Sammlung und Verwertung von Glasverpackungen in Österreich, Branchenrecyclinggesellschaft im ARA-System

Bezahlte Anzeige

ihrer Tätigkeiten, Produkte und Dienstleistungen mit der Öffentlichkeit und anderen interessierten Kreisen führen. Hieraus ergibt sich eine besondere Qualität von EMAS, vor allem durch die Ausrichtung auf Kommunikation, Partizipation, Dialog und Transparenz. Dies schafft Vertrauen und bringt Verbindlichkeit sowie Dynamik in den Prozess der kontinuierlichen Verbesserung der Umweltperformance.

Gerade die EMAS-Zertifizierung von Unternehmen und Organisationen bietet mit ihren jährlich zu aktualisierenden Umwelterklärungen eine hohe Transparenz hinsichtlich der umweltrelevanten Abläufe. Das schafft die Basis für einen offenen Dialog über die Zukunft nachhaltigen Wirtschaftens und gesellschaftlicher Unternehmensverantwortung.

Zentral ist dabei, dass in der praktischen Umsetzung der Fokus auf die Verbesserung der jeweiligen Umweltleistungen gelegt wird und dass auch externe Effekte von Produkten und Dienstleistungen berücksichtigt werden.

Mit rund 270 nach EMAS registrierten Unternehmen und öffentlichen Einrichtungen liegt Österreich im europäischen Spitzenfeld bei Umweltmanagement und Umweltbetriebsprüfungen.

Derzeit arbeitet die Europäische Kommission an der Neufassung der Verordnung unter dem Arbeitstitel EMAS III. Dabei hat die Kommission deutlich gemacht, dass sie von dem "Premium-Standard" EMAS nicht abweichen will. Ziel der Revision ist es darüber hinaus, die Attraktivität des Systems und damit auch die Registrierungen zu erhöhen. Eine Ausweitung in Richtung Nachhaltigkeitsmanagement, also die Einbeziehung sozialer Aspekte, wäre darüber hinaus begrüßenswert, um den gesellschaftlichen Anforderungen zunehmend gerecht zu werden.

Mag^a. Henriette Gupfinger, ÖGUT

Unterschiede zwischen den Programmen EMAS und ISO 14001 (Zusammenstellung durch ÖkoBusinessPlan Wien)		
	EMAS	**ISO 14001**
Geltungsbereich	Europäische Union	weltweit
Charakter	per Verordnung geregelt	privatwirtschaftlich vereinbart
Kleine und mittlere Unternehmen	Erleichterungen bei Anforderungen/Ablauf	keine Sonderregelungen
Erste Umweltprüfung	verpflichtend	nur empfohlen
Umweltaspekte	Beachtung aller direkt und indirekt verursachten Umweltbelastungen	nur direkte Umweltaspekte beachtet
Öffentlichkeitsarbeit	Verpflichtung mit inhaltlicher Anforderung an die Umwelterklärung	es muss keine Umwelterklärung veröffentlicht werden
Beteiligung der Arbeitnehmerinnen und Arbeitnehmer	verpflichtend	nur Hinweis
Inhalte der Begutachtung	Managementsystem und Umwelterklärung	nur Managementsystem
Registrierung und Veröffentlichung der Teilnehmer	österreichisches und europäisches öffentliches Register	Keine

Was ist eine ON-Regel?

ON-Regeln definieren heute Standards von morgen. Sie legen – so wie Normen – Anforderungen an Produkte und Dienstleistungen fest, regeln Abläufe, beschreiben Verfahren und Prüfmethoden – kurz: Sie sagen, was „State of the art" ist.

Für die Erarbeitung von Normen (ÖNORMEN) gelten strenge und international anerkannte Prinzipien: Einbeziehung aller interessierten Kreise, umfassender Konsens, Publizität und Widerspruchsfreiheit. Das erfordert intensive (Mit-)Arbeit und damit auch Zeit.

Oftmals sind aber schnellere Lösungen notwendig. Dafür bietet das Österreichische Normungsinstitut ON die Möglichkeit, so genannte ON-Regeln (ONRs) zu erstellen. ON-Regeln müssen nicht alle strengen Kriterien einer ÖNORM erfüllen und bieten damit einen Weg, rasch eine Lösung zu finden. Dies ist vor allem in Bereichen sinnvoll, deren Entwicklung besonders dynamisch ist oder die einen hohen Innovationsgrad aufweisen.

Die ONR schließt die Lücke zwischen den auf breitestem Konsens basierenden ÖNORMEN und Spezifikationen, die beispielsweise von einem oder einigen wenigen Unternehmen oder Institutionen erarbeitet werden. Sie ist die rasche Lösung mit geringem Aufwand in Bereichen, in denen es für Normen (noch) keine Legitimation gibt. Ein späterer Einstieg zur Normung kann vorbereitet werden.

Standards setzen

Normung ist eine Dienstleistung für Wirtschaft, Verwaltung und Gesellschaft. Sie ist seit jeher ein Spiegelbild der technischen, wirtschaftlichen und damit auch der gesellschaftlichen Entwicklung.

Normen sorgen für Kompatibilität, erleichtern die Vergleichbarkeit von Produkten und Dienstleistungen, sorgen für rationelle Planungs- und Produktionsabläufe. Sie entlasten von Routinearbeiten, definieren den Stand der Technik bzw. den „Code of good Practice" und beseitigen damit die unterschiedlichsten Arten von Handelshemmnissen – auf nationaler, auf europäischer und auf internationaler Ebene.

Normen werden von jenen gemacht, die sie benötigen: Wirtschaft, Konsumenten, Verwaltung, Wissenschaft. Ihre Vertreter investieren Zeit und Know-how in die Entwicklung von Normen – im eigenen Interesse wie auch im Interesse der Allgemeinheit.

Geleitet und koordiniert wird die Normungsarbeit in Österreich vom Österreichischen Normungsinstitut ON. Es hat den gesetzlichen Auftrag (Normengesetz 1971), die Infrastruktur und die Organisation zur Durchführung der Normungsarbeit bereitzustellen.

Engagement in der Normung

Wer in der Normung mitwirkt, ist in ein Netzwerk eingebunden. In diesem Netzwerk – den Komitees – sitzen einander nicht nur die künftigen Anwender der Normen und Regelwerke gegenüber, sondern auch potentielle Kunden. Die Experten tauschen Wissen aus, u. a. über Kundeninteressen bzw. darüber, was (technisch) machbar ist, was ökologisch und ökonomisch sinnvoll ist, und was der Markt verlangt. Damit gewinnen sie wertvolle Kenntnisse über Vorstellungen und Erwartungen ihrer Marktpartner.

Mehr Informationen online
- über Normung auf http://www.on-norm.at/publish/norm_grundlagen.html
- über das Nachhaltigkeitssiegel auf http://www.on-norm.at/publish/reparaturfreundlich.html

Wenn Sie Fragen dazu haben, Informationsmaterial benötigen oder zu einem Fachgebiet Näheres wissen möchten, schreiben Sie an medien@on-norm.at.

Regina Slameczka, MAS ist im ON Österreichisches Normungsinstitut zuständig für PR & Medien. Kontakt: medien@on-norm.at

Nachhaltigkeit mit Normung

ONR 192102 – das Nachhaltigkeitssiegel

Mit dieser ON-Regel werden Kriterien für ein Nachhaltigkeitssiegel für reparaturfreundlich konstruierte Elektro- und Elektronik-Geräte (Weiß- und Braunware) festgelegt. Beschrieben wird ferner das Verfahren für den Nachweis sowie die Kennzeichnung von Geräten, die diesen Kriterien entsprechen. Hersteller, die für eines ihrer Produkte das Nachhaltigkeitssiegel erhalten wollen, müssen ein Seriengerät von einem seitens des Österreichischen Normungsinstitutes zugelassenen Prüfer überprüfen lassen.

O **Ja, ich bestelle**
… Stück der **ON-Regel 192102** Nachhaltigkeitssiegel für reparaturfreundlich konstruierte Elektro- und Elektronik-Geräte (Weiß- und Braunware)
Preis Papierfassung: EUR 26,70

O **Ja, ich bestelle**
… Stück des Leitfadens: **Corporate Social Responsibility**
Handlungsanleitung zur Umsetzung von gesellschaftlicher Verantwortung in Unternehmen
94 Seiten, Format A5, kartoniert
ON-V 23, Preis: EUR 20,--

Mit „ON top news" eNORM informiert und immer einen Schritt voraus!

Nutzen Sie unseren **kostenlosen E-Mail-Newsletter „ON top news"** und wählen Sie aus 13 Interessensgebieten Ihren persönlichen Informationsmix.
Einfach anmelden unter: www.on-norm.at/newsletter

Bestellmöglichkeiten:
Seite kopieren, ausfüllen und unter Angabe von Name, Adresse, Tel. und UID-Nr. **unterschrieben faxen** an: +43 1 213 00-818 oder **online bestellen** in unserem Shop unter: www.on-norm.at/shop

Alle Preise zzgl. 10 % MwSt. und Versandspesen. Es gelten die ON-Verkaufs- und Lieferbedingungen.
Irrtümer und Preisänderungen vorbehalten. Normen, Publikationen und Software sind vom Umtausch-/Rückgaberecht ausgenommen.

Bezahlte Anzeige

Geld nachhaltig investieren

Unter dem Konzept der Nachhaltigen Entwicklung versuchen Unternehmen, in ihren ökonomisch basierten Entscheidungen ökologische und soziale Aspekte mit zu berücksichtigen.

Die Finanzmärkte honorieren in zunehmendem Maße diese Bemühungen und belohnen nachhaltig wirtschaftende Unternehmen mit guten Unternehmensbewertungen, den Ratings. Der Trend zur Nachhaltigkeit macht sich in der Folge auch an der stetig im Wachsen begriffenen Zahl an nachhaltigen Geldanlageprodukten bemerkbar. So waren in diesem Bereich mit Ende März 2007 22,2 Milliarden Euro in 143 Fonds im deutschsprachigen Markt zum Vertrieb zugelassen.

„Nachhaltiges Investment", „ethisch-ökologisches Investment" oder einfach nur „Grünes Geld" sind unterschiedliche Begriffe für Veranlagungen, bei denen ethische, ökologische und/oder soziale Komponenten bei der Auswahl, Beibehaltung und Realisierung des Investments berücksichtigt werden. Es wird in Unternehmen investiert, deren Produkte und Dienstleistungen einen ökonomischen, ökologischen und damit gesellschaftlichen Nutzen erzeugen.

Unternehmen integrieren in unterschiedlichem Ausmaß nachhaltige Überlegungen in ihre Unternehmenspolitik. Hinzu kommen verschiedenste Anlage-Strategien bei der Umsetzung der Nachhaltiger Entwicklung im Finanzbereich. Dennoch steckt hinter all diesen Ansätzen das Ziel, eine nachhaltige Wirtschaftsentwicklung zu fördern: Sei es durch die Förderung ökologischer Pioniere in reinen Ökofonds, der Verwendung von Ausschlusskriterien, indem ganze Branchen vom Investment aufgrund ökologischer oder sozialer Verstöße ausgeschlossen werden, oder der Anwendung des best-in-class Prinzips. Das best-in-class Prinzip schließt keine Industrien aus, sondern wählt die Besten der jeweiligen Branche, um die Vorreiter zu belohnen und dadurch Anreize für die gesamte Branche zu schaffen. Eine weitere Investmentstrategie stellt die Ausrichtung des Fondsprodukts nach dem Engagement-Ansatz dar, nach dem die nachhaltig orientierte InvestorIn mit Unternehmen in einen Dialog tritt und diese auffordert, bespielsweise bestimmte ökologisch orientierte Maßnahmen einzuleiten oder andere, kontraproduktive zu unterlassen.

Durch diese einzelnen Ansätze entfalten sich unterschiedliche Wirkungsweisen, wodurch nachhaltige Veranlagung auf differenzierte Weise zur Stärkung der nachhaltigen Entwicklung beitragen kann. Dieser Beitrag zur nachhaltigen Entwicklung erfasst auch die ökonomische Dimension: Eine Vielzahl an Untersuchungen belegt, dass ethisch-ökologisches Investieren keineswegs mit Renditeverlusten verbunden ist.

Wie bei jedem Investment ist den AnlegerInnen anzuraten, sich gut zu informieren und beraten zu lassen. Transparenz zu schaffen bzw. den InvestorInnen Unterstützung bei der Wahl von grünen Fondsprodukten in die Hand zu geben, ist die Intention des Vereins für Konsumenteninformation, der Kriterien für die Vergabe des Österreichischen Umweltzeichens für Grüne Fonds entwickelt hat, nach denen Grüne Fonds geprüft und explizit deklariert werden. Zudem wird ab Herbst 2007 die Website www.gruenesgeld.at über nach nachhaltigen Kriterien ausgerichtete Investmentprodukte informieren, um den AnlegerInnen eine weitere Hilfestellung bei der Auswahl ihrer Investments bieten zu können.

© www.sxc.hu

Mag.ª Susanne Hasenhüttl ist wissenschaftliche Projektmanagerin und Expertin zum Thema „nachhaltiger Finanzmarkt" in der ÖGUT (Österreichische Gesellschaft für Umwelt und Technik)
Kontakt: susanne-hasenhuettl@oegut.at

Und wohin geht's weiter ?

Wo finden Sie noch mehr Informationen? Wohin gehen, wenn Sie in diesem Buch noch nicht alle Antworten auf Ihre Fragen gefunden haben?

Die folgende Liste soll Ihnen weiterhelfen:

Zuerst einmal legen wir Ihnen unser Webportal ans Herz: unter www.oekoweb.at finden Sie Informationen, Adressen, Themen, Links und noch vieles mehr!

Wenn Sie auf der Suche nach einem energiesparenden Elektrogerät sind, dann sind Sie hier richtig: www.topprodukte.at. Diese vom Lebensministerium, dem WWF und der Österreichischen Energieagentur getragene Seite hilft bei der Entscheidung für ein energiesparendes Gerät.

Greenpeace hilft beim Einkaufen vor allem im Lebensmittel- und Kosmetikbereich. Unter www.marktcheck.at gibt es monatlich interessante Themen. Eine Datenbank hilft, ökologische Produkte zu finden.

Das Lebensministerium hilft beim Lebensmitteleinkauf mit dem Lebensmittelnet: www.lebensmittelnet.at. Hier gibt es nicht nur Informationen über Bio-Lebensmittel sondern auch zur Kennzeichnung konventioneller Lebensmittel, zu regionalen Lebensmitteln und österreichischen Spezialitäten.

Beim Klimaschutz (vor allem im Bereich Bauen und Wohnen) hilft die klima:aktiv Seite des Lebensministeriums und der Österreichischen Energieagentur: www.klimaaktiv.at

Wenn es um Garten und Pflanzen, Lebensmittel, Kleidung, Kosmetik oder auch um's Hausbauen geht – "die umweltberatung" hat Antworten auf viele Fragen: www.umweltberatung.at.

Geht es um Fragen zu zertifiziertem Holz und Holzprodukten, so ist die Holzcheck-Seite des WWF die richtige Adresse: www.holzcheck.at.

Zum Thema Naturkost hat sich der deutsche bio-Verlag ein Beispiel an Wikipedia genommen. Hier gibt es allgemeine Hintergrundinformationen zur Naturkost: www.naturkost.de/wiki

Der Präsentation direkter Produktvergleiche haben sich verschiedene Organisationen angenommen: der Verein für Konsumenteninformation (VKI) mit seiner Zeitschrift „Konsument" und online unter www.konsument.at; der Verlag Ökotest (www.oekotest.de) und die Stiftung Warentest in Deutschland (www.stiftung-warentest.de).

oekoweb
Österreichs zentrales Umweltportal

Benutzungshinweise:

Um die Navigation durch den nun folgenden Siegel- und Adressteil einfacher zu machen, hier einige Hinweise zur Benutzung:

Jede Branche beginnt mit einer Übersicht über die in der Branche gültigen Siegel. Das **Siegel wird abgebildet**, die **Siegelausgebende und die -kontrollierende Stelle** wird erwähnt, eine kurze **Zusammenfassung der Richtlinien** informiert über das Siegel und schlussendlich wird noch eine **Kontaktadresse** für weiterführende Informationen angeführt.

Die Herkunft dieser Informationen finden Sie am Ende des Kontaktadressen-Feldes: Internet (www), e-mail/ schriftliche Korrespondenz (✉) oder telefonische Auskünfte (☎).

Die Farbcodierung der Siegeltabellen zeigt, um welche Art von Zeichen es sich handelt:

grün steht für österreichische und internationale Siegel, nach deren Richtlinien in Österreich zertifiziert wird
blau steht für im österreichischen Handel häufig anzutreffende internationale Siegel, die in ihrem Herkunftsland zertifiziert werden
rot steht für Kontrollinstitutionen (in der Branchen „Essen und Trinken" zu finden)
gelb steht für nachhaltige Handelsmarken, die oft für Gütesiegel gehalten werden
grau steht für Zeichen, die wie Nachhaltigkeitssiegel anmuten, aber keine sind

Im Anschluss an die Siegeltabelle finden Sie **Adressen** der mit den österreichischen Gütesiegeln ausgezeichneten Firmen und Produkte. Kleine **farbige Icons der Gütesiegel** unterhalb der Adressen informieren darüber, welche Siegel die an dieser Adresse erhältlichen Produkte tragen. In die Adressliste konnten nur Betriebe und Siegel aufgenommen werden, die Auskunft über Richtlinien, Zertifikate und Kontrollen gegeben haben. Nicht alle Ansprechpartner waren dazu bereit, daher sind Lücken unvermeidbar. Ebenso ist es oft schwierig bis unmöglich, den Weiterverkauf eines Produktes vom Produzenten bis zu jedem belieferten Händler zu verfolgen, oft wissen die Produzenten selbst nicht, wohin ihre Produkte verkauft werden. Fällt Ihnen auf, dass eine Adresse, die Sie kennen, fehlt, so freuen wir uns über eine kurze Mitteilung!

Die Adressen sind in **Branchen** verwandter Produkte bzw. Betriebe sortiert. Innerhalb der Branchen erfolgt die Sortierung nach **Postleitzahl** (beginnend bei 1010, endend bei 9991). Adressen gleicher Postleitzahl sind **alphabetisch sortiert**.

Bei vielen Adressen finden Sie zusätzlich noch kleine Smiley-Icons. Diese geben Informationen über die Menge der zertifizierten Waren, die der Händler/ Produzent führt:

☺ = einzelne Produkte zertifiziert
☺☺ = umfassendes zertifiziertes Sortiment
☺☺☺ = gesamtes Sortiment zertifiziert

Bauen und Wohnen

Wie gestalten wir unsere direkte Lebensumgebung, vom Hausbau bis zur Einrichtung? Die Vielzahl der Gütesiegel und Zertifizierungen, die im Bereich „Bauen und Wohnen" zu finden ist, zeigt, wie wichtig das Thema „Bauen und Wohnen" ist; ob Baustoffe, Möbel, Heimtextilien oder Einrichtungsgegenstände – für fast alle gibt es Auszeichnungen, die an nachhaltige und ökologisch herausragende Produkte vergeben werden.

Siegel	Ausgebende Stelle	Kontrollstelle	Kontakt
Österreichisches Umweltzeichen	Lebensministerium	Stichprobenartige Kontrollen durch den Verein für Konsumenteninformation (VKI) und unabhängige Berater und Prüfer	Lebensministerium Betrieblicher Umweltschutz und Technologie Abt. VI/5 1010 Wien, Stubenbastei 5 Tel.:+43/1/515 22 -0 email: info@umweltzeichen.at www: www.umweltzeichen.at

Bauen und Wohnen

Ein großer Teil der ausgezeichneten Produkte in unseren Baumärkten und Möbelhäusern wird nicht in Österreich produziert, daher können auch nicht alle Produkte mit österreichischen Nachhaltigkeitsgütesiegeln gekennzeichnet sein. Viele Produkte kommen aus Nachbarländern, vor allem aus Deutschland. Die wichtigsten deutschen Siegel werden hier erklärt, es ist aber leider nicht möglich, vollständiges Adressmaterial anzuführen, da der Vertrieb meist über Zwischenhändler abgewickelt wird und somit unübersichtlich wird. Fragen Sie daher auch bei hier im Adressmaterial nicht angeführten Geschäften nach zertifizierter Ware ! Wenn Sie Händler finden, die hier nicht angeführt werden, freuen wir uns über eine kurze Nachricht, damit wir unser Adressmaterial vervollständigen können.

Kurzzusammenfassung der Gütesiegel - Richtlinien

11 Kategorien: Tapeten und Raufaser (UZ 53), Wandfarben (UZ17), Lacke, Lasuren und Holzversiegelungslacke (UZ 01), Holz und Holzwerkstoffe (UZ 07), Holzmöbel (UZ 06), Polstermöbel (UZ 54), Matratzen (UZ 55), Elastische Bodenbeläge (UZ 56, UZ 42, UZ 35), Wärmedämmstoffe aus fossilen Rohstoffen mit hydrophoben Eigenschaften (UZ 43), Wärmedämmstoffe aus nachwachsenden Rohstoffen (UZ 44), Dämmstoffe aus mineralischen Rohstoffen (UZ 45), Mineralisch gebundene Bauprodukte (UZ 39) und Kanalrohre aus Kunststoff (UZ 41).

Tapeten und Raufaser müssen 600kg Altpapier (Tapeten) bzw. 800kg Altpapier (Raufaser) pro 1000kg gefertigten Neupapiers enthalten (davon mindestens 50% bzw. 40% aus Altpapier der unteren, mittleren und krafthaltigen Altpapiersorten); pro 100g Tapete dürfen nicht mehr als 8mg freisetzbares Formaldehyd enthalten sein; eine Reihe von Schleimverhinderungs- und Konservierungsstoffen sind verboten, ebenso Azofarbstoffe und Schwermetalle; Chlor ist bei der Aufbereitung des Altpapiers verboten. Primärfasern müssen aus nachhaltiger, zertifizierter Forstwirtschaft kommen.

In **Lacken, Lasuren und Holzversiegelungslacken** dürfen flüchtige organische Verbindungen nicht mehr als 8% der Masse ausmachen, bei Weißlacken nicht mehr als 3%; Aromaten dürfen nicht enthalten sein. Kennzeichnungspflichtige, gesundheitsschädliche Chemikalien sind verboten.

Für **Holz und Holzwerkstoffe** müssen den Bestimmungen internationaler Artenschutzabkommen entsprechen und zertifiziert sein; Span- und Faserplatten sollen zur Gänze aus Waldpflege, Schadholzaufbereitung und Rest- bzw. Recyclingholz stammen. Kennzeichnungspflichtige, gesundheitsschädliche Chemikalien sind verboten, organische Lösungsmittel sind auf 10% beschränkt. Die Verarbeitungsbetriebe müssen ein Abfallwirtschaftskonzept

Bauen und Wohnen

Siegel	Ausgebende Stelle	Kontrollstelle	Kontakt
Österreichisches Umweltzeichen (Fortsetzung)	Lebens- ministerium	Stich- probenartige Kontrollen durch den Verein für Konsumenten- information (VKI) und unabhängige Berater und Prüfer	Lebensministerium Betrieblicher Umweltschutz und Technologie Abt. VI/5 1010 Wien, Stubenbastei 5 Tel.:+43/1/515 22 -0 email: info@umweltzeichen.at www: www.umweltzeichen.at www ✉

Bauen und Wohnen

Kurzzusammenfassung der Gütesiegel - Richtlinien

oder Umweltmanagementsystem aufweisen.

In **Wandfarben** dürfen organische Verbindungen nicht enthalten sein (nur im Verunreinigungsbereich von weniger als 500ppm), Aromaten und Weichmacher sind verboten (max 100 ppm). Kennzeichnungspflichtige, gesundheitsschädliche Chemikalien sind verboten.

Holzmöbel müssen aus internationalen Artenschutzabkommen entsprechenden Hölzern gefertigt werden, die aus nachhaltiger, zertifizierter Waldwirtschaft stammen. Es dürfen maximal die halben Werte der Formaldehydverordnung (E1) erreicht werden; laut Chemikalienrecht krebserregende oder giftige Stoffe sind verboten. Kunststoffe sind nur für funktionale Teile oder zur Beschichtung von Arbeitsplatten zu verwenden, Lackierungen dürfen keine flüchtigen organischen Verbindungen aufweisen. Die Möbel müssen hochqualitativ, ergonomisch und reparaturfreundlich sein. Erzeugerbetriebe müssen ein Abfallwirtschaftskonzept oder ein Umweltmanagement-System aufweisen.

Polstermöbel müssen umweltfreundlich hergestellt werden (zertifiziertes Holz, kein Formaldehyd oder andere gesundheitlich bedenkliche Inhaltsstoffe, Stoffe müssen mindestens dem ökotex-Standard 100 entsprechen, sämtliche Fasern und Schäume müssen schadstofffrei sein), gesundheitlich unbedenklich für den Innenraum sein (Emissionswerte sämtlicher Zusatzstoffe sind limitiert und werden überprüft) und am Ende ihres Lebens wieder problemlos entsorgt werden können (für 5 Jahre muss die Reparatur gewährleistet sein).

Matratzen müssen ebenfalls schadstoff- und emissionsfrei sein (vor allem verwendete Latex- und Polyurethanschäume), Bakterizide und Fungizide sind verboten. Die Produktionsstätten müssen umweltorientiert gestaltet sein (ISO 14001 oder EMAS – Zertifizierung), Textilien müssen dem ökotex-Standard 100 entsprechen.

Elastische Bodenbeläge (thermoplastische Kunststoffen wie PVC oder Polyolefine sowie Gummi- und Linoleumbeläge) dürfen keine halogenierten organischen Verbindungen, Bakterizide und Fungizide sowie Schwermetalle enthalten; gesundheitsgefährdende Chemikalien sind verboten, für Aromaten und flüchtige organische Verbindungen gibt es Grenzwerte. Die Hersteller müssen ein Rücknahmesystem anbieten.

Textile Fußbodenbeläge dürfen keine gesunheitsschädigenden oder umweltgefährdenden Chemikalien enthalten, Flammschutzmittel und Insektenschutzmittel unterliegen

Bauen und Wohnen

Siegel	Ausgebende Stelle	Kontrollstelle	Kontakt
Österreichisches Umweltzeichen (Fortsetzung)	Lebens-ministerium	Stichprobenartige Kontrollen durch den Verein für Konsumenten-information (VKI) und unabhängige Berater und Prüfer	Lebensministerium Betrieblicher Umweltschutz und Technologie Abt. VI/5 1010 Wien, Stubenbastei 5 Tel.:+43/1/515 22 -0 email: info@umweltzeichen.at www: www.umweltzeichen.at www ✉

Bauen und Wohnen

Kurzzusammenfassung der Gütesiegel - Richtlinien

umweltspezifischen Anforderungen; Konservierungsstoffe sind ausgeschlossen, vulkanisierte Schäume als Rückenbeschichtung verboten. Herstellerbetriebe müssen ein Abfallwirtschafts- oder Umweltmanagementsystem vorweisen (EMAS).

Bei **Wärmedämmstoffe aus fossilen Rohstoffen mit hydrophoben Eigenschaften** sind alle voll- oder teilhalogenierten organischen Verbindungen als Treibmittel ausgeschlossen (HFKW, HFCKW, FKW und FCKW). Gesundheitsschädliche Stoffe unterliegen strikten Beschränkungen. Herstellerfirmen müssen ein Abfallwirtschafts- oder Umweltmanagementsystem (EMAS oder ISO 14001) aufweisen.

Wärmedämmstoffe aus nachwachsenden Rohstoffen müssen zumindest zu 75% aus nachwachsenden Rohstoffen (z.B. Zellulose, Flachs, Schafwolle, Hanf,..) bestehen. Ökologische Kennzahlen (für Primärenergiegehalt, Treibhauspotential, Ozonabbaupotential etc.) müssen angegeben werden. Herstellerfirmen müssen ein Abfallwirtschafts- oder Umweltmanagementsystem (EMAS oder ISO 14001) aufweisen.

In **Dämmstoffen aus mineralischen Rohstoffen** sind gesundheits- und umweltgefährliche Stoffe verboten; Blähmittel sind mit 1 Massen% limitiert (Kunststoffe und Heizöl sind als Blähmittel verboten). Mindestens 51 Massen% des Produktes müssen aus Recyclingstoffen bestehen. Bei Dämmstoffen aus Glas ist Bleiglas verboten, eine Produktdeklaration ist vorgeschrieben. Herstellerfirmen müssen ein Abfallwirtschafts- oder Umweltmanagementsystem (EMAS oder ISO 14001) aufweisen.

Mineralisch gebundene Bauprodukte dürfen keine gesundheitsgefährdenden Inhaltsstoffe enthalten, sie müssen nachwachsende Rohstoffe oder Recyclingstoffe enthalten (bei mineralischen Produkten mindestens 50 Massen%, bei nichtmineralischen 30 Massen%, bei metallischen 5 Massen%, bei nachwachsenden Rohstoffen 40 Massen%). 25% des Produktionsenergiebedarfes müssen aus erneuerbaren Energieträgern kommen, Herstellerfirmen müssen ein Abfallwirtschafts- oder Umweltmanagementsystem (EMAS oder ISO 14001) aufweisen.

Kanalrohre aus Kunststoff (Rohre und Formteile aus Polyethylen und Polypropylen mit mehr als 110mm Durchmesser) dürfen keine halogenierten organischen Verbindungen, Weichmacher, Schwermetalle und andere gesundheitsgefährdene Stoffe enthalten; der Einsatz von Polymeren muss auf ein Minimum reduziert werden.

Bauen und Wohnen

Siegel	Ausgebende Stelle	Kontrollstelle	Kontakt	
Europäisches Umweltzeichen (Ecolabel)	Lebensministerium	Stichprobenartige Kontrollen durch den Verein für Konsumenteninformation (VKI) und unabhängige Berater und Prüfer	Lebensministerium Betrieblicher Umweltschutz und Technologie Abt. VI/5 1010 Wien, Stubenbastei 5 Tel.:+43/1/515 22 -0 email: info@umweltzeichen.at www: www.umweltzeichen.at www ✉	
Forest Stewardship Council (FSC)	Forest Stewardship Council (FSC)	Verschiedene unabhängige Zertifizierer (z.B. SGS)	FSC Deutschland Guntramstraße 48 D-79106 Freiburg Tel.: +49/ 761/ 386 53 - 50 Fax: +49/ 761/ 386 53 - 79 E-Mail: info@fsc-deutschland.de www: www.fsc-deutschland.de FSC-Ansprechpartner in Österreich ist der WWF: WWF Österreich Ottakringer Straße 114 - 116 A-1160 Wien Tel: +43/ 1/ 488 17 - 242 Fax: +43/ 1/ 488 17 - 44 e-mail: wwf@wwf.at www: www.wwf.at www ✉	

Bauen und Wohnen

Kurzzusammenfassung der Gütesiegel - Richtlinien

4 Kategorien: Farben und Lacke, weiche und harte Bodenbeläge, Holzmöbel und Matratzen

Die meisten dieser Kriterien werden gerade überarbeitet – für Matratzen, Bodenbeläge sowie Farben und Lacke gibt es noch keine aktuellen Richtlinien, es können hier daher nur die momentan geltenden Richtlinien angeben werden.

Die Richtlinien für Holzmöbel werden gerade überarbeitet.

Farben und Lacke dürfen eine Gehalt von 38g/m2 an umweltbelastend erzeugten Weißpigmenten nicht überschreiten, bei der Pigmenterzeugung freigesetzte Chemikalienemissionen dürfen bestimmte Grenzwerte nicht überschreiten. Alle gesundheitsgefährdenden Stoffe (eingestuft als „(sehr) giftig", „erbgutverändernd" und „fortpfanzungsgefährdend") und toxische Schwertmetalle sind verboten, die Gehalte an flüchtig organischen und aromatischen Kohlenwasserstoffen begrenzt. Es darf nicht mehr als 10mg/kg an freiem Formaldehyd enthalten sein. Die Farben müssen eine Mindestfläche von 8m2 pro Liter abdecken.

Um Holz mit dem FSC-Siegel zu zertifizieren, muss eine Reihe von Anforderungen erfüllt werden: Verboten sind Pestizide, Biozide, Düngemittel, Monokultur-Plantagen und Kahlschläge. Totholz muss im Wald verbleiben und die natürliche Waldverjüngung muss sichergestellt sein. Ungenutzte Waldflächen, so genannte Referenzflächen, müssen einer natürlichen Entwicklung überlassen werden, der Einsatz von Maschinen ist auf Waldwege und Rückegassen beschränkt. Die Artenvielfalt soll gezielt gefördert werden. Auch am Sozialsektor gibt es Vorschriften: Personal (vor allem lokales Personal) soll möglichst das ganze Jahr beschäftigt werden, regelmäßige Ausbildungs- und Weiterbildungsprogramme sind vorgeschrieben, Arbeitssicherheit muss gewährleistet sein. Waldnutzungsrechte (vor allem indigener Völker) müssen beachtet werden, marktgerechte starke Hölzer in hoher Qualität müssen erzeugt werden. Für die Bewirtschaftung müssen an Größe und Bewirtschaftungsintensität angepasste Bewirtschaftungspläne entworfen werden, die von den Kontrollorgansiationen überprüft werden.

Bauen und Wohnen

Siegel	Ausgebende Stelle	Kontrollstelle	Kontakt	
PEFC – Programme for the Endorsment of Forest Certification Schemes (PEFC)	PEFCC (PEFC-Council)	Forstwirtschaft: SGS; verarbeitete Produkte: international akkreditierte Prüfer (SGS, LGA, HolzCert)	PEFC Austria Alserstraße 21/1/5 A- 1080 Wien Tel: +43 /1/ 402 47 01 - 17 Fax: +43 /1/ 401 13 - 50 email: info@pefc.at www.pefc.at www ☏	
natureplus No. 0000-0000-000-0	Internationaler Verein für zukunftsfähiges Bauen und Wohnen – natureplus e.V.	IBO-Sachverständige (siehe IBO-Prüfzeichen)	Institut für Baubiologie (IBO) Mag. Hildegund Mötzl Alserbachstr. 5 A-1090 Wien Tel.:+43/1/ 319200532 Fax:+43/1/ 319200550 e-mail: hildegund.moetzl@ibo.at www: www.natureplus.at www ☏	

Bauen und Wohnen

Kurzzusammenfassung der Gütesiegel - Richtlinien
Zertifiziert werden Hölzer aus regionaler und nachhaltiger Waldwirtschaft. Dabei muss natürlicher Waldverjüngung der Vorrang gegenüber Pflanzung und Saat gegeben werden, Kahlschläge sind nur in Ausnahmefällen zulässig, Totholz soll erhalten werden. Biozide müssen auf ein Mindestmaß reduziert werden, Düngung ist zu unterlassen. Flächiges Befahren ist verboten, bei der Artenzusammensetzung soll auf Naturnähe geachtet werden. Mitarbeiter müssen aus- und fortgebildet werden, die Bezahlung muss qualifikationsbezogen auf Grundlage der geltenden Tarifverträge erfolgen.
Das Gütesiegel für Baustoffe wird in 18 verschiedenen Produktkategorien vergeben: Dämmstoffe aus nachwachsenden Rohstoffen; Wärmedämmverbundsysteme; Dämmstoffe aus expandierten, gelähten oder geschäumten mineralischen Rohstoffen; Holz und Holzwerkstoffe; Holzfenster; Türen; Dachziegel und Dachsteine; Wandfarben; Oberflächenbeschichtungen aus nachwachsenden Rohstoffen (Lacke, Lasuren, Öle, Wachse); Putze, Mörtel und mineralische Kleber; Verlegewerkstoffe; Trockenbauplatten; Mauer- und Mantelsteine; elastische Bodenbeläge; mineralische Wand- und Bodenbeläge; textile Bodenbeläge; Tapeten; Abdichtungsmittel. Für alle Produkte gemeinsam gilt, dass der Anteil an nachwachsenden bzw. mineralischen Rohstoffen mindestens 85% betragen muss und gesundheitsschädliche Inhaltsstoffe verboten sind. Eine Volldeklaration der Inhaltsstoffe ist Pflicht. Im Zuge der Produktion ist eine Minimierung der Emissionen in Luft, Wasser und Boden sowie Abfallvermeidung vorgschrieben. Sozialstandards müssen eingehalten werden. Verpackungen sollen minimiert werden, halogen- und weichmacherhaltige Stoffe sind verboten, Papierverpackungen müssen FSC- oder PEFC-zertifiziert sein, wenn möglich, sollen Mehrwegverpackungen benutzt werden. Ein Rücknahme- und Verwertungskonzept muss vorgelegt werden. Die Kriterien für einzelne zertifizierte Produkte sind im Volltext auf der natureplus-Homepage zu finden: www.natureplus.at

Bauen und Wohnen

Siegel	Ausgebende Stelle	Kontrollstelle	Kontakt	
IBO-Prüfzeichen	Österreichisches Institut für Baubiologie und Bauökologie (IBO)	IBO und externe Sachverständige	Institut für Baubiologie (IBO) Alserbachstr. 5 A-1090 Wien Tel.:+43/1/ 319200532 Fax:+43/1/ 319200550 e-mail: hildegund.moetzl@ibo.at www: www.natureplus.at www ☎	
Fair Trade	Fair Trade Labelling Organisation	FLOCert	FAIRTRADE Verein zur Förderung des fairen Handels mit den Ländern des Südens Wohllebengasse 12-14/7 A-1040 Wien Tel.: + 43/ 1/ 533 09 56 Fax: + 43/ 1/ 533 09 56 - 11 e-mail: office @fairtrade.at www: www.fairtrade.at www	
STEP	Stiftung Step	Unabhängige Kontrolleure vor Ort, Report an STEP	Label STEP Wohllebengasse 12-14 / 7. Stock A - 1040 Wien Tel. +43/ 1/ 533 09 56 - 22 Fax. +43/ 1/ 533 09 56 - 11 e-mail: austria@label-step.org www: www.label-step.org www	

Bauen und Wohnen

Kurzzusammenfassung der Gütesiegel - Richtlinien
Das IBO-Prüfzeichen wird für Wandbaustoffe, Bauplatten, Putze und Dämmstoffe vergeben und kennzeichnet umwelt- und gesundheitsverträgliche Bauprodukte. Für alle Produkte gelten die folgenden Grundrichtlinien: Die Baustoffe müssen aus erneuerbaren Rohstoffen, Recyclingmaterialien oder ausreichend verfügbaren Rohstoffen bestehen. Umweltschonende Rohstoffgewinnung soll gefördert werden, Materialien sollen wiederverwertbar sein, die Konstruktionen einfach und mit möglichst geringer Materialvielfalt (vereinfacht die Stofftrennung/ Recycling) und geringem Energieverbrauch, sowie großer Langlebigkeit. Gesundheits- und umweltgefährdente Inhaltsstoffe müssen vermieden werden, Einwegverpackungen sind zu vermeiden.
Seit 2005 gibt es das Fair Trade Gütesiegel auch für Baumwollstoffe im Wohnbereich. Es garantiert, dass die Baumwolle aus kontrolliert biologischem Anbau kommt. Die beteiligten kleinbäuerlichen Genossenschaften müssen demokratisch organisiert und politisch unabhängig sein, Management und Verwaltung müssen transparent sein, Kinder- und Zwangsarbeit sind verboten, Umweltschutzmaßnahmen müssen ergriffen werden (Regenwald-, Erosions-, Gewässerschutz), Fortbildungsprogramme müssen angeboten werden, gentechnisch veränderte Pflanzen sind verboten. Lokale gesetzliche und tarifliche Mindeststandards müssen eingehalten werden, Gewerkschaften dürfen gegründet werden. Überschüsse aus den Einnahmen müssen demokratisch verwaltet und zu Verbesserungen für die Gemeinschaft eingesetzt werden.
Der STEP-Standard für faire Arbeitsbedingungen in der Teppichbranche umfasst die Produktionsbedingungen (Licht, Platzverhältnisse, Hygiene, sanitäre Einrichtungen), Lohnbedingungen, Respektierung internationalen Arbeitsrechts sowie den ökologischen Standard der Produktion. Kinderarbeit ist verboten, Einschulungsprogramme werden angeboten, in Ausnahmefällen gibt es Übergangsfristen, eine sofortige Einschulung ist allerdings Pflicht.

Bauen und Wohnen

Siegel	Ausgebende Stelle	Kontrollstelle	Kontakt	
Rugmark	Rugmark Initiative	Unabhängige Kontrollore vor Ort, Report an Rugmark	TransFair e. V. / RUGMARK Remigiusstr. 21 50937 Köln - Germany Tel.: +49/ 221/ 94 20 40 31 Fax: +49/ 221/ 94 20 40 40 e-mail: c.brueck@transfair.org www: www.rugmark.de	www
Naturland	Naturland - Verband für naturgemäßen Landbau e.V.	Verschiedene unabhängige, staatlich anerkannte Kontrollstellen (EN 45 011/ ISO 65- akkreditiert)	Naturland - Verband für ökologischen Landbau e.V. Kleinhaderner Weg 1 82166 Gräfelfing Tel.: +49/ 8989 80 82-0 Fax: +49/ 8989 80 82-90 e-mail: naturland@naturland.de www: www.naturland.de	www
Deutsches Umweltzeichen (Blauer Engel)	Jury-Umweltzeichen, Umweltbundesamt und Bundesministerium für Umwelt, Naturschutz und Reaktorsicherheit	RAL - Deutsches Institut für Gütesicherung und Kennzeichnung e.V.	RAL Deutsches Institut für Gütesicherung und Kennzeichnung e.V. Siegburger Straße 39 53757 Sankt Augustin, Tel.: +49/ 2241/ 1605-0 Fax: +49/ 02241/ 1605-11 e-mail: Ral-Institut@RAL.de www: www.blauer-engel.de	www

Bauen und Wohnen

Kurzzusammenfassung der Gütesiegel - Richtlinien
Die internationale Initiative gegen illegale Kinderarbeit in der Teppichindustrie wurde von indischen Nichtregierungsorganisationen (NGOs), deutschen und internationalen Hilfswerken und der Gesellschaft für Technische Zusammenarbeit (GTZ) gegründet. Dabei wird die Produktion vor Ort kontrolliert und zertifiziert, gleichzeitig werden Sozialprogramme für (ehemalige) Kinderarbeiter und deren Familien durchgeführt. Es dürfen keine Kinder unter 14 Jahren beschäftigt werden, bei Familienbetrieben muss nachgewiesen werden, dass mithelfende Kinder die Schule besuchen. An erwachsene Teppichknüpfer müssen zumindest die gesetzlichen Mindestlöhne gezahlt werden, alle Bücher müssen offengelegt werden. 0,25% des Exportwertes der Ware müssen zur Deckung der Kosten des Kontroll- und Siegelsystems an RUGMARK gezahlt werden. Importeure, die ausgezeichnete Teppiche in den Handel bringen, müssen mindestens 1% des Importwertes an RUGMARK abführen, wovon Sozialprogramme in den Herkunftsländern finanziert werden.
Die Kriterien für Waldnutzung des deutschen Naturland-Verbandes entsprechen in weiten Bereichen den des FSC, eine Doppelzertifizierung mit Naturland und FSC ist daher möglich. Als besondere Richtlinie wäre hervorzuheben, dass auch der Waldboden mit einbezogen ist, Bodenbearbeitungen dürfen nicht in den Mineralboden eingreifen (d.h. nur oberflächliche Arbeiten sind erlaubt). Begrenzung der Eingriffe auf ein Mindestmaß, natürliche Waldverjüngung, Artenvielfalt, Verbot von chemisch-synthetischen Pflanzenschutzmitteln und Mineraldünger und Kahlschlag-Verbot werden von zertifizierten Betrieben verlangt. Unbewirtschaftete Referenzflächen im Ausmaß von 10% der Gesamtfläche müssen ausgewiesen werden.
Der Blaue Engel ist das deutsche staatliche Umweltzeichen und entspricht dem österreichischen Umweltzeichen. Es werden ähnliche Produkte zertifiziert, die Richtlinien des blauen Engels und des österreichischen Umweltzeichens stimmen in weiten Bereichen überein. Mit dem Blauen Engel zertifizierte Waren sind häufig in Österreich zu finden. Da es aber nur sehr schwer möglich ist, herauszufinden, welche Waren nach Österreich exportiert werden, gibt es zum Blauen Engel keine eigene Adressliste.

Bauen und Wohnen

Siegel	Ausgebende Stelle	Kontrollstelle	Kontakt	
IBR Rosenheim	Baubiologie Rosenheim GmbH	Baubiologie Rosenheim GmbH	Institut für Baubiologie Rosenheim GmbH Heilig-Geist-Straße 54 83022 Rosenheim Tel.: +49/ 80 31 / 36 75 0 Fax: +49/ 80 31 / 36 75 30 e-mail: info@baubiologie-ibr.de www: www.baubiologie.org www	
GUT-Signet	GUT Gemeinschaft umweltfreundlicher Teppichboden e. V.	Institut für Ökologie, Technik und Innovtion (ÖTI), Deutsches Teppich-Forschungsinstitut e.V. (TFI)	GUT Gemeinschaft umweltfreundlicher Teppichboden e. V. Schönebergstraße 2 D-52068 Aachen Tel: +49/ 2 41 / 96 84 31 Fax: +49/ 2 41 / 96 84 34 00 e-mail: mail@gut-ev.de www: www.gut-ev.de www ☎	
ÖkoControl	Europäischer Bundesverband ökologischer Einrichtungshäuser e.V.	Eco-Institut (www.eco-institut.de)	ÖkoControl Gesellschaft für Qualitätsstandards ökologischer Einrichtungshäuser mbH Subbelrather Str. 24 50823 Köln Tel.: +49/ 221/ 5696820 Fax: +49 /221/ 5696821 www: www.oekocontrol.com e-mail: info@pro-oeko.com www	
Kork-Logo	Deutscher Kork-Verband e.V.	Deutscher Kork-Verband e.V.	Deutscher Kork-Verband e.V. Mittelstraße 50 33602 Bielefeld Telefon: +49/ 521/ 1 36 97 40 Telefax: +49/ 521/ 9 65 33 77 e-Mail: info@kork.de www: www.kork.de www	

Bauen und Wohnen

	Kurzzusammenfassung der Gütesiegel - Richtlinien
	Ähnlich dem österreichischen IBO, vergibt auch das Institut für Baubiologie Rosenheim ein eigenes Gütesiegel für die Baubranche. Die Richtlinien sind denen des IBO ähnlich, Zertifizierte Waren finden sich öfters in heimischen Baumärkten.
	Mit dem GUT-Signet ausgezeichnete Teppiche dürfen keine schädlichen Chemikalien enthalten oder gefährliche Emissionen produzieren, in der Produktion müssen umwelttechnische Standards eingehalten werden, an deren Verbesserung auch permanent gearbeitet werden muss.
	Alle Möbel müssen aus Massivholz gefertigt und schadstofffrei coloriert sein; nur Lasuren, Naturharzöle und Wachse auf natürlicher Basis sind erlaubt. Holz sollte nach FSC- oder Naturlandstandard zertifiziert sein. Matratzen müssen metallfrei und frei von synthetischen Garnen und Fleecen sein. Bei Latexmatratzen muss der Naturkautschukanteil mindestens 80% betragen, verwendete Rohstoffe (Kokos, Baumwolle, Rosshaar etc.) müssen frei sein von Pestiziden, Herbiziden und anderen schädlichen Stoffen; Flamm- und Mottenschutzmittel sind verboten.
	Kork ist ein extrem haltbarer Naturrohstoff, mit dem Kork-Logo zertifizierter Kork-Bodenbelag verfügt über eine Mindestdichte von 450 kg/m³. Die Mindeststärke der Platten und Dielen ist definiert und wird kontrolliert. Die Produkte entsprechen den Bestimmungen der bestehenden Europäischen Qualitätsnormen als Mindestanforderung (betreffend Maßgenauigkeit, Einheitlichkeit in Form und Stärke, Verarbeitungsfähigkeit etc.) und werden auf gesundheitlich bedenkliche Emissionen überprüft.

Bauen und Wohnen

Bauelemente aus Holz

Fabian, Schönbrunner Str.138
1120 Wien
Tel: 01/8135561
E-Mail: fabian.holz@newsclub.at

FSC

Franz Karner Sägewerk,
Maierhof 46
2564 Furth
Tel: 02674/87202
E-Mail: office@karner-holz.at
web: www.karner-holz.at
Brettschichtholz, Kantholz, Latten, Pfosten, Staffeln

PEFC

Franz Kirnbauer KG,
Gasteil 9
2640 Gloggnitz
Tel: 02662/43514
E-Mail: office@kirnbauer.at
web: www.kirnbauer.at
Konstruktionsholz getrocknet/gehobelt, Konstruktionsholz nach Liste, Konstruktionsvollholz, Latten, Pfosten, Profilbretter

PEFC

Josef Ernst OHG,
Hauptstr.122
2802 Hochwolkersdorf
Tel: 02645/820
E-Mail: saegewerk.ernst@aon.at
Dachstuhlholz, Latten, Pfosten, Staffeln

PEFC

Gutsverwaltung Fridau Alexander Tacoli, Fridau 7
3200 Ober-Grafendorf
Tel: 02747/2311-0
E-Mail: office@tacoli.com
web: www.tacoli.com
Rundstangen, Zäune

PEFC

Mosser Leimholz GmbH, Perwarth 88
3263 Randegg, Niederösterreich
Tel: 07487/6271-0
E-Mail: office@mosser.at
web: www.mosser.at
Brettschichtholz, keilgezinkte Baulatte, Türfries, Holzbriketts, Massivholzplatten, Schnittholz, Deckenelemente

PEFC

Franz Wagner GmbH & Co KG,
Steinbruckmühle 1
3314 Strengberg
Tel: 07432/2288
E-Mail: office@wagner-hardwoods.com
web: www.wagner-hardwoods.com
Hackgut, Instrumentenbau, Laubrundholz, Laubschnittholz, Spreißel/Kappstücke, Zuschnitte für Möbelindustrie

PEFC

Mitteramskogler GmbH Laubholzsägewerk & Holzgroßhandel, Markt 113
3334 Gaflenz
Tel: 07353/204-0
E-Mail: office@mirako.at
web: www.mitteramskogler.at
Böden für Außenbereich, Furnierholz, Laubschnittholz, Schnittholz, Thermoholz.

PEFC

Säge- u. Hobelwerk Formholz GmbH,
Zwettler Str.78
3920 Groß Gerungs
Tel: 02812/8226-0
E-Mail: info@formholz.at
web: www.formholz.at
Industrieholz, Nadelschnittholz, Nadelrundholz, Sägenebenprodukte

PEFC

Formholz Holzverarbeitung GmbH,
Wiesenfeld 1
3920 Groß Gerungs
Tel: 02813/278-0
E-Mail: info@formholz.at
web: www.formholz.at
Bauholz, Blumenkästen, Böden für Außenbereich, Dachstuhlholz, Gartenbauholz, Gartenmöbel, Hackgut, Kantholz, Latten, Lärchenschnittholz, Pfosten, Rankelemente, Staffeln, Sägespäne, Bauwaren, Bodenbeläge, Carport, Fichtenschnittholz, Gartenhäuser, Gartenzaun, Hobelware, Kiefernschnittholz, Laubschnittholz, Nadelschnittholz, Profilbretter, Sichtschutzelemente, Sägenebenprodukte, Terrassenböden

PEFC

Peter Mittendorfer GmbH & Co KG,
Wippl 6
4271 St. Oswald bei Freistadt
Tel: 07945/7203
E-Mail: mittholz@aon.at
web: www.saegewerk-mittendorfer.at
Hackgut, Industrieholz, Nadelschnittholz, Hobelware, Nadelrundholz, Sägespäne

PEFC

Bauen und Wohnen

Ortner Holz GmbH,
Zeller Str.50
4284 Tragwein
Tel: 07263/88329
E-Mail: office@ortner-holz.at
web: www.ortner-holz.at
Hackgut, Nadelschnittholz, Sägespäne, Hobelware, Rinde

Sägewerk Johann Brandstetter,
Altenburg 9
4322 Windhaag bei Perg
Tel: 07264/4292-0
E-Mail: office@saegewerk-brandstetter.at
web: www.saegewerk-brandstetter.at
Bauwaren, Hobelware, Latten, Rinde, Verkleidungsbretter roh, Hackgut, Kantholz, Pfosten, Sägespäne

Forstbetriebe Ebner, Ufer 38
4360 Grein
Tel: 07268/357-0
E-Mail: office@ebner-stiele.at
web: www.ebner-stiele.at
Buche, Eiche, Erle, Fichte, Kiefer, Tanne

Kraxberger Holz GmbH, Inn 8
4632 Pichl bei Wels
Tel: 07242/6604
E-Mail: kraxberger-holz@aon.at
web: www.kraxberger-holz.at
Hobelware, Laubschnittholz, Rinde, Industrieholz, Nadelschnittholz, Sägespäne

Leberbauer GmbH, Viechtwanger Str.4
4643 Pettenbach, Oberösterreich
Tel: 07615/2315-0
E-Mail: leberbauer.laerche@utanet.at
web: www.saegewerk-leberbauer.at
Latten, Staffeln, Kanthölzer, Pfosten, Sägespäne, Hackschnitzel, Rinde, Brennholz

Alfa Massivholzplatten, Gewerbepark 1
4742 Pram
Tel: 07736/6607-0
E-Mail: office@alfa-massiv.com
web: www.alfa-massiv.com
ALFA-Massivholzplatten, 3 Schicht-Massivholzplatten

Donausäge Rumplmayr GmbH,
Bahnhofstr.50
4813 Altmünster
Tel: 07612/87700-0
E-Mail: office@ruru.at
web: www.ruru.at
Hackgut, Hobelware, Keilgezinkte Holzprodukte, Nadelschnittholz, Sägenebenprodukte, Nadelrundholz, Rinde, Sägespäne

Prehofer Säge- und Hobelwerk GmbH,
Stölln 7
4845 Rutzenmoos
Tel: 07672/23350
E-Mail: buero@prehofer-holz.at
web: www.prehofer-holz.at
Hackgut, Laubschnittholz, Nadelschnittholz, Sägespäne, Laubrundholz, Nadelrundholz, Rinde

Pölz KG Sägewerk und Holzhandel,
Voitshofen 21
4984 Weilbach, Oberösterreich
Tel: 07757/6303
E-Mail: poelzl.saege@utanet.at
Blockhausdielen, Latten, Pfosten

M. Kaindl KG Holzindustrie & Flooring
GmbH, Kaindlstr.2
5071 Wals bei Salzburg
Tel: 0662/8588-0
E-Mail: office@kaindl.com
web: www.kaindl.com
Faserplatten, Fußböden, MDF Platten, Spanplatten

Holzhäuser Esterbauer, Diepoldsdorf 35
5121 Ostermiething
Tel: 06278/7486
E-Mail: info@holz-haus.co.at
web: www.holz-haus.co.at
Für den Bau der Holz-Häuser wird FSC-Holz aus der Region verarbeitet. FSC-zertifizierte Holzböden

Söllinger GmbH Säge- und Hobelwerk,
Staudenweg 37
5204 Straßwalchen
Tel: 06215/8228-0
E-Mail: saegewerk.soellinger@aon.at
web: www.saegewerk-soellinger.at
Latten, Staffel, Bauholz, Pfosten, Bretter, Tischlerware, Verpackungsware, Fensterkantholz, Lamellen, Hobelware

73

Bauen und Wohnen

**Feldbacher Holzverarbeitungs GmbH,
Untererb 25
5211 Friedburg
Tel: 07746/2228 Fax: 2228-20
E-Mail: office@feldbacher-holz.at
web: www.felbacher-holz.at
Fußböden, Hobelware, Laubschnittholz, Spreißel/Kappstücke, Hackgut, Laubrundholz, Nadelschnittholz, Sägespäne**

Gustav Moser Säge- u. Hobelwerk, Gewerbestr.4
5261 Uttendorf, Oberösterreich
Tel: 07724/6100
E-Mail: office@moser-holz.at
web: www.moser-holz.at
Bauholz, Hobelware, Lärchenschnittholz, Weymouthskiefer, Fichtenschnittholz, Kiefernschnittholz, Rinde

Säge- und Hobelwerk Karl Schörghofer, Hauptstr.92
5302 Henndorf am Wallersee
Tel: 06214/8252-0
E-Mail: info@schoerghofer-holz.at
web: www.schoerghofer-holz.at
Bauholz, Hobelware, Latten

MDF Hallein, Solvay-Halvic-Str.46
5400 Hallein
Tel: 06245/70500-0
E-Mail: office@mdf-hallein.at
web: www.mdf-hallein.at
Faserplatten

Rupert Deisl, Nr. 67
5421 Adnet
Tel: 06245/80205
E-Mail: holz-deisl@aon.at
web: www.holz-deisl.at
Hackgut, Industrieholz, Nadelschnittholz, Scheitholz, Holzkisten, Nadelrundholz, Paletten, Spreißel/Kappstücke

Matthias Weißenbacher, Rengerberg 32
5424 Bad Vigaun
Tel: 06245/77804
Hobelware, Kantholz, Laubrundholz, Paletten, Verpackungsware, Industrieholz, Kisten, Nadelrundholz, Schnittholz

Franz Schachl GmbH Holzindustrie, Schratten 26
5441 Abtenau
Tel: 06243/2220
E-Mail: office@schachl-gebirgsholz.at
web: www.schachl-gebirgsholz.at
Fensterlamellen, Fichtenschnittholz, Keilzinkware, Latten, Profilbretter, Schiffboden, Tannenschnittholz

Holz Reiter, Lindenthal 63
5441 Abtenau
Tel: 06243/3085
E-Mail: holz-reiter@salzburg.co.at
web: www.holz-reiter.com
Gartenbauholz, Nadelrundholz, Industrieholz, Pfosten, Laubrundholz

Sägewerk Thomas Rettensteiner GmbH, Nr. 155
5452 Pfarrwerfen
Tel: 06468/8588
E-Mail: th.rettensteiner@sbg.at
Kantholz, Latten, Nadelschnittholz

Mitteregger Säge- u Hobelwerk GmbH & Co KG, Dorfwerfen 29
5452 Pfarrwerfen
Tel: 06468/5363
E-Mail: holz-mitteregger@aon.at
Kantholz, Latten, Pfosten, Verpackungsware

Rudolf Kirchner, Nr. 73
5541 Eben im Pongau
Tel: 06458/8126
E-Mail: office@kirchner-holz.at
web: www.kirchner-holz.at
Hackgut, Leimholzprodukte, Industrieholz, Nadelschnittholz, Spreißel/Kappstücke, Sägespäne

Jägerzaun GmbH,
Zauchenseestr.119
5541 Altenmarkt im Pongau
Tel: 06452/6777-0
E-Mail: pongauer@jaegerzaun.at
web: www.jaegerzaun.at
Blumenkästen, Carport, Gartenbauholz, Gartenhäuser, Gartenmöbel, Gartenzaun, Palisaden, Rankelemente, Sichtschutzelemente

Bauen und Wohnen

Holz-Schnell GmbH, Feuersang 4
5542 Flachau
Tel: 06457/2256
E-Mail: holz-schnell@sbg.at
web: www.holz-schnell.at
Hobelware, Nadelrundholz, Sägeneben-produkte, Industrieholz, Nadelschnittholz

Kirchner GmbH Säge- und Hobelwerk,
Tauernstr.18
5550 Radstadt
Tel: 06452/5181
E-Mail: info@saegewerk-kirchner.at
web: www.saegewerk-kirchner.at
Schnittware, Seitenware, Latten, Hobelware, Tischler- und Bauware, Verpackungsware

Peter Graggaber GmbH, Neggendorf 92
5580 Unternberg
Tel: 06474/6207-0
E-Mail: pg-holz@aon.at
web: www.pg-holz.at
Hackgut, Lärchenschnittholz, Nadelschnittholz, Rinde, Sägespäne, Hobelware, Nadelrundholz, Palisaden, Spreißel/Kappstücke

Johann Graggaber GmbH & Co KG
Sägewerk Tamsweg, Wöltingerstr.42
5580 Tamsweg
Tel: 06474/2266
E-Mail: holz@graggaber.com
web: www.graggaber.com
Bauwaren, Schnittholz, Sägespäne

Hutter Holzindustrie Holzmarkt,
Sägestr. 210
5582 St. Michael im Lungau
Tel: 06477/7558
E-Mail: holz@hutter.at
web: www.hutter-holz.at
Fensterkantel, Hobelware, Nadelschnittholz, Fußböden, Latten, Spreißel/Kappstücke, Zuschnitte für Möbelindustrie

Heimhofer Sägewerk GmbH & Co KG,
Staudachstr.6
5662 Gries, Pinzgau
Tel: 06545/6116
E-Mail: lorenz.heimhofer@mcnon.com
Hackgut, Morali, Nadelschnittholz, Rinde, Tischlerware, Kantholz, Nadelrundholz, Pfosten, Spreißel/Kappstücke

Wilhelm Meißnitzer, Niedersiller Str.2
5722 Niedernsill
Tel: 06548/8720
E-Mail: holz@meissnitzer.at
web: www.meissnitzer.at
Gartenzaun, Holzkisten, Nadelschnittholz, Rindenmulch, Spreißel/Kappstücke, Hackgut, Laubschnittholz, Paletten, Scheitholz

Hörtnagl Werkzeuge GmbH,
Industriegebiet B9
6166 Fulpmes
Tel: 05225/62217
E-Mail: hoertnagl@hoertnagl-werkzeuge.at
web: www.hoertnagl-werkzeuge.at
Hersteller von Werkzeugen, Birke und Buche

Franz Binder GmbH Holzindustrie,
Bundesstr. 283
6263 Fügen
Tel: 05288/601-0
E-Mail: office@binderholz.com
web: www.binderholz.com
Brettschichtholz, Hackgut, Hobelware, Holzbriketts, MDF Platten, Nadelschnittholz, Pellets, Rinde, Scheitholz, Schnittholz, Sägespäne, Massivholzplatten

Zilloplast Kunststoffwerke Höllwarth
KG, Zellbergeben 53
6280 Zell am Ziller
Tel: 05282/2317-0
E-Mail: office@zilloplast.at
web: www.hoellwarth.co.at
Latten, Hobelware, Rinde, Laubschnittholz, Scheitholz, Nadelschnittholz, Spreißel/Kappstücke, Schalungen, Holzbriketts, Zäune

Neuschmied Holz GmbH,
Haslau 3
6361 Hopfgarten im Brixental
Tel: 05335/2240-0
E-Mail: office@neuschmied.com
web: www.neuschmied.com
Hackgut, Industrieholz, Nadelrundholz, Rinde, Hobelware, Kappstücke, Nadelschnittholz, Sägespäne

oekoweb
Österreichs zentrales
Umweltportal

Bauen und Wohnen

Fritz Egger GmbH & Co.,
Weiberndorf 20
6380 St.Johann
Tel: 050/600-0
E-Mail: info-sjo@egger.com
web: www.egger.at
Arbeitsplatten, Fertigteile, Kantholz, Fensterbänke, Frontelemente, Laminatböden

Pfeifer Holzindustrie GmbH & Co KG,
Brennbichl 103
6460 Imst
Tel: 05412/6960-0
E-Mail: info@holz-pfeifer.com
web: www.holz-pfeifer.com
Briketts, Hobelware, Kappstücke, Nadelschnittholz, Rinde, Scheitholz, Sägespäne, Hackgut, Industrieholz, Nadelrundholz, Pellets, Schalungsplatten, Spreißel/kappstücke

Gebrüder Ladner OHG,
Rudi-Matt-Weg 5
6580 St. Anton am Arlberg
Tel: 05446/2826
E-Mail: saegewerkladner@eunet.at
Bauwaren, Hackschnitzel, Kantholz, Latten, Lärchenholz

Sutterlüty Holzwerk GmbH & Co, Hub 63
6863 Egg, Vorarlberg
Tel: 05512/3970-0
E-Mail: info@s-holz.com
web: www.s-holz.com
Hackgut, Lamellen, Scheitholz, Tannenschnittholz, Kantholz, Rinde, Sägespäne

Kaufmann Holz GmbH,
Vorderreuthe 57
6870 Reuthe
Tel: 05574/804-0
E-Mail: reuthe@kaufmann-holz.at
web: www.kaufmann-holz.com
Betonschalungsplatten, Betonschalungsträger, Brettschichtholz, Dreischichtplatte Multiplan, Kappstücke, Sägespäne

Rudolf Natter GmbH & Co KG,
Ellenbogen 210
6870 Bezau
Tel: 05514/2205
E-Mail: saegenatter@tera.net
Blockhausbohlen, Hackgut, Landhausdielen, Nadelschnittholz, Fensterkantel, Kantholz, Nadelrundholz, Sägespäne

Thomas Kopf Sägewerk,
Lugen 4
6883 Au
Tel: 05515/2344
E-Mail: kopf.saege@utanet.at
Bauwaren, Fensterkantel, Massivholzplatten, Tischlerware

Weitzer Parkett GmbH,
Klammstr.24
8160 Weiz
Tel: 03172/2372-0 Fax: 2372-401
E-Mail: office@weitzer-parkett.com
web: www.weitzer-parkett.com
2-Schicht-Parkett, Massivholzboden

Pichler GmbH Säge-u. Hobelwerk,
Flöcking 2
8200 Gleisdorf
Tel: 03112/2632-26
E-Mail: office@pichler-haus.at
web: www.pichler-holz.at
Hackgut, Laubrundholz, Nadelschnittholz, Sägespäne, Hobelware, Laubschnittholz, Rinde, Industrieholz, Nadelrundholz, Spreißel/Kappstücke

Holzindustrie Schafler, Nr. 11
8221 Hirnsdorf
Tel: 03113/2282-0
E-Mail: info@schafler-holz.at
web: www.schafler-holz.at
Aufsetzrahmen

K. u. P. Kern KG Sägewerk - Holzexport,
Arzberg 5
8253 Waldbach
Tel: 03336/4461-0
E-Mail: office@kern-waldbach.at
web: www.kern-waldbach.at
Lamellen, Fensterkantel, Bretter, Bauholz, Schnittholz, Latten, Pfosten, Staffel

Ferstl Holz Säge- u. Hobelwerk,
Burgauberg 230
8291 Burgau
Tel: 03326/54133
E-Mail: office@ferstl-holz.at
web: www.ferstl-holz.at
Bauholz, Hackschnitzel, Kantholz, Laubrundholz, Lärchenholz, Nadelschnittholz, Profilbretter, Tannenschnittholz, Dachstuhlholz, Hobelware,

Bauen und Wohnen

Latten, Laubschnittholz, Nadelrundholz, Pfosten, Sägespäne, Tischlerware

PEFC

Erich Schmid,
Untergreith 190
8443 Gleinstätten
Tel: 03457/3320
E-Mail: schmidholz@aon.at
web: www.sulmtaler-holzprofis.at
Nadelschnittholz, Bretter, Latten, Leisten, Staffeln, Konstruktionsvollholz, Hobelware, Tischlerware

PEFC

Liechtenstein Holztreff Säge- & Hobelwerk, Liechtensteinstr.15
8530 Deutschlandsberg
Tel: 03462/2222-15
E-Mail: info@holztreff.at
web: www.holztreff.at
Bauholz, Bauwaren, Blockhausbohlen, Blockhausdielen, Blockhäuser, Brettschichtholz, Böden für Außenbereich, Carport, Dachstuhlholz, Fichtenrundholz, Fichtenschnittholz, Fußböden, Gartenbauholz, Gartenhäuser, Gartenzaun, Hackgut, Hackschnitzel, Hobelware, Holzhäuser, Holzkisten, Kabeltrommel, Kantholz, Kisten, Konstruktionsholz getrocknet/gehobelt, Konstruktionsvollholz, Latten, Lärchenholz, Lärchenrundholz, Lärchenschnittholz, Morali, Nadelschnittholz, Paletten, Pfosten, Profilbretter, Rinde, Schiffsböden, Schnittholz, Spreißel/Kappstücke, Staffeln, Sägespäne, Terrassenböden, Verpackungsware

PEFC

Holzindustrie Leitinger GmbH, Nr.57
8551 Wernersdorf
Tel: 03466/42319-0
E-Mail: holz@leitinger.com
web: www.leitinger.com
Gartenbauholz, Holzmöbel, Latten, Nadelschnittholz, Spreißel/Kappstücke, Fußböden, Hobelware, Konstruktionsvollholz, Massivholzplatten, Paletten, Schiffboden

FSC *PEFC*

Holzindustrie Kaml & Huber, Bärndorf 87
8786 Rottenmann
Tel: 03614/3145
E-Mail: office@kaml-huber.com
web: www.kaml-huber.com
Konstruktionsvollholz (KVH), Brettware, Tischlerware, Hackgut, Nadelschnittholz, Spreißel/Kappstücke, Nadelrundholz, Rinde, Sägespäne

PEFC

KLH Massivholz GmbH,
Katsch an der Mur 202
8842 Katsch/Mur
Tel: 03588/8835-0
E-Mail: office@klh.at
web: www.klh.at
Holzhäuser, Massivholzplatten

PEFC

STIA - Holzindustrie GmbH, Sägestr.539
8911 Admont
Tel: 03613/3350-0 Fax: 3350-117
E-Mail: info@admonter.at
web: www.admonter.at
Holzbriketts, Naturholzplatten, Schnittholz, Landhausdielen, Paletten, Türfries;

PEFC

Holzindustrie Klausbauer GmbH & Co KG, Mooslandl 53
8921 Lainbach
Tel: 03633/2179-0
E-Mail: klausbauer.office@aon.at
web: www.klausbauer.at
Fensterkantel, Hobelware, Nadelrundholz, Sägespäne, Hackgut, Industrieholz, Nadelschnittholz, Türfries

PEFC

Sägewerk Gams Gmbh, Nr. 140
8922 Gams bei Hieflau
Tel: 03637/215
E-Mail: buero@saegewerkgams.at
web: www.saegewerkgams.at
Hackgut, Nadelrundholz, Nadelschnittholz, Sägespäne

PEFC

S. Jaritz Holzindustrie GmbH & Co KG, Rosentaler Str.167
9020 Klagenfurt
Tel: 0463/22798
E-Mail: s.jaritz@holz-jaritz.com
web: www.holz-jaritz.com
Hackgut, Nadelrundholz, Rinde, Industrieholz, Nadelschnittholz, Sägespäne

PEFC

MAK Holz GmbH, Haimburg 52
9111 Haimburg
Tel: 04232/27027
Brettschichtholz, Duobalken, Hobelware, Konstruktionsvollholz, Latten, Schnittholz, Sägenebenprodukte

PEFC

Bauen und Wohnen

Säge Hirt GmbH, Sägestr. 11
9322 Micheldorf, Kärnten
Tel: 04268/2476
E-Mail: office@saegehirt.at
Bauholz, Hackgut, Kantholz, Lärchenschnittholz, Sägespäne, Fichtenschnittholz, Hobelware, Latten, Staffeln, Tischlerware

PEFC

Tilly Holzindustrie GmbH, Krappfelder Str.27
9330 Althofen
Tel: 04262/2143 Fax: 4144
E-Mail: office.platten@tilly.at
web: www.tilly.at
Briketts, Fußböden, Hobelware, Massivholzplatten, Spreißel/Kappstücke, Türrohling, Türfriesstangen, Laubschnittholz, Nadelschnittholz

PEFC

LSB Lärchenholz Buchhäusl GmbH,
Mellach 7
9341 Straßburg, Kärnten
Tel: 04266/2253
E-Mail: buchhaeusl@lsb.co.at
web: www.lsb.co.at
Hobelware, Nadelrundholz, Industrieholz, Nadelschnittholz

PEFC

Johann Offner Holzindustrie GmbH,
Neuhäuslweg
9400 Wolfsberg, Kärnten
Tel: 04352/2731-0
E-Mail: office@aon.at
web: www.offner.at
Bauholz, Schnittholz, Lamellen, Verpackungsware

PEFC

Holz Pirker GmbH, Klagenfurter Str.31
9556 Liebenfels
Tel: 04215/2370
E-Mail: office@holz-pirker.at
web: www.holz-pirker.at
Brennholz, Fußböden, Holzwerkstoffplatten, Nadelschnittholz, Brettschichtholz, Hobelware, Laubschnittholz

PEFC

Sägewerk Josef Kogler, Bahnhofstr.6
9557 Liebenfels
Tel: 04215/2305
E-Mail: saegewerk@koho.at
web: www.koho.at
Schnittholz, Hobelware, Fensterlamellen und -kantenln, Schmalware, Breitware, Latten, Palettenware, Konstruktionsvollholz

PEFC

Sägewerk Ferdinand Schuster GmbH,
Aichwaldseestr.31
9581 Ledenitzen
Tel: 04254/3132
E-Mail: saegewerk.schuster@utanet.at
Kantholz, Schalltafeln, Verpackungsware

PEFC

Hasslacher Drauland Holzindustrie
GmbH., Feistritz 1
9751 Sachsenburg
Tel: 04769/2249-0
E-Mail: info@hasslacher.at
web: www.hasslacher.at
Schnittholz, Hobelware, Brettschichtholz, Konstruktionshölzer, Fußböden, Dachschalungen, Latten und Staffeln, Tischlerware, Lamellenbalken

PEFC

Bauen & Wohnen allgemein

OBI Bau- & Heimwerkermärkte Systemzentrale GmbH,
Baumg.60B
1030 Wien
Tel: 01/41515-0
E-Mail: office@obi.at
web: www.obi.at
Fenster, Regale, Gerätestiele, Pinsel, Besen, Holzwerkstoffe, Gardinenstangen, Gartenzäune, Gartenlauben, Werkzeuge aus Buche, Eukalyptus, Fichte, Kiefer, Holzböden, Türen und Gartenmöbel ca.110 FSC-Produkte

FSC

BóDòMé Austria Intarsia Vienna Edelholzböden GmbH,
Rechte Wienzeile 85
1050 Wien
Tel: 01/5817070
E-Mail: wien5@bodome.at
web: www.bodome.com
FSC zertifizierte Parkette und Holzböden

FSC

Lias Österreich GmbH,
Fabrikstr.11
8350 Fehring
Tel: 03155/2368-0
E-Mail: info@liapor.at
web: www.liapor.at
Liapor Hohlziegel, Schüttung, thermische u. akustische Dämmung, Leichtbeton, Fertigteile; alles aus Ton gefertigt; Dachbegrünung

Bauen und Wohnen

Baumaterialien, umweltfreundliche und Baustoffhandel

Biomilan GmbH Bauen, Wohnen, Pflegen,
Währinger Gürtel 79
1180 Wien
Tel: 01/4030871
E-Mail: biomilan@netway.at
web: www.biomilan.at
Decklack und Vorstreichfarbe

Ernstbrunner Kalktechnik GmbH,
Mistelbacher Str.70-80
2115 Ernstbrunn
Tel: 02576/2320-0
E-Mail: office@profibaustoffe.com
web: www.profibaustoffe.com
Kalkzementputze

Schüller Bau GmbH, Nr.89
2153 Stronsdorf
Tel: 02526/7213-0
E-Mail: office@schuellerbau.at
web: www.schuellerkg.at
Wandbaustoffe, Ziegelprodukte

Sto GmbH, Ricoweg N/M 31
2351 Wiener Neudorf
Tel: 02236/64871-0
E-Mail: vc.wien.at@stoeu.com
web: www.sto.at
Innenwandfarben auf mineralischer Basis

Hornbach Baumarkt GmbH, IZ NÖ-Süd
Str.3, Obj.64
2355 Wiener Neudorf
Tel: 02236/3148-0
E-Mail: info_at@hornbach.com
web: www.hornbach.co.at
ca. 720 FSC Holzartikel, 98% der Holzprodukte im Gartenbereich sind FSC-zertifiziert. Gartenmöbel, Parkett, Leimholz, Holzregale, Sichtschutzzäune.

Raiffeisen-Lagerhaus St Pölten regGenmbH, Linzer Str.76-78
3100 St. Pölten
Tel: 02742/74531-0
E-Mail: rlh_stpoelten@stpoelten.rlh.at
web: www.lagerhaus.at
Industrieholz, Laubrundholz, Nadelrundholz

Sto GmbH, Industriestr.14
3200 Ober-Grafendorf
Tel: 02747/7430-0
E-Mail: vc.obergrafendorf.at@stoeu.at
web: www.sto.at
Innenwandfarben auf mineralischer Basis

Raiffeisen-Lagerhaus Amstetten reg. Gen.m.b.H., Eggersdorferstr.51
3300 Amstetten, Niederösterreich
Tel: 07472/200-0
E-Mail: gf@amstetten.rlh.at
web: www.lagerhaus-amstetten.at
Industrieholz, Laubrundholz, Nadelrundholz

BRAMAC Dachsysteme International GmbH, Bramacstr.9
3380 Pöchlarn
Tel: 02757/4010-0 Fax: 4010-61
E-Mail: mk@bramac.com
web: www.bramac.at
Betondachsteine
siehe auch Seite 19

Raiffeisen-Lagerhaus Mostviertel Mitte, Bahnstr. 3
3380 Pöchlarn
Tel: 02757/2201
E-Mail: rlh_mostvmitte@mostvmitte.rlh.at
web: www.lagerhaus-mostviertelmitte.at
Industrieholz, Laubrundholz, Nadelrundholz

Raiffeisen Lagerhaus Waidhofen/Taya reg GenmbH, Raiffeisenstr.14
3830 Waidhofen an der Thaya
Tel: 02842/52535-0
E-Mail: rlh_waidhofen@waidthaya.rlh.at
web: www.lagerhaus-waidhofen.at
Industrieholz, Laubrundholz, Nadelrundholz

Raiffeisen Lagerhaus Gmünd-Vitis reg-Genossenschaft mbH, Conrathstr.3
3950 Gmünd, Niederösterreich
Tel: 02852/53772-0
web: www.lagerhaus.at
Industrieholz, Laubrundholz, Nadelrundholz

Bauen und Wohnen

Sto GmbH, Gewerbepark Wagram 7
4061 Pasching
Tel: 07229/64100
E-Mail: vc.linz.at@stoeu.com
web: www.sto.at
Innenwandfarben auf mineralischer Basis

Sto GmbH, Lagerstr.2
5071 Wals bei Salzburg
Tel: 0662/853064
E-Mail: vc.salzburg.at@stoeu.com
web: www.sto.at
Innenwandfarben auf mineralischer Basis

Sto GmbH, Valierg.14
6020 Innsbruck
Tel: 0512/342880
E-Mail: vc.innsbruck.at@stoeu.com
web: www.sto.at
Innenwandfarben auf mineralischer Basis

Sto GmbH, Interpark Focus 14
6832 Röthis
Tel: 05522/69201-0
E-Mail: vc.feldkirch.at@stoeu.com
web: www.sto.at
Innenwandfarben auf mineralischer Basis

Sto GmbH, Otto-Baumgartnerstr.7
8055 Graz-Puntigam
Tel: 0316/296800
E-Mail: vc.graz.at@stoeu.com
web: www.sto.at
Innenwandfarben auf mineralischer Basis

Lias Österreich GmbH, Fabrikstr.11
8350 Fehring
Tel: 03155/2368-0
E-Mail: info@liapor.at
web: www.liapor.at
Liapor Hohlziegel, Schüttung, thermische u. akustische Dämmung, Leichtbeton, Fertigteile; alles aus Ton gefertigt; Dachbegrünung

OBI Markt Hubmann, An der Umfahrungsstr.4
8510 Stainz
Tel: 03463/2600-100
E-Mail: markta096@obi.at
web: www.obi.at
FSC-zertifizierte Holzböden, Türen und Gartenmöbel im Sortiment

OBI Markt Eibiswald, Nr.232
8552 Eibiswald
Tel: 03466/47011-100
E-Mail: markta095@obi.at
web: www.obi.at
FSC-zertifizierte Holzböden, Türen und Gartenmöbel im Sortiment

Rigips Austria GmbH,
Unterkainisch 24
8990 Bad Aussee
Tel: 03622/505-0
E-Mail: kartin.haslwanter@bpb.com
web: www.bpb.com
Gipsplatten und Gips-Maschinenputz

Sto GmbH,
Richtstr.47
9500 Villach
Tel: 04242/33133-0 Fax: 33133-34347
E-Mail: info@sto.at
web: www.sto.at
StoClimasan Color Wandfarbe
SCHRITTMACHER FÜR UMWELTFREUNDLICHE DÄMMSYSTEME. PUTZE, FARBEN, LACKE, WANDBELÄGE

Villgrater Naturprodukte Josef Schett KG, Nr. 116
9932 Innervillgraten
Tel: 04843/5520
E-Mail: office@villgraternatur.at
web: www.villgraternatur.at
Dämmstoffe aus Schafwolle Bettwaren; Bauernladen (MO-FR 9-12 + 15-17, SA 9-12) Exkursionsbetrieb Hauszustellung

☺ ☺

Bauen und Wohnen

Bodenbeläge und Teppiche

Adil Besim KG, Graben 30
1010 Wien
Tel: 01/5330910
E-Mail: office@adil-besim.at
web: www.adil-besim.at

Kabul Shop Rahimy GmbH, Herreng.6-8
1010 Wien
Tel: 01/5353480
E-Mail: kabulshop@chello.at
web: www.kabulshop.at

Kaukas HandelsgmbH, Operng.14-16
1010 Wien
Tel: 01/5871486
E-Mail: office@kaukas.at
web: www.kaukas.com

Rahimi & Rahimi GmbH, Spiegelg.6
1010 Wien
Tel: 01/5123388
E-Mail: a.rahimi@rahimi.at
web: www.rahimi.at

OBI Bau- & Heimwerkermärkte Systemzentrale GmbH, Baumg.60B
1030 Wien
Tel: 01/41515-0
E-Mail: office@obi.at
web: www.obi.at

Berber Carpets,
Schleifmühlg.13
1040 Wien
Tel: 0316/813500
web: www.berber-arts.com

Koppensteiner Orientteppiche GmbH,
Währinger Str.67
1090 Wien
Tel: 01/4038944
E-Mail: office@orientteppich-koppensteiner.at
web: www.orientteppich-koppensteiner.at

TEXX-Factory Outlet - Helm & Co. GmbH, Himberger Str.2
1100 Wien
Tel: 01/6881537-70
E-Mail: office@texx.cc
web: www.texx.cc

Forbo-Contel Handelsgesellschaft m.b.H., Handelskai 52
1200 Wien
Tel: 01/3309201-0
E-Mail: info@forbo-linoleum.at
web: www.forbo.at
Forbo - Linoleum wird aus nachwachsenden Rohstoffen(Leinöl, Holzmehl, Harze, Farbpigmente und Jute) hergestellt, langlebige Produkte für ein verträgliches Raumklima

Orientcorner - Metro Langenzersdorf,
Wienerstr.176-196
2103 Langenzersdorf
Tel: 02244/3101

Fairtrade Online-Shop, Quellenstr.17/1/5
2340 Mödling
Tel: 0699/17230166
E-Mail: office@fairtrade-onlineshop.org
web: fairtrade-onlineshop.org

Hatschi`s Teppichparadies, IZ-Süd, Str.1, Obj. 3/ neben Stilcenter
2351 Wiener Neudorf
Tel: 02236/61115

F.A. Helm & Co., Lagerstr.48
2441 Mitterndorf an der Fischa
Tel: 02234/74010
E-Mail: info@helm.at
web: www.helm.at

INKU AG, Inkustr.1-7
3400 Klosterneuburg
Tel: 02243/499-0
E-Mail: office@inku.at
web: www.inku.at

œkoweb
Österreichs zentrales Umweltportal

Bauen und Wohnen

Quelle AG, Industriezeile 47
4020 Linz
Tel: 070/2088
E-Mail: kundenservice@quelle.at
web: www.quelle.at
Auch Produkte mit dem deutschen Umweltzeichen "Blauer Engel".

Bader Versandhaus, [Postfach 789]
4021 Linz
Tel: 0732/331199
E-Mail: service@bader.at
web: www.bader.at

Freudenberg Bausysteme KG,
Rablstr.30/1
4600 Wels
Tel: 07242/74001-0
E-Mail: infoat@freudenberg.com
web: www.nora-freudenberg.com
"Nora" Kautschuk-Bodenbeläge: hochwertige Rohstoffe wie Industrie- und Naturkautschukqualitäten, Mineralien aus natürlichen Vorkommen und umweltverträgliche Farbpigmente, umweltverträgliche Produktionsverfahren und Verpackung frei von PVC, Weichmachern (Phthalate) und Halogenen (z. B. Chlor), Verlegung mit umweltverträglichen Hilfsstoffen

Adil Besim KG, Dreifaltigkeitstr.18
5020 Salzburg
Tel: 0662/887623
E-Mail: salzburg@adil-besim.at
web: www.adil-besim.at

Siegfired Mayer, Mühlbachstr.19
5162 Obertrum am See
Tel: 06219/76310
E-Mail: mayer@sbg.at
web: www.teppich-innenarchitektur.at

Adil Besim KG,
Maria-Theresien-Str.51-53
6020 Innsbruck
Tel: 0512/574390
E-Mail: innsbruck@adil-besim.at
web: www.adil-besim.at

Orientteppich Galerie Eberl Einrichtungshaus Wetscher, Fügen 60
6263 Fügen
Tel: 05288/600240
E-Mail: orientteppich.eberl@aon.at

Orientteppiche Ziegenfuss, Illpark
6800 Feldkirch
Tel: 05522/72144
E-Mail: o.t.ziegenfuss@aon.at
web: www.orientteppiche-ziegenfuss.at

Teppich-Galerie Geba GmbH, Hans Sachs-G.14
8010 Graz
Tel: 0316/836383-0
E-Mail: office@geba.co.at
web: www.geba.cc

Adil Besim KG,
Hans-Sachs-G.3
8010 Graz
Tel: 0316/835874
E-Mail: graz@adil-besim.at
web: www.adil-besim.at

Berber Carpets,
Leonhardstr.12
8010 Graz
Tel: 0316/813500
web: www.berber-arts.com

Galerie Kunststücke,
Sackstr. 20
8010 Graz
Tel: 0316/821919

Orient Teppich Corner,
Waltendorfer Hauptstr.47
8010 Graz
Tel: 0316/424842
web: www.otcgraz.at

Reyhani GmbH,
Schönaug.49
8010 Graz
Tel: 0316/8307720
E-Mail: office@reyhani.at
web: www.reyhani.at

Bauen und Wohnen

Orientteppiche Wittenhagen,
Radetzkystr.33
8010 Graz
Tel: 0316/831224
E-Mail: office@wittenhagen.at
web: www.wittenhagen.at

Neckermann Versand Österreich Aktiengesellschaft, Triester Str.280
8012 Graz
Tel: 0316/246-246
E-Mail: service@neckermann.at
web: www.neckermann.at
Produkte mit dem deutschen Umweltzeichen „Blauer Engel". „Jules Clarysse" Frottier-Handtücher mit dem FAIR TRADE Gütesiegel ausgezeichnet. Der Anteil an FSC-Produkten wird stetig gesteigert.

Otto Versand GmbH, Alte Poststr.125
8020 Graz-Eggenberg
Tel: 0316/5460-0
E-Mail: kundenservice@ottoversand.at
web: www.ottoversand.at
Als erstes deutsches Versandhandelsunternehmen hat OTTO1996 RUGMARK-Teppiche in den Katalog aufgenommen.

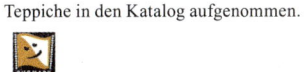

Dr. Huschang Rohani,
Neubaug.24
8020 Graz
Tel: 0316/723333
E-Mail: office@rohani.at
web: www.rohani.at

Heinrich Heine GmbH, [Postfach 3000]
8021 Graz
Tel: 0316/6087788
E-Mail: service@heine.at
web: www.heine.at

Prof. Wilfried Stanzer Importeur und Verkauf in Marokko, Lindeng.16
8501 Lieboch
Tel: 03136/61926

Adil Besim KG, Alter Pl.22
9020 Klagenfurt
Tel: 0463/516028
E-Mail: klagenfurt@adil-besim.at
web: www.adil-besim.at

Armstrong DLW, Stuttgarter Str.75
D-74321 Bietigheim-Bissingen
Tel: 0049/7142/71185-0
E-Mail: service_austria@armstrong-dlw.com
web: www.armstrong-dlw.com
umweltverträgliche Bodenbeläge

Dämmstoffe und Isoliermaterialien

Saint-Gobain Isover Austria GmbH,
Prager Str.77
2000 Stockerau
Tel: 02266/606-0
E-Mail: marketing@isover.at
web: www.isover.at
Dampfbremse, VarioKM

AUSTROTHERM GmbH,
Friedrich-Schmid-Str.165
2754 Waldegg an der Piesting
Tel: 02633/401-0
E-Mail: info@austrotherm.at
web: www.austrotherm.at
Produkte (XPS-Dämmplatten):
Austrotherm Top 30
Austrotherm Top 50
Austrotherm Top 70
Austrotherm Top P

Steinbacher Dämmstoff GmbH,
Salzburger Str.35
6383 Erpfendorf
Tel: 05352/700-0
E-Mail: office@steinbacher.at
web: www.steinbacher.at
Hochwertige formgeschäumte, hydrophobierte, feuchteresistente Dämmplatten mit integrierten DrainagerillenZur Produktion wird klimaschonendes Treibgas verwendet

Bauen und Wohnen

CPH Zellulosedämmstoffproduktion GmbH, Am Ökopark 6
8230 Hartberg
Tel: 03332/66680-0
E-Mail: info@cph.at
web: www.cph.at
Isocell, Clima-Super, trendisol, climacell. Zimmermeisterhausflocke-Wärmedämmstoffe aus nachwachsenden Rohstoffen

Lias Österreich GmbH, Fabrikstr.11
8350 Fehring
Tel: 03155/2368-0
E-Mail: info@liapor.at
web: www.liapor.at
Liapor Hohlziegel, Schüttung, thermische u. akustische Dämmung, Leichtbeton, Fertigteile; alles aus Ton gefertigt; Dachbegrünung

Villgrater Naturprodukte Josef Schett KG, Nr. 116
9932 Innervillgraten
Tel: 04843/5520
E-Mail: office@villgraternatur.at
web: www.villgraternatur.at
Dämmstoffe aus Schafwolle
Bauernladen (MO-FR 9-12 + 15-17, SA 9-12) Exkursionsbetrieb Hauszustellung;

Farben und Lacke

Biomilan GmbH, Währinger Gürtel 79
1180 Wien
Tel: 01/4030871
E-Mail: biomilan@netway.at
web: www.biomilan.at
Decklack und Vorstreichfarbe

ICI Österreich GmbH, Handelskai 94-96, Millenium Tower
1200 Wien
Tel: 01/2409010-0
E-Mail: at_marketing@ici.com
web: www.ici.at
MOLTO FIXIT 50 - Pulver-Minieralfarbe auf Zementbasis zum Selbstanmischen, schadstoffarm und lösungsmittelfrei

biopin Österreich Ing. Chrisian Neutatz, Goetheg.5
2500 Baden bei Wien
Tel: 0650/2408000
E-Mail: biopin-oesterreich@neutatz.at
web: www.biopin.info
Lacke und Lasuren für Holz

Alltek - Austria, Wolfenbergerstr.2
3105 St.Pölten-Spratzern
Tel: 02742/881177
E-Mail: office@alltek-austria.at
web: www.alltek-austria.at
PCL Parkettlack Premium,lösungsmittel- und schadstoffarm

Keimfarben GmbH, Pebering-Straß 16
5301 Eugendorf
Tel: 06225/8511
E-Mail: office@keimfarben.at
web: www.keimfarben.at
KEIM BIOSIL Wandfarbeallergikerfreundlich, lösungsmittel- und schadstoffarm

Ulz Produktions GmbH, Wünschendorf 193
8200 Gleisdorf
Tel: 03112/5350-0
E-Mail: office@ulz.at
web: www.ulz.at
ULZ Umwelt-Innenfarbe Magic Color Umweltweissemissions- und lösungsmittelarm

Farb-Union Marketing GmbH, Hauptpl.17
8430 Leibnitz
Tel: 03452/86680-0
E-Mail: mail@farbunion.at
web: www.farbunion.at
FRÜHLINGParkettlack glänzendFRÜHLINGParkettlack seidenmattausgezeichnet nach der Umweltzeichen-Richtlinie für Lacke, Lasuren und Holzversiegelungslacke

Sto GmbH, Richtstr.47
9500 Villach
Tel: 04242/33133-0 Fax: 33133-34347
E-Mail: info@sto.at
web: www.sto.at
StoClimasan Color Wandfarbe

Bauen und Wohnen

Holzböden und Parkett

Crepaz Parkett Wohngesund International, Weyrg.7
1030 Wien
Tel: 01/7155152-0
E-Mail: wgint@holzdiele.com
web: www.holzdiele.com
Parkettböden und Dielen

FSC

OBI Bau- & Heimwerkermärkte Systemzentrale GmbH, Baumg.60B
1030 Wien
Tel: 01/41515-0
E-Mail: office@obi.at
web: www.obi.at
FSC-zertifizierte Holzböden, Türen und Gartenmöbelca.110 FSC-Produkte

FSC

BAUHAUS Depot GmbH, Arsenalstr.5
1030 Wien
Tel: 01/7992585
E-Mail: nl85@bauhaus.at
web: www.bauhaus.at
FSC-zertifizierte Holzböden, Türen und Gartenmöbel im Sortiment

FSC

BóDòMé Austria Intarsia Vienna Edelholzböden GmbH, Rechte Wienzeile 85
1050 Wien
Tel: 01/5817070
E-Mail: wien5@bodome.at
web: www.bodome.com
FSC zertifizierte Parkette und Holzböden

FSC

OBI Markt Triesterstraße, Triester Str.12
1100 Wien
Tel: 01/6043638-0
E-Mail: markta034@obi.at
web: www.obi.at
FSC-zertifizierte Holzböden, Türen und Gartenmöbel im Sortiment

FSC

OBI Markt Hadikgasse, Hadikg.184
1140 Wien
Tel: 01/41538-0
E-Mail: markta038@obi.at
web: www.obi.at
FSC-zertifizierte Holzböden, Türen und Gartenmöbel im Sortiment

FSC

BAUHAUS Depot GmbH, Bergmillerg.12
1140 Wien
Tel: 01/9147666
E-Mail: nl782@bauhaus.at
web: www.bauhaus.at
FSC-zertifizierte Holzböden, Türen und Gartenmöbel im Sortiment

FSC

Tarkett AG, Herbeckstr.5
1180 Wien
Tel: 01/4788062
E-Mail: info.at@tarkett.com
web: www.tarkett.at
natürliche Linosom-Bodenbeläge, schadstoffarme Produkte für ein gesundes Raumklima

BAUHAUS Depot GmbH, Jägerstr.82
1200 Wien
Tel: 01/3333900
E-Mail: nl795@bauhaus.at
web: www.bauhaus.at
FSC-zertifizierte Holzböden, Türen und Gartenmöbel im Sortiment

FSC

OBI Markt Brünnerstraße, Brünnerstr.57
1210 Wien
Tel: 01/2781634
E-Mail: markta035@obi.at
web: www.obi.at
FSC-zertifizierte Holzböden, Türen und Gartenmöbel im Sortiment

FSC

OBI Markt Wien 22.Bezirk, Sverigestr.1b
1220 Wien
Tel: 01/7345450
E-Mail: markta048@obi.at
web: www.obi.at
FSC-zertifizierte Holzböden, Türen und Gartenmöbel im Sortiment

FSC

BAUHAUS Depot GmbH, Hirschstettner Str.54
1220 Wien
Tel: 01/2855486
E-Mail: nl791@bauhaus.at
web: www.bauhaus.at
FSC-zertifizierte Holzböden, Türen und Gartenmöbel im Sortiment

FSC

Bauen und Wohnen

BAUHAUS Depot GmbH,
Wagramer Str.196
1220 Wien
Tel: 01/2598179
E-Mail: nl776@bauhaus.at
web: www.bauhaus.at
FSC-zertifizierte Holzböden, Türen und Gartenmöbel im Sortiment

FSC

BAUHAUS Depot GmbH, Hödlg.10
1230 Wien
Tel: 01/8694391
E-Mail: nl786@bauhaus.at
web: www.bauhaus.at
FSC-zertifizierte Holzböden, Türen und Gartenmöbel im Sortiment

FSC

BAUHAUS Depot GmbH,
Oberlaaer Str.294
1230 Wien
Tel: 01/6163211
E-Mail: nl794@bauhaus.at
web: www.bauhaus.at
FSC-zertifizierte Holzböden, Türen und Gartenmöbel im Sortiment

FSC

OBI Markt Retz, Bahnhofstr.1
2070 Retz
Tel: 02942/2404-0
E-Mail: markta057@obi.at
web: www.obi.at
FSC-zertifizierte Holzböden, Türen und Gartenmöbel im Sortiment

FSC

BAUHAUS Depot GmbH,
Weisses Kreuz Str.4
2103 Langenzersdorf
Tel: 02244/2430
E-Mail: nl780@bauhaus.at
web: www.bauhaus.at
FSC-zertifizierte Holzböden, Türen und Gartenmöbel im Sortiment

FSC

OBI Markt Mistelbach,
Herzog Albrecht Str.5
2130 Mistelbach an der Zaya
Tel: 02572/5120-0
E-Mail: markta062@obi.at
web: www.obi.at
FSC-zertifizierte Holzböden, Türen und Gartenmöbel im Sortiment

FSC

OBI Markt Vösendorf,
Triester Str.14
2334 Vösendorf-Süd
Tel: 01/6991880
E-Mail: markta040@obi.at
web: www.obi.at
FSC-zertifizierte Holzböden, Türen und Gartenmöbel im Sortiment

FSC

Parkett Shop,
Wolfholzg.21
2345 Brunn am Gebirge
Tel: 02236/3790780
E-Mail: handel@parkett-shop.at
web: www.bodome.at
FSC-zertifizierte Holzböden

FSC

BAUHAUS Depot GmbH,
Industriezentrum NÖ Süd, Str.6
2351 Wiener Neudorf
Tel: 02236/62930
E-Mail: nl790@bauhaus.at
web: www.bauhaus.at
FSC-zertifizierte Holzböden, Türen und Gartenmöbel im Sortiment

FSC

BAUHAUS Depot GmbH, Bauhaus Str.1
2700 Wiener Neustadt
Tel: 02622/20308
E-Mail: nl793@bauhaus.at
web: www.bauhaus.at
FSC-zertifizierte Holzböden, Türen und Gartenmöbel im Sortiment

FSC

DH-Design Holzverarbeitungs GmbH,
Wirtschaftspark
3331 Kematen an der Ybbs
Tel: 07476/77770
E-Mail: office@dh-holz.at
web: www.dh-holz.at
Fußböden, Lamellen, Rinde, Sägespäne, Hackgut, Massivholzplatten, Spreißel/ Kappstücke

PEFC

Mitteramskogler GmbH Laubholzsägewerk & Holzgroßhandel, Markt 113
3334 Gaflenz
Tel: 07353/204-0
E-Mail: office@mirako.at
web: www.mitteramskogler.at
Böden für Außenbereich, Furnier-
holz, Laubschnittholz, Schnittholz, ThermoholzDie Firma Mittermaskogler ist Produzent von Laubholz (Buche, Esche, Eiche, Ahorn, Birne, etc) und

Bauen und Wohnen

Thermolaubholz. Thermolaubholz wird durch Hitze veredelt und erhält neue Eigenschaften wie Haltbarkeit, Dimensionsstabilität und exotische Farbtöne

OBI Markt Kammern/Langenlois,
Wienerstr. 67
3550 Langenlois
Tel: 02734/3841
E-Mail: markta043@obi.at
web: www.obi.at
FSC-zertifizierte Holzböden

Formholz Holzverarbeitung GmbH,
Wiesenfeld 1
3920 Groß Gerungs
Tel: 02813/278-0
E-Mail: info@formholz.at
web: www.formholz.at
Bauholz, Blumenkästen, Böden für Außenbereich, Dachstuhlholz, Gartenbauholz, Gartenmöbel, Hackgut, Kantholz, Latten, Lärchenschnittholz, Pfosten, Rankelemente, Staffeln, Sägespäne, Bauwaren, Bodenbeläge, Carport, Hobelware, Profilbretter, Sichtschutzelemente, Sägenebenprodukte, Terrassenböden

BAUHAUS Depot GmbH, Industriezeile 64
4020 Linz, Donau
Tel: 0732/773100
E-Mail: nl798@bauhaus.at
web: www.bauhaus.at
FSC-zertifizierte Holzböden, Türen und Gartenmöbel im Sortiment

OBI Markt Linz, Freistädter Str. 81-83
4040 Linz, Donau
Tel: 0732/711304-0
E-Mail: markta027@obi.at
web: www.obi.at
FSC-zertifizierte Holzböden

BAUHAUS Depot GmbH, Pluskaufstr. 2
4061 Pasching
Tel: 07229/64572
E-Mail: nl788@bauhaus.at
web: www.bauhaus.at
FSC-zertifizierte Holzböden

BAUHAUS Depot GmbH, Pacherg. 16
4400 Steyr
Tel: 07252/46562
E-Mail: nl779@bauhaus.at
web: www.bauhaus.at
FSC-zertifizierte Holzböden

BAUHAUS Depot GmbH, Straubinger Str. 25
4600 Wels
Tel: 07242/625-0
E-Mail: service@bauhaus.at
web: www.bauhaus.at
Holzböden, Türen und Gartenmöbel

Neuhofer Holz GmbH, Haslau 56
4893 Zell am Moos
Tel: 06234/8500-0
web: www.fnprofile.com
Parkettböden, Sockelleisten

TILO GmbH,
Magetsham 19
4923 Lohnsburg am Kobernaußerwald
Tel: 07754/400-0
E-Mail: info@tilo.com
web: www.tilo.com
Massivholzböden, Massivholzleisten;

BAUHAUS Depot GmbH,
Sterneckstr. 47
5020 Salzburg
Tel: 0662/872303
E-Mail: nl758@bauhaus.at
web: www.bauhaus.at
FSC-zertifizierte Holzböden, Türen und Gartenmöbel im Sortiment

M. Kaindl KG Holzindustrie & Flooring GmbH, Kaindlstr. 2
5071 Wals bei Salzburg
Tel: 0662/8588-0
E-Mail: office@kaindl.com
web: www.kaindl.com
Faserplatten, Fußböden, MDF Platten, Spanplatten

Holzhäuser Esterbauer,
Diepoldsdorf 35
5121 Ostermiething
Tel: 06278/7486
E-Mail: info@holz-haus.co.at
web: www.holz-haus.co.at
FSC-zertifizierte Holzböden

Bauen und Wohnen

Feldbacher Holzverarbeitungs GmbH,
Untererb 25
5211 Friedburg
Tel: 07746/2228 Fax: 2228-20
E-Mail: office@feldbacher-holz.at
web: www.felbacher-holz.at
Fußböden, Hobelware, Laubschnittholz, Spreißel/Kappstücke, Hackgut, Laubrundholz, Nadelschnittholz, Sägespäne

Gustav Moser Säge- u. Hobelwerk,
Gewerbestr.4
5261 Uttendorf, Oberösterreich
Tel: 07724/6100
E-Mail: office@moser-holz.at
web: www.moser-holz.at
Bauholz, Hobelware, Lärchenschnittholz, Weymouthskiefer, Fichtenschnittholz, Kiefernschnittholz, Rinde

Holz-Schnell GmbH, Feuersang 4
5542 Flachau
Tel: 06457/2256
E-Mail: holz-schnell@sbg.at
web: www.holz-schnell.at
Hobelware, Nadelrundholz, Sägenebenprodukte, Industrieholz, Nadelschnittholz

Peter Graggaber GmbH, Neggendorf 92
5580 Unternberg
Tel: 06474/6207-0
E-Mail: pg-holz@aon.at
web: www.pg-holz.at
Hobelware, Nadelrundholz, Palisaden, Spreißel/Kappstücke

BAUHAUS Depot GmbH, Bachlechner Str.46
6020 Innsbruck
Tel: 0512/284341
E-Mail: nl781@bauhaus.at
web: www.bauhaus.at
FSC-zertifizierte Holzböden, Türen und Gartenmöbel im Sortiment

OBI Markt Wörgl, Innsbrucker Str.95
6300 Wörgl
Tel: 05332/70288-0
E-Mail: markta019@obi.at
web: www.obi.at
FSC-zertifizierte Holzböden, Türen und Gartenmöbel im Sortiment

Fritz Egger GmbH & Co., Weiberndorf 20
6380 St.Johann
Tel: 050/600-0
E-Mail: info-sjo@egger.com
web: www.egger.at
beschichteter Bodenbelag

OBI Markt St. Johann in Tirol, Paß Thurn Str.20
6380 St. Johann in Tirol
Tel: 05352/64666-0
E-Mail: markta023@obi.at
web: www.obi.at
FSC-zertifizierte Holzböden, Türen und Gartenmöbel im Sortiment

Hermann Tschabrun GmbH, Bundesstr.102
6830 Rankweil
Tel: 05522/202-0
web: www.tschabrun.at
Bodenplatten, Vierkantholz

J.C. Bawart & Söhne GmbH & Co., Lindenweg 12
6832 Sulz-Röthis
Tel: 05522/44307
E-Mail: bawart@bawart.at
web: www.bawart.at
Parkett und Holzböden für Innen- und Außenbereich

BAUHAUS Depot GmbH, Waldmüllerstr.5
6850 Dornbirn
Tel: 05572/21346
E-Mail: nl764@bauhaus.at
web: www.bauhaus.at
FSC-zertifizierte Holzböden, Türen und Gartenmöbel im Sortiment

Feuerstein GmbH, Bizau 124
6874 Bizau
Tel: 05514/2055
E-Mail: info@waelderfenster.at
web: www.waelderfenster.at
Hackgut, Hobelware, keilgezinkte Holzprodukte, Nadelrundholz, Nadelschnittholz, Rinde, Sägenebenprodukte, Sägespäne

Bauen und Wohnen

BAUHAUS Depot GmbH,
Bahnhofstr.53
6900 Bregenz
Tel: 05574/46467
E-Mail: nl787@bauhaus.at
web: www.bauhaus.at
FSC-zertifizierte Holzböden, Türen und Gartenmöbel im Sortiment

FSC

OBI Markt Neusiedl am See,
Wiener Str.110
7100 Neusiedl am See
Tel: 02167/5005
E-Mail: markta033@obi.at
web: www.obi.at
FSC-zertifizierte Holzböden, Türen und Gartenmöbel im Sortiment

FSC

OBI Markt Mattersburg,
Bauweltstr.7
7210 Mattersburg
Tel: 02626/65151-0
E-Mail: markta028@obi.at
web: www.obi.at
FSC-zertifizierte Holzböden, Türen und Gartenmöbel im Sortiment

FSC

OBI Markt Stoob,
Bauweltstr.1
7344 Stoob
Tel: 02612/43644-0
E-Mail: markta032@obi.at
web: www.obi.at
FSC-zertifizierte Holzböden, Türen und Gartenmöbel im Sortiment

FSC

OBI Markt Pinkafeld,
Grazer Str.22
7423 Pinkafeld
Tel: 03357/43740
E-Mail: markta073@obi.at
web: www.obi.at
FSC-zertifizierte Holzböden, Türen und Gartenmöbel im Sortiment

FSC

OBI Markt Unterwart,
Steinamangererstr.323
7501 Unterwart
Tel: 03352/33874-0
E-Mail: markta075@obi.at
web: www.obi.at
FSC-zertifizierte Holzböden, Türen und Gartenmöbel im Sortiment

FSC

Parkett Company Weitzer Parkett GmbH,
Europastr.5
7540 Güssing
Tel: 03172/2372-365
E-Mail: office@parkett-company.com
web: www.parkett-company.com
3-Schicht-Parkett, Fußböden, Böden für Außenbereich, Parkettböden

PEFC

Gebrüder Meyer Parkettindustrie GmbH,
Wiener Str.66
7540 Güssing
Tel: 03322/43536-0
E-Mail: office@gmpi.com
web: www.gmpi.com
Bodenbeläge, Parkettböden

PEFC

BAUHAUS Depot GmbH,
Triesterstr.488
8055 Graz-Puntigam
Tel: 0316/244940
E-Mail: nl792@bauhaus.at
web: www.bauhaus.at
FSC-zertifizierte Holzböden, Türen und Gartenmöbel im Sortiment

FSC

Parkett und Stiegen

Weitzer Parkett

www.weitzer-parkett.com

Weitzer Parkett GmbH,
Klammstr.24
8160 Weiz
Tel: 03172/2372-0 Fax: 2372-401
E-Mail: office@weitzer-parkett.com
web: www.weitzer-parkett.com
2-Schicht-Parkett, Massivholzboden
EUROPAS UMFANGREICHSTES PARKETT- UND STIEGENPROGRAMM

PEFC

Holzindustrie Schafler, Nr. 11
8221 Hirnsdorf
Tel: 03113/2282-0
E-Mail: info@schafler-holz.at
web: www.schafler-holz.at
Aufsetzrahmen

PEFC

Bauen und Wohnen

OBI Markt St. Johann in der Haide, Nr.111
8295 St. Johann in der Haide
Tel: 03332/65610-0
E-Mail: markta074@obi.at
web: www.obi.at
FSC-zertifizierte Holzböden, Türen und Gartenmöbel im Sortiment

Meyer Parkett GmbH, Bahnhofstr.19
8401 Kalsdorf
Tel: 03135/502-0 Fax: 502-500
 E-Mail: office@meyer.at
 web: www.meyerparkett.at
 Meyer Parkett, Spezialist f. Fertigparkett und massive Landhausdielen

OBI Markt Leibnitz, Gralla 56
8430 Leibnitz
Tel: 03452/72077
E-Mail: markta005@obi.at
web: www.obi.at
FSC-zertifizierte Holzböden, Türen und Gartenmöbel im Sortiment

Symphony Premium Echtholz Parkett

...der Boden für gesündere Raumluft
Erhältlich im Parkettfachhandel. Infos unter www.meyerparkett.at

MEYER PARKETT
Heimat starker Bodenmarken

Bauen und Wohnen

Holzindustrie Leitinger GmbH, Nr.57
8551 Wernersdorf
Tel: 03466/42319-0
E-Mail: holz@leitinger.com
web: www.leitinger.com
Gartenbauholz, Holzmöbel, Latten, Spreißel/Kappstücke, Fußböden, Hobelware, Konstruktionsvollholz, Massivholzplatten, Paletten, Schiffboden

OBI Markt Kapfenberg, Siegfried-Marcus-Str.5
8605 Kapfenberg
Tel: 03862/31325-0
E-Mail: markta072@obi.at
web: www.obi.at
Holzböden, Türen und Gartenmöbel

**STIA - Holzindustrie GmbH, Sägestr.539
8911 Admont
Tel: 03613/3350-0 Fax: 3350-117
E-Mail: info@admonter.at**
web: www.admonter.at
Holzbriketts, Naturholzplatten, Schnittholz, Landhausdielen, Paletten, Türfries;
DIE LANDHAUSDIELE AUS ADMONT, DIE FÜR NACHHALTIGKEIT, QUALITÄT UND DESIGN AUF HÖCHSTER EBENE STEHT.

BAUHAUS Depot GmbH, Stadlweg 38/Südring
9020 Klagenfurt
Tel: 0463/310000
E-Mail: nl796@bauhaus.at
web: www.bauhaus.at

OBI Markt Klagenfurt, St. Jakober Str.2
9029 Klagenfurt
Tel: 0463/33694
E-Mail: markta003@obi.at
web: www.obi.at
Holzböden, Türen und Gartenmöbel

OBI Markt St.Veit, Glandorf 22
9300 St. Veit an der Glan
Tel: 04212/36820
E-Mail: markta002@obi.at
web: www.obi.at
Holzböden, Türen und Gartenmöbel

**VITO Parkett, Industriepark
9300 St. Veit an der Glan
Tel: 04212/45600 Fax: 45600-16**
E-Mail: office@vito.at
web: www.vito.at
Bodenbeläge, Fußböden, Laminat, Laminatböden, Parkettböden, Terrassenböden

OBI Markt Wolfsberg, Tatzerschachtweg 2
9400 Wolfsberg, Kärnten
Tel: 04352/531-88
E-Mail: markta012@obi.at
web: www.obi.at
Holzböden, Türen und Gartenmöbel

OBI Markt Villach, Maria Gailer Str.57
9500 Villach
Tel: 04242/31340
E-Mail: markta008@obi.at
web: www.obi.at
Holzböden, Türen und Gartenmöbel

BAUHAUS Depot GmbH, Triglavstr.28
9500 Villach
Tel: 04242/311411
E-Mail: nl797@bauhaus.at
web: www.bauhaus.at
Holzböden, Türen und Gartenmöbel

Holz Pirker GmbH, Klagenfurter Str.31
9556 Liebenfels
Tel: 04215/2370
E-Mail: office@holz-pirker.at
web: www.holz-pirker.at
Fußböden. Holzwerkstoffplatten, Nadelschnittholz, Brettschichtholz, Hobelware

Bauen und Wohnen

OBI Markt Spittal an der Drau,
Zgurnerstr.1
9800 Spittal an der Drau
Tel: 04762/44300
E-Mail: markta006@obi.at
web: www.obi.at
Holzböden, Türen und Gartenmöbel

FSC

Holzwaren allgemein

RWA Raiffeisen Ware Austria AG,
Wienerbergstr.3
1100 Wien
Tel: 01/60515-0
E-Mail: e-marketing@rwa.at
web: www.rwa.at
Laubstammholz und -Laubparkettholz

FSC PEFC

Waldwirtschaftsgemeinschaft Weilhart,
Hernstorferstr.27/22
1140 Wien
Tel: 01/9146000
E-Mail: info@somcon.com
web: www.holzwirtschaft.com
Rundholz aller Art, Kiefer, Fichte, Eiche, Tanne

FSC

Zielpunkt Warenhandel GmbH & Co
KG, Heizwerkstr.5
1239 Wien
Tel: 01/61045-0
E-Mail: kundenservice@zielpunkt.at
web: www.zielpunkt.at
gelegentlich FSC-zertifizierte Holzprodukte.

FSC

J.u.A. Frischeis GmbH,
Gerberg.2
2000 Stockerau
Tel: 02266/605-0
E-Mail: info@frischeis.at
web: www.frischeis.at
Schnittholz

FSC

Forst- und Gutsverwaltung Schönborn
KEG, Schönborn 4
2013 Göllersdorf
Tel: 02267/2314
E-Mail: office@schoenborn.at
web: www.schoenborn.at
Sägerundholz, Furnierholz, Brennholz

PEFC

Raiffeisen Lagerhaus Hollabrunn - Horn,
Dr. Gschmeidlerstr.5
2020 Hollabrunn
Tel: 02952/500-100
E-Mail: rlh_hollabrunn@hollabrunn.rlh.at
web: www.lagerhaus-hollabrunn-horn.at
Industrieholz, Nadelrundholz, Laubrundholz

PEFC

Marianne Frey-Amon,
Am Bahnhof
2041 Hetzmannsdorf
Tel: 02951/8371
E-Mail: info@frey-amon.at
web: www.frey-amon.at
Ein- und Verkauf von Rund- und Schnittholz sowie Holzprodukten

FSC

Holzindustrie Maresch GmbH, Nr. 116
2081 Niederfladnitz
Tel: 02949/7000
E-Mail: holz@maresch.co.at
web: www.maresch.co.at
Hackgut, Laubrundholz, Nadelrundholz, Rinde, Sägespäne, Hobelware, Laubschnittholz, Nadelschnittholz, Spreißel/Kappstücke

PEFC

Gardena Österreich GmbH,
tettnerweg 11-15
2100 Korneuburg
Tel: 02262/74545-0
E-Mail: info@gardena.at
web: www.gardena.at
Werkzeugstiele, Heckenscherengriffe

FSC

LHT Laubholztechnologie GmbH,
Thayapark 12
2136 Laa an der Thaya
Tel: 02522/85200
web: www.laubholztechnologie.at
Sägenebenprodukte, Halbfertigprodukte, Fertigprodukte

PEFC

ÖBAU Hagebau Handelsgesellschaft,
Liebermannstr (Campus 21)
2345 Brunn am Gebirge
Tel: 02236/377600-0
E-Mail: office@oebau.at
web: www.oebau.at
FSC-zertifizierte Gartenmöbel, Terrassendecks, Zuschnittplatten, Konstruktionshölzer, Laminat und andere Bodenbeläge.

FSC

Bauen und Wohnen

WOLF-Garten Austria GmbH,
Liebermannstr. F02 Top 402 (campus 21)
2345 Brunn am Gebirge
Tel: 01/86670-22530
E-Mail: info@at.wolf-garten.com
web: www.wolf-garten.com
Werkzeugstiele und -griffe aus FSC-Holz

FSC

Forstverwaltung-Sägewerk
Heiligenkreuz, Nr. 70
2532 Heiligenkreuz bei Baden
Tel: 02258/8706-0
E-Mail: saegewerk@surfeu.at

PEFC

Franz Karner Sägewerk, Maierhof 46
2564 Furth
Tel: 02674/87202
E-Mail: office@karner-holz.at
web: www.karner-holz.at
Brettschichtholz, Kantholz, Latten, Pfosten,

PEFC

Stora Enso Timber AG, Industriestr.260
2601 Sollenau
Tel: 02628/47439-0
web: www.storaenso.com

PEFC

Raiffeisen-Lagerhaus reg.Gen.mbH,
Lokalbahnstr.13
2620 Neunkirchen
Tel: 02635/63311-0
E-Mail: holz@noesued.rlh.at
web: www.lagerhaus.at
Industrieholz, Laubrundholz, Nadelrundholz

PEFC

Franz Kirnbauer KG,
Gasteil 9
2640 Gloggnitz
Tel: 02662/43514
E-Mail: office@kirnbauer.at
web: www.kirnbauer.at
Konstruktionsholz getrocknet/gehobelt, Konstruktionsholz nach Liste,
Konstruktionsvollholz, Latten, Pfosten,
Profilbretter

PEFC

Strobach Holz GmbH,
Harter Ring 14
2640 Gloggnitz
Tel: 02662/42512-0
E-Mail: strobach@aon.at
Industrieholz, Laubrundholz, Nadelrundholz

PEFC

Josef Ernst OHG, Hauptstr.122
2802 Hochwolkersdorf
Tel: 02645/820
E-Mail: saegewerk.ernst@aon.at
Dachstuhlholz, Latten, Pfosten, Staffeln

PEFC

Erzbistum Wien, Erzbischöfliches Forstamt Kirchberg am Wechsel,
Molzegg 37
2880 Kirchberg am Wechsel
Tel: 02641/2213

PEFC

Österr. Bundesforste AG,
Pummerg.10-12
3002 Purkersdorf
Tel: 02231/600-0
E-Mail: bundesforste@bundesforste.at
web: www.bundesforste.at
Biomasse, Schleif- und Faserholz, Nadelsägerundholz, Laubholz

PEFC

Werner Stix OHG,
Josefstr.17
3100 St. Pölten
Tel: 02742/72769-0
E-Mail: office@stix-holz.at
Industrieholz, Laubrundholz, Nadelrundholz

PEFC

Raiffeisen-Lagerhaus St Pölten regGenmbH, Linzer Str.76-78
3100 St. Pölten
Tel: 02742/74531-0
E-Mail: rlh_stpoelten@stpoelten.rlh.at
web: www.lagerhaus.at
Industrieholz, Laubrundholz, Nadelrundholz

PEFC

Wibeba-Holz GmbH,
Wienerstr.30a
3250 Wieselburg
Tel: 07416/53778-0
E-Mail: office@wibeba-holz.com
web: www.wibeba-holz.com
Rundholz, Schnittholz

FSC

Bauen und Wohnen

Erlauftaler Grillkohle Gebr. Gruber GmbH, Steinholz 23
3263 Randegg, Niederösterreich
Tel: 07487/8410
E-Mail: gruberholz@aon.at
Grillkohle, Laubrundholz, Industrieholz, Nadelrundholz

Mosser Leimholz GmbH, Perwarth 88
3263 Randegg, Niederösterreich
Tel: 07487/6271-0
E-Mail: office@mosser.at
web: www.mosser.at
Brettschichtholz, keilgezinkte Baulatte, Türfries, Holzbriketts, Massivholzplatten, Schnittholz, Deckenelemente

Raiffeisen-Lagerhaus Amstetten reg. Gen.m.b.H., Eggersdorferstr.51
3300 Amstetten, Niederösterreich
Tel: 07472/200-0
E-Mail: gf@amstetten.rlh.at
web: www.lagerhaus-amstetten.at
Industrieholz, Laubrundholz, Nadelrundholz

Franz Wagner GmbH & Co KG, Steinbruckmühle 1
3314 Strengberg
Tel: 07432/2288
E-Mail: office@wagner-hardwoods.com
web: www.wagner-hardwoods.com
Hackgut, Instrumentenbau, Laubrundholz, Laubschnittholz, Spreißel/Kappstücke, Zuschnitte für Möbelindustrie

Mitteramskogler GmbH Laubholzsägewerk & Holzgroßhandel, Markt 113
3334 Gaflenz
Tel: 07353/204-0
E-Mail: office@mirako.at
web: www.mitteramskogler.at
Böden für Außenbereich, Furnierholz, Laubschnittholz, Schnittholz, Thermoholz

Anton Dreher?s Forstamt, Bahnpromenade 10
3335 Weyer an der Enns
Tel: 07355/6307
E-Mail: dreher.forst@utanet.at

Raiffeisen-Lagerhaus reg.Gen.mbH, Bahnhofstr.3
3340 Waidhofen/Ybbs
Tel: 07442/55616-0
E-Mail: holzhandel@waidybbs.rlh.at
web: www.lagerhaus.at
Industrieholz, Laubrundholz, Nadelrundholz

Ing. Walter Dorner, Bahnhofstr.57
3363 Ulmerfeld-Hausmening
Tel: 07475/52276
E-Mail: dornerholz@nusurf.at
Industrieholz, Nadelrundholz, Laubrundholz

Stora Enso Timber AG, Bahnhofstr.31
3370 Ybbs an der Donau
Tel: 07412/53033-0
web: www.storaenso.com

Raiffeisen-Lagerhaus Mostviertel Mitte, Bahnstr. 3
3380 Pöchlarn
Tel: 02757/2201
E-Mail: rlh_mostvmitte@mostvmitte.rlh.at
web: www.lagerhaus-mostviertelmitte.at
Industrieholz, Laubrundholz, Nadelrundholz

Raiffeisen-Lagerhaus reg.Gen.mbH, Bahnhofstr.23
3462 Absdorf
Tel: 02278/2291
E-Mail: rlh_absdorf@absdorf.rlh.at
web: www.lagerhaus-absdorf.at
Industrieholz, Laubrundholz, Nadelrundholz

Holzwerk Karl Soukup GmbH, Rechte Bahnzeile 5
3494 Gedersdorf
Tel: 02236/2877-0
E-Mail: welcome@hws.at
web: www.hws.at
Furniere

Bauen und Wohnen

Anna Elisabeth Welt, Nr. 20
3524 Voitschlag
Tel: 02877/8219
Industrieholz, Nadelrundholz, Laubrundholz

L. Neumüller GmbH & Co KG, Nr. 88
3525 Sallingberg
Tel: 02877/7401-0
E-Mail: klaus@neumueller-holz.at
web: www.neumueller-holz.at
Industrieholz, Nadelrundholz, Scheitholz, Laubrundholz, Nadelschnittholz

Stora Enso Timber AG, Brand 44
3531 Brand
Tel: 02826/7001-0
web: www.storaenso.com

Gebrüder Steininger GmbH, Nr.186
3532 Rastenfeld
Tel: 02826/287-0
E-Mail: steininger-holz@aon.at
web: www.steininger-holz.at

Josef Moser GmbH & Co KG, Münichreith 6
3662 Münichreith am Ostrong
Tel: 07413/6106
E-Mail: office@moser-holz.at
web: www.moser-holz.at
Schnittholz

Raiffeisen Lagerhaus Waidhofen/Taya reg GenmbH,
Raiffeisenstr.14
3830 Waidhofen an der Thaya
Tel: 02842/52535-0
E-Mail: rlh_waidhofen@waidthaya.rlh.at
web: www.lagerhaus-waidhofen.at
Industrieholz, Laubrundholz, Nadelrundholz

Raiffeisen-Lagerhaus Zwettl reg.Gen.mbH, Pater Werner Deibl-Str.7
3910 Zwettl
Tel: 02822/506-0
E-Mail: sekretariat@zwettl.rlh.at
web: www.lagerhaus-zwettl.at
Industrieholz, Laubrundholz, Nadelrundholz

Säge- u. Hobelwerk Formholz GmbH, Zwettler Str.78
3920 Groß Gerungs
Tel: 02812/8226-0
E-Mail: info@formholz.at
web: www.formholz.at
Industrieholz, Nadelschnittholz, Nadelrundholz, Sägenebenprodukte

Formholz Holzverarbeitung GmbH, Wiesenfeld 1
3920 Groß Gerungs
Tel: 02813/278-0
E-Mail: info@formholz.at
web: www.formholz.at
Bauholz, Blumenkästen, Böden für Außenbereich, Dachstuhlholz, Gartenbauholz, Gartenmöbel, Hackgut, Kantholz, Latten, Lärchenschnittholz, Pfosten, Rankelemente, Staffeln, Sägespäne, Bauwaren, Bodenbeläge, Carport, Fichtenschnittholz, Gartenhäuser, Gartenzaun, Hobelware, Kiefernschnittholz, Laubschnittholz, Nadelschnittholz, Profilbretter, Sichtschutzelemente, Sägenebenprodukte, Terrassenböden

Raiffeisen Lagerhaus Gmünd-Vitis regGenossenschaft mbH,
Conrathstr.3
3950 Gmünd, Niederösterreich
Tel: 02852/53772-0
web: www.lagerhaus.at
Industrieholz, Laubrundholz, Nadelrundholz

Erich Stütz, Nr. 36
3970 Spital
Tel: 0664/2814339
Industrieholz, Nadelrundholz, Laubrundholz

Nettingsdorfer Papierfabrik AG & Co KG, Nettingsdorfer Str.40
4053 Haid bei Ansfelden
Tel: 07229/863-0
E-Mail: nettingsdorfer@smurfitkappa.at
web: www.nettingsdorfer.at
Hackgut, Industrieholz, Rinde, Wellpappe, Hackstifte, Papierverpackung, Verpackungspapiere

Bauen und Wohnen

Lagerhausgenossenschaft Eferding
regGenmbH, Bahnhofstr.51-55
4070 Eferding
Tel: 07272/3944-0
web: www.lagerhaus.at

PEFC

Johann Schweitzer, Freundorf 9
4076 St. Marienkirchen an der Polse
Tel: 07249/471531
E-Mail: office@schweitzer-austria.com
web: www.schweitzer-austria.com
Formsperrholz, Furnierholz, Sperrholzprodukte

PEFC

Lagerhausgenossenschaft Urfahr-Umgebung regGenmbH, Weingartenstr.5
4100 Ottensheim
Tel: 07234/82205-0

PEFC

Tonewood Kölbl GmbH,
Karl-Zeller-Weg 5
4160 Aigen im Mühlkreis
Tel: 07281/63170
E-Mail: c.koelbl@tonewood-koelbl.at
web: www.tonewood-koelbl.at
Instrumentenbau, Laubrundholz,
Laubschnittholz, Musikinstrumente,
Nadelrundholz, Sägenebenprodukte

PEFC

Lagerhausgenossenschaft Pregarten-Gallneukirchen regGenmbH, Linzerberg 19
4210 Gallneukirchen
Tel: 07235/62212-0

PEFC

Peter Mittendorfer GmbH & Co KG,
Wippl 6
4271 St. Oswald bei Freistadt
Tel: 07945/7203
E-Mail: mittholz@aon.at
web: www.saegewerk-mittendorfer.at
Hackgut, Industrieholz, Nadelschnittholz, Hobelware, Nadelrundholz,
Sägespäne

PEFC

Alfred Brandl,
Kastendorf 36
4280 Königswiesen
Tel: 07955/6701
E-Mail: brandl.alfred@mail.com
Hackgut, Laubrundholz, Rinde, Sägespäne, Industrieholz, Nadelrundholz,
Spreißel/Kappstücke

PEFC

Ortner Holz GmbH,
Zeller Str.50
4284 Tragwein
Tel: 07263/88329
E-Mail: office@ortner-holz.at
web: www.ortner-holz.at
Hackgut, Nadelschnittholz, Sägespäne, Hobelware, Rinde

PEFC

Jagd- und Fischereigut Erla,
Erlastr.7
4303 St. Pantaleon, Niederösterreic
Tel: 07435/7603
Rundholz, Brennholz, Esche, Ahorn,
Pappel, Eiche, Kiefer, Fichte, Buche

FSC

Engelbert Leimer,
Stifterstr.8
4320 Perg
Tel: 07262/52512-0
Hackgut, Nadelschnittholz, Sägespäne,
Nadelrundholz, Spreißel/Kappstücke

PEFC

Sägewerk Johann Brandstetter,
Altenburg 9
4322 Windhaag bei Perg
Tel: 07264/4292-0
E-Mail: office@saegewerk-brandstetter.at
web: www.saegewerk-brandstetter.at
Bauwaren, Hobelware, Latten, Rinde,
Verkleidungsbretter roh, Hackgut, Kantholz, Pfosten, Sägespäne

PEFC

Holzindustrie Ebner GmbH,
Ufer 38
4360 Grein
Tel: 07268/357-0
E-Mail: office@ebner-stiele.at
web: www.ebner-stiele.at
Laubschnittholz, Rinde, Spreißel/
Kappstücke, Sägespäne, Holzstiele für
Werkzeug

FSC   PEFC

Leopold Minixhofer,
Ettenberg 19
4391 Waldhausen im Strudengau
Tel: 07260/4235
Hackgut, Hobelware, Nadelschnittholz,
Sägespäne

PEFC

Bauen und Wohnen

Andreas Gartenlehner,
Hornbachgraben 17
4443 Maria Neustift
Tel: 07250/309
E-Mail: rundholzhandel.gartlehner@aon.at
Industrieholz, Nadelrundholz, Laubrundholz

PEFC

Lagerhausgenossenschaft Steyr-Weyer
regGenmbH, Klosterstr.2
4451 Garsten
Tel: 07252/53351-0
E-Mail: lghgarsten@steyr.rlh.at
web: www.lagerhaus-steyr.at

PEFC

Alois Salcher, Nr. 30
4462 Reichraming
Tel: 07255/8180
E-Mail: alois.salcher@b-shop.at
Industrieholz, Nadelrundholz, Laubrundholz

PEFC

Helmberger GmbH, Nr. 206
4562 Steinbach am Ziehberg
Tel: 07582/7204

PEFC

Stefan Hinterreiter, Edlbach 223
4580 Windischgarsten
Tel: 07262/7693
E-Mail: hinterreiter.st@utanet.at
Hobelware, Spreißel/Kappstücke, Nadelschnittholz, sägespäne

PEFC

Gottlieb Gösweiner, Seebach 50
4580 Windischgarsten
Tel: 07562/8013
E-Mail: gottliebgoesweiner@hotmail.com

PEFC

Anton Oberbichler, Mairberg 27
4592 Leonstein
Tel: 07584/2858
E-Mail: holzhandel.oberbichler@netzwerkag.at
Industrieholz, Nadelrundholz, Laubrundholz

PEFC

Greutter Holzhandel, Maximilianstr.30
4600 Wels
Tel: 07242/207196
E-Mail: office@greutter.at
web: www.greutter.at
Industrieholz, Nadelrundholz, Laubrundholz

PEFC

Lagerhaus OÖ Mitte regGenmbH,
Knorrstr.9
4600 Wels
Tel: 07242/751-0
Industrieholz, Laubrundholz, Nadelrundholz

PEFC

Kraxberger Holz GmbH, Inn 8
4632 Pichl bei Wels
Tel: 07242/6604
E-Mail: kraxberger-holz@aon.at
web: www.kraxberger-holz.at
Hobelware, Laubschnittholz, Rinde, Industrieholz, Nadelschnittholz, Sägespäne

PEFC

Aitzetmüller Holz GmbH,
Mitterndorf 58
4643 Pettenbach, Oberösterreich
Tel: 07586/8816
E-Mail: office@aitzetmueller.holz.at
web: www.aitzetmueller-holz.at
Hackgut, Spreißel/Kappstücke, Nadelschnittholz, Sägespäne

PEFC

Sägewerk und Holzhandel Hans Löberbauer, Nr. 106
4645 Grünau im Almtal
Tel: 07616/8226
E-Mail: saegewerk@loeberbauer.at
web: www.loeberbauer.at
Hobelware, Nadelrundholz, Sägespäne, Laubrundholz, Nadelschnittholz, Laubschnittholz, Spreißel/Kappstücke

PEFC

Huemer Säge GmbH, Nr. 25
4655 Lederau
Tel: 07586/7349
E-Mail: huemersaege@aon.at
Hobelware, Sägespäne, Nadelschnittholz

PEFC

Steyrermühl SägewerksgmbH Nfg KG,
Fabrikspl. 1
4662 Steyrermühl
Tel: 07613/8900-0
E-Mail: info.steyrmuhl@upm-kymmene.com
web: www.upm-kymmene.com
Hackgut, Nadelrundholz, Rinde, Sägespäne, Industrieholz, Nadelschnittholz, Spreißel/Kappstücke

PEFC

Bauen und Wohnen

Lagerhausgenossenschaft Gmunden-Laakirchen regGenmbH,
Matzingthalstr.7
4663 Laakirchen
Tel: 07613/2651-0
web: www.lagerhaus-laakirchen.at

Helga Gschwendtner,
Tollet 15
4710 Grieskirchen
Tel: 07248/62723
E-Mail: saege@gschwendtner.co.at
web: gschwendtner.gemeindeausstellung.at
Hackgut, Hobelware, Laubschnittholz, Nadelschnittholz, Rinde, Spreißel/Kappstücke, Sägespäne

Lagerhausgenossenschaft Grieskirchen-Haag regGenmbH,
Bahnhofstr.40
4710 Grieskirchen
Tel: 07248/68371-0

Meyer Holzhandels GmbH,
Bahnhofstr.6
4810 Gmunden
Tel: 07612/67487
E-Mail: office@meyerholz.at
web: www.meyerholz.at
Industrieholz, Sägerundholz, Schnittholz, Rundholz, Brennholz

Walter Schrögendorfer, Mairhof 1
4812 Pinsdorf
Tel: 07612/63971
E-Mail: schroegendorfer.w@aon.at
web: www.walter-schroegendorfer-saege.gemeindeausstellung.at
Rindenmulch, Hobelware, Hackgut

Donausäge Rumplmayr GmbH,
Bahnhofstr.50
4813 Altmünster
Tel: 07612/87700-0
E-Mail: office@ruru.at
web: www.ruru.at
Hackgut, Hobelware, Keilgezinkte Holzprodukte, Nadelschnittholz, Sägenebenprodukte, Nadelrundholz, Rinde, Sägespäne

Sägewerk Karl Riedler, Laudachtal 13
4816 Gschwandt bei Gmunden
Tel: 07612/63697-0
E-Mail: riedler.karl@aon.at
Massivholz, Leisten und halbfertige Produkte

Prehofer Säge- und Hobelwerk GmbH,
Stölln 7
4845 Rutzenmoos
Tel: 07672/23350
E-Mail: buero@prehofer-holz.at
web: www.prehofer-holz.at
Hackgut, Laubschnittholz, Nadelschnittholz, Sägespäne, Laubrundholz, Nadelrundholz, Rinde

Holzindustrie Lenzing GmbH,
Raudaschlmühle 1
4860 Schörfling am Attersee
Tel: 07662/3601-0
E-Mail: office@hil.at
web: www.hil.at
Hackgut, Industrieholz, Nadelrundholz, Rinde, Hobelware, Leimholzprodukte, Nadelschnittholz

Theresia Holzindustrie Häupl GmbH,
Oberfeld 9
4870 Vöcklamarkt
Tel: 07682/2721-0
E-Mail: office@haeupl.at
web: www.haeupl.at
Hackgut, Industrieholz, Nadelschnittholz, Spreißel/Kappstücke, Hobelware, Nadelrundholz, Rinde, Sägespäne

Roithinger Holz GmbH,
Langwies 11
4871 Zipf
Tel: 07682/3614
E-Mail: w.roithinger@aon.at

Rudolf Schindlbauer,
Gessenschwandt 17
4882 Oberwang
Tel: 06233/8249
Laubrundholz, Laubschnittholz , Nadelrundholz, Nadelschnittholz, Spreißel/Kappstücke, Sägespäne

Bauen und Wohnen

Holzindustrie Stallinger GmbH, Weissenkirchnerstr.7
4890 Frankenmarkt
Tel: 07684/6611
E-Mail: office@stallinger.at
web: www.stallinger.at
Holzbriketts, Schnittholz, Hackgut, Rindenmulch

Ing. Gottfried Wirglauer GmbH & Co.KG, Schwaigern 55
4891 Pöndorf
Tel: 07684/6337
E-Mail: technik@wirglauer-bau.at
web: www.wirglauer-bau.at
Fichtenrundholz, Industrieholz, Laubschnittholz, Nadelrundholz, Tannenrundholz, Fichtenschnittholz, Laubrundholz, Lärchenholz, Nadelschnittholz, Tannenschnittholz

Innviertler Lagerhausgenossenschaft regGenmbh, Moosham 35
4943 Geinberg
Tel: 07723/42208-0
E-Mail: office@innviertler.rlh.at
Industrieholz, Nadelrundholz, Laubrundholz

Pölz KG Sägewerk und Holzhandel, Voitshofen 21
4984 Weilbach, Oberösterreich
Tel: 07757/6303
E-Mail: poelzl.saege@utanet.at
Blockhausdielen, Latten, Pfosten

Streif Forstunternehmung, Nr. 20
4984 Weilbach, Oberösterreich
Tel: 07757/6788
E-Mail: anton@streif.at
web: www.streif.at
Rundholzhandel

Bäuerlicher Waldbesitzerverband, Schwarzstr.19
5024 Salzburg
Tel: 0662/870571-276
E-Mail: forst@lk-salzburg.at
web: www.waldbesitzerverband.at
Industrieholz, Nadelrundholz, Laubrundholz

M. Kaindl KG Holzindustrie & Flooring GmbH, Kaindlstr.2
5071 Wals bei Salzburg
Tel: 0662/8588-0
E-Mail: office@kaindl.com
web: www.kaindl.com
einbaufertige und fertige Produkte von Faserplatten mit mindestens 30% zertifizierter Faser

Markus Färbinger Sägewerk GmbH, Lofer 38
5090 Lofer
Tel: 06588/7777
E-Mail: holz@f-m.at
Hackgut, Laubrundholz, Nadelrundholz, Sägespäne, Industrieholz, Laubschnittholz, Nadelschnittholz

Ing. Hubert Hofmann, Dr.-Hofmann-Weg 7
5133 Gilgenberg am Weilhart
Tel: 07728/8014-0
E-Mail: hubert.hofmann@innviertel.net
Industrieholz, Nadelrundholz, Laubrundholz

Sepp Wiesner KG Holzhandel - Export, Buchbergweg 15
5163 Mattsee
Tel: 06217/5286
E-Mail: wiesner@uta1002.at
web: www.wiesner-holz.at
Fichtenrundholz, Kieferrundholz, Lärchenrundholz, Pfosten, Gartenzaun, Latten, Lärchenschnittholz, Tannenrundholz

Kurt Henle GmbH Holztransporte & Holzhandel, Pfongauer Str.76
5202 Neumarkt am Wallersee
Tel: 06229/20280-0
E-Mail: office@henle.at
web: www.henle.at
Hackschnitzel, Säge- und Hobelspäne, Rinde, Speißel- und Faserholz

Feldbacher Holzverarbeitungs GmbH, Untererb 25
5211 Friedburg
Tel: 07746/2228 Fax: 2228-20
E-Mail: office@feldbacher-holz.at
web: www.felbacher-holz.at
Fußböden, Hobelware, Laubschnittholz, Spreißel/Kappstücke, Hackgut, Laubrundholz, Nadelschnittholz, Sägespäne

99

Bauen und Wohnen

Gustav Moser Säge- u. Hobelwerk,
Gewerbestr.4
5261 Uttendorf, Oberösterreich
Tel: 07724/6100
E-Mail: office@moser-holz.at
web: www.moser-holz.at
Bauholz, Hobelware, Lärchenschnittholz, Weymouthskiefer, Fichtenschnittholz, Kiefernschnittholz, Rinde

Ludwig Hackler GmbH & Co KG,
Mayrwiesstr.1
5300 Hallwang bei Salzburg
Tel: 0662/661735-0
E-Mail: office@hackler.at
web: www.hackler.at
Furniere, Furnierholz, Laubschnittholz, Nadelschnittholz

Johann u. Edeltraud Stadler GesnbR,
Schwarzenbach 11
5360 St. Wolfgang im Salzkammergut
Tel: 06138/2324
Hackgut, Nadelschnittholz, Hobelware, Sägespäne, Nadelrundholz

Thosca Holz Hallein GmbH, Salzachtalstr.88
5400 Hallein
Tel: 06245/71749-0
E-Mail: info.hallein@thoscaholz.com
web: www.thoscaholz.com
Hackgut, Laubrundholz, Spreißel/Kappstücke, Industrieholz, Nadelrundholz, Sägespäne

Josef Struber Holzhandel u. Holzschlägerungen, Nußdorferstr.716
5411 Oberalm
Tel: 06245/86279

Rupert Deisl, Nr. 67
5421 Adnet
Tel: 06245/80205
E-Mail: holz-deisl@aon.at
web: www.holz-deisl.at
Hackgut, Industrieholz, Nadelrundholz, Scheitholz, Holzkisten, Nadelrundholz, Paletten, Spreißel/Kappstücke

Holzhandel Leo Höllbacher, Gaißau 203
5421 Krispl
Tel: 06240/324
E-Mail: leo_hoellbacher@aon.at
Industrieholz, Laubrundholz, Nadelrundholz

Matthias Weißenbacher, Rengerberg 32
5424 Bad Vigaun
Tel: 06245/77804
Hobelware, Kantholz, Laubrundholz, Paletten, Verpackungsware, Industrieholz, Kisten, Nadelrundholz, Schnittholz

Rupert Wimmer & Co, Markt 302
5431 Kuchl
Tel: 06244/7348-0
E-Mail: wiho@wiho.at
web: www.wiho.at
Hobelware, Laubschnittholz

Hans Schorn Holzhandel,
Kellau 82
5440 Golling an der Salzach
Tel: 06244/6417
E-Mail: schorn-holz@sbg.at
Brennholz, Laubrundholz, Laubschnittholz, Nadelrundholz, Scheitholz, Schnittholz, Spreißel/Kappstücke

G. u. H. Winkler,
Pichl 85
5441 Abtenau
Tel: 0664/1144029
Industrieholz, Nadelrundholz, Laubrundholz

Franz Schachl GmbH Holzindustrie,
Schratten 26
5441 Abtenau
Tel: 06243/2220
E-Mail: office@schachl-gebirgsholz.at
web: www.schachl-gebirgsholz.at
Fensterlamellen, Fichtenschnittholz, Keilzinkware, Latten, Profilbretter, Schiffboden, Tannenschnittholz

Holz Reiter,
Lindenthal 63
5441 Abtenau
Tel: 06243/3085
E-Mail: holz-reiter@salzburg.co.at
web: www.holz-reiter.com
Gartenbauholz, Nadelrundholz, Industrieholz, Pfosten, Laubrundholz

Bauen und Wohnen

Sägewerk Thomas Rettensteiner GmbH, Nr. 155
5452 Pfarrwerfen
Tel: 06468/8588
E-Mail: th.rettensteiner@sbg.at
Kantholz, Latten, Nadelschnittholz

PEFC

Moser Sägewerk BetriebsgmbH, Nr. 49
5524 Annaberg
Tel: 06463/8169
E-Mail: saegewerkmoser@aon.at
Hackgut, Nadelrundholz, Spreißel/Kappstücke, Industrieholz, Nadelschnittholz

PEFC

J. u. J. Wieser GmbH, Neuberg 123
5532 Filzmoos
Tel: 06453/8356

PEFC

Jägerzaun GmbH, Zauchenseestr.119
5541 Altenmarkt im Pongau
Tel: 06452/6777-0
E-Mail: pongauer@jaegerzaun.at
web: www.jaegerzaun.at
Blumenkästen, Carport, Gartenbauholz, Gartenhäuser, Gartenzaun, Palisaden

PEFC

Rudolf Kirchner, Nr. 73
5541 Eben im Pongau
Tel: 06458/8126
E-Mail: office@kirchner-holz.at
web: www.kirchner-holz.at
Hackgut, Leimholzprodukte, Industrieholz, Nadelschnittholz, Spreißel/Kappstücke

PEFC

Holz-Schnell GmbH, Feuersang 4
5542 Flachau
Tel: 06457/2256
E-Mail: holz-schnell@sbg.at
web: www.holz-schnell.at
Hobelware, Nadelrundholz, Sägenebenprodukte, Industrieholz, Nadelschnittholz

PEFC

Kirchner GmbH Säge- und Hobelwerk, Tauernstr.18
5550 Radstadt
Tel: 06452/5181
E-Mail: info@saegewerk-kirchner.at
web: www.saegewerk-kirchner.at
Schnittware, Seitenware, Latten, Hobelware, Tischler- und Bauware, Verpackungsware

PEFC

Alois Maier, Mörtelsdorf 44
5580 Tamsweg
Tel: 06474/2274
Hackgut, Hobelware, Industrieholz, Nadelrundholz, Nadelschnittholz, Rinde, Spreißel/Kappstücke, Sägespäne

PEFC

Peter Graggaber GmbH, Neggendorf 92
5580 Unternberg
Tel: 06474/6207-0
E-Mail: pg-holz@aon.at
web: www.pg-holz.at
Hackgut, Lärchenschnittholz, Nadelschnittholz, Rinde, Sägespäne, Hobelware, Nadelrundholz, Palisaden, Spreißel/Kappstücke

PEFC

Johann Graggaber GmbH & Co KG
Sägewerk Tamsweg, Wöltingerstr.42
5580 Tamsweg
Tel: 06474/2266
E-Mail: holz@graggaber.com
web: www.graggaber.com
Bauwaren, Schnittholz, Sägespäne

PEFC

Hutter Sägewerk GmbH Holzexport-Hobelwerk, St. Martin 72
5582 St. Michael im Lungau
Tel: 06477/8909
E-Mail: timber@hutter.at
web: www.hutter-holz.at
Brettschichtholz, Deckenelemente, Fensterkantel, Fichtenschnittholz, Keilzinkware

PEFC

GeSa Holz Gmbh, Nr. 156
5585 Neggendorf
Tel: 06474/6815
E-Mail: gesa.holz@aon.at
Laub- und Nadelrundholz

PEFC

Anton Pronebner, Weng 50
5622 Goldegg, Pongau
Tel: 06415/8530
E-Mail: anton.pronebner@gmx.at
Industrieholz, Nadelrundholz, Laubrundholz

PEFC

Siegfried Höllwart KEG, Boden 10
5622 Goldegg, Pongau
Tel: 06416/7316
Industrieholz, Nadelrundholz

PEFC

Bauen und Wohnen

Wilhelm Meißnitzer, Hasenbach 31
5660 Taxenbach
Tel: 06543/5237
E-Mail: holz@meissnitzer.at
web: www.meissnitzer.at
Industrieholz, Laubrundholz, Nadelrundholz

Heimhofer Sägewerk GmbH & Co KG,
Staudachstr.6
5662 Gries, Pinzgau
Tel: 06545/6116
E-Mail: lorenz.heimhofer@mcnon.com
Hackgut, Morali, Nadelschnittholz, Rinde, Tischlerware, Kantholz, Nadelrundholz, Pfosten, Spreißel/Kappstücke

Hermann & Müller GmbH & Co KG,
Franz Lederer Str.12c
5671 Bruck an der Großglocknerstraß
Tel: 06545/7202
E-Mail: hermann-mueller@aon.at
web: www.hermann-mueller.at
Hackgut, Nadelrundholz, Rinde, Sägespäne, Industrieholz, Nadelschnittholz, Spreißel/Kappstücke

Wilhelm Meißnitzer, Niedernsiller Str.2
5722 Niedernsill
Tel: 06548/8720
E-Mail: holz@meissnitzer.at
web: www.meissnitzer.at
Gartenzaun, Holzkisten, Nadelschnittholz, Rindenmulch, Spreißel/Kappstücke, Hackgut, Laubschnittholz, Paletten, Scheitholz

Enzinger Holz GmbH,
Kreuzfeld 6
5730 Mittersill
Tel: 06562/4189-0
E-Mail: enzingerholz@aon.at
Industrieholz, Scheitholz, Nadelrundholz

Albin Neumayr GmbH & Co KG,
Glemmerstr.55
5751 Maishofen
Tel: 06542/68205-0
E-Mail: saegewerk@neumayr-holz.at
web: www.neumayr-holz.at
Bauholz, Hobelware, Tischlerware, Bauwaren, Schnittholz

Peter Gruber GmbH,
Viehofen 29
5752 Viehhofen, Pinzgau
Tel: 06542/68719
E-Mail: gruber@sol.at
Brettschichtholz, Pfosten

MR Service Tirol reg. Gen.m.m.H,
Brixner Str.1
6020 Innsbruck
Tel: 0512/585580
E-Mail: tirol@maschinenring.at
web: www.maschinenring.at
Industrieholz, Laubrundholz, Nadelrundholz, Scheitholz, Waldhackgut

Peter Holzmann Holzschlägerei u. Hackschnitzel, Josef-Abentung-Weg 23a
6091 Götzens
Tel: 05234/32256
E-Mail: office@holzmann.info
web: www.holzmann.info
Hackgut, Laubrundholz, Industrieholz, Nadelrundholz

Aukenthaler GmbH, Niederlög 1
6105 Leutasch
Tel: 05214/5544
E-Mail: aukenthaler@eunet.at

Troger Holz GmbH, Pirchat 17
6130 Vomperbach
Tel: 05242/62535
E-Mail: office@trogerholz.at
web: www.trogerholz.at
Fichtenschnittholz, Schalungsplatten

Hechenblaickner M & H GesnbR, Dorf 25
6210 Wiesing
Tel: 05244/62383
E-Mail: hechenblaickner.holz@aon.at

Sägewerk Klinger KEG, Nr. 2
6234 Brandenberg
Tel: 05331/5100
Nadelrundholz, Nadelschnittholz, Spreißel/Kappstücke, Sägespäne

Bauen und Wohnen

WTA Wood Trading Agency GmbH,
Austr. 48
6250 Kundl
Tel: 05338/7710
E-Mail: office@woodtrading.at
web: www.woodtrading.at
Rundholz, Schnittholz

PEFC

Kolbitsch Holzindustrie GmbH, Nr. 98
6262 Schlitters
Tel: 05288/87120-0

PEFC

Franz Binder GmbH Holzindustrie,
Bundesstr. 283
6263 Fügen
Tel: 05288/601-0
E-Mail: office@binderholz.com
web: www.binderholz.com
Brettschichtholz, Hackgut, Hobelware,
Holzbriketts, MDF Platten, Nadel-
schnittholz, Pellets, Rinde, Scheitholz,
Schnittholz, Sägespäne, Massivholz-
platten

PEFC

Zilloplast Kunststoffwerke Höllwarth
KG, Zellbergeben 53
6280 Zell am Ziller
Tel: 05282/2317-0
E-Mail: office@zilloplast.at
web: www.hoellwarth.co.at
Latten, Hobelware, Rinde, Laubschnitt-
holz, Scheitholz, Nadelschnittholz,
Spreißel/Kappstücke, Schalungen,
Holzbriketts, Zäune

PEFC

Industrieholz Krieger, Otto-Lasne-Str.6b
6330 Kufstein
Tel: 05372/62111-0
E-Mail: holz.krieger@kufnet.at
web: www.holz.krieger.kufnet.at
Rinde, Schleifholz

PEFC

Sägewerk Franz Sparber, Tafang 1
6341 Ebbs
Tel: 05373/42276
E-Mail: info@holz-sparber.at
Hackgut, Nadelrundholz, Spreißel/
Kappstücke, Industrieholz, Nadelschnitt-
holz, Sägespäne

PEFC

Rudi Exenberger, Weißachgraben 3
6352 Ellmau
Tel: 05358/2276
E-Mail: r.exenberger@aon.at
Hackgut, Industrieholz, Nadelschnittholz,

PEFC

Sägewerk Michael Hofer, Mühlenweg 52
6353 Going am Wilden Kaiser
Tel: 05358/2413
E-Mail: hofersaege@utanet.at

PEFC

Neuschmied Holz GmbH, Haslau 3
6361 Hopfgarten im Brixental
Tel: 05335/2240-0
E-Mail: office@neuschmied.com
web: www.neuschmied.com
Hackgut, Industrieholz, Nadelrundholz, Rinde, Hobelware, Kappstücke, Nadelschnittholz

PEFC

Schmidholz GmbH, Bergliftstr.29
6363 Westendorf, Tirol
Tel: 05334/6831
E-Mail: office@schmidholz.at
web: www.schmidholz.at
Rundholz, Industrieholz, Brennholz,
Starkholz, Bauholz

PEFC

LA Timber HolzvertriebsGmbH, Joch-
bergstr.96
6370 Kitzbühel
Tel: 05356/66854
E-Mail: latimber@la-t.cc
web: www.la-t.cc
Leimholzprodukte, Nadelschnittholz

PEFC

Fritz Egger GmbH & Co., Weiberndorf
20
6380 St.Johann
Tel: 050/600-0
E-Mail: info-sjo@egger.com
web: www.egger.at
Hersteller von Holzwerkstoffen, Spanplatten

PEFC

Pfeifer Holzindustrie GmbH & Co KG,
Brennbichl 103
6460 Imst
Tel: 05412/6960-0
E-Mail: info@holz-pfeifer.com
web: www.holz-pfeifer.com
Herstellung von Schnittholz, beschichte-
te Platten, laminierte Balken

FSC PEFC

Bauen und Wohnen

Gebrüder Ladner OHG,
Rudi-Matt-Weg 5
6580 St. Anton am Arlberg
Tel: 05446/2826
  E-Mail: saegewerkladner@eunet.at
Bauwaren, Hackschnitzel, Kantholz, Latten, Lärchenholz

Adolf Erhart GmbH,
Sand 29
6731 Sonntag
Tel: 05554/5243
  E-Mail: erhartholz@aon.at
Hackgut, Laubschnittholz, Nadelschnittholz, Sägespäne, Laubrundholz, Nadelrundholz, Rinde

Otto Martin KG,
Runastr. 114 A
6800 Feldkirch-Nofels
Tel: 05522/72168
  web: www.martin-holz.at
laminierte Leisten und Balken, Fichte, Tanne

Mayer Holzhandel GmbH,
Hadeldorfstr.43
6830 Rankweil
Tel: 05522/44992
  E-Mail: info@mayer-holz.at
  web: www.mayer-holz.at
Fassdauben, Hobelware, Laubrundholz, Laubschnittholz, Nadelrundholz, Nadelschnittholz

Rohstoffgenossenschaft des Vorarlberger Tischlerhandwerks reg.Gen.m.b.H., Ermenstr.15
6845 Hohenems
Tel: 05576/73504-0
  E-Mail: verkauf@tiro.at
  web: www.tiro.at
Schnittholz, Holzwerkstoffe ca. 25000m^3

Kaufmann Holz GmbH, Vorderreuthe 57
6870 Reuthe
Tel: 05574/804-0
  E-Mail: reuthe@kaufmann-holz.com
  web: www.kaufmann-holz.com
Betonschalungsplatten, Betonschalungsträger, Brettschichtholz, Dreischichtplatte Multiplan, Kappstücke, Sägespäne

Rudolf Natter GmbH & Co KG, Ellenbogen 210
6870 Bezau
Tel: 05514/2205
  E-Mail: saegenatter@tera.net
Blockhausbohlen, Hackgut, Landhausdielen, Nadelschnittholz, Fensterkantel, Kantholz, Nadelrundholz, Sägespäne

Feuerstein GmbH, Bizau 124
6874 Bizau
Tel: 05514/2055
  E-Mail: info@waelderfenster.at
  web: www.waelderfenster.at
Hackgut, Hobelware, keilgezinkte Holzprodukte, Nadelrundholz, Nadelschnittholz, Rinde, Sägenebenprodukte

Thomas Kopf Sägewerk,
Lugen 4
6883 Au
Tel: 05515/2344
  E-Mail: kopf.saege@utanet.at
Bauwaren, Fensterkantel, Massivholzplatten, Tischlerware

Markus Schwärzler Holzhandlung
Import-Export,
Bahnhofsr.16a
6971 Hard, Vorarlberg
Tel: 05574/89026
  web: www.schwaerzler-holz.at
Rundholz, Schnittholz, gehobelte Produkte

Burgenländischer Waldverband GmbH,
Hauptpl.1 a
7432 Oberschützen
Tel: 03353/61168
  E-Mail: office@bwv.at
  web: www.bwv.at
Industrieholz, Nadelrundholz, Laubrundholz

Waldverband Steiermark,
Hamerlingg.3
8010 Graz
Tel: 0316/833530
  E-Mail: office@waldverband-stmk.at
  web: www.waldverband-stmk.at
Brennholz, Industrieholz, Laubrundholz, Nadelrundholz, Waldhackgut

Bauen und Wohnen

M. Hechenblaickner, Anton Kleinoschegstr.41
8051 Graz-Gösting
Tel: 0316/6078-0
E-Mail: verkauf@heholz.at
web: www.heholz.at
Schnittholz, Sperrholz, Massivholzplatten

Sägewerk Fassold Holzhandels GmbH,
Stuhlsdorfer Str.42
8063 Eggersdorf bei Graz
Tel: 03117/2206
E-Mail: fassold@a1.net
web: www.fassold-holz.at
Erzeugung von Bau- und Tischlerware,
Durchführung von Lohnschnitt, Nadel-
und Laubrundholz

Alexander Dohr, Kühau 4
8130 Frohnleiten
Tel: 03126/2465-0
E-Mail: holz.dohr.com@frohnleiten.at
web: www.dohr-holz.at
Gartenhäuser, Industrieholz, Nadelrundholz, Schnittholz

Mohik Wertholz GmbH & Co Kg,
Schrauding 50
8130 Frohnleiten
Tel: 03126/2750
E-Mail: office@mohik-wertholz.at
web: www.mohik-wertholz.at
Nadelrundholz, Rammpfähle

Pretterhofer Patritz Holzhandel - Transporte GmbH, Industriestr.3
8132 Pernegg an der Mur
Tel: 03867/20039
E-Mail: office@pretterhofer.at
web: www.rundholztransport.at

Gösslbauer GmbH & Co. KG, Büchlstr.9
8160 Weiz
Tel: 03172/2477
E-Mail: office@goesslbauer.at
web: www.goesslbauer.at

Pichler GmbH Säge-u. Hobelwerk,
Flöcking 2
8200 Gleisdorf
Tel: 03112/2632-26
E-Mail: office@pichler-haus.at
web: www.pichler-holz.at
Hackgut, Laubrundholz, Nadelschnittholz,
Sägespäne, Hobelware, Laubschnittholz,
Rinde, Industrieholz, Nadelrundholz

Gruber Holzhandels KG, Neudorf 24
8211 Großpesendorf
Tel: 03113/2236
E-Mail: rech@utanet.at
Industrieholz, Nadelrundholz, Laubrundholz

Johann Bauernhofer, Obersifen 58
8225 Pöllau bei Hartberg
Tel: 03335/2309
E-Mail: bauernhofer@gmx.at

Hans.j. Fischer GmbH,
Penzendorf 76
8230 Hartberg
Tel: 03332/62681
E-Mail: hans.fischer@fischerholz.at
web: www.fischerholz.at
Hackgut, Laubrundholz, Nadelrundholz, Rinde, Sägespäne, Industrieholz,
Laubschnittholz, Nadelschnittholz,
Spreißel/Kappstücke

RHI Rubner Holzindustrie GmbH,
Nr. 100
8234 Rohrbach an der Lafnitz
Tel: 03338/2326-0
E-Mail: info@rhi.rubner.com
web: www.rhi.rubner.com
Hackgut, Schnittholz, Hobelware,
Sägespäne

Holzwerk Kern GmbH & Co KG,
Griesstr.36
8243 Pinggau
Tel: 03339/22326-0
E-Mail: holzwerk.kern@aon.at
Hackgut, Nadelrundholz. Rinde,
Spreißel/Kappstücke, Industrieholz,
Nadelschnittholz, Scheitholz

Prenner Bruno HolzhandelsGmbH,
Nr. 80
8250 Vorau
Tel: 03337/2361

Bauen und Wohnen

Holzhandel Anton Holzer, Vornholz 100a
8250 Vorau
Tel: 03337/30080
E-Mail: antonholz@aon.at

PEFC

K. u. P. Kern KG Sägewerk - Holzexport, Arzberg 5
8253 Waldbach
Tel: 03336/4461-0
E-Mail: office@kern-waldbach.at
web: www.kern-waldbach.at
Lamellen, Fensterkantel, Bretter, Bauholz, Schnittholz, Latten, Pfosten, Staffel

PEFC

Säge- u.Hobelwerk Johann Ziegner KG, Nr. 60
8273 Ebersdorf bei Hartberg
Tel: 03333/2202-0
Hobelware

PEFC

Ferstl Holz Säge- u. Hobelwerk, Burgauberg 230
8291 Burgau
Tel: 03326/54133
E-Mail: office@ferstl-holz.at
web: www.ferstl-holz.at
Bauholz, Hackschnitzel, Kantholz, Laubrundholz, Lärchenholz, Nadelschnittholz, Profilbretter, Tannenschnittholz, Dachstuhlholz, Hobelware, Latten, Laubschnittholz, Nadelrundholz, Pfosten, Sägespäne, Tischlerware

PEFC

Erich Schmid, Untergreith 190
8443 Gleinstätten
Tel: 03457/3320
E-Mail: schmidholz@aon.at
web: www.sulmtaler-holzprofis.at
Nadelschnittholz, Bretter, Latten, Leisten, Staffeln, Konstruktionsvollholz, Hobelware, Tischlerware

PEFC

Holzindustrie Preding GmbH, Nr. 225
8504 Preding
Tel: 03185/8623-0

PEFC

Sägewerk Peter Maderthoner, Ettendorfer Str.3
8510 Stainz
Tel: 03463/2207
E-Mail: peter.maderthoner@aon.at
Laubrundholz, Nadelschnittholz, Laubschnittholz, Sägenebenprodukte, Nadelrundholz

PEFC

Kriegl KG, Nr. 26
8521 Wettmannstätten
Tel: 03185/2243
E-Mail: saegewerk.kriegl@aon.at
Laubrundholz, Laubschnittholz, Rinde, Spreißel/Kappstücke, Sägespäne

PEFC

Liechtenstein Holztreff Säge- & Hobelwerk, Liechtensteinstr.15
8530 Deutschlandsberg
Tel: 03462/2222-15
E-Mail: info@holztreff.at
web: www.holztreff.at

Bauholz, Bauwaren, Blockhausbohlen, Blockhausdielen, Blockhäuser, Brettschichtholz, Böden für Außenbereich, Carport, Dachstuhlholz, Fichtenrundholz, Fichtenschnittholz, Fußböden, Gartenbauholz, Gartenhäuser, Gartenzaun, Hackgut, Hackschnitzel, Hobelware, Holzhäuser, Holzkisten, Kabeltrommel, Kantholz, Kisten, Konstruktionsholz getrocknet/gehobelt, Konstruktionsvollholz, Latten, Lärchenholz, Lärchenrundholz, Lärchenschnittholz, Morali, Nadelschnittholz, Paletten, Pfosten, Profilbretter, Rinde, Schiffboden, Schnittholz, Spreißel/Kappstücke, Staffeln, Sägespäne, Terrassenböden, Verpackungsware

PEFC

Holzhandel Tschuchnigg, Gasseldorf 79
8543 St. Martin im Sulmtal
Tel: 03465/7028-28
E-Mail: office@tschuchnigg-holz.at
web: www.tschuchnigg-holz.at
Industrieholz, Laubschnittholz, Nadelschnittholz, Scheitholz, Laubrundholz, Nadelrundholz, Rinde, Sägespäne, Hackgut

PEFC

Kaml & Huber Sägewerk-Holzexport GmbH, Grünauer Str.4
8630 Mariazell
Tel: 03882/3228-0
E-Mail: kaml.huber.mzell@aon.at
Hackgut, Nadelschnittholz, Spreißel/Kappstücke, Nadelrundholz, Rinde, Sägespäne

PEFC

Bauen und Wohnen

Säge Gußwerk GmbH, Sägestr. 4
8632 Gußwerk
Tel: 03882/2751-0
E-Mail: office@saege-gusswerk.at
web: www.saege-gusswerk.at
Hackgut, Nadelschnittholz, Sägespäne, Nadelrundholz, Spreißel/Kappstücke

PEFC

Johann Auer GmbH & Co KG,
Hochschwabstr.24
8632 Gußwerk
Tel: 03882/4140
E-Mail: auer.holz@netway.at

PEFC

Forstverwaltung Regnier-Helenkow,
Maria Zellerstr.21
8680 Mürzzuschlag
Tel: 03852/2622

PEFC

Mayr-Melnhof Holz GmbH, Turmg. 57
8700 Leoben
Tel: 03842/300-0
E-Mail: leoben@mm-holz.com
web: www.mm-holz.com
Hackgut, Industrieholz, Nadelschnittholz, Sägespäne, Hobelware, Nadelrundholz

PEFC

Golob Transport GmbH, Hammergraben 82
8724 Spielberg bei Knittelfeld
Tel: 03512/82860-0
E-Mail: holzhandel@golob.at
web: www.golob.at
Industrieholz, Nadelrundholz, Laubrundholz

PEFC

Ing. Johann Raffler,
Großfeistritz 11
8741 Weißkirchen in Steiermark
Tel: 03577/82494
E-Mail: g.raffler@gmx.at
Industrieholz, Nadelrundholz, Laubrundholz

PEFC

Schaffer GmbH Sägewerk-Holzexport,
Hintersieding 12
8741 Eppenstein
Tel: 03577/82295-0
E-Mail: schaffer@schaffer.co.at
web: www.schaffer.co.at
Brettschichtholz, Schnittholz

PEFC

Johann Kogler, Allersdorf 55
8741 Weißkirchen in Steiermark
Tel: 03577/81790
E-Mail: office@holz-online.at
web: www.holz-online.at
Fichtenrundholz, Industrieholz, Kieferrundholz, Lärchenrundholz

PEFC

Pabst Johann Holzindustrie GmbH,
Kathal 6
8742 Obdach
Tel: 03578/4020-0
E-Mail: office@pabst-holz.com
web: www.pabst-holz.com
Brettschichtholz, Hackgut, Industrieholz, Nadelrundholz, Pellets, Rinde, Briketts, Hobelware, Kappstücke, Nadelschnittholz, Pferdeeinstreu, Sägespäne

PEFC

Sägewerk Jannach GmbH,
Thalheimerstr.27
8754 Thalheim, Mur
Tel: 03579/2382
E-Mail: info@jannach.com
web: www.jannach.at

PEFC

Höfferer GmbH & Co KG,
Zistl 4
8763 Möderbrugg
Tel: 03571/2317
E-Mail: hoefferer.holz@ctc.at
Bauholz, Tischlerware, Bauwaren, Verpackungsware

PEFC

Kaufmann Leimholz GmbH,
Pisching 30
8775 Kalwang
Tel: 03846/8181
E-Mail: kalwang@kaufmann-holz.com
web: www.kaufmann-holz.com
Brettschichtholz, Briketts, Kappstücke

PEFC

Hußauf Holzhandel & Transport Gmbh,
Pisching 47
8775 Kalwang
Tel: 03846/8591
Industrieholz, Rinde, Nadelrundholz, Spreißel/Kappstücke

PEFC

oekoweb
Österreichs zentrales
Umweltportal

Bauen und Wohnen

Holzindustrie Kaml & Huber,
Bärndorf 87
8786 Rottenmann
Tel: 03614/3145
E-Mail: office@kaml-huber.com
web: www.kaml-huber.com
Konstruktionsvollholz (KVH), Brettware, Tischlerware, Hackgut, Nadelschnittholz, Spreißel/Kappstücke, Nadelrundholz, Rinde, Sägespäne

PEFC

E.u.A.u.G. Prein GmbH,
Laintal 54
8793 Trofaiach
Tel: 03847/2459
E-Mail: saegewerk.prein@aon.at
Hackgut, Rinde, Sägespäne, Nadelschnittholz, Nadelrundholz

PEFC

Rainer-Timber HandelsGmbH & Co KG,
Fresen 31
8831 Niederwölz
Tel: 03582/2321-0

PEFC

Holzindustrie Klausbauer GmbH & Co KG, Mooslandl 53
8921 Lainbach
Tel: 03633/2179-0
E-Mail: klausbauer.office@aon.at
web: www.klausbauer.at
Fensterkantel, Hobelware, Nadelrundholz, Sägespäne, Hackgut, Industrieholz, Nadelschnittholz, Türfries

PEFC

Sägewerk Gams Gmbh, Nr. 140
8922 Gams bei Hieflau
Tel: 03637/215
E-Mail: buero@saegewerkgams.at
web: www.saegewerkgams.at
Hackgut, Nadelrundholz, Nadelschnittholz

PEFC

Winter u. Kerschbaumsteiner GmbH & Co KG, Nr. 104
8931 Großreifling
Tel: 03633/2463-0
E-Mail: winter-kerschbaumsteiner@aon.at

PEFC

Egger Holz GmbH,
Döllach 23
8940 Liezen
Tel: 03612/82630
E-Mail: office@egger-holz.at
web: www.egger-holz.at
Fichtenschnittholz, Hackgut, Paletten, Rinde, Sägespäne, Tannenschnittholz

PEFC

Bindlechner GmbH, Nr. 218
8960 Öblarn
Tel: 03684/30576
E-Mail: info@bindlechner.at
web: www.bindlechner.at
Industrieholz, Nadelrundholz, Laubrundholz

PEFC

Holzhandel Erlbacher GmbH, Leiten 369
8972 Ramsau am Dachstein
Tel: 03687/81188
E-Mail: info@app-heimat.at

PEFC

Klaus Streußnig Holzhandel, Nr. 20
8983 Bad Mitterndorf
Tel: 03623/2343-0
E-Mail: streussnig.holz@aon.at

PEFC

Peter Schönauer Holzschlägerei,
Grundlseer Str.20
8990 Bad Aussee
Tel: 03622/52925
Industrieholz, Laubrundholz, Nadelrundholz

PEFC

Unser Lagerhaus WarenhandelsGmbH,
Südring 240
9020 Klagenfurt
Tel: 0463/3865-0
E-Mail: office@unser-lagerhaus.at
web: www.unser-lagerhaus.at
Industrieholz, Laubrundholz, Nadelrundholz

PEFC

S. Jaritz Holzindustrie GmbH & Co KG,
Rosentaler Str.167
9020 Klagenfurt
Tel: 0463/22798
E-Mail: s.jaritz@holz-jaritz.com
web: www.holz-jaritz.com
Hackgut, Nadelrundholz, Rinde, Industrieholz, Nadelschnittholz, Sägespäne

PEFC

MAK Holz GmbH, Haimburg 52
9111 Haimburg
Tel: 04232/27027
Brettschichtholz, Duobalken, Hobelware, Konstruktionsvollholz, Latten, Schnittholz

PEFC

Bauen und Wohnen

Initiative Ökoholz Österreich, Oberdorfl 9
9173 St. Margareten im Rosental
Tel: 04226/216
Fichte, Tanne, Lärche, Buche

FSC

W&T Holzindustrie GmbH, Landesstr.9
9311 Kraig
Tel: 04212/72900-0
E-Mail: office.kraig@w-t.at
web: www.w-t.at
Hackgut, Nadelschnittholz, Spreißel/Kappstücke, Hobelware, Nadelrundholz, Sägespäne

PEFC

Säge Hirt GmbH, Sägestr. 11
9322 Micheldorf, Kärnten
Tel: 04268/2476
E-Mail: office@saegehirt.at
Bauholz, Hackgut, Kantholz, Schnittholz, Sägespäne, Hobelware, Latten, Staffeln

PEFC

TILLY
NATURHOLZPLATTEN

**Tilly Holzindustrie GmbH,
Krappfelder Str.27
9330 Althofen
Tel: 04262/2143 Fax: 4144
E-Mail: office.platten@tilly.at
web: www.tilly.at
Briketts, Fußböden, Hobelware, Massivholzplatten, Spreißel/Kappstücke, Türrohling, Türfriesstangen, Schnittholz**

PEFC

Holzwerke Stingl GmbH & Co KG Säge- und Leimholzwerk, Hollersberg 28
9334 Guttaring
Tel: 04262/51255
E-Mail: stingl@stingl.co.at
web: www.stingl.co.at
Hackgut, Leimholzprodukte, Nadelschnittholz, Industrieholz, Nadelrundholz, Sägespäne

PEFC

LSB Lärchenholz Buchhäusl GmbH, Mellach 7
9341 Straßburg, Kärnten
Tel: 04266/2253
E-Mail: buchhaeusl@lsb.co.at
web: www.lsb.co.at
Hobelware, Nadelrundholz, Industrieholz, Nadelschnittholz

PEFC

Johann Offner Holzindustrie GmbH, Neuhäuslweg
9400 Wolfsberg, Kärnten
Tel: 04352/2731-0
E-Mail: office@aon.at
web: www.offner.at
Bauholz, Schnittholz, Lamellen, Verpackungsware

PEFC

Papierholz Austria GmbH, Frantschach 39
9413 St.Gertraud
Tel: 04352/2050-0
E-Mail: pha@papierholz-austria.at
web: www.papierholz-austria.at
Hackgut, Laubrundholz, Rinde, Sägespäne, Industrieholz, Nadelrundholz

PEFC

Stora Enso Timber Bad St. Leonhard GmbH, Wisperndorf 4
9462 Bad St. Leonhard im Lavanttal
Tel: 04350/2301-0

PEFC

Gernot Bendlinger,
Millstätter Str.47
9523 Villach-Landskron
Tel: 04242/430431
E-Mail: bendlinger@everyday.com
Industrieholz, Nadelrundholz, Laubrundholz

PEFC

Holz Pirker GmbH,
Klagenfurter Str.31
9556 Liebenfels
Tel: 04215/2370
E-Mail: office@holz-pirker.at
web: www.holz-pirker.at
Brennholz, Fußböden. Holzwerkstoffplatten, Nadelschnittholz, Brettschichtholz, Hobelware, Laubschnittholz

PEFC

Eberhard Holz GmbH,
Gradenegg 5
9556 Liebenfels
Tel: 0664/5101199
E-Mail: office@eberhard-holz.at
web: www.eberhard-holz.at
Industrieholz, Nadelrundholz, Laubrundholz

PEFC

Bauen und Wohnen

Sägewerk Josef Kogler,
Bahnhofstr.6
9557 Liebenfels
Tel: 04215/2305
E-Mail: saegewerk@koho.at
web: www.koho.at
Schnittholz, Hobelware, Fensterlamellen und -kanteln, Schmalware, Breitware, Latten, Palettenware, Konstruktionsvollholz

Ing. Pleschberger Holzhandel GmbH,
Köttern 5
9560 Feldkirchen in Kärnten
Tel: 0664/2051086
Industrieholz, Nadelrundholz, Laubrundholz

Holz Huber GmbH,
Rennweg 1
9560 Feldkirchen in Kärnten
Tel: 0664/3576990
Nadelschnittholz, Sägenebenprodukte

Hofer Holz GmbH, Oberglan,
Hauptstr.23
9560 Feldkirchen in Kärnten
Tel: 04271/2758
E-Mail: hofer-holz@aon.at
Industrieholz, Nadelrundholz, Nadelschnittholz

Wertholz Österreich Holzhandels GmbH,
Hart 101
9586 Fürnitz
Tel: 04257/4530
E-Mail: office.at@wertholz.com
web: www.wertholz.com
Hackgut, Nadelrundholz, Spreißel/ Kappstücke, Sägespäne, Industrieholz, Scheitholz, Sägenebenprodukte

Samonig Sägewerk u HolzhandelsGmbH,
Oberrainer Str.57
9586 Fürnitz
Tel: 04257/2220-0

Hasslacher Hermagor GmbH & Co KG,
Eggerstr.15
9620 Hermagor
Tel: 04282/2143
E-Mail: office@hasslacher-hermagor.com
web: www.hasslacher-hermagor.com
Bauwaren, Brennstoffe aus Holz, Fensterkantel, Hobelware, Industrieholz, Lamellen, Leimholzprodukte, Nadelrundholz, Nadelschnittholz, Sägenebenprodukte

Hasslacher Drauland Holzindustrie GmbH., Feistritz 1
9751 Sachsenburg
Tel: 04769/2249-0
E-Mail: info@hasslacher.at
web: www.hasslacher.at
Schnittholz, Hobelware, Brettschichtholz, Konstruktionshölzer, Fußböen, Dachschalungen, Latten und Staffeln, Lamellenbalken

Hans Peter Hassler, Hauzendorf 10
9761 Greifenburg
Tel: 04712/254
Hackgut, Laubrundholz, Nadelrundholz, Rinde, Sägespäne, Industrieholz, Laubschnittholz, Nadelschnittholz, Spreißel/Kappstücke

Hermann Haßler Sägewerk und Holzhandel, Schulstr.113
9761 Greifenburg
Tel: 04712/625
E-Mail: biowaerme.greifenburg@direkt.at
Hackgut, Laubrundholz, Nadelrundholz, Rinde, Sägespäne, Industrieholz, Laubschnittholz, Nadelschnittholz, Spreißel/Kappstücke

Kanzian Holz GmbH, Eben 1
9761 Greifenburg
Tel: 04712/298
E-Mail: kanzian.holz@net4you.at
web: www.kanzianholz.at
Kiefernschnittholz, Lärchenschnittholz, Tannenschnittholz

Winterholz Sägewerk GmbH, Nr.89
9814 Mühldorf, Mölltal
Tel: 04769/2427
E-Mail: winterholz@aon.at
web: www.winterholz.at
Hackgut, Nadelrundholz, Spreißel/kappstücke, Hobelware, Nadelschnittholz, Sägespäne

Bauen und Wohnen

Reiter Bioholz GmbH,
Lainach 8
9833 Rangersdorf
Tel: 04822/379
E-Mail: reiter@bioholz.at
web: www.bioholz.at
Hobelware, Industrieholz, Nadelrundholz, Nadelschnittholz

PEFC

Ernst Kohlmaier GmbH,
Kremsbrücke 33
9862 Kremsbrücke
Tel: 04735/2270
E-Mail: kohlmaier.holz@utanet.at
Industrieholz, Nadelrundholz, Sägenebenprodukte

PEFC

Theurl Brüder GmbH, Aue 128
9911 Thal-Assling
Tel: 04855/8411-0
E-Mail: office@theurl-holz.at
web: www.theurl-holz.at
Hackgut, Industrieholz, Nadelschnittholz, Spreißel/Kappstücke, Hobelware, Nadelrundholz, Rinde, Sägespäne

PEFC

Leimholzbau Theurl GmbH,
Thal-Wilfern 35
9911 Thal-Assling
Tel: 04855/8900
E-Mail: office@theurl.com
web: www.theurl.com
keilgezinkte Leisten und Kanteln

FSC

Anton Goller KG, Bergen 35
9942 Obertilliach
Tel: 04847/5216
E-Mail: goller-holz@speed.at
web: www.goller-holz.at
Schnittholz, Hobelware, Kanthölzer, Morali und Latten, Bauholz

PEFC

Waldgenossenschaft Iseltal, Nr. 136
9951 Ainet
Tel: 04853/5202
E-Mail: office@wgi-holz.at
web: www.wgi-holz.at
Rundholz, Schnittholz, Sägespäne, Rinde, Hackgut, Kappholz

PEFC

Korbwaren & Rattan

Fairtrade Online-Shop,
Quellenstr.17/1/5
2340 Mödling
Tel: 0699/17230166
E-Mail: office@fairtrade-onlineshop.org
web: fairtrade-onlineshop.org

FAIRTRADE   ☺ ☺ ☺

**EZA Fairer Handel GmbH,
Wenger Str.5
5203 Köstendorf bei Salzburg
Tel: 06216/20200-0 Fax: 20200-999
E-Mail: office@eza.cc
web: www.eza.cc
siehe auch Seite 28**

FAIRTRADE   ☺ ☺ ☺

Möbel aus Naturmaterialien

OBI Bau- & Heimwerkermärkte Systemzentrale GmbH,
Baumg.60B
1030 Wien
Tel: 01/41515-0
E-Mail: office@obi.at
web: www.obi.at
Fenster, Regale, Gerätestiele, Pinsel, Besen, Holzwerkstoffe, Gardinenstangen, Gartenzäune, Gartenlauben, Werkzeuge aus Buche, Eukalyptus, Fichte, Kiefer. FSC-zertifizierte Holzböden, Türen und Gartenmöbelca.110 FSC-Produkte

FSC

Dänisches Bettenlager Handelsges mbH,
Nottendorfer G.11
1030 Wien
Tel: 01/46309750
E-Mail: info@dbl-zentrale.com
web: www.daenisches-bettenlager.at
Gartenstühle, -tische und -bänke,im Gartenbereich 65% FSC-zertifiziert;

FSC

Richard Feucht,
Krottenbachstr.122/7/5
1190 Wien
Tel: 0699/10766711
E-Mail: richard.feucht@chello.at
FSC-zertifizierte Gartenmöbel

FSC

Bauen und Wohnen

METRO Cash & Carry Österreich
GmbH, Ortsstr.23-37
2331 Vösendorf
Tel: 01/69080
web: www.metro.at
FSC-zertifizierte Gartenmöbel

KARE Multiplex SCS,
2334 Vösendorf-Süd
Tel: 02236/61396
E-Mail: info@kare-design.at
web: www.kare-design.at
FSC-zertifizierte Gartenmöbel

Hornbach Baumarkt GmbH,
IZ NÖ-Süd Str.3, Obj.64
2355 Wiener Neudorf
Tel: 02236/3148-0
E-Mail: info_at@hornbach.com
web: www.hornbach.co.at
ca. 720 FSC Holzartikel, 98% der Holzprodukte im Gartenbereich sind FSC-zertifiziert.Gartenmöbel, Parkett, Leimholz, Holzregale, Sichtschutzzäune.

OBI Markt Bad Deutsch Altenburg,
Bauweltstr.2
2405 Bad Deutsch Altenburg
Tel: 02165/62356
E-Mail: markta061@obi.at
web: www.obi.at
FSC-zertifizierte Holzböden, Türen und Gartenmöbel im Sortiment

OBI Markt Baden,
Haidhofstr.145A
2500 Baden bei Wien
Tel: 02252/80573-0
E-Mail: markta039@obi.at
web: www.obi.at
FSC-zertifizierte Holzböden, Türen und Gartenmöbel im Sortiment

Kika Möbelhandels-GmbH,
Anton Scheiblin-G.1
3100 St.Pölten
Tel: 02742/71626-0
E-Mail: info@kika.at
web: www.kika.at
div. Möbel - ausgezeichnet mit dem Österr. Umweltzeichen f. Holzmöbel.
FSC-zertifizierte Gartenmöbel von MBM Tropic und KWA.
Joka-Matratzen - ausgezeichnet mit dem Österr. Umweltzeichen f. Bettmatratzen.Parkettböden von TILO mit dem FSC-Gütezeichen und PEFC-zertifizierte Parkettbodenplatten von Johann Weitzer und Admonter Naturboden.
Wandfarben von ULZ - ausgezeichnet mit dem Österr. Umweltzeichen f. Wandfarben.

Rudolf Leiner GmbH,
Porschestr.7
3101 St.Pölten
Tel: 02742/805-1545
E-Mail: info@leiner.at
web: www.leiner.at
Team 7 Möbel - ausgezeichnet mit österr. Umweltzeichen f. Holzmöbel.FSC zertifizierte Gartenmöbel von MBM Tropic,

KWA und Ploß & Co. GmbH sowie FSC-Regalböden aus Massivholz.
Joka-Matratzen - ausgezeichnet mit dem österr. Umweltzeichen f. Bettmatratzen, Parkettböden mit dem FSC-Zeichen.
Parkettbodenplatten von Johann Weitzer, Laminatböden von INKU "melan floorline" und von Egger "floor products" - ausgezeichnet mit dem PEFC-Gütezeichen für Holz.
Wandfarben von Ulz - ausgezeichnet mit dem Österr. Umweltzeichen f. Wandfarben.

Quelle AG,
Industriezeile 47
4020 Linz
Tel: 070/2088
E-Mail: kundenservice@quelle.at
web: www.quelle.at
Produkte mit dem deutschen Umweltzeichen "Blauer Engel". FSC-zertifizierte Gartenmöbel

RMR Trading, Manfred Raingruber,
Hüttenstr.2
4055 Pucking
Tel: 0699/10516137
E-Mail: rattan@rmr.at
web: www.rmr.ar
Rattan, Teak

Bauen und Wohnen

BAUHAUS Depot GmbH,
Straubinger Str.25
4600 Wels
Tel: 07242/625-0
E-Mail: service@bauhaus.at
web: www.bauhaus.at
FSC-zertifizierte Holzböden, Türen und Gartenmöbel(ca. 99% aller Gartenmöbel FSC-zertifiziert) im Sortiment

Lutz GmbH,
Römerstr.39
4600 Wels
Tel: 07242/626100
E-Mail: kundenservice@lutz.at
web: www.lutz.at
Parket, Dielen, Laminat, Spielwaren und -geräte auch in FSC-Qualität.
Joka-Matratzen - ausgezeichnet mit dem Österr. Umweltzeichen f. Bettmatratzen.
Linoleum-Bodenbeläge mit dem Österr. Umweltzeichen f. Bodenbeläge von FORBO sowie INKU Linosom Bodenbeläge mit dem natureplus-Prüfzeichen.

GASPO GmbH Sportartikel und Gartenmöbel,
Peiskam 6
4694 Ohlsdorf
Tel: 07612/47292
E-Mail: office@gaspo.at
web: www.gaspo.at
Balkonmöbel, Blumenkästen, Gartenhäuser, Gartenmöbel, Holzspielwaren, Sportartikel

TEAM 7 Natürlich Wohnen GmbH,
Braunauer Str.26
4910 Ried
Tel: 07752/977-0
E-Mail: info@team7.at
web: www.team7.at
Natur-Holz:Mit Kräuterölwachs veredeltes Holz

Eduscho Versandhandel GmbH,
Bergerbräuhofstr.35
5020 Salzburg
Tel: 0662/8076
web: www.eduscho.at
im Bereich Gartenmöbel ca. 90% FSC-zertifiziert,

OBI Markt Innsbruck,
Stadlweg 1
6020 Innsbruck
Tel: 0512/393935-0
E-Mail: markta020@obi.at
web: www.obi.at
FSC-zertifizierte Holzböden, Türen und Gartenmöbel im Sortiment

OBI Markt Imst,
Industriezone 29
6460 Imst
Tel: 05412/65129-0
E-Mail: markta018@obi.at
web: www.obi.at
FSC-zertifizierte Holzböden, Türen und Gartenmöbel im Sortiment

ARGE WELTLÄDEN, Am Breiten Wasen 1
6800 Feldkirch
Tel: 05522/78079 Fax: 78079
E-Mail: arge@weltlaeden.at
web: www.weltlaeden.at

PANDA Versand GmbH, Postfach 100
6961 Wolfurt-Bahnhof Postfach
Tel: 0820/820001
E-Mail: kundenservice@panda.at
web: www.panda.at
Regale, Klapptische, Hocker, und Olivenholzbürsten in FSC-Qualität.

OBI Markt Eisenstadt, Mattersburgerstr.33
7000 Eisenstadt
Tel: 02682/62224-0
E-Mail: markta030@obi.at
web: www.obi.at
FSC-zertifizierte Holzböden, Türen und Gartenmöbel im Sortiment

Neckermann Versand Österreich Aktiengesellschaft, Triester Str.280
8012 Graz
Tel: 0316/246-246
E-Mail: service@neckermann.at
web: www.neckermann.at
Produkte mit dem deutschen Umweltzeichen "Blauer Engel". "Jules Clarysse" Frottier-Handtücher mit dem FAIR TRADE Gütesiegel ausgezeichnet. FSC-zertifizierte Klein- und Gartenmöbel

Bauen und Wohnen

Otto Versand GmbH, Alte Poststr.125
8020 Graz-Eggenberg
Tel: 0316/5460-0
E-Mail: kundenservice@ottoversand.at
web: www.ottoversand.at
FSC-zertifizierte Garten- und Wohnmöbel; Als erstes deutsches Versandhandelsunternehmen hat OTTO1996 RUGMARK-Teppiche in den Katalog aufgenommen.

FSC

OBI Markt Graz Nord, Wiener Str.372
8051 Graz
Tel: 0316/681526
E-Mail: markta004@obi.at
web: www.obi.at
FSC-zertifizierte Holzböden, Türen und Gartenmöbel im Sortiment

FSC

OBI Markt Graz West,
Weblinger Gürtel 29
8054 Graz
Tel: 0316/293231
E-Mail: markt009@obi.at
web: www.obi.at
FSC-zertifizierte Holzböden, Türen und Gartenmöbel im Sortiment

FSC

OBI Markt Fürstenfeld, Grazer Str.16
8280 Fürstenfeld
Tel: 03382/53015-0
E-Mail: markta071@obi.at
web: www.obi.at
FSC-zertifizierte Holzböden, Türen und Gartenmöbel im Sortiment

FSC

OBI Markt Feldbach,
Gleichenbergerstr.81
8330 Feldbach
Tel: 03152/5419-0
E-Mail: markta070@obi.at
web: www.obi.at
FSC-zertifizierte Holzböden, Türen und Gartenmöbel im Sortiment

FSC

Teak Master Hannes Horwath,
Grenzweg 13
8401 Kalsdorf bei Graz
Tel: 0664/1312111
E-Mail: office@teak-master.com
web: www.teak-master.com
FSC-zertifizierte Garten- und Wohnmöbel

FSC

Holzindustrie Leitinger GmbH, Nr.57
8551 Wernersdorf
Tel: 03466/42319-0
E-Mail: holz@leitinger.com
web: www.leitinger.com
Gartenbauholz, Holzmöbel, Latten, Nadelschnittholz, Spreißel/Kappstücke, Fußböden, Hobelware, Konstruktionsvollholz, Massivholzplatten, Paletten, Schiffboden

FSC PEFC

OBI Markt Fohnsdorf,
Arena am Waldfeld 31
8753 Fohnsdorf
Tel: 03572/46644
E-Mail: markta010@obi.at
web: www.obi.at
FSC-zertifizierte Holzböden, Türen und Gartenmöbel im Sortiment

FSC

Fühl dich wohl, Bahnhofstr.9
9020 Klagenfurt
Tel: 0664/3416110
E-Mail: wellness@fuehldichwohl.cc
web: www.fuehldichwohl.cc
FSC-zertifizierte Gartenmöbel

FSC

Fühl dich wohl, Flughafenstr.14a
9020 Klagenfurt
Tel: 0463/410778
E-Mail: wellness@fuehldichwohl.cc
web: www.fuehldichwohl.cc
Ziel ist das gesamte Sortiment von Gartenmöbeln ausschließlich mit FSC-Gütesiegel anzubieten.

FSC

Lignum B. u. T.Trade HandelsgmbH,
Flughafenstr.14
9020 Klagenfurt
Tel: 0463/440012
E-Mail: info@hammock-brasil.com
web: www.hammock-brasil.com
Hängematten, Hängesessel, Hängesofas

FSC

memo AG, Am Biotop 6
D-97259 Greußenheim
Tel: 0049/9369/9050
E-Mail: info@memo.de
web: www.memo.de
FSC-zertifizierte Produkte:Geschäftspapier, Holzspüle, Holzschreibgeräte, Mousepads, Haushaltswaren, OSB-Regalsystem, Gartenmöbel.

FSC

Bauen und Wohnen

Schlafen - natürliches Zubehör

Kika Möbelhandels-GmbH,
Anton Scheiblin-G.1
3100 St.Pölten
 Tel: 02742/71626-0
 E-Mail: info@kika.at
 web: www.kika.at
Joka-Matratzen - ausgezeichnet mit dem Österr. Umweltzeichen f. Bettmatratzen.

Rudolf Leiner GmbH, Porschestr.7
3101 St.Pölten
 Tel: 02742/805-1545
 E-Mail: info@leiner.at
 web: www.leiner.at
Joka-Matratzen - ausgezeichnet mit dem österr. Umweltzeichen f. Bettmatratzen

Lutz GmbH,
Römerstr.39
4600 Wels
 Tel: 07242/626100
 E-Mail: kundenservice@lutz.at
 web: www.lutz.at
Joka-Matratzen - ausgezeichnet mit dem Österr. Umweltzeichen f. Bettmatratzen.

Joka Werke Johann Kapsamer GmbH & Co KG, Atzbacher Str.17
4690 Schwanenstadt
 Tel: 07673/7451-0
 E-Mail: verkauf@joka.at
 web: www.joka.at
Flexinet-Matratze (Kinderbett) Flexinett-Matratze (Federkernmatratze), Model Triselekt (Taschenfederkernmatratze) pflegeleichte, abnehmbare und waschbare Matratzenbezüge

Wandbaustoffe

Schüller Bau GmbH, Nr.89
2153 Stronsdorf
 Tel: 02526/7213-0
 E-Mail: office@schuellerbau.at
 web: www.schuellerkg.at
Wandbaustoffe, Ziegelprodukte

Durisol-Werke GmbH,
Durisolstr.1
2481 Achau
 Tel: 02236/71481
 E-Mail: durisol@durisol.at
 web: www.durisol.at
Mantelbetonsteine

BRAMAC Dachsysteme International GmbH, Bramacstr.9
3380 Pöchlarn
 Tel: 02757/4010-0 Fax: 4010-61
 E-Mail: mk@bramac.com
 web: www.bramac.at
Betondachsteine
siehe auch Seite 19

Lias Österreich GmbH, Fabrikstr.11
8350 Fehring
 Tel: 03155/2368-0
 E-Mail: info@liapor.at
 web: www.liapor.at
Liapor Hohlziegel, Schüttung, thermische u. akustische Dämmung, Leichtbeton, Fertigteile; alles aus Ton gefertigt; Dachbegrünung

oekoweb
Österreichs zentrales Umweltportal

Bedarfsartikel

Täglich sind wir zuhause, im Büro und unterwegs von unzähligen Gegenständen umgeben, die Dank des hohen Stellenwerts, den der Umweltschutz in unserer Gesellschaft genießt, auch in vielen Fällen schon in umweltfreundlichen Varianten erhältlich sind.

Vor allem umweltfreundliche Büromaterialien wie Papier und Pappe sind bereits von vielen verschiedenen Firmen erhältlich. Leider wird daher auch gerne Umweltfreundlichkeit suggeriert wo sie eigentlich nur ansatzweise vorhanden ist. So sind z.B. chlorfrei gebleichte

Siegel	Ausgebende Stelle	Kontrollstelle	Kontakt	
Österreichisches Umweltzeichen	Lebens-ministerium	Stich-proben-artige Kontrollen durch VKI und unab-hängige Berater und Prüfer	Lebensministerium Betrieblicher Umweltschutz und Technologie Abt. VI/5 1010 Wien, Stubenbastei 5 Tel.:+43/1/515 22 -0 email: info@umweltzeichen.at www: www.umweltzeichen.at	
			www ✉	

Bedarfsartikel

Produkte natürlich ein Schritt in die richtige Richtung, zu ihrer Herstellung wird aber immer noch frisches Holz aus nicht unbedingt nachhaltiger Waldwirtschaft verwendet. Es empfiehlt sich daher, darauf zu achten, dass Schreibpapier einen hohen Altpapieranteil hat und wo Holzfasern beigemischt sind, diese aus zertifizierter Waldwirtschaft, oder besser noch aus der Holzverwertung kommen.

Auch bei weiteren Bedarfsartikeln sollte auf eine Öko-Zertifizierung geachtet werden – Putz- und Reinigungsmittel sollten unsere Umwelt nicht unnötig belasten. Und kleine Geschenke machen noch viel mehr Freude, wenn sie nicht aus allzu kleinen Kinderhänden stammen, sondern von fair bezahlten und behandelten Arbeitern gemacht wurden.

Kurzzusammenfassung der Gütesiegel - Richtlinien

Reinigungsmittel - 4 Kategorien: Handgeschirrspülmittel (UZ 19), Maschinengeschirrspülmittel (UZ 20), Textilwaschmittel (UZ 21) und Reinigungsmittel (UZ 30).

Bei **Waschmitteln** darf pro Waschgang nicht mehr als 100g Waschmittel nötig sein, Sparhinweise auf der Packung sollen helfen, pro Waschgang dürfen nicht mehr als 25g Phosphat nötig sein, höhere Bioabbaubarkeit und reduzierte Verpackung sind Voraussetzungen.

Maschinen- und Handgeschirrspülmittel dürfen keine gefährlichen Reinigungs-, Bleich- oder Parfümstoffe enthalten, die korrekte Dosierung sowie eine Wasser- und Spülmittel-Sparanleitung muss an der Packung angegeben sein, das Mittel darf nicht antimikrobiell wirken, die Inhaltsstoffe müssen biologisch abbaubar sein und die Verpackung muss aus leicht abbaubarem Kunststoff sein.

Allzweck- und Sanitärreiniger dürfen bestimmte gesundheitsgefährdende Stoffe nicht enthalten, nur limitierte Bleich- und Färbemittel dürfen verwendet werden. Warnhinweise und Hinweise zur sparenden Dosierung müssen sich auf der Packung befinden. Die Inhaltsstoffe müssen biologisch abbaubar sein, es gibt Limitierungen für Ammoniumverbindungen und Biozide.

Papier, Büro & Verpackung - 11 Kategorien: 11 Kategorien: Publikationspapier (UZ 36), Druck- und Schreibpapier (UZ 02), Produkte aus Recyclingpapier (UZ 18), Schadstoffarme Druckerzeugnisse (UZ 24), Büroordnungssysteme aus Altpapier (UZ 03), Büro- und Schularikel (UZ 57), Wiederaufbereitung von Farbträgern (UZ 11), Kopiergeräte (UZ 16), Büroarbeitsstühle und Bürostühle (UZ 34), Kompostierbare Papiersäcke für biogene Abfälle (UZ 25) und Mehrweggebinde für Getränke und andere flüssige Lebensmittel (UZ 26).

Für alle **Papiererzeugnisse** dürfen ausschließlich chlorfrei gebleichte Holz-, Zellstoffe und Sekundärfaserstoffe verwendet werden. Gesundheitsschädliche Chemikalien sind weitgehend ausgeschlossen, optische Aufheller und Ethylendiamintetraacetat (EDTA) sind verboten.

Bedarfsartikel

Siegel	Ausgebende Stelle	Kontrollstelle	Kontakt	
Österreichisches Umweltzeichen (Fortsetzung)	Lebens-ministerium	Stich-probenartige Kontrollen durch VKI und unabhängige Berater und Prüfer	Lebensministerium Betrieblicher Umweltschutz und Technologie Abt. VI/5 1010 Wien, Stubenbastei 5 Tel.:+43/1/515 22 -0 email: info@umweltzeichen.at www: www.umweltzeichen.at www ✉	

Bedarfsartikel

Kurzzusammenfassung der Gütesiegel - Richtlinien

Farbmittel dürfen nur für eine homogene Weißfärbung eingesetzt werden; Azofarbstoffe und Schwermetallverbindungen sind verboten. Holzfasern für die Papiererzeugung müssen aus zertifizierter, nachhaltiger Forstwirtschaft stammen. Bei Recyclingpapieren gibt es entsprechend der Verwendung des Papieres Anforderungen an die Zusammensetzung, um möglichst das gesamte Spektrum der Altpapiersammlung wiederzuverwerten. Für die Produktion gibt es Abwassergrenzwerte, die Herstellungsbetriebe müssen ein Umwelt- und/oder Abfallwirtschaftskonzept vorweisen können (EMAS bzw. ISO 14001).

Bei **Büro- und Schulartikeln** wird auf Qualität, Material, Nachfüllbarkeit, umweltgerechte Produktgestaltung (Ecodesign), Reparierbarkeit, Verpackung und Gebrauchstauglichkeit bzw. Normkonformität geachtet.

Bei der **Wiederaufbereitung von Farbträgern** handelt es sich um das Wiederbefüllen von Tonern und Tintenpatronen. Dabei müssen die wiederbefüllten Produkte hinsichtlich Druckkapazität und Druckqualität zumindest der Qualität eines Neuproduktes entsprechen. Giftige Chemikalien, Schwermetalle und halogenierte Kohlenwasserstoffe sind verboten. Eine mehrmalige Befüllung des Produktes muss gewährleistet sein, das Unternehmen muss eine Rücknahme der leeren Produkte gewährleisten.

Kopiergeräte müssen alle Staub- Ozon- und Lärmgrenzwerte einhalten und entsprechend niedrigen Energieverbrauch aufweisen. Gesundheitsgefährdende Chemikalien und Schwermetalle sind als Inhaltsstoffe (z.B. von Batterien) verboten. Tonereinheiten müssen wiederbefüllbar sein, Altgeräte vom Hersteller retourgenommen werden. Für alte Geräteteile muss es ein Wiederverwertungskonzept geben. Der Hersteller muss ein Umwelt- und/oder Abfallwirtschaftskonzept vorweisen können (EMAS bzw. ISO14 001).

Bürostühle werden vor allem dann ausgezeichnet, wenn sie durch ihre Materialien und ihre Konstruktion nach Lebensende eine optimale Verwertung ermöglichen. Mindestens 50% der Masse aller Nichtmetallteile müssen aus nachwachsenden Rohstoffen oder Sekundärrohstoffen bestehen. Eisen, Stahl und Aluminium (-legierungen) sind als Metalle zulässig, wobei Aluminium einen Recyclinganteil von mindestens 30% aufweisen muss. Es dürfen maximal 4 kg Kunststoff eingesetzt werden, wobei Recyclate nicht eingerechnet werden. Insgesamt darf der Kunststoffanteil nicht mehr als 50% der Gesamtproduktmasse betragen. Die Oberflächenbeschichtung der Metalle muss dem Stand der heutigen Umwelttechnik entsprechen, die Beschichtung von Aluminium ist verboten. Geschäumte Kunststoffteile müssen ohne halogenierte Kohlenwasserstoffe hergestellt werden, alle Teile müssen im

Bedarfsartikel

Siegel	Ausgebende Stelle	Kontrollstelle	Kontakt	
Österreichisches Umweltzeichen (Fortsetzung)	Lebens- ministerium	Stichproben- artige Kontrollen durch VKI und unabhängige Berater und Prüfer	Lebensministerium Betrieblicher Umweltschutz und Technologie Abt. VI/5 1010 Wien, Stubenbastei 5 Tel.:+43/1/515 22 -0 email: info@umweltzeichen.at www: www.umweltzeichen.at www ✉	
Europäisches Umweltzeichen	Lebens- ministerium	Stichproben- artige Kontrollen durch VKI und unabhängige Berater und Prüfer	Lebensministerium Betrieblicher Umweltschutz und Technologie Abt. VI/5 1010 Wien, Stubenbastei 5 Tel.:+43/1/515 22 -0 email: info@umweltzeichen.at www: www.umweltzeichen.at www ✉	
FSC	Forest Stewardship Council (FSC)	Verschiedene unabhängige Zertifizierer (z.B. SGS)	FSC Deutschland Guntramstraße 48 D-79106 Freiburg Tel.: +49/ 761/ 386 53 - 50 Fax: +49/ 761/ 386 53 - 79 e-mail: info@fsc-deutschland.de www: www.fsc-deutschland.de	

Bedarfsartikel

Kurzzusammenfassung der Gütesiegel - Richtlinien

Zuge des Recyclings problemlos trennbar sein. Der Hersteller muss ein Umwelt- und/oder Abfallwirtschaftskonzept vorweisen können (EMAS bzw. ISO 14001).

Die Richtlinien für **kompostierbare Papiersäcke** für biogene Abfälle sind in Bearbeitung.

Mehrweggebinde für Getränke und flüssige andere Lebensmittel müssen mindestens 12 mal wiederbefüllbar sein (Umlaufzahl). Der Einweganteil (Etiketten, Verschlüsse etc.) darf maximal 5g, für Weithalsgebinde (mit einem Durchmesser von mehr als 5 cm) 8g betragen. Halogenierte Kunststoffe und Metallfolien dürfen nicht verwendet werden. Transport- und Verkaufseinheiten, die für die Mehrweggebinde verwendet werden, müssen ebenfalls Mehrwegsysteme sein und einen Recyclinganteil aufweisen. Die Abfüllanlagen müssen ökologisch optimiert sein, chlorhältige Desinfektionsmittel sind verboten, die Anlage muss über einen Wasserkreislauf zur Minimierung des Wasserverbrauchs verfügen. Alle nicht wiederverwendbaren Teile (Etiketten, Verschlüsse etc.) müssen stofflich verwertet werden.

3 Kategorien: Waschmittel, Hand- und Maschinengeschirrspülmittel und Allzweck/Sanitärreiniger. Die Richtlinien entsprechen denen des österreichischen Umweltzeichens.

3 Kategorien: Kopierpapier, Grafikpapier, Druckerzeugnisse.
Umweltfreundliches Kopierpapier darf nur aus recycletem Altpapier oder Holzfasern aus nachhaltiger Waldwirtschaft hergestellt werden. Es gibt Grenzwerte zur Verminderung der Freisetzung von Schwefeldioxid und Treibhausgasen, der Eintrag toxischer und umweltschädlicher Stoffe in Gewässer soll vermindert werden. Der Produktionsbetrieb muss über ein Abfallmanagementsystem verfügen. Momentan ist kein österreichisches Produkt ausgezeichnet, in anderen europäischen Ländern gibt es aber ausgezeichnete Produkte. Die Neuauszeichnung erfolgt jährlich.
Die Kriterien für das Europäische Umweltzeichen für Druckereiprodukte werden gerade entwickelt, daher gibt es auch noch keine Produkte mit dieser Auszeichnung.

FSC- zertifiziertes Papier wird aus FSC-zertifiziertem Holz hergestellt. Um Holz mit dem FSC-Siegel zu zertifizieren, muss eine Reihe von Anforderungen erfüllt werden: Verboten sind Pestizide, Biozide, Düngemittel, Monokultur-Plantagen und Kahlschläge. Totholz muss im Wald verbleiben und die natürliche Waldverjüngung muss sichergestellt sein. Ungenutzte Waldflächen, sogenannte Referenzflächen, müssen einer natürlichen Entwicklung überlassen werden, der Einsatz von Maschinen ist auf Waldwege und Rückegassen beschränkt. Die Artenvielfalt soll gezielt gefördert werden. Auch am Sozialsektor gibt es Vorschriften:

Bedarfsartikel

Siegel	Ausgebende Stelle	Kontrollstelle	Kontakt
Forest Stewardship Council (FSC) (Fortsetzung)	Forest Stewardship Council (FSC)	Verschiedene unabhängige Zertifizierer (z.B. SGS)	FSC-Ansprechpartner in Österreich ist der WWF: WWF Österreich Ottakringer Straße 114 - 116 A-1160 Wien Tel: +43/ 1/ 488 17 - 242 Fax: +43/ 1/ 488 17 - 44 e-mail: wwf@wwf.at www: www.wwf.at www ✉
Programme for the Endorsment of Forest Certification Schemes (PEFC)	PEFCC (PEFC-Council)	Forstwirtschaft: SGS; verarbeitete Produkte: international akkreditierte Prüfer (SGS, LGA, HolzCert)	PEFC Austria Alserstraße 21/1/5 A- 1080 Wien Tel: +43 /1/ 402 47 01 - 17 Fax: +43 /1/ 401 13 - 50 email: info@pefc.at www.pefc.at www ☎
Österreichisches Mehrweg-Logo	INITIATIVE mehrweg.at	INITIATIVE mehrweg.at	Initiative Mehrweg.at c/o ARGE Abfallvermeidung, Ressourcenschonung und nachhaltige Entwicklung GmbH Dreihackengasse 1 A-8020 Graz Tel: +43/ 316/ 712309-0 Fax: +43/ 316/ 712309-99 e-mail: mehrweg@arge.at www: www.mehrweg.at www ✉

Bedarfsartikel

Kurzzusammenfassung der Gütesiegel - Richtlinien
Personal (vor allem lokales Personal) soll möglichst das ganze Jahr beschäftigt werden, regelmäßige Ausbildungs- und Weiterbildungsprogramme sind vorgeschrieben. Arbeitssicherheit muss gewährleistet sein, Waldnutzungsrechte (vor allem indigener Völker) müssen beachtet werden, marktgerechte starke Hölzer in hoher Qualität müssen erzeugt werden. Für die Bewirtschaftung müssen an Größe und Bewirtschaftungsintensität angepasste Bewirtschaftungspläne entworfen werden, die von den Kontrollorgansiationen überprüft werden.
Zertifiziert werden Hölzer aus regionaler und nachhaltiger Waldwirtschaft. Dabei muss natürlicher Waldverjüngung der Vorrang gegenüber Pflanzung und Saat gegeben werden, Kahlschläge sind nur in Ausnahmefällen zulässig, Totholz soll erhalten werden. Biozide müssen auf ein Mindestmaß reduziert werden, Düngung ist zu unterlassen. Flächiges Befahren ist Verboten, bei der Artenzusammensetzung soll auf Naturnähe geachtet werden. Mitarbeiter müssen aus- und fortgebildet werden, die Bezahlung muss qualifikationsbezogen auf Grundlage der geltenden Tarifverträge erfolgen.
Die Initiative Mehrweg ist ein Zusammenschluss der ARGE Müllvermeidung, der ARGE der österreichischen Abfallwirtschaftsverbände, des Verbandes Abfallberatung Österreich (VABÖ) und der umweltberatung Österreich. Gemeinsam mit Handelspartnern sollen Mehrwegsysteme bekannt gemacht und beworben werden. Eine Liste der österreichischen Mehrweg-Abfüller (Firmen, die Mehrwegverpackungen benutzen) kann auf der Homepage der Initiative Mehrweg unter www.mehrweg.at abgerufen werden.

Bedarfsartikel

Siegel	Ausgebende Stelle	Kontrollstelle	Kontakt	
DIN Certco Kompostierbarkeitszeichen (DIN EN 13432)	DIN Certco Gesellschaft für Konformitätsbewertung mbH (entwickelt von European Bioplastics)	DIN Certco Gesellschaft für Konformitätsbewertung mbH (entwickelt von European Bioplastics)	DIN CERTCO Gesellschaft für Konformitätsbewertung mbH Alboinstraße 56 12203 Berlin Telefon: +49/ 30/ 7562-1134 Fax: +49/ 30/ 7562-1141 E-Mail: info@dincertco.de www: www.dincertco.de	www
Deutsches Umweltzeichen (Blauer Engel)	Jury-Umweltzeichen, Umweltbundesamt und Bundesministerium für Umwelt, Naturschutz und Reaktorsicherheit	RAL Deutsches Institut für Gütesicherung und Kennzeichnung e.V.	RAL Deutsches Institut für Gütesicherung und Kennzeichnung e.V. Siegburger Straße 39 53757 Sankt Augustin, Tel.: +49/ 2241/ 1605-0 Fax: +49/ 2241/ 1605-11 e-mail: Ral-Institut@RAL.de www: www.blauer-engel.de	www
"Aqua pro Natura"	Vereinigung deutscher Hersteller für umweltschonende Lernmittel e.V	Freiwillige Verpflichtung zur Einhaltung der Kriterien, Kontrolle durch die ausgebende Stelle	Vereinigung der deutschen Hersteller für umweltschonende Lernmittel e.V. Postfach 27 04 31 13474 Berlin	www

Bedarfsartikel

Kurzzusammenfassung der Gütesiegel - Richtlinien
DIN EN 13432 „Verpackung – Anforderung an die Verwertung von Verpackungen durch Kompostierung und biologischen Abbau – Prüfschema und Bewertungskriterien für die Einstufung von Verpackungen."
Das DIN Certo ist kein spezielles Nachhaltigkeitsgütezeichen, es gibt aber Informationen über die Abbaubarkeit eines Produkts. Es müssen alle Inhaltsstoffe eines Produktes offengelegt werden, es gibt Grenzwerte für Schwermetalle. 90% der organischen Inhaltsstoffe müssen in wässriger Lösung in 6 Monaten zu CO_2 abgebaut werden können. Nach 3 Monaten Kompostierung dürfen nur mehr 10% der Inhaltsstoffe Korngrößen über 2mm aufweisen. Im Zuge einer chemischen Überprüfung wird festgestellt, dass keine organischen Schadstoffe über den Kompost in den Boden gelangen können.
Der Blaue Engel ist das deutsche staatliche Umweltzeichen und entspricht dem österreichischen Umweltzeichen. Es werden ähnliche Produkte zertifiziert, die Richtlinien des blauen Engels und des österreichischen Umweltzeichens stimmen in weiten Bereichen überein.
Mit dem Blauen Engel zertifizierte Waren sind häufig in Österreich zu finden. Da es aber nur sehr schwer möglich ist, herauszufinden welche Waren nach Österreich exportiert werden, gibt es zum Blauen Engel keine eigene Adressliste.
Der zur Papierherstellung verwendete Zellstoff ist chlorfrei gebleicht, das zur Papierherstellung verwendete Holz ist kein Tropenholz. Es gibt keine Vorschriften zur Verwendung von Altpapier, d.h. das Papier kann zu 100% aus Frischfasern aus Holz bestehen.

Bedarfsartikel

Siegel	Ausgebende Stelle	Kontrollstelle	Kontakt
Der grüne Punkt ®	Duales System Deutschland	Keine Kontrolle	Der Grüne Punkt – Duales System Deutschland GmbH Frankfurter Straße 720-726 51145 Köln-Porz-Eil Tel.: +49/ 22 03/9 37-0 Fax: +49/ 22 03/9 37-1 90 e-mail: info@gruener-punkt.de www: www.gruener-punkt.de

Bürobedarf und Druck

Mondi Bags Austria GmbH
Verkaufsbüro: Kelsenstr.7
1030 Wien
Tel: 01/79509-0 Fax: 79509-946
E-Mail: Ferdinand.muck@
mondipackaging.com
web: www.mondigroup.com
Hersteller von industriellen Ventilsäcken und offenen Säcken aus Kraftpapier, Flexorasterdruck bis 9 Farben mit UV-Lack.
siehe auch Seite 128

Raccolta, Molnar & Greiner GmbH,
Thurng.10 (PF 180)
1092 Wien
Tel: 01/40156-0
E-Mail: rmg@rmg.at
web: www.rmg.at
FSC-zertifiziertes Papier

Staedtler Vertriebsges mbH Schreib- und Zeichengeräte,
Gudrunstr.179A/1/Top 3
1100 Wien
Tel: 01/2584520
E-Mail: info@staedtler.at
web: www.staedtler.at
Produkte zum Schreiben, Zeichnen und Malen in FSC-Qualität.

Holzhausen Druck & Medien GmbH,
Holzhausenpl.1
1140 Wien
Tel: 01/52700-0
E-Mail: holzhausen@holzhausen.at
web: www.holzhausen.at
Bücher, Drucksorten allgemein, Kalender, Kataloge, Papier, Papierprodukte, Plakate, Zeitschriften

Xerox Austria GmbH, Handelskai 94-96
1200 Wien
Tel: 01/24050-0
E-Mail: info@xerox.at
web: www.xerox.at
FSC-zertifiziertes Büropapier

Map Austria GmbH, Obachg.32
1220 Wien
Tel: 01/25070-0
E-Mail: office.wien@mapaustria.at
web: www.mapaustria.at
holzhaltige Naturpapiere, holzfreie Naturpapiere, mittelfeine gestrichene Papiere, holzfreie gestrichene Papiere, Kunstdruckpapiere, grafische Kartons, Haftpapier (Sticker, Etiketten), Selbstdurchschreibepapier, synthetische Materialien für die Bedruckung, hochwertige Ausstattungspapiere, Verpapckungspapiere

Bedarfsartikel

Kurzzusammenfassung der Gütesiegel - Richtlinien

Beim Grünen Punkt handelt es sich **nicht** um ein Umweltzeichen, sondern um die Kennzeichnung, dass ein Produkt gesammelt, sortiert und stofflich verwertet werden kann. Die deutsche Verpackungsverordnung von 1991 schreibt eine Rücknahme von Verpackungsmaterialien durch die Händler vor. Beteiligen sich die Händler am Dualen Entsorgungssystem und zahlen die DSD-Abgabe, dann sind sie von der Rücknahmepflicht ausgenommen und bekommen den grünen Punkt auf ihre Verpackungen. Somit trägt der Grüne Punkt nichts zur Müllvermeidung oder dem Recycling von Produkten bei und kann **nicht** als umweltrelevantes Zeichen gewertet werden.

Pelikan Austria GmbH, Industriestr.B 16
2345 Brunn am Gebirge
Tel: 02236/301-0
E-Mail: office@fc-pau.at
web: www.pelikan.at

PaperNet GmbH & Co. KG,
IZ-NÖ-Süd, Str.6, Obj.28,(PF 63)
2355 Wiener Neudorf
Tel: 02236/602-0 Fax: 602-159
E-Mail: office@papernet.at
web: www.papernet.at
Büropapiere, Verpackungspapiere,
Grafische Papiere
siehe auch Seite 129

Mondi Business Paper Holding AG,
Haidmühlstr.2-4
3363 Ulmerfeld-Hausmening
Tel: 07475/500-0
E-Mail: service@mondibp.com
web: www.mondibp.com
Bürokommunikationspapiere, Einkauf von Zellstoff, Herstellung und Verkauf von Bürokommunikationspapieren mit mindestens 50% zertifizierter Faser

PaperNet
Unser Bestes für Ihre Ideen

PaperNet GmbH & Co. KG
A-2355 Wr. Neudorf, IZ NÖ-Süd,
Straße 6, Objekt 28
Tel (02236) 602-0, Fax (02236) 602-159
Standorte in Wiener Neudorf,
Graz und Innsbruck
www.e-PaperNet.at

Salzer Papier GmbH,
Stattersdorfer Hauptstr.53
3100 St.Pölten
Tel: 02742/290-0
E-Mail: office@salzer.at
web: www.salzer.at
grafische Kartons

Gugler GmbH Print & Media, Auf der Schön 2
3390 Melk
Tel: 02752/50050-0
E-Mail: office@gugler.at
web: www.gugler.at
Bücher, Broschüren, Kalender

Bedarfsartikel

Lösungen.
Für Ihren Erfolg.

- Gruppe
- Corrugated Business
- **Bag Business**
  - Kraft Paper
  - Bag Converting
- Flexibles Business

Mondi Bags Austria GmbH - Mitglied der Mondi Gruppe - ist ein international agierender Hersteller von Industriesäcken aus Papier, mit Sitz in Zeltweg. Auf individuelle Bedürfnisse verschiedenster Branchen zugeschnittene Verpackungslösungen, ermöglichen unseren Kunden optimalen Schutz, Transport und Vermarktung ihrer Produkte. Unsere Unternehmensphilosophie nimmt besonderen Bezug auf die Themen Umweltschutz, nachhaltige Entwicklung, Sicherheit und Gesundheit.

Beispielsweise wird ein ÖKO-Punktesystem eingesetzt, um die ökologischen Auswirkungen von Produkten und Prozessen qualitativ und quantitativ zu messen und zu bewerten. Durch spezielle Projekte werden die erhaltenen Ergebnisse weiter verbessert. Als Träger des österreichischen Umweltzeichens, regelt das Unternehmen eine Vielzahl täglicher Abläufe am Produktionsstandort durch ein Umweltmanagementsystem, welches nach ISO 14001:2004 zertifiziert ist.

Seit 2006 wird nun auch das Chain of Custody Zertifikat nach PEFC, welches die Herkunft eingesetzter Ressourcen aus nachhaltiger Forstwirtschaft dokumentiert, geführt und berechtigt bei Mondi Bags Austria GmbH erzeugte Produkte mit dem PEFC Logo zu kennzeichnen. Mehrfach mit nationalen und internationalen Verpackungspreisen ausgezeichnete Produkte, wie der Industriesack aus nur einer Lage Papier (ONE), werden rohstoffsparend hergestellt und erfüllen gleichzeitig alle Anforderungen der Kunden an die Verpackung.

Mondi Bags Austria GmbH
Verkaufsbüro
Kelsenstrasse 7, A-1032 Wien
Tel: +43 (0)1 79509-0
Fax: +43 (0)1 79509-946
E-mail: ferdinand.muck@mondipackaging.com

Mondi Bags Austria GmbH
Werk
Bahnhofstrasse 3, A-8740 Zeltweg
Tel: +43 (0)3577 9001-0
Fax: +43 (0)3577 9001-109

A member of the Mondi group

mondi *packaging*

Bedarfsartikel

Ferdinand Berger & Söhne GmbH,
Wiener Str. 80
3580 Horn
Tel: 02982/4161-0
E-Mail: druckerei.office@berger.at
web: www.berger.at
Bücher, Drucksorten allgemein,
Kalender, Kataloge, Papier, Plakate,
Zeitschriften

Druckerei Ing. Christian Janetschek,
Brunfeldstr. 2
3860 Heidenreichstein
Tel: 02862/52278-11
E-Mail: office@janetschek.at
web: www.janetschek.at
Zeitungen, Magazine, Folder, Bücher,
Werbedrucksorten,... Recyclingpapier

oder total chlorfrei gebleichtes Papier,
unbedenkliche Druckfarben, lösungmittelarmer Produktionsprozess

TIGERline HandelsGmbH,
Fuchsengutstr. 7
4030 Linz, Donau
Tel: 0732/908020-0
E-Mail: office@tigerline.at
web: www.tigerline.at

Dr. Franz Feurstein GmbH,
Fabrikstr. 20
4050 Traun
Tel: 07229/776-0
E-Mail: decor@feurstein.tbgroup.com
web: www.feurstein-decor.at
Dekorpapier, Dünndruckpapiere, Filterhüllpapiere, Mundstückbasispapiere,
Papier, Papierprodukte, Spezialpapiere,
Zigarettenpapiere

Format Werk GmbH,
Wallackstr. 3
4623 Gunskirchen
Tel: 07246/7661-0
E-Mail: info@formatwerk.at
web: www.formatwerk.at
zertifiziert sind folgende Produkte:
Schulhefte aus der Reihe Formati, Format-x und Formats

Die Umwelt & wir

PaperNet mit Zertifizierung nach FSC und PEFC

PaperNet bekennt sich zu Umweltschutz und Nachhaltigkeit bei der Herstellung der im Lieferprogramm geführten Produkte und als Papiergroßhändler zu einer ökologisch orientierten Gesinnung. Diese Einstellung wird an Kunden, Lieferanten, Mitarbeiter und die Öffentlichkeit kommuniziert.
Zeichen der aktiven Umsetzung bei PaperNet sind die Chain of Custody (CoC) Zertifizierungen nach den Regeln der Organisationen FSC (Forest Stewardship Council) und PEFC Council. PaperNet möchte damit eine verantwortungsvolle und nachhaltige Waldbewirtschaftung fördern.
Das Lagersortiment wird weiterhin mit zertifizierten Papieren kontinuierlich ausgebaut.

PaperNet GmbH & Co. KG
A-2355 Wiener Neudorf
IZ NÖ-Süd, Straße 6, Objekt 28
Tel (02236) 602-0, Fax (02236) 602-159
www.e-PaperNet.at

Bedarfsartikel

SCA Graphic Laakirchen AG,
Schillerstr.5
4663 Laakirchen
Tel: 07613/8800-0
E-Mail: laakirchen@sca.com
web: www.sca.at
Magazinpapiere, Papierprodukte, Papierverpackung, Wellpappe, LWC papier (TCF) mit hoher Weiße, Herstellung von SC (superkalandrierten) Papieren

Wiesner-Hager Möbel GmbH, Linzer Str.22
4950 Altheim/OÖ
Tel: 07723/460-0
E-Mail: altheim@wiesner-hager.com
web: www.wiesner-hager.com
Büroarbeitsstuhl (Drehstuhl) PARO_business mit Aluminium-Drehkreuz,Bürostuhl PARO_business,recyclinggerechte Konstruktionaus mindestens 50% Recyclingmaterial,PVC-frei

Berberich Papier GmbH, Industriestr.5
5303 Thalgau
Tel: 06235/5051-0
E-Mail: thalgau@berberich.de
web: www.berberich.de
Büropapier, grafisches Papier, Kuverts

M-Real Hallein AG, Salzachtalstr.88
5400 Hallein
Tel: 06245/890-0
web: www.m-real.com
Grafische Papiere, Papierprodukte, Papier, Zellstoff

Vorarlberger Medienhaus Eugen Ruß & Co., Gutenbergstr.1
6858 Schwarzach
Tel: 05572/501-0
E-Mail: redaktion@vm.vol.at
web: home.medienhaus.at
Herstellung von Tages-, Wochen- und Werbezeitungen, Recyclingpapier oder total chlorfrei gebleichtes Papier, unbedenkliche Druckfarben, lösungsmittelarmer Produktionsprozess

Heinrich Sachs KG,
Koh-I-Noor Pl.1
7024 Hirm
Tel: 02687/54245-0
E-Mail: info@cretacolor.com
web: www.cretacolor.com
Mit seiner ART MATERIAL-Serie bietet CRETACOLOR eine breite Palette von hochwertigen Künstler-Produkten.

Rosegg Betriebs GmbH,
Rosegg 1
8191 Koglhof
Tel: 03175/2213
E-Mail: office@rosegg.co.at
web: www.rosegg.co.at
Hartpappeordner A4 40 mm mit und ohne Ordnerhülle Hartpappeordner A4 80 mm mit und ohne Ordnerhülle aus 100% Altpapier, ressourcenschonende Produktion, recyclinggerechtes Design

Print and More,
Autal 26
8301 Laßnitzhöhe
Tel: 0316/491819 Fax: 491430
E-Mail: office@printandmore.at
web: www.printandmore.at
„Karli Printi Heft"Schulhefte in verschiedenen Formaten und Lineaturen: A4, A5, Quart, VS-Heft, Musikheft, aus 100% Altpapier, ressourcenschonende Produktion, recyclinggerechtes Design

Mondi Bags Austria GmbH Werk:
Bahnhofstr.3
8740 Zeltweg
Tel: 03577/9001-0 Fax: 03577/9001-109
web: www.mondigroup.com
Hersteller von industriellen Ventilsäcken und offenen Säcken aus Kraftpapier, Flexorasterdruck bis 9 Farben mit UV-Lack.
siehe auch Seite 128

PapTrade Handelsges mbH,
Villacher Str.8
9020 Klagenfurt
Tel: 0463/5001350
E-Mail: i.rant@paptrade.com
web: www.paptrade.com
Grafische Papiere, Verpackungspapiere, Karton und Pappen auch in FSC- Qualität.

Bedarfsartikel

Embatex AG, Satellitenstr.1
9560 Feldkirchen/Kärnten
Tel: 04276/5710 Fax: 5711
E-Mail: info@emstar.at
web: www.emstar.at
div. Tonermodule und Tintenpatronen für Laserdrucker und Tintenstrahldrucker; schadstofffreie Tonerkartuschen, Sammelsytsem für Leerkartuschen eingerichtet

Papierfabrik am Neckar GmbH & Co KG, Kirchheimer Str. 3-7
D-74376 Gemmrigheim
Tel: 0049/7143/372-0
E-Mail: office@pfan.de
web: www.pfan.de

memo AG, Am Biotop 6
D-97259 Greußenheim
Tel: 0049/9369/9050
E-Mail: info@memo.de
web: www.memo.de
Geschäftspapier, Holzschreibgeräte, Mousepads, OSB-Regalsystem.

Geschenkartikel und Werbegeschenke

Weltladen Rennweg,
Rennweg 85
1030 Wien
Tel: 01/7181414
E-Mail: 1030wien@weltladen.at
web: www.eza3welt.at

Libro Handels GmbH,
Industriestr.7
2353 Guntramsdorf
Tel: 02236/8099-0
E-Mail: empfang@libro.at
web: www.libro.at
in allen Filialen: FAIRTRADE Schokolade

Weltladen Weyer,
Marktpl.4
3335 Weyer
Tel: 07355/20583
E-Mail: weyer@weltladen.at
web: www.weltladen.at

EZA Fairer Handel GmbH,
Wenger Str.5
5203 Köstendorf bei Salzburg
Tel: 06216/20200-0 Fax: 20200-999
E-Mail: office@eza.cc
web: www.eza.cc
siehe auch Seite 29

Weltladen St.Johann,
Kaiserstr.5
6380 St.Johann
Tel: 05352/61890
E-Mail: st.johann-tirol@weltladen.at
web: www.weltlaeden.at

Weltladen Reutte,
Obermarkt 3
6600 Reutte
Tel: 05672/65094
E-Mail: reutte@weltladen.at
web: www.weltladen.at

Stenqvist Austria GmbH,
Dr. Angeli-Str.14
8761 Pöls
Tel: 03579/8055-0
E-Mail: office@stenqvist.at
web: www.stenqvist.com
Papiertragetaschen in FSC-Qualität

memo AG,
Am Biotop 6
D-97259 Greußenheim
Tel: 0049/9369/9050
E-Mail: info@memo.de
web: www.memo.de
FSC-zertifizierte Produkte:Geschäftspapier, Holzspüle, Holzschreibgeräte, Mousepads, Haushaltswaren, OSB-Regalsystem, Gartenmöbel.

☺☺☺

Bedarfsartikel

Waschen, Reinigen und Reinigungsmittel

Kanol Chemie GmbH,
Großendorf 65
4551 Ried im Traunkreis
Tel: 07588/7282-0
E-Mail: mail@kanol.com
web: www.kanol.com
ECOFORTE Fensterreiniger, Badreiniger und Allzweckreiniger

Werner & Mertz Professional Vertriebs GmbH, Neualmer Str.13
5400 Hallein
Tel: 06245/87286-0
E-Mail: info@tana.at
web: www.tana.at
Produkte der Marke GREEN CARE

Hagleitner Hygiene International GmbH & Co KG,
Lunastr.5
5700 Zell am See
Tel: 06542/72896-0
E-Mail: office@hagleitner.at
web: www.hagleitner.at
zertifieziert sind: UNA Küchenreiniger active und neutral, UNA Bodenreiniger Floor Star, UNA Universalreiniger Allround und UNA Sanitärreiniger Sanitary

Gruber Reinigungstechnik GmbH,
Salzstr.6
6170 Zirl
Tel: 05238/53400
E-Mail: zentrale@gruber-reinigungstechnik.at
web: www.gruber-reinigungstechnik.at
zertifiziert sind: Gruber-Nativ Line Universalreiniger, Gruber-Nativ-Sanitärreiniger, Gruber-Nativ-Wischpflege

Planet pure, Lochauer Str.2
6912 Hörbranz
Tel: 05573/84239
E-Mail: office@planetpure.at
web: www.planetpure.at
lemon pure, orange pure, gesundheits- und umweltverträgliche, ökologische Reinigungsmittel

Welt-Läden & Dritte Welt Läden

Weltladen EZA 3.Welt GmbH, Lichtensteg 1
1010 Wien
Tel: 01/5352886
E-Mail: weltladen.1010wien@eza.cc
web: www.eza3welt.at

Weltladen Rennweg, Rennweg 85
1030 Wien
Tel: 01/7181414
E-Mail: 1030wien@weltladen.at
web: www.eza3welt.at

Weltladen 1040 Wien, Wiedner Hauptstr.7-9
1040 Wien
Tel: 01/5054910
E-Mail: wien.1040@weltladen.at
web: www.weltladen.at

Weltladen, Kettenbrückeng.7
1050 Wien
Tel: 01/8903681
E-Mail: weltladen.wien.kettenbrueckengasse@inode.at

Weltladen, Mariahilferstr.8
1070 Wien
Tel: 01/5223886
E-Mail: weltmusik@suedwind.at
web: www.suedwind.at

Weltladen, Lerchenfelder Str.18-24
1080 Wien
Tel: 01/4083996
E-Mail: wien.1080@weltladen.at
web: www.eza.cc

Weltladen/Südwind-Buchwelt,
Schwarzspanierstr.15
1090 Wien
Tel: 01/4054434
E-Mail: buchwelt@suedwind.at
web: www.suedwind.at

Alle Weltläden:	☺ ☺ ☺

Bedarfsartikel

Weltladen 1150 Wien Lugner City,
Gablenzg.5-13
1150 Wien
Tel: 01/7892772
E-Mail: lugnercity@weltladen.at

Weltladen 1210 Wien,
Stammersdorfer Str.116-120
1210 Wien
Tel: 01/2948149
E-Mail: wien.stammersdorf@weltladen.at
web: www.weltladen.at

Weltladen 1230 Wien,
Levasseurg.19
1230 Wien
Tel: 01/9454144
web: www.weltladen.at

Weltladen Stockerau,
Hauptstr.38-42
2000 Stockerau
Tel: 02266/67787
E-Mail: stockerau@weltladen.at
web: stockerau.weltladen.at

Weltladen Hollabrunn, Sparkasseg.21
2020 Hollabrunn
Tel: 02952/20911
E-Mail: hollabrunn@weltladen.at
web: www.weltladen-hollabrunn.at

Weltladen Retz, Znaimer Str.2
2070 Retz
Tel: 02942/28100
E-Mail: retz@weltladen.at
web: www.weltladen.at

Weltladen Mistelbach,
Marktg.1
2130 Mistelbach an der Zaya
Tel: 02572/32500
E-Mail: weltladen.mistelbach@aon.at

Weltladen Poysdorf, Josefspl.12
2170 Poysdorf
Tel: 02552/20649
E-Mail: poysdorf@weltladen.at
web: poysdorf.weltladen.at

Weltladen Schwechat,
Himbergerstr.3
2320 Schwechat
Tel: 01/7062037
E-Mail: weltladen@weltladen-schwechat.at
web: www.weltladen-schwechat.at

Weltladen Mödling,
Haupstr.7
2340 Mödling
Tel: 02236/205609
E-Mail: moedling@weltladen.at
web: moedling.weltladen.at

Weltladen Perchtoldsdorf, Hochstr.21
2380 Perchtoldsdorf
Tel: 01/8693304
E-Mail: perchtoldsdorf@weltladen.at
web: www.weltladen.at

Weltladen Ebreichsdorf, Hauptpl.10
2483 Ebreichsdorf
Tel: 0699/12486127
E-Mail: ebreichsdorf@weltladen.at
web: ebreichsdorf.weltladen.at

Weltladen Baden, Hauptpl.9-12 2500
Baden/Wien
Tel: 02252/45836
E-Mail: baden@weltladen.at
web: www.weltladen-baden.at

Weltladen Gloggnitz, Hauptstr.21a
2640 Gloggnitz
Tel: 02662/42327
E-Mail: gloggnitz@weltladen.at
web: www.weltladen.at

Weltladen Wiener Neustadt,
Neuklosterpl.2
2700 Wiener Neustadt
Tel: 02622/85780
E-Mail: wr.neustadt@weltladen.at
web: wrneustadt.weltladen.at
Weine, Kaffee, Tee, Honig, Fruchtsäfte,
Gewürze, Getreideprodukte

Bedarfsartikel

Weltladen Lanzenkirchen,
Hauptpl.1
2821 Lanzenkirchen
Tel: 0676/6954521
E-Mail: lanzenkirchen@weltladen.at
web: lanzenkirchen.weltladen.at

Weltladen Kirchschlag,
Hauptpl.13
2860 Kirchschlag in der Buckligen W
Tel: 02646/20259
web: www.weltladen.at

Weltladen St.Pölten,
Schreinerg.1
3100 St.Pölten
Tel: 02742/21437
E-Mail: info@weltladen-stpoelten.at
web: www.weltladen-stpoelten.at

Weltladen Scheibbs,
Hauptstr.27
3270 Scheibbs
Tel: 07482/45543
E-Mail: scheibbs@weltladen.at
web: scheibbs.weltladen.at

Weltladen Amstetten,
Bahnhofstr.22
3300 Amstetten
Tel: 07472/61679
E-Mail: amstetten@weltladen.at
web: amstetten.weltladen.at

Weltladen Weyer,
Marktpl.4
3335 Weyer
Tel: 07355/20583
E-Mail: weyer@weltladen.at
web: www.weltladen.at

Weltladen Waidhofen/Ybbs,
Eberhardpl.6
3340 Waidhofen an der Ybbs
Tel: 07442/54428

Weltladen Tulln,
Bahnhofstr.19
3430 Tulln an der Donau
Tel: 02272/62885
E-Mail: tulln@weltladen.at
web: www.weltladen.at

Weltladen Krems,
Margaretenstr.7
3500 Krems
Tel: 02732/72970
E-Mail: krems@weltladen.at
web: krems.weltladen.at

Weltladen Horn,
Pragerstr.6
3580 Horn, Niederösterreich
Tel: 02982/20770
E-Mail: horn@weltladen.at
web: www.weltladen.at

Weltladen Linz,
Auerspergstr.11
4020 Linz
Tel: 0732/653231
E-Mail: weltladen-linz@gmx.at
web: www.weltladen-linz.at

Weltladen Freistadt, Pfarrpl.2
4240 Freistadt, Oberösterreich
Tel: 0650/3241959
E-Mail: freistadt@weltladen.at
web: www.weltladen.at

Weltladen Micheldorf,
Gradnstr.
4563 Micheldorf in Oberösterreich
Tel: 07582/51700
E-Mail: micheldorf@weltladen.at
web: www.weltladen.at

Weltladen Wels,
Kaiser-Josef-Pl.45
4600 Wels
Tel: 07242/71503
E-Mail: wels@weltladen.at
web: www.weltlaeden.at

Weltladen Stadl-Paura, Mivag. 3
4651 Stadl-Paura
Tel: 07245/28636-10
E-Mail: stadl.paura@weltladen.at
web: www.miva.at

Bedarfsartikel

Weltladen Vorchdorf,
Schloßpl.2
4655 Vorchdorf
Tel: 07614/5322
E-Mail: vorchdorf@weltladen.at
web: www.weltladen.at

Weltladen Bad Schallerbach,
Linzerstr.10
4701 Bad Schallerbach
Tel: 07249/43049
E-Mail: schallerbach@weltladen.at
web: www.weltladen.at

Weltladen Vöcklabruck,
Bahnhofstr.3
4840 Vöcklabruck
Tel: 07672/20559
E-Mail: voeklabruck@weltladen.at
web: www.weltladen.at

Weltladen Ried,
Bahnhofstr.9
4910 Ried
Tel: 07752/80623
E-Mail: eza.ried@promenteooe.at

Weltladen Salzburg,
Linzerg.64
5020 Salzburg
Tel: 0662/877474
E-Mail: salzburg@weltladen.at
web: www.eza.cc

Weltladen Salzburg-Gneis, Eduard
Macheiner-Str.4
5020 Salzburg/Gneis
Tel: 0662/833624
E-Mail: gneis@weltladen.at
web: www.weltladen.at

**EZA Fairer Handel GmbH, Wenger
Str.5
5203 Köstendorf bei Salzburg
Tel: 06216/20200-0 Fax: 20200-999
E-Mail: office@eza.cc
web: www.eza.cc
siehe auch Seite 29**

Weltladen Braunau, Krankenhausg.6
5280 Braunau
Tel: 07722/66224
E-Mail: braunau@weltladen.at
web: braunau.weltladen.at

Weltladen Golling, Markt 42
5440 Golling an der Salzach
Tel: 06244/20445
E-Mail: golling@weltladen.at
web: www.weltladen.at

Weltladen Bischofshofen,
Franz Mohshammer-Pl.4
5500 Bischofshofen
Tel: 06462/8043
E-Mail: weltladen.bischofshofen@aon.at

Weltladen St.Johann/Pg.,
Leo Neumayerstr.6
5600 St.Johann
Tel: 06412/8380
E-Mail: st.johann-pongau@weltladen.at
web: www.weltladen-stjohann.at.tf

Weltladen Saalfelden,
Lofererstr.36
5760 Saalfelden am Steinernen Meer
Tel: 06582/76622
E-Mail: saalfelden@weltladen.at
web: saalfelden.weltladen.at

Weltladen Innsbruck,
Universitätsstr.3
6020 Innsbruck
Tel: 0512/574993
E-Mail: innsbruck@weltladen.at
web: www.weltladen.at

Weltladen Innsbruck Triumphpforte,
Leopoldstr.2
6020 Innsbruck
Tel: 0512/932231
E-Mail: weltladen.innsbruck@aon.at

Weltladen Hall in Tirol, Pfarrpl.1
6060 Hall
Tel: 05223/52971
E-Mail: hall@weltladen.at
web: www.weltladen.at

Bedarfsartikel

Weltladen Schwaz,
Franz-Josef-Str.2
6130 Schwaz
Tel: 05242/73210
E-Mail: schwaz@weltladen.at
web: schwaz.weltladen.at

Weltladen Wörgl,
Brixentaler Str.5
6300 Wörgl
Tel: 05332/77229

Weltladen Kufstein,
Hans-Reisch-Str.8
6330 Kufstein
Tel: 05372/63943
E-Mail: kufstein@weltladen.at
web: www.weltladen.at

Weltladen St.Johann,
Kaiserstr.5
6380 St.Johann
Tel: 05352/61890
E-Mail: st.johann-tirol@weltladen.at
web: www.weltlaeden.at

Weltladen Imst,
Schusterg.21-23
6460 Imst
Tel: 05412/62128
E-Mail: imst@weltladen.at
web: www.weltladen.at

Weltladen Landeck,
Maiseng.16
6500 Landeck
Tel: 05442/61256
E-Mail: landeck@weltladen.at
web: www.weltladen.at

Weltladen Reutte,
Obermarkt 3
6600 Reutte
Tel: 05672/65094
E-Mail: reutte@weltladen.at
web: www.weltladen.at

Weltladen, Kirchg.2
6700 Bludenz
Tel: 05552/69613
E-Mail: bludenz@weltladen.at
web: bludenz.weltladen.at

Weltladen Schruns,
Bahnhofstr.7
6780 Schruns
Tel: 05556/73519
E-Mail: schruns@weltladen.at
web: www.weltladen.at

ARGE WELTLÄDEN,
Am Breiten Wasen 1
6800 Feldkirch
Tel: 05522/78079 Fax: 78079
E-Mail: arge@weltladen.at
web: www.weltlaeden.at
90 MAL IN ÖSTERREICH
WWW.WELTLAEDEN.AT

Weltladen Feldkirch,
Schlosserg.7
6800 Feldkirch
Tel: 05522/84674
E-Mail: feldkirch@weltladen.at
web: feldkirch.weltladen.at

Weltladen Frastanz,
Schloßweg 2
6820 Frastanz
Tel: 05522/5176937
E-Mail: frastanz@weltladen.at
web: www.weltladen.at

Weltladen Rankweil, Ringstr.42
6830 Rankweil
Tel: 05522/41933
E-Mail: rankweil@weltladen.at
web: rankweil.weltladen.at

Bedarfsartikel

Weltladen Götzis,
Am Bach 1a
6840 Götzis
Tel: 05523/64023
E-Mail: goetzis@weltladen.at
web: www.weltladen.at

Weltladen Mäder,
Schlössleweg 1
6841 Mäder
Tel: 05523/6479217
E-Mail: maeder@weltladen.at
web: www.weltladen.at

Weltladen Dornbirn, Schulg.36
6850 Dornbirn
Tel: 05572/34151
E-Mail: dornbirn@weltladen.at
web: www.weltladen.at

Weltladen Egg, Gerbe 23
6863 Egg/Vorarlberg
Tel: 05512/6088
E-Mail: egg@weltladen.at
web: www.weltladen.at

Weltladen Lustenau,
Jahnstr.5
6890 Lustenau
Tel: 05577/88751
E-Mail: lustenau@weltladen.at
web: www.weltladen.at

Weltladen Bregenz,
Heldendankstr.44
6900 Bregenz
Tel: 05574/82602
E-Mail: bregenz@weltladen.at
web: www.weltladen.at

Weltladen Lochau,
Landstr.17
6911 Lochau
Tel: 05574/48070

Weltladen Wolfurt,
Kellhofstr.3
6922 Wolfurt
Tel: 05574/64908
E-Mail: wolfurt@weltladen.at
web: www.weltladen.at

Weltladen Hittisau, Pl. 194
6952 Hittisau
Tel: 0699/12142135
E-Mail: hittisau@weltladen.at
web: www.weltladen.at

Weltladen Hard,
Hofsteigstr.8
6971 Hard
Tel: 05574/62808
E-Mail: hard@weltladen.at
web: www.weltladen.at

Weltladen Eisenstadt,
Dompl. 13
7000 Eisenstadt
Tel: 02682/63763
E-Mail: eisenstadt@weltladen.at
web: eisenstadt.weltladen.at

Weltladen Pinkafeld,
Hauptstr.11
7423 Pinkafeld
Tel: 03357/43350
E-Mail: weltladenpinkafeld@gmx.net
web: www.weltladen.at

Weltladen Graz, Mandellstr.24
8010 Graz
Tel: 0316/848315
E-Mail: weltladen.graz@aon.at
web: graz-mandellstrasse.weltladen.at

Weltcafé Graz,
Garteng.28 (Ecke Rechbauerstraße)
8010 Graz
Tel: 0650/2712718
E-Mail: office@weltcafe-graz.at
web: www.weltcafe-graz.at

Weltladen Graz Citypark,
Lazarettgürtel 55
8020 Graz
Tel: 0316/723387
E-Mail: weltladen.citypark@aon.at

Bedarfsartikel

Weltladen Weiz Vermarktg.-& Information, Gustav-Adolf-Pl.1
8160 Weiz
Tel: 03172/2650
E-Mail: weltladenweiz@inode.at
web: www.weltladen.at

Weltladen Gleisdorf,
Franz Bloderg.3
8200 Gleisdorf
Tel: 03112/51826
E-Mail: gleisdorf@weltladen.at
web: www.gleisdorf.weltladen.at

Weltladen Hartberg,
Herreng.12
8230 Hartberg
Tel: 03332/61477

Weltladen Fürstenfeld,
Hauptpl.7
8280 Fürstenfeld
Tel: 03382/54248

Weltladen Jennersdorf,
Hauptpl.2
8380 Jennersdorf
Tel: 03329/45664
E-Mail: jennersdorf@weltladen.at
web: www.weltladen.at

Weltladen Voitsberg,
Conrad-von-Hötzendorf-Str.9
8570 Voitsberg
Tel: 03142/26182
E-Mail: voitsberg@weltladen.at
web: voitsberg.weltladen.at

Weltladen Bad Aussee Ausbildungsladen, Ischler Str.86
8990 Bad Aussee
Tel: 03622/54707
E-Mail: bad.aussee@weltladen.at
web: www.weltladen.at

Weltladen Klagenfurt, Kardinalpl.1
9020 Klagenfurt
Tel: 0463/513884
E-Mail: klagenfurt@weltladen.at
web: www.weltladen.at

Weltladen St.Veit/Glan, Dr. Karl Domenig Str.2
9300 St.Veit/Glan
Tel: 04212/71508
E-Mail: st.veit@weltladen.at
web: www.weltladen.at

Weltladen Villach, Drauparkstr.2
9500 Villach
Tel: 04242/218568
E-Mail: villach@weltladen.at
web: www.weltladen.at

Weltladen Feldkirchen,
Kindergartenstr.1
9560 Feldkirchen in Kärnten
Tel: 04276/37547
E-Mail: feldkirchen@weltladen.at
web: www.weltladen.at

Weltladen Spittal/Drau,
Litzelhofenstr.3
9800 Spittal
Tel: 04762/46584
web: www.weltladen.at

Alle Weltläden:	☺ ☺ ☺

Klimakatastrophe abwenden?

Ein Zeichen setzen - ökologisch einkaufen!

die grünen seiten ÖKO
Adressbuch
mit Magazinteil

Best of Öko..
€ 14.90
..zum besten Preis !

Gesundheit & Wellness
Essen & Trinken
Bauen & Wohnen
Ökologie & Umwelttechnik
und vieles mehr...

2007

Bekleidung und Textilien

Am Textilsektor sind große Veränderungen im Gange – ökologisch und ethisch einwandfreie Bekleidung liegt im Trend. Celebrities zeigen sich immer öfter mit Ökotextilien und generieren dadurch Trends. Begrüßenswert – doch worauf muss man achten? Gesunde, chemisch unbehandelte Rohstoffe aus ökologischem Anbau sind nur die eine Seite – die Arbeitsbedingungen der Anbauer sowie der Verarbeiter in den Textilfabriken der Billiglohnländer sollten ebenfalls beachtet werden. Es gibt eine Vielzahl von Gütesiegeln und Labels – die Richtlinien sind aber stark unterschiedlich und sollten beachtet werden.

Siegel	Ausgebende Stelle	Kontrollstelle	Kontakt	
Europäisches Umweltzeichen (Ecolabel)	Lebensministerium	Stichprobenartige Kontrollen durch den Verein für Konsumenteninformation (VKI) und unabhängige Berater und Prüfer	Lebensministerium Betrieblicher Umweltschutz und Technologie Abt. VI/5 1010 Wien, Stubenbastei 5 Email: v.n@lebensministerium.at www.umweltzeichen.at info@umweltzeichen.at Tel.:+43/1/ 515 22 -0	www✉
IVN Naturtextil	Internationaler Verband der Naturtextilwirtschaft	IMO (Institut für Marktökologie), CH-Sulgen, eco-Umweltinstitut	IVN - Internationaler Verband der Naturtextilwirtschaft e.V. Haußmannstraße 1 D - 70188 Stuttgart Tel.: +49/ 6737/ 7120802 Fax: +49/ 6737/ 7120803 ivn@heikescheuer.de www: www.naturtextil.com	www✉

Bekleidung und Textilien

Und manche sehr begrüßenswerte Initiative, wie z.B. die clean clothes Kampagne (www.cleanclothes.at), geben gar kein Gütezeichen aus. Interessante Informationen zum Thema Textilien finden Sie auch in unserem Magazinteil in einem Artikel von Mag. Michaela Knieli von der „umweltberatung"!

Generell gilt für Rohprodukte (z.B. Wolle), dass die Bezeichnungen „aus biologischer Landwirtschaft", „aus biologischem Anbau (oder Landbau)" oder „aus kontrolliert biologischem Anbau (kbA)" nur für Produkte, die von staatlich zugelassenen Kontrollstellen zertifiziert wurden, zugelassen sind. Finden man diesen Wortlaut auf einem Produkt, so kann man sicher sein, dass man es mit einem Bio-Produkt zu tun hat.

Kurzzusammenfassung der Gütesiegel - Richtlinien
2 Kategorien: Textilprodukte und Schuhe. Das **Europäische Umweltzeichen für Textilprodukte** wird gerade überarbeitet. Hauptaugenmerk wird darauf gelegt, dass ausgezeichnete Produkte in allen Phasen ihres Lebenszyklus geringere Umweltauswirkungen haben als herkömmliche Produkte; speziell auf eine Verringerung der Wasserverschmutzung wird Wert gelegt. Die Schadstoffgrenzwerte gehen nur geringfügig über die gesetzlichen Grenzwerte hinaus, wobei der Einsatz von schwermetallhältigen, allergieauslösenden oder potentiell krebserregenden Farbstoffen verboten ist, ebenso der Einsatz von gesundheitsschädlichen Flammschutzmitteln und Hilfschemikalien. Für das **europäische Umweltzeichen für Schuhe** gibt es Grenzwerte für Chromrückstände im fertigen Produkt (10ppm), Schwermetalle müssen unter der Nachweisgrenze liegen, für Formaldehyd gibt es festgelegte Grenzwerte, während Pentachlorphenol (PCP), Tetrachlorphenol (TCP), Azo-Farbstoffe, Chloralkene und PVC nicht verwendet werden dürfen. Es gibt Grenzwerte für das Gerbereiabwasser; Verpackung muss zu 80% wiederverwertbar sein.
Beide Stufen des Siegels, „Better" und „Best", werden nur an vollständig aus Naturfasern bestehende Kleidungsstücke vergeben. Beide Stufen erfordern Sozialstandards für die Beschäftigten (keine Zwangsarbeit, Chancengleichheit und Gleichbehandlung, keine Kinderarbeit, Mindestlöhne, Tarifverhandlungen, Limitierung der Wochenarbeitszeit, menschenwürdige Arbeitsbedingungen und faire Beschäftigungsverhältnisse inklusive Fortbildung). Qualitätsstufe **„Better"**: Baumwolle nur aus zertifizierter ökologischer Landwirtschaft sowie von Umstellungsbetrieben, andere Fasern auch aus konventionellen Anbau- und Tierhaltungsformen, Voraussetzung sind Pestizidrückstandskontrollen. Ammoniak- und Chlor-

Bekleidung und Textilien

Siegel	Ausgebende Stelle	Kontrollstelle	Kontakt	
Qualtätsstufe "Better" / Qualitätsstufe "Best"	Internationaler Verband der Naturtextil-wirtschaft	IMO (Institut für Markt-ökologie), CH-Sulgen, eco-Umwelt-institut	IVN - Internationaler Verband der Naturtextilwirtschaft e.V. Haußmannstraße 1 D - 70188 Stuttgart Tel.: +49/ 6737/ 7120802 Fax: +49/ 6737/ 7120803 ivn@heikescheuer.de www: www.naturtextil.com	www ✉
Ökotex-Standards (100, 1000 und 100pluš)	Öko-Tex International – Prüfgemeinschaft umweltfreundliche Textilien	Öster-reichisches Textil-Forschungs-institut ÖTI (www.oeti.at)	Internationale Gemeinschaft für Forschung und Prüfung auf dem Gebiet der Textilökologie (Öko-Tex) Gotthardtstrasse 61 CH-8027 Zürich Tel.: +41/ 44/ 20642 35 Fax: +41/ 44/ 20642 51 e-mail: info@oeko-tex.com www: www.oeko-tex.com	www ✉ ☎

Bekleidung und Textilien

Kurzzusammenfassung der Gütesiegel - Richtlinien

behandlung ist verboten, schwermetallfreie Naturfarben oder synthetische Farbstoffe und Färbereihilfsmittel mit einem AOX-Gehalt unter 10% (0,1% bei Färbereihilfsmitteln) dürfen zum Färben verwendet werden. Bei Wäsche ist eine Beimischung von Elasthan mit Baumwollummantelung erlaubt, in der Fläche ist eine Elasthanbeimischung bis zu 10% erlaubt. Knöpfe müssen aus nachwachsenden Rohstoffen (kein Tropenholz) bestehen, Metallteile müssen chrom- und nickelfrei sein.

Qualitätsstufe „**Best**": ausschließlich Fasern und Nähgarne aus zertifizierter ökologischer Landwirtschaft sowie von Betrieben, die sich in Umstellung dazu befinden. Chemische Behandlung der Fasern (mit Ammoniak, Chlor etc.) ist verboten, Strickmaschinenöle etc. müssen leicht auswaschbar sein. Vorbehandlung mit Natronlauge (zum besseren Färben) und Bleichen mit Wasserstoffperoxid, Natriumperoxid und Peressigsäure ist erlaubt. Zum Färben dürfen nur schwermetallfreie Naturfarben oder synthetische Farbstoffe und Färbereihilfsmittel mit einem AOX-Gehalt unter 5% (0,1% bei Färbereihilfsmitteln) verwendet werden. Bei Wäsche ist eine Beimischung von Elasthan mit Baumwollummantelung erlaubt. Knöpfe müssen aus nachwachsenden Rohstoffen (kein Tropenholz) bestehen, Metallteile müssen chrom- und nickelfrei sein.

Öko-Tex Standard 100 wird für schadstoffarme Textilprodukte vergeben, die Schadstoffgrenzen gehen dabei über die gesetzlichen Grenzen hinaus (z.B. sind Chemikalien wie Formaldehyd, Pestizidrückstände und Schwermetalle erlaubt, allerdings in geringeren Dosen als die gesetzlichen Bestimmungen es erlauben würden). Ökologische oder soziale Kriterien werden nicht vorgeschrieben, daher wurden auch nur die mit Öko-Tex 100plus und 1000 zertifizierten Firmen in die Adressliste aufgenommen.

Öko-Tex Standard 1000 bezieht sich auf die Produktionsstätten der Textilien und prüft den betrieblichen Umweltschutz. Die Kriterien umfassen Abwasser- und Abluftreinigung, Energieeinsatz, Lärm- und Staubgrenzwerte sowie soziale Kriterien (Kinderarbeit ist verboten, Regeln zur Arbeitssicherheit werden aufgestellt).

Öko-Tex Standard 100plus wird an schadstoffarme, sozial verträgliche und umweltfreundliche Produkte vergeben und stellt daher die Verbindung der beiden Standards 100 und 1000 dar.

Bekleidung und Textilien

Siegel	Ausgebende Stelle	Kontrollstelle	Kontakt	
Fair Wear Foundation	Fair Wear Foundation	Von Fair Wear eingesetzte lokale Prüfer	Fair Wear Foundation P.O. Box 69253 1060 CH Amsterdam The Netherlands Tel: +31/ 20/ 408 42 55 Fax: +31/ 20/ 408 42 54 e-mail: info@fairwear.nl www: en.fairwear.nl	www
Fair Trade	Fair Trade Labelling Organisation	FLOCert	FAIRTRADE Verein zur Förderung des fairen Handels mit den Ländern des Südens Wohllebengasse 12-14/7 A-1040 Wien Tel.: + 43/ 1/ 533 09 56 Fax: + 43/ 1/ 533 09 56 DW 11 e-mail: office @fairtrade.at www: www.fairtrade.at	www
ecoproof	TÜV Rheinland Sicherheit und Umweltschutz GmbH	TÜV Rheinland Sicherheit und Umweltschutz GmbH	TÜV Rheinland Holding Aktiengesellschaft Am Grauen Stein 51105 Köln Tel. +49/ 221 / 806 - 0 Fax +49/ 221 / 806 - 114 E-Mail: webmaster@de.tuv.com www: www.tuv.de	www
toxproof	TÜV Rheinland (s.o.)	TÜV Rheinland (s.o.)	TÜV Rheinland (s.o.)	www

Bekleidung und Textilien

Kurzzusammenfassung der Gütesiegel - Richtlinien
Diese niederländische Initiative zeichnet Textilfirmen aus, die sich an die Richtlinien für Arbeitsbedingungen der Internationalen Arbeitsorganisation (IAO) halten. Daraus hat die FWF den „Arbeitsverhaltenskodex der Fair Wear Foundation" entwickelt. Dieser Kodex umfasst humane und gerechte Arbeitsbedingungen von der Zulieferkette bis hin zum Endprodukt. Die FWF arbeitet international mit verschiedenen Kooperationspartnern zusammen, in Österreich ist das die Clean Clothes Campaign.
Seit 2005 gibt es das Fair Trade Gütesiegel auch für Baumwolle. Es garantiert, dass die Baumwolle aus kontrolliert biologischem Anbau kommt. Die beteiligten kleinbäuerlichen Genossenschaften müssen demokratisch organisiert und politisch unabhängig sein, Management und Verwaltung müssen transparent sein, Kinder- und Zwangsarbeit sind verboten, Umweltschutzmaßnahmen müssen ergriffen werden (Regenwald-, Erosions-, Gewässerschutz), Fortbildungsprogramme müssen angeboten werden, gentechnisch veränderte Pflanzen sind verboten. Lokale gesetzliche und tarifliche Mindeststandards müssen eingehalten werden, Gewerkschaften dürfen gegründet werden. Überschüsse aus den Einnahmen müssen demokratisch verwaltet und zu Verbesserungen für die Gemeinschaft eingesetzt werden.
Das Ecoproof-Zeichen kennzeichnet umweltschonend und sozialverträglich produzierte, schadstoffgeprüfte Textilien. Dabei soll der Rohstoffanbau nach ökologischen Kriterien erfolgen, gefährliche Chemikalien (Chlor, Flammschutz, Biozide, Azo-Farbstoffe etc.) sind verboten, es gibt Höchstgrenzen für Schwermetalle, Pestizide, Formaldehyd und chlorierte Phenole. Umweltschädliche Verfahren werden ausgeschlossen, der Transport mit Flugzeugen ist aus ökologischen Gründen verboten. Sozialstandards müssen eingehalten werden, die Verpackung muss wiederverwertbar sein. Überdies müssen Unternehmen durch die EU-Öko-Audit Verordnung zertifiziert sein, um die Ecoproof-Auszeichnung tragen zu dürfen.
Das toxproof-Siegel, das für fast alle Fertigprodukte angewendet werden kann, zertifiziert die Schadstofffreiheit eines fertigen Produktes. Die Produktionskette sowie Umwelt- und Sozialstandards werden nicht untersucht.

Bekleidung und Textilien

Siegel	Ausgebende Stelle	Kontrollstelle	Kontakt	
bioRe©	REMEI AG	SGS	Remei AG Lettenstrasse 9 CH-6343 Rotkreuz Tel.: +41/ 41/ 798 32 20 Fax: +41/ 41/ 798 32 12 E-Mail: info@remei.ch www: www.remei.ch www ☎	
„Long Life"	Hess Natur	Hess Natur	Hess Natur-Textilien GmbH Marie-Curie-Str. 7 35510 Butzbach Telefon: +49/ 180 / 53 56 - 800 Telefax: +49/ 180 / 53 56 - 808 e-mail: dialog@hess-natur.de www: www.hess-natur.de www	
Green Cotton Organic	Novotex	Bioland (Deutschland), Eko (Niederlande)	Green Cotton Denmark Phone: +45/ 96606800 Fax: +45/ 96606810 e-mail: info@green-cotton.dk www: www.green-cotton.dk www	
Lamu Lamu	Landjugendverlag GmbH	IVN-Kontrolleure	Landjugendverlag GmbH Drachenfelsstraße 23 53604 Bad Honnef-Rhöndorf Tel.: +49/ 2224/ 94 65 - 0 Fax: +49/ 2224/ 94 65 - 44 e-mail: info@landjugendverlag.de www: www.lamulamu.de www	

Bekleidung und Textilien

Kurzzusammenfassung der Gütesiegel - Richtlinien
Die Firma REMEI zeichnet ihre Produkte mit dem bioRE©- Siegel aus, wenn eine Reihe von Anforderungen erfüllt sind: die Baumwolle ist zu 100% kbA (zertifiziert nach EU-VO 2092/91), erfüllt die Fair Trade-Kriterien, Chlor und Formaldehyd sind verboten, Färberezepturen müssen umweltverträglich sein und die Färbereien an Kläranlagen angeschlossen sein. Kinder- und Zwangsarbeit sind verboten, das Arbeitsumfeld muss gesund und sicher sein, Diskriminierung ist verboten, die Arbeitszeiten müssen reguliert sein, es gibt Mindestlöhne und Sozialbeiträge.
Dieses Eigenlabel zeigt Sorgfältigkeit bei der Verarbeitung und sorgfältigen Umgang mit Ressourcen an und gibt daher 3 Jahre Garantie auf Qualität, Farbe und Passform. Dabei kommt Baumwolle aus kbA und Wolle bevorzugt aus kontrolliert biologischer Tierhaltung zum Einsatz. Neben diesem selbst auferlegten Standard ist Hess Natur auch noch nach IVN Naturtextil Qualitätsstufe "Best" und nach den Richtlinien der Fair Wear Foundation ausgezeichnet.
Ein firmeneigenes Zeichen für umweltfreundliche und gesundheitlich unbedenkliche Textilien, hergestellt ohne Schwermetalleinsatz. Die gesamte Produktionskette wird betrachtet, die Baumwolle besteht aus 100% kbA-Baumwolle, handgepflückt und ohne Pestizidrückstände. Novotex wurde von der Europäischen Kommission und den Vereinten Nationen (UNEP) für ihre Umweltleistungen ausgezeichnet.
Eine Marke, die über die gesamte Produktionskette ökologisch erzeugte und fair gehandelte Textilien anzeigt, dabei gelten die Kriterien des IVN Naturtextil. Die Baumwolle stammt aus 100% kbA aus Kleinbauerngenossenschaften mit langfristigen Lieferverträgen und Sozialstandards (Kinderarbeit ist verboten etc.). Aus dem Verkauf fließt ein bestimmter Betrag in einen Sozialfond, der von den ArbeiterInnen der Produktionsfirma verwaltet wird.

Bekleidung und Textilien

Siegel	Ausgebende Stelle	Kontrollstelle	Kontakt	
PUREWEAR® Die reinste Faser. Purewear - Hautfreundlich, weil schadstoff- geprüft	Otto Versand	Otto Versand	Otto GmbH Alte Poststrasse 152 8020 Graz Tel.: +49/ 316/ 5460-0 Fax: +49/ 316/ 5460-374 e-mail: webmaster@ottoversand.at www: www.ottoversand.at	www
Neckermann Umweltbutton/ Umweltprädikat	Neckermann Versand	Neckermann Versand	Neckermann.de GmbH Umweltkoordination Hanauer Landstraße 360 60386 Frankfurt Tel.: +49/ 180/ 55 141 Fax: +49/ 180/ 5540404 e-mail: service@neckermann.de www: www.neckermann.info	www
Hautfreundlich, weil schadstoff- geprüft	Quelle	Deutsche Textil- prüfinstitute	Quelle GmbH Nürnberger Straße 91-95 90762 Fürth Tel.: +49/ 911/14-0 Fax: +49/ 180/5 303 909 e-mail: service.quelle@quelle.de www: www.quelle.de	www

Bekleidung und Textilien

Kurzzusammenfassung der Gütesiegel - Richtlinien
Bei dieser Eigenmarke des Otto Versand werden Anforderungen an die gesundheitliche Unbedenklichkeit des Produktes und die umweltfreundliche Produktion der Textilien gestellt, es gelten strengere Schadstoffgrenzwerte als die gesetzlich vorgeschriebenen. Bio-Baumwolle wird nach EU-Richtlinie zertifiziert. Außerdem müssen alle an der Produktionskette beteiligten Unternehmen nach dem EU Öko-Audit zertifiziert sein (betriebliche Umweltschutzbestimmungen).
Neckermann verlangt von seinen Zulieferern eine genaue Produktbeschreibung, der „Öko-Pass" (ein produktabhängiger Fragebogen) holt Informationen über kritische Inhaltsstoffe, ökologische Produktionsverfahren und vorhandene Produktzertifizierungen ein. Produkte, die von Neckermann als sehr gut bewertet werden, erhalten den Neckermann Umweltbutton als hauseigenes Umweltzeichen.
Mit diesem Label kennzeichnet Quelle Produkte, die den Anforderungen des Öko-Tex Standards 100 entsprechen.

Bekleidung und Textilien

Bekleidung und Textilien

all nature Naturtextilien, Köllnerhofg.1
1010 Wien
Tel: 01/5137958
E-Mail: office@allnature.info
web: www.allnature.info
Kosmetik, Textilien und Schuhe, Modelle der Consequent-Kollektion (IVN better zertifiziert) erhältlich.

Shop Artup, Bauernmarkt 8
1010 Wien
Tel: 01/5355097
E-Mail: shop@artup.at
web: www.artup.at

Windelhaus Popolino, Barnabiteng.3
1060 Wien
Tel: 01/5813200
E-Mail: info@popolini.com
web: www.popolini.com
vertreiben Produkte der Firma Engel Natur GmbH (IVN zertifiziert) sowie Modelle der Consequent-Kollektion (IVN better zertifiziert) erhältlich

Satke GmbH, Kircheng.18
1070 Wien
Tel: 01/5233383
E-Mail: office@kindertruhe.at
web: www.kindertruhe.at
Produkte der Firma Engel Natur GmbH.

Das Studio, Kircheng.17
1070 Wien
Tel: 0676/4532266
E-Mail: olymp@das-studio.at
web: www.das-studio.at

Fairtrade Online-Shop, Quellenstr.17/1/5
2340 Mödling
Tel: 0699/17230166
E-Mail: office@fairtrade-onlineshop.org
web: fairtrade-onlineshop.org

Xiling Seide, Rainerstr.15
4020 Linz, Donau
Tel: 0732/665677
E-Mail: seide@seidenraupe.at
web: www.seidenraupe.at
Produkte der Firma Engel Natur GmbH.

Capricorn Herbert Schmidthaler, Altstadt 17
4020 Linz, Donau
Tel: 0732/795758
Modelle der Consequent-Kollektion (IVN better zertifiziert) erhältlich

Lenzing AG, Werkstr. 2
4860 Lenzing
Tel: 07672/701-0
E-Mail: office@lenzing.com
web: www.lenzing.com
Modalfasern, Viskosefasern, Zellstoff

O'Neill bei "Fun Factory Trading GmbH", Breitenaich 50
4973 St. Martin im Innkreis
Tel: 07751/7390
E-Mail: info@fun-factory.at
web: www.fun-factory.at

NATURWAREN Elisabeth Stücklberger Lebensfreundliche Produkte, Alpenstr.48
5020 Salzburg
Tel: 0662/626027
E-Mail: e.stuecklberger@aon.at
web: www.lebensfreundlich.at
vertreibt Produkte von Engel Natur GmbH (IVN zertifiziert)

LA REDOUTE Versand GmbH, Julius-Welser-Str.15
5020 Salzburg
Tel: 0662/2422-24
E-Mail: office@redoute.at
web: www.laredoute.at
Mode aus Baumwolle mit dem FAIRTRADE Gütesiegel. Die Angebotspalette umfasst T-Shirts für Damen, Herren und Kinder.

Glasnost for Nature Eberlin & Frenkenberger OEG, Dreifaltigkeitsg.4
5020 Salzburg
Tel: 0662/870178
vertreibt Produkte von Engel Natur GmbH (IVN zertifiziert), sowie Modelle der Consequent-Kollektion (IVN better zertifiziert)

Bekleidung und Textilien

MEXX Austria,
Carl-Zuckmayer-Str.37
5028 Salzburg
Tel: 0662/450101
web: www.mexx.com

EZA Fairer Handel GmbH,
Wenger Str.5
5203 Köstendorf bei Salzburg
Tel: 06216/20200-0 Fax: 20200-999
E-Mail: office@eza.cc
web: www.eza.cc

Sanitätshaus Danner,
Anichstr.11
6020 Innsbruck
Tel: 0512/596280
E-Mail: sanitaetshaus@danner.netwing.at
web: www.danner-gesund.at
vertreibt Produkte der Firma Engel Natur
GmbH (IVN zertifiziert)

ARGE WELTLÄDEN,
Am Breiten Wasen 1
6800 Feldkirch
Tel: 05522/78079 Fax: 78079
E-Mail: arge@weltlaeden.at
web: www.weltlaeden.at

FM Hämmerle Textilwerke GmbH,
Eiseng.44
6850 Dornbirn
Tel: 05572/399-0
E-Mail: sales@fm-haemmerle.com
web: www.fm-haemmerle.com

**Hess Natur-Textilien GmbH & Co KG,
Postfach 45
6961 Wolfurt-Bahnhof
Tel: 05577/85111 Fax: 84212
E-Mail: dialog@hess-natur.at
web: www.hess-natur.at
siehe auch Seite 35**

PERVIVA Naturtextilien,
Grabenstr.14
8010 Graz
Tel: 0316/673026
E-Mail: bestellung@perviva.at
web: www.perviva.at
vertreibt Produkte der Firma Engel
Natur GmbH (IVN zertifiziert);Modelle
der Consequent-Kollektion (IVN better
zertifiziert) erhältlich.

Novar!um Shop- und Eventmanagement
GmbH, Joanneumring 5
8010 Graz
Tel: 0316/325045
E-Mail: office@novarium.org
web: www.novarium.org

Neckermann Versand Österreich Aktien-
gesellschaft, Triester Str.280
8012 Graz
Tel: 0316/246-246
E-Mail: service@neckermann.at
web: www.neckermann.at
Produkte mit dem deutschen Umweltzei-
chen "Blauer Engel". "Jules Clarysse"
Frottier-Handtücher mit dem FAIR
TRADE Gütesiegel ausgezeichnet.

Schäfereigenossenschaft e.G. Finkhof,
St.Ulrich-Str.1
D-88410 Arnach
Tel: 0049/7564/931711
E-Mail: finkhof@t-online.de
web: www.finkhof.de
großes Angebot an zertifizierter Klei-
dung im Webshop erhältlich.

**oekoweb
Österreichs zentrales
Umweltportal**

Bildung

K ann Bildung nachhaltigkeits-zertifiziert sein? Natürlich! Die Ausbildung unserer Kinder, die Lerninhalte, die ihnen vermittelt werden, legen den Grundstein für die Entwicklung der nächsten Generation – ihre Gesundheit und ihre Einstellung zur Nachhaltigkeit. Daher ist ein Gütesiegel für Schulen und Bildungseinrichtungen, die dieses Wissen erfolgreich vermitteln, sehr begrüßenswert.

Siegel	Ausgebende Stelle	Kontrollstelle	Kontakt
Österreichisches Umweltzeichen	Lebensministerium	Stichprobenartige Kontrollen durch den Verein für Konsumenteninformation (VKI) und unabhängige Berater und Prüfer	Lebensministerium Betrieblicher Umweltschutz und Technologie Abt. VI/5 1010 Wien, Stubenbastei 5 Tel.:+43/1/515 22 -0 email: info@umweltzeichen.at www: www.umweltzeichen.at www ✉

Bildung

Neben Schulen und Universitäten wird Wissen auch in Seminaren und Fortbildungen vermittelt, meist in Tagungshäusern und Seminarhotels. Bei diesen könnte man vor allem auf das Speisenangebot achten – oft werden heute schon Fair Trade-Kaffee und Bio-Speisen angeboten.

Informationen zu Umweltbildung bietet vor allem das Forum Umweltbildung (www.umweltbildung.at).

Kurzzusammenfassung der Gütesiegel - Richtlinien

Umweltzeichen für Schulen und Bildungseinrichtungen (UZSB): es gibt 10 Kriterienbereiche, 7 davon müssen bis zur Erstprüfung ausgearbeitet werden (Umweltmanagement, Information & Soziales, Umweltpädagogik, Energienutzung/ Einsparung und Bauausführung sowie Außenbereiche); 3 weitere Bereich müssen aus dem Themenkreisen Gesundheitsförderung, Ergonomie und Innenraum, Verkehr und Mobilität, Beschaffung und Unterrichtsmaterialien, Lebensmittel und Buffet, Chemische Produkte und Reinigung, Wasser und Abwasser sowie Abfallvermeidung und -reduktion bearbeitet werden. Es werden Ist-Analysen durchgeführt (Schulklima, Weiterbildung, Energie etc.), die Grundlagen für eine ständige Qualitätsverbesserung liefern sollen; Kommunkation und Teamarbeit sollen zu einer breiten Beteiligung an den Anliegen des Umweltzeichens führen. Für umwelt- und gesundheitsrelevante Themen sollen verschiedene Lehrformen herangezogen werden. Wichtig ist die Gesundheitsförderung (im Sinne des körperlichen, psychischen und sozialen Wohlbefindens), effiziente Ressourcennutzung sowie die ökologische Beschaffung.

Das **Österreichische Umweltzeichen für Gastronomiebetriebe** gilt auch für Bildungshäuser und Tagungshotels. Es wird Gewicht auf den Bereich Lebensmittel/ Küche gelegt: Mehrweggebinde, Lebensmittel aus fairem Handel, kontrolliert biologischem Anbau und lokaler Produktion, saisonale Produkte, kleine Portionen in ausgewogener Ernährung und vegetarische Speisen finden sich im Anforderungskatalog.

Bildung

Erwachsenenbildung Staatliche Einrichtungen

UBZ Umwelt-Bildungs-
Zentrum Steiermark,
Brockmanng.53
8010 Graz
Tel: 0316/835404
E-Mail: office@ubz-stmk.at
web: www.ubz-stmk.at

Lernen, alternatives/ Schulen, alternative

Schulzentrum Ungargasse Höhere
Technische Bundeslehranstalt
Bundeshandelsakademie u.
Bundeshandelsschule Wien,
Ungarg.69
1030 Wien
Tel: 01/7131518-0
E-Mail: direktion@szu.at
web: www.szu.at

HTLB Wien 10,
Ettenreichg.54
1100 Wien
Tel: 01/60111-0
E-Mail: htlwien10@aon.at
web: www.htlwien10.at/

Ganztagsschule Rosa-Jochmann-Schule,
Fuchsröhrenstr.25
1110 Wien
Tel: 01/7481893
E-Mail: vs11fuch025k@m56ssr.wien.at
web: www.schulen.wien.at/schulen/911161

IBC International Business College
Hetzendorf, Hetzendorfer Str.66-68
1120 Wien
Tel: 01/8043579-22
E-Mail: office@ibc.ac.at
web: www.ibc.ac.at

HLTW13, Bergheideng.5-19
1130 Wien
Tel: 01/8047281-0
E-Mail: office@hltw13.at
web: www.hltw13.at

Bundesgymnasium, Bundesrealgymnasium u. Bundesoberstufenrealgymnasium,
Polgarstr.24
1220 Wien
Tel: 01/2026141-0
E-Mail: schule@polgargym.at
web: www.polgargym.at

Business Academy Donaustadt, Polgarstr.24
1220 Wien
Tel: 01/2026131-0
E-Mail: office@bhakwien22.at
web: www.bhakwien22.at

Volksschule Lanzendorf und Maria
Lanzendorf, Schulg.2
2326 Lanzendorf
Tel: 02235/47737
E-Mail: vs.lanzendorf@noeschule.at
web: vs-lanzendorf.schulweb.at

Volksschule Leopoldsdorf, Hauptstr.30
2333 Leopoldsdorf
Tel: 02235/47757
E-Mail: vs.leopodlsdorf-wien@
noeschule.at

Bundesrealgymnasium Waidhofen/Ybbs,
Schillerpl.1
3340 Waidhofen/Ybbs
Tel: 07442/52165-0
E-Mail: brg.waidhofen-ybbs@noeschule.at
web: brg.waidhofen.at

Privatvolksschule Kritzendorf Schulverbund SSND Österreich, Hauptstr.22
3420 Kritzendorfital
Tel: 02243/24478
E-Mail: SrRuth@pvskritzendorf.ac.at
web: www.pvskritzendorf.ac.at

PAN Freilandschule, Harmannstein 2
3922 Groß Schönau
Tel: 02815/6651
E-Mail: freilandschule@pan.at
web: www.pan.at

Bildung

Bundeshandelsakademie und Bundeshandelsschule Linz,
Rudigierstr.6
4020 Linz
Tel: 0732/772206
E-Mail: s401428@eduhi.at
web: www.hak-linz.at

Höhere Bundeslehranstalt für Land- und
Ernährungswirtschaft Elmberg,
Elmbergweg 65
4040 Linz, Donau
Tel: 0732/245603
E-Mail: direktion@elmberg.at
web: www.elmberg.at

Höhere landwirtschaftliche Bundeslehranstalt St. Florian,
Fernbach 37
4490 St.Florian
Tel: 07224/8917-0
E-Mail: sekretariat@hbla-florian.at
web: www.hbla-florian.at

Höhere Bundeslehranstalt
f.Landwirtschaft,
Ursprung
5161 Elixhausen
Tel: 0662/480301-0
E-Mail: schule@ursprung.lebensmini-
sterium.at
web: www.ursprung.at

HBLA Neumarkt am Wallersee,
Siedlungsstr.11
5202 Neumarkt am Wallersee
Tel: 06216/4498
E-Mail: sekretariat@hbla-neumarkt.salzburg.at
web: hblaneumarkt.salzburg.at

Volksschule Hintersee, Nr.38
5324 Hintersee
Tel: 06224/21422
E-Mail: direktion@vs-hintersee.salzburg.at

Höhere HBLA-Saalfelden f. wirtschaftl.
Berufe, Almerstr.33
5760 Saalfelden
Tel: 06582/72195
E-Mail: hblasaal@salzburg.at
web: www.hbla-saalfelden.at

"St.Karl" - Volders Privates Oberstufen-
realgymnasium,
Volderwaldstr.3
6111 Volders
Tel: 05223/56760
E-Mail: porg-volders@tsn.at
web: www.porg-volders.tsn.at

Johann Messner Volksschule I, Johannes
Messner Weg 8
6130 Schwaz
Tel: 05242/63108
E-Mail: direktion.709351@tsn.at

Hauptschule Zirl,
Am Anger 14
6170 Zirl
Tel: 05238/54013
E-Mail: direktion@hs-zirl.tsn.at
web: www.hs-zirl.tsn.at

Volksschule Thüringerberg,
Nr.31
6721 Thüringerberg
Tel: 05550/4866
E-Mail: direktion@vstb.snv.at

Volksschule St. Gerold im Biosphären-
park Großes Walsertal,
Nr.84
6722 St. Gerold
Tel: 05550/2134-3
E-Mail: direktion@vssg.snv.at

Hauptschule im Biosphärenpark Großes
Walsertal,
Nr. 12
6723 Blons
Tel: 05553/8113-0
E-Mail: direktion@hsgw.snv.at
web: www.vobs.at/hs-grosseswalsertal

Volksschule Sonntag,
Flecken 44
6731 Sonntag
Tel: 05554/5138
E-Mail: direktion@vsso.snv.at

Bildung

Volksschule Fontanella,
Kirchberg 27
6733 Fontanella
Tel: 05554/521512
E-Mail: direktion@vsfo.snv.at

Volksschule Marul,
Nr.18
6741 Marul
Tel: 05553/779
E-Mail: direktion@vsmr.snv.at

Volksschule Muntlix-Zwischenwasser,
Fidelisg.6
6832 Zwischenwasser
Tel: 05522/42425
E-Mail: direktion@vszw.snv.at

ÖKO Hauptschule Mäder,
Neue Landstr.29
6841 Mäder
Tel: 05523/64007-11
E-Mail: direktion@hsma.snv.at
web: www.oekohs-maeder.ac.at

Hauptschule Koblach,
Rütti 11
6842 Koblach
Tel: 05523/55054
E-Mail: direktion@hsko.snv.at
web: www.vobs.at/hs-koblach

BORG Egg, Bregenzerwald
6863 Egg, Vorarlberg
Tel: 05512/2484
E-Mail: borg.egg@cnv.at
web: www.borg.at

Hauptschule Wolfurt,
Schulstr.2
6922 Wolfurt
Tel: 05574/6840-402
E-Mail: direktion@hswo.snv.at
web: www.vobs.at/hs-wolfurt

Hauptschule Lauterach,
Montfortpl.16
6923 Lauterach
Tel: 05574/71601-0
E-Mail: direktion@hsla.snv.at
web: www.vobs.at/hs-lauterach

Hauptschule Hittisau,
Pl. 406
6952 Hittisau
Tel: 05513/2485
E-Mail: direktion@hshi.snv.at
web: www.vobs.at/hs-hittisau

Berufsschule Mattersburg,
Bahnstr.41
7210 Mattersburg
Tel: 02626/62275
E-Mail: sekretariat@bsma.at
web: www.bsma.at

Hauptschule Feldkirchen bei Graz,
Triester Str.53
8073 Feldkirchen bei Graz
Tel: 0316/292362
E-Mail: direktion@hs-feldkirchen.at
web: www.hs-feldkirchen.at

BG-BRG Bundesgymnasium und
Bundesrealgymnasium Weiz, Offenburgerg.23
8160 Weiz
Tel: 03172/2845
E-Mail: direktion@bgweiz.at
web: www.bgweiz.at

HLW FW Weiz, Dr. -Karl-Widdmann-Str.40
8160 Weiz
Tel: 03172/49700
E-Mail: sekretariat@hlw-weiz.ac.at
web: www.hlw-weiz.ac.at

Volksschule Peesen in Thannhausen,
Peesen 3
8160 Weiz
Tel: 03172/5370
E-Mail: vs-peesen@aon.at

HTBLA Weiz, Dr. Karl Widdmannstr.40
8160 Weiz
Tel: 03172/4550
E-Mail: office@htbla-weiz.ac.at
web: www.htbla-weiz.ac.at

Bildung

Volksschule Gleisdorf 1,
Jahng.24
8200 Gleisdorf
Tel: 03112/2637-22
E-Mail: vsj@gleisdorf.at
web: www.vs-gleisdorf-jahngasse.com

Hauptschule Bad Gleichenberg,
Schulstr.50
8344 Bad Gleichenberg
Tel: 03159/2253
E-Mail: direktion@hs-gleichenberg.stsnet.at
web: www.hs-gleichenberg.stsnet.at

Volksschule Klöch,
Klöch 112
8493 Klöch
Tel: 03475/2224
E-Mail: vs.kloech@radkersburg.com

Höhere Bundeslehranstalt für Forstwirtschaft Bruck/Mur, Dr. Theodor Körnerstr.44
8600 Bruck an der Mur
Tel: 03862/51770
E-Mail: willkommen@forstschule.at
web: www.forstschule.at

Volksschule Breitenau,
St.Jakob 32
8614 Breitenau
Tel: 03866/5135
E-Mail: vs.breitenau@gmx.at

HLW Kriglach,
Alter Sommer 4
8670 Krieglach
Tel: 03855/2225-0
E-Mail: schule@hlwkrieglach.at
web: www.hlwkrieglach.at

Hauptschule Ratten,
Kirchenviertel 52
8673 Ratten
Tel: 03173/2332
E-Mail: info@hsratten.at
web: www.hsratten.at

Bundeshandelsakademie u.
Bundeshandelsschule,
Roseggerg.10
8680 Mürzzuschlag
Tel: 03852/2502-11
E-Mail: office@hak-muerz.at
web: www.hak-muerz.at

Volksschule Wölfnitz,
Römerweg 36
9061 Klagenfurt/Wölfnitz
Tel: 0463/49255
E-Mail: vs-woelfnitz@vs-klagenfurt23.ksn.at
web: www.vs-klagenfurt23.ksn.at

Tagungshäuser und Seminarzentren

Seminardom Wienerwald Robert Glattau, Robert Hohenwarter G.25
3002 Purkersdorf
Tel: 02231/66211
E-Mail: office@seminardom.at
web: www.seminardom.at
FAIRTRADE Kaffee "Nica Vacuum" wird serviert.

Steinschalerhof, Warth 20
3203 Rabenstein/Piclach
Tel: 02722/2281
E-Mail: office@steinschaler.at
web: www.steinschaler.at

Bio-Haus Walsberg, Brettl 28
3264 Gresten
Tel: 07485/973172
E-Mail: office@walsberg.at
web: www.walsberg.at
Bio-Frühstück

Gast- u.Seminarhaus Wurzelhof,
Marktpl.36
3921 Langschlag
Tel: 02814/8378
E-Mail: wurzelhof@aon.at
web: www.wurzelhof.at
FAIRTRADE Kaffee und Gewürze der EZA in der Küche

Bildung

Schloss Riedegg Bildungshaus,
Riedegg 1
4210 Gallneukirchen
Tel: 07235/66244
E-Mail: bildungshaus@schloss-riedegg.at
web: www.schloss-riedegg.at
FAIRTRADE Produkte werden angeboten

SPES Bildungs- und StudiengmbH
ÖkoHotel, Panoramaweg 1
4553 Schlierbach, Oberösterreich
Tel: 07582/82123-0
E-Mail: hotel@spes.co.at
web: www.oekohotel.co.at

Nationalpark Seminarhotel Villa Sonnwend, Mayrwinkl 1
4580 Windischgarsten
Tel: 07562/20592
E-Mail: villa-sonnwend@kalkalpen.at
web: www.kalkalpen.at/villa-sonnwend

Jugend- und Bildungshaus St. Arbogast,
Montfortstr. 88
6840 Götzis
Tel: 05523/62501-0
E-Mail: arbogast@kath-kirche-vorarlberg.at
web: www.arbogast.at

Gästehaus Hartberger Höhe, Ring 22
8230 Hartberg
Tel: 03332/62615
E-Mail: hartberg@ang.at
FAIRTRADE Kaffee

Bildungshaus St. Georgen,
Schlossallee 6
9313 St. Georgen am Längsee
Tel: 04213/2046
E-Mail: office@bildungshaus.at
web: www.bildungshaus.at
FAIRTRADE Schokolade, Kaffee,
Kakao und Orangensaft

Biolandhaus Arche Familie Tessmann,
Vollwertweg 1a
9372 St. Oswald-Eberstein
Tel: 04264/8120 Fax: 8120-20
E-Mail: bio.arche@hotel.at
web: www.bio.arche.hotel.at
Das Biolandhaus ARCHE ist das erste Biohotel Kärntens und das erste Ökohotel Österreichs.

Klimakatastrophe abwenden?

Ein Zeichen setzen - ökologisch einkaufen!

die grünen seiten ÖKO Adressbuch
mit Magazinteil

Gesundheit & Wellness
Essen & Trinken
Bauen & Wohnen
Ökologie & Umwelttechnik
und vieles mehr...

Best of Öko..
€ 14,90
..zum besten Preis!

2007

Elektrogeräte & Energie

Elektrogeräte, Energie & Umwelttechnik

Unser Energieverbrauch ist eines der großen Hauptthemen des Umweltschutzes und der Nachhaltigkeit. Einerseits ist mit dem Schlagwort „saubere Energie" viel Geschäft zu machen, andererseits sinkt – vor allem durch das neue österreichische Ökostromgesetz – der Anteil an wirklich ökologisch einwandfreier Energieproduktion immer mehr. Nicht zuletzt Grund dafür sind die Werbekampagnen vieler Energieerzeuger, die durch falsche Versprechungen Kunden, die auf ökologische Energie setzen wollen, einfangen. Viele Strombetreiber werben mit „Ökostrompaketen" zu günstigen Preisen. Als Konsument sollte einem aber klar sein, dass die niedrigen Preise nur zu halten sind, weil Großabnehmer mit billigem Atomstrom beliefert werden. Und vor allem sollte man sich nicht durch Werbung für gute CO_2-Bilanzen austricksen lassen – so gesehen beim deutschen Atomforum

Siegel	Ausgebende Stelle	Kontrollstelle	Kontakt
Österreichisches Umweltzeichen (Fortsetzung)	Lebensministerium	Stichprobenartige Kontrollen durch den Verein für Konsumenteninformation (VKI) und unabhängige Berater und Prüfer	Lebensministerium Betrieblicher Umweltschutz und Technologie Abt. VI/5 1010 Wien, Stubenbastei 5 Tel.: +43/1/ 515 22 -0 e-mail: info@umweltzeichen.at www: www.umweltzeichen.at www ✉

Elektrogeräte & Energie

(www.kernenergie.de oder www.klimaschuetzer.de). Natürlich ist es wahr, dass Atomkraftwerke einen geringeren CO2-Ausstoß haben als Kraftwerke, die auf Basis von Verbrennung fossiler Brennstoffe arbeiten. Aber für Anhänger nachhaltiger Energieformen sind beide abzulehnen – und Solarenergie, Wasser- und Windenergie produzieren erst recht kein CO2. Um die Qual der Wahl zu erleichtern, gibt es mittlerweile Gütesiegel für verschiedene Alternativenergien.

Elektrogeräte können auf 2 Arten nachhaltig sein: einerseits können sie einen geringen Energiebedarf aufweisen, andererseits können sie eine hohe Lebensdauer haben bzw. leicht reparierbar sein. Am besten ist es natürlich, wenn beides zutrifft.

Darüber hinaus gibt es eigene Geräte in der Umwelttechnik, auch in diesem Bereich helfen die Zertifizierungen, die richtigen Anbieter zu finden, deren Produkte auch wirklich umweltfreundlich sind.

Kurzzusammenfassung der Gütesiegel - Richtlinien

4 Kategorien Elektrogeräte, : Haushaltskühl- und Gefrierschränke (UZ 05), Haushaltswaschmaschinen (UZ 08), Kopiergeräte (UZ 16) und Energiesparlampen (UZ 47);
8 Kategorien Energie- und Umwelttechnik: Energie-Contracting (UZ 50), Sonnenkollektoren (UZ 15), Holzheizungen (UZ 37), Brennstoffe aus Biomasse (UZ 38), Grüner Strom (UZ 46), Elektronische Einzelsteuerungen für Sanitärinstallationen (UZ 13), Wasser- und energiesparende Sanitärarmaturen und Zubehör (UZ 33) und Energiesparlampen (UZ 47).

Die Richtlinien für **Haushaltskühl- und Gefrierschränke** entsprechen denen des EU-Umweltzeichens für Kühlschränke (siehe unten).

Waschmaschinen müssen besonders energie- und wassersparend arbeiten, es gibt Verbrauchswerte für verschiedene Größen und Füllungen. Im Standbymodus darf die Maschine nicht mehr als 5W verbrauchen, sie muss geräuscharm sein und reparaturgerecht konstruiert sein. Ersatzteile müssen bis 12 Jahre nach Produktionsende erhältlich sein, der Hersteller muss Altgeräte zurücknehmen und ein Umwelt- und/oder Abfallwirtschaftskonzept vorweisen können (EMAS bzw. ISO 14001).

Kopiergeräte müssen alle Staub- Ozon- und Lärmgrenzwerte einhalten und entsprechend niedrigen Energieverbrauch aufweisen. Gesundheitsgefährdende Chemikalien und Schwermetalle sind als Inhaltsstoffe (z.B. von Batterien) verboten. Tonereinheiten müssen wiederbefüllbar sein, Altgeräte vom Hersteller retourgenommen werden. Für alte Geräteteile muss es ein Wiederverwertungskonzept geben. Der Hersteller muss ein Umwelt- und/oder Abfallwirtschaftskonzept vorweisen können (EMAS bzw. ISO 14001).

Elektrogeräte & Energie

Siegel	Ausgebende Stelle	Kontrollstelle	Kontakt
Österreichisches Umweltzeichen (Fortsetzung)	Lebensministerium	Stichprobenartige Kontrollen durch den Verein für Konsumenteninformation (VKI) und unabhängige Berater und Prüfer	Lebensministerium Betrieblicher Umweltschutz und Technologie Abt. VI/5 1010 Wien, Stubenbastei 5 Tel.: +43/1/ 515 22 -0 e-mail: info@umweltzeichen.at www: www.umweltzeichen.at www ✉

Elektrogeräte & Energie

Kurzzusammenfassung der Gütesiegel - Richtlinien

Energiesparlampen müssen, je nach Konstruktion, mindestens 10.000h (Lampen mit einseitigem Anschluss), 12.500h bzw. 20.000h (Lampen mit zweiseitigem Anschluss) Lebensdauer aufweisen und Energieklasse A oder B vorweisen. Der erlaubte Quecksilberanteil ist limitiert (4,5 bzw. 8mg), bestimmte gesundheitsschädliche Flammschutzmittel sind verboten. Die Verpackung muss zu einem hohen Anteil (65 bzw. 80%) aus Recyclingmaterialien bestehen, Verbundmaterialien sind verboten.

Unter **Energie-Contracting** versteht man ein vertraglich vereinbartes Modell zur Drittfinanzierung von Energiedienstleistungen (von Energieversorgung bis zu umfassenden Einsparmaßnahmen). Dabei unterscheidet man Anlagen- und Einsparcontracting. Beim Anlagencontracting können nur Energiedienstleistungen bzw. Investitionen in energieumwandelnde Versorgungsanlagen auf Basis von Primärenergieträgern ausgezeichnet werden. Alle Kosteneinsparungen und Investitionen müssen einen Beitrag zur Umweltentlastung darstellen.

Sonnenkollektoren können zertifiziert werden, wenn sie den Anforderungen der ÖNORM EN 12975 entsprechen und der Hersteller eine 10jährige Garantie gibt. Abgedeckte Flachkollektoren müssen mindestens 300kWh/m2 und Jahr erwirtschaften, Vakuumkollektoren mindestens 400kWh/m2 und Jahr. Im weiteren gibt es Kriterien für die energetische Amortisation, Langlebigkeit und Qualität sowie die umweltfreundliche Herstellung.

Holzheizungen dürfen Grenzwerte für CO, OGC (organisch gebundenen Kohlenstoff) und Staub nicht überschreiten, Kleinfeuerungen dürfen einen Leistungsbereich bis 400kW aufweisen. Die geeigneten Brennstoffe sollten nach UZ 38 zertifiziert sein.

Die entsprechenden **Brennstoffe aus Biomasse** (Briketts, Pellets) sind Nebenprodukte der Holzbe- und verarbeitung. Es dürfen nur naturbelassene Nebenprodukte, wie z.B. Säge- und Hobelspäne, verwendet werden. Holzwerkstoffe wie Spanplatten und Faserplatten, sowie lackierte und imprägnierte oder chemisch behandelte Hölzer dürfen nicht verwendet werden. Die Presslinge müssen alle Anforderungen der ÖNORM M7135 erfüllen.

Grüner Strom darf keine nuklearen und fossilen Energieträger enthalten und muss zumindest aus 1% Photovoltaik-Strom bestehen. Weiters können Biomasse, Erdwärme, Sonne, Wind oder Wasserkraft (bis 79%) zum Einsatz kommen. Alle Standorte für Energiegewinnung müssen ökologischen Anforderungen an Standort bzw. Betriebsführung entsprechen. Der Stromhändler muss seinen Kunden und Interessenten überdies Information und Beratung betreffend Energiesparmaßnahmen anbieten.

Elektrogeräte & Energie

Siegel	Ausgebende Stelle	Kontrollstelle	Kontakt	
Österreichisches Umweltzeichen (Fortsetzung)	Lebensministerium	Stichprobenartige Kontrollen durch den Verein für Konsumenteninformation (VKI) und unabhängige Berater und Prüfer	Lebensministerium Betrieblicher Umweltschutz und Technologie Abt. VI/5 1010 Wien, Stubenbastei 5 Tel.: +43/1/ 515 22 -0 e-mail: info@umweltzeichen.at www: www.umweltzeichen.at www ✉	
Europäisches Umweltzeichen (Ecolabel)	Lebensministerium	Stichprobenartige Kontrollen durch den Verein für Konsumenteninformation (VKI) und unabhängige Berater und Prüfer	Lebensministerium Betrieblicher Umweltschutz und Technologie Abt. VI/5 1010 Wien, Stubenbastei 5 Tel.: +43/1/ 515 22 -0 e-mail: info@umweltzeichen.at www: www.umweltzeichen.at www ✉	

Elektrogeräte & Energie

Kurzzusammenfassung der Gütesiegel - Richtlinien

Elektronische Einzelsteuerungen für Sanitärinstallationen können in großen Rahmen Wasser sparen; dabei muss die Anlage Benutzung erkennen und bei einer Störung die Wasserzufuhr automatisch abschalten. Pro Einzeleinheit darf der Energieverbrauch 3VA nicht überschreiten, eingesetzte Batterien dürfen keine Schwermetalle enthalten. Bei Urinalspülungen muss nach jeder Benutzung eine automatische Spülung ausgelöst werden, Sanitär- und Küchenarmaturen dürfen nur während der tatsächlichen Benutzung Wasser abgeben. (Begrenzung: 6 bzw. 9l/Minute Abgabenmenge). Nach Beendigung der Nachlaufzeit oder nach maximal 3 Minuten muss ein automatischer Spülstop erfolgen. Bei Duschanlagen ist die Durchflussmenge auf 9l/Minute begrenzt. Der Hersteller muss ein Umwelt- und/oder Abfallwirtschaftskonzept vorweisen können (EMAS bzw. ISO 14001).

Wasser- und energiesparende Sanitärarmaturen und Zubehör begrenzen den maximalen Wasserdurchfluss (6 l/min bei Sanitärarmaturen, 9l/min. bei Küchenarmaturen, 12 l/min. bei Dusch- und Badewannenarmaturen). Die Werkstoffe müssen gesundheitlich unbedenklich sein und den österreichischen Normen entsprechen. Die Armaturen müssen servicefreundlich gestaltet sein, Ersatzteile müssen erhältlich sein. Der Hersteller muss ein Umwelt- und/ oder Abfallwirtschaftskonzept vorweisen können (EMAS bzw. ISO14001).

7 Kategorien: Computer, Laptops, Geschirrspülmaschinen, Waschmaschinen, Staubsauger, Fernseher und Lampen.

Das Europäische Umweltzeichen gibt es auch für eine Reihe von Elektrogeräten, für jedes Gerät gelten spezifische Umweltrichtlinien:

Computer und Laptops: Computer müssen den Energieverbrauchsanforderungen gemäß Energy Star entsprechen, im Ruhezustand darf der Energieverbrauch der Systemeinheit maximal 5 Watt verbrauchen (im Auszustand max. 2 Watt, das Netzgerät von Laptops darf, wenn es an das Stromnetz angeschlossen ist, max. 1 Watt verbrauchen). Monitore dürfen im Schlafmodus max. 10 Watt verbrauchen. Die Hersteller müssen mindestens 3 Jahre Garantie geben, Ersatzteile müssen für mindestes 5 Jahre (bei Laptops 3 Jahre) bereitgestellt werden. Die Geräte müssen recyclinggerecht konstruiert sein (leicht demontierbar, technisch wiederverwertbar), Kunststoffe mit mehr als 25g Gewicht dürfen keine gesundheitsschädigenden Flammschutzmittel enthalten. Batterien dürfen nur ein Mindestmaß an Quecksilber, Cadmium und Blei enthalten, ebenso Bildschirme. Die erlaubte Geräuschemission ist auf 48dB (A) beschränkt. Hersteller müssen eine kostenfreie Rücknahme der Geräte garantieren.

Elektrogeräte & Energie

Siegel	Ausgebende Stelle	Kontrollstelle	Kontakt
Europäisches Umweltzeichen (Fortsetzung)	Lebensministerium	Stichprobenartige Kontrollen durch den Verein für Konsumenteninformation (VKI) und unabhängige Berater und Prüfer	Lebensministerium Betrieblicher Umweltschutz und Technologie Abt. VI/5 1010 Wien, Stubenbastei 5 Tel.: +43/1/ 515 22 -0 e-mail: info@umweltzeichen.at www: www.umweltzeichen.at www ✉

Elektrogeräte & Energie

Kurzzusammenfassung der Gütesiegel - Richtlinien

Geschirrspülmaschinen müssen im Bereich A oder B der EU-Energiekennzeichnungsrichtlinie gekennzeichnet sein (kleine Maschinen für weniger als 10 Gedecke können auch mit Energieklasse C klassifiziert sein), die Trockenwirkung der Geräte muss in Klasse A oder B fallen. Der maximale Wasserverbrauch schwankt mit der Anzahl der Gedecke, die der Geschirrspüler fasst (er muss kleiner sein als die Gedeckzahl x 0,62 + 9,25). Spülmittelbehälter müssen klare Volumenmarken angebracht haben, die Geräuschemission darf 53 dB(A) nicht überschreiten. Kunststoffe ab 50g müssen gekennzeichnet sein, ab 25g dürfen sie keine gesundheitsgefährdenden Flammschutzmittel enthalten. Hersteller müssen die Geräte kostenfrei zurücknehmen und 2 Jahre Garantie geben; Ersatzteile müssen für 12 Jahre nach Einstellung der Produktion des Gerätes garantiert werden, das Gerät muss recyclinggerecht konstruiert sein.

Waschmaschinen dürfen im Standardprogramm „Baumwolle 60°" nicht mehr als 0,17kWh Energie und 12l Wasser pro kg Füllmenge verbrauchen, die Geräuschemission darf 56dB (A) beim Waschen und 76dB (A) beim Schleudern nicht überschreiten. Waschmittelbehälter müssen deutliche Volumenmarken zeigen, die geeigneten Einstellungen für verschiedene Gewebearten müssen am Gehäuse angebracht sein, eine Gebrauchsanweisung mit Tipps zum umweltschonenden Waschen muss beigelegt sein. Kunststoffe ab 50g müssen gekennzeichnet sein, ab 25g dürfen sie keine gesundheitsgefährdenden Flammschutzmittel enthalten. Hersteller müssen die Geräte kostenfrei zurücknehmen und 2 Jahre Garantie geben; Ersatzteile müssen für 12 Jahre nach Einstellung der Produktion des Gerätes garantiert werden, das Gerät muss recyclinggerecht konstruiert sein.

Staubsauger müssen bei einem Energieverbrauch von weniger als 345 Wh auf Teppich 70% Staub aufnehmen und auf Hartboden bei weniger als 69Wh mindestens 98%, dabei darf der Geräuschpegel 76dB(A) nicht übersteigen. Motoren müssen eine Lebensdauer von mindestens 550 Stunden aufweisen, die Saugdüse eine Schlagbeständigkeit von mindestens 1000 Trommelumdrehungen und der Saugschlauch muss mindestens 40 000 Verformungen aushalten; der Hauptschalter muss mindestens 2500 mal funktionieren. Die Staubfilter müssen auswechselbar sein und die austretende Reststaubmenge darf 0,01mg/m3 nicht überschreiten. Die Kunststoffteile dürfen keine metallischen Einlagen enthalten, es dürfen keine Schwermetalle enthalten sein, Kunststoffteile über 25g dürfen keine gefährlichen Flammschutzmittel und keine langkettigen Chlorparaffine enthalten und müssen gekennzeichnet sein. Der Hersteller muss 2 Jahre Garantie geben, die Ersatzteilversorgung für 10 Jahre garantieren und Rücknahme zum Recycling anbieten.

Elektrogeräte & Energie

Siegel	Ausgebende Stelle	Kontrollstelle	Kontakt	
Europäisches Umweltzeichen (Fortsetzung)	Lebensministerium	Stichprobenartige Kontrollen durch den Verein für Konsumenteninformation (VKI) und unabhängige Berater und Prüfer	Lebensministerium Betrieblicher Umweltschutz und Technologie Abt. VI/5 1010 Wien, Stubenbastei 5 Tel.: +43/1/ 515 22 -0 e-mail: info@umweltzeichen.at www: www.umweltzeichen.at www ✉	
Reparaturgütesiegel (ONR 192102)	Normungsinstitut	Unabhängige, zertifizierte Prüfer	ON Österreichisches Normungsinstitut Heinestraße 38 1020 Wien Tel.: +43/ 1/ 213 00-0 Fax: +43/ 1/ 213 00-818 e-mail: office@on-norm.at www: www.on-norm.at	www
TCO-Label	TCO (Dachverband der schwedischen Angestelltengewerkschaften)	Unabhängige Prüfstellen + TCO	TCO Deutschland Schwanthalerstraße 64 D-80336 München Tel +49/ 89/ 543 446 13 Fax +49/ 89/ 543 446 20 heegner@tibay-m.de www.tcodevelopment.com	www

Elektrogeräte & Energie

Kurzzusammenfassung der Gütesiegel - Richtlinien
Kühlschränke dürfen keine Kühlmittel mit ozonabbauenden Substanzen enthalten und müssen Energieklasse A+ oder A++ entsprechen. Die Geräuschentwicklung muss unter 40dB(A) liegen. Kunststoffe ab 50g müssen gekennzeichnet sein, ab 25g dürfen sie keine gesundheitsgefährdenden Flammschutzmittel enthalten. Der Hersteller muss 3 Jahre Garantie geben, Ersatzteile müssen bis 12 Jahre nach Einstellung der Produktion erhältlich sein. Das Gerät muss recyclinggerecht konstruiert sein und vom Hersteller zurückgenommen werden. **Fernseher:** Der „Off"- Knopf muss klar sichtbar vorne angebracht sein, der Standbyverbrauch 1W nicht überschreiten. Kunststoffteile über 25g dürfen keine gefährlichen Flammschutzmittel enthalten. Das Gerät muss recyclinggerecht konstruiert sein und vom Hersteller zurückgenommen werden. Für **Wärmepumpen** werden gerade Umweltrichtlinien entwickelt. Der energetische Wirkungsgrad von **Lampen** muss 40-55 Lumen/Watt betragen, die Lebensdauer mindestens 10.000 Stunden. Nach 10.000 Stunden muss der Lichtstrom noch mindestens 70% der Ausgangshelligkeit betragen, bei Leuchtstoffröhren 90%, der Quecksilbergehalt ist bei Energiesparlampen mit 6mg und bei Leuchtstoffröhren mit 10mg begrenzt. Kunstoffteile über 5g dürfen keine gefährlichen Flammschutzmittel enthalten, Vepackungen müssen wiederverwertbar sein, Laminate und Plastik sind nicht erlaubt.
Mit dem Reparaturgütesiegel ausgezeichnet werden langlebige, reparaturfreundliche Geräte. Diese müssen zerlegbar sein (Steck-, Schraub- und Schnappverbindungen, keine Klebe- und Schweissverbindungen) und eine hohe Lebensdauer aufweisen (mindestens 10 Jahre). Die Herstellerfirma muss Gerätepläne (Explosionszeichnungen, Teileliste und Schaltpläne) verfügbar machen, es muss eine Anlaufstelle für Reparaturfragen geben. Die Komponenten müssen standardisiert und genormt sein, sodass sie nicht extra (und teuer) bestellt werden müssen; Hersteller müssen die Lieferung von Ersatzteilen garantieren.
Überprüft werden Ergonomie, Emissionen, Umweltschutz und Energieverbrauch von Computermonitoren und Mobiltelefonen. Wichtig ist dabei der niedrige Energieverbrauch im Standby-Modus. Hersteller müssen ISO 14001 oder EMAS- zertifiziert sein.

Elektrogeräte & Energie

Siegel	Ausgebende Stelle	Kontrollstelle	Kontakt	
GEEA Energielabel (GED Energielabel)	Gemeinschaft Energielabel Deutschland (GED)	Gemeinschaft Energielabel Deutschland (GED)	GEEA Hindenburgstrasse 5-6 54290 Trier Tel.: +49/ 651/ 44093 Fax: +49/ 651/ 73178 e-mail: jaekel@abakus-trier.de www: www.energielabel.de	www
EU-Energieetikett	Deutsche Energieagentur	Deutsche Energie-agentur	Deutsche Energie-Agentur GmbH (dena) Chausseestrasse 128a 10115 Berlin, Germany Tel: +49 (0)30 72 61 65 – 600 Fax: +49 (0)30 72 61 65 – 699 e-mail: info@dena.de www: www.dena.de	www
Energy Star (EPA Pollution preventer)	Amerikanische Umweltschutzbehörde (EPA) und US-Department of Energy (DOE)	US-Kontrollagenturen, Kontrolle nicht verpflichtend	ENERGY STAR 1200 Pennsylvania Ave NW Washington, DC 20460 www: www.energystar.gov	www
MPR-II	Statens stralskyddinstitut, das Strahlenschutzinstitut der schwedischen Regierung	Statens stralskyddinstitut	Strahlenschutzinstitut "Statens stralskyddinstitut" Box 60204 104 01 Stockholm Schweden	www

Elektrogeräte & Energie

Kurzzusammenfassung der Gütesiegel - Richtlinien

Ein Energielabel für den Standby-Verbrauch verschiedener Elektrogeräte. Etwa 20-30% der jährlich produzierten Geräte entsprechen diesem Standard. Es gibt das GEEA-Label für PCs und Bildschirme, Audiogeräte, Drucker, Fernsehgeräte, Kopierer, Mobiltelefone, Scanner, Netzteile, Faxgeräte, Videorecorder und Multifuntionsgeräte. Die aktuellen Listen der ausgezeichneten Geräte können auf der Homepage eingesehen werden.

Das EU-Energieetikett teilt den Energieverbrauch von Elektrogeräten in 7 Energieklassen von A bis G, wobei Geräte der Energieklasse A den geringsten Stromverbrauch haben. Überdies gibt das Energieetikett wichtige technische Informationen wie z.B. Geräuschemissionen, Wasserverbrauch etc. Diese Etiketten sind EU-weit einheitlich und ermöglichen dem Konsumenten so den direkten Vergleich zwischen den Geräten einer Gruppe.

Mit dem Energy Star ausgezeichnet können Computer und Monitore werden, die mit Standby-Betrieb ausgestattet sind und in diesem Modus nicht mehr als 30W verbrauchen (Computer) oder über 2 Standby-Betriebsstufen verfügen, wobei die erste Sparstufe nicht mehr als 15W und die zweite (die „Tiefschlafphase") nicht mehr als 8W verbrauchen darf. Hersteller, die der Meinung sind, die Grenzwerte zu erfüllen, dürfen das Siegel verwenden, eine Kontrolle der Herstellerangaben findet nicht statt. Insgesamt hat sich der Energy Star-Standard aber mittlerweile am Markt durchgesetzt und wird von den meisten Erzeugern eingehalten.

Der MPR-II Standard kennzeichnet strahlungsarme PC-Bildschirme, er legt die gesundheitlich unbedenkliche Menge an Strahlung, die in einem Abstand von 50 cm vom Bildschirm gemessen werden kann, fest. Das Prüfsiegel basiert auf einer Norm, mit der die technischen Grenzen zur Reduzierung der Bildschirmstrahlung festgelegt wurden. Es gibt keine Kontrolle, Hersteller können das Siegel nach eigenem Ermessen verwenden. Allerdings ist der Standard heute international als eine Art Mindeststandard für Bildschirme anerkannt.

Elektrogeräte & Energie

Biomasse-Heizanlagen

KWB Kraft und Wärme aus Biomasse
GmbH, Industriestr.235
8321 St.Margarethen
Tel: 03115/6116-0
E-Mail: office@kwb.at
web: www.kwb.at
Pelletskessel und Hackgutkesselenergieeffizient und besonders schadstoffarm

Nahwärme Gleinstätten GmbH, Nr.186
8443 Gleinstätten
Tel: 0664/7999130
E-Mail: w.waltl@nahwaerme.at
web: www.nahwaerme.at
Anlagencontracting

Brennstoffe aus Biomasse, Holzbriketts

Holzindustrie Maresch GmbH, Nr. 116
2081 Niederfladnitz
Tel: 02949/7000
E-Mail: holz@maresch.co.at
web: www.maresch.co.at
Hackgut, Laubrundholz, Nadelrundholz, Rinde, Sägespäne, Hobelware, Laubschnittholz, Nadelschnittholz, Spreißel/Kappstücke

Österr. Bundesforste AG,
Pummerg.10-12
3002 Purkersdorf
Tel: 02231/600-0
E-Mail: bundesforste@bundesforste.at
web: www.bundesforste.at
Biomasse, Schleif- und Faserholz, Nadelsägerundholz, Laubholz

Erlauftaler Grillkohle Gebr. Gruber
GmbH, Steinholz 23
3263 Randegg, Niederösterreich
Tel: 07487/8410
E-Mail: gruberholz@aon.at
Grillkohle, Laubrundholz, Industrieholz, Nadelrundholz

Mosser Leimholz GmbH, Perwarth 88
3263 Randegg, Niederösterreich
Tel: 07487/6271-0
E-Mail: office@mosser.at
web: www.mosser.at
Brettschichtholz, keilgezinkte Baulatte, Türfries, Holzbriketts, Massivholzplatten, Schnittholz, Deckenelemente

DH-Design Holzverarbeitungs GmbH,
Wirtschaftspark
3331 Kematen an der Ybbs
Tel: 07476/77770
E-Mail: office@dh-holz.at
web: www.dh-holz.at
Fußböden, Lamellen, Rinde, Sägespäne, Hackgut, Massivholzplatten, Spreißel/Kappstücke

RZ Pellets GmbH, Bahnhofstr.32
3370 Ybbs an der Donau
Tel: 07412/54588-0
E-Mail: office@rz-pellets.at
web: www.rz-pellets.at
Die Rohstoffbeschaffung ist ausschließlich auf nachhaltige Waldbewirtschaftung aufgebaut. RZ Pellets werden aus naturbelassenen Säge- oder Hobelspänen des angrenzenden Sägewerkes hergestellt.

L. Neumüller Gmbh & Co KG, Nr. 88
3525 Sallingberg
Tel: 02877/7401-0
E-Mail: klaus@neumueller-holz.at
web: www.neumueller-holz.at
Industrieholz, Nadelrundholz, Scheitholz, Laubrundholz, Nadelschnittholz

Kraxberger Holz GmbH, Inn 8
4632 Pichl bei Wels
Tel: 07242/6604
E-Mail: kraxberger-holz@aon.at
web: www.kraxberger-holz.at
Hobelware, Laubschnittholz, Rinde, Industrieholz, Nadelschnittholz, Sägespäne

Aitzetmüller Holz GmbH,
Mitterndorf 58
4643 Pettenbach, Oberösterreich
Tel: 07586/8816
E-Mail: office@aitzetmueller.holz.at
web: www.aitzetmueller-holz.at
Hackgut, Spreißel/Kappstücke, Nadelschnittholz, Sägespäne

Elektrogeräte & Energie

Leberbauer GmbH, Viechtwanger Str.4
4643 Pettenbach, Oberösterreich
Tel: 07615/2315-0
E-Mail: leberbauer.laerche@utanet.at
web: www.saegewerk-leberbauer.at
Latten, Staffeln, Kanthölzer, Pfosten, Sägespäne, Hackschnitzel, Rinde, Brennholz

PEFC

Helga Gschwendtner, Tollet 15
4710 Grieskirchen
Tel: 07248/62723
E-Mail: saege@gschwendtner.co.at
web: gschwendtner.gemeindeausstellung.at
Hackgut, Hobelware, Laubschnittholz, Nadelschnittholz, Rinde, Sägespäne

PEFC

Meyer Holzhandels GmbH, Bahnhofstr.6
4810 Gmunden
Tel: 07612/67487
E-Mail: office@meyerholz.at
web: www.meyerholz.at
Industrieholz, Sägerundholz, Schnittholz, Rundholz, Brennholz

PEFC

Prehofer Säge- und Hobelwerk GmbH, Stölln 7
4845 Rutzenmoos
Tel: 07672/23350
E-Mail: buero@prehofer-holz.at
web: www.prehofer-holz.at
Hackgut, Laubschnittholz, Nadelschnittholz, Sägespäne, Laubrundholz, Nadelrundholz, Rinde

PEFC

Feldbacher Holzverarbeitungs GmbH, Untererb 25
5211 Friedburg
Tel: 07746/2228
E-Mail: office@feldbacher-holz.at
web: www.felbacher-holz.at
Fußböden, Hobelware, Laubschnittholz, Spreißel/Kappstücke, Hackgut, Laubrundholz, Nadelschnittholz, Sägespäne

PEFC

Alois Maier, Mörtelsdorf 44
5580 Tamsweg
Tel: 06474/2274
Hackgut, Hobelware, Industrieholz, Nadelrundholz, Nadelschnittholz, Rinde, Spreißel/Kappstücke, Sägespäne

PEFC

Peter Graggaber GmbH, Neggendorf 92
5580 Unternberg
Tel: 06474/6207-0
E-Mail: pg-holz@aon.at
web: www.pg-holz.at
Hackgut, Lärchenschnittholz, Nadelschnittholz, Rinde, Sägespäne, Hobelware, Nadelrundholz, Palisaden

PEFC

Hermann & Müller GmbH & Co KG, Franz Lederer Str.12c
5671 Bruck an der Großglocknerstraß
Tel: 06545/7202
E-Mail: hermann-mueller@aon.at
web: www.hermann-mueller.at
Hackgut, Nadelrundholz, Rinde, Sägespäne, Industrieholz, Nadelschnittholz, Spreißel/Kappstücke

PEFC

Wilhelm Meißnitzer, Niedernsiller Str.2
5722 Niedernsill
Tel: 06548/8720
E-Mail: holz@meissnitzer.at
web: www.meissnitzer.at
Gartenzaun, Holzkisten, Nadelschnittholz, Rindenmulch, Spreißel/Kappstücke, Hackgut, Laubschnittholz, Paletten, Scheitholz

PEFC

Peter Holzmann Holzschlägerei u. Hackschnitzel, Josef-Abentung-Weg 23a
6091 Götzens
Tel: 05234/32256
E-Mail: office@holzmann.info
web: www.holzmann.info
Hackgut, Laubrundholz, Industrieholz, Nadelrundholz

PEFC

Franz Binder GmbH Holzindustrie, Bundesstr. 283
6263 Fügen
Tel: 05288/601-0
E-Mail: office@binderholz.com
web: www.binderholz.com
Brettschichtholz, Hackgut, Hobelware, Holzbriketts, MDF Platten, Nadelschnittholz, Pellets, Rinde, Scheitholz, Schnittholz, Sägespäne, Massivholzplatten

PEFC

oekoweb
Österreichs zentrales Umweltportal

Elektrogeräte & Energie

Zilloplast Kunststoffwerke Höllwarth KG, Zellbergeben 53
6280 Zell am Ziller
Tel: 05282/2317-0
E-Mail: office@zilloplast.at
web: www.hoellwarth.co.at
Latten, Hobelware, Rinde, Laubschnittholz, Scheitholz, Nadelschnittholz, Holzbriketts, Zäune

Schmidholz GmbH, Bergliftstr.29
6363 Westendorf, Tirol
Tel: 05334/6831
E-Mail: office@schmidholz.at
web: www.schmidholz.at
Rundholz, Industrieholz, Brennholz, Starkholz, Bauholz

Schaffer Holz Tirol GmbH, Innweg 3
6424 Silz, Tirol
Tel: 05263/5341-0
E-Mail: tirol@schaffer.co.at
web: www.schaffer.co.at
Holzbriketts

Pfeifer Holzindustrie GmbH & Co KG, Brennbichl 103
6460 Imst
Tel: 05412/6960-0
E-Mail: info@holz-pfeifer.com
web: www.holz-pfeifer.com
Briketts, Hobelware, Kappstücke, Nadelschnittholz, Rinde, Scheitholz, Sägespäne, Hackgut, Industrieholz, Nadelrundholz, Pellets, Schalungsplatten,

Burgenländischer Waldverband GmbH, Hauptpl.1 a
7432 Oberschützen
Tel: 03353/61168
E-Mail: office@bwv.at
web: www.bwv.at
Industrieholz, Nadelrundholz, Laubrundholz

Hans.j. Fischer GmbH, Penzendorf 76
8230 Hartberg
Tel: 03332/62681
E-Mail: hans.fischer@fischerholz.at
web: www.fischerholz.at
Hackgut, Laubrundholz, Nadelrundholz, Rinde, Sägespäne, Industrieholz, Laubschnittholz, Nadelschnittholz, Spreißel/Kappstücke

Holzwerk Kern GmbH & Co KG, Griesstr.36
8243 Pinggau
Tel: 03339/22326-0
E-Mail: holzwerk.kern@aon.at
Hackgut, Nadelrundholz. Rinde, Spreißel/Kappstücke, Industrieholz, Nadelschnittholz, Scheitholz

Liechtenstein Holztreff Säge- & Hobelwerk, Liechtensteinstr.15
8530 Deutschlandsberg
Tel: 03462/2222-15
E-Mail: info@holztreff.at
web: www.holztreff.at
Bauholz, Bauwaren, Blockhausbohlen, Blockhausdielen, Blockhäuser, Brettschichtholz, Böden für Außenbereich, Carport, Dachstuhlholz, Fichtenrundholz, Fichtenschnittholz, Fußböden, Gartenbauholz, Gartenhäuser, Gartenzaun, Hackgut, Hackschnitzel, Hobelware, Holzhäuser, Holzkisten, Kabeltrommel, Kantholz, Kisten, Konstruktionsholz getrocknet/gehobelt, Konstruktionsvollholz, Latten, Lärchenholz, Lärchenrundholz, Lärchenschnittholz, Morali, Nadelschnittholz, Paletten, Pfosten, Profilbretter, Rinde, Schiffboden, Schnittholz, Spreißel/Kappstücke, Staffeln, Sägespäne, Terrassenböden, Verpackungsware

Holzhandel Tschuchnigg, Gasseldorf 79
8543 St. Martin im Sulmtal
Tel: 03465/7028-28
E-Mail: office@tschuchnigg-holz.at
web: www.tschuchnigg-holz.at
Industrieholz, Laubschnittholz, Nadelschnittholz, Scheitholz, Laubrundholz, Nadelrundholz, Rinde, Sägespäne, Hackgut

Holzindustrie Leitinger GmbH, Nr.57
8551 Wernersdorf
Tel: 03466/42319-0
E-Mail: holz@leitinger.com
web: www.leitinger.com
Briketts, Pellets, Gartenbauholz, Holzmöbel, Latten, Nadelschnittholz, Spreißel/Kappstücke, Fußböden, Hobelware, Konstruktionsvollholz, Massivholzplatten, Paletten, Schiffboden

Elektrogeräte & Energie

Golob Transport GmbH,
Hammergraben 82
8724 Spielberg bei Knittelfeld
Tel: 03512/82860-0
E-Mail: holzhandel@golob.at
web: www.golob.at
Industrieholz, Nadelrundholz, Laubrundholz, Brennholz

PEFC

Pabst Johann Holzindustrie GmbH,
Kathal 6
8742 Obdach
Tel: 03578/4020-0
E-Mail: office@pabst-holz.com
web: www.pabst-holz.com
Brettschichtholz, Hackgut, Industrieholz, Nadelrundholz, Pellets, Rinde, Briketts, Hobelware, Kappstücke, Nadelschnittholz, Pferdeeinstreu, Sägespäne

PEFC

Kaufmann Leimholz GmbH,
Pisching 30
8775 Kalwang
Tel: 03846/8181
E-Mail: kalwang@kaufmann-holz.com
web: www.kaufmann-holz.com
Brettschichtholz, Briketts, Kappstücke

PEFC

E.u.A.u.G. Prein GmbH,
Laintal 54
8793 Trofaiach
Tel: 03847/2459
E-Mail: saegewerk.prein@aon.at
Hackgut, Rinde, Sägespäne, Nadelschnittholz, Nadelrundholz

PEFC

STIA - Holzindustrie GmbH, Sägestr.539
8911 Admont
Tel: 03613/3350-0
E-Mail: info@admonter.at
web: www.admonter.at
Holzbriketts, Naturholzplatten, Schnittholz, Landhausdielen, Paletten, Türfries;

PEFC

Egger Holz GmbH, Döllach 23
8940 Liezen
Tel: 03612/82630
E-Mail: office@egger-holz.at
web: www.egger-holz.at
Fichtenschnittholz, Hackgut, Paletten, Rinde, Sägespäne, Tannenschnittholz

PEFC

W&T Holzindustrie GmbH, Landesstr.9
9311 Kraig
Tel: 04212/72900-0
E-Mail: office.kraig@w-t.at
web: www.w-t.at
Hackgut, Industrieholz, Nadelschnittholz, Spreißel/Kappstücke, Hobelware, Nadelrundholz, Rinde, Sägespäne

PEFC

Tilly Holzindustrie GmbH,
Krappfelder Str.27
9330 Althofen
Tel: 04262/2143
E-Mail: office.platten@tilly.at
web: www.tilly.at
Briketts, Fußböden, Hobelware, Massivholzplatten, Spreißel/Kappstücke, Türrohling, Türfriesstangen, Laubschnittholz, Nadelschnittholz

PEFC

Papierholz Austria GmbH, Frantschach 39
9413 St.Gertraud
Tel: 04352/2050-0
E-Mail: pha@papierholz-austria.at
web: www.papierholz-austria.at
Hackgut, Laubrundholz, Rinde, Sägespäne, Industrieholz, Nadelrundholz,

PEFC

Holz Pirker GmbH, Klagenfurter Str.31
9556 Liebenfels
Tel: 04215/2370
E-Mail: office@holz-pirker.at
web: www.holz-pirker.at
Brennholz, Fußböden. Holzwerkstoffplatten, Nadelschnittholz, Brettschichtholz, Hobelware, Laubschnittholz

PEFC

Wertholz Österreich Holzhandels GmbH,
Hart 101
9586 Fürnitz
Tel: 04257/4530
E-Mail: office.at@wertholz.com
web: www.wertholz.com
Hackgut, Nadelrundholz, Sägespäne, Scheitholz, Sägenebenprodukte

PEFC

Hasslacher Hermagor GmbH & Co KG,
Eggerstr.15
9620 Hermagor
Tel: 04282/2143
E-Mail: office@hasslacher-hermagor.com
web: www.hasslacher-hermagor.com
Brennstoffe aus Holz, Hobelware, Lamellen, Leimholzprodukte, Nadelrundholz, Nadelschnittholz, Sägenebenprodukte,

PEFC

Elektrogeräte & Energie

Hasslacher Drauland Holzindustrie GmbH., Feistritz 1
9751 Sachsenburg
Tel: 04769/2249-0
E-Mail: info@hasslacher.at
web: www.hasslacher.at
Schnittholz, Hobelware, Brettschichtholz, Konstruktionshölzer,

Hans Peter Hassler, Hauzendorf 10
9761 Greifenburg
Tel: 04712/254
Hackgut, Laubrundholz, Nadelrundholz, Rinde, Sägespäne, Industrieholz, Laubschnittholz, Nadelschnittholz, Spreißel/Kappstücke

Hermann Haßler Sägewerk und Holzhandel, Schulstr.113
9761 Greifenburg
Tel: 04712/625
E-Mail: biowaerme.greifenburg@direkt.at
Hackgut, Laubrundholz, Nadelrundholz, Rinde, Sägespäne, Industrieholz, Laubschnittholz, Nadelschnittholz, Spreißel/Kappstücke

Theurl Brüder GmbH, Aue 128
9911 Thal-Assling
Tel: 04855/8411-0
E-Mail: office@theurl-holz.at
web: www.theurl-holz.at
Hackgut, Industrieholz, Nadelschnittholz, Spreißel/Kappstücke, Hobelware, Nadelrundholz, Rinde, Sägespäne

Energiesparberatung & Contracting

oekoplan Energiedienstleistungen GmbH, Mariahilfer Str.89
1060 Wien
Tel: 01/9610561-0
E-Mail: office@oekoplan.at
web: www.oekoplan.at
Senkung von Energieverbrauch, Energiekosten und CO2-Ausstoß von Gebäuden und öffentlichen Beleuchtungen durch den EnergieCheck

Energieagentur Waldviertel, Aignerstr.1
3830 Waidhofen/Thaya
Tel: 02842/9025-40871
E-Mail: energieagentur@wvnet.at
web: www.wvnet.at/energieagentur
Energie-Einsparcontracting

Grazer Energieagentur GmbH, Kaiserfeldg.13
8010 Graz
Tel: 0316/811848-0
E-Mail: office@grazer-ea.at
web: www.grazer-ea.at
Thermoprofit - Einsparcontracting: ist ein innovatives Dienstleistungspaket, mit dem Gebäudeeigentümer Energiekosten einsparen können, bei gleichzeitiger Erhaltung und Verbesserung ihrer Gebäude und energietechnischen Anlagen

Conness Energieberatungs-Planungs-und Betriebs GmbH, Conrad v.Hötzendorfstr.103a
8010 Graz
Tel: 0316/466099
E-Mail: office@conness.at
web: www.conness.at
* Einsparcontracting LeaCon und GripsLight * Anlagencontracting Smart-Housing und CleanHeatfür geringere Emissionen und einen verringerten Energieverbrauch

nahwaerme.at Energiecontracting GmbH, Herrgottwiesg.188
8055 Graz-Puntigam
Tel: 0316/292840-22
E-Mail: office@nahwaerme.at
web: www.nahwaerme.at

Nahwärme Gleinstätten GmbH, Nr.186
8443 Gleinstätten
Tel: 0664/7999130
E-Mail: w.waltl@nahwaerme.at
web: www.nahwaerme.at
Anlagencontracting

Elektrogeräte & Energie

Energieversorgung

oekostrom Aktiengesellschaft

oekostrom AG für Energieerzeugung und -handel, Mariahilfer Str.120
1060 Wien
Tel: 01/9610561-0 Fax: 9610561-25
E-Mail: office@oekostrom.at
web: www.oekostrom.at
100% Energie aus Wind, Sonne, Biomasse und Kleinwasserkraft, klimafreundlich und atomstromfrei, garantiert frei von fossilen Energieträgern

AAE Naturstrom Vertrieb GmbH,
Kötschach 66
9640 Kötschach-Mauthen
Tel: 04715/222-0
E-Mail: info@aae.at
web: www.aae-energy.com
AAE Naturstrom Plus

oekoweb
Österreichs zentrales Umweltportal

Haushalts- und Energiespargeräte

Sharp Electronics (Europe) GmbH
- Zweigniederlassung Österreich,
Handelskai 342
1020 Wien
Tel: 01/72719-0
E-Mail: sharpinfo@seeg.sharp-eu.com
web: www.sharp.at
Fernseher der Linie Aquos zertifiziert; erhältlich im Elekro Fachhandel

Eurotech HB - Haushaltsgeräte GmbH,
Pfarrg.52
1230 Wien
Tel: 01/61048-0 Fax: 61048-655
E-Mail: haushalt@eurotechhb.at
web: www.eurotechhb.at
Eudora titan, Eudora Babynova 385 rapid/380 rapid und Eudora Euronova 355/353 sind mit dem Reparaturgütesiegel ausgezeichnet.
siehe auch Umschlagrückseite

Schmierstoffe - biologisch abbaubar

Biostar Oil GmbH, Edelsee 9
8413 Ragnitz
Tel: 03183/8620-0
E-Mail: biostar@biostar-oil.at
web: www.biostar-oil.at
Sägekettenöle auf Pflanzenbasisbiologisch gut abbaubar

Solaranlagen und -technik

S.O.L.I.D. Gesellschaft für Solarinstallation & Design GmbH, Puchstr. 85
8020 Graz
Tel: 0316/292840
E-Mail: office@solid.at
web: www.solid.at
Planung, Lieferung, Installation bis hin zur Wartung von Solaranlagen; von der kleinen Hausanlagen bis zum Solarkraftwerk.

GREENoneTEC Solarindustrie GmbH,
Energiepl.1
9300 St.Veit/Glan
Tel: 04212/28136-0
E-Mail: info@greenonetec.com
web: www.greenonetec.com
Flachkollektoren und Vakuumröhrenkollektoren,langzeitbeständige und umweltfreundliche thermische Solarprodukte

Sonnenkraft Österreich Vertriebs GmbH, Industriepark
9300 St.Veit/Glan
Tel: 04212/45010
E-Mail: office@sonnenkraft.com
web: www.sonnenkraft.com
Aufdachkollektoren, Indachkollektoren und Sonderanfertigungen, Vakuumkollektoren, umweltfreundliche thermische Solarenergie,rasche Amortisation und hohe Effizenz der Produkte

Elektrogeräte & Energie

Verpackungsmaterialien und -Technik

Map Austria GmbH,
Obachg.32
1220 Wien
Tel: 01/25070-0
E-Mail: office.wien@mapaustria.at
web: www.mapaustria.at
Grafische Papiere, Papierprodukte, Papier

Nettingsdorfer Papierfabrik AG & Co KG, Nettingsdorfer Str.40
4053 Haid bei Ansfelden
Tel: 07229/863-0
E-Mail: nettingsdorfer@smurfitkappa.at
web: www.nettingsdorfer.at
Hackgut, Industrieholz, Rinde, Wellpappe, Hackstifte, Papierverpackung, Verpackungspapiere

Pro-Tech Handels GmbH Biologische und technische Produkte, Einfang 33, Gewerbepark Ost
6130 Schwaz
Tel: 05242/74100
E-Mail: office@biomat.info
web: www.biomat.info
kompostierbare Abfallsäcke, Garten- bzw. Agrarfolien und Einwegbecher

Stenqvist Austria GmbH, Dr. Angeli-Str.14
8761 Pöls
Tel: 03579/8055-0
E-Mail: office@stenqvist.at
web: www.stenqvist.com
Papiertragetaschen in FSC-Qualität

Mondi Packaging Frantschach GmbH, Frantschach 5
9413 St. Gertraud
Tel: 04352/530-0
E-Mail: office@frantschach.com
web: www.mondigroup.com
Papierverpackung, Wellpappe, Zellstoff

memo AG, Am Biotop 6
D-97259 Greußenheim
Tel: 0049/9369/9050
E-Mail: info@memo.de
web: www.memo.de
FSC-zertifizierte Produkte:Geschäftspapier, Holzspüle, Holzschreibgeräte, Mousepads, Haushaltswaren, OSB-Regalsystem, Gartenmöbel.

Klimakatastrophe abwenden?

Ein Zeichen setzen - ökologisch einkaufen!

die grünen seiten **ÖKO** Adressbuch
mit Magazinteil

Gesundheit & Wellness
Essen & Trinken
Bauen & Wohnen
Ökologie & Umwelttechnik
und vieles mehr...

Best of Öko...
€ 14.90
..zum besten Preis !

2007

Essen und Trinken

Nahrungsmittel aus biologischer Landwirtschaft und fairem Handel waren der erste Bereich, auf dem die Menschen sich hierzulande der Nachhaltigkeit zugewandt haben – natürlich, denn unsere Ernährung beeinflusst unser Wohlbefinden direkt. Leider ist aber gerade auch die Ernährung das Gebiet, wo die meisten Missverständnisse auftreten. Kaum jemand kann sich der Werbewirksamkeit einer „glücklichen" Kuh auf einer Almwiese verschließen! Umso wichtiger sind die Kennzeichnungen der Bio- und Fair Trade- Lebensmittel. Glücklicherweise ist aber auch das Kontrollsystem bei Bio-Lebensmitteln sehr gut ausgeprägt, es gibt genaue gesetzliche Vorgaben und alle Hintergründe sind über Prüfnummern einsichtig. Ein wenig verwirrend kann nur die Vielzahl der Gütesiegel und Bio-Zeichen sein, wobei gerade momentan sehr viel zu ihrer Vereinfachung getan wird (siehe Artikel von Mag. Martina Glanzl im Magazinteil).

Wichtig zu beachten ist im weiteren auch der Wortlaut auf einem „ökologisch anmutenden" Produkt: „aus biologischer Landwirtschaft", „aus biologischem Anbau (oder Landbau)" und „aus kontrolliert biologischem Anbau (kbA)" darf nur auf dem Produkt stehen, wenn es sich tatsächlich um von staatlichen Kontrollstellen kontrollierte Produkte handelt (statt "biologisch" wird auch "ökologisch" verwendet. Diese Bezeichnung ist vor allem in Deutschland üblich). Bezeichnungen wie "naturnah",

Siegel	Ausgebende Stelle	Kontrollstelle	Kontakt	
EU-Biozeichen	Europäische Kommission/ jeweilige Ministerien (in Österreich Lebensministerium)	Staatliche Kontrollstellen	Bundesministerium für Land- und Forstwirtschaft, Umwelt und Wasserwirtschaft Stubenring 1 1012 Wien e-mail: infomaster@lebensministerium.at www: ec.europa.eu/agriculture/qual/organic/index_de.htm www☏	
Austria Bio	Agrarmarkt Austria (AMA)	Alle staatlich zugelassenen Kontrollstellen	Agrarmarkt Austria Marketing GesmbH. Dresdner Straße 68a A-1200 Wien Tel. +43/1/33151 Fax +43/1/33151-499 e-mail: office@ama.gv.at www: www.ama-marketing.at www☏	

Essen und Trinken

"naturrein", "vollwert", "aus kontrolliertem Anbau", "aus Freilandhaltung" oder Ähnliches weisen nicht auf Bioprodukte hin.

Viele Firmen haben ihre eigenen Produkte einer strengen Kontrolle unterworfen und führen daher Eigenmarken, die wie Biosiegel anmuten. Eine gute Übersicht über die vorhandenen Siegel und ihre Richtlinien ist daher gerade auf dem Gebiet der Lebensmittel dringend notwendig.

Einen wichtigen Beitrag zum Schutz unserer Umwelt liefern auch regionale Produkte. Verbände für regionale Produkte geben Gütesiegel für lückenlos in der Region produzierte Lebensmittel aus, dabei entfallen weite Transportwege (siehe Artikel von Frau Mag. Ebner im Magazinteil zum Thema Regionalität). Durch die Produktion in der Region ist der gesamte Produktionsprozess den strengen österreichischen Gesetzen zum Chemieeinsatz in der Landwirtschaftlichen Produktion unterworfen. Wichtige Regionalitätssiegel sind „Ländle Qualität – Luag druf", „Qualität Tirol", „Gutes vom Bauernhof" und die geschützte Ursprungsbezeichnung (g.U.). Regionale Produkte sind aber nicht automatisch Bio-Produkte ! Nur wenn die Produkte eine der folgenden Bio-Kennzeichnungen aufweist, hat man es tatsächlich mit einem Bio-Produkt zu tun.

Der auf die Siegelvorstellung folgende Adressteil ist, soweit die Bio-Verbände bereit waren, uns über ihre Mitglieder bzw. Zertifizierten Händler Auskunft zu geben, vollständig. Die Biobauernhöfe (Ab-Hof-Verkauf) mußten wir leider aufgrund des extremen Adressumfanges ausklammern, eine eigene Publikation zum Einkauf am Bio-Bauernhof ist aber bereits in Planung.

Kurzzusammenfassung der Gütesiegel - Richtlinien

Das EU-Biozeichen wird ab 2009 in der ganzen EU gültig sein. Damit wird auch eine Neufassung der EU-Bio-Verordnung gültig werden, die im Dezember 2006 beschlossen wurde. Als Kriterien für die Vergabe gelten die EU-Verordnungen 2092/91 und 1804/1999.
Mit dem EU-Biokennzeichen ausgezeichnete Produkte müssen mindestens 95% Bestandteile aus biologischer Herkunft aufweisen.

Die Richtlinien kommen von der EU-VO 2092/91 und dem Österreichischen Lebensmittelcodex Kapitel A8.
Es gibt zwei verschiedene Zeichen: Das AMA-Biozeichen mit Ursprungsangabe (mit rotem Kreis) und ohne Ursprungangabe (mit schwarz-weißem Kreis).
Die AMA veröffentlicht die Adressen ihrer zertifizierten Betriebe nicht, daher sind die zertifizierten Betriebe in der Adressliste nur beispielhaft vorhanden.

Essen und Trinken

Siegel	Ausgebende Stelle	Kontrollstelle	Kontakt	
BIO AUSTRIA	Bio Austria	Austria Bio Garantie (ABG), BIOS, Lacon, SGS, SLK	BIO AUSTRIA Theresianumgasse 11/1 A-1040 Wien Tel.: +43/ 1/ 403 70 50 Fax: +43/ 1/ 403 70 50 190 e-mail: engelbert.sperl@bio-austria.at www: www.bio-austria.at www ✉ ☎	
KT Freiland	KT-FREILAND Verband für ökologisch-tiergerechte Nutztierhaltung und gesunde Ernährung	Österreichische staatlich anerkannte Kontrollinstitute	KT-FREILAND Verband für ökologisch-tiergerechte Nutztierhaltung und gesunde Ernährung Theresianumgasse 11 A - 1040 Wien Tel.: +43/ 1/ 408 88 09 Fax: +43/1/ 4027800 e-Mail: office@freiland.or.at www: www.freiland.or.at www ☎	
Demeter	Österreichischer Demeter-Bund	ABG, BIOS, Lacon, SGS, LVA, BIKO	Österreichischer Demeter-Bund Theresianumgasse 11 A - 1040 Wien Tel.: +43/ 1/ 8794701 Fax: +43/ 1/ 8794722 e-mail: info@demeter.at www: www.demeter.at www ☎	

Essen und Trinken

Kurzzusammenfassung der Gütesiegel - Richtlinien
Die BIO AUSTRIA hat sich aus dem ehemaligen Ernte-Verband (Ernte für das Leben) entwickelt. Es gelten die EU-VO 2092/91, der österreichische Lebensmittelcodex (ÖLK) Kapitel A8, das österreichische Tierschutzgesetz sowie verbandseigenen Richtlinien. Zu den verbandseigenen Richtlinien gehören die Verpflichtung, den gesamten Betrieb auf biologische Landwirtschaft umzustellen (nicht nur Teile davon) und der Besuch eines Umstellungskurses von mindestens 15 Stunden. Zusätzlich ist unter anderem die Ausbringung von Gülle, Jauche und Frischmist als Kopfdüngung bei Beerenobstpflanzen verboten, zugekaufte Dünger aus biologischer Wirtschaft sind limitiert, nicht-biologische Dünger bedürfen einer Genehmigung; Pflanzenhilfsmittel müssen frei von gentechnisch veränderten Produkten sein. Tiere müssen primär mit selbst produzierten Futtermitteln gefüttert werden, Futter darf nur von anderen Bio-Austria-zertifizierten Betrieben zugekauft werden. Kuhtrainer sind verboten (mit Übergangsfristen); Wassergeflügel muss ständig Zugang zu einem Gewässer haben (Fließgewässer, Teich oder See), Spaltböden sind auch bei Geflügel verboten. Weingärten müssen ganzjährig begrünt sein. Für Teichwirtschaft, Wild wirtschaft und Imkerei gibt es spezielle Richtlinien der Bio Austria.
Eingegliedert in die BIO AUSTRIA, es gelten die BIO AUSTRIA – Richtlinien. Spezialrichtlinien für Legehennen (KAT-Vorschriften): Tageslicht ist verpflichtend, Sitzstangen müssen stufenförmig erhöht sein, Drahtgeflecht ist in den Legenestern verboten, ebenso das Kupieren von Schnäbeln. Im Futter darf kein Tierkörper- oder Fischmehl verabreicht werden. Anbinde- und Einzelhaltung verboten, 365 Tage pro Jahr muss Auslauf zur Verfügung stehen, strukturierter Stall mit ausreichend Einstreu muss vorhanden sein; schmerzhafte Eingriffe (z.B. Kastration) nur unter Schmerzausssschaltung erlaubt; Fütterung ausschließlich mit biologisch produzierten Futtermitteln (mindestens 70% davon aus KT-Freiland zertifizierten Betrieben, 30% dürfen aus Mitgliedsbetrieben anderer Bioverbände stammen); Grundfuttermittel müssen ständig zur Verfügung stehen; Transporte zu Schlachthöfen dürfen 30km nicht übersteigen.
Demeter gehört zum Netzwerk BIO AUSTRIA. Für die biologisch-dynamische Landwirtschaft nach Demeter-Richtlinien gelten überdies noch eigene Demeter-Richtlinien: Saatgut muss, soweit verfügbar, aus biologisch-dynamischem Anbau stammen (Nichtverfügbarkeit muss von der Kontrollstelle bestätigt werden). Die Anwendung organischer Handesldünger ist beschränkt, tierische Dünger dürfen nicht aus Intensivtierhaltung stammen. Der Humusaufbau ist von besonderer Bedeutung, Kompost soll weiterverarbeitet werden. Der Einsatz von Vliesen und Folien soll minimiert werden, Böden müssen im Obstbau ganzjährig

Essen und Trinken

Siegel	Ausgebende Stelle	Kontrollstelle	Kontakt	
Demeter				
Biolandwirtschaft Ennstal	Verband Biolandwirtschaft Ennstal	ABG	Biolandwirtschaft Ennstal 8950 Stainach 160 Tel: +43/ 3623/ 20116 Fax: +43/ 3623/ 20117 e-mail: office@bioland-ennstal.at www: www.bioland-ennstal.at www ☎	
Hofmarke Ökoland Bio Alpe Adria Ökowirt Kopra VNÖ			siehe BIO AUSTRIA	
Dinatur				
ÖIG				
Biologische Ackerfrüchte (BAF)	BAF	staatlich anerkannte Kontrollstellen	Biologische Ackerfrüchte A-2163 Pottenhofen Tel: +43/ 2554/ 853 74 Fax: +43/ 2554/ 81 14 e-mail: piatti@nanet.at www: www.bioackerfrucht.at www ☎	

Essen und Trinken

	Kurzzusammenfassung der Gütesiegel - Richtlinien
	begrünt werden. Tiere müssen artgerecht gehalten werden und Weiden bzw. Auslauf zur Verfügung haben. Teilspaltenböden sind nur zugelassen, wenn der Spaltenbodenanteil weniger als 50% beträgt; das Enthornen ist nicht gestattet. Die Geflügelhaltung in Käfigen ist nicht erlaubt, Wasservögel müssen Zugang zu Wasser haben. Zugekauftes Futter soll möglichst aus Demeter-Produktion kommen. Antibiotika dürfen routinemäßig und prophylaktisch nicht angewendet werden.
	Die Biolandwirtschaft Ennstal gehört zum Netzwerk BIO AUSTRIA. Der Schwerpunkt liegt aufgrund der räumlichen Gegebenheiten auf der Viehwirtschaft, Bio-Milch und Bio-Fleisch sind die Hauptprodukte. Es gelten die Richtlinien des Bio-Landbaus in Österreich (EU-VO 2092/91 und ÖLK A8).
	Eingegliedert in die BIO AUSTRIA, es gelten die BIO AUSTRIA – Richtlinien.
	Der Verein Dinatur wurde kürzlich aufgelöst; es galt die EU-VO 2092/91, ÖLK A8 und eigene Vereinsrichtlinien. Mindestens 95% der Zutaten mußten aus österreichischem Anbau stammen.
	Die Österreichische Interessengemeinschaft für den Biolandbau wurde kürzlich aufgelöst.
	Biologische Ackerfrüchte ist ein Verband mehrerer großer Bio-Erzeuger. Der Verband arbeitet nach den Richtinien der Bio Austria. Der BAF gehört zum Netzwerk BIO AUSTRIA.

Essen und Trinken

Siegel	Ausgebende Stelle	Kontrollstelle	Kontakt	
Förderungs-gemeinschaft für ein gesundes Bauerntum (ORBI)	Förderungs-gemeinschaft für ein gesundes Bauerntum	staatlich anerkannte Kontroll-stellen	Förderungsgemeinschaft für ein gesundes Bauerntum Nöbauerstraße 22 4060 Leonding Tel.: +43/ 7326/ 75363 Fax: +43/ 7326/ 75363 mail: www: www.orbi.or.at www ☎	
Ökolog. Kreislauf Moorbad Har-bach	Verband Ökolog. Kreislauf Moorbad Harbach	ABG	Moorheilbad Harbach Produktion und Vermarktungsgesellschaft für ökologische Produkte GmbH 3970 Moorbad Harbach Tel: +43/ 2856/ 75137-20 Fax: +43/ 2856/ 75137-30 www: www.oeko-kreislauf.at e-mail: info@oeko-kreislauf.at www ☎	
Erde & Saat	Verband Erde & Saat	Eine der 7 akkreditierten öster-reichischen Bio-Kontroll-stellen		

Essen und Trinken

Kurzzusammenfassung der Gütesiegel - Richtlinien
Basis sind die Richtlinien der Bio Austria, zusätzlich wird nach der ursprünglichen organisch-biologischen Anbaumethode nach Müller Rusch angebaut. Dabei gibt es besondere Anforderung an die Bodenpflege (Einsatz von Steinmehl und eigene Aufbereitung von Wirtschaftsdünger). Zusätzlich sollen bäuerliche Strukturen und Regionen gefördert werden. Die Förderungsgemeinschaft für ein gesundes Bauerntum gehört zum Netzwerk BIO AUSTRIA.
Der ökologische Kreislauf Moorbad Harbach umfasst 63 Betriebe, die fast ausschließlich an die Betriebe der Xundheitswelt Waldviertel liefern. Es gelten die Richtlinien der Bio Austria. Der Verein ökologischer Kreislauf Moorbad Harbach gehört zum Netzwerk BIO AUSTRIA.
Erde & Saat befindet sich gerade im Prozess der Neugründung; in den alten Vereinsstatuten galt die EU-VO 2092/91, der ÖLK A8 sowie eigene Verbandsrichtlinien, die vor allem die Regionalförderung und die Berücksichtigung sozialer Aspekte umfassten. Erde & Saat gehört zum Netzwerk BIO AUSTRIA.

Essen und Trinken

Siegel	Ausgebende Stelle	Kontrollstelle	Kontakt	
Verein ökologisch-organischer Landbau Weinviertel	Verein ökologisch-organischer Landbau Weinviertel	Staatlich anerkannte Kontroll-stellen	Verein ökologisch-organischer Landbau Weinviertel Peigarten 52 A-2053 Jetzelsdorf Tel.: +43/ 2944/ 8263 Fax: +43/ 2944/ 8402 www ☎	
Styria Beef	BIO-BEEF GesmbH	ABG, SLK, Lacon	BIO BEEF GesmbH Lagergasse 158 A-8020 Graz Tel.: +43/ 316/ 26 32 30 Fax: +43/ 316/ 26 32 33 e-mail: office@styria-beef.at www: www.styria-beef.at www ☎	
Bioveritas	Bioveritas	Staatlich anerkannte Kontroll-stellen	Weingüter Bioveritas Tel.: +43/ 676/ 9555 436 e-mail: weingueter@bioveritas.at www: www.bioveritas.at www	
ARGE Biofisch	ARGE Biofisch	Staatlich anerkannte Kontroll-stellen, v.a. die ABG	ARGE biofisch E-Mail: office@biofisch.at www: www.biofisch.a www ✉ ☎	

Essen und Trinken

Kurzzusammenfassung der Gütesiegel - Richtlinien
EU-VO 2092/91; fast alle Mitglieder sind auch bei anderen Verbänden Mitglieder, vor allem bei der Bio Austria. Der Verein ökologisch-organischer Landbau Weinviertel gehört zum Netzwerk BIO AUSTRIA.
Die Styria Beef- Produktion orientiert sich weitgehend an den Richtlinien der BIO AUSTRIA im Bereich der Tierhaltung. Mutterkuhhaltung ist zwingend vorgeschrieben, die Einkreuzung mit nicht-einheimischen Rassen ist streng geregelt, Höchstalter für die Schlachtung sind vorgegeben. Geburten müssen dem Verband gemeldet werden, um Bio-Beef-Qualität zu erhalten, müssen männliche Kälber kastriert werden (da das Fleisch kastrierter Kühe vom Konsumenten im allgemeinen als besser schmeckend empfunden wird). Gefüttert muss mit Bio-Futtermitteln werden.
Grundlage sind die Weinbau-Richtlinien der Bio Austria. Dabei muss der Weingarten ganzjährig begünt sein, es dürfen nur Bio-Austria-akrreditierte Düngemittel aus biologischer Produktion verwendet werden, der Einsatz chemisch-synthetischer Insektizide, Akarizide und organischer Fungizide sowie Herbizide ist verboten. Die Obergrenze für die Ausbringung von Kupfer beträgt 3kg/ Jahr, der Einsatz von Zusatzstoffen bei der Behandlung von Most und Wein ist streng limitiert.
Richtlinie für die Fisch- und Teichwirtschaft im Süßwasser; Grundlagen: EU-VO 2092/91 und 1804/99, Österreichischer Lebensmittelcodex, Richtlinien der Bio Austria und von KT Freiland. Es dürfen keine chemischen Wachstumsförderer, keine Hormone, gentechnisch veränderte Produkte, synthetische Zusatzstoffe in den Futtermitteln und keine Spritz- und Düngemittel verwendet werden.

Essen und Trinken

Siegel	Ausgebende Stelle	Kontrollstelle	Kontakt	
Marine Stewardship Council (MSC)	Marine Stewardship Council	Kontrollorganisationen müssen von Accreditation Services International GmbH(ASI) akkreditiert sein	Marine Stewardship Council (MSC) 3rd Floor, Mountbarrow House 6-20 Elizabeth Street London SW1W 9RB Tel.: +44/ 20 7811 3300 e-mail: info@msc.org. www: www.msc.org www ✉	
Fair Trade	Fair Trade Labelling Organisation	FLOCert	FAIRTRADE Verein zur Förderung des fairen Handels mit den Ländern des Südens Wohllebengasse 12-14/7 A-1040 Wien Tel.: + 43/ 1/ 533 09 56 Fax: + 43/ 1/ 533 09 56 DW 11 e-mail: office @fairtrade.at www.fairtrade.at www	
Gentechnikfrei	ARGE Gentechnikfrei	AGB, AGROVET, SGS, SLK, BIKO oder VetControl	ARGE Gentechnik-frei Schottenfeldg.20 A-1070 Wien Tel: +43/1/ 37911-634 Fax: +43/ 1/ 37911-40 e-mail: info@gentechnikfrei.at www.gentechnikfrei.at www ☎	

Essen und Trinken

Kurzzusammenfassung der Gütesiegel - Richtlinien
Das MSC hat eine Reihe von Prinzipien und Kriterien für den nachhaltigen Fischfang entwickelt. Dabei muss der Fischfang so konzipiert sein, dass gesunde Populationen der Fangspezies aufrecht erhalten bzw. wiederhergestellt werden (sodass keine Spezies überfischt wird und der Fischfang auf den gewählten Level für lange weitererhalten werden kann, ohne dass negative Folgen für die Spezies zu erwarten sind); die Integrität von Ökosystemen muss bewahrt werden; effektive Fischereimanagementsysteme sollen entwickelt und bewahrt werden (wobei alle relevanten biologischen, technologischen, ökonomischen, sozialen, umweltbezogenen und kommerziellen Aspekte berücksichtigt werden müssen); alle nationalen und lokalen Gesetze und Standards, sowie Internationale Abmachungen, müssen eingehalten werden.
Die beteiligten kleinbäuerlichen Genossenschaften müssen demokratisch organisiert und politisch unabhängig sein, Management und Verwaltung müssen transparent sein, Kinder- und Zwangsarbeit sind verboten, Umweltschutzmaßnahmen müssen ergriffen werden (Regenwald-, Erosions-, Gewässerschutz), die Produktion muss (mit Übergangsfristen) umgestellt werden auf biologische Produktion (Produkte, die aus fairem Handel stammen und biologisch produziert wurden, sind mit "aus biologischer Landwirtschaft" gekennzeichnet), Fortbildungsprogramme müssen angeboten werden, gentechnisch veränderte Pflanzen sind verboten. Lokale gesetzliche und tarifliche Mindeststandards müssen eingehalten werden, Gewerkschaften dürfen gegründet werden. Überschüsse aus den Einnahmen müssen demokratisch verwaltet und zu Verbesserungen für die Gemeinschaft eingesetzt werden.
Die Lebensmittel dürfen weder aus gentechnisch veränderten Organismen bestehen noch diese enthalten. Bei der Herstellung sowie bei der Produktion aller Zusatzstoffe dürfen keine gentechnischen Verfahren angewandt werden. Diese Anforderungen treffen bei tierischen Produkten auch auf Futtermittel zu.

Essen und Trinken

Siegel	Ausgebende Stelle	Kontrollstelle	Kontakt	
Tierschutz-geprüft	Kontrollstelle für artgemäße Nutztierhaltung	Kontrollstelle für artgemäße Nutztierhaltung	KONTROLLSTELLE für artgemäße Nutztierhaltung GmbH Koloman-Wallisch-Platz 12 8600 Bruck an der Mur Tel. +43/ 3862/ 58022-0 Fax +43/ 3862/ 58022-22 www: www.kontrollstelle.at	www

Im Bereich der internationalen Siegel begegnen uns am österreichischen Markt vor allem deutsche Siegel. Die Anzahl der deutschen Siegelverbände ist gross, wir haben uns hier auf die wichtigsten beschränkt. Aufgrund der großen Zahl werden die Richtlinien nicht im Detail erklärt, die Grundlage aller Verbände ist die EU-VO2092/91. Manche Verbände haben noch eigene Detailrichtlinien dazu entwickelt, die auf der Hompage oder beim Verband angefordert werden können. Der Qualitätsstandard entspricht dem der österreichischen Siegel.

Siegel	Ausgebende Stelle	Kontrollstelle	Kontakt	
IFOAM -(International Federation of organic agriculture movements)	Die IFOAM gibt selbst kein Siegel aus		IFOAM EU Group Rue Commerce 124 BE - 1000 Bruxelles Phone: +32/ 2/ 735 27 97 Fax: +32/ 2/ 735 73 81 e-mail: info@ifoam-eu.org www: www.ifoam-eu.org	www

Essen und Trinken

Kurzzusammenfassung der Gütesiegel - Richtlinien

Ein Gütesiegel für Eier; die EU-Verordnungen 1907/90 und 2295/2003 für Mindestanforderungen der Vermarktungsnormen für Eier müssen eingehalten werden, dazu nationale Gesetze, die KAT Vorschriften zur Haltung von Legehennen (siehe KT Freiland) und eigene Richtlinien, die unter anderem einen Maximalbesatz pro Stalleinheit von 24.000 Hennen vorschreiben sowie einen Außenscharraum von mindestens 20% der nutzbaren Fläche (mit einer Staubbadefläche von mindestens 3m2 pro 1000 Tiere). Es herrscht Kupierverbot für Schnäbel, die Nester müssen natürliche Einstreu aufweisen, pro Henne müssen 7,5cm erhöhte Sitzstange zur Verfügung stehen. Die Einstreu muss überwiegend aus Stroh bestehen, Trinkwasser muss in Schüsseln oder Rinnen angeboten werden.
Folgende Zeichen können ebenfalls auf von der Kontrollstelle für artgemäße Tierhaltung kontrollierten Produkten abgebildet sein:

| Bodenhaltung | Freilandhaltung | Bodenhaltung nach KAT-Richtlinien | Freilandhaltung nach KAT-Richtlinien |

Kurzzusammenfassung der Gütesiegel - Richtlinien

IFOAM vergibt selbst kein Siegel; als Internationaler Dachverband der Biolandwirtschaft, ist er aber als internationale Plattform und Sprachrohr tätig und entwickelt die grundlegenden Richtlinien der organischen Landwirtschaft. In Österreich sind unter anderen die BAF, Biolandwirtschaft Ennstal, die Universität für Bodenkultur, die Kontrollstelle Austria Bio Garantie und einzelne Bio Austria Mitglieder der IFOAM.

Essen und Trinken

Siegel	Ausgebende Stelle	Kontrollstelle	Kontakt	
Deutsches Biozeichen	Bundesministerium für Verbraucherschutz, Ernährung und Landwirtschaft (BMVEL)	Staatlich zugelassene Kontrollstellen	Bundesanstalt für Landwirtschaft und Ernährung, Referat 512 Deichmanns Aue 29 53179 Bonn Tel.: +49/ 228/68 45-3355 Fax: +49/ 228/68 45-2907 e-mail: bio-siegel@ble.de www: www.bio-siegel.de	www ☎
Biokreis	Anbauverband Biokreis e.V.	zugelassene Kontrollstelle sowie Biokreis AKK	Biokreis e.V. Stelzlhof 1 94034 Passau Tel.: +49/ 851/ 75650-0 Fax: +49/ 851/ 75650-25 e-mail: info@biokreis.de www: www.biokreis.de	www
Bioland	Bioland	Bioland - Verband EU-Kontrollstellen	Bioland - Verband für organisch-biologischen Landbau e.V. Kaiserstr. 18 55116 Mainz Tel.: +49/ 6131/ 23979-0 Fax: +49/ 6131/ 23979-27 e-mail: info @ bioland.de www: www.bioland.de	www
Biopark	Biopark e.V	staatlich zugelassene, unabhänigge Kontrollstelle	Biopark e.V. Rövertannen 13 18273 Güstrow Tel: +49/ 3843/ 245030 Fax: +49/ 3843/ 245032 e-mail: info@biopark.de www: www.biopark.de	www

Essen und Trinken

Kurzzusammenfassung der Gütesiegel - Richtlinien
Staatliches Biozeichen für Deutschland; es gilt die EU-VO 2092/91. Verwaltet wird das Deutsche Biozeichen von der ÖPZ GmbH, der Dachverband der deutschen Bioverbände, der Bund Ökologisched Lebensmittelwirtschaft e.V. (BÖLW) ist Gesellschafter der ÖPZ.
Deutscher Bio-Verband, Grundlage ist die EU-VO 2092/91 sowie verbandseigene Biokreis-Richtlinien.
Deutscher Bio-Verband, Grundlage ist die EU-VO 2092/91 sowie verbandseigene Richtlinien.
Deutscher Bio-Verband, Grundlage ist die EU-VO 2092/91 sowie verbandseigene Richtlinien.

Essen und Trinken

Siegel	Ausgebende Stelle	Kontrollstelle	Kontakt	
Naturland	Verein Naturland e.V.	Unabhängige Beauftragte von Naturland	Naturland - Verband für ökologischen Landbau e.V. Kleinhaderner Weg 1 82166 Gräfelfing Tel.: +49/ 89/ 89 80 82-0 Fax: +49/ 89/ 89 80 82-90 e-mail: naturland@naturland.de www: www.naturland.de	www
Ecovin	ECOVIN Bundesverband ökologischer Weinbau	staatlich zugelassene Kontrollstelle	ECOVIN Weinwerbe GmbH Wormser Str. 162 55276 Oppenheim Tel.: +49/ 61 33/ 16 40 Fax: +49/ 61 33/ 16 09 e-mail: info@ecovin.org www: www.ecovin.de	www
Gäa	Gäa-Verband	staatlich zugelassene Kontrollstellen	Gäa - Vereinigung ökologischer Landbau Arndtstraße 11 D-01099 Dresden Tel.: +49/ 351/ 4012389 Fax: +49/ 351/ 4015519 e-mail: info@gaea.de www: www.gaea.de	www
Bio Suisse	Vereinigung Schweizer Biolandbau-Organisationen (Bio Suisse)	Unabhängige Kontrollstellen (z.B. bio.inspecta, SCESp 006)	BIO SUISSE Margarethenstrasse 87 CH-4053 Basel Telefon : +41/ 61/ 385 96 10 e-mail: bio@bio-suisse.ch www: www.bio-suisse.ch	www ☎

Essen und Trinken

Kurzzusammenfassung der Gütesiegel - Richtlinien
Deutscher Bio-Verband, Grundlage ist die EU-VO 2092/ 91 sowie verbandeigene Richtlinien.
Deutscher Bio-Verband, Grundlage ist die EU-VO 2092/91 sowie verbandseigene Richtlinien.
Deutscher Bio-Verband, Grundlage ist die EU-VO 2092/91 sowie verbandseigene Richtlinien.
Schweizer Biozeichen: die Vereinigung Schweizer Biolandbau-Organisationen gibt eigene Richtlinien für Ihre Mitglieder heraus, die den Richtlinien der EU-VO 2092/91 ähnlich sind, aber teilweise über sie hinausgehen.

Essen und Trinken

Im Bereich der Bio-Marken ist Vollständigkeit nahezu unmöglich. Wiederum haben wir daher eine Zusammenstellung der häufigsten Biomarken, die oft für Bio-Siegel gehalten werden, erarbeitet.

Siegel	Kontakt	
Ja! Natürlich	Ja! Natürlich Naturprodukte Ges.m.b.H. IZ Nö-Süd, Straße 3, Obj. 16 A-2355 Wr. Neudorf Tel.: +43/ 2236/ 600-6950 Fax: +43/ 2236/ 600-2430 e-mail: info@janatuerlich.at www: www.janatuerlich.at	www
Echt B!o	Penny Markt Billa AG/Abteilung PENNY IZ NÖ-Süd, Straße 3, Obj. 16 A-2355 Wiener Neudorf Tel: +43/ 810/ 600 704 Fax: +43/ 2236/ 600-8 5364 e-mail: servicecenter@penny.at www: www.penny.at	www
Natur Pur	SPAR Service Team Europastraße 3 5015 Salzburg e-mail: office@spar.at www: www.naturpur.at	www
Natur Aktiv	Hofer KG Hofer Straße 1 A-4642 Sattledt Telefon: +43/ 7244/ 8000 Telefax: +43/ 7244/ 8000 1009 www: www.hofer.at	www ☎

Essen und Trinken

Kurzzusammenfassung der Gütesiegel - Richtlinien
Biologische Handelsmarke Billa, Merkur, Bipa (Rewe), Sutelütty; es gelten die Austria Bio (AMA)-Richtlinien (EU-VO 2092/91).
Biologische Handelsmarke Penny Markt (Rewe); ausschließlich österreichische Bio-Produkte.
Biologische Handelsmarke Spar, es gelten die Austria Bio (AMA)-Richtlinien (EU-VO 2092/91).
Biologische Handelsmarke Hofer, es gilt die EU-VO 2092/91 und ÖLK 8A. In Österreich produzierte Produkte aus der Natur-Aktiv-Linie sind zusätzlich mit dem AMA-Biosiegel ausgezeichnet.

Essen und Trinken

Siegel	Kontakt	
BioBio	Zielpunkt Warenhandel GmbH & Co KG Heizwerkstraße 5 A-1239 Wien Tel.: +43/ 1/ 610 45-0 e-mail: kundenservice@zielpunkt.at www: www.zielpunkt.at	www
Alnatura	Alnatura Produktions- und Handels GmbH Darmstädter Straße 63 64404 Bickenbach Tel.: +49/ 6257/ 93 220 Fax: +49/ 6257/ 93 22 688 e-mail: info@alnatura.de www, www.alnatura.de	www
Waldviertler Viktualien	Waldviertler Viktualien Vertriebsgesellschaft m.b.H. Moorbad Harbach Str. 3 3971 St. Martin Tel.: +43/ 2856/ 27360 Fax: +43/ 2856/ 27360-4 e-mail: waldviertlerviktualien@wvnet.at www: www.waldviertlerviktualien.at	www ☎
Bio +	Kärntnermilch reg. Gen.m.b.H.® Villacher Straße 92 A-9800 Spittal/Drau Tel.: +43/ 4762/ 61061 Fax: +43/ 4762/ 33049 e-mail: marketing@kaerntnermilch.at www: www.biolpus.at	www ☎

Essen und Trinken

Kurzzusammenfassung der Gütesiegel - Richtlinien
Biologische Eigenmarke der Plus Warenhandelsgesellschaft (Zielpunkt, Plus). Es gilt die EU-VO 2092/91.
Eigenmarke der AlnaturA Produktions- und Handels GmbH, Biologische Handelsmarke bei dm. Es gilt die EU-VO 2092/91 sowie Richtlinien der deutschen Verbände Bioland und Naturland und der biologisch-dynamischen Wirtschaftsweise.
Biologische Handelsmarke, produziert nach den Austria Bio (AMA) – Richtlinien (EU-VO 2092/91).
Biologische Handelsmarke der Kärntnermilch Ges.m.b.H. Alle Zulieferer müssen Mitglieder der BIO AUSTRIA sein, es gelten daher die BIO AUSTRIA – Richtlinien.

Essen und Trinken

Siegel	Kontakt	
Sonnentor	Sonnentor KräuterhandelsgmbH Sprögnitz 10 A-3910 Zwettl Tel.: +43-2875-7256 Fax: +43-2875-7257 e-mail: office@sonnentor.at www: www.sonnentor.at	www ☎
Naturata	Naturata Spielberger AG Burgermühle D-74336 Brackenheim Tel.: +49/ 7135/ 98 15 - 0 Fax: +49/ 71 35/ 13 49 9 eMail: info@naturataspielberger.de www: www.naturata.de	www
Neuform Bio	neuform international Ernst-Litfaß-Str. 16 19246 Zarrentin Deutschland Tel.: +49/ 38851/ 51-0 Fax: +49/ 38851/ 51-299 e-mail: neuform-international@neuform.de www: www.neuform-international.de	www
Rapunzel	RAPUNZEL NATURKOST AG Rapunzelstraße 1 87764 Legau Tel: +43 (0)8330 529 - 0 Fax: +43 (0) 8330 529 - 1188 w-Mail: info@rapunzel.de www: www.rapunzel.de	www

Essen und Trinken

Kurzzusammenfassung der Gütesiegel - Richtlinien
Biologische Handelsmarke; es gilt die EU-VO 2092/91, viele Anbauer von Sonnentor sind zusätzlich Mitglieder des Demeter-Bundes oder der BIO AUSTRIA.
Biologische Handelsmarke aus Deutschland; wo möglich werden Produkte in Demeter-Qualität verarbeitet.
Biologische Handelsmarke der neuform-Vereinigung Deutscher Reformhäuser. Es gilt die EU-VO 2092/91.
Biologische Handelsmarke aus Deutschland. Eigenkennzeichnung für Eigenprodukte aus dem fairen Handel: "Hand in Hand".

Essen und Trinken

Siegel	Kontakt	
Fairkauf	Mensch & Natur AG Fichtenstrasse 3 D-82041 Deisenhofen Tel. +49/180/ 500 63 15 Fax +49/ 180/ 500 63 16 e-mail: info@nurnatur.de www: www.nurnatur.de	www

Nicht-Bio-Siegel

Die hier angeführten Siegel werden häufug für Bio-Siegel gehalten, sind aber keine. Das heißt nicht, dass die Siegel schlecht wären, die Richtlinien für die Erlangung des AMA-Siegels sehen eine strenge Qualitätskontrolle vor. Sie sind aber keine BIO-Siegel, da eine biologische Bewirtschaftung nicht vorgeschrieben wird.

Siegel	Kontakt	
AMA - Gütesiegel	Agrarmarkt Austria Marketing GesmbH. Dresdner Straße 68a A-1200 Wien Tel. +43/ 1/ 33151 Fax +43/ 1/ 33151-499 e-mail: office@ama.gv.at www: www.ama-marketing.at	www ☎
Zurück zum Ursprung	Hofer KG Hofer Straße 1 A-4642 Sattledt Telefon: +43/ 7244/ 8000 Telefax: +43/ 7244/ 8000 1009 www: www.hofer.at	www ☎

Essen und Trinken

Kurzzusammenfassung der Gütesiegel - Richtlinien
Fairkauf ist ein Eigensiegel für Produkte der Nur Natur AG, die den eigenen Richtlinien entsprechen. Diese umfassen biologischen Anbau, Garantie von Mindestpreisen, bevorzugt direkter Einkauf beim Produzenten, 1,5-3,5% Aufschlag auf den Preis an die Erzeuger für soziale Zwecke; keine Zwangs- und Kinderarbeit.

Kurzzusammenfassung der Gütesiegel - Richtlinien
Das AMA-Gütesiegel gewährleistet unabhängige Kontrollen und steht für konventionell erzeugte Lebensmittel, die überdurchschnittliche Qualitätskriterien erfüllen und deren Herkunft nachvollziehbar ist. Es zeigt aber keine Bio-Produkte an. Wenn es sich um eine Bioprodukt handelt, muss es mit dem AMA-Biozeichen (Austria Bio)versehen sein.
„Zurück zum Ursprung", eine weitere Handelsmarke von Hofer, unterstützt die regionale Produktion, verlangt aber keine biologische Landwirtschaft. Es handelt sich daher bei „Zurück zum Ursprung" nicht um Bioprodukte.

Essen und Trinken

Kontrollstellen

Zur Kontrolle der Einhaltung der Biorichtlinien muss eine unabhängige, staatlich anerkannte Kontrollstelle beauftragt werden. In Österreich kontrollieren 7 große Kontrollinstitutionen den Lebensmittelbereich. Die selben Kontrollstellen sind auch für den Naturkosmetikbereich zuständig, da sich die wenigen Richtlinien zur Naturkosmetik, die es in Österreich gibt, im Österreichischen Lebensmittelcodex befinden.

Betriebe haben auch die Möglichkeit, ohne einem Verband zugehörig zu sein den Betrieb auf Bio-Landwirtschaft umzustellen, sie werden von den Prüfinstituten dann auf die Einhaltung der EU-VO 2092/91 und ÖLK A8 geprüft. Nicht alle Prüfinstitute veröffentlichen die Adressen der von ihnen geprüften Betriebe, daher ist das Adressmaterial oft nur exemplarisch vorhanden.

Siegel	Kontakt	
ABG	Austria Bio Garantie - Ges. zur Kontrolle der Echtheit biolog. Produkte GmbH Königsbrunner Straße 8, A 2202 Enzersfeld. Tel: +43 2262 / 672212 Fax: +43 2262 / 674143 www: www.abg.at e-mail: nw@abg.at	www ☎
BIKO Tirol	BIKO - Verband Biokontrolle Tirol Brixner Straße 1 A-6020 Innsbruck Tel.: +43/ 512/ 5929-337 Fax: +43/ 512/ 5929 212 e-mail: biko@lk-tirol.at www: www.kontrollservice-tirol.at	www
AT-O-01-BIO BIOS	BIOS, Biokontrollservice Österreich Feyregg 39 A-4552 Wartberg Telefon: +43/ 7587/ 7178 14 Fax: +43/ 7587/ 7178 11 e-mail: office@bios-kontrolle.at www: www.bios-kontrolle.at	www

Essen und Trinken

Von den Prüfinstituten geprüfte Produkte erhalten einen Indetifikationscode. Dieser Code ist für österreichische Biolebensmittel Pflicht.

Der Code besteht aus 4 Teilen: AT - x - x - BIO

„AT" steht für Österreich (Austria – es handelt sich um ein österreichisches Produkt)
„N" - der nächste Buchstabe steht für das Bundesland, in dem sich die Kontrollstelle befindet
„01" - die nächste Zahl bezeichnet die Kontrollstelle (numerisch innerhalb des Bundeslandes)
„BIO" - das Kürzel zeigt an, dass es sich um ein Bio-Produkt handelt

Kurzzusammenfassung der Gütesiegel - Richtlinien
Prüfinstitut; prüft nach EU-VO 2092/91, Österr. Lebensmittelcodex Kap. A8, „Gentechnikfrei" (gemäß Österr. Lebensmittelbuch III. Auflage) und eventuellen Verbandsrichtlinien. Der Code der ABG ist AT-N-01-BIO.
Prüfinstitut; prüft nach EU-VO 2092/91, Österr. Lebensmittelcodex Kap. A8, „Gentechnikfrei" (gemäß Österr. Lebensmittelbuch III. Auflage) und eventuellen Verbandsrichtlinien. Der Code der BIKO lautet AT-T-01-BIO.
Prüfinstitut; prüft nach EU-VO 2092/91, Österr. Lebensmittelcodex Kap. A8, „Gentechnikfrei" (gemäß Österr. Lebensmittelbuch III. Auflage) und eventuellen Verbandsrichtlinien. Der Code von BIOS lautet AT-O-01-BIO.

Essen und Trinken

Siegel	Kontakt	
LACON	LACON - Privatinstitut für Qualitätssicherung und Zertifizierung ökologisch erzeugter Lebensmittel GmbH A-4122 Arnreit 13 Tel.: +43/ 7282/ 7711 Fax: +43/ 7282/ 7711 4 e-mail: lacon-pruefinstitut@aon.at www: www.lacon-institut.com	www
LVA	LVA, Lebensmittelversuchsanstalt Blaasstraße 29 A-1190 Wien Tel.: +43/ 1/ 3688555 Fax: +43/ 1/ 3688555 20 e-mail: rh@lva.co.at www: www.lva.co.at	www
SGS	SGS Austria Controll & Co GesmbH Johannesgasse 14 A-1015 Wien Tel.: +43/ 1/ 5122567 Fax: +43/ 1/ 5122567-9 e-mail: sgs-austria@sgs.com www: www.sgsaustria.at	www
SLK	SLK, Salzburger Landwirtschaftliche Kontrolle GesmbH Maria-Cebotari-Straße 3 A-5020 Salzburg Tel.: +43/ 662/ 649483-0 Fax: +43/ 662/ 649483 19 e-mail: office@slk.at www: www.slk.at	www

	Kurzzusammenfassung der Gütesiegel - Richtlinien
	Prüfinstitut; prüft nach EU-VO 2092/91, Österr. Lebensmittelcodex Kap. A8, „Gentechnikfrei" (gemäß Österr. Lebensmittelbuch III. Auflage) und eventuellen Verbandsrichtlinien. Der Code von Lacon lautet AT-O-02-BIO.
	Prüfinstitut; prüft nach EU-VO 2092/91, Österr. Lebensmittelcodex Kap. A8, „Gentechnikfrei" (gemäß Österr. Lebensmittelbuch III. Auflage) und eventuellen Verbandsrichtlinien. Der Code der LVA lautet AT-W-01-BIO.
	Prüfinstitut; prüft nach EU-VO 2092/91, Österr. Lebensmittelcodex Kap. A8, „Gentechnikfrei" (gemäß Österr. Lebensmittelbuch III. Auflage) und eventuellen Verbandsrichtlinien. Der Code der SGS lautet AT-W-02-BIO.
	Prüfinstitut; prüft nach EU-VO 2092/91, Österr. Lebensmittelcodex Kap. A8, „Gentechnikfrei" (gemäß Österr. Lebensmittelbuch III. Auflage) und eventuellen Verbandsrichtlinien. Der Code der SLKS lautet AT-S-01-BIO.

Essen und Trinken

Bäckereien und Backwaren

Gradwohl Vollwertbäckerei,
Fleischmarkt 20
1010 Wien
Tel: 01/5124380
E-Mail: office@gradwohl.info
web: www.gradwohl.info

Vollkornbäckerei Waldherr,
Marc-Aurel-Str.4
1010 Wien
Tel: 01/2760332
E-Mail: office@vollkornbaeckerei-waldherr.at
web: www.vollkornbaeckerei-waldherr.at

Gradwohl Vollwertbäckerei,
Naschmarkt 239
1040 Wien
Tel: 01/5860156
E-Mail: office@gradwohl.info
web: www.gradwohl.info

Vollkornbäckerei Waldherr,
Naschmarkt Stand 237
1040 Wien
Tel: 01/5866819
E-Mail: office@vollkornbaeckerei-waldherr.at
web: www.vollkornbaeckerei-waldherr.at

Bäckerei u. Konditorei Josef Schrott,
Webg.44
1060 Wien
Tel: 01/5978287
Brot- und Backwaren

Gradwohl Bio Vollwertbäckerei,
Mariahilferstr.23
1060 Wien
Tel: 01/5856899
E-Mail: office@gradwohl.info
web: www.gradwohl.info

☺☺☺

Gradwohl Vollwertbäckerei, Zieglerg.1
1070 Wien
Tel: 01/5223814
E-Mail: office@gradwohl.info
web: www.gradwohl.info
Brot- und Backwaren

Kornradl Vollkornbäckerei,
Lerchenfelder Str.13
1070 Wien
Tel: 01/9246444

Gradwohl Vollwertbäckerei,
Josefstädter Str.60
1080 Wien
Tel: 01/4082250
E-Mail: office@gradwohl.info
web: www.gradwohl.info
Brot- und Backwaren

Ankerbrot AG,
Absbergg.35
1100 Wien
Tel: 01/60123-0
E-Mail: kontakt@anker-brot.at
web: www.ankerbrot.at
Bio Brot im Sortiment (AMA-Biozeichen)

M.S. Bäckerei- und Konditoreibetriebs
GmbH, Sedlitzkyg.22
1110 Wien
Tel: 01/7491054
E-Mail: office@baeckerei-strauss.at
web: www.baeckerei-strauss.at
Bio-Gebäck und Bio-Brote

☺

Gradwohl Vollwertbäckerei,
Lainzerstr.3-5
1130 Wien
Tel: 01/8776030
E-Mail: office@gradwohl.info
web: www.gradwohl.info

Schrott Bäckerei,
Mariahilfer Str.159
1150 Wien
Tel: 01/8934249-0

Bäckerei Schrott,
Meiselmarkt Stand J7
1150 Wien
Tel: 01/9823614

Essen und Trinken

Bäckerei u. Konditorei Josef Schrott,
Schwendermarkt Stand 18
1150 Wien
Tel: 01/8936374

Kaschik Bio-Feinkostladen,
Rosensteing.43
1170 Wien
Tel: 01/4851588
E-Mail: franz@kaschikdemeterbrot.at
web: www.kaschik.at
alkoholische Getränke, Brot und Backwaren, Eier, Getreide und Getreideprodukte, Honig, Käse, Kräuter, Pflanzen, Saatgut, Marmelade und Säfte, Milch und Milchprodukte, Kosmetika; Küche großteils bio.

Gradwohl Vollwertbäckerei,
Döblinger Hauptstr.46
1190 Wien
Tel: 01/3672027
E-Mail: office@gradwohl.info
web: www.gradwohl.info

Bio-Imbiss Kaschik,
Gregor Mendlstr.33
1190 Wien
Tel: 01/4851588-0

www.oekoweb.at
Österreichs zentrales
Umweltportal

Ströck Brot GmbH, Industriestr.68
1220 Wien
Tel: 01/2043999-0
E-Mail: buero@stroeck-brot.at
web: www.stroeck-brot.at
Bio Brot im Sortiment, in allen Filialen nur noch Kaffee mit dem FAIRTRADE Gütesiegel, auch FAIRTRADE Schokolade in allen Filialen erhältlich. Bio-Getreide vorwiegend aus dem Burgenland, östliches Niederösterreich und Waldviertel.

Franz Felber & Co GmbH,
Dassanowskyweg 11
1220 Wien
Tel: 01/2568800-0
E-Mail: office@felberbrot.at
web: www.felberbrot.at
Bio Brot und Gebäck im Sortiment.

Stadlauer Brot, Am Bahnhof 2
1220 Wien
Tel: 01/2822214
E-Mail: office@stadlauerbrot.at
web: www.stadlauerbrot.at

Biodrop Naturkostladen Susanne Köck,
Fröhlichg.42
1230 Wien
Tel: 01/8697121
E-Mail: office@biodrop.at
web: www.biodrop.at
Vollsortiment; Kosmetikprodukte.

Bäckerei Mathes Heinrich, Rathauspl.9
2000 Stockerau
Tel: 02262/65634

Bäckerei Mathes Heinrich, Hauptstr.60
2000 Stockerau
Tel: 02262/72319

Bäckerei Mathes Heinrich, Dr. Karl Renner Pl.1
2000 Stockerau
Tel: 02266/64188

Bäckerei Mathes Heinrich, Stockerauer Str.1
2100 Korneuburg
Tel: 02262/72319-0
E-Mail: info@mathes.at
web: www.mathes.at

Bäckerei Mathes Heinrich, Bisamberger Str.3
2100 Korneuburg
Tel: 02262/72481
Brot- und Backwaren

Bäckerei Mathes Heinrich, Stockerauer Str.1
2100 Korneuburg
Tel: 02262/72319

Essen und Trinken

Bäckerei Mathes Heinrich,
Hauptpl.5
2103 Langenzersdorf
Tel: 02262/72319
E-Mail: biokraft@gmx.at
Brot- und Backwaren

Bäckerei Franz Gepp,
Hoher Hausberg 3
2115 Ernstbrunn
Tel: 02576/2330
E-Mail: gepp@aon.at
web: www.gepp.co.at

Ideenbäckerei Geier GmbH,
Anton Lendlerg.21
2231 Strasshof an der Nordbahn
Tel: 02287/2331
E-Mail: gerald@geier.at
web: www.geier.at

Gradwohl Vollwertbäckerei, Hauptstr.71
2340 Mödling
Tel: 02236/866799
E-Mail: office@gradwohl.info
web: www.gradwohl.info
Brot- und Backwaren

Vollkorn-Stüberl,
Antonsg.5
2500 Baden/Wien
Tel: 02252/47207

Gradwohl Bio Vollwertbäckerei,
Antonsg.4
2500 Baden/Wien
Tel: 02252/47207
E-Mail: office@gradwohl.info
web: www.gradwohl.info
Brot- und Backwaren

Bäckerei Dworzak Johannes Dworzak,
Leobersdorferstr.14
2552 Hirtenberg
Tel: 02256/814224

Bäckerei Koll, Hauptstr.13
2811 Wiesmath
Tel: 02629/2259
Brot- und Backwaren, Milch, Milchprodukte, Getreide u. Getreideprodukte

Bäckerei Koll, Hauptpl.3
2860 Kirchschlag
Tel: 02646/2267-0
E-Mail: office@baeckerei-koll.at
web: www.baeckerei-koll.at
Eier, Brot- und Backwaren, Milch, Milchprodukte, Getreide u. Getreideprodukte

Bäckerei - Naturkost Berger, Hauptstr.18
3040 Neulengbach
Tel: 02772/52834
web: www.baeckerei-berger.at
Vollsortiment ohne Fleisch

Bäckerei Berger,
Hauptstr.25
3051 St. Christophen
Tel: 02772/52339
E-Mail: baeckerei.berger@aon.at
web: www.baeckerei-berger.at
Brot- und Backwaren, Getreide und Getreideprodukte

EVI Naturkost und Naturwaren HandelsGmbH,
Kremser Landstr 2
3100 St.Pölten
Tel: 02742/352092
E-Mail: evi@evinaturkost.at

Haubi's Bäckerei & Konditorei Anton Haubenberger GmbH, Wienerstr.45
3252 Petzenkirchen
Tel: 07416/503-0
E-Mail: office@haubis.at
web: www.haubis.at

Bäckerei und Konditorei Bucher,
Florianig.6
3580 Horn
Tel: 02982/2294

Bäckerei und Konditorei Bucher,
Am Kuhberg 6
3580 Horn
Tel: 02982/20689

Essen und Trinken

Bäckerei und Konditorei Bucher,
Hauptpl.6
3730 Eggenburg
Tel: 02984/2673
E-Mail: gabriele@bucher.co.at
web: www.bucher.co.at

Bäckerei Bucher, Rathausg.6
3741 Pulkau
Tel: 02946/27070

Bäckerei Koller, Syrnauerstr.7
3910 Zwettl, Niederösterreich
Tel: 02822/52823
E-Mail: info@biobrot-koller.at
web: www.biobrot-koller.at

Bäckerei Faltin, Nr.66
3911 Marbach
Tel: 02828/8321

Bäckerei Faltin, Nr.66
3911 Marbach am Walde
Tel: 02828/8321

Bäckerei-Konditorei Johann Weingartner, Schulg.65
3920 Groß Gerungs
Tel: 02812/8265-0
E-Mail: cafe@weingartner.cc
web: www.weingartner.cc

Bäckerei Weingartner, Schulg.65
3920 Groß Gerungs
Tel: 02812/82650

Bäckerei Wagner, Nr.22
3920 Groß Gerungs
Tel: 02812/8366

Bäckerei Johann Wagner GmbH,
Unterer Marktpl.22
3920 Groß Gerungs
Tel: 02812/8366

Bäckerei Kerschbaummayr, Linzerstr.6
3925 Arbesbach
Tel: 02813/230

Fischer Brot GmbH, Nebingerstr.5
4020 Linz
Tel: 070/666711-0
E-Mail: office@fischer-brot.at
web: www.fischer-brot.at

Demeter Bäckerei Faschinger Otto,
Gürtelstr.5
4020 Linz, Donau
Tel: 0732/651286
Dinkel-, Roggen-, Kürbis-, Bauern-, Essenerbrot, Dinkel/Roggenbrot, Sonnenblumenbrot, Dinkel- und Weizengebäck und Mehlspeisen.

Bäckerei Konditorei Reiter,
Südtiroler Str.31
4020 Linz, Donau
Tel: 0732/610124
E-Mail: reiter@baecker.at
web: www.reiter.baecker.at

Bäckerei Konditorei Reiter,
Garnisonstr.15
4020 Linz, Donau
Tel: 0732/781974
E-Mail: reiter@baecker.at
web: www.reiter.baecker.at

Bäckerei Konditorei Reiter, Frackstr.57
4020 Linz, Donau
Tel: 0732/650556
E-Mail: reiter@baecker.at
web: www.reiter.baecker.at

Bäckerei Konditorei Reiter, Freistädterstr.52
4020 Linz, Donau
Tel: 0732/717732
E-Mail: reiter@baecker.at
web: www.reiter.baecker.at

Bäckerei Konditorei Reiter,
Bethlehemstr.1d
4020 Linz, Donau
Tel: 0732/770791
E-Mail: reiter@baecker.at
web: www.reiter.baecker.at

Essen und Trinken

Bäckerei Konditorei Reiter,
Margarethen 25
4020 Linz, Donau
Tel: 0732/772239
E-Mail: reiter@baecker.at
web: www.reiter.baecker.at

Backstube Produktions- und Vertriebs GmbH, Leonfeldner Str.207
4040 Linz, Donau
Tel: 0732/246565

Bäckerei Wilhelm Moser,
Schaumbergstr.2
4081 Hartkirchen, Oberösterreich
Tel: 07273/6371
E-Mail: baeckerei.moser@aon.at
web: www.moser.baecker.at

☺

Bio-Hofbäckerei „Mauracher" GmbH,
Pogendorf 8
4152 Sarleinsbach
Tel: 07283/8466
E-Mail: office@mauracherhof.com
web: www.mauracherhof.com

Bäckerei Ritter Brot,
Linzer Str.6
4190 Bad Leonfelden
Tel: 07213/6321
E-Mail: ritter_brot@aon.at
web: www.ritterbrot.at

Naturbackstube Honeder,
Markt 4
4230 Pregarten
Tel: 07236/21471
web: www.honeder-baecker.at
Brot- und Backwaren

Bäckerei Naturstube Honeder,
Hauptstr.92
4232 Hagenberg im Mühlkreis
Tel: 07236/20530
web: www.naturstube.at

Naturbackstube Honeder,
Markt 54
4252 Liebenau, Oberösterreich
Tel: 07953/8715
web: www.naturbackstube.at

Bäckerei Honeder, Markt 2
4272 Weitersfelden
Tel: 07952/6277
E-Mail: honeder@baecker.at
web: www.honeder.baecker.at
Bio-Dinkelbrot, Bio-Vollkornbrot

☺

Bäckerei-Konditorei-Cafe Karl Stöcher
ERNTE FÜR DAS LEBEN, Marktpl.2
4283 Bad Zell
Tel: 07263/7228
E-Mail: badzell@stoecher.at
web: www.stoecher.at

Bäckerei - Café - Konditorei Honeder,
Bäckerg.1
4294 St. Leonhard bei Freistadt
Tel: 07952/8210
web: www.naturbackstube.at

Mayrhofer Margit, Bahndammg.12a
4400 Steyr
Tel: 07252/42672
E-Mail: kraeuterwucki@gmx.net
Demeter-Bäckerin

backaldrin Österreich GmbH,
Kornspitz Str.1
4481 Asten/OÖ
Tel: 07224/8821-341
web: www.backaldrin.com
Bio-Backmittel (z.B.: Bio-Malzbackmittel, getrockneter Bio-Vollkorn Sauerteig, Bio-Weizensauerteig,...). Den Kornspitz gibt es auch in Bio-Qualität.

☺

Bäckerei Moser,
Kirchenpl.4/25
4730 Waizenkirchen
Tel: 07273/6236
E-Mail: baeckerei.moser@aon.at

Buchegger,
Dammstr.18-19
4752 Riedau
Tel: 07764/20017

Essen und Trinken

Bäckerei Café Konditorei Buchegger,
Hauptstr.30
4770 Andorf, Oberösterreich
Tel: 07766/2029
Brot- und Backwaren

Bäckerei Café Konditorei Buchegger,
Stadtpl.45
4780 Schärding
Tel: 07712/29678

Bäckerei Café Konditorei Buchegger,
Michaelipl.99
4850 Puchkirchen
Tel: 07762/2356

Bäckerei Friedrich
Obauer, Kirchenpl.10
4893 Zell am Moos
Tel: 06234/8203
E-Mail: obauer@aon.at
web: www.baeckerei-obauer.at
Brot und Backwaren, Honig

Bäckerei-Konditorei Schnallinger,
Nr.10
4925 Pramet
Tel: 07754/8454-0

Bäckerei Zagler,
Stadtpl.29
4950 Altheim, Oberösterreich
Tel: 07723/41110
E-Mail: zagler.brot@aon.at
Brot- und Backwaren

Bäckerei und Konditorei Flöckner
GmbH, Grazer Bundesstr.24
5023 Salzburg-Gnigl
Tel: 0662/640636-0
E-Mail: office@floeckner.at
web: www.floeckner.at
25% des Gesamt-Sortiment ist Bio

☺ ☺

Peter Andreas Pföß Bäckerei,
Bäckerweg 3
5061 Elsbethen-Glasenbach
Tel: 0662/623471
E-Mail: hermine.pfoess@gmx.at

☺

Bäckerei Peter Pföss,
Bäckerweg 3
5061 Elsbethen-Glasenbach
Tel: 0662/623471

Alois Ebner GmbH Bäckerei,
Bäckerg.3
5081 Anif
Tel: 06246/72303
E-Mail: baeckerei-ebner@nusurf.at

Bäckerei Zagler, Nr. 50
5144 Handenberg
Tel: 07728/8444
E-Mail: zagler.brot@aon.at

Bäckerei Zagler, Nr.46
5145 Neukirchen an der Enknach
Tel: 07729/2224
E-Mail: zagler.brot@aon.at

Bäckerei Zagler,
Stadtpl.56
5230 Mattighofen
Tel: 07742/5656
E-Mail: zagler.brot@aon.at

Bäckerei Rottner, Nr. 12
5251 Höhnhart
Tel: 07755/5119

Bäckerei Schmitzberger,
Laabstr.109
5280 Braunau am Inn
Tel: 07722/3135

Mondseelandbäckerei Fischer-Colbrie,
Marktpl.11
5310 Mondsee
Tel: 06232/2227
E-Mail: f.c.brot@aon.at

Essen und Trinken

Bäckerei Jakob Itzlinger,
Vordersee 24
5324 Faistenau
Tel: 06228/2624-0
E-Mail: info@itzlingers.at
web: www.itzlingers.at

Itzlinger`s Vollkornbäckerei,
Karlmühlweg 9
5324 Faistenau
Tel: 06228/2624
E-Mail: info@itzlingers.at
web: www.itzlingers.at
neben Vollkornbroten auch Bioweißbrote und gebäck und Feinbackwaren.

☺ ☺ ☺

Bäckerei Obauer, Steinklüftstr.3
5340 St. Gilgen
Tel: 06227/2225
E-Mail: baeckerei-obauer@aon.at

Bäckerei Peter Pföß,
Klausweg 9
5412 Puch bei Hallein
Tel: 06245/71496
Brot- und Backwaren

Bäckerei Maislinger, Markt 82
5440 Golling an der Salzach
Tel: 06244/4363
E-Mail: bio-brot-maislinger@gmx.at

☺

Backstuben GmbH & Co KG,
Südtiroler Pl.12
6330 Kufstein
Tel: 05372/72054
E-Mail: info@brotmanufaktur.at
web: www.brotmanufaktur.at
Backwaren aus 100% frisch gemahlenen Bio-Vollkornmehl

☺ ☺

Montfort Bäckerei GmbH,
Runastr.1
6800 Feldkirch
Tel: 05522/72306
E-Mail: montford-baeckerei@aon.at
web: www.montford-baeckerei.at

Markus Stadelmann Bäckerei-Cafe-Konditorei, Bergstr.9
6850 Dornbirn
Tel: 05572/22601-0
E-Mail: markus@stadelmann.biz
web: www.stadelmann.biz
Verschiedene Vollkornbrote aus frisch gemahlenem Getreide. Dinkelsüßgebäck ohne Zucker (stattdessen mit Honig und Agavendicksaft), Dinkelblätterteig (auch tiefgekühlt erhältlich), Konditoreiware auf Anfrage (alles ohne Weizen).

Bio-Bäckerei Bischof Viktor,
Haselstauder Str.11
6850 Dornbirn
Tel: 05572/22071
E-Mail: bio-baeck-bischof@vol.at

Kloser's Bäckerei GmbH, Arlbergstr.123
6900 Bregenz
Tel: 05574/76054-0

Vollkornbäckerei Waldherr, Kleinhöfleiner Hauptstr.39
7000 Eisenstadt
Tel: 02682/61008
E-Mail: office@vollkornbaeckerei-waldherr.at
web: www.vollkornbaeckerei-waldherr.at
Biologisches Vollkornmehl und Zutaten aus biologischem Anbau

☺ ☺

Bäckerei Helmut Gindl, Stiftg.48
7123 Mönchhof
Tel: 02173/80265
E-Mail: baeckerei.gindl@aon.at

☺

Gradwohl GmbH Bio-Vollwertbäckerei,
Bäckerstr.1
7331 Weppersdorf
Tel: 02618/2273
E-Mail: office@gradwohl.info
web: www.gradwohl.info

☺ ☺

Bio-Vollwertbäckerei Gradwohl GmbH,
Hauptstr.5
7350 Oberpullendorf
Tel: 02612/43101
E-Mail: office@gradwohl.info
web: www.gradwohl.info

Essen und Trinken

Kurkonditerei Gradwohl,
Josef Haydn Pl.5
7431 Bad Tatzmannsdorf
Tel: 03353/8515
E-Mail: office@gradwohl.info
web: www.gradwohl.info

Auer GmbH,
Dietrichsteinpl.13
8010 Graz
Tel: 0316/8040-0
E-Mail: office@auerbrot.at
web: www.auerbrot.at

Bäckerei Eberle,
Lazarettg.3
8010 Graz
Tel: 0316/715736
E-Mail: unserbaeckereberle@aon.at
web: www.unserbaeckereberle.at
Brot, Gebäck, Mehlspeisen,
Milch,Milchprodukte

Bäckerei Eberle,
Steyrerg.37
8010 Graz
Tel: 0316/82217
E-Mail: unserbaeckereberle@aon.at
web: www.unserbaeckereberle.at
Brot, Gebäck, Mehlspeisen, Milch,
Milchprodukte

Bäckerei Eberle,
Schönaug.113
8010 Graz
Tel: 0316/825284
E-Mail: unserbaeckereberle@aon.at
web: www.unserbaeckereberle.at
Brot, Gebäck, Mehlspeisen, Milch,
Milchprodukte

Bäckerei Eberle,
Kärntnerstr.417
8010 Graz
Tel: 0316/282239
E-Mail: unserbaeckereberle@aon.at
web: www.unserbaeckereberle.at
Brot, Gebäck, Mehlspeisen, Milch,
Milchprodukte

Bäckerei Eberle,
Kärntnerstr.153
8010 Graz
Tel: 0316/271267
E-Mail: unserbaeckereberle@aon.at
web: www.unserbaeckereberle.at
Brot, Gebäck, Mehlspeisen, Milch,
Milchprodukte

Bäckerei Eberle,
Triesterstr.47
8010 Graz
Tel: 0316/24358
E-Mail: unserbaeckereberle@aon.at
web: www.unserbaeckereberle.at
Brot, Gebäck, Mehlspeisen, Milch,
Milchprodukte

Albin Sorger GmbH & Co KG,
Eggenberger Allee 36
8020 Graz-Eggenberg
Tel: 0316/586125-51
E-Mail: office@sorgerbrot.at
web: www.sorgerbrot.at
erste steirische Bio-Vollkornsemmel

Bäckerei Eberle GmbH, Mitterstr.14
8055 Graz-Puntigam
Tel: 0316/291057
E-Mail: unserbaeckereberle@aon.at
web: www.unserbaeckereberle.at
Brot, Gebäck, Mehlspeisen, Milch,
Milchprodukte

Bäckerei und Konditorei Wachmann,
Marburger Str.155
8160 Weiz
Tel: 03172/4310
E-Mail: wachmann@naturbrot.at
web: www.naturbrot.at

**Frischehof KEG Robier,
Im Lagerfeld 11
8430 Leibnitz
Tel: 03452/74511-0 Fax: 74511-4
E-Mail: info@frischehof.at
web: www.frischehof.at
Ziegenkäse, Weine, täglich selbst-
gebackenes Brot, verschiedene
Ölspezialitäten wie das kaltgepresste
Sonnenblumenöl und das nussige
Kürbiskernöl;Kochkurse.**

Essen und Trinken

Gerhard Pacher Bäckerei,
Stallhof 37
8510 Stainz
Tel: 0650/2543609

Pirker Lebzelterei Konditorei Wachszieherei Brennerei, Grazerstr.10
8630 Mariazell
Tel: 03882/2179-0
E-Mail: pirker@mariazell.at
web: www.mariazeller-lebkuchen.at

Naturmühle Naturbäckerei Hager,
Mühleng.4
8850 Murau
Tel: 03532/2456
E-Mail: office@naturbrot.at
web: www.naturbrot.at
gentechnikfreie Mahl- und Bäckereiprodukte

Bäckerei Wultsch, Völkermarkter Str.96
9020 Klagenfurt
Tel: 0463/32631
E-Mail: brotlos@utanet.at
web: www.brotlos.at

Bäckerei Primitz, Klopeinerseestr.15
9122 St. Kanzian am Klopeiner See
Tel: 04239/2204
E-Mail: schuhfleck@net4you.at

Bäckerei Schieder GmbH,
Schillerstr.4
9560 Feldkirchen
Tel: 04276/27600
E-Mail: office@schieder.at
web: www.schieder.at

Naturbäckerei Schaider GmbH, 10. Oktober Str.30
9821 Obervellach
Tel: 04782/2221
E-Mail: schaider@schaider.at
web: www.schaider.at

Bier

Emmerberg-Bräu 1.Österr. Ökobrauerei,
Hauptstr.137
2722 Winzendorf
Tel: 02638/22993
E-Mail: emmerberg-brauerei@gmx.at

Brauerei Kapsreiter GmbH,
Linzer Str.1
4780 Schärding
Tel: 07712/4774-0
E-Mail: office@kapsreiter.at
web: www.kapsreiter.at
alkoholische Getränke

Frischehof KEG Robier,
Im Lagerfeld 11
8430 Leibnitz
Tel: 03452/74511-0 Fax: 74511-4
E-Mail: info@frischehof.at
web: www.frischehof.at
Ziegenkäse, Weine, täglich selbstgebakkenes Brot, verschiedene Ölspezialitäten wie das kaltgepresste Sonnenblumenöl und das nussige Kürbiskernöl;Kochkurse;

Biosupermärkte

Biomarkt Maran GmbH, Landstraßer Hauptstr.37
1030 Wien
Tel: 01/7109884
E-Mail: office3@biomarkt.co.at
web: www.biomarkt.co.at
Bio-Vollsortiment, Kosmetikprodukte (Weleda etc.)

Biomarket GmbH, Wiedner Hauptstr.71
1040 Wien
Tel: 01/8032525
E-Mail: office@biomarket.at
web: www.biomarket.at

Essen und Trinken

Biomarkt Maran GmbH, K
aiserstr.57-59
1070 Wien
Tel: 01/5265886-18
E-Mail: office7@biomarkt.co.at
web: www.biomarkt.co.at

BASIC Austria GmbH Bio für alle,
Schönbrunner Str.222-228
1120 Wien
Tel: 01/8171100-0
E-Mail: info@basicbio.at
web: www.basicbio.at
Bio-Vollsortiment, Kosmetikprodukte.

BioMarket GmbH,
Fasangarteng.20-24
1130 Wien
Tel: 01/8032525
E-Mail: officewien13@biomarket.at
web: www.biomarket.at
Bio-Vollsortiment, Kosmetikprodukte.

Biomarkt Maran GmbH,
Ottakringer Str.186
1160 Wien
Tel: 01/4818880-42
E-Mail: maran@maran.co.at
web: www.biomaran.at
Bio-Vollsortiment, Kosmetikprodukte.

Biomarket GmbH, Franz-Klein-G.5
1190 Wien
Tel: 01/3690333
E-Mail: office@biomarket.at
web: www.biomarket.at
Bio-Vollsortiment, Kosmetikprodukte.

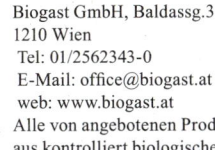

Biogast GmbH, Baldassg.3
1210 Wien
Tel: 01/2562343-0
E-Mail: office@biogast.at
web: www.biogast.at
Alle von angebotenen Produkte stammen
aus kontrolliert biologischer Landwirtschaft bzw. artgerechter Tierhaltung
- kontrolliert durch Austria Bio Garantie.
Davon ausgenommen sind ausdrücklich
als konventionell angeführte Produkte.
eigener Web-Shop

Biomarkt Maran, Brunnerm G.1-9
2380 Perchtoldsdorf
Tel: 01/8690788
E-Mail: office@biomarkt.co.at
web: www.www.biomarkt.co.at

denn's bio,
Untere Donaulände 36
4020 Linz, Donau
Tel: 0732/774055
E-Mail: mare@dennree.at
Kosmetik

LIVIT Lenaupark, Hamerlingstr.42-44
4020 Linz, Donau
Tel: 0732/661712
E-Mail: linz@livit.at
web: www.livit.at

LIVIT Handelgmbh,
Kurpromenade 2
4540 Bad Hall
Tel: 07258/2232
E-Mail: zentrale@livit.at
web: www.livit.at

denn's bio, Dr. Salzmann-Str.7A
4600 Wels
Tel: 07242/252147
E-Mail: ehwelssalz@dennree.de

LIVIT in der SCW Wels,
Salzburger Str.223
4600 Wels
Tel: 07242/251799
E-Mail: wels@livit.at
web: www.livit.at

basic Austria Bio für alle GmbH, Bahn-
hofstr.63
4910 Ried im Innkreis
Tel: 01/8171100-0
E-Mail: info@basicbio.at
web: www.basicbio.at

Essen und Trinken

BioMarket GmbH,
Elisabethstr.84-88
8010 Graz
E-Mail: officegraz@biomarket.at
web: www.biomarket.at

BioMarket GmbH, Schulg.5
8160 Weiz
Tel: 03172/42028
E-Mail: officheweiz@biomarket.at
web: www.biomarket.at

Catering und Partyservice

Restaurant Wrenkh,
Bauernmarkt 10
1010 Wien
Tel: 01/5331526
E-Mail: restaurant@wrenkh.at
web: www.wrenkh.at
Küche teilweise bio

Waldland Spezialitätengeschäft,
Peterspl.11
1010 Wien
Tel: 01/5334156
web: www.waldland.at
Getreide u. Getreideprodukte, Kräuter,
Pflanzen und Saatgut

Feinkost Opocensky & Opocensky OEG,
Favoritenstr.25
1040 Wien
Tel: 01/5050852
E-Mail: edelgreisslerei@opocensky.at
web: www.opocensky.at

VegiRant Vegetarische Vollwertküche,
Währinger Str.57
1090 Wien
Tel: 01/4078287
web: www.vegirant.at
Küche großteils bio

Regenbogenstube,
Schwarzspanierstr.18
1090 Wien
Tel: 01/9617168
web: members.e-media.at/regenbogenstube
Küche großteils bio

Vinothek Vino dell Collio,
Gudrunstr.143
1100 Wien
Tel: 01/6003267
E-Mail: vinodelcollio@vinodelcollio.at
web: www.vinodelcollio.at
Weine, Fleisch- und Wurstwaren,
Gemüse, Getreide u. Getreideprodukte,
Honig, Kosmetik, Kräuter, Pflanzen und
Saatgut, Marmelade und Fruchtsäfte,
Küche teilweise bio

Feinkost Posch, Ratschkyg.47
1120 Wien
Tel: 01/9135785
Vollsortiment, Fleisch auf Bestellung,
Kosmetikprodukte, Zustellung

Il Bio, Auhofstr.150
1130 Wien
Tel: 01/8768772
E-Mail: office@ilbio.at
web: www.ilbio.at
Italienische & österreichische Produkte

Heuriger "Zur alten Post" Biohof Pinkl,
Hauptpl.4
2410 Hainburg an der Donau
Tel: 02165/64304
E-Mail: pinkl@austrian-wines.com
web: www.austrian-wines.com/carnuntum/pinkl
Kartoffeln, alkoholische Getränke,
Brot- und Backwaren, Eier, Fleisch-
und Wurstwaren, Gemüse, Getreide
u. Getreideprodukte, Marmelade und
Fruchtsäfte, Obst, Zustellung

Weingärtnerei Artner, Dorfstr.8
2464 Göttlesbrunn-Arbesthal
Tel: 02162/8495
E-Mail: weingaertnerei@bioartner.at
web: www.bioartner.at
Triathlon, Welschriesling, Grüner
Veltiner, Pinot blanc, Sauvignon blanc,
Blauer Burgunder, Zweigelt, Cabernet
Sauvignon, Merlot, Zustellung

Essen und Trinken

Landfleischerei,
Siedlungsstr.1
2551 Enzesfeld-Lindabrunn
Tel: 02256/81174
E-Mail: sunk.party@aon.at
web: www.sunk.fleischer.at
alkoholische Getränke, Brot- und Backwaren, Eier, Geflügel, Lamm- und Ziegenfleisch, Marmelade und Fruchtsäfte, Rindfleisch, Schweinefleisch

Berendonner Josef Daxböck,
Hafenberg 18
2571 Altenmarkt-Thenneberg
Tel: 02673/2111
alkoholische Getränke, Kräuter, Pflanzen, Saatgut, Lamm- und Ziegenfleisch, Milch, Milchprodukte, Obst, Zustellung

Fleischerei Doris Steiner - Bernscherer, Hauptpl.15
2601 Sollenau
Tel: 02628/47249 Fax: 47249
E-Mail: steiner@fleischer.at
web: www.steiner.fleischer.at
Eier, Fleisch- und Wurstwaren, Geflügel, Käse, Lamm- und Ziegenfleisch, Marmelade und Fruchtsäfte, Rindfleisch

☺ ☺

Biohof Spies,
Rams 43
2640 Gloggnitz
Tel: 02641/8710
Rindfleisch, Zustellung

Josef Schwarz, Stanghof 161
2832 Thernberg
Tel: 02629/3583
E-Mail: stanghof@direkt.at
alkoholische Getränke, Brot- und Backwaren, Fleisch- und Wurstwaren, Getreide u. Getreideprodukte, Marmelade und Fruchtsäfte, Rindfleisch, Schweinefleisch, Zustellung

Bioreisenbauerbäuerin Fam. Reisenbauer, Königsegg 17
2851 Krumbach
Tel: 02647/42922
E-Mail: bioreisenbaeuerin@aon.at
Obst, Gemüse, Getreide u. Getreideprodukte, Kräuter, Pflanzen, Saatgut, Lamm- und Ziegenfleisch, Rindfleisch, Schweinefleisch, Zustellung

Biohof Trenker, Grametschlag 11
2852 Hochneukirchen
Tel: 02648/20360
Getreide u. Getreideprodukte, Marmelade und Fruchtsäfte, Rindfleisch, Zustellung

Terra Nostra Bioladen, Wiener Str.6
3002 Purkersdorf
Tel: 02231/62298
E-Mail: bioladen@puon.at
web: members.aon.at/terra-nostra
Partyservice, Kochkurse, Ernährungsberatung

☺ ☺

Villa Berging Familie Woitzuck, Berging 1
3040 Neulengbach
Tel: 02772/52176
E-Mail: kontakt@pro-bio.at
web: www.pro-bio.at
Fleisch- und Wurstwaren, Getreideprodukte, Schweinefleisch, Zustellung Ab-Hof Vermarkter

Frauenprojekt Fairwurzelt, Friesingerstr.17
3110 Neidling-Afing
Tel: 02741/7033
E-Mail: fairwurzelt@aon.at
web: www.fairwurzelt.at
Alkoholika, Kräuter, Pflanzen und Saatgut, Marmelade und Fruchtsäfte, Zustellung

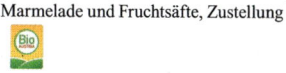

Biohof Priesching, Reichersdorf 11
3131 Getzersdorf bei Traismauer
Tel: 02783/7639
Obst, alkoholische Getränke, Zustellung

Buchinger Fam. Berger, Steubach 22
3153 Eschenau
Tel: 02746/68316
E-Mail: bergergottfried@aon.at
Getreide u. Getreideprodukte, Rindfleisch

Hochedler Elfriede u. Josef Knoll,
Kerschenbach 56
3161 St.Veit/Gölsen
Tel: 02763/3204
Backwaren, Fleisch- und Wurstwaren, Lamm-, Ziegen- und Rindfleisch, Marmelade und Fruchtsäfte, Zustellung.

Essen und Trinken

Ebnerhof Franz und Elisabeth Anzberger,
Traisenbachstr. 75
3184 Türnitz
Tel: 02769/8348
E-Mail: anzenberger@ebnerhof.at
web: www.ebnerhof.at
Rindfleisch, ZustellungFerien am Ebnerhof für Kinder und Schülergruppen

☺

Marktstatthof Franz Fahrngruber,
Hohenbrand 6
3233 Kilb
Tel: 02748/7405
E-Mail: markstatthof@utanet.at
alkoholische Getränke, Käse, Zustellung

Biohof Hölzl,
Unterneuberg 3
3233 Kilb
Tel: 0676/5776608
E-Mail: rh@naturrein-bio.at
Kartoffeln, Zustellung

Himmelschlüsselhof Texing Fam. Fischer,
Hinterleiten 2
3242 Texing
Tel: 02755/7475-0
E-Mail: office@himmelschluesselhof.net
web: www.himmelschluessel.net
Getreide u. Getreideprodukte, Kräuter, Pflanzen und Saatgut, Zustellung

Stadlbauer Fam. Harrauer, Lasserthal 4
3244 Ruprechtshofen
Tel: 02756/2606
Kartoffeln, Alkoholika, Getreideprodukte, Marmelade und Fruchtsäfte, Obst, Zustellung

Wanderrast Hochschlag Daurer,
Buchberg 29
3264 Reinsberg
Tel: 07487/2722
Alkoholika, Brot- und Backwaren, Eier, Fleisch- und Wurstwaren, Käse, Lamm- und Ziegenfleisch, Marmelade u. Fruchtsäfte, Milchprodukte, Rindfleisch, Zustellung

Die Hoflieferanten Biohandels GmbH & Co KG, Oberer Stadtpl.9
3340 Waidhofen/Ybbs
Tel: 07442/54894
E-Mail: office@diehoflieferanten.at
web: www.diehoflieferanten.at
Kartoffeln, Alkoholika, Brot- und Backwaren, Eier, Fleisch- und Wurstwaren, Honig, Käse, Kosmetik, Kräuter, Pflanzen und Saatgut, Marmelade und Fruchtsäfte, Milch, Obst, Rindfleisch

☺ ☺ ☺

Naturkostladen Keimling, Loiger Str.220
5071 Wals bei Salzburg
Tel: 0662/853675
E-Mail: info@keimling.cc
web: www.keimling.cc
Mittagstisch 100% biologisch, auch mit Fleisch, FR Fisch, Vorbestellung nötig; Zustellung

☺ ☺ ☺

Daniel und Andrea Mangeng Kristahof
Lädili,
Kristastr.3
6774 Tschagguns
Tel: 05556/73173
E-Mail: office@kristahof.com
web: www.kristahof.com
Gemüse, Milchprodukte, Wurstwaren, Fleisch auf Vorbestellung, Trockensortiment

☺ ☺ ☺

Natur, Korn, Kost, Kosmetik Christine Hämmerle,
Kirchstr.11
6900 Bregenz
Tel: 05574/47942
Gemüse, Milchprodukte, Wurstwaren, Fleisch auf Vorbestellung, Trockensortiment

☺ ☺

Biohof Johann u. Brigitta Preisegger,
Hauptstr.21a
7203 Wiesen
Tel: 02626/81615
100 % Bio-Sortiment, kaltes Buffet, Mehlspeisen, Zustellung

Waltraud Fanovits,
Hauptstr.9
7451 Oberloisdorf
Tel: 02611/3261
E-Mail: Fam.Fanovits@gmx.at
Mehlspeisen, Zustellung, Selbstabholung

Essen und Trinken

Südburgenländisches Bauernmobil,
Feldg.27
7522 Strem
 Tel: 03324/6416
 E-Mail: bauernmobil@aon.at
  web: www.members.telering.at/bauernmobil/
Lebensmittelsortiment mit 75 % Bio-Anteil

Bio-Hofladen Helmut u. Ida Traupmann, Nr. 21
7522 Sumetendorf
 Tel: 03324/7398
 E-Mail: ida.traupmann@aon.at
Buffet

Regina u. Gerald Dunst, Neustift 31
8275 Sebersdorf
 Tel: 03333/3529
 E-Mail: g.dunst@sonnenerde.at
 web: www.sonnenerde.at

Leder Maria Christine, Mitteregg 48
8505 St. Nikolai im Sausal
 Tel: 03456/3555

Ing. Renate Klug-Stipper, Freiland 27
8530 Deutschlandsberg
 Tel: 0664/9835538

Essen & Trinken allgemein

Biogast GmbH, Baldassg.3
1210 Wien
 Tel: 01/2562343-0
 E-Mail: office@biogast.at
 web: www.biogast.at
Alle von angebotenen Produkte stammen aus kontrolliert biologischer Landwirtschaft bzw. artgerechter Tierhaltung - kontrolliert durch Austria Bio Garantie. Davon ausgenommen sind ausdrücklich als konventionell angeführte Produkte.
eigener Web-Shop

Heuriger Wieninger,
Stammersdorfer Str.78
1210 Wien
 Tel: 01/2924106 Fax: 2928671
 E-Mail: office@heuriger-wieninger.at
 web: www.heuriger-wieninger.at

Hänsel & Gretel BIO Tiefkühlkost
Ingeborg Ackerl, Industriestr.6
2120 Wolkersdorf im Weinviertel
 Tel: 02245/640020
 E-Mail: office@ackerl.at
 web: www.ackerl.at
Demeter- Spinat-KäselaibchenDemeter- Vegane Gemüse Kartoffellaibchen

Frischehof KEG Robier,
Im Lagerfeld 11
8430 Leibnitz
 Tel: 03452/74511-0 Fax: 74511-4
 E-Mail: info@frischehof.at
 web: www.frischehof.at
Ziegenkäse, Weine, täglich selbstgebackenes Brot, verschiedene Ölspezialitäten wie das kaltgepresste Sonnenblumenöl und das nussige Kürbiskernöl;Kochkurse

Heuriger Wieninger
Stammersdorfer Str. 78
1210 Wien
tel: 01/292 41 06
fax: 01/292 86 71
mail: office@heuriger-wieninger.at
www.heuriger-wieniger.at

Mi, Do, Fr 15:00-24:00 Sa, So, Feiertag 12:00-24:00

Essen und Trinken

Fleisch, Fisch, Wurst, Geflügel, Eier

Waldviertler Naturkost,
Opernpassage, Top 5
1010 Wien
Tel: 01/2530053
E-Mail: office@waldviertler-naturkost.at
web: www.waldviertler-naturkost.at
alkoholische Getränke, Brot- und Backwaren, Fisch, Gemüse, Honig, Käse, Milch, Milchprodukte, Obst, Rindfleisch, Schweinefleisch

☺ ☺

Waldviertler Naturkost Mag. Ferdinand Ambichl,
Karmelitermarkt Stand 45
1020 Wien
Tel: 01/2143796
E-Mail: office@waldviertler-naturkost.at
web: www.waldviertler-naturkost.at
Fleischwaren von Fleischer Kollecker
(Demeter zertifiziert)

☺ ☺ ☺

Waldviertler Naturkost Mag. Ferdinand Ambichl,
Salmg.21
1030 Wien
Tel: 01/7132407
E-Mail: office@waldviertler-naturkost.at
web: www.waldviertler-naturkost.at
Vollsortiment, Kosmetikprodukte,
Biofleisch von der Fleischerei Kollecker
(Demeter zertifiziert)

☺ ☺ ☺

Waldviertler Naturkost,
Salmg. 21/ Nähe Rochusmarkt
1030 Wien
Tel: 01/7132407
E-Mail: office@waldviertler-naturkost.at
web: www.waldviertler-naturkost.at
Fleischwaren von Fleischer Kollecker
(Demeter zertifiziert)

☺ ☺

Piccolo Mondo Paracelsus Drogerie,
Paracelsusg.8
1030 Wien
Tel: 01/7109665
E-Mail: piccolo-mondo@aon.at
web: www.piccolo-mondo.at

Kollecker Biofleischerei, Fleischzentrum St.Marx, Stand 3
1030 Wien
Tel: 01/7899511
E-Mail: office@meat.at
web: www.meat.at

Feinkost Opocensky & Opocensky OEG,
Favoritenstr.25
1040 Wien
Tel: 01/5050852
E-Mail: edelgreisslerei@opocensky.at
web: www.opocensky.at

☺ ☺

Naturkost Spittelberg Norbert Ullrich,
Spittelbergg.24
1070 Wien
Tel: 01/5236192
E-Mail: naturkost@gmx.at
web: www.naturkost-spittelberg.at
Vollsortiment, Kosmetikprodukte,
Zustellung

☺ ☺ ☺

Biomarkt Maran GmbH,
Kaiserstr.57-59
1070 Wien
Tel: 01/5265886-18
E-Mail: office7@biomarkt.co.at
web: www.biomarkt.co.at

☺ ☺ ☺

Obst und Gemüse Leban,
Porzellang.50
1080 Wien
Tel: 01/3195792

Biowichtl Hauszustellung Bruckner Gottfried,
Liechtensteinstr.121
1090 Wien
Tel: 01/4081010
E-Mail: office@biowichtl.at
web: www.biowichtl.at

Essen und Trinken

IGLO Austria GmbH,
Wienerbergstr.3
1109 Wien
Tel: 01/60866-0 Fax: 60866-730
web: www.iglo.at
IGLO Polar-Dorsch, Wildlachs sowie Hoki stammen aus bestandserhaltender Fischerei und sind deshalb mit dem MSC Gütesiegel ausgezeichnet worden. MSC-zertifizierte Produkte: Neuseeland Hoki 100% Hoki Filets 400g, Alaska LachsWildlachs Naturfilets 250g, Alaska Seelachs, Polar Dorsch 400g, Mini Fischstäbchen 300g, Riesenfischstäbchen 275g, Polar-Dorsch paniert, 400gPolar-Dorsch Knusperhülle, 300gFischnuggets in Backteig 300g; erhältlich bei allen großen Supermarktketten.
Siehe auch Seite 17

Kollecker Markus & Sohn Biofleischerei,
Albrechtsbergerg.35
1120 Wien
Tel: 01/8139797
E-Mail: office@meat.at
web: www.meat.at
Alle Produkte sind Bio Freilandprodukte; Online Shop und Zustellservice in Mödling, Hinterbrühl, Perchtoldsdorf und Gießhübl;

Feinkost Gamba,
Kupelwieserg.17
1130 Wien
Tel: 01/8765292

Der Freiländer Hauszustellung,
Hietzinger Hauptstr.153
1130 Wien
Tel: 0676/4234875
E-Mail: monica@freilaender.at
web: www.freilaender.at
Bio-Lebensmittel werden in Wien, Hinterbrühl, Perchtoldsdorf und Gießhübl zugestellt. Im Sortiment: Bio-Fleisch aus Österreich, Bio-Käse aus Österreich, Italien und Frankreich, Bio-Wurst und Bio-Menüs.

Schrott Bäckerei, Mariahilfer Str.159
1150 Wien
Tel: 01/8934249-0

Calasanz Ab-Hof-Verkauf, Maria vom Siege 2
1150 Wien
Tel: 0676/9024876
alkoholische Getränke, Brot und Backwaren, Fleisch und Wurstwaren, Käse, Kräuter, Pflanzen und Saatgut, Marmelade und Fruchtsäfte, Milch und Milchprodukte, Lamm- und Ziegenfleisch, Rindfleisch; Fleisch auf Bestellung; Di, Mi, Do 10-12 und 15-18 Uhr;

Waldviertler Naturkost, Payerg.12 - Yppenmarkt
1160 Wien
Tel: 01/4031347
E-Mail: office@waldviertler-naturkost.at
web: www.waldviertler-naturkost.at
Fleischwaren von Fleischer Kollecker

Naturkost Oberkirchen,
Yppenpl.2
1160 Wien
Tel: 0699/10086946
E-Mail: franz_firlinger@hotmail.com

Biomarkt Maran GmbH,
Ottakringer Str.186
1160 Wien
Tel: 01/4818880-42
E-Mail: maran@maran.co.at
web: www.biomaran.at
Bio-Vollsortiment, Kosmetikprodukte.

Huber & Huber GmbH,
Hutteng.71-75
1160 Wien
Tel: 01/4931312

Naturkostladen Walter Brunnader,
Kutschkerg.29
1180 Wien
Tel: 01/4024368
E-Mail: naturkost@brunnader.at
web: www.brunnader.at
Vollsortiment ohne Fleisch, Kosmetikprodukte; Hauszustellung, Partyservice, Imbiss im Geschäft;

Essen und Trinken

Feinkost am Aumannplatz Scherleitner,
Währinger Str.141
1180 Wien
Tel: 01/4059314
web: www.partyservice.co.at
Kartoffeln, Brot und Backwaren,
Gemüse, Getreide und Getreideprodukte,
Käse, Milch und Milchprodukte, Obst;
Küche teilweise bio;

Bioladen Babic, Sonnbergpl.3
1190 Wien
Tel: 01/3687175
E-Mail: maran@maran.co.at
Vollsortiment, auch Kosmetikprodukte;

☺ ☺ ☺

Franz Biomarket, Kleinstr.5
1190 Wien
Tel: 01/3690333

Natur & Reform, Brünnerstr.2-4
1210 Wien
Tel: 01/2784140
E-Mail: office@natur-reform.com
web: www.natur-reform.com
Bio-Freilandeier

☺

Berger Fleischerei, Rennbahnweg 27
1220 Wien
Tel: 01/2581109
Rindfleisch;

aus gutem grund Naturkostladen Esche Schörghofer,
Endresstr.113
1230 Wien
Tel: 01/8881038
E-Mail: naturkost@ausgutemgrund.at
Vollsortiment, Kosmetikprodukte; Hauszustellung.

☺ ☺ ☺

Luki's Laden der Biogreißler,
Julius-Bittner-Pl.4
2120 Wolkersdorf im Weinviertel
Tel: 02245/4237
E-Mail: lukisladen@utanet.at
Hauszustellung

☺ ☺

Rosenberger Feinkost,
Peter-Paul-Str.2
2201 Gerasdorf bei Wien
Tel: 02246/2274
Brot- und Backwaren, Wurst- und
Fleischwaren, Geflügel, Getreide,
Getreideprodukte, Käse, Lamm- und
Ziegenfleisch, Marmeladen, Fruchtsäfte,
Milchprodukte, Rindfleisch, Schweinefleisch

Biohofladen Eva Broschek KEG,
Hauptstr.43
2353 Guntramsdorf
Tel: 02236/52009
web: www.biohofladen-broschek.at

☺ ☺

Naturstube Perchtoldsdorf Werner AMBROSI,
Wienerg.30
2380 Perchtoldsdorf
Tel: 01/8656083
E-Mail: naturstube@telering.at
web: www.naturstube.at
Eier und Fleischwaren

☺ ☺ ☺

Landfleischerei,
Siedlungsstr.1
2551 Enzesfeld-Lindabrunn
Tel: 02256/81174
E-Mail: sunk.party@aon.at
web: www.sunk.fleischer.at
alkoholische Getränke, Brot- und
Backwaren, Eier, Geflügel, Lamm- und
Ziegenfleisch, Marmelade und Fruchtsäfte, Rindfleisch, Schweinefleisch

**Fleischerei Doris Steiner - Bernscherer,
Hauptpl.15
2601 Sollenau
Tel: 02628/47249 Fax: 47249
E-Mail: steiner@fleischer.at
web: www.steiner.fleischer.at
Eier, Fleisch- und Wurstwaren,
Geflügel, Käse, Lamm- und Ziegenfleisch, Marmelade und Fruchtsäfte,
Rindfleisch**

☺ ☺

Essen und Trinken

Brüder Götzinger u. E. Götzinger OHG,
Pittener Str.206
2625 Schwarzau am Steinfelde
Tel: 02627/82564
E-Mail: info@goetzinger-fleischerei.at
web: www.goetzinger-fleischerei.at
Bio-Rindfleisch, Bio-Kalbfleisch,
Schweinefleisch, Wurstwaren

Brüder Götzinger u. E. Götzinger OHG,
Hauptstr.24-26
2630 Ternitz
Tel: 02635/38285
E-Mail: info@goetzinger-fleischerei.at
web: www.goetzinger-fleischerei.at
Bio-Rindfleisch, Bio-Kalbfleisch,
Schweinefleisch, Wurstwaren

Fleischerei Götzinger, Triester Bundesstr.14
2632 Wimpassing/Schwarzatale
Tel: 02630/38395
E-Mail: info@goetzinger-fleischerei.at
web: www.goetzinger-fleischerei.at#
Bio-Rindfleisch, Bio-Kalbfleisch,
Schweinefleisch, Wurstwaren

Ihr Fleischerfachgeschäft Steiner
2601 SOLLENAU
02628/47 249
Partyservice
Spanferkelservice

Blunzenchampion 2004
Schinkenspezialitäten
Bio-Rindfleisch

Biohof Schwaiger,
Grünsting 18
2651 Reichenau
Tel: 02666/53802
E-Mail: office@mobile-schlachtsysteme.at
web: www.mobile-schlachtsysteme.at
Fleisch- und Wurstwaren, Rindfleisch

Bio-Hofladen Josef Passet,
Anton Maller-Str.4
3011 Untertullnerbach
Tel: 02233/55209

EVI Naturkost Erzeuger-Verbraucher-
Initiativen, Kremserlandstr.2
3100 St. Pölten
Tel: 02742/352092

Robert & Elisabeth Buchner Große
Hofstatt,
Steubach 6
3153 Eschenau an der Traisen
Tel: 02762/68784
E-Mail: robert.buchner@aon.at
Rindfleisch, Zustellung

Christian Schagerl,
Lehenrotte 29
3183 Freiland
Tel: 02769/8392
E-Mail: christian.schagerl@evn.at
Eier, Rindfleisch

Christian Biohof Winter,
Hofstadtgegend 11
3213 Frankenfels
Tel: 02725/8327
E-Mail: christian.winter@aon.at
Fleisch- und Wurstwaren, Rindfleisch

Janker Eierhandel Siringtaler Frischeier,
Fohrafeld 1
3233 Kilb
Tel: 02748/7406
E-Mail: office@frisch-ei.at
web: www.frisch-ei.at

Wallseer Vollfrischeier Franz Hagler
GmbH,
Weissenberg 35
3312 Oed bei Amstetten
Tel: 07478/222
E-Mail: franz_hagler@utanet.at

Fleischerei Freudenschuß,
Waidhofnerstr.6
3331 Hilm-Kematen
Tel: 07448/2202
Rindfleisch

Bäuerliche Schlachtgemeinschaft Oberes
Ybbstal,
Garnberg 11
3343 Hollenstein an der Ybbs
Tel: 07445/225-236
Rindfleisch

Essen und Trinken

Fleischerei Berger, Stadtpl.29
3400 Klosterneuburg
Tel: 02243/32820
Wurst- und Fleischwaren, Käse, Rindfleisch, Schweinefleisch

Naturladen Weiß & Witsch,
Minoritenpl.4-5
3430 Tulln
Tel: 02272/63791
E-Mail: naturladen@aon.at
biologische Hunde- und Katzenfutter,
Hängematten und -sessel, Räucherwaren, Bücher, Geschenkartikel,
Kerzen, Keramik** 23.05.2007 ALH:
Bio-Freilandeier, alkoholische Getränke,
Brot- und Backwaren, Fisch, Wurst-
und Fleischwaren, Gemüse, Getreide,
Getreideprodukte, Käse, Kosmetik,
Kräuter, Pflanzen, Saatgut, Marmeladen,
Fruchtsäfte, Milch, Milchprodukte, Obst,
Rindfleisch

Schinken Rudolf Berger, Hauptpl.3
3430 Tulln an der Donau
Tel: 02272/65420
E-Mail: office@berger-schinken.at
web: www.berger-schinken.at
Rindfleisch, Geflügel, Käse

Fleischerei Berger, Karl-Bergerpl.1
3443 Sieghartskirchen
Tel: 02274/6081-163
Wurst- und Fleischwaren, Käse, Rindfleisch, Schweinefleisch

Gut Ei Hof Produktions GmbH Schrall Franz,
Diendorf 12
3452 Atzenbrugg
Tel: 02275/5780
E-Mail: office@schrall-eier.at
web: www.schrall-eier.at

Josef Pfiel Eierhof Bio-Hum,
Eggendorf 5
3454 Sitzenberg/Reidling
Tel: 02276/2411

Fleischerei Höllerschmid,
Große Zeile 2
3483 Feuersbrunn
Tel: 02738/2385
Rindfleisch, Schweinefleisch

EVI Naturkost HandelsgmbH,
Utzstr.5
3500 Krems
Tel: 02732/85473
E-Mail: evikrems@evinaturkost.at
Vegetarischer Imbiss, Vorträge

Teichwirtschaft,
Rastbach 35
3542 Gföhl
Tel: 02716/80258
E-Mail: ah.vie@gmx.at

Teichgut Jaidhof Roland Wintersberger,
Nr.3
3542 Jaidhof
Tel: 02716/80620
E-Mail: office@biokarpfen.at
web: www.biokarpfen.at
Fisch, Zustellung

Fleischerei Schober, Dreifaltigkeitspl.10
3571 Gars am Kamp
Tel: 02985/2512
E-Mail: wurst@bio-schober.at
web: www.bio-schober.at
Rind-, Schweine- und Kalbfleisch, sowie
Schinken, Wurstwaren, Dauerwurst und
Rohschinkenspezialitäten in BIO-Qualität.

Fleischerei Höllerschmid, Hauptstr.20
3620 Spitz/Donau
Tel: 02735/2315
Rindfleisch, Schweinefleisch

Manfred u.Maria Mayer Bio-Hofladen
Höfen, Schallemmersdorf 15
3644 Emmersdorf an der Donau
Tel: 02752/71943
Kartoffeln, alkoholische Getränke,
Brot- und Backwaren, Eier, Fleisch- und
Wurstwaren, Getreide u. Getreideprodukte, Honig, Käse, Kräuter, Pflanzen
und Saatgut, Lamm- und Ziegenfleisch,
Marmelade und Fruchtsäfte, Milchprodukte, Obst, Rindfleisch, Schweinefleisch

Essen und Trinken

Fleischerei Hündler,
Neustift 5
3714 Sitzendorf an der Schmida
Tel: 02959/2207
Gemüse, Rindfleisch

Josef Mayerhofer,
Schönbichl 1
3920 Groß Gerungs
Tel: 02812/5284
Lammfleisch

Meierhof Heuriger und Biofleischerei,
Schloß Rosenau 7
3924 Schloß Rosenau
Tel: 02822/58494
E-Mail: heuriger.meierhof@wvnet.at
Wurst- und Fleischwaren, Schweinefleisch

Walter Watzl,
Zeil 40
3971 St.Martin
Tel: 02857/2330
Ab-Hof Vermarkter

Nordwaldhof, Haus 34
3972 Bad Großpertholz
Tel: 02857/2236
E-Mail: nordwaldhof@nordwaldhof.at
web: www.nordwaldhof.at
Fleischerei-Betrieb

pius - der frische genuß Friedrich Rosenberger,
Hauptpl.2
4020 Linz, Donau
Tel: 070/770570
E-Mail: info@pius.co.at
web: www.pius.co.at

☺ ☺

Ernteland Margarete Zauner,
Dornacher Str.1
4040 Linz
Tel: 070/750331

Bio-Lois-Laden,
Gewerbeg.17
4060 Leonding
Tel: 0732/683624

☺ ☺

Grete u. Christian Haslmayr Mayr zu Haitzing,
Annaberg 8
4072 Alkhoven
Tel: 07274/20177
E-Mail: haslymayr@little-texas.at
Fleisch- und Wurstwaren, Rindfleisch

Zinöcker GmbH,
Allersdorf 31
4113 St. Martin im Mühlkreis
Tel: 07232/2125
Wurst- und Fleischwaren, Rindfleisch, Schweinefleisch

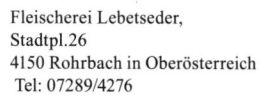

☺ ☺

Fleischerei Lebetseder,
Stadtpl.26
4150 Rohrbach in Oberösterreich
Tel: 07289/4276

Fleischerei Johann Enzenhofer,
Markt 12
4171 St. Peter am Wimberg
Tel: 07282/8710
E-Mail: info@enzenhofer.co.at
web: www.enzenhofer.co.at
Wurst- und Fleischwaren, Rindfleisch, Schweinefleisch

Hehenberger's Marktstube,
Linzer Str.2
4190 Bad Leonfelden
Tel: 07213/8122
E-Mail: gasthaus@marktstube.at
web: www.marktstube.at

Fleischerei Johann Enzenhofer,
Hauptstr.11
4191 Vorderweißenbach
Tel: 07219/6490
E-Mail: info@enzenhofer.co.at
web: www.enzenhofer.co.at
Wurst- und Fleischwaren, Rindfleisch, Schweinefleisch

www.oekoweb.at
Österreichs zentrales Umweltportal

Essen und Trinken

SONNBERG
SCHMECK DEN UNTERSCHIED
www.biofleisch.biz

MÜHLVIERTLER ALM BIO FLEISCH GmbH
4273 Unterweißenbach 168
Tel. 7956/7970

Mühlviertler Alm-Biofleisch GmbH,
Nr. 168
4273 Unterweißenbach
Tel: 07956/7970-0 Fax: 7970-4
E-Mail: sonnberg@biofleisch.biz
web: www.biofleisch.biz

Fleischhauerei Menzl Rudolf KG,
Dorf an der Enns 30
4431 Haidershofen
Tel: 07252/37127
E-Mail: menzl1@utanet.at
Rindfleisch, Schweinefleisch

Landgold Frischei Erzeugungs- u. Vertriebsgmbh & Co KG,
Fliederg.4
4551 Ried im Traunkreis
Tel: 07588/7344
web: www.landgold.co.at

BioProdukte Stift Schlierbach HandelsgmbH,
Schlierbach 1
4553 Schlierbach, Oberösterreich
Tel: 07229/66177-830
E-Mail: cfreshjr@propartner.at
web: www.bioeier.at
Vertrieb von Bio-Freilandeier;
"Ja!Natürlich" ist Exklusivkunde des Unternehmen.

Gefügel GmbH Schlierbach,
Meierhofstr.1
4553 Schlierbach, Oberösterreich
Tel: 07582/81397
E-Mail: firma@gefuegelgmbh-schlierbach.at
web: www.gefluegelgmbh-schlierbach.at

Nest-Eier Handels GmbH Nfg & Co KG,
Meierhofstr.1
4553 Schlierbach, Oberösterreich
Tel: 03385/73410
web: www.nestei.at

Markt Wels,
4600 Wels
Jeden Donnerstag 7 Uhr bis 12 UhrFrische Bio-Fische

Ploberger Feinkost & Catering,
Kaiser-Franz-Josef-Pl.21
4600 Wels
Tel: 07242/45229-222
E-Mail: catering@ploberger.at
web: www.ploberger.at
Wurst und Fleischwaren, Rindfleisch, Partyservice

Fleischerei Hütthaler,
Linzer Str.1
4690 Schwanenstadt
Tel: 07673/22300
E-Mail: office@huetthaler.at
web: www.huetthaler.at

Fleischerei Hütthaler,
Stadtpl.36
4840 Vöcklabruck
Tel: 07672/26032
E-Mail: office@huetthaler.at
web: www.huetthaler.at
Wurst- und Fleischwaren, Käse, Rindfleisch, Schweinefleisch,

Fleischerei Burgstaller, Redl 11
4871 Zipf
Tel: 07682/5330

Essen und Trinken

Innviertler Landei GmbH & Co KG
Johann Poringer,
Tumeltsham 27
4910 Ried im Innkreis
Tel: 07752/82198
E-Mail: poringer@eier.at
web: www.eier.at

Fleischerei Hubert Renner GmbH &
Co KG,
Siezenheimer Str.2a
5020 Salzburg
Tel: 0662/433021-0
E-Mail: info@fleischerei-renner.at
web: www.fleischerei-renner.at
Wurst- und Fleischwaren, Rindfleisch,
Schweinefleisch

Fleischhauerei Erlach,
Linzerg.3
5020 Salzburg
Tel: 0662/874435
Wurst- und Fleischwaren, Geflügel,
Lamm- und Ziegenfleisch, Schweinefleisch, Rindfleisch

Fisch Krieg OHG,
Ferdinand-Hanusch-Pl.4
5020 Salzburg
Tel: 0662/843732
Bio-Karpfen, Bio-Lachs, Bio-Forelle,
frisch und gräuchert

Fisch Krieg OHG,
Neuer Grünmarkt
5020 Salzburg
Tel: 0662/886230
Bio-Karpfen, Bio-Lachs, Bio-Forelle,
frisch und geräuchert

Markt Universitätsplatz,
5020 Salzburg
Di., Mi., Fr. 8 Uhr bis 18 Uhr Sa. 7 Uhr
bis 13 Uhr Frische BIO-Fische

Markt Schranne,
5020 Salzburg
Jeden Donnerstag 7 Uhr bis 12 Uhr Frische Bio-Fische

Fisch Krieg OHG,
Furtmühlstr.6
5101 Bergheim bei Salzburg
Tel: 0662/452134-0
Bio-Karpfen, Bio-Lachs, Bio-Forelle,
frisch und geräuchert

Andreas Stegbuchner,
Passauer Weg 6
5111 Bürmoos
Tel: 06274/4211
E-Mail: stegbuchner@buermoos.com
web: www.torf.at
Fleisch- und Wurstwaren, Rindfleisch,
Zustellung

Zagler's Naturladen,
Salzburger Vorstadt 26
5280 Braunau
Tel: 07722/84597
E-Mail: alois.zagler@gmx.at

Frenki`s Bio-Box ATB & G Frenkenberger consulting trading GmbH,
Petersbergstr.6
5300 Hallwang bei Salzburg
Tel: 0662/662596
E-Mail: biobox@frenki.at
web: www.biobox.at

Fleischerei Auernig, Wiener Bundesstr.16
5300 Hallwang bei Salzburg
Tel: 0662/661339
E-Mail: metzgerei@auernig.at
web: www.auernig.at

YOUKON WILDER LACHS Österreich,
Aberseestr.8
5340 St. Gilgen
Tel: 06227/8179
E-Mail: office@youkon.com
web: www.youkon.com
MSC-zertifizierte Produkte: Alaska Lachs,
Alaska Sockeye Graved 114g, Alaska Sockeye Smoked 114g, Alaskalachs keta filets
250g ; erhältlich bei Interspar, Magnet,
Metro, M-Preis, C + C Pfeiffer, C + C
AGM, C + C WEDL, Kastner, Eurogast,
Winklermarkt Linz (lt.www.youkon.com).

Essen und Trinken

Iringer Fam. Fletschberger, Nr. 27
5421 Adnet
Tel: 0664/8376085

Anita's Naturkostladen Anita Sanoll
- Hofer,
Adolf Pichler-Pl.12
6020 Innsbruck
Tel: 0512/565771

Metzgerei Andrea und Daniel Mangeng,
Kroneng.5
6780 Schruns
Tel: 05556/76129
E-Mail: office@kristahof.com
web: www.kristahof.com
Fleisch von Schwein, Kalb, Rind,
Almochs, Hühner, kaltgeräucherter
Speck, Mostbröckle, Hauswurst, Salami,
Leberkäse, Frischwurst, Vollsortiment

Egon u.Sonja Ehrne Bioladen,
Sebastianstr.25
6800 Feldkirch
Tel: 05522/75320
web: www.ehrne-bioladen.at
Vollsortiment

Sennhof Frischei GmbH & Co KG,
Sennhofweg 1
6830 Rankweil
Tel: 05522/73553

Wegwarte Bioladen,
Kiesweg 7
6842 Koblach
Tel: 05523/54816
E-Mail: bio@wegwarte.at
web: www.wegwarte.at
Vollsortiment; Kochkurse;

Metzgerei Martin Kopf KG, Alteichweg 1
6844 Altach
Tel: 05576/72546
E-Mail: metzgerei-kopf@telering.at
Schweinefleisch und Rindfleisch

Bäckerei Stadelmann, Marktstr.41
6850 Dornbirn
Tel: 05572/22601-12
E-Mail: markus.stadelmann@vol.at
Lammfleisch auf Bestellung

Bio-Metzgerei Erwin Mennel,
Buchhans 51
6900 Möggers
Tel: 05573/83985-0
E-Mail: erwinmennel@gmx.at
Bio-Rindfleisch, Bio-Würste;

Gebrüder Lehner Geflügel u. Eierprodu-
zenten GmbH, Hauptstr.16
7023 Zemendorf
Tel: 02626/5239

Schlögl Ei GmbH, Konsumstr.2
7350 Oberpullendorf
Tel: 02612/45801
E-Mail: office@schloegl-ei.at
web: www.schloegl-ei.at

Matzer Isabella Bioladen, Sparbers-
bachg.34
8010 Graz
Tel: 0316/838799
E-Mail: info@bio-laden.at
web: www.bio-laden.at

Kornwaage Bio-Lebensmittel GmbH,
Theodor Körner-Str.47
8010 Graz
Tel: 0316/681043
E-Mail: info@kornwaage.at
web: www.kornwaage.at

Peter Feiertag Fleischerhauerei, Kaiser-
Josef-Pl., Stand 13-17
8010 Graz
Tel: 0316/845962
Kalb-,Rind-,Schweinefleisch, Geselch-
tes, Schinken, Würste

Kaiser-Franz-Josef-Markt (kleiner Stand
in Marktmitte),
8010 Graz
Samstag 8 - 12h Bio-Fische Gut Hornegg

Essen und Trinken

BIO-Markt Eggenberg, Parkpl. Eggenberger Bad
8010 Graz
Jeden Freitag 12 Uhr bis 17 Uhr Bio-Fisch vom Gut Hornegg

Fleischerei Leitner, Mühlg. 30
8020 Graz
 Tel: 0316/717995

Karnerta Graz - Abholmarkt, Lagerg.158
8020 Graz
 Tel: 0316/261447
 E-Mail: office@karnerta.at
 web: www.karnerta.at

Fleischerei Loidl, Hauptstr.32a
8042 Graz-St. Peter
 Tel: 0316/461586
 E-Mail: loidl@loidl-st-peter.at
 web: www.loidl-st-peter.at

Markt St.Peter-Eisteichsiedlung,
8042 Graz-St. Peter
Jeden Samstag 7 Uhr 30 bis 12 Uhr Bio-Fische vom Gut Hornegg

Bauernmarkt Hitzendorf,
8151 Hitzendorf
Jeden Freitag 13 Uhr bis 16 Uhr BIO-Fisch vom Gut Hornegg

Fleischhauerei Peter Feiertag, Dr.Karl Rennerg.12
8160 Weiz
 Tel: 03172/2717
Kalb-, Rind-, Schweinefleisch, Geselchtes, Schinken, Würste

Schirnhofer Feinkost,
Weizer Str.5
8200 Gleisdorf
 Tel: 03112/6879
Wurst- und Schinkenprodukte mit dem AMA-Gütesiegel

Herbert Lugitsch u. Söhne GmbH. Geflügelhof - Futtermühle,
Gniebing 52
8330 Feldbach
 Tel: 03152/2424-0
 E-Mail: steirerhuhn@h.lugitsch.at
 web: www.lugitsch.at

Goldmund Eierhandel reg. GmbH,
Rohr 106
8330 Feldbach
 Tel: 03115/2487
 E-Mail: office@goldmund.at
 web: www.goldmund.at

Gnaser Frischei ProduktionsgmbH,
Burgfried 124
8342 Gnas
 Tel: 03151/2487

Frischehof KEG Robier,
Im Lagerfeld 11
8430 Leibnitz
Tel: 03452/74511-0 Fax: 74511-4
E-Mail: info@frischehof.at
web: www.frischehof.at
Ziegenkäse, Weine, täglich selbstgebackenes Brot, verschiedene Ölspezialitäten wie das kaltgepresste Sonnenblumenöl und das nussige Kürbiskernöl;Kochkurse;

☺ ☺ ☺

Bauernmarkt Leibnitz,
8430 Leibnitz
Jeden Samstag 7 Uhr 30 bis 11 Uhr BIO-Fisch vom Gut Hornegg

Gut Hornegg Teichwirtschaft,
Tobis 1-3
8504 Preding
 Tel: 03185/2304
 E-Mail: teichwirtschaft@gut-hornegg.at
 web: www.gut-hornegg.at
Do. 16.00 bis 18.00, Fr. 10.00 bis 18.00 und nach tel. Vereinbarung,Verkauf auch auf Märkten z.B.: Bauernmarkt Graz

Bauernmarkt Preding,
Bei der OMV Tankstelle
8504 Preding
Jeden Samstag 8 Uhr bis 12 Uhr BIO-Fisch vom Gut Hornegg

Essen und Trinken

Fleischerei Harger, Herzog-Ernst-G.24
8600 Bruck an der Mur
Tel: 03862/51773
E-Mail: office@harger.at
web: www.harger.at
Rindfleisch

Fleischerei Harger, Oberdorferstr.5
8600 Bruck an der Mur
Tel: 03862/51934
E-Mail: office@harger.at
web: www.harger.at
Rindfleisch

Fleischerei Harger, Minoritenpl.1
8600 Bruck an der Mur
Tel: 03862/51159-0
E-Mail: office@harger.at
web: www.harger.at
Rindfleisch

Fleischerei Harger, Richard-Wagner-G.2
8605 Kapfenberg
Tel: 03862/31324
E-Mail: office@harger.at
web: www.harger.at
Rindfleisch

Fleischerei Harger, Wiener Str.35a
8605 Kapfenberg
Tel: 03862/27885
E-Mail: office@harger.at
web: www.harger.at
Rindfleisch

Fleischerei Harger, Hauptstr.29
8605 Kapfenberg
Tel: 03865/4108
E-Mail: office@harger.at
web: www.harger.at
Rindfleisch

Fleischerei Harger, Wiener Str.8
8605 Kapfenberg
Tel: 03862/22207-0
E-Mail: office@harger.at
web: www.harger.at
Rindfleisch

Fleischerei Harger, Grazer Str.62
8605 Kapfenberg
Tel: 03862/22235-0
E-Mail: office@harger.at
web: www.harger.at
Rindfleisch

Fleischerei Harger, Josef-Graf-G.5
8700 Leoben
Tel: 03842/45854
E-Mail: office@harger.at
web: www.harger.at
Rindfleisch

Toni's HandelsGmbH und Freilandeier,
Glein 14
8720 Knittelfeld
Tel: 03512/85725
E-Mail: office@tonis.at
web: www.tonis.at

Karnerta Farrach - Abholmarkt,
Rattenbergerweg 12
8740 Zeltweg
Tel: 03577/26144
E-Mail: office@karnerta.at
web: www.karnerta.at

Eierring Herzogstuhl, Schumystr.52
9020 Klagenfurt
Tel: 0463/44276

Kärntner Bio-Ei Bio-Bauernhof
Petschnig, Nr.6
9103 Diex
Tel: 04231/8168
E-Mail: servus@petschnighof.at
web: www.petschnighof.at

Gerti u.Willi Erian Demeterhof,
Kraindorf 1
9300 St.Veit/Glan
Tel: 04212/5252
E-Mail: erian@kraindorf.com
web: www.kraindorf.com
Hausschlachtung zweimal jährlich Rind
und Schwein Aufstriche, Dauerwaren
wie Speck & Würste, Milchmasthendln
und Eier.

Siglinde Prentner, Dellach 9
9300 St. Veit an der Glan
Tel: 04215/2445
nach telefonischer Voranmeldung

Essen und Trinken

Villgrater Naturprodukte Josef Schett KG, Nr. 116
9932 Innervillgraten
Tel: 04843/5520
E-Mail: office@villgraternatur.at
web: www.villgraternatur.at
Dämmstoffe aus Schafwolle, Fleisch-Fisch-Geflügel, Schinken, Wurst, Speck, Getreide und Brot, Honig, Marmelade, Säfte, Essig, Liköre und Schnaps, Gewürze, Kräuter, Tees, Kosmetika und Heilendes, Bettwaren; Bauernladen (MO-FR 9-12 + 15-17, SA 9-12), Exkursionsbetrieb, Hauszustellung.

Getreideverarbeitende Betriebe

Biomühle Hans Hofer GmbH, Michael Hofer Str.133
2493 Lichtenwörth-Nadelburg
Tel: 02622/75388
E-Mail: bio@biomuehle.at
web: www.biomuehle.at
Weizen-, Roggen-, Dinkelmehl und verschiedene Produkte aus kontrolliert biologischem Anbau.

Bio-Mühle Rosenberger, Mühlenstr.2
3314 Strengberg
Tel: 07432/2463
E-Mail: biomuehle.rosenberger@mostviertel.com
web: www.mostviertel.com/naturladen/rosenberger
Brot- und Backwaren, Fleisch- und Wurstwaren, Gemüse, Getreide u. Getreideprodukte, Rindfleisch

---

demeter

Lebendige Geschmacksvielfalt für eine phantasievolle Küche.

Waldviertler Reis*
schonend geschliffenes und poliertes Urgetreide

www.**meierhof**.at
erlesene Getreide

Fam. Ehrenberger Meierhof Demeterlandwirtschaft, Nr.48
3580 St.Bernhard
Tel: 02982/3351 Fax: 3351-4
E-Mail: meierhof@wvnet.at
web: www.meierhof.at
Vielzahl an Getreidekörnern, Reis, Nudeln, Mehl und Gries, Kartoffel, Eier, alkoholische Getränke, Milch

Erste Raabser Walzmühle Fa. Dyk, Hauptstr.26
3820 Raabs a.d.Thaya
Tel: 02846/370-0
E-Mail: office@dyk-mill.com
web: www.dyk-mill.com
Bio-Mahlprodukte, Bio-Backmittel (Malzquellmehle, etc.), Bio-Snacks & Crispies.

Cajetan Strobl Naturmühle GmbH, Marktmühlg.30
4030 Linz-Ebelsberg
Tel: 0732/303060-0
E-Mail: info@strobl-naturmuehle.com
web: www.strobl-naturmuehle.com
Buchweizen, Dinkel, Emmer, Grünkern, Gerste, Hafer, Hirse, Kamut, Lupinen, Quinoa, Reis, Soja und vieles mehr aus kontrolliert biologischem Anbau.

Nestelberger Schälmühle - Naturprodukte - Bioladen,
Naarntalstr.9
4320 Perg
Tel: 07262/52594
E-Mail: nestelberger@bionaturprodukte.at
web: www.bionaturprodukte.at
Verschiedenste Produkte von Getreide, über Kosmetik bis zu ökologischen Reinigungsmitteln im Laden erhältlich.

Lerchenmühle Wieser GmbH, Torren 43/76
5440 Golling an der Salzach
Tel: 06244/4249
E-Mail: lerchenmuehle@utanet.at
Brot- und Backwaren

Melchart Teigwarenerzeugung, Gewerbepark 186
8212 Pischelsdorf in Steiermark
Tel: 03113/8058

Essen und Trinken

Thalhof Mühle Inh. Andreas Motschiunig, Mühlenstr.13
9073 Klagenfurt-Viktring
Tel: 0463/281871

Gewürze

Biowelt am Naschmarkt,
Am Naschmarkt Stand 330
1040 Wien
Tel: 01/5858195
E-Mail: office@bio-welt.at
web: www.bio-welt.at
Vollsortiment, Fleisch auf Bestellung

☺ ☺ ☺

Bioladen am Meidlinger Markt,
Meidlinger Markt, Stand 59
1150 Wien
Tel: 01/8154488
E-Mail: adam.monika@chello.at
web: www.bioladen-meidling.com
Vollsortiment, Fleisch auf Bestellung, Kosmetikprodukte

☺ ☺ ☺

Weltladen Hollabrunn,
Sparkasseg.21
2020 Hollabrunn
Tel: 02952/20911
E-Mail: hollabrunn@weltladen.at
web: www.weltladen-hollabrunn.at

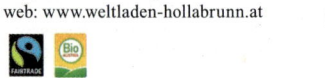

Weltladen Wiener Neustadt, Neuklosterpl.2
2700 Wiener Neustadt
Tel: 02622/85780
E-Mail: wr.neustadt@weltladen.at
web: wrneustadt.weltladen.at
Weine, Kaffee, Tee, Honig, Fruchtsäfte, Gewürze, Getreideprodukte

Weltladen Weyer, Marktpl.4
3335 Weyer
Tel: 07355/20583
E-Mail: weyer@weltladen.at
web: www.weltladen.at

Sonnentor Kräuterhandels GmbH,
Sprögnitz 10
3910 Zwettl
Tel: 02875/7256
E-Mail: office@sonnentor.at
web: www.sonnentor.at
Vielzahl an Lebensmitteln aus kontrolliert biologischer Landwirtschaft: Kräuter, Gewürze, Tee, Kaffee, Keimsaaten, Essig, Öl, Fruchtsirup, Fruchtaufstriche, Suppen, Süßigkeiten, Kräuterkissen, ätherische Öle, Hildegard-von-Bingen-Produkte, Körperpflegeprodukte, Geschenkartikel.

Österreichische Bergkräutergenossenschaft registrierte Genossenschaft mit beschränkter Haftung, Thierberg 32
4192 Hirschbach
Tel: 07948/8702
E-Mail: office@bergkraeuter.at
web: www.bergkraeuter.at
Honig, Kräuter, Pflanzen, Saatgut,

Weltladen Salzburg-Gneis, Eduard Macheiner-Str.4
5020 Salzburg/Gneis
Tel: 0662/833624
E-Mail: gneis@weltladen.at
web: www.weltladen.at

EZA Fairer Handel GmbH, Wenger Str.5
5203 Köstendorf bei Salzburg
Tel: 06216/20200-0 Fax: 20200-999
E-Mail: office@eza.cc
web: www.eza.cc

☺ ☺ ☺

Weltladen St.Johann, Kaiserstr.5
6380 St.Johann
Tel: 05352/61890
E-Mail: st.johann-tirol@weltladen.at
web: www.weltlaeden.at

Imkereiprodukte

Mag. Christoph Zahlingen Imkerei Melissai, Burgg.28-32/2
1070 Wien
Tel: 0650/4130500
Honig

DI Niessner Bio-Imkerei, Camillo-Sitte-G.1/9
1150 Wien
Tel: 01/7898346
E-Mail: bienenschule@aon.at
Honig; nach telefonischer Vereinbarung.

Essen und Trinken

Herbert Bartl Bio-Imkerei, Höbersbach-
str.65
3003 Gablitz
Tel: 02231/65898
E-Mail: imkerei.h.bartl@aon.at
Honig

Biohof Scheer, Hauptstr.32
3161 St.Veit/Gölsen
Tel: 02763/3419
Honig

Biohof Mairhofer,
Gölsentalstr.25
3162 Rainfeld
Tel: 02763/3631
E-Mail: biohonig@gmx.net
Honig, Zusetllung

Vorderau Adolf Adelsberger,
Puchberg 26
3263 Randegg
Tel: 07487/8219
E-Mail: a.adelsberger@aon.at
alkoholische Getränke, Honig, Marmelade und Fruchtsäfte, Rindfleisch

Biohof DI Robert Schneider,
Nonndorf 21
3571 Gars
Tel: 02985/2131
E-Mail: robert.schneider@utanet.at

Zucht- und Wanderimkerei Johann und
Margret Zach,
Oberthern 102
3701 Groß-Weikersdorf
Tel: 0664/4448546
E-Mail: imkerei.zach@wavenet.at
web: www.imkerei-zach.at
Honig

David Ratzberger,
Schachnersiedlung 6
4441 Behamberg
Tel: 07252/30197
E-Mail: david.ratzberger@aon.at
Honig, Zustellung

Imkerei Gerhard Russmann,
Rabach 246
4591 Molln
Tel: 07584/3010
E-Mail: imkerei_russmann@yahoo.de
Honig, Met, Zirbengeist, Bärenfang,
Bienenwachskerzen;Hofladen, Zustell-
dienst;

Bioimkerei Gerhard Hinterhauser,
Dorfbeuern 64
5152 Michaelbeuern
Tel: 06274/8344
E-Mail: g.hinterhauser@sbg.at
web: www.bioimkerei.at
Honig, Kosmetik, Zustellung

Kräuter

Naturkost Spittelberg Norbert Ullrich,
Spittelbergg.24
1070 Wien
Tel: 01/5236192
E-Mail: naturkost@gmx.at
web: www.naturkost-spittelberg.at
Vollsortiment, Kosmetikprodukte,
Zustellung

☺ ☺ ☺

Die Kräuterdrogerie Mag.pharm. Birgit
Heyn,
Kochg.34
1080 Wien
Tel: 01/4054522
E-Mail: heyn@kraeuterdrogerie.at
web: www.kraeuterdrogerie.at
Ayurveda Naturkosmetik, ätherische
Öle, Heilkräuter, Kartoffeln, Brot- und
Backwaren, Eier, Gemüse, Getreide u.
Getreideprodukte, Honig, Marmelade
und Fruchtsäfte, Milch, Milchpro-
dukteAyurvedische Kochkunst, veg.
Vollwertküche;

Kräuter-Erlebnis-Garten Fam. Flatzel-
steiner,
Perwarth 38
3263 Randegg
Tel: 07488/71633
Kräuter, Pflanzen und Saatgut, Obst

Essen und Trinken

Sonnentor Kräuterhandels GmbH, Sprögnitz 10
3910 Zwettl
Tel: 02875/7256
E-Mail: office@sonnentor.at
web: www.sonnentor.at
Vielzahl an Lebensmitteln aus kontrolliert biologischer Landwirtschaft: Kräuter, Gewürze, Tee, Kaffee, Keimsaaten, Essig, Öl, Fruchtsirup, Fruchtaufstriche, Suppen, Süßigkeiten, Kräuterkissen, ätherische Öle, Hildegard-von-Bingen-Produkte, Körperpflegeprodukte, Geschenkartikel.

Österreichische Bergkräutergenossenschaft registrierte Genossenschaft mit beschränkter Haftung, Thierberg 32
4192 Hirschbach
Tel: 07948/8702
E-Mail: office@bergkraeuter.at
web: www.bergkraeuter.at
Honig, Kräuter, Pflanzen, Saatgut,

Reform- u.Kräuterhaus Gerhard Kosch, Stadtpassage
4840 Vöcklabruck
Tel: 07672/25626

☺ ☺

Kräuter Oase Biologische Landwirtschaft, Hafning 9
8160 Weiz
Tel: 0664/2834734
E-Mail: office@kraeuteroase.at
web: www.kraeuteroase.at
Kräuter, Kräuterkissen, Gewürzöle und Tees. Schaugarten, Workshops und Vorträge.

Milchprodukte und Käse

Biowelt am Naschmarkt,
Am Naschmarkt Stand 330
1040 Wien
Tel: 01/5858195
E-Mail: office@bio-welt.at
web: www.bio-welt.at
Vollsortiment, Fleisch auf Bestellung

☺ ☺ ☺

Bioladen am Meidlinger Markt,
Meidlinger Markt, Stand 59
1150 Wien
Tel: 01/8154488
E-Mail: adam.monika@chello.at
web: www.bioladen-meidling.com
Vollsortiment, Fleisch auf Bestellung, Kosmetikprodukte

☺ ☺ ☺

Biomarkt Maran GmbH,
Ottakringer Str.186
1160 Wien
Tel: 01/4818880-42
E-Mail: maran@maran.co.at
web: www.biomaran.at
Bio-Vollsortiment, Kosmetikprodukte.

☺ ☺ ☺

Biobauernhof Breitenfurt Margit Eisler,
Römerweg 14
2384 Breitenfurt
Tel: 02239/4403
E-Mail: hofladen@biohof-breitenfurt.at
web: www.biohof-breitenfurt.at

☺ ☺

Leithataler Ziegenkäserei, Weingarteng.2
2454 Trautmannsdorf an der Leitha
Tel: 02169/2430
web: www.leithataler.at

Bauernhof Fam. Schildböck, Laabach 47
2572 Kaumberg
Tel: 02765/541
Käse, Milch

Hofkäserei Dörfl, Dörfl 5
3041 Asperhofen
Tel: 02772/55348
E-Mail: office@hinke.at
web: www.hinke.at
Käse, Milch, Milchprodukte

Hegihof Gerlinde Rzepa,
Berg 3
3071 Böheimkirchen
Tel: 02744/7414
web: www.hegi.at
Käse, Lamm- und Ziegenfleisch, Milch, Milchprodukte, Zustellung

Essen und Trinken

Anton u.Ilse Neu,
Stephanshat 34
3321 Ardagger
Tel: 07479/7440
E-Mail: info@ziege.at
web: www.ziege.at
Getreide u. Getreideprodukte, Käse, Lamm- und Ziegenfleisch, Milch, Milchprodukte, Ziegenmolke als Badezusatz;

Herbert Gruber Mostbirnladen,
Stephanshart 81
3321 Ardagger
Tel: 07479/6351

Mostviertler Spezialitäten Franz Schnetzinger,
Nr.103
3352 St.Peter/Au
Tel: 07252/30492
E-Mail: office@mostviertler.at
web: www.mostviertler.at
Fruchtsäfte und Produkte aus Schaf-, Kuh- und Ziegenmilch

☺ ☺

Biohof Hirsch,
Lohsdorf 5
3661 Artstetten
Tel: 07413/8724
E-Mail: biohirsch@aon.at
Milch, Milchprodukte, Marmelade und Fruchtsäfte, Kräuter, Pflanzen und Saatgut

Mag. Franz Schlagitweit, Dorf 21
4143 Neustift
Tel: 07284/8301
Gemüse

Johann u.Grete Stadlbauer vulgo Ebner,
Mayrleiten 5
4201 Gramastetten
Tel: 0664/5401588
E-Mail: biohof_stadlbauer@gmx.at
Kartoffel, Brot- und Backwaren, Eier, Geflügel, Getreideprodukte, Obst, Rind- und Schweinefleisch.

Stift Nonnberg - Erentrudishof, Morzgerstr.40
5020 Salzburg
Tel: 0662/822858
Milchautomat, Kosmetik

☺ ☺ ☺

**Käsereigenossenschaft Elixhausen,
Käsereiweg 4
5161 Elixhausen
Tel: 0662/480208 Fax: 480208
E-Mail: kaeserei-elixhausen@aon.at
web: www.kaeserei-elixhausen.at
Eier, Gemüse, Honig, Käse, Milchprodukte, Obst**

Andreas Walkner GmbH & Co KG
Käserei, Asperting 8
5164 Seeham
Tel: 06217/8134
E-Mail: kaeserei.walkner@sbg.at
Käse

Käsehof reg Gen.m.b.H., Kothgumprechting 31
5201 Seekirchen am Wallersee
Tel: 06212/2254
E-Mail: office@kaesehof.at
web: www.kaesehof.at

Salzburger Käsewelt reg. GenmbH,
Schleedorf 99
5203 Schleedorf
Tel: 06216/4198-0
E-Mail: office@kaesewelt.at
web: www.kaesewelt.at
Käse

Molkerei Seifried, Wildenauer Str.11
5252 Aspach, Innkreis
Tel: 07755/7305
E-Mail: office@molkerei-seifried.at

Dorfkäserei Pötzelsberger, Waidach 27
5421 Adnet
Tel: 06245/83228
E-Mail: info@biokas.at
web: www.biokas.at

Alfons u.Gerta Rettenwender vulgo Langegghof,
Neuberg 10
5532 Filzmoos
Tel: 06453/8501
Milchprodukte

Essen und Trinken

Pinzgau Milch Produktions GmbH,
Saalfeldnerstr.2
5751 Maishofen
Tel: 06542/68266
E-Mail: office@pinzgaumilch.at
web: www.pinzgaumilch.at
Käse

Maruler Bio-Sennerei,
Marul 56
6741 Marul
Tel: 05553/671
E-Mail: marulerbiosennerei@raggal.com
web: www.raggal.com/marulerbiosennerei
Bergkäse, Butter, Milch, Walserstolzaufstrich

Vorarlberg Milch Gen.m.b.H.,
Schweier Str.8a
6850 Dornbirn
Tel: 05572/54456
web: www.vmilch.at

Geschwister Bantel Feinkäserei,
Rucksteigg 66
6900 Möggers
Tel: 05573/82233
E-Mail: bantel@bantel.at
web: www.camembert.at
Camembert und Rahmbrie ohne chemische Zusätze

Die Sieben Bio-Sennerei, Ziegelbachstr.45
6912 Hörbranz
Tel: 05573/84503
E-Mail: die_sieben@utanet.at
Milch, Süßrahm, Sauerrahm, Topfen, Joghurt, Butter, Schnittkäse, Bergkäse, Frischkäse

☺ ☺ ☺

Bio-Bauern Sulzberg reg.Gen.m.b.H,
Reicharten 41
6932 Langen bei Bregenz
Tel: 05575/4442
E-Mail: bio-bauern.sulzberg@vol.at
web: www.bio-bauern-sulzberg.at
Milch, Süßrahm, Butter, Bergkäse mild und würzig

KASALM, Am Kaiser Josef Pl. - Stand 14
8010 Graz
Tel: 0316/830074
E-Mail: kasalm@usa.net
web: www.kasalm.at
Rohmilchkäse

☺

Villgrater Naturprodukte Josef Schett KG, Nr. 116
9932 Innervillgraten
Tel: 04843/5520
E-Mail: office@villgraternatur.at
web: www.villgraternatur.at
Dämmstoffe aus Schafwolle, Fleisch-Fisch-Geflügel (Lammwurst und Lammmschinken), Getreide und Brot, Honig, Marmelade, Säfte, Essig, Liköre und Schnaps, Gewürze, Kräuter, Tees.

☺ ☺

Naturkost - Hersteller und Großhändler

Kraus & Co.Warenhandels GmbH,
Weyringerg.35/DG
1040 Wien
Tel: 01/50158-219
E-Mail: kraus@kraus.at
web: www.kraus.com
Handel mit Demeter-Waren

Biowichtl Hauszustellung Bruckner Gottfried, Liechtensteinstr.121
1090 Wien
Tel: 01/4081010
E-Mail: office@biowichtl.at
web: www.biowichtl.at

Kaschik Bio-Feinkostladen,
Rosensteing.43
1170 Wien
Tel: 01/4851588
E-Mail: franz@kaschikdemeterbrot.at
web: www.kaschik.at
alkoholische Getränke, Brot und Backwaren, Eier, Getreide und Getreideprodukte, Honig, Käse, Kräuter, Pflanzen, Saatgut, Marmelade und Säfte, Milch und Milchprodukte, Kosmetika;Küche großteils bio;

www.oekoweb.at
Österreichs zentrales Umweltportal

Essen und Trinken

Michael Füllhorn Lukas Biolebensmittelgroßhandel GmbH, Scheydg.21-25,
Eingang: Autokaderstr.106
1210 Wien
Tel: 01/2728999
E-Mail: fuellhorn@nusurf.at
web: www.fuellhorn.at
Produkte aus kbA für Wiederverkäufer und Gastronomie.

Hänsel & Gretel BIO Tiefkühlkost
Ingeborg Ackerl, Industriestr.6
2120 Wolkersdorf im Weinviertel
Tel: 02245/640020
E-Mail: office@ackerl.at
web: www.ackerl.at
Demeter- Spinat-Käselaibchen, Demeter-Vegane Gemüse Kartoffellaibchen

Stöger GmbH Ölpresse - Ölfrüchte, Nr. 65
2164 Neuruppersdorf
Tel: 02523/8277
E-Mail: office@stoeger-oel.at
web: www.stoeger-oel.at
Kerne: Kürbiskerne, Sonnenblumenkerne, Leinsaat, Dinkelweizen. Öle: Distelöl, Sonnenblumenöl, Kürbiskernöl.

Landgarten Herbert Stava KEG,
Alte Wiener Str.25
2460 Bruck an der Leitha
Tel: 02162/64504
E-Mail: office@landgarten.at
web: www.landgarten.at
Gemüse, Sojaprodukte

Biomühle Hans Hofer GmbH,
Michael Hofer Str.133
2493 Lichtenwörth-Nadelburg
Tel: 02622/75388
E-Mail: bio@biomuehle.at
web: www.biomuehle.at
Weizen-, Roggen-, Dinkelmehl

Franz Fuchssteiner ERNTE Vermarkter
Eschenau, Sonnleitengraben 4
3153 Eschenau an der Traisen
Tel: 02762/67645
Marmelade, Fruchtsäfte, Obst, Alkoholika

Sonnentor Kräuterhandels GmbH,
Sprögnitz 10
3910 Zwettl
Tel: 02875/7256
E-Mail: office@sonnentor.at
web: www.sonnentor.at
Kräuter, Gewürze, Tee, Kaffee, Keimsaaten, Essig, Öl, Fruchtsirup, Fruchtaufstriche, Suppen, Süßigkeiten, Kräuterkissen, ätherische Öle, Hildegard-von-Bingen-Produkte, Körperpflegeprodukte, Geschenkartikel.

Cajetan Strobl Naturmühle GmbH,
Marktmühlg.30
4030 Linz-Ebelsberg
Tel: 0732/303060-0
E-Mail: info@strobl-naturmuehle.com
web: www.strobl-naturmuehle.com
Buchweizen, Dinkel, Emmer, Grünkern, Gerste, Hafer, Hirse, Kamut, Lupinen, Quinoa, Reis, Soja

Ernteland Margarete Zauner,
Dornacher Str.1
4040 Linz
Tel: 070/750331

Achleitner Biohof GmbH
Biofrischmarkt,
Unterm Regenbogen 1
4070 Eferding
Tel: 07272/485970
E-Mail: biofrischmarkt@biohof.at
web: www.biohof.at

☺☺☺

Bio-Spezerein Siegfried Fürst,
Möhringdorf 8
4212 Neumarkt
Tel: 07941/8518
E-Mail: office@biofuerst.at
web: www.biofuerst.at
Kartoffel, Brot- und Backwaren, Getreide, Getreideprodukte, Honig, Kräuter, Pflanzen, Saatgut, Marmeladen, Fruchtsäfte, Rindfleisch

Diamant Nahrungsmittel GmbH & Co.KG, Maria Theresia-Str.41
4600 Wels
Tel: 07242/41848-0
E-Mail: office@diamant.at
web: www.diamant.at

Essen und Trinken

Bio Nahrungsmittel GmbH,
Gewerbestr.2
5082 Grödig
Tel: 06246/76384-0
E-Mail: office@bio-nahrung.at
web: www.bio-nahrung.at
umfangreiches Sortiment an Trockenfrüchten, Nüssen, Samen und Saaten aus kontrolliert biologischen Anbau.

Egon u.Sonja Ehrne Bioladen, Sebastianstr.25
6800 Feldkirch
Tel: 05522/75320
web: www.ehrne-bioladen.at
Vollsortiment

☺ ☺ ☺

Bio-Bauern Sulzberg reg.Gen.m.b.H,
Reicharten 41
6932 Langen bei Bregenz
Tel: 05575/4442
E-Mail: bio-bauern.sulzberg@vol.at
web: www.bio-bauern-sulzberg.at
Milch, Süßrahm, Butter, Bergkäse mild und würzig

Gradwohl GmbH Bio-Vollwertbäckerei,
Bäckerstr.1
7331 Weppersdorf
Tel: 02618/2273
E-Mail: office@gradwohl.info
web: www.gradwohl.info

☺ ☺

Zotter Schokoladen Manufaktur GmbH,
Bergl 56A
8333 Riegersburg
Tel: 03152/5554-0
E-Mail: schokolade@zotter.at
web: www.zotter.at

Demeter - Vermarktungsgem. Österreich reg. Genossenschaft mbH, Hr. Neuper,
Mauterndorf 22
8761 Pöls
Tel: 01/9665623
E-Mail: hannes.neuper@gmx.at

Amazonas Naturprodukte Handels GmbH, Kolpingstr.15
D-68723 Schwetzingen
Tel: 0049/6202/3188
E-Mail: info@amazonas-products.com
web: www.amazonas-products.com
Acerola, Aloe Vera, Catuaba, Chlorella, Guarana, Jatoba, Lapacho, Maca, Schwarzkümmel, Yacon

Naturkostläden

Willi Dungl BetriebsgmbH, Schotteng.9
1010 Wien
Tel: 01/5354899
E-Mail: w.rezeption@willidungl.com
web: www.willidungl.com
Brot- und Backwaren, Eier, Kosmetik, Kräuter, Pflanzen, Saatgut, Marmeladen, Fruchtsäfte, Milchprodukte, Obst

Waldland Spezialitätengeschäf,
Peterspl.11
1010 Wien
Tel: 01/5334156
web: www.waldland.at
Getreide u. Getreideprodukte, Kräuter, Pflanzen und Saatgut

F.Huber Naturkost am Ring,
Schottenring 24
1010 Wien
Tel: 01/5339448
E-Mail: office@naturkostamring.at
web: www.naturkostamring.at
Kosmetik, Zustellung

☺ ☺

Waldviertler Naturkost, Opernpassage,
Top 5
1010 Wien
Tel: 01/2530053
E-Mail: office@waldviertler-naturkost.at
web: www.waldviertler-naturkost.at
alkoholische Getränke, Brot- und Backwaren, Fisch, Gemüse, Honig, Käse, Milch, Milchprodukte, Obst, Rindfleisch, Schweinefleisch

☺ ☺

Waldviertler Naturkost Mag. Ferdinand Ambichl, Karmelitermarkt Stand 45
1020 Wien
Tel: 01/2143796
E-Mail: office@waldviertler-naturkost.at
web: www.waldviertler-naturkost.at
Fleischwaren vom Fleischer Kollecker (Demeter zertifiziert)

☺ ☺ ☺

Essen und Trinken

Unser Laden Naturkost, Apostelg.17
1030 Wien
Tel: 01/7150057
E-Mail: u_laden@nusurf.at
Vollsortiment, Kosmetikprodukte, verschiedene Fleisch- und Wustwaren

Waldviertler Naturkost Mag. Ferdinand Ambichl, Salmg.21
1030 Wien
Tel: 01/7132407
E-Mail: office@waldviertler-naturkost.at
web: www.waldviertler-naturkost.at
Vollsortiment, Kosmetikprodukte, Biofleisch von der Fleischerei Kollecker (Demeter zertifiziert)

Waldviertler Naturkost, Salmg. 21/ Nähe Rochusmarkt
1030 Wien
Tel: 01/7132407
E-Mail: office@waldviertler-naturkost.at
web: www.waldviertler-naturkost.at
Fleischwaren vom Fleischer Kollecker (Demeter zertifiziert)

Piccolo Mondo Paracelsus Drogerie, Paracelsusg.8
1030 Wien
Tel: 01/7109665
E-Mail: piccolo-mondo@aon.at
web: www.piccolo-mondo.at

Naturprodukte Wallner, Wiedner Hauptstr.66
1040 Wien
Tel: 01/5860671
E-Mail: office@bio-online.at
web: www.bio-online.at

Hofladen Pernsteinerhof, Schönbrunner Str.3/1
1040 Wien
Tel: 01/5816582
Brot- und Backwaren, Eier, Gemüse, Getreide, Getreideprodukte, Käse, Kräuter, Pflanzen, Saatgut, Lamm- und Ziegenfleisch, Marmeladen, Fruchtsäfte, Milch, Milchprodukte

Biowelt am Naschmarkt, Am Naschmarkt Stand 330
1040 Wien
Tel: 01/5858195
E-Mail: office@bio-welt.at
web: www.bio-welt.at
Vollsortiment, Fleisch auf Bestellung

Spezialitäten aus und um Österreich Georg Ruziczka, Naschmarkt 57
1040 Wien
Tel: 0699/18204709
E-Mail: georg-ruziczka@uhudler.com
web: www.uhudler.com
Wein, Sekt, steirisches Kürbiskernöl, Essig, Öle, Marmeladen, Gelees, Honig, Most, Uhudler, Absinth, Brände, Liköre

G & G Spezialitäten Gesund und Gentechnikfrei, Pilgramg.5
1040 Wien
Tel: 01/5471553
Mittagstisch von 12-14 Uhr; Vollsortiment, Fleisch auf Bestellung

BIO 5

Im Margarethenhof Bio5 Naturkost & Reformwaren, Margaretenpl.4
1050 Wien
Tel: 01/7989492 Fax: 7989492
E-Mail: bio5@bio5.at
web: www.bio5.at
Dr. Hauschka, Lavera, Primavera, Obst und Gemüse, Fleisch auf Bestellung, Wurstwaren von Bio-Schober
Mo-Fr von 9h - 19h
Sa von 8h - 13h

Naturkost Spittelberg Norbert Ullrich, Spittelbergg.24
1070 Wien
Tel: 01/5236192
E-Mail: naturkost@gmx.at
web: www.naturkost-spittelberg.at
Vollsortiment, Kosmetikprodukte, Zustellung

Essen und Trinken

Naturkost St. Josef, Zollerg.26
1070 Wien
Tel: 01/5266818
E-Mail: st.josef.natur@aon.at
Vollsortiment ohne Fleisch, Kosmetikprodukte

Firmann`s Bauernkörberl, Neubaug.37/4
1070 Wien
Tel: 01/5229299
E-Mail: firmanns.bauernkoerberl@utanet.at
web: web.utanet.at/firmanna
Mittagstisch und Ernährungsberater nach den 5 Elementen;Vollsortiment, Fleisch auf Bestellung, Küche großteils bio

☺ ☺

Garten der Natur, Zieglerg.81
1070 Wien
Tel: 01/3186845-12
E-Mail: office@gartendernatur.at
web: www.gartendernatur.at
Öle, Essig, Honig, Gewürzpasten

Bio Feinkostladen Kaschik & Co KG, Lange G.43
1080 Wien
Tel: 01/4093373
E-Mail: kaschik.demeter.brot@aon.at
alkoholische Getränke, Brot- und Backwaren, Eier, Fleisch- und Wurstwaren, Getreide u. Getreideprodukte, Honig, Kosmetik, Kräuter, Pflanzen und Saatgut, Marmelade und Fruchtsäfte, Milch, Milchprodukte, Küche großteils bio

☺ ☺ ☺

Ediths Bauernladen, Josefstädterstr.42
1080 Wien
Tel: 01/4053167
E-Mail: ediths.bauernladen@aon.at
alkoholische Getränke, Brot- und Backwaren, Fleisch- und Wurstprodukte, Gemüse, Getreideprodukte, Honig, Käse, Marmelade, Fruchtsäfte, Milch, Milchprodukte

Natur & Reform, Währinger Str.57
1090 Wien
Tel: 01/4062630
E-Mail: office@natur-reform.com
web: www.natur-reform.com
Vollsortiment ohne Fleisch, Kosmetika

☺ ☺

Natur & Reform, Columbusg.49
1100 Wien
Tel: 01/6044182
E-Mail: office@natur-reform.com
web: www.natur-reform.com
Brot- und Backwaren, Eier, Honig, Kosmetik, Kräuter, Pflanzen und Saatgut, Marmelade und Fruchtsäfte

☺ ☺

Vinothek Vino dell Collio, Gudrunstr.143
1100 Wien
Tel: 01/6003267
E-Mail: vinodelcollio@vinodelcollio.at
web: www.vinodelcollio.at
Weine, Fleisch- und Wurstwaren, Gemüse, Getreide u. Getreideprodukte, Honig, Kosmetik, Kräuter, Pflanzen und Saatgut, Marmelade und Fruchtsäfte

Fuchsenfeld-Greißler, Fuchsenfeldhof 10
1120 Wien
Tel: 01/8134135
Vollsortiment ohne Fleisch, Kosmetikprodukte, Zustellung

BASIC Austria GmbH Bio für alle, Schönbrunner Str.222-228
1120 Wien
Tel: 01/8171100-0
E-Mail: info@basicbio.at
web: www.basicbio.at
Bio-Vollsortiment, Kosmetikprodukte.

☺ ☺ ☺

Feinkost Posch, Ratschkyg.47
1120 Wien
Tel: 01/9135785
Vollsortiment, Fleisch auf Bestellung, Kosmetikprodukte, Zustellung

Bioparadies Ameryoun KEG, Altg.23A/1/1
1130 Wien
Tel: 01/8765160
E-Mail: info@bioparadies.at
web: www.bioparadies.at
Brot- und Backwaren, Gemüse, Gemüsekisten, Getreide- u. Getreideprodukte, Honig, Käse, Kräuter, Pflanzen und Saatgut, Marmelade, Fruchtsäfte, Milch, Milchprodukte, Obst, Küche großteils bio, Mittagsmenüs, die zu 100% aus biologischen Lebensmitteln zubereitet werden.

☺ ☺ ☺

Essen und Trinken

Waldviertel Naturkost Ferdinand Ambichl, Tiergarten Schönbrunn, Tirolerhof
1130 Wien
Tel: 01/8795812
E-Mail: office@waldviertler-naturkost.at
web: www.waldviertler-naturkost.at
Brot- und Backwaren, Fleisch- und Wurstwaren, Käse, Marmelade, Fruchtsäfte, Milch, Milchprodukte, Obst

Naturkost Ökologia, Hietzinger Hauptstr.52
1130 Wien
Tel: 01/8793185
Vollsortiment, Fleisch auf Bestellung, Kosmetikprodukte, Zustellung

Naturprodukte Wallner, Hietzinger Hauptstr.23
1130 Wien
Tel: 01/8792543
E-Mail: info@bio-online.at
web: www.bio-online.at
Vollsortiment, Fleisch auf Bestellung, Kosmetika

Il Bio, Auhofstr.150
1130 Wien
Tel: 01/8768772
E-Mail: office@ilbio.at
web: www.ilbio.at
Italienische & österreichische Produkte

Kichererbse vegetarische Köstlichkeiten, Speisingerstr.38
1130 Wien
Tel: 01/8042006 Fax: 8042006
E-Mail: kichererbse@utanet.at
web: www.kichererbse.at
SALATE, VEGETARISCHES MITTAGSMENÜ, ROHMILCH KÄSE DIREKT VOM ERZEUGER

Fleisch & Mehr, Hietzinger Hauptstr.153
1130 Wien
Tel: 01/8799931
Obst, Gemüse, Käse

Kleeblatt Naturkostladen, Hütteldorfer Str.259
1140 Wien
Tel: 01/9121305
Vollsortiment, Kosmetikprodukte, Eier

Sunflower Naturkost, Hütteldorfer Str.177
1140 Wien
Tel: 01/4199059
E-Mail: shop@sunflower-naturkost.at
web: www.sunflower-naturkost.at
Vollsortiment, Fleisch auf Bestellung,

Bioladen am Meidlinger Markt, Meidlinger Markt, Stand 59
1150 Wien
Tel: 01/8154488
E-Mail: adam.monika@chello.at
web: www.bioladen-meidling.com
Vollsortiment, Fleisch auf Bestellung, Kosmetikprodukte

Waldviertler Naturkost, Payerg.12 - Yppenmarkt
1160 Wien
Tel: 01/4031347
E-Mail: office@waldviertler-naturkost.at
web: www.waldviertler-naturkost.at
Fleischwaren vom Fleischer Kollecker (Demeter zertifiziert)

Naturkost Oberkirchen, Yppenpl.2
1160 Wien
Tel: 0699/10086946
E-Mail: franz_firlinger@hotmail.com

Biomarkt Maran GmbH, Ottakringer Str.186
1160 Wien
Tel: 01/4818880-42
E-Mail: maran@maran.co.at
web: www.biomaran.at
Bio-Vollsortiment, Kosmetikprodukte.

245

Essen und Trinken

Bauernmarkt Yppenplatz,
Payerg. vis á vis Nr.2
1160 Wien
Tel: 0699/81251563
E-Mail: thomas.anderl@blackbox.net
Brot und Backwaren, Fisch, Fleisch und Wurstwaren, Gemüse, Käse, Marmelade und Säfte, Milch und Milchprodukte, Obst; Sa 7-14; Fleisch und Wurstprodukte bis Di vorbestellen

Kaschik Bio-Feinkostladen,
Rosensteing.43
1170 Wien
Tel: 01/4851588
E-Mail: franz@kaschikdemeterbrot.at
web: www.kaschik.at
alkoholische Getränke, Brot und Backwaren, Eier, Getreide und Getreideprodukte, Honig, Käse, Kräuter, Pflanzen, Saatgut, Marmelade und Säfte, Milch und Milchprodukte, Kosmetika;Küche großteils bio

Natur & Reform HandelsgmbH,
Währinger Str.133
1180 Wien
Tel: 01/4053555
E-Mail: office@natur-reform.com
web: www.natur-reform.com
Fußpflege Brot und Backwaren, Getreide und Getreideprodukte, Honig, Kosmetik, Kräuter, Pflanzen und Saatgut, Marmelade und Säfte, Milch und Milchprodukte, Textilien und Schuhe

Naturkostladen Walter Brunnader,
Kutschkerg.29
1180 Wien
Tel: 01/4024368
E-Mail: naturkost@brunnader.at
web: www.brunnader.at
Vollsortiment ohne Fleisch, Kosmetikprodukte; Hauszustellung, Partyservice, Imbiss im Geschäft

Feinkost am Aumannplatz Scherleitner,
Währinger Str.141
1180 Wien
Tel: 01/4059314
web: www.partyservice.co.at
Kartoffeln, Brot und Backwaren, Gemüse, Getreide und Getreideprodukte, Käse, Milch und Milchprodukte, Obst; Küche teilweise bio

Bio-Eck am Kutschkermarkt,
Kutschkerg.
1180 Wien
Tel: 0810/221314
E-Mail: service@bio-austria.at
Kartoffeln, Brot und Backwaren, Gemüse, Obst, Getreide und Getreideprodukte; Sa 7-12.30 Uhr

Bioladen Babic, Sonnbergpl.3
1190 Wien
Tel: 01/3687175
E-Mail: maran@maran.co.at
Vollsortiment, auch Kosmetikprodukte

Natur & Reform, Gatterburgg.25
1190 Wien
Tel: 01/3187200
E-Mail: office@natur-reform.com
web: www.natur-reform.com
Vollsortiment ohne Fleisch, Kosmetika

Wein- u. Waldviertler Bauernladen
Bernhart Ingrid, Döblinger Hauptstr.62
1190 Wien
Tel: 01/3675833
Vollsortiment

Franz Biomarket, Kleinstr.5
1190 Wien
Tel: 01/3690333

Stand Karl Müller Bauernmarkt Kleingartensiedlg. am Hackenberg, Agnesg./Ährengrubenweg
1190 Wien
Tel: 02523/6764
E-Mail: haidhof@aon.at
Fleisch- und Wurstwaren, Geflügel, Lamm- und Ziegenfleisch, Milch und Milchprodukte; Do 14.30 - 19.30 in ungeraden Wochen

Kaschik Bio-Imbiss, Gregor Mendelstr.33
1190 Wien
Tel: 01/4851588
Imbiss großteils bio: Brot- und Backwaren, Marmelade und Fruchtsäfte, Milchprodukte; Mo-Fr 11-13 während der Uni-Zeit

Essen und Trinken

Tüwis Hofladen, Peter-Jordan-Str.76
1190 Wien
Tel: 01/47654-2024
web: www.tuewi.action.at
Vollsortiment ohne Fleisch

Naturkost Lavendel, Karl Meißl-Str.3
1200 Wien
Tel: 01/3331783
Vollsortiment, Kosmetikprodukte;
Fleisch und Fisch auf Bestellung; kleiner
Imbiss im Geschäft

Natur & Reform, Brünnerstr.2-4
1210 Wien
Tel: 01/2784140
E-Mail: office@natur-reform.com
web: www.natur-reform.com
Bio-Freilandeier

Natur & Reform,
Angerer Str.2-6/EKZ am Spitz
1210 Wien
Tel: 01/2781991
E-Mail: office@natur-reform.com
web: www.natur-reform.com
Vollsortiment ohne Fleisch; Kosmetika

Bio Eins, Bodmerg.1/ Ecke Zschokkeg.
1220 Wien
Tel: 0664/5523157
Vollsortiment ohne Fleisch, Kosmetikprodukte

Biodrop Naturkostladen Susanne Köck,
Fröhlichg.42
1230 Wien
Tel: 01/8697121
E-Mail: office@biodrop.at
web: www.biodrop.at
Vollsortiment; Kosmetikprodukte

aus gutem grund
1230 Wien Endresstrasse 113
T 888 10 38   F 888 67 70
naturkost@ausgutemgrund.at

aus gutem grund Naturkostladen Esche
Schörghofer, Endresstr.113
1230 Wien
Tel: 01/8881038 Fax: 8886770
E-Mail: naturkost@ausgutemgrund.at
Vollsortiment, Kosmetikprodukte;
Hauszustellung

Bio-Eck in Liesing, Liesinger Pl.
1230 Wien
Tel: 0810/221314
web: www.liesingerplatz.at
Brot und Backwaren, Getreide und Getreideprodukte, Gemüse, Obst, Marmelade und Säfte, alkoholische Getränke; Fr 9-18, im Winter 10-17

Kettler GmbH, Nr. 52
2053 Peigarten
Tel: 02944/8263-0
E-Mail: office@biohof-kettler.at
web: www.biohof-kettler.at
Gemüse, Getreide, Getreideprodukte

Karl Franzl Bauernladen Retzer Land,
Kremserstr.2
2070 Retz
Tel: 02942/20093
Alkoholika, Gemüse, Getreideprodukte,
Honig, Käse, Pflanzen, Kräuter, Marmeladen, Fruchtsäfte, Milchprodukte, Obst

Ebner Franz Stett'ner Bauernladen,
Hauptstr.27-29
2100 Korneuburg
Tel: 02262/673655
Gemüse, Getreide, Getreideprodukte

Luki's Laden der Biogreißler,
Julius-Bittner-Pl.4
2120 Wolkersdorf im Weinviertel
Tel: 02245/4237
E-Mail: lukisladen@utanet.at

Franziska & Leopold Geyer, Hafnerstr.5
2130 Mistelbach an der Zaya
Tel: 02572/5700
Alkoholika, Geflügel, Gemüse,
Getreideprodukte, Lamm- und
Ziegenfleisch, Obst, Schweinefleisch

Essen und Trinken

Bauernarnt, Winzerschulg.50
2130 Mistelbach
Tel: 02572/20048-5
E-Mail: mail@bauernarnt.at
web: www.bauernarnt.at
Gemüse, Getreide, Getreideprodukte, Käse, Kräuter, Pflanzen, Saatgut, Lamm- und Ziegenfleisch

Müller Karl Bauernladen Laa/Thaya, Hauptpl.62
2136 Laa an der Thaya
Tel: 02522/86800
alkoholische Getränke, Brot- und Backwaren, Getreide, Getreideprodukte, Käse, Milchprodukte

Biohof Adamah Gerhard Zoubek Vertriebs-KEG, Glinzendorf 7
2282 Markgrafneusiedl
Tel: 02248/2224
E-Mail: biohof@adamah.at
web: www.adamah.at
Kosmetik, Gemüsekisten

☺ ☺

Feinspitz, Lowatschekg.2
2340 Mödling
Tel: 02236/26072
E-Mail: info@feinspitz.cc
web: www.feinspitz.cc
Brot- und Backwaren, Marmeladen, Fruchtsäfte, Partyservice

Biohofladen Eva Broschek KEG, Hauptstr.43
2353 Guntramsdorf
Tel: 02236/52009
web: www.biohofladen-broschek.at

☺

Naturstube Perchtoldsdorf Werner AMBROSI, Wienerg.30
2380 Perchtoldsdorf
Tel: 01/8656083
E-Mail: naturstube@telering.at
web: www.naturstube.at
Eier und Fleischwaren

☺ ☺

Biomarkt Maran, Brunnerm G.1-9
2380 Perchtoldsdorf
Tel: 01/8690788
E-Mail: office@biomarkt.co.at
web: www.www.biomarkt.co.at

☺ ☺

Bio-Wittner-Natur, Hauptstr.44
2434 Götzendorf an der Leitha
Tel: 02169/27673
E-Mail: bio@biowittner.at
web: www.biowittner.at
Vollsortiment

S'Gschäftl, Bahnstr.36
2540 Bad Vöslau
Tel: 02252/700788
E-Mail: gschaeftl@utanet.at
web: www.sgschaeftl.at

☺ ☺

It's green Naturkost, Holzpl. 2
2620 Neunkirchen
Tel: 02635/61881 Fax: 64924
E-Mail: christina@itsgreen.at
web: www.itsgreen.at
Vollsortiment, Waldviertler Schuhe, Naturtextilien

☺ ☺ ☺

Naturladen Nog-Donz, Hauptstr.24
2640 Gloggnitz
Tel: 02662/43498
E-Mail: nogdonz@utanet.at
alkoholische Getränke, Brot- und Backwaren, Eier, Fleisch- und Wurstwaren, Gemüse, Getreide u. Getreideprodukte, Honig, Käse, Kosmetik, Kräuter, Pflanzen, Saatgut, Milch, Milchprodukte, Obst, Rindfleisch, Kochkurse

☺ ☺

Essen und Trinken

Bioladen Reichenau, Grünsting 2
2651 Reichenau an der Rax
Tel: 02666/52175
Brot- und Backwaren, Fleisch- und Wurstwaren, Geflügel, Gemüse, Getreide und Getreideprodukte, Marmelade und Fruchtsäfte, Milchprodukte, Obst

Panoramahotel Wagner, Hochstr.267
2680 Semmering
Tel: 02664/2512-0
E-Mail: biowelt@panoramahotel-wagner.at
web: www.panoramahotel-wagner.at
Tees, Fruchtsäfte, Milchprodukte, Kaffee, Prosecco, Getreide u. Getreideprodukte, Honig, Kosemtik, Brot- und Backwaren, Bio-Frühstück

Ernte Bauernstube, Domg.1
2700 Wiener Neustadt
Tel: 02622/22767
Vollsortiment ohne Fleisch

Bio-Fiedler, Pottendorferstr.37
2700 Wiener Neustadt
Tel: 02622/27171
E-Mail: info@biofiedler.at
web: www.biofiedler.at
Vollsortiment

Terra Nostra Bioladen, Wiener Str.6
3002 Purkersdorf
Tel: 02231/62298
E-Mail: bioladen@puon.at
web: members.aon.at/terra-nostra
Partyservice, Ernährungsberatung

Dreierhof Anton und Eva Hieret, Hof 3
3034 Maria Anzbach
Tel: 02772/51923
E-Mail: 3er-hof@gmx.at
web: dreierhof.dr.funpic.de
Vollsortiment, Zustellung

Reformstube Sonnenschein, Hauptstr.61
3040 Neulengbach
Tel: 02772/54261
E-Mail: sergio@lazzari.at
Gemüse, Getreide u. Getreideprodukte, Marmelade und Fruchtsäfte, Milch

Bäckerei - Naturkost Berger, Hauptstr.18
3040 Neulengbach
Tel: 02772/52834
web: www.baeckerei-berger.at
Vollsortiment ohne Fleisch

EVI Naturkost und Naturwaren Handels-GmbH, Kremser Landstr 2
3100 St.Pölten
Tel: 02742/352092
E-Mail: evi@evinaturkost.at

EVI Naturkost Erzeuger-Verbraucher-Initiativen, Kremserlandstr.2
3100 St. Pölten
Tel: 02742/352092

Vorbach's Naturladen, Brunng.16
3100 St. Pölten
Tel: 02742/311374
E-Mail: office@natur-online.at
web: www.natur-online.at
alkoholische Getränke, Eier, Fisch, Fleisch- und Wurstwaren, Gemüse, Getreide u. Getreideprodukte, Honig, Käse, Kosmetik, Kräuter, Pflanzen und Saatgut, Marmelade und Fruchtsäfte, Milch, Milchprodukte

Schaberger's Bauernladen, Josefstr.40
3102 St.Pölten Bisamberg
Tel: 02749/2288
E-Mail: mail@schabergers-bauernladen.at
web: www.schabergers-bauernladen.at
Gemüse, Getreide u. Getreideprodukte, Käse, Marmelade und Fruchtsäfte, Milch

Hofladen Kyrnberg, Kyrnbergstr.4
3143 Pyhra, Bez. St. Pölten
Tel: 02745/2393
E-Mail: office@lfs-pyhra.ac.at
Fleisch- und Wurstwaren, Getreide u. Getreideprodukte

Essen und Trinken

Gölsentaler Bio-Bauernladen,
Hauptstr.32
3161 St.Veit/Gölsen
Tel: 02763/3244
Vollsortiment

ERNTE-Laden Kilb Hansinger, Petersburg 8
3233 Kilb
Tel: 02748/7466
E-Mail: hansinger@utanet.at
Vollsortiment ohne Fleisch

Hanfwelt Riegler-Nurscher Bioladen
- Hanf - Ölmühlen, Straß 1
3243 St.Leonhard/Forst
Tel: 02756/8096
E-Mail: office@hanfwelt.at
web: www.hanfwelt.at
Brot- und Backwaren, Eier, Fleisch- und Wurstwaren, Gemüse, Getreide u. Getreideprodukte, Honig, Marmelade und Fruchtsäfte, Rindfleisch, Schweinefleisch

Naturkoststüberl, Unterer Markt 27
3264 Gresten
Tel: 07487/7790
Brot- und Backwaren, Fleisch- und Wurstwaren, Gemüse, Getreide u. Getreideprodukte, Honig, Kosmetik, Milchprodukte, Obst

Bio-Mühle Rosenberger, Mühlenstr.2
3314 Strengberg
Tel: 07432/2463
E-Mail: biomuehle.rosenberger@mostviertel.com
web: www.mostviertel.com/naturladen/rosenberger
Brot- und Backwaren, Fleisch- und Wurstwaren, Gemüse, Getreide u. Getreideprodukte, Rindfleisch

Die Hoflieferanten Biohandels GmbH & Co KG, Oberer Stadtpl.9
3340 Waidhofen/Ybbs
Tel: 07442/54894
E-Mail: office@diehoflieferanten.at
web: www.diehoflieferanten.at
Kartoffeln, alkoholische Getränke, Brot- und Backwaren, Eier, Fleisch- und Wurstwaren, Honig, Käse, Kosmetik, Kräuter, Pflanzen und Saatgut, Marmelade und Fruchtsäfte, Milch, Obst, Rindfleisch

Rosenfellner Mühle & Naturkost GmbH, An der Bahn 9
3352 St.Peter/Au
Tel: 07477/42343
E-Mail: kontakt@rosenfellner.at
web: www.rosenfellner.at
alkoholische Getränke, Brot- und Backwaren, Eier, Gemüse, Getreide u. Getreideprodukte, Marmelade und Fruchtsäfte, Milch

Hochedlinger's Nibelungen Biohofladen, Guntherstr.23
3380 Pöchlarn
Tel: 02757/4845
Kartoffeln, alkoholische Getränke, Brot- und Backwaren, Eier, Fisch, Fleisch- und Wurstwaren, Gemüse, Getreideprodukte, Käse, Kräuter, Marmelade und Fruchtsäfte, Milch, Milchprodukte, Obst

Naturkost Moser, Rathauspl.14
3400 Klosterneuburg
Tel: 02243/34338
E-Mail: helga.moser@utanet.at

Naturladen Weiß & Witsch, Minoritenpl.4-5
3430 Tulln
Tel: 02272/63791
E-Mail: naturladen@aon.at
biologische Hunde- und Katzenfutter, Hängematten und -sessel, Geschenkartikel, Kerzen, Bio-Freilandeier, alkoholische Getränke, Brot- und Backwaren, Fisch, Wurst- und Fleischwaren, Gemüse, Getreide, Getreideprodukte, Käse, Kosmetik, Kräuter, Pflanzen, Marmeladen, Fruchtsäfte, Milch, Milchprodukte, Obst, Rindfleisch

Bauernladen Tulln Stephan Teix, Frauentorg.9-13
3430 Tulln
Tel: 02272/66567
Kartoffel, Brot- und Backwaren, Eier, Gemüse, Getreide, Getreideprodukte, Honig, Käse, Milch, Milchprodukte

Essen und Trinken

EVI Naturkost HandelsgmbH, Utzstr.5
3500 Krems
Tel: 02732/85473
E-Mail: evikrems@evinaturkost.at
Vegetarischer Imbiss, Vortäge

Bauernladen im Schloss, Schloss Ottenschlag 1
3631 Ottenschlag, Niederösterreich
Tel: 02872/7266
web: www.lfs-ottenschlag.ac.at
alkoholische Getränke

Stieger & Zottl OHG Naturkost Groß- u.Einzelhandel, Roggenreith 4
3664 Martinsberg
Tel: 02874/7500
E-Mail: zottl.hannes@bersta.at
web: www.bersta.at
Brot, Mehlspeisen, feine Konditorware, Milch und Milchprodukte, Fleisch, Wurst, Hochlandrinderprodukte, Gemüse, Getreide, Teigwaren, Säfte, uvm.

Naturbrunnen Bioladen Christa Köck, Niederleuthnerstr.25
3830 Waidhofen/Thaya
Tel: 02842/20222
Ätherische Öle, Bachblüten, Bücher, CD's, Engelessenzen, Farbessenzen, Feng Shui Produkte, Mineralien, Windspiele, Räucherwaren, Waschmittel, Babywindeln

Unter'm Hollerbusch Biomarkt Sonnentor Kräuterhandelsgmbh, Landstr.5
3910 Zwettl, Niederösterreich
Tel: 02822/53973
E-Mail: office@sonnentor.at
web: www.sonnentor.at

D'Harmonie Geschenkartikel Bio- und Naturkost, Bahnhofstr.27
3950 Gmünd
Tel: 02852/51325
Alkoholika, Brot- und Backwaren, Eier, Fisch, Wurst- und Fleischwaren, Geflügel, Gemüse, Getreide, Getreideprodukte, Honig, Kosmetik, Lamm- und Ziegenfleisch, Marmeladen, Fruchtsäfte, Milch, Milchprodukte, Obst, Rindfleisch, Schweinefleisch, Ätherische Öle, Räucherwaren

Naturprodukte Schauberger, Domg.10
4020 Linz
Tel: 0732/779053
E-Mail: sylvia.schauberger@aon.at

Orbi-Bauernladen Südbahnhofmarkt, Marktpl.6
4020 Linz
Tel: 0732/669676

MÜLI Naturkost reg GenmbH, Pfarrpl.16
4020 Linz, Donau
Tel: 0732/775688
E-Mail: mueli.naturkost@aon.at

BIOSPEIS, Südbahnhofmarkt 17
4020 Linz, Donau
Tel: 0732/600943

denn's bio, Untere Donaulände 36
4020 Linz, Donau
Tel: 0732/774055
E-Mail: mare@dennree.at

Drogerie Perl, Hauptstr.34
4020 Linz, Donau
Tel: 0732/739556
Getreide, Getreideprodukte

Drogerie Perl, Wiener Str.38
4020 Linz, Donau
Tel: 0732/601447
Getreide, Getreideprodukte

Ernte - Land Linz, Dornacherstr.1
4020 Linz, Donau
Tel: 0732/750331
frisch gepresste Säfte, Geschennkkörbe;

Fredi's Kornkammer Naturkostladen, Rudolfstr.14
4040 Linz
Tel: 070/733101
E-Mail: kornkammer@aon.at
Kosmetik, Zustellung

Essen und Trinken

Lamm & Lutz KEG,
Grünmarkt 2a/Rudolfstr.16
4040 Linz
Tel: 0732/719223

Müli Naturkost, Freistädterstr.313
4040 Linz, Donau
Tel: 0732/250193
E-Mail: seidlhof@aon.at
web: www.mueli.at

Naturkostladen Mutter Erde,
Madlschenterweg 2
4050 Traun
Tel: 07229/64547
E-Mail: naturkost.muttererde@utanet.at
Kosmetik

Bio-Lois-Laden, Gewerbeg.17
4060 Leonding
Tel: 0732/683624

Pfanstiel Marianne Leberbauer,
Unterschaden 8
4070 Eferding
Tel: 07272/4883
Kartoffel, Eier, Obst, Gemüse

Franz & Margit Lindenmaier, Aumühle 1
4075 Breiteneich
Tel: 07272/45295
E-Mail: lindenmaier@aon.at
Kartoffeln, Gemüse, Getreide und
Getreideprodukte, Kräuter, Pflanzen,
Saatgut

Naturkost Grüner Zweig, Stadtpl.22,
Pflegerhof
4150 Rohrbach
Tel: 07289/6346
E-Mail: office@gruenerzweig.at
web: www.gruenerzweig.at

Naturladen Martina Hennerbichler,
Marktpl.8
4210 Gallneukirchen
Tel: 07235/64095
Ernährungsberatung; Brot- und Backwaren, Eier, Gemüse, Getreide, Getreideprodukte, Honig, Käse, Kosmetik,
Kräuter, Pflanzen, Saatgut, Milchprodukte, Obst, Zustellung

Ulrike Schadner Naturkost,
Tragweiner Str.10
4230 Pregarten
Tel: 07236/3746

Bauernladen Freistadt, Hauptpl.13
4240 Freistadt, Oberösterreich
Tel: 07942/72287

Rote Erde Naturkostfachgeschäft,
Pfarrg.1
4240 Freistadt, Oberösterreich
Tel: 07942/72466
web: www.roteerde.at
Kosmetik, Partyservice

Bauernladen " Erlebniswelt Tragwein",
Lärchenweg 28
4284 Tragwein
Tel: 07263/88340
alkoholische Getränke, Brot- und Backwaren, Eier, Getreideprodukte, Kräuter,
Marmeladen, Fruchtsäfte, Milchprodukte

Die Hoflieferanten, Leopold Werndl-str.25
4400 Steyr
Tel: 07252/52373
E-Mail: i.schweitzer@aon.at
web: www.diehoflieferanten.at

Bio-Lebensmittel HandelsgmbH, Guntendorf 7
4550 Kremsmünster
Tel: 07583/8574
E-Mail: schreiner.h@netway.at

Bauernladen Kremstal, Simon-Redtenbacher-Pl.7
4560 Kirchdorf an der Krems
Tel: 07582/52109
E-Mail: bauernladen.kremstal@gmx.at

252

Essen und Trinken

Kurt & Gabriele Auer, Hausmanning 21
4560 Kirchdorf an der Krems
Tel: 07582/62131
E-Mail: office@beef-natur.at
web: www.beef-natur.at
Kartoffel, Wurst- und Fleischwaren, Rindfleisch, Obst, Zustellung

Naturprodukte Beatrix Dopona, Adlerstr.1
4600 Wels
Tel: 07242/67335

☺ ☺

denn's bio, Dr. Salzmann-Str.7A
4600 Wels
Tel: 07242/252147
E-Mail: ehwelssalz@dennree.de

☺ ☺ ☺

Hölzl Ing. Gerhard Silber, Welser Str.2
4611 Buchkirchen
Tel: 07242/28081
Kartoffel, Eier, Geflügel, Gemüse, Getreide, Getreideprodukte

Naturkostladen Heidi Buchegger, Lehenstr.1
4644 Scharnstein
Tel: 07615/2985
E-Mail: naturladen-heidi@aon.at
Gemüse, Getreide, Getreideprodukte, Kosmetik, Kräuter, Pflanzen, Saatgut

Pollhammer Rudolf & Maria, Haid 4
4676 Aistersheim
Tel: 07734/2877
E-Mail: rudolf.reiner@direkt.at
Kartoffel, Brot- u. Backwaren, Obst, Getreide u. Getreideprodukte, Milch, Käse, Milchprodukte, Gemüse, Rindfleisch, Partyservice

Seidlhans Rudolf & Maria Hörmandinger, Marschalling 8
4682 Geboltskirchen
Tel: 07732/2657
alkoholische Getränke, Rindfleisch

Christine Malzer, In der Leithen 10
4701 Bad Schallerbach
Tel: 07249/42474
E-Mail: malzer@bad-schallerbach.at
alkoholische Getränke, Geflügel, Gemüse, Getreide und Getreideprodukte, Kräuter, Pflanzen u. Saatgut, Obst, Zustellung

Frau Holle Peham Naturprodukte KEG, Mühlbachg.3
4710 Grieskirchen
Tel: 07248/61155
E-Mail: peham@smw.cc
Mittagstisch Partyservice, Zustellservice (im näheren Umkreis)

☺ ☺

Hohweier Maria Ehrndorfer, Altensam 13
4800 Attnang-Puchheim
Tel: 07674/63153
Brot und Backwaren, Eier, Geflügel, Gemüse, Milch, Milchprodukte, Obst, Zustellung

Naturkoststüberl, Auf Hauptstr. gegenüber Gosauerhof
4824 Gosau
Tel: 06136/8715
alkoholische Getränke, Brot- und Backwaren, Fisch, Honig, Käse, Marmeladen, Fruchtsäfte, Milch, Milchprodukte

Wesl Helga & Rudolf Schneebauer, Abtsdorf 33
4864 Attersee
Tel: 07666/7943
E-Mail: wesl@aon.at
alkoholische Getränke, Eier, Marmeladen und Fruchtsäfte, Rindfleisch

Bauernladen St. Georgen, Attergauerstr.22
4880 St. Georgen im Attergau
Tel: 07667/6655
Kosmetik

☺ ☺

Naturkost Grüner Zweig, Hoher Markt 14
4910 Ried
Tel: 07752/88443
E-Mail: office@gruenerzweig.at
web: www.gruenerzweig.at

☺ ☺ ☺

253

Essen und Trinken

DAS Reformhaus, Lasserstr.18
5020 Salzburg
Tel: 0662/879617
Imbiss (wie im Laden: 95% Bio) Naturkosmetik, Körperpflege, Naturarzneimittel, Naturheilmittel, Tofu, Soja, Trockenware, FrischgemüseEier vom Biobauer

Stift Nonnberg - Erentrudishof, Morzgerstr.40
5020 Salzburg
Tel: 0662/822858
Milchautomat Kosmetik

Naturkostladen Stifts und Salzachmühle, Aiglhofstr.28
5020 Salzburg
Tel: 06624/34187
Getreide, Getreideprodukte

Naturkostladen Keimling, Loiger Str.220
5071 Wals bei Salzburg
Tel: 0662/853675
E-Mail: info@keimling.cc
web: www.keimling.cc
Mittagstisch 100% biologisch, auch mit Fleisch, FR Fisch, Vorbestellung nötig; Zustellung

Feldinger's Ökohof, Walserfeldstr.13
5071 Wals
Tel: 0662/850897-0
E-Mail: office@oekohof.at
web: www.oekohof.at
Kosmetik, Obst, Gemüse, Käse, Brot, Fleisch, Milchprodukte

Bio-Hofladen Wurhofer, Grillham 8
5145 Neukirchen an der Enknach
Tel: 07729/2322
web: www.bio-korb.at
Fleisch- und Wurstwaren, Geflügel, Obst, Getreide, Getreideprodukte, Milch, Milchprodukte, Rindfleisch, Schweinefleisch

Bauernkörberl GmbH u. Co.GK Bio-Spezialitäten aus Österreich, Hauptstr.67
5164 Seeham
Tel: 06217/5700
E-Mail: office@bauernkoerberl.at
web: www.bauernkoerberl.at
Alkoholika, Wurst- und Fleischwaren, Käse, Getreideprodukte, Lamm- und Ziegenfleisch, Marmeladen, Fruchtsäfte

Bio & Fair Laden Seeham, Hauptstr.67
5164 Seeham
Tel: 06217/59218
E-Mail: thomas.wallner@sbg.at
web: www.bioundfairladen.at
Umfangreiches Obst- und Gemüseangebot; Kaffee im Laden gibts gratis; EZA-Handwerksgegenstände; Partyservice, Do, Fr: 12 - 19, Sa: 9 - 15

Getrude Pappernigg, Au 15
5231 Schalchen, Oberösterreich
Tel: 07742/4141
E-Mail: hermannp@aon.at
Geflügel

Denk Kurt Perberschlager, Thal 4
5273 Roßbach bei Mauerkirchen
Tel: 07724/8063
E-Mail: biokurt@gmx.at
Rindfleisch, Zustellung

Zagler's Naturladen, Salzburger Vorstadt 26
5280 Braunau
Tel: 07722/84597
E-Mail: alois.zagler@gmx.at

Tahlgauer Bauernkramer, Vetterbach 16
5303 Thalgau
Tel: 06235/5330

Biotreff, Herzog Odilo Str.28
5310 Mondsee
Tel: 06232/6496
Kosmetik

Essen und Trinken

Naturkostladen Anita Teufl, Markt 38
5431 Kuchl
Tel: 06244/7653
E-Mail: nkl-kuchl@sbg.at
web: www.gemeindeausstellung.at/naturkostladen-anita-teufl
5-Elemente-Kochkurs; Kosmetik

☺ ☺ ☺

IRM-Gartl Naturkost, Markt 52
5440 Golling
Tel: 06244/3452
E-Mail: irmgartl@salzburg.at
Kosmetik

☺ ☺ ☺

Bauernladen Werfenweng, Weng 151
5453 Werfenweng
Tel: 06466/789

☺ ☺

Wurzelwerk Naturkostladen,
Bahnhofstr.17
5500 Bischofshofen
Tel: 06462/5051
E-Mail: gabi.schmied@sbg.at
gelegentlich Kochkurse

☺ ☺

Bioladen Renate, Hauptstr.21
5600 St.Johann
Tel: 06412/7235
E-Mail: renate.trigler@aon.at
Kosmetik

☺ ☺ ☺

Bauernladen St. Johann,
Leo-Neumayr-Str.10
5600 St. Johann im Pongau
Tel: 06412/6868

☺ ☺

Biotop Grießner Naturkost KEG,
Franz Josefstr.5
5700 Zell am See
Tel: 06542/70167
E-Mail: biotop.naturkost@aon.at
Kosmetik

☺ ☺ ☺

Hauthaler Michael Naturprodukte,
Mühlbachweg 7-8
5760 Saalfelden am Steinernen Meer
Tel: 06582/74042-0
E-Mail: saalfelden@veganova.at
großes Obst- und Gemüsesortiment,
Textilien, Betten, Stühle, Bettsysteme,
Naturfarben

☺ ☺

Anita's Naturkostladen Anita Sanoll
- Hofer, Adolf Pichler-Pl.12
6020 Innsbruck
Tel: 0512/565771

☺ ☺

ERNTE Bauernladen Fini Larcher,
Werdenberger Str.44
6700 Bludenz
Tel: 05552/63067
Vollsortiment

☺ ☺

Finis Naturladen, Wichnerstr.36
6700 Bludenz
Tel: 05552/31236
E-Mail: fini@finisnaturladen.at
web: www.finisnaturladen.at
Vollsortiment, Naturfarben

☺ ☺

Daniel und Andrea Mangeng Kristahof
Lädili, Kristastr.3
6774 Tschagguns
Tel: 05556/73173
E-Mail: office@kristahof.com
web: www.kristahof.com
Gemüse, Milchprodukte, Wurstwaren,
Fleisch auf Vorbestellung, Trockensortiment

☺ ☺ ☺

Metzgerei Andrea und Daniel Mangeng,
Kroneng.5
6780 Schruns
Tel: 05556/76129
E-Mail: office@kristahof.com
web: www.kristahof.com
Fleisch von Schwein, Kalb, Rind,
Almochs, Hühner, kaltgeräucherter
Speck, Mostbröckle, Hauswurst, Salami,
Leberkäse, Frischwurst, Vollsortiment

Natur & Reform Albert GmbH, Neustadt 3
6800 Feldkirch
Tel: 05522/72040
E-Mail: naturreform_albert@aon.at
Vollsortiment, Textilien

☺ ☺

Essen und Trinken

Egon u. Sonja Ehrne Bioladen,
Sebastianstr. 25
6800 Feldkirch
Tel: 05522/75320
web: www.ehrne-bioladen.at
Vollsortiment

😊 😊 😊

Natur & Kost, Johanniterg. 6
6800 Feldkirch
Tel: 05522/78480
E-Mail: naturkost@vup.at
Vollsortiment, Kunstgalerie von Vorarlberg, HandwerkerInnen

😊 😊

Wegwarte Bioladen, Kiesweg 7
6842 Koblach
Tel: 05523/54816
E-Mail: bio@wegwarte.at
web: www.wegwarte.at
Vollsortiment; Kochkurse

😊 😊

Naturkost Vita-Quelle Zangerl, Mauthausstr. 8
6845 Hohenems
Tel: 05576/72473
Vollsortiment, Naturtextilien

😊 😊

Bäckerei Stadelmann, Marktstr. 41
6850 Dornbirn
Tel: 05572/22601-2
E-Mail: markus.stadelmann@vol.at
Lammfleisch auf Bestellung

😊 😊

Pro Visana Naturkostfachhandel, Schulg. 18
6850 Dornbirn
Tel: 05572/52963
Vollsortiment

😊 😊

Naturkostladen Keimling, Montfortstr. 1
6900 Bregenz
Tel: 05574/46307
E-Mail: keimling.bregenz@aon.at
Vollsortiment

😊 😊

Natur, Korn, Kost, Kosmetik Christine Hämmerle, Kirchstr. 11
6900 Bregenz
Tel: 05574/47942
Gemüse, Milchprodukte, Wurstwaren, Fleisch auf Vorbestellung, Trockensortiment

😊 😊

Biostore Rosi & Detlef Schiener,
Montefortstr. 3
6900 Bregenz
Tel: 05574/58033
E-Mail: info@biostore.at
web: www.biostore.at
Vollsortiment, Bio-Weine

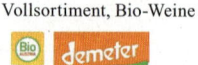

😊 😊 😊

Die Sieben Bio-Sennerei, Ziegelbachstr. 45
6912 Hörbranz
Tel: 05573/84503
E-Mail: die_sieben@utanet.at
Milch, Süßrahm, Sauerrahm, Topfen, Joghurt, Butter, Schnittkäse, Bergkäse, Frischkäse

😊 😊 😊

Natur & Reform Lehner & Kandelsdorfer GmbH, Hauptpl. 29
7100 Neusiedl am See
Tel: 02167/2503
E-Mail: office@natur-reform.com
web: www.natur-reform.com

😊 😊

Biohof Johann u. Brigitta Preisegger,
Hauptstr. 21a
7203 Wiesen
Tel: 02626/81615
100 % Bio-Sortiment, kaltes Buffet,
Mehlspeisen, Zustellung

Genussladen Energiemühle, Bergg. 26
7302 Nikitsch
Tel: 02614/7103
E-Mail: info@energiemuehle.at
web: www.genussladen.at
Lebensmittel, Wein

Naturkost-Greißler Vonmiller, Lisztg. 7
7400 Oberwart
Tel: 03352/31370
Lebensmittelsortiment ca. 90 % Bio-Anteil

😊 😊

Hofladen Ehrenhöfer, Neustift a.d.
Lafnitz 34
7423 Pinkafeld
Tel: 03358/4852
E-Mail: ehrenhoefer@heurigen-stadl.at
web: www.heurigen-stadl.at
Käse, Joghurt, Topfen, Butter, Gemüse

Essen und Trinken

Bäuerlicher Spezialitätenladen, Josef
Haydnpl.5
7431 Bad Tatzmannsdorf
Tel: 03353/36844
teilweise Bio-Sortiment

Südburgenländisches Bauernmobil,
Feldg.27
7522 Strem
Tel: 03324/6416
E-Mail: bauernmobil@aon.at
web: www.members.telering.at/bauernmobil/
Lebensmittelsortiment 75 % Bio-Anteil

Stremtaler Schmankerl Eck,
Stremtalerstr.21a
7540 Güssing
Tel: 03322/42527
großes Lebensmittelsortiment

Pinkataler Bauernladen, Weinmuseum
Moschendorf
7540 Moschendorf
Tel: 03324/61122
Biogemüse nach Saison, Biotraubensaft

Süd Obst- und Gemüseveredelungs
GmbH, Wiener Str.18
7551 Stegersbach
Tel: 03326/52355-0
E-Mail: office@gurkenprinz.at
web: www.gurkenprinz.at
Bio-Sauergemüse

Matzer Isabella Bioladen, Sparbers-
bachg.34
8010 Graz
Tel: 0316/838799
E-Mail: info@bio-laden.at
web: www.bio-laden.at

KASALM, Am Kaiser Josef Pl. -
Stand 14
8010 Graz
Tel: 0316/830074
E-Mail: kasalm@usa.net
web: www.kasalm.at
Rohmilchkäse

Kornwaage Bio-Lebensmittel GmbH,
Theodor Körner-Str.47
8010 Graz
Tel: 0316/681043
E-Mail: info@kornwaage.at
web: www.kornwaage.at

Bioladen Farmer's Ernte, Schillerstr.42
8010 Graz
Tel: 0316/359112
großes Lebensmittelsortiment speziali-
siert auf Dinkelprodukte

Kleine Hexe Naturladen,
Leonharderstr.45
8010 Graz
Tel: 0316/381651
großes Lebensmittelsortiment ohne
Fleischprodukte, Waldviertler Schuhe
und Naturtextilien

Die Knospe Bioladen,
St.Peter-Hauptstr.36
8042 Graz-St.Peter
Tel: 0316/464901
E-Mail: ursula.gratt@aon.at
gesamtes Lebensmittelsortiment (außer
Fleischprodukte)

BioSHOP Graz, Wetzelsdorfer Str.154
8050 Graz
Tel: 0316/587558
E-Mail: shop@bioshopgraz.at
web: www.bioshopgraz.at

Rosenbergers Grüne Bioinsel, Schulg.5
8160 Weiz
Tel: 03172/42028
E-Mail: bioinsel@utanet.at
3500 verschiedene Biolebensmittel
(Gemüse, Obst, Käse aus Kuh-, Schafs-
und Ziegenmilch, Brot, Säfte, Honig,
Mehlspeisen, Weine, Bio-Eis, Baby- und
Kinderprodukte, Kosmetik, Körperpfle-
geprodukte,...)

Essen und Trinken

Bioladen Mona Gratzer, Feldbacherstr.2
8200 Gleisdorf
 Tel: 03112/36666
 E-Mail: gratzer.mona@tele2.at

AL naturkost Handels GmbH,
Am Ökopark 3
8230 Hartberg
 Tel: 03332/65430
 E-Mail: verkauf.trocken@al-naturkost.at
 web: www.al-naturkost.at
 Verkauf von Trockenwaren

Naturkost Maria Landschützer,
Ungarstr.6
8330 Feldbach
 Tel: 03152/6218
 großes Lebensmittelsortiment ohne Fleischprodukte

Naturladen Ingrid Schenk, Kirchenstr.7
8380 Jennersdorf
 Tel: 03329/48120
 E-Mail: naturladen.schenk@gmx.net
 großes Lebensmittelsortiment mit ca. 90 % Bio-Anteil, 1 mal im Monat Ernährungsberatung

Frischehof KEG Robier, Im Lagerfeld 11
8430 Leibnitz
 Tel: 03452/74511-0
 E-Mail: info@frischehof.at
 web: www.frischehof.at
 Ziegenkäse, Weine, täglich selbstgebackenes Brot, verschiedene Ölspezialitäten wie das kaltgepresste Sonnenblumenöl und das nussige Kürbiskernöl;Kochkurse

Gesundheits-Center Maximilian Loidl GmbH, Schiffsg.1
8600 Bruck an der Mur
 Tel: 03862/52340
 E-Mail: office@loidl.st
 web: www.loidl.st
 Moor und Kräuterauszüge, Hildegard von Bingen Produkte, Getreide, Naturkosmetik, Edelsteine

Biodemeter Leopold KEG, Hauptstr.30
8650 Kindberg
 Tel: 03865/3509
 Kochkurse

Biodemeter HandelsgmbH, Homanng.24
8700 Leoben
 Tel: 03842/47890
 Kochkurse und Seminare

Miholic Gabriele Natur Ecke, Kapuzinerpl.1
8720 Knittelfeld
 Tel: 03512/74188
 E-Mail: office@naturecke.at
 web: www.naturecke.at

Naturstub'n Christine Pirkner, Anna-Neumann-Str.8
8850 Murau
 Tel: 03532/4387
 E-Mail: naturstubn@utanet.at
 großes Lebensmittelsortiment (Gemüse, Obst, Brot, Wurst, Käse, Nudeln,...), Naturkosmetika, alternative Gesundheitsprodukte, natürliche Wasch- und Putzmittel

Naturkost Liebstöckl, Salzburger Str.335
8970 Schladming
 Tel: 03687/23262
 E-Mail: naturhaus.lehnwieser@aon.at
 web: www.naturhaus-lehnwieser

Reformhäuser & Reformdrogerien

Reformhaus Staudigl, Wollzeile 4
1010 Wien
 Tel: 01/51242971
 E-Mail: info@staudigl.at
 web: www.staudigl.at

Naturparfümerie Staudigl, Wollzeile 4
1010 Wien
 Tel: 01/5128212
 E-Mail: staudigl@gewusstwie.at
 web: www.gewusstwie.at

Essen und Trinken

Natur & Reform, Praterstr.58
1020 Wien
Tel: 01/2142646
E-Mail: office@natur-reform.com
web: www.natur-reform.org
Brot- und Backwaren, Eier, Getreide, Getreideprodukte, Käse, Kräuter, Pflanzen, Saatgut, Marmeladen, Fruchtsäfte, Milch, Milchprodukte, Textilien und Schuhe

Reformhaus Gertraud Völkl, Landstraßer Hauptstr.23
1030 Wien
Tel: 01/7148419
E-Mail: reformhaus.voelkl@aon.at
Mittagstisch und Imbiss, Brot- und Backwaren, Eier, Getreide u. Getreideprodukte, Honig, Käse, Kosmetik, Kräuter, Marmelade, Fruchtsäfte, Milch, Milchprodukte

Nektar & Ambrosia Reformhaus, Fasang.39
1030 Wien
Tel: 01/8904843
E-Mail: christian.egerer@gmx.at
web: www.nektarundambrosia.at.tt
Vollsortiment, Kosmetikprodukte

Im Margarethenhof Bio5 Naturkost & Reformwaren, Margaretenpl.4
1050 Wien
Tel: 01/7989492 Fax: 7989492
E-Mail: bio5@bio5.at
web: www.bio5.at
Dr. Hauschka, Lavera, Primavera, Obst und Gemüse, Fleisch auf Bestellung, Wurstwaren von Bio-Schober

Buchart Horst, Theobaldg.18
1060 Wien
Tel: 01/5816773
Naturkosmetik, Kräuter, Ätherische Öle, Honig, Propolis, HonigDr. Grandl, Augsburger, Dr. Hauschka

Reformhaus Buchmüller, Neubaug.17-19
1070 Wien
Tel: 01/5237297
E-Mail: office@reformhaus-buchmueller.at
web: www.reformhaus-buchmueller.at
Kosmetik

Die Kräuterdrogerie Mag.pharm. Birgit Heyn, Kochg.34
1080 Wien
Tel: 01/4054522
E-Mail: heyn@kraeuterdrogerie.at
web: www.kraeuterdrogerie.at
Ayurveda Naturkosmetik, ätherische Öle, Heilkräuter, Kartoffeln, Brot- und Backwaren, Eier, Gemüse, Getreide u. Getreideprodukte, Honig, Marmelade und Fruchtsäfte, Milch, Milchprodukte, Ayurvedische Kochkunst, veg. Vollwertküche

Bio Fachdrogerie Wendl-Sperling, Pramerg.22
1090 Wien
Tel: 01/3101761
Brot, Schrott, Nahrungsergänzungsmittel, Tee, KräuterNatural, Heliotrop, Phytopharma, Naturgarten, Weleda

Reformhaus Regenbogen, Garnisong.12
1090 Wien
Tel: 01/4086585
Frische Salate, Ernährungsberatung; Vollsortiment, Fleisch & Fisch auf Bestellung, Kosmetikprodukte, Textilien und Schuhe

Natur & Reform, Währinger Str.57
1090 Wien
Tel: 01/4062630
E-Mail: office@natur-reform.com
web: www.natur-reform.com
Vollsortiment ohne Fleisch, Kosmetikprodukte

Natur & Reform, Columbusg.49
1100 Wien
Tel: 01/6044182
E-Mail: office@natur-reform.com
web: www.natur-reform.com
Brot- und Backwaren, Eier, Honig, Kosmetik, Kräuter, Pflanzen und Saatgut, Marmelade und Fruchtsäfte

Reformhaus Ilse Krzywon, Steinbauerg.15
1120 Wien
Tel: 01/8131251
Vollsortiment ohne Fleisch, Kosmetikprodukte

Essen und Trinken

Natur & Reform, Tivolig.2
1120 Wien
Tel: 01/8152749
E-Mail: office@natur-reform.com
web: www.natur-reform.at
Vollsortiment ohne Fleisch, Kosmetik

Gewußt wie Drogerie "Zum Eisbären"
Elisabeth Vesely, Hietzinger Hauptstr.72
1130 Wien
Tel: 01/8772289-0
E-Mail: vesely@gewusstwie.at
Naturkosmetik, Nahrungsergänzungen,
Depot KosmetikDr. Hauschka, Börlind,
Weleda, Lavera

Anneliese Drogerie, Hütteldorfer Str.251
1140 Wien
Tel: 01/9141380 Fax: 9141380
E-Mail: drogerie.anneliese@aon.at
web: www.allesfuersie.at
Naturkosmetik, Nahrungsergän-
zung, Kaltgepresste Öle, Biologische
Wasch- und Reinigungsmittel, HonigDr.
Hauschka, Heliotrop, Lavera, Hafesan

Drogerie Susanne Berger, Meiselmarkt H4
1150 Wien
Tel: 01/7894698
E-Mail: drogerie-berger@gmx.at
web: www.drogerie-berger.gmx.at
Brot, Backwaren, Getreideprodukte, Honig,
Marmelade, Fruchtsäfte; Ätherische Öle,
Pflanzensäfte, Naturkosmetik, Tautropfen,
Primavera, Vollkraft, Annemarie Börlind,
Espara, Hafesan, Ökoform

Reform-Drogerie Peter Mayerhofer,
Maroltingerg.55
1160 Wien
Tel: 01/4955073

Natur & Reform HandelsgmbH,
Währinger Str.133
1180 Wien
Tel: 01/4053555
E-Mail: office@natur-reform.com
web: www.natur-reform.com
Fußpflege Brot und Backwaren, Getreide
und Getreideprodukte, Honig, Kosmetik,
Kräuter, Pflanzen und Saatgut, Marmela-
de und Säfte, Milch und Milchprodukte,
Textilien und Schuhe

Natur & Reform, Gatterburgg.25
1190 Wien
Tel: 01/3187200
E-Mail: office@natur-reform.com
web: www.natur-reform.com
Vollsortiment ohne Fleisch, Kosmetikprodukte

Bioladen Babic, Sonnbergpl.3
1190 Wien
Tel: 01/3687175
E-Mail: maran@maran.co.at
Vollsortiment, auch Kosmetikprodukte

Natur & Reform, Angerer Str.2-6/EKZ
am Spitz
1210 Wien
Tel: 01/2781991
E-Mail: office@natur-reform.com
web: www.natur-reform.com
Vollsortiment ohne Fleisch; auch Kosmetikprodukte

Corpore Sano, Anton-Baumgartner-
Str.44/Top 20
1230 Wien
Tel: 01/6628689
E-Mail: office@corporesano.at
web: www.corporesano.at
Kräuter, Pflanzen und Saatgut, Kosme-
tikprodukte

Vitalraum Renate Christine Mattes,
Hauptpl.7
2103 Langenzersdorf
Tel: 02244/2347
E-Mail: vitalraum@aon.at
web: www.vitalraum.co.at
Getreide, Getreideprodukte, Kosmetik,
Kräuter, Pflanzen, Saatgut, Marmealden,
Fruchtsäfte

Gewußt wie-Drogerie Hans Figar,
Bahnstr.40
2230 Gänserndorf
Tel: 02282/2232-0
E-Mail: figar@gewusstwie.at
web: www.gewusstwie.at

Essen und Trinken

Vitareform Trude Hofbauer, Hauptstr.25
2340 Mödling
Tel: 02236/47765
Brot- und Backwaren, Eier, Käse, Kosmetik, Kräuter, Pflanzen, Saatgut, Marmeladen, Fruchtsäfte, Milch, Milchprodukte, Obst

Egelseer Friedrich Reformwaren, Pottendorfer Str.20
2700 Wiener Neustadt
Tel: 02622/28329
E-Mail: business@egelseer.at
web: www.egelseer.at
Brot- und Backwaren, Gemüse, Getreide u. Getreideprodukte, Kosmetik, Kräuter, Pflanzen und Saatgut, Milch, Milchprodukte, Obst, Rindfleisch

Reformstube Sonnenschein, Hauptstr.61
3040 Neulengbach
Tel: 02772/54261
E-Mail: sergio@lazzari.at
web: www.lazzari.at
Gemüse, Getreide u. Getreideprodukte, Marmelade und Fruchtsäfte, Milch

Naturdrogerie & Reformhaus Petra Fendt, Wiener Str.17
3100 St. Pölten
Tel: 02742/310640
E-Mail: naturdrogerie@j-fendt.at
Gemüse, Honig, Käse, Kosmetik, Kräuter, Pflanzen und Saatgut, Obst

Reformhaus Klosterneuburg, Stadtpl.17
3400 Klosterneuburg
Tel: 02243/25555
E-Mail: office@reformhaus-klosterneuburg.at
web: www.reformhaus-klosterneuburg.at
Brot- und Backwaren, Gemüse, Getreide, Getreideprodukte, Honig, Käse, Kosmetik, Marmeladen, Fruchtsäfte, Milch, Milchprodukte, Obst

Gesünder leben Marianne Hofstetter, Volksfeststr.14
4020 Linz
Tel: 070/771146
E-Mail: gesuender_leben@aon.at
web: www.gesuender_leben.at
auch Gesundheits- und Lebensberatung; alkoholische Getränke, Brot und Backwaren, Eier, Getreide, Getreideprodukte, Honig, Käse, Kosmetik, Marmeladen, Fruchtsäfte, Obst

Natur & Reform, Goethestr.1A
4020 Linz, Donau
Tel: 0732/652873
E-Mail: office@natur-reform.com
web: www.natur-reform.com
Kosmetik

LIVIT Lenaupark, Hamerlingstr.42-44
4020 Linz, Donau
Tel: 0732/661712
E-Mail: linz@livit.at
web: www.livit.at

Bio-Gesundheitsladen Karola & Norbert, Bohmerstr.4
4190 Bad Leonfelden
Tel: 07212/20546
E-Mail: office@bioprodukte.at
web: www.bioprodukte.at

Milch & Most-Laden Fritz Söllradl, Marktpl.30
4550 Kremsmünster
Tel: 07583/5228
E-Mail: milch_mostladen@gmx.at
Fleisch auf Bestellung

LIVIT in der SCW Wels, Salzburger Str.223
4600 Wels
Tel: 07242/251799
E-Mail: wels@livit.at
web: www.livit.at

Natur & Reform, Kaiser Josef Pl.35
4600 Wels
Tel: 07242/224398
E-Mail: office@natur-reform.com
web: www.natur-reform.com
Brot und Backwaren, Eier, Gemüse, Getreide, Getreideprodukte, Honig, Käse, Kosmetik, Kräuter, Pflanzen, Saatgut, Marmeladen, Fruchtsäfte, Milch, Milchprodukte

Essen und Trinken

Natur & Reform, Marktpl.4
4810 Gmunden
Tel: 07612/77497
E-Mail: office@natur-reform.com
web: www.natur-reform.com
Baumwolldecken; Brot und Backwaren, Gemüse, Eier, Honig, Käse, Kosmetik, Kräuter, Pflanzen, Saatgut, Marmeladen, Fruchtsäfte, Milch, Milchprodukte, Obst

Berghof Naturprodukte, Hasnerallee 8
4820 Bad Ischl
Tel: 06132/279951
E-Mail: bio-berghof@aon.at

Reformhaus Martin GmbH,
Museumstr.22
6020 Innsbruck
Tel: 0512/580100 Fax: 580100-39
E-Mail: office@reformhaus-martin.at
web: www.reformhaus-martin.at
Naturkosmetik, Nahrungsergän-
zungsmittel, Bio-Lebensmitttel
...LEBE GESUND! 13x IN ÖSTERREICH

Natur & Reform Angelika's feine Naturkost Inh. Angelika Dobernigg, Universitätsstr.32
6020 Innsbruck
Tel: 0512/582456
E-Mail: angelika.dobernigg@chello.at

Natur & Reform Albert GmbH, Neustadt 3
6800 Feldkirch
Tel: 05522/72040
E-Mail: naturreform_albert@aon.at
Vollsortiment, Textilien

Natur, Korn, Kost, Kosmetik Christine Hämmerle, Kirchstr.11
6900 Bregenz
Tel: 05574/47942
Gemüse, Milchprodukte, Wurstwaren, Fleisch auf Vorbestellung, Trockensortiment

Natur & Reform Lehner & Kandelsdorfer GmbH, Hauptpl.29
7100 Neusiedl am See
Tel: 02167/2503
E-Mail: office@natur-reform.com
web: www.natur-reform.com

Die Knospe Bioladen, St.Peter-Hauptstr.36
8042 Graz-St.Peter
Tel: 0316/464901
E-Mail: ursula.gratt@aon.at
gesamtes Lebensmittelsortiment (außer Fleischprodukte)

Reformkost - Hersteller und Großhändler

Agrana Beteiligungs AG,
Donau-City-Str.9
1220 Wien
Tel: 01/21137-2958
E-Mail: info.ab@agrana.at
web: www.agrana.at
DEMERARA brauner Würfelrohrzucker und Brauner Rohrzucker Kristallin der Marke WIENER ZUCKER mit dem FAIRTRADE-Gütesiegel; erhältlich im Lebensmittelhandel.

Landgarten Herbert Stava KEG,
Alte Wiener Str.25
2460 Bruck an der Leitha
Tel: 02162/64504
E-Mail: office@landgarten.at
web: www.landgarten.at
Gemüse, Sojaprodukte

Vollkraft Naturnahrung, Marktstr. 7
2840 Grimmenstein
Tel: 02644/7305-0
E-Mail: office@vollkraft.com
web: www.vollkraft.com

Essen und Trinken

Restaurants und Heurigenbetriebe

Restaurant Wrenkh,
Bauernmarkt 10
1010 Wien
Tel: 01/5331526
E-Mail: restaurant@wrenkh.at
web: www.wrenkh.at
Küche teilweise bio

Wrenkh Natürlich Imbiss,
Rauhensteing.12
1010 Wien
Tel: 01/5135836
Küche großteils bio

Kern's Beissl,
Kleeblattg.4
1010 Wien
Tel: 01/5339188
Küche teilweise bio

Vollwert-Restaurant Karl J. Lebenbauer,
Teinfaltstr.3
1010 Wien
Tel: 01/5335556
E-Mail: lebenbauer-restaurant@chello.at
web: www.lebenbauer.cc
Küche teilweise bio

---

restaurant bistro bio produkte catering events

die **BIO BAR** von antun

global ethics native culture

Die Philosophie der Bio Bar:
global ethics – native culture
und natürlich:
„BIO für alle" – das Motto:
die beste Qualität zu wirklich
fairen und günstigen Preisen

**Genuss und Gesundheit
zwei Seiten EINER Medaille**

die BIOBAR von antun,
Drahtg.3 am Hof/Judenpl.
1010 Wien
Tel: 01/9689351 Fax: 9689351
E-Mail: antun@biobar.at
web: www.biobar.at
vegetarische und vegane Speisen aus
Bioproduktenverschiedenste Produkte
aus kontrolliert biologischem Anbau,
z.B. Tees, Bio-Weine, Bio-Biere
ÖFFNUNGSZEITEN: MO-SO 11.30-23 UHR,
IM SOMMER MI RUHETAG

art of life, Stubenring 14
1010 Wien
Tel: 01/5125553
E-Mail: office@artoflife.at
web: www.artoflife.at
Partyservice, Küche großteils Bio

Wiener Rathauskeller,
Rathauspl.1
1010 Wien
Tel: 01/4051210 Fax: 4051219-27
E-Mail: office@wiener-rathauskeller.at
web: www.wiener-rathauskeller.at

EB-Restaurantbetriebe GmbH,
Peterspl.4
1010 Wien
Tel: 050/100-18134
E-Mail: office@ebr.at
web: www.ebr.at

EB-Restaurantbetriebe GmbH,
Werdertorg.5
1010 Wien
Tel: 050/100-18134
E-Mail: office@ebr.at
web: www.ebr.at

Café Imperial, Kärntner Ring 16
1010 Wien
Tel: 01/50110-389
E-Mail: hotel.imperial@luxurycollection.com
web: www.hotelimperial.at

Expedit Restaurant, Wiesingerstr.6
1010 Wien
Tel: 01/5123313
E-Mail: wien@expedit.net
web: www.expedit.net

Essen und Trinken

Griechenbeisl, Fleischmarkt 11
1010 Wien
Tel.: 01/533 19 77
  E-Mail: office@griechenbeisl.at
  web: www.griechenbeisl.at

Michl's café restaurant,
Reichsratsstraße 11
1010 Wien
Tel.: 01/408 61 89
  E-Mail: restaurant@michls.at
  web: www.michls.at

Restaurant Kardos – k. u .k. Spezialitäten, Dominikanerbastei 8
1010 Wien
Tel.: 01/512 69 49
  E-Mail: office@restaurantkardos.com
  web: www.restaurantkardos.com

Ristorante-Pizzeria Da Capo,
Schulerstraße 18
1010 Wien
Tel.: 01/512 44 91
  E-Mail: dacapo@dacapo.co.at
  web: www.dacapo.co.at

Wrenkh GmbH,
Bauernmarkt 10
1010 Wien
Tel.: 01/5331526
  E-Mail: restaurant@wrenkh.at
  web: www.wrenkh.at

Donaurestaurant Lindmayer GmbH,
Lindmayerstr.1 (Dammhaufen 50 Handelskai)
1020 Wien
 Tel: 01/7289580
  E-Mail: lindmayerelisabeth@yahoo.com
  web: www.lindmayer.at

Schöne Perle,
Große Pfarrg.2
1020 Wien
 Tel: 0664/2433593
 Küche teilweise bio

Cádiz tapas-bar Restaurant - Weinbar,
Karmeliterpl.3
1020 Wien
 Tel: 01/2128666
 E-Mail: office@cadiz.at
 web: www.cadiz.at
 Küchte teilweise bio, Partyservice

a bar shabu,
Rotensterng.8
1020 Wien
Tel: 0650/5445939
 E-Mail: a.bar.shabu@aon.at
 Küche teilweise Bio

Gasthaus zur Grünen Hütte, Prater 196
1020 Wien
 Tel.: 01/7294831
 E-Mail: grunehutte@aon.at

Gesundes - Vegetarische Köstlichkeiten nach den Fünf Elementen
Lilienbrunngasse 3
1020 Wien
 Tel.: 01/2195322
 E-Mail: essen@gesundess.at
 www.gesundess.at

Schmatz....matz Catering (Schulprojekt)
Allgemeine Sonderschule, Holzhausergasse 5-7
1020 Wien
 Tel.: 01/2165124
  E-Mail: schmatzmatz@gmx.at
  web: www.jobfit.cc

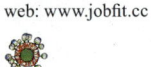

EB-Restaurantbetriebe GmbH, Beatrixg.27
1030 Wien
Tel: 050/100-18134
 E-Mail: office@ebr.at
 web: www.ebr.at

Restaurant Steirereck,
Am Heumarkt 2a
1030 Wien
Tel: 01/7133168
 E-Mail: wien@steirereck.at
 web: www.steirereck.at

Restaurant zur Steirischen Botschaft
Strohgasse 11 (Ecke Nahngasse)
1030 Wien
 Tel.: 01/7123367

Essen und Trinken

aQuadrat Café/ Bar, Margarethenstraße 55
1050 Wien
Tel.: 0699/10404279
E-Mail: info@a2bar.com
web: www.a2bar.com

Cafe Cuadro, Margarethenstraße 77
1050 Wien
Tel.: 01/5447550
E-Mail: info@schlossquadr.at
web: www.schlossquadr.at

Gergely's Essen zum Quadrat, Schlossg.21
1050 Wien
Tel: 01/5440767
E-Mail: info@schlossquadr.at
web: www.schlossquadr.at
Küche teilweise bio

Haasbeisl
Margarethenstraße 74
1050 Wien
Tel.: 01/5862552
E-Mail: wirt@haasbeisl.at
web: www.haasbeisl.at

Silberwirt, , Schlossg.21
1050 Wien
Tel: 01/5444907
E-Mail: info@schlossquadr.at
web: www.schlossquadr.at
Küche teilweise bio

Zum Müllner, Siebenbrunnenfeldgasse 7
1050 Wien
Tel.: 01/5445756

Firmann`s Bauernkörberl, Neubaug.37/4
1070 Wien
Tel: 01/5229299
E-Mail: firmanns.bauernkoerberl@utanet.at
web: web.utanet.at/firmanna
Mittagstisch und Ernährungsberater nach den 5 Elementen; Vollsortiment, Fleisch auf Bestellung, Küche großteils bio.

☺ ☺

Witwe Bolte Restaurant am Spittelberg, Gutenbergg.13
1070 Wien
Tel: 01/5231450
E-Mail: info@witwebolte.at
web: www.witwebolte.at
Küche teilweise bio

Cafe Lounge Restaurant Pulitzer, Kaiserstr.111
1070 Wien
Tel: 01/5234268
web: www.pulitzer.at
Küche teilweise bio

Café Volkstheater, Neustiftgasse 4
1070 Wien
Tel.: 0650/4007591
E-Mail: office@aceunlimited.net

froemmel's conditorei café catering GmbH
Zieglergasse 70/ Ecke Burggasse
1070 Wien
Tel.: 01/5267898
E-Mail: office@froemmel.at
web: www.froemmel.at

Das LOKal cafe' + alte medien, Richterg.6
1070 Wien
Tel: 01/5265972
E-Mail: office@daslokal.net
web: www.daslokal.net
Küche teilweise bio

das möbel das cafe', Burgg. 10
1070 Wien
Tel: 01/5249497
E-Mail: an@dasmoebel.at
web: www.dasmoebel.at
Küche teilweise biologisch

Goldmund Kulinarium, Zitterhoferg.8
1070 Wien
Tel: 01/5225682
Küche teilweise bio

Lena & Laurenz Essgeschäft Stefan Taffent
Zollerg.4
1070 Wien
Tel: 01/5224183
E-Mail: office@lenaundlaurenz.at
web: www.lenaundlaurenz.at
Küche teilweise bio

Essen und Trinken

St. Josef, Mondscheing.10
1070 Wien
Tel: 01/5266818
E-Mail: st.josef.natur@aon.at
Küche großteils bio

Dionysos/Nosh, Kochg.9
1080 Wien
Tel: 01/4057083
E-Mail: dionysos-nosh@chello.at
ausschließlich fair gehandelter Kaffee

Café der Provinz, Maria-Treu-G.3
1080 Wien
Tel: 01/9442272
E-Mail: cafederprovinz@chello.at
web: www.cafederprovinz.at.tt
reichhaltiges Teeangebot, Küche großteils bio

Gastwirtschaft Heidenkummer
Breitenfelder Gasse 18/5
1080 Wien
Tel.: 01/4059163
E-Mail: office @heidenkummer.at
web: www.heidenkummer.at

The Highlander Gasthausbrauerei
Sobieskiplatz 4
1090 Wien
Tel.: 01/3152794
E-Mail: the-highlander@chello.at
web: www.the-highlander.at

Restaurant Dreiklang - Essen, Trinken & Hoagaschtl'n,
Wasag.28
1090 Wien
Tel: 01/3101703
E-Mail: 3klang@gmx.at
web: www.3klang.info
viele Produkte aus kontrolliert biologischer Landwirtschaft

Reformhaus Regenbogen, Garnisong.12
1090 Wien
Tel: 01/4086585
Frische Salate, Ernährungsberatung; Vollsortiment, Fleisch & Fisch auf Bestellung, Kosmetikprodukte, Textilien und Schuhe

VegiRant Vegetarische Vollwertküche,
Währinger Str.57
1090 Wien
Tel: 01/4078287
web: www.vegirant.at
Küche großteils bio

Regenbogenstube,
Schwarzspanierstr.18
1090 Wien
Tel: 01/9617168
web: members.e-media.at/regenbogenstube
Küche großteils bio

Universitätsbräuhaus im Campus, Altes AKH
Alserstraße 9
1090 Wien
Tel.: 01/4091815
E-Mail: campus@unibrau.at
web: www.unibrau.at

Weltcafé, Schwarzspanierstr.15
1090 Wien
Tel: 01/4053741
E-Mail: office@weltcafe.at
web: www.weltcafe.at
Hier werden Speisen und Getränke ausschließlich aus FAIRTRADE- und Bio-Produkten zubereitet!reiche Auswahl an FAIRTRADE Trinkschokoladen und eine eigens für das Weltcafe zubereitete Kaffeemischung.

Berg - das Café, Bergg.8
1090 Wien
Tel: 01/3195720
E-Mail: mail@cafe-berg.at
web: www.loewenherz.at/berg/
ausschließlich FAIRTRADE Kaffee aus biologischem Anbau

Restaurant Kim Kocht,
Lustkandlg.4
1090 Wien
Tel: 01/3190242
E-Mail: restaurant@kimkocht.at
web: www.kimkocht.at
Küche großteils bio

Essen und Trinken

EB-Restaurantbetriebe GmbH,
Geiselbergstr.21-25
1110 Wien
Tel: 050/100-18134
E-Mail: office@ebr.at
web: www.ebr.at

Schober Alois Zu den Schobers im Giersterbräu, Giersterg.10
1120 Wien
Tel: 01/8131471
E-Mail: schober@gierstbraeuu.com
web: www.gierstbraeuu.com

Bioparadies Ameryoun KEG,
Altg.23A/1/1
1130 Wien
Tel: 01/8765160
E-Mail: info@bioparadies.at
web: www.bioparadies.at
Brot- und Backwaren, Gemüse, Gemüsekisten, Getreide- u. Getreideprodukte, Honig, Käse, Kräuter, Pflanzen und Saatgut, Marmelade, Fruchtsäfte, Milch, Milchprodukte, Obst, Küche großteils bio 23.05.2007 ALH: Mittagsmenüs, die zu 100% aus biologischen Lebensmitteln zubereitet werden.

Cafe-Restaurant Stephan, Auhofstr.224
1130 Wien
Tel: 01/8772402
E-Mail: gasthaus.stephan@aon.at
Küche teilweise bio

Kichererbse vegetarische Köstlichkeiten,
Speisingerstr.38
1130 Wien
Tel: 01/8042006
E-Mail: kichererbse@utanet.at
web: www.kichererbse.at

Café-Restaurant Tiroler Alm, Auhofstr.186 b
1130 Wien
Tel: 01/8770275
E-Mail: tiroler.alm@gmx.at
web: www.tiroleralm.com

Gasthaus Stempel,
Hadersdorfer Hauptstr.65
1140 Wien
Tel: 01/5772263
E-Mail: info@gasthaus-stempel.at
web: www.gasthaus-stempel.at
mediterrane und österr. Küche, Zutaten aus biologischem Anbau; große Kinderspielecke.

Café Weingartner, Goldschlagstraße 6
1150 Wien
Tel.: 01/9824399
E-Mail: billard@weingartner.co.at
web: www.servus-in-woien.at/weingartner

:) :) :)

Noi Yppenplatz, Payerg.12
1160 Wien
Tel: 01/4031347
web: www.noi.at.vu
Küche großteils bio.

Schall & Rauch Restaurant, Thimigg.11
1180 Wien
Tel: 0699/12464748
E-Mail: zshape@aon.at
Küche teilweise bio.

FEUERWEHR WAGNER
seit 1683

**Weingut Feuerwehr Wagner GmbH,
Grinzinger Str.53
1190 Wien
Tel: 01/3202442 Fax: 3209141
E-Mail: heuriger@feuerwehrwagner.at
web: www.feuerwehrwagner.at**

Cafe Restaurant Oktogon "Am Himmel",
Himmelstr./Ecke Höhenstr.
1190 Wien
Tel: 01/3288936
E-Mail: himmel@himmel.at
web: www.himmel.at
Küche großteils bio.

Hengl-Haselbrunner
Iglaseegasse 10
1190 Wien
Tel.: 01/3203330
E-Mail: office@hengl-haselbrunner.at
web: www.hengl-haselbrunner.at

Essen und Trinken

Heuriger Muth,
Probusgasse 10
1190 Wien
Tel.: 01/3702247
E-Mail: wagner@heuriger-muth.at
web: www.heuriger-muth.at

Misfits GmbH,
Billrothstraße 31
1190 Wien
Tel.: 0650/4316915
E-Mail: misfits.office@chello.at

Traiteur Café Bistr¢ Alexander Karayan,
Billrothstr.39
1190 Wien
Tel: 01/3675295
Küche großteils bio;

Weingut Zawodsky
Reinischgasse 3
1190 Wien
Tel.: 01/3207978
E-Mail: office@zawodsky.at
web: www.zawodsky.at

Weinhof Zimmermann
Mitterwurzergasse 20
1190 Wien
Tel.: 01/4401207
web: www.weinhof-zimmermann.at

Heuriger Wieninger, Stammersdorfer Str.78
1210 Wien
Tel: 01/2924106 Fax: 2928671
E-Mail: office@heuriger-wieninger.at
web: www.heuriger-wieninger.at

Petershof Weinbau, Stammersdorfer
Kellerg.38
1210 Wien
Tel: 01/2925502
Biowein; Fr bis So bei warmem Wetter,
von Mai bis Oktober; Extratermine ab 15
Personen nach Vereinbarung;

Der Stasta Hotel Restaurant, Lehmanng.11
1230 Wien
Tel: 01/8659788-0
E-Mail: hotel@stasta.at
web: www.stasta.at

Heuriger & Weingut Steinklammer
Jesuitensteig 28-30
1230 Wien
Tel.: 01/8882229
E-Mail: steinklammer@heuriger.co.at
web: www.heuriger.co.at/steinklammer

Weingut- Heuriger Zahel
Maurer Hauptplatz 9
1230 Wien
Tel.: 01/8891318
E-Mail: winery@zahel.at
web: www.zahel.at

Veggi Bräu,
Schulg.8
2000 Stockerau
Tel: 02266/72604

Adamah bistro,
Schlosspl.1
2304 Orth an der Donau
Tel: 02212/31010
E-Mail: bistro@adamah.at
web: bistro.adamah.at

Höldrichsmühle Hotel,
Gaadnerstr.354
2371 Hinterbrühl
Tel: 02236/26274
E-Mail: hoeld@eunet.at
web: www.hoeldrichsmuehle.at

Erlebnisrestaurant Naglreiter Hainburg
Landstraße 86-88
2410 Hainburg an der Donau
Tel.: 02165/62188
E-Mail: office@naglreiter.com
web: www.naglreiter.com

Heuriger im Garten Fam. Schawerda,
Hauptstr.155
2500 Baden/Wien
Tel: 02252/45184
Weinheuriger, Hofladen.

Essen und Trinken

Cafe Tipi, Dr. Coumontstr.2a
2650 Payerbach
Tel: 02666/53262
E-Mail: office@cafetipi.at
web: www.cafetipi.at
Nationale und internationale Schmankerln aus biologischem Landbau

Neue Seehütte, Kleinau32
2651 Reichenau an der Rax
Tel.: 0676/3348547
web: www.touristenclub.at

Autobahnrasthaus Martin Eberlein, Rasthausstr.8
3373 Kemmelbach
Tel: 07412/52747
E-Mail: eberlein@eberlein.at
web: www.eberlein.at/rasthaus.htm
Im Shop gibt es FAIRE und biologische Snacks, Getreide und Getreideprodukte

Cafe Goldenes Kreuz, Langenloiser Str.4
3500 Krems
Tel: 02732/71770

Gast- u.Seminarhaus Wurzelhof, Marktpl.36
3921 Langschlag
Tel: 02814/8378
E-Mail: wurzelhof@aon.at
web: www.wurzelhof.at
FAIRTRADE Kaffee und Gewürze der EZA in der Küche

Buka Katunga, Altstadt 16
4020 Linz, Donau
Tel: 0732/771199
E-Mail: bukakatunga@aon.at
FAIRTRADE Kaffee

pius - der frische genuß Friedrich Rosenberger, Hauptpl.2
4020 Linz, Donau
Tel: 070/770570
E-Mail: info@pius.co.at
web: www.pius.co.at

Zur Rastbank Claudia Aistleitner, Köckendorf 25
4184 Afiesl
Tel: 07216/20530
E-Mail: claudia.aistleitner@aon.at
web: www.rastbank.at

Hehenberger's Marktstube, Linzer Str.2
4190 Bad Leonfelden
Tel: 07213/8122
E-Mail: gasthaus@marktstube.at
web: www.marktstube.at

Waldschenke am Sternstein, Amesberg 11
4190 Bad Leonfelden
Tel: 07213/6279
E-Mail: gasthof@waldschenke.at
web: www.waldschenke.at

Bio Café Restaurant u. Seminarzentrum atrium, Wiesenfeldpl.11
4404 Steyr
Tel: 07252/82112
E-Mail: cr.atrium@promenteooe.at
web: shop.promenteooe.at/

Fleischerei & Gasthaus Schröcker, Klosterstr.8
4553 Schlierbach, Oberösterreich
Tel: 07582/81238

Zaubergartl
Schloss Almegg 11
4652 Steinerkirchen an der Traun
Tel.: 07245/25810
E-Mail: office@agrarium.at

Restaurant Ährlich, Wolf-Dietrich-Str.7
5020 Salzburg
Tel: 0662/871275-39
E-Mail: office@aehrlich.at
web: www.aehrlich.at
Speisen aus biologischer Landwirtschaft und FAIRTRADE Bio-Kaffee

ACHAT Plaza Zum Hirschen, St.-Julien-Str.21-23
5020 Salzburg
Tel: 0662/88903-0
E-Mail: info@zumhirschen.at
web: www.zumhirschen.at
Bio Restaurant

269

Essen und Trinken

Entenwirt Seeham Fam. Wallner,
Nr.61
5164 Seeham
Tel: 06217/7110
E-Mail: entenwirt@sbg.at
web: www.sbg.at/entenwirt
Bio-Frühstück

Gasthof Schützenwirt,
5412 Puch bei Hallein
Tel: 0662/623100

Gasthof Schlickwirt Fam. Gruber,
Oberweißburg 12
5582 St. Michael im Lungau
Tel: 06477/8915-0
E-Mail: schlickwirt@sbg.at
web: www.schlickwirt.at
Bio-Frühstück

Heinrich Kiener Haus am Hochgründeck, Ginau 17
5600 St. Johann im Pongau
Tel: 0664/2774558

Heimalm und Hochalm,
Gstatterweg 35 (PF 25)
5661 Rauris
Tel: 06544/6334
E-Mail: info@heimalm-rauris.at
web: www.heimalm-rauris.at

Gasthof Lärchenwald Fam. Wishaber,
Lärchenwald 3
6162 Mutters
Tel: 0512/548000
E-Mail: laerchenwald@aon.at
web: www.laerchenwald-mutters.at

Gasthof Auerstubn, Lindenstr.38
6322 Kirchbichl
Tel: 05332/87383

Hotel Regina Fam. Unterrainer,
Hauptstr.215
6543 Nauders
Tel: 05473/87259
E-Mail: reginahotel@aon.at
web: www.reginahotel.at

Erlebnisrestaurant Naglreiter Neusiedl
Wiener Straße 66
7100 Neusiedl am See
Tel.: 02167/3600
E-Mail: office@naglreiter.com
web: www.naglreiter.com

Erlebnisrestaurant Naglreiter Gols
Untere Hauptstraße 121-123
7122 Gols
Tel.: 02173/23770
E-Mail: office@naglreiter.com
web: www.naglreiter.com

Gasthaus - Weinbau zur Dankbarkeit,
Hauptstr.39
7141 Podersdorf am See
Tel: 02177/2223
E-Mail: j.lentsch@magnet.at
web: www.dankbarkeit.at
verarbeitet Produkte aus biologischem Anbau und bietet fair gehandelte Produkte an: gepa Ceylon-Darjeeling Bio Tee, EZA Bio Grüntee, gepa lila Reis, EZA Hom Mali roter Bio Vollreis, EZA Hom Mail brauner Bio Rei, EZA Hom Mail weißer Bio Jasminreis, gepa Bio Quinua, EZA 3 Welt Bio Milch Mininaps

Coco House Inh. Fr. Irita Opara, Conrad von Hötzendorfstr.3
8010 Graz
Tel: 0650/6472660
FAIRTRADE Kaffee und Tee zu afrikanischer Küche

Landhauskeller, Schmiedg.9
8010 Graz
Tel: 0316/830276
E-Mail: mahlzeit@landhaus-keller.at
web: www.landhauskeller.at

Gasthaus „Alte Münze"
Sackstraße 22
8010 Graz
Tel.: 03168/29151
web: www.cscaustria.at/kunstmeile/
  shops/22_ALte_Munze

Essen und Trinken

Gilma das vegetarische Restaurant, Ecke Grazbachg./Klosterwiesg.
8020 Graz-Eggenberg
Tel: 0316/815625
auch vegane Küche

Zur Schmied`n,
St. Peter Hauptstr.225
8042 Graz-St. Peter
Tel: 0316/402832
E-Mail: mahlzeit@schmiedn.at
web: www.schmiedn.at
Auswahl steirischer Weine und Schnäpse

Gasthof Feiertag
Dr. Karl Renner-Gasse 12
8160 Weiz
Tel.: 03172/2717
E-Mail: fleischerei.feiertag@utanet.at

Gasthaus Haider-Harrer,
Nechnitz 11
8163 Fladnitz an der Teichalm
Tel: 03179/6119
E-Mail: haider@almenland.at

Birkfelderhof Fam. Hirsch,
Edelseestr.43
8190 Birkfeld
Tel: 03174/4562
E-Mail: birkfelderhof@aon.at
web: www.birkfelderhof.at

Berggasthof König, Pöllauberg 5
8225 Pöllau bei Hartberg
Tel: 03335/2311
E-Mail: office@berggasthof-koenig.at
web: www.berggasthof-koenig.at

Haus der Vulkane Handels & Betriebs GmbH, Stainz bei Straden 85
8345 Straden
Tel: 03473/75919
web: www.hausdervulkane.at
FAIRTRADE Kaffee "Zum Tobel" von Julius Meinl wird angeboten.In der Küche werden regionale Produkte erarbeitet.

Frischehof KEG Robier, Im Lagerfeld 11
8430 Leibnitz
Tel: 03452/74511-0 Fax: 74511-4
E-Mail: info@frischehof.at
web: www.frischehof.at
Ziegenkäse, Weine, täglich selbstgebackenes Brot, verschiedene Ölspezialitäten wie das kaltgepresste Sonnenblumenöl und das nussige Kürbiskernöl;Kochkurse.

☺ ☺ ☺

Landgasthof Gerngroß, Nr.9
8511 St. Stefan ob Stainz
Tel: 03463/81188
E-Mail: office@landgasthof-gerngross.at
web: www.landgasthof-gerngross.at

Kienzerhof,
Rostock 21
8530 Trahütten
Tel: 03461/222
E-Mail: office@kienzerhof.at
web: www.kienzerhof.at

Bruno Gasthaus Reinisch - Zach,
Osterwitz 64
8530 Deutschlandsberg
Tel: 03469/523

Alpengasthof - Hotel Koralpenblick,
Rostock 15
8530 Deutschlandsberg
Tel: 03462/210
E-Mail: office@koralpenblick.at
web: www.koralpenblick.at

Kaminstub`n,
Kresbach 80
8530 Deutschlandsberg
Tel: 03462/4737
E-Mail: kaminstubn@aon.at
web: www.kaminstubn.at

Restaurant Berghof,
Aigneregg 22
8542 St. Peter im Sulmtal
Tel: 03467/84690

Essen und Trinken

Karpfenwirt, Dörfla 25
8543 St. Martin im Sulmtal
Tel: 03465/2307
E-Mail: karpfenwirt@aon.at
web: www.karpfenwirt.at

Naturhotel Enzianhof Alois Farmer,
Oberwald 49
8563 Ligist
Tel: 03143/2106
E-Mail: info@enzianhof.at
web: www.enzianhof.at

Gußmack Hotel Restaurant,
C.v.Hötzendorf-Str.17
8570 Voitsberg
Tel: 03142/22458
E-Mail: weingasthof@hotel-gussmack.at
web: www.hotel-gussmack.at

Altenbergerhof Gasthof,
Altenberg 14
8691 Kapellen, Mürz
Tel: 03857/2202
web: www.altenbergerhof.com

Gasthof Poldi Arnold Schrittwieser,
Preinergschaid Str.4
8691 Kapellen, Mürz
Tel: 03857/2170
E-Mail: office@gasthofpoldi.com
web: www.gasthofpoldi.com

Landgasthof Anna Holzer Pension,
Hauptstr.65
8692 Neuberg an der Mürz
Tel: 03857/8369

Gasthaus zur Ennsbrücke, Hall 300
8911 Admont
Tel: 03613/2291
E-Mail: gasthaus@pirafelner.at
web: www.pirafelner.at

Restaurant Fischerhütte, Buchau 117
8933 St. Gallen, Steiermark
Tel: 03632/468
E-Mail: info@fischerhuette-steiger.at
web: www.fischerhuette-steiger.at
FAIRTRADE Kaffee

Landgasthof Hensle, Haus 43
8933 St. Gallen, Steiermark
Tel: 03632/7171
E-Mail: office@hensle.at
web: www.hensle.at

www.oekoweb.at
Österreichs zentrales Umweltportal

Säfte und Süßmoste

Biowelt am Naschmarkt,
Am Naschmarkt Stand 330
1040 Wien
Tel: 01/5858195
E-Mail: office@bio-welt.at
web: www.bio-welt.at
Vollsortiment, Fleisch auf Bestellung

☺ ☺ ☺

Josef & Marianne Schrefel Biobauernhof
Orth,
Lassing 29
3345 Göstling/Ybbs
Tel: 07484/7217
E-Mail: orth@biobauernhof.com
web: www.biobauernhof.com
alkoholische Getränke, Geflügel, Käse,
Lamm- und Ziegenfleisch, Marmelade u.
Fruchtsäfte, Milch, Milchprodukte

Mostviertler Spezialitäten Franz
Schnetzinger,
Nr.103
3352 St.Peter/Au
Tel: 07252/30492
E-Mail: office@mostviertler.at
web: www.mostviertler.at
Fruchtsäfte und Produkte aus Schaf-,
Kuh- und Ziegenmilch

☺ ☺

Essen und Trinken

Biol Obstbau Ertl Johannes und Renate,
Bergern 8
3650 Pöggstall
Tel: 02758/3390
E-Mail: ertl.johannes@utanet.at
alkoholische Getränke, Marmelade,
Obst und Fruchtsäfte (Apfel, Birnen-,
Apfel-Johannisbeer- und Apfel-
Holundersaft;Ab-Hof-Verkauf.

Ing. Johann Hackl,
Grünburgstr.10
4060 Leonding
Tel: 070/678196
Kartoffel, alkoholische Getränke, Brot
und Backwaren, Eier, Gemüse, Getreide,
Getreideprodukte, Käse, Kräuter, Pflan-
zen, Saatgut, Marmeladen, Fruchtsäfte,
Milchprodukte, Obst, Rindfleisch,
Zustellung

Reinhard Hagmüller,
Oberbachham 5
4064 Oftering
Tel: 07221/63858
Getreide, Gemüse, Kartoffeln, Milch,
Eier, Obst, Süßmost;Hofladen;

Voglsam GmbH Mostkellerei & Fruchtsäfte, Dorfpl. 5
4492 Hofkirchen im Traunkreis
Tel: 07225/7030
E-Mail: info@hasenfit.at
web: www.hasenfit.at

Christine Manner Kleinort, Feyregg 39
4552 Wartberg an der Krems
Tel: 07587/6100
Getreide, Gemüse, Obst;

Harmer Getränke GmbH, Stadtpl.14
4710 Grieskirchen
Tel: 07248/607-19
web: www.kapsreiter.at
alkoholische Getränke

Obstpressgenossenschaft Hüttenedt,
Hüttenedt 62
5204 Straßwalchen
Tel: 06213/8428

Pfanner Hermann Getränke GmbH, Alte
Landstr.10,(PF 32)
6923 Lauterach
Tel: 05574/6720-0
E-Mail: office@pfanner.com
web: www.pfanner.com
zertifizierte Bio-Säfte: "Bio Multi Gold"
und "Bio Multi Rosso";FAIRTRADE
Orangen- und Multivitaminsaft;

Biobauernhof Maria u. Fritz Loidl,
Kopfing 11
8224 Kaindorf bei Hartberg
Tel: 03334/2515
E-Mail: f.loidl@htb.at
web: www.biobauernhof-loidl.at
Produktverkostung

Grünewald Fruchtsaft GmbH,
Grazer Str.20
8510 Stainz
Tel: 03463/21010
E-Mail: info@gruenewald.at
web: www.gruenewald.at
Verarbeitung von Früchten für Getränke,
Milchprodukte, Backwaren, Diätkost
u.v.m.

Schnäpse und Liköre

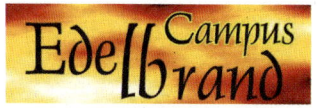

Campus-Edelbrand Christian Bisich,
Klein Nondorf 5
3911 Rappottenstein
Tel: 02828/7666
E-Mail: bisich@netway.at
web: www.campus-edelbrand.at
ALTE OBSTSORTEN VON SRTEUWIESEN,
VEREDELT EIN GENUSS.

Selbsternte-Projekte

Selbsternte Hietzing/Roter Berg,
Trazerbergg./Meytensg.
1130 Wien
Tel: 02236/866373
E-Mail: office@selbsternte.at
web: www.selbsternte.at

Essen und Trinken

Birgit u. Manfred Radl Erdbeerwelt,
Selbsterntefeld, Hirschstettner Str.85
1220 Wien
Tel: 01/2806851
E-Mail: erdbeerwelt@gmx.net
web: www.erdbeerwelt.at
Kartoffeln, Obst, Marmelade und Säfte; Di & Fr 9-18, Sa 9-13;Erdbeerwelt mit Straßenständen.

Selbsternte Erlaa,
Carlbergerg.61
1230 Wien
Tel: 01/8694993
web: www.worldport.at/erlaa
Mitte/Ende April bis 1.Nov..

Selbsternte Siebenhirten,
Ketzerg.133
1230 Wien
Tel: 01/8694993
web: www.worldport.at/erlaa
Mitte/Ende April bis 1.Nov..

BIO Hofladen- u. Schenke Wurzschusterhof Fam. Adam, Oberfahrenbach 44
8452 Großklein
Tel: 03454/401
E-Mail: biohofadam@msn.com
Rivaner, Winzerfreude (Phönix), Zweigelt, Zweigelt Cuvees, Zweigelt Rose, Herbstlaube (Isabella), Ochsenfleisch, Verhackerts, Roggen, viele Gemüse- und Obstsorten, Edelkastanien, Walnüsse, Fruchtsäfte, Kräuter, Brände/Liköre, Essig, Kürbiskerne, Kürbiskernöl, Brennholz, Kompost, Kosmetika, Selbsternte Blumen

Therapiegarten Institut f. Pflanzenmedizin und Naturerfahrung,
Herbersdorf 17
8510 Stainz
Tel: 03463/4384
E-Mail: sunshine@therapiegarten.at
web: www.therapiegarten.at
Selbsterntefeld Kräuter und Gemüse, Garten und Naturerlebnis

Martin Ziegler,
Unterfresen 92
8551 Wies, Steiermark
Tel: 03467/7826
Selbsterntefeld Äpfel

Sojaprodukte, Tofu und Sprossen

Sojarei Vollwertkost GmbH, Römerstr.14
2514 Traiskirchen
Tel: 02252/55901-0
E-Mail: info@sojarei.at
web: www.feelgood.co.at
Tofu- und Tofuprodukte, Soja- und Grünkernaufstriche, Saucen und Soja-Desserts;

Feelgood Handel-GmbH Bio-Soja,
Römerstr.14
2514 Traiskirchen
Tel: 02252/55901
E-Mail: feelgood@sojarei.at
web: www.feelgood.co.at
Sojamilch-Joghurts;

Cajetan Strobl Naturmühle GmbH,
Marktmühlg.30
4030 Linz-Ebelsberg
Tel: 0732/303060-0
E-Mail: info@strobl-naturmuehle.com
web: www.strobl-naturmuehle.com
Buchweizen, Dinkel, Emmer, Grünkern, Gerste, Hafer, Hirse, Kamut, Lupinen, Quinoa, Reis, Soja und vieles mehr aus kontrolliert biologischem Anbau.

Speiseöle und Fette

Stöger GmbH Ölpresse - Ölfrüchte,
Nr. 65
2164 Neuruppersdorf
Tel: 02523/8277
E-Mail: office@stoeger-oel.at
web: www.stoeger-oel.at
Kerne: Kürbiskerne, Sonnenblumenkerne, Leinsaat, Dinkelweizen.Öle: Distelöl, Sonnenblumenöl, Kürbiskernöl.

Hanfwelt Riegler-Nurscher Bioladen
- Hanf - Ölmühlen, Straß 1
3243 St.Leonhard/Forst
Tel: 02756/8096
E-Mail: office@hanfwelt.at
web: www.hanfwelt.at
Brot- und Backwaren, Eier, Fleisch- und Wurstwaren, Gemüse, Getreide u. Getreideprodukte, Honig, Marmelade und Fruchtsäfte, Rindfleisch, Schweinefleisch

Essen und Trinken

Supermärkte mit Bio-Angebot

Julius Meinl am Graben, Am Graben 19
1010 Wien
Tel: 01/5323334
E-Mail: office@meinlamgraben.at
web: www.meinlamgraben.at

ZEV Nah & Frisch Zentrale Einkaufs- und Vertriebs GmbH & Co, Radingerstr.2a
1020 Wien
Tel: 01/2145695 Fax: 2162959
E-Mail: info@nahundfrisch.at
web: www.nahundfrisch.at
In allen Filialen FAITRADE Rohrzucker; in ausgewählten Filialen FAITRADE Kaffee, Tee, Bananen, Säfte und Schokolade. Produkte der AMA Kampagne "Frisch vom Land!" - kontrollierte Qualität und Frische bei österreichischen Milch- und Molkereiprodukten.
Siehe auch Seite 44

Merkur Direkt Hauszustellung, Handelskai 342
1020 Wien
Tel: 01/7202020720
E-Mail: direktzustellung@merkur.co.at
web: www.merkurdirekt.com
FAIRTRADE Kaffee, Tee, Säfte, Schokolade, Kakao und Rohrzucker.

Zielpunkt Warenhandel GmbH & Co KG, Heizwerkstr.5
1239 Wien
Tel: 01/61045-0
E-Mail: kundenservice@zielpunkt.at
web: www.zielpunkt.at
Eigene Biolinie: BioBio; verschiedene Produkte mit dem Deutschen Biozeichen ausgezeichnet, gentechnikfreie Vollmilch, FAIRTRADE Kaffee und Rohrzucker, gelegentlich FSC-zertifizierte Holzprodukte.

Billa AG, IZ NÖ Süd.Str.3, Obj.16
2351 Wiener Neudorf
Tel: 02236/600-0
E-Mail: hotlinebilla@billa.co.at
web: www.billa.at
Biolinie: Ja!Natürlich; MSC-zertifizierte Produkte: Alaska Wildlachs und Wildlachskaviar; FAIRTRADE Kaffee, Bananen, Säfte, Rohrzucker und Reis; in ausgewählten Filialen FAIRTRADE Rosen.

Merkur Warenhandels AG, IZ Süd Str.3, Obj.16
2351 Wiener Neudorf
Tel: 02236/600-0
E-Mail: office@merkur.co.at
web: www.merkur.co.at
Eigene Biolinie: JA!Natürlich; in allen Filialen: FAIRTRADE Kaffee, Bananen, Rosen, Säfte, Schokolade, Kakao, Rohrzucker und Reis; in ausgewählten Filialen: FAIRTRADE Eiskaffee.

Penny Markt, IZ NÖ Süd, Str.3 Obj.16
2355 Wiener Neudorf
Tel: 0810/600704
E-Mail: servicecenter@penny.at
web: www.penny.at
Eigene Biolinie: Echt B!o; in ausgewählten Filialen: FAIRTRADE Kaffee, Säfte, Schokolade, Kakao, Rohrzucker und Reis.

Maximarkt Handels-GmbH, Bäckermühlweg 61
4034 Linz
Tel: 0732/375777-0
E-Mail: kundenservice@maximarkt.at
web: www.maximarkt.at
In allen Filialen: FAIRTRADE Kaffee, Bananen, Säfte, Schokolade, Kakao, Rohrzucker, Honig und Reis.

Winkler Markt GmbH & Co KG, Altenbergerstr.40
4040 Linz, Donau
Tel: 0732/757530
E-Mail: winkler@winklermarkt.at
web: www.winklermarkt.at
in allen Filialen: FAIRTRADE Kaffee, Tee, Bananen, Säfte, Schokolade, Kakao, Honig, Reis und Wein.

Essen und Trinken

Unimarkt HandelsgmbH & Co.KG,
Egger-Lienz-Str.14
4050 Traun
Tel: 07229/601-0
E-Mail: office@unimarkt.at
web: www.unimarkt.at
In allen Filialen: FAIRTRADE Kaffee und Säfte; in ausgewählten Filialen: FAIRTRADE Tee, Schokolade, Kakao und Reis.

Hofer KG, Hofer Str.1
4642 Sattledt
Tel: 07244/8000-0
E-Mail: mail@hofer.at
web: www.hofer.at
Eigene Biolinie: Natur aktiv; in allen Filialen: FAIRTRADE Kaffee und Bananen, MSC-zertifizierter Fisch: Alaska Lachs Sockeye Wildlachs

SPAR Österr. Warenhandels-AG,
Europastr.3
5015 Salzburg
Tel: 0662/4470-0
E-Mail: office@spar.at
web: www.spar.at
Eigene Biolinie: Natur Pur; 10 IGLO-Produkte mit dem MSC-Gütesiegel erhältlich; ab September werden vier MSC-zertifizierte Artikel der SPAR-Eigenmarke angeboten (Fischstäbchen, Polardorsch natur und paniert, sowie Wildlachs). In allen Filialen: FAIRTRADE Kaffee, Säfte und Rohrzucker; in ausgewählten Filialen: FAIRTRADE Tee, Bananen, Schokolade, Kakao, Reis und Rosen.

Eurospar GmbH Zentrale für Österreich,
Europastr.3
5015 Salzburg
Tel: 0662/4470-0
E-Mail: office@spar.at
web: www.spar.at
Eigene Biolinie: Natur PUR; in allen Filialen: FAIRTRADE Kaffee, Tee, Bananen, Säfte, Schokolade, Kakao, Rohrzucker, Honig, Reis, Eiskaffee und Rosen.

Spar Gourmet GmbH Zentrale für Österreich, Europastr.3
5015 Salzburg
Tel: 0662/4470-0
E-Mail: office@spar.at
Eigene Biolinie: Natur PUR; in allen Filialen: FAIRTRADE Kaffee, Säfte, Schokolade, Rohrzucker, Honig und Eiskaffee; in ausgewählten Filialen: FAIRTRADE Tee, Bananen, Kakao, Reis und Rosen.

Interspar GmbH Zentrale für Österreich,
Europastr.3
5020 Salzburg
Tel: 0662/4470-0
E-Mail: office@interspar.at
web: www.interspar.at
Eigene Biolinie: Natur PUR; allen Filialen: FAIRTRADE Kaffee, Tee, Bananen, Säfte, Schokolade, Kakao, Rohrzucker, Honig, Reis, Eiskaffee und Rosen.

Lidl Austria GmbH, Josef-Brandstätter-Str.2b
5020 Salzburg
Tel: 0800/500810
web: www.lidl.at
MSC-zertifizierter Fisch: LIDL fish fingers 450gL, LIDL Gourmet fillet mediterrana 380g, LIDL Alaska pollock fillet 800g, LIDL Fish in puff pastry 300g, LIDL Alaska pollock fillet 1kg.

dm drogerie markt GmbH, Kasernenstr.1
5073 Wals-Himmelreich
Tel: 0662/8583-0
E-Mail: info@dm-drogeriemarkt.at
web: www.dm-drogeriemarkt.at
Biologische Eigenmarke: AlnaturA (Zutaten aus kbA); FAIRTRADE Eiskaffee; in ausgewählten Filialen: FAIRTRADE Kaffee, Säfte, Schokolade, Kakao und Marmelade; Alverde (BDIH-zertifiziert).

ADEG Österreich Handels AG, Handelszentrum 5
5101 Bergheim bei Salzburg
Tel: 0662/46946-0
E-Mail: info@adeg.at
web: www.adeg.at
Biolinie: Ja!Natürlich, Produkte mit deutscher Biokennzeichnung; in allen Filialen: FAIRTRADE Rohrzucker; in ausgewählten Filialen: FAIRTRADE Kaffee, Bananen, Rosen und Säfte.

Essen und Trinken

MPreis Warenvertriebs-GmbH, Landesstr.16
6176 Völs
Tel: 0512/300-0
E-Mail: info@mpreis.at
web: www.mpreis.at
In allen Filialen: FAIRTARDE Kaffee, Tee, Bananen, Säfte, Schokolade, Kakao und Rohrzucker, Reis und Wattepads.
In ausgewählten Filialen: FAIRTRADE Rosen.

Sutterlüty Handels GmbH, Mühle 534
6863 Egg/Vorarlberg
Tel: 05512/2266-0
E-Mail: zentrale@sutterluety.at
web: www.sutterluety.at
Eigene Biolinie: Ja! Natürlich.

Tee und Kaffee

Café Imperial, Kärntner Ring 16
1010 Wien
Tel: 01/50110-389
E-Mail: hotel.imperial@luxurycollection.com
web: www.hotelimperial.at

Biowelt am Naschmarkt, Am Naschmarkt Stand 330
1040 Wien
Tel: 01/5858195
E-Mail: office@bio-welt.at
web: www.bio-welt.at
Vollsortiment, Fleisch auf Bestellung

☺ ☺ ☺

aQuadrat Café/Bar, Margaretenstrasse 55
1050 Wien,
Tel.: 0699/10404279
E-Mail: info@a2bar.com
web: www.a2bar.com

Cafe Cuadro, Margaretenstraße 77
1050 Wien
Tel.: 01/5447550
E-Mail: info@schlossquadr.at
web:www.schlossquadr.at

Weltladen, Kettenbrückeng.7
1050 Wien
Tel: 01/8903681
E-Mail: weltladen.wien.kettenbrueckengasse@inode.at

Naturkost Spittelberg Norbert Ullrich, Spittelbergg.24
1070 Wien
Tel: 01/5236192
E-Mail: naturkost@gmx.at
web: www.naturkost-spittelberg.at
Vollsortiment, Kosmetikprodukte, Zustellung

☺ ☺ ☺

Café Volkstheater,
Neustiftg.4
1070 Wien
Tel: 01/5237267
E-Mail: office@aceunlimited.net

froemmel's conditorei café catering GmbH, Zieglergasse 70
1070 Wien
Tel.: 01/5267898
E-Mail: office@froemmel.at
web: www.froemmel.at

Teehaus Artee, Siebensterng.4/4
1070 Wien
Tel: 01/5240166
E-Mail: teehaus@artee.at
web: www.artee.at

Weltfriedens-Café, St. Ulrichpl.4
1070 Wien
Tel: 01/9111841
E-Mail: bettina@buddha.at
web: www.buddha.at
FAIRTRADE Kaffe Vielzahl an biologisch-organischen Produkten ohne Milch, Ei, etc. keine Tierprodukte, frische Natursäfte direkt vom Bauernhof Küche gut für Allergiker geeignet

Drogerie Semiramis, Lerchenfelder Str.6
1080 Wien
Tel: 01/4069071
E-Mail: office@cousinerose.at
web: www.cousinerose.at
Tees, Liköre, Kosmetik, Marmelade

Essen und Trinken

Weltcafé, Schwarzspanierstr.15
1090 Wien
Tel: 01/4053741
E-Mail: office@weltcafe.at
web: www.weltcafe.at
Hier werden Speisen und Getränke ausschließlich aus FAIRTRADE- und Bio-Produkten zubereitet!reiche Auswahl an FAIRTRADE Trinkschokoladen und eine eigens für das Weltcafe zubereitete Kaffeemischung.

Café Weingartner, Goldschlagstr.6
1150 Wien
Tel: 01/9824399
E-Mail: billard@weingartner.co.at
web: www.servus-in-wien.at/weingartner

Café-Restaurant Oktogon „Am Himmel", Himmelstraße
1190 Wien
Tel.: 01/3288936
E-Mail: himmel@himmel.at
web: www.himmel.at

Fairtrade Online-Shop, Quellenstr.17/1/5
2340 Mödling
Tel: 0699/17230166
E-Mail: office@fairtrade-onlineshop.org
web: fairtrade-onlineshop.org

Weltladen Ebreichsdorf, Hauptpl.10
2483 Ebreichsdorf
Tel: 0699/12486127
E-Mail: ebreichsdorf@weltladen.at
web: ebreichsdorf.weltladen.at

Weltladen Gloggnitz, Hauptstr.21a
2640 Gloggnitz
Tel: 02662/42327
E-Mail: gloggnitz@weltladen.at
web: www.weltladen.at

Weltladen Wiener Neustadt, Neuklosterpl.2
2700 Wiener Neustadt
Tel: 02622/85780
E-Mail: wr.neustadt@weltladen.at
web: wrneustadt.weltladen.at
Weine, Kaffee, Tee, Honig, Fruchtsäfte, Gewürze, Getreideprodukte

Weltladen Weyer, Marktpl.4
3335 Weyer
Tel: 07355/20583
E-Mail: weyer@weltladen.at
web: www.weltladen.at

Sonnentor Kräuterhandels GmbH, Sprögnitz 10
3910 Zwettl
Tel: 02875/7256
E-Mail: office@sonnentor.at
web: www.sonnentor.at
Vielzahl an Lebensmitteln aus kontrolliert biologischer Landwirtschaft: Kräuter, Gewürze, Tee, Kaffee, Keimsaaten, Essig, Öl, Fruchtsirup, Fruchtaufstriche, Suppen, Süßigkeiten, Kräuterkissen, ätherische Öle, Hildegard-von-Bingen-Produkte, Körperpflegeprodukte, Geschenkartikel.

Inge's Inge's Biocafé, Hauptstr.71
4040 Linz, Donau
Tel: 0732/710014
Kosmetik, Partyservice

Österreichische Bergkräutergenossenschaft registrierte Genossenschaft mit beschränkter Haftung, Thierberg 32
4192 Hirschbach
Tel: 07948/8702
E-Mail: office@bergkraeuter.at
web: www.bergkraeuter.at
Honig, Kräuter, Pflanzen, Saatgut

Weltladen Salzburg-Gneis, Eduard Macheiner-Str.4
5020 Salzburg/Gneis
Tel: 0662/833624
E-Mail: gneis@weltladen.at
web: www.weltladen.at

EZA Fairer Handel GmbH, Wenger Str.5
5203 Köstendorf bei Salzburg
Tel: 06216/20200-0 Fax: 20200-999
E-Mail: office@eza.cc
web: www.eza.cc

Essen und Trinken

Weltladen St.Johann, Kaiserstr.5
6380 St.Johann
Tel: 05352/61890
E-Mail: st.johann-tirol@weltladen.at
web: www.weltlaeden.at

Tierfutter & Tierbedarf

Tierisch gute Sachen, Althanstr.29-31
1090 Wien
Tel: 01/3195509
E-Mail: shop@tierischgutesachen.at
web: www.tierischgutesachen.at

Pferdestreu Vertriebs GmbH, Gutenbrunn 1
3665 Gutenbrunn
Tel: 02874/6212
E-Mail: office@happy-horse.at
web: www.happy-horse.at
Pferdeeinstreu

Whiskas Katzenfutter Mars Austria OG,
Eisenstädter Str.80
7091 Breitenbrunn, Neusiedlersee
Tel: 02162/6010
E-Mail: contact.at@masterfoods.com
web: www.whiskas.at
Biolinie: Whiskas Bio.

Pabst Johann Holzindustrie GmbH, Kathal 6
8742 Obdach
Tel: 03578/4020-0
E-Mail: office@pabst-holz.com
web: www.pabst-holz.com
Pferdeeinstreu

Wein und Most aus biologischem Anbau

La Trouvaille Vinothek & Antiquariat,
Blindeng.2
1080 Wien
Tel: 01/4083849
E-Mail: la.trouvaille@gmx.at
Weine, Honig

Vinothek Vino dell Collio, Gudrunstr.143
1100 Wien
Tel: 01/6003267
E-Mail: vinodelcollio@vinodelcollio.at
web: www.vinodelcollio.at
Weine, Fleisch- und Wurstwaren, Gemüse, Getreide u. Getreideprodukte, Honig, Kosmetik, Kräuter, Marmelade und Fruchtsäfte, Küche teilweise bio

Petershof Weinbau, Stammersdorfer Kellerg.38
1210 Wien
Tel: 01/2925502
Biowein; Fr bis So bei warmem Wetter, von Mai bis Oktober; Extratermine ab 15 Personen nach Vereinbarung

Weinbau Walter Fidesser, Fladnitzweg 26
2070 Retz
Tel: 02942/28354
E-Mail: office@fidesserwein.at
web: www.fidesserwein.at
Alkoholika, Marmeladen, Fruchtsäfte

Bio-Weingut Gottfried Weiß, Lange Zeile 23
2070 Retz
Tel: 02942/2790
alkoholische Getränke, Marmeladen, Fruchtsäfte, Obst

Biohof Martin Riemel, Bahnhofstr.2-4
2070 Retz
Tel: 0664/5430390
E-Mail: biowein_rieml@hotmail.com
alkoholische Getränke, Marmeladen, Fruchtsäfte, Partyservice

Biohof Wöber, Obermarkersdorf 83
2073 Schrattenthal
Tel: 02942/8209
E-Mail: fam-leo-woeber@direkt.at
alkoholische Getränke, Marmeladen, Fruchtsäfte

Weinbau Graf, Kleinhöflein 8
2074 Unterretzbach
Tel: 02942/2907
E-Mail: weinbau.graf@direkt.at
web: www.weinbau-graf.at.tt
Grüner Veltliner (Hauptsorte), Welschriesling, Riesling, Weißburgunder, Neuburger, Müller Thurgau, Chardonnay, Sauvignon blanc, Gelber Muskateller, Blauer Portugieser, Merlot, Cabernet Sauvignon, Kartoffel, Marmeladen, Fruchtsäfte, Obst

Essen und Trinken

Weingut Tor zur Sonne Reinhard Neustifter, Nr.143
2162 Falkenstein bei Poysdorf
Tel: 02554/8333
E-Mail: weingut@torzursonne.at
web: www.torzursonne.at
Grüner Veltliner, Welschriesling, Riesling, Weißburgunder, Früroter Veltliner, Müller Thurgau, Zweigelt, Grüner Veltliner Traubenbrand, Weinbrand, Traubensaft,

Weinhof zum Biofritzl Friedrich Strebl, Nr. 86
2165 Drasenhofen
Tel: 02554/8192
E-Mail: fs@biofritzl.at
web: www.biofritzl.at
Kartoffel, alkoholische Getränke, Getreide, Getreideprodukte, Kosmetik, Marmeladen, Fruchtsäfte

Weingut Roman Oppenauer, Hindenburgstr.37
2170 Poysdorf
Tel: 02552/20620
E-Mail: weingut-roman-oppenauer@direkt.at
alkoholische Getränke, Marmeladen, Fruchtsäfte, Obst

Weinviertler Biohof Strobl, Hauptpl.19
2203 Großebersdorf, Niederösterreic
Tel: 02245/5487
E-Mail: info@biohof-strobl.at
web: www.biohof-strobl.at
Grüner Veltiner, Traminer, Weißburgunder, Zweigelt, Welschriesling, Merlot, Spargel

Weingut Hofer Hermann und Maria, Neubaug.66
2214 Auersthal
Tel: 02288/6561
E-Mail: weingut-hofer@utanet.at
web: www.weingut-hofer.at
Grüner Veltliner, Welschriesling, Riesling, Weißburgunder, Rosé, Blauburger, St. Laurent, Zweigelt.

Weinbau Biohof Pratsch, Milchhausstr.5
2223 Hohenruppersdorf
Tel: 02574/8396
E-Mail: biohof.pratsch@aon.at
web: www.pratsch.at
Grüner Veltliner, Frühroter Veltliner, Müller Thurgau, Weißburgunder, Sauvignon blanc, Welschriesling, Blauburger, Zweigelt, Blauer Burgunder, Weißer und roter Traubensaft, Marmeladen.

Bioweingut Johann Zillinger, Landstr.70
2245 Velm-Götzendorf
Tel: 02538/85731
E-Mail: bioweingut@zillinger.at
web: www.zillinger.at
Grüner Veltliner, Riesling, Sauvignon Blanc, Chardonnay, Weißburgunder, Welschriesling, Sämling, Gelber Muskateller, Traminer, Zweigelt, Blauburger, Sankt Laurent, Merlot, Cabernet Sauvignon, Roesler, Sekt (Flaschengärung mit Eisweindosage), Edelbrände, Traubensaft rot und weiß, Bio Trio (Apfel, Traube, Holunder), Marmeladen, Fruchtsäfte

Weingut Pferschy-Seper, Schillerstr.6
2340 Mödling
Tel: 02236/27070
E-Mail: weinbau@pferschy-seper.at
web: www.pferschy-seper.at

Weinbau Friedrich Kuczera, Wiener Str.51
2352 Gumpoldskirchen
Tel: 02252/63946
E-Mail: kuczera@biofritz.at
Trauben, Wein, Weinbrand alkoholische Getränke, Marmeladen, Fruchtsäfte;Hofladen

Landesweingut Gumpoldskirchen, Kajetan Schellmann-G.27
2352 Gumpoldskirchen
Tel: 02252/62114
E-Mail: fs.gumpoldskirchen@asn.netway.at
web: www.lfs-gumpoldskirchen.ac.at
alkoholische Getränke, Marmeladen, Fruchtsäfte

Franz & Christina Hofer Weingut - Heuriger - Gästehaus, Neustiftg.4
2352 Gumpoldskirchen
Tel: 02236/62110
E-Mail: office@weingut-hofer.at
web: www.weingut-hofer.at

Essen und Trinken

Willixhofer Keller Johann Willixhofer jun., Kircheng.6
2353 Guntramsdorf
Tel: 02236/53316
E-Mail: willixhofer@bioheuriger.at
web: www.bioheuriger.at
alkoholische Getränke, Eier, Wurst- und Fleischwaren, Geflügel, Gemüse, Getreide, Getreideprodukte, Käse, Kräuter, Pflanzen, Saatgut, Lamm- und Ziegenfleisch, Marmeladen, Fruchtsäfte, Milchprodukte, Obst, Rindfleisch, Schweinefleisch, Partyservice

Rauchhof, Wienerstr.17
2361 Laxenburg
Tel: 02236/72620
web: www.rauchhof.at
alkoholische Getränke, Obst, Marmeladen, Fruchtsäfte

Heuriger "Zur alten Post" Biohof Pinkl, Hauptpl.4
2410 Hainburg an der Donau
Tel: 02165/64304
E-Mail: pinkl@austrian-wines.com
web: www.austrian-wines.com/carnuntum/pinkl
Kartoffeln, alkoholische Getränke, Brot- und Backwaren, Eier, Fleisch- und Wurstwaren, Gemüse, Getreide u. Getreideprodukte, Marmelade und Fruchtsäfte, Obst, Zustellung

Weingärtnerei Artner, Dorfstr.8
2464 Göttlesbrunn-Arbesthal
Tel: 02162/8495
E-Mail: weingaertnerei@bioartner.at
web: www.bioartner.at
Triathlon, Welschriesling, Grüner Veltiner, Pinot blanc, Sauvignon blanc, Blauer Burgunder, Zweigelt, Cabernet Sauvignon, Merlot, Zustellung

Sonja u. Volker Rauch Höpffner Lilienfelderhof, Stiftg.7
2511 Pfaffstätten
Tel: 02252/88937
E-Mail: info@lilienfelderhof.at
web: www.lilienfelderhof.at
Obst, Pinot blanc, Zierfandler, Riesling, Cuvee, Weißer Burgunder

Franz Biohof Langsam, Inzersdorf 114
3130 Herzogenburg
Tel: 02782/85000
E-Mail: langsam@pgv.at
Marmelade u. Fruchtsäfte, alkoholische Getränke

Bio - Weinhof Wimmer, Plexentalerstr.21
3462 Absdorf
Tel: 02278/3544
E-Mail: weinbau.wimmer@aon.at
web: www.bio-weinhof-wimmer.at
alkoholische Getränke, Marmeladen, Fruchtsäfte

FRITZ SALOMON
GUT OBERSTOCKSTALL

ESSEN UND TRINKEN AUF DEM LANDE

**Gut Oberstockstall Weingut Salomon,
Wut Oberstockstall 1
3470 Kirchberg am Wagram
Tel: 02279/2335 Fax: 2335-6
E-Mail: wein@gutoberstockstall.at
web: www.gutoberstockstall.at
Grüner Veltliner, Riesling, Chardonnay, Weißburgunder, Zweigelt, Blauburger, Cab. Savignon,**

Weingut Paula und Hans Diwald, Hauptstr.35
3471 Großriedenthal
Tel: 02279/7225
E-Mail: office@weingut-diwald.at
web: www.weingut-diwald.at
Grüner Veltliner, Frühroter Veltliner, Chardonnay, Riesling, Weißburgunder, Zweigelt, Portugieser, Pinot Noir, Cabernet Sauvignon.

Essen und Trinken

Weingut Karl Mehofer, Neudegg 14
3471 Großriedenthal
Tel: 02279/7247-0
E-Mail: neudeggerhof@mehofer.at
web: www.mehofer.at
Grüner Veltliner, Roter Veltliner, Riesling, Chardonnay, Sauvignon blanc, Zweigelt, Blauburgunder, Cabernet, Sauvignon, Merlot, tarmeladen.

www.hausdorf.at
Arkadenhof Hausdorf
Biowein
Tel. 02279/7214

Arkadenhof Hausdorf, Neudegg 6
3471 Großriedenthal
Tel: 02279/7214 Fax: 51077
E-Mail: wein@hausdorf.at
web: www.hausdorf.at
Grüner Veltliner, Roter Veltliner, Frühroter Veltliner, Riesling, Blauer Zweigelt, Pinot Noir, Rösler, Marmeladen, Fruchtsäfte.
TRADITION UND MODERNES. ALTÖSTERREICHISCHE SORTEN WIE ROTER VELTLINER ODER DAS WEISSWEINCUVÉE "CARMEN" BRINGEN TRINKSPASS UND BEKÖMMLICHKEIT.

WWW.oekoweb.at
Österreichs zentrales Umweltportal

Bioweinhof Anna Paradeiser, St.Urbanstr.22
3481 Fels/Wagram
Tel: 02738/2249
E-Mail: weinhof.a.paradeiser@aon.at
web: www.paradeiser.at
Grüner Veltliner, Rivaner, Frühroter Veltliner, Welschriesling, Weißburgunder, Blauer Portugieser, Zweigelt, Cabernet Sauvignon, Burgunder, Neuzüchtungen, Sekt, Tresterbrand, Traubensaft, Marmeladen.

Weingut Wimmer-Czerny, Obere Marktstr.37
3481 Fels am Wagram
Tel: 02738/2248
E-Mail: weingut@wimmer-czerny.at
web: www.wimmer-czerny.at
Grüner Veltliner, Riesling, Roter Veltliner, Weißburgunder, Zweigelt

Biohof Getrude & Leopold Friesenhengst, Hauptstr.38
3482 Gösing
Tel: 02738/8515
E-Mail: friesenhengst@aon.at
web: www.friesenhengst.at
Kartoffel, Alkoholika, Gemüse, Obst

Weingut Söllner, Hauptstr.34
3482 Gösing, Wagram
Tel: 02738/3201
E-Mail: kontakt@weingut-soellner.at
web: www.weingut-soellner.at
Grüner Veltliner, Roter Veltliner, Riesling, Blauer Zweigelt, St. Laurent

Weingut Geyerhof Sepp und Ilse Maier, Oberfucha 1
3511 Furth
Tel: 02739/2259
E-Mail: weingut@geyerhof.at
web: www.geyerhof.at
Grüner Veltliner, Riesling, Weißburgunder, Chardonnay, Zweigelt, Blauburger, Merlot, Cabernet Sauvignon, Brände von Marille, Trester und Wein, Kürbiskernöl.

Am Brunnen Walpurga Harm, Krustetten 14
3511 Furth
Tel: 02739/2520
alkoholische Getränke, Getreide, Getreideprodukte, Obst, Zustellung

Nikolaihof Wachau Fam. Christine und Nikolaus Saahs, Nikolaig.3
3512 Mautern
Tel: 02732/82901
E-Mail: wein@nikolaihof.at
web: www.nikolaihof.at
Grüner Veltliner, Riesling, Feinburgunder, Weißburgunder, Neuburgunder. Marillenbrand, Marillenmarmelade, Marillenkompott, Nußschnaps, Senf, Hollerröster, Hollerblütensirup, etc. Weinstube mit Produkten, Kräuter, Pflanzen, Saatgut, Marmeladen, Fruchtsäfte, Obst

Essen und Trinken

Biohof Seidl, Schoberhof 15
3622 Mühldorf
Tel: 02876/449
E-Mail: bioweinbau.seidl@aon.at
alkoholische Getränke, Marmeladen, Fruchtsäfte

Mostheuriger und Bauernmarkt Alois Zainzinger, Pfaffenhof 3
3654 Raxendorf
Tel: 02758/7317
E-Mail: alois.zainzinger@aon.at
alkoholische Getränke, Fleisch- und Wurstwaren, Marmelade und Fruchtsäfte, Schweinefleisch

Weingut Anton Groiss, Tiefenthal 6
3701 Groß-Weikersdorf
Tel: 02955/70410
E-Mail: info@weingut-groiss.at
web: www.weingut-groiss.at
alkoholische Getränke, Marmeladen, Fruchtsäfte

Biohof Greilinger, Nr. 11
3710 Frauendorf
Tel: 02959/3378
E-Mail: biowein.greilinger@frauendorf.at
web: www.frauendorf.at
alkoholische Getränke, Marmeladen, Fruchtsäfte, Obst

Weinbau Marihart, Nr. 40
3741 Pulkau
Tel: 02946/2462
E-Mail: marihart.4@utanet.at
alkoholische Getränke, Marmeladen, Fruchtsäfte

Biowein Selection, Straubinger Str.20
4600 Wels
Tel: 07242/211034
E-Mail: genuss@biowein-selection.at

Buschenschank zur Klappotetz Familie Horst Dorner, Ankenreuthe
6858 Schwarzach, Vorarlberg
Tel: 0664/1813042
Wein und Traubensaft aus eigenem Anbau + Jause

Weinbau Johann Lang, Kinog.10
7072 Mörbisch/See
Tel: 02685/8392
E-Mail: bioweinbau-lang@aon.at
Welschriesling, Weißburgunder, Chardonnay, Muskat Ottonel, Blaufränkisch, Trebernbrand.

Rosa Ganser, Seestr.92
7141 Podersdorf
Tel: 02177/2705
E-Mail: bernd.ganser@a1.net

Bioweingut und Gästehaus Linde u. Ernst Steiner, Seeuferg.14
7141 Podersdorf
Tel: 02177/2163
E-Mail: haus-linde@utanet.at
web: www.bioweinbauernhof.at

Bioweingut Erich Klinger, Wallnerstr.7
7143 Apetlon
Tel: 02175/2219
E-Mail: erich.klinger@bionysos.at
web: www.bionysos.at

Genussladen Energiemühle, Bergg.26
7302 Nikitsch
Tel: 02614/7103
E-Mail: info@energiemuehle.at
web: www.genussladen.at
Lebensmittel, Wein großteils in Bio-Qualität

Weinbau Wolfgang Schmallegger, Ring 178
8230 Hartberg
Tel: 03332/61856
E-Mail: weinbauschmallegger@gmx.at
web: www.weinbau-schmallegger.at
Welschriesling, Weißburgunder, Chardonnay, Sauvignon-Blanc

Bio Weinbau Semmler, Kleinsteinbach 70
8283 Blumau in der Stmk
Tel: 03383/2945
Welschriesling, Weißburgunder, Zweigelt, Rösler

Essen und Trinken

Johann Wagner, Grub 1/11
8333 Riegersburg
 Tel: 03153/7333
 E-Mail: biowagner@utanet.at
Getreide, Mehle, Polenta, Müslimischung, Vollkorngebäck, umfangreiches Gemüsesortiment, Waldhonig, Schafsmilchprodukte, Kürbiskernöl, Schafwolle, Schafdecken

Weinbauschule Silberberg, Kogelberg 16
8430 Leibnitz
 Tel: 03452/82339
 E-Mail: lfssilberberg@stmk.gv.at
 web: www.silberberg.at
Sauvignon-Blanc, Zweigelt, Wildbacher Cuvee

BIO Hofladen- u. Schenke Wurzschusterhof Fam. Adam, Oberfahrenbach 44
8452 Großklein
 Tel: 03454/401
 E-Mail: biohofadam@msn.com
Rivaner, Winzerfreude (Phönix), Zweigelt, Zweigelt Cuvees, Zweigelt Rose, Herbstlaube (Isabella), Ochsenfleisch, Verhackert, Roggen, viele Gemüse- und Obstsorten, Edelkastanien, Walnüsse, Fruchtsäfte, Kräuter, Brände/Liköre, Essig, Kürbiskerne, Kürbiskernöl, Brennholz, Kompost, Kosmetika, Selbsternte Blumen, Bauer Golf Spielplatz, Kneipp und Geburtsbaumfeld

Bio-Weinbau Thünauer, Remschnigg 31
8454 Arnfels
 Tel: 03455/390
Morillon, Sauvignon-Blanc, Cuvee, Edelbrände

Beate u. Otto Knaus, Nr. 8
8461 Sulztal a.d. Weinstraße
 Tel: 03453/4872
 E-Mail: otto.knaus@direkt.at
Rheinriesling, Sauvignon, Welschriesling, Weißburgunder, Grauburgunder, Morillon, Muskateller, Traminer, Zwegelt

Weinbau Karl Menhard, Pößnitz 70
8463 Leutschach
 Tel: 03454/6584
 E-Mail: weingut@menhard.at
Junker (November-Jänner), Welschriesling, Muskateller, Sauvignon-Blanc, Ruländer, Morillon, Scheurebe, Zweigelt CuveeEdelbrände: Trester, Quitte, Himbeer

Erster Steirischer Biobuschenschank
Gitta und Klaus Rupp, Obegg 11
8471 Spielfeld
 Tel: 03453/4017
 E-Mail: bio-gusto@gmx.at
Ruländer (Grauburgunder), Muskatsylvaner (Sauvignon-Blanc), Weißburgunder, Welschriesling, Morillon, Sämling (Scheurebe), Traminer und Blaufränkisch

Weinbau Dorner, Grazer Str.14
8480 Mureck
 Tel: 03472/3750
 E-Mail: office@weingut-dorner.at
 web: www.weingut-dorner.at
Ruländer (Grauer Burgunder), Weißburgunder, Gewürztraminer

Weinbau Bernhard u. Anna Csernicska, Pirkhof 43a
8511 St.Stefan/Stainz
 Tel: 03463/81710
 E-Mail: weinbaucsernicska@utanet.at
 web: www.csernicska.at
Schilcher, Blauer Wildbacher, Weinessig

Ernst Otto u. Ulrike Schilder Weinkulturen, Steinreib 27
8511 St.Stefan/Stainz
 Tel: 03463/2454
 E-Mail: biowein@nextra.at
Schilcher, Blauer Wildbacher Barrique, Morillon-Chardonnay, Rot

Fehler gefunden ?

Auch der besten Recherche passiert einmal ein Fehler ...

Wir möchten uns aber gerne verbessern und freuen uns daher sehr, wenn Sie uns auf Fehler aufmerksam machen!

Bitte rufen Sie uns an unter 01/4700866 oder schicken Sie ein mail an office@oedat.at!

Danke !

die grünen seiten

der Shopping-Guide für umweltbewußte Konsumenten

die grünen seiten ÖKO Adressbuch
mit Magazinteil

Gesundheit & Wellness
Essen & Trinken
Bauen & Wohnen
Ökologie & Umwelttechnik
und vieles mehr....

Best of Öko..
€ 14.90
..zum besten Preis !

2007

oekoweb
www.oekoweb.at

das zentrale Internetportal
für Gesundheit, Nachhaltigkeit und soziale Gerechtigkeit

Freizeit und Urlaub

S onne, Meer und Strand oder Frischluft, Almen und unverfälschte Natur – das Bedürfnis nach Urlaub und Reisen ist in unserer hochtechnisierten, hektischen Welt größer denn je. Dabei herrscht die Qual der Wahl, vor allem, wenn man den Traumurlaub nach der Erfordernissen der Nachhaltigkeit und der sozialen Gerechtigkeit ausrichten möchte. Was ist nachhaltiger und ethisch korrekter? Mit dem Auto in die heimischen Berge zu einem Biobauernhof fahren und die heimische Wirtschaft zu unterstützen oder mit dem Flugzeug gen Süden reisen und die Wirtschaft eines Entwicklungslandes zu unterstützen? Die Antwort auf diese Frage kann keine eindeutige sein und muss daher von jedermann selbst entschieden werden. Doch egal wohin es geht, es gibt immer Kriterien, die man beachten kann, um nachhaltig und sozial gerecht zu reisen. Innerhalb Europas gibt es bereits durchaus gute Gütesiegel,

Siegel	Ausgebende Stelle	Kontrollstelle	Kontakt	
Österreichisches Umweltzeichen	Lebensministerium	Stichprobenartige Kontrollen durch den Verein für Konsumenteninformation (VKI) und unabhängige Berater und Prüfer	Lebensministerium Betrieblicher Umweltschutz und Technologie Abt. VI/5 Stubenbastei 5 1010 Wien Tel.:+43/ 1/ 515 22 -0 e-mail: info@umweltzeichen.at www: www.umweltzeichen.at www ✉	
Europäisches Umweltzeichen	Lebensministerium	Stichprobenartige Kontrollen durch VKI und unabhängige Berater	Lebensministerium Betrieblicher Umweltschutz und Technologie Abt. VI/5 Stubenbastei 5 1010 Wien Tel.:+43/ 1/ 515 22 -0 e-mail: info@umweltzeichen.at www: www.umweltzeichen.at	

Freizeit und Urlaub

weltweit ist es leider nicht so einfach, allgemeine Bestimmungen zu entwickeln. Urlaub am Biobauernhof ist vor allem für Familien mit kleinen Kindern eine wunderbare Art, unseren Kleinen zu zeigen, woher die Nahrungsmittel kommen und so Verständnis für die Kreisläufe der Natur zu entwickeln. Für größere Kinder kann das Kennenlernen anderer Kulturen ganz neue Weltperspektiven eröffnen.

Die Initiative „Travelife", eine niederländisch-britische Organisation, versucht momentan die nationalen Öko-Tourismusbemühungen zu bündeln. Hilfe bei der Umstellung auf Ökotourismus wird angeboten, ein gemeinsames Logo soll Bekanntheitsgrad schaffen. Informationen gibt es unter www.travelife.eu.

Informationen zum Urlaub auf dem Biobauernhof in Österreich sind im Internet unter www.urlaubambiobauernhof.at zu finden. Zieht es einen in die Ferne, so ist eine Vielzahl an nützlichen Informationen und Tipps beim Verein „respect" zu finden (www.respect.at), Reisetipps gibt's unter www.eco-travel.at.

Kurzzusammenfassung der Gütesiegel - Richtlinien

3 Kategorien: Campingplätze, Beherbergungsbetriebe und Gastronomiebetriebe.

Beim Österreichischen Umweltzeichen für **Beherbergungsbetriebe und Campingplätze** gibt es einen Katalog von Muss- und Soll-Kriterien. Alle Muss-Kriterien müssen erfüllt werden, die Soll-Kriterien sind in 7 Bereiche aufgeteilt (Allgemeine Betriebsführung/Umweltmanagement, Energie, Wasser/Abfall/Luft/Lärm/Büro, Reinigung/Chemie/Hygiene, Bauen/Wohnen/Austattung, Lebensmittel/Küche, Verkehr/Aussenbereich), wobei aus jedem der 7 Bereiche zumindest ein Kriterium umgesetzt werden muss. Wiederum werden die erfüllten Kriterien in ein Punktesystem umgerechnet. Die Muss-Kriterien umfassen Geräte, Energie- und Wasserverbrauch, Personalschulung, bauliche Maßnahmen, Reinigungsmittel etc.

Bei **Gastronomiebetrieben** wird außerdem noch in größerem Maße Gewicht auf den Bereich Lebensmittel/ Küche gelegt: Mehrweggebinde, Lebensmittel aus fairem Handel, kontrolliert biologischem Anbau und lokaler Produktion, saisonale Produkte, kleine Portionen in ausgewogener Ernährung und vegetarische Speisen finden sich im Anforderungskatalog.

2 Kategorien: Campingplätze und Beherbergungsbetriebe.

Beherbergungsbetriebe, die das Europäische Umweltzeichen tragen, müssen über energiesparende Geräte, Strom aus erneuerbaren Energiequellen, gute Wärmedämmung, wassersparende Wasserhähne, Duschen und Geräte, sowie eine ausreichende Abwasserentsorgung verfügen. Handtücher und Bettwäsche müssen flexibel gewechselt werden, die Mitarbeiter in Umweltthemen, wie der korrekten Dosierung von Reinigungsmitteln und dem effektiven Management von Abfall und Ressourcen, geschult werden.

Freizeit und Urlaub

Siegel	Ausgebende Stelle	Kontrollstelle	Kontakt	
Europäisches Umweltzeichen (Fortsetzung)	Lebensministerium	Stichprobenartige Kontrollen durch VKI und unabhängige Berater	Lebensministerium Betrieblicher Umweltschutz und Technologie Abt. VI/5 Stubenbastei 5 1010 Wien Tel.:+43/ 1/ 515 22 -0 e-mail: info@umweltzeichen.at www: www.umweltzeichen.at	www ✉
Umweltgütesiegel für Berghütten	Österreichischer Alpenverein (gemeinsam mit dem Deutschen und Südtiroler Alpenverein)	Österreichischer Alpenverein	Oesterreichischer Alpenverein Wilhelm-Greil-Straße 15 A-6010 Innsbruck Tel.: +43/ 512/ 59547 Fax: +43/ 512/ 575528 e-mail: office@alpenverein.at www: www.alpenverein.at	www ✉
Blaue Flagge	Foundation for Environmental Education (FEE)	Internationale Jury des FEE	Blaue Flagge Deutschland Hagenower Str. 73 19061 Schwerin Tel.: +49 385 3993 184 Fax: +49 385 3993 185 e-mail: h.crost@gmx.de www.blaue-flagge.de www.blueflag.org	www

Freizeit und Urlaub

Kurzzusammenfassung der Gütesiegel - Richtlinien

Die Gäste müssen über die Umweltschutzprogramme des Betriebes informiert werden. Wegwerfgeschirr, -flaschen und -toilettartikel sind verboten. Chemische Substanzen dürfen nur bei unumgänglicher Notwendigkeit verwendet werden; Innenraumfarben, Lacke und Reinigungsmittel müssen mit dem Umweltzeichen zertifiziert sein. Müll muss vermieden, getrennt und fachgerecht entsorgt werden. Eine EMAS- oder ISO 14001-Zertifizierung sollte bestehen, zusätzlich sind bioklimatische Architektur, Solar- oder Windenergie, Wärmepumpen, Fernwärme oder Wärmerückgewinnung sowie Verwendung von Regen- und Brauchwasser wünschenswert. Innerhalb dieses Kriterienkatalogs gibt es Muss- und Sollkriterien, nach einem Punktevergabesystem muss die notwendige Punkteanzahl erreicht werden.

Campingplätze: Wasser- und Energiesparmaßnahmen müssen bereits im Vorfeld geplant und vorbereitet werden, es muss einen Umweltmanagementplan geben, das Personal muss in Umweltschutzmaßnahmen geschult sein, Umweltdaten müssen aufgenommen und dokumentiert werden. Für Gäste müssen Umweltinformationen zur Verfügung stehen.

Neben den behördlichen Auflagen für Berghütten müssen noch eine Reihe von Umweltauflagen erfüllt werden: Regenerierbare Energien (Wasser, Sonne, Wind, Biomasse oder Pflanzenöle) müssen bevorzugt verwendet werden. Falls die so gewonnene Strommenge nicht ausreicht, muss ein Dieselaggregat mit Auffangwanne und/oder Überschubrohen zum Einsatz kommen. Wärmedämmung, Verwendung von Sparlampen, Isolierung von Warmwasser- und Heizungsrohren sowie Trinkwasserschutz (wassersparende Armaturen) und umweltgerechte Abwasserentsorgung sind wichtig. Maßnahmen zur Reduzierung der Schmutzfracht und Abfallvermeidung und -trennung sind vorgeschrieben. Die Hüttenumgebung wird mit einbezogen, es gibt Vorschriften betreffend die Lärmentwicklung.

Die Blaue Flagge ist eine Auszeichnung für Sportboothäfen und Badestellen mit herausragendem Umweltmanagement. Die umweltgerechte Abfallentsorgung, das Vorhandensein von Sanitäreinrichtungen, die Wasserqualität und mehrere andere Kriterien werden untersucht. Weltweit sind etwa 3200 Strände ausgezeichnet, auf der Homepage (www.blaue-flagge.de für Deutschland und www.blueflag.org international) kann man sich informieren, welche Strände aktuell ausgezeichnet sind.

Freizeit und Urlaub

Internationale Tourismus-Gütesiegel

Fast jedes Land hat ein eigenes Gütesiegel für umweltfreundlichen, nachhaltigen Tourismus. Alle diese Zeichen hier aufzuzählen würde den Umfang dieses Buches übersteigen, hier einige wichtige europäische Zeichen. Bei der Suche nach ausgezeichneten Hotels und Tourismusbetrieben können die Reisebüros meist helfen.

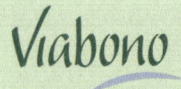

Viabono - Deutschland
Friedrich-Ebert-Straße / Haus 51
51429 Bergisch Gladbach
Tel: 02204 - 84 23 70 Fax: 02204 - 84 23 75
E-Mail: info@viabono.de   www.viabono.de

Steinbock-Label - Schweiz
Verein für Ökonomie+
Ökologie+Gesellschaft
www: www.oe-plus.ch

Green Tourism Business Scheme
Schottland
No. 4 Atholl Place,
Perth, PH1 5ND.
Tel: 01738/ 632162 Fax: 01738/ 622268
email: gtbs@green-business.co.uk
www.green-business.co.uk

Nature's Best
Schweden
Box 87
830 05 Järpen
Tel.: +46/ 647/ 66 00 25 Fax: +46/ 647/ 100 12
e-mail: info@ekoturism.org
www: www.naturesbest.nu

Freizeit und Urlaub

**Grüner Schlüssel
(Le Clef verte)**
Ursprünglich **französisch, mittlerweile international**
www.green-key.org

Nordischer Schwan - Skandinavien
SIS Miljömärkning
118 80 Stockholm
Besöksadress: S:t Paulsg. 6
Tel.: 08-55 55 24 00   Fax: 08-55 55 24 01
e-mail: svanen@ecolabel.se
www: www.ecolabel.no

Legambiente Turismo - Italien
e-mail: info@legambienteturismo.it
www: www.legambienteturismo.it

Green Apple Eco-Tourism Award
Internationale Auszeichnung
The Green Organisation
The Mill House, Mill Lane
Earls Barton, Northampton, NN6 0NR
e-mail: rogerwolens@btconnect.com
www: www.thegreenorganisation.info/

Freizeit und Urlaub

Alternativer und sanfter Tourismus

Pension Altstadt Vienna,
Kircheng.41
1070 Wien
Tel: 01/5226666
E-Mail: hotel@altstadt.at
web: www.altstadt.at

Lehenhof,
Schlossgegend 13
3204 Kirchberg an der Pielach
Tel: 02722/2141
E-Mail: daxboeck@direkt.at
web: www.tiscover.at/daxboeck

Bio-Haus Walsberg,
Brettl 28
3264 Gresten
Tel: 07485/973172
E-Mail: office@walsberg.at
web: www.walsberg.at
Bio-Frühstück

Ferdinand Berginc,
Krenngraben 43
3343 Hollenstein/Ybbs
Tel: 07445/7206
E-Mail: berginc@utanet.at
web: www.tiscover.at/berginc

Waldpension Nebelstein, Maissen 28
3970 Moorbach Harbach
Tel: 02858/5231
E-Mail: waldpension.nebelstein@xundheitswelt.at
web: www.waldpension-nebelstein.at

Ferienhof Andrebauer Fam. Binder,
Almegg 5
4644 Scharnstein
Tel: 07616/8586
E-Mail: andrebauer@almtaler-bauern.at
web: www.almtaler-bauern.at

Almcamp Schatzlmühle, Viechtwang 1a
4644 Scharnstein
Tel: 07615/20269
E-Mail: office@almcamp.at
web: www.almcamp.at

Waldhotel Marienbrücke GmbH,
An der Marienbrücke 5
4810 Gmunden
Tel: 07612/64011
E-Mail: waldhotel@marienbruecke.at
web: www.marienbruecke.at

Robinson Club Ampflwang,
Wörmansedt 1
4843 Ampflwang/Hausruckwald
Tel: 07675/4020-0
E-Mail: ampflwang@robinson.de
web: www.robinsonclub-ampflwang.at

Appartementhaus Mag. Josef Wojak,
Wildenhager Str.11
4880 St. Georgen im Attergau
Tel: 07667/8899
E-Mail: wojak@aon.at
web: www.ferienwohnung-attersee.at

TBG Thermenzentrum Geinberg
BetriebsgmbH,
Thermenpl.1
4943 Geinberg
Tel: 07723/8500-0
E-Mail: therme@therme-geinberg.at
web: www.therme-geinberg.at

Landhotel und Komfortcamping Berau,
Schwarzenbach 16
5360 St. Wolfgang
Tel: 06138/2543-0
E-Mail: office@berau.at
web: www.berau.at

Bio - Vitalhotel Sommerau,
Sommeraustr.231
5423 St.Koloman
Tel: 06241/212
E-Mail: info@biohotel-sommerau.at
web: www.biohotel-sommerau.at
alkoholische Getränke, Eier, Milch, die Küche bietet FAIRTRADE Produkte, sowie Produkte aus kontrolliert biologischen Anbau

Freizeit und Urlaub

Familienhotel Mardusa Fam. Grass,
Dorfstr.128
6794 Gaschurn
Tel: 05558/8224-0
E-Mail: hotel@mardusa.com
web: www.mardusa.com

Gasthof Sonne, Kriechere 66
6870 Bezau
Tel: 05514/2262-0
E-Mail: info@gasthaus-sonne.at
web: www.gasthof-sonne.at

Camping Mexiko am Bodensee, Hechtweg 4
6900 Bregenz
Tel: 05574/73260
E-Mail: info@camping-mexico.at
web: www.camping-mexico.at
Seit 2001 wird Umweltmanagement
betrieben, dies in Zusammenarbeit mit
ECOCAMPING.

Ferienwohnung Konrad Bilgeri,
Bad 220
6952 Hittisau
Tel: 05513/2583
E-Mail: konrad.bilgeri@aon.at

Pension Bacherhof, Leiten 53
8972 Ramsau am Dachstein
Tel: 03687/81377
E-Mail: office@bacherhof.at
web: www.bacherhof.at

Pension/ Bio- und Kinderbauernhof
Leitenmüller, Leiten 83
8972 Ramsau am Dachstein
Tel: 03687/81362
E-Mail: stocker@leitenmueller.at
web: www.leitenmueller.at

Camping Rosental Roz, Gotschuchen 34
9173 St. Margareten im Rosental
Tel: 04226/8100-0
E-Mail: camping.rosental@roz.at
web: www.roz.at
Hunde erlaubt

**Biolandhaus Arche Familie Tessmann,
Vollwertweg 1a
9372 St. Oswald-Eberstein
Tel: 04264/8120 Fax: 8120-20
E-Mail: bio.arche@hotel.at
web: www.bio.arche.hotel.at
Das Biolandhaus ARCHE ist das erste
Biohotel Kärntens und das erste
Ökohotel Österreichs.**

NEUE SEEHÜTTE - RAX
Franz u Doris EGGL
2654 Prein/Rax
Tel.: 0676 7488719

Kleine Schutzhütte am Hochplateau der Rax nahe der Preinerwand. Reginale Schmankerln aus eigenem biologischem Anbau und Zucht (Wildspezialitäten).

Salmhütte, Am Hasenpalfen
9981 Kals am Großglockner
Tel: 04824/2089
E-Mail: salmhuette@aon.at
web: www.salmhuette.at

Freizeitangebot, natur- und gesundheitsorientiert

Ristorante-Pizzeria Da Capo,
Schulerstr.18
1010 Wien
Tel: 01/5124491
E-Mail: dacapo@dacapo.co.at
web: www.dacapo.co.at

Neue Seehütte - Rax Franz u. Doris
Eggl,
2654 Prein an der Rax
Tel: 0676/7488719
E-Mail: neue.seehuette-rax@gmx.at

Keine Nächtigungsmöglichkeit!

293

Freizeit und Urlaub

Urlaub am Bauernhof Vorderpichl,
Schwerbachgegend 38
3204 Kirchberg an der Pielach
Tel: 02722/2759
E-Mail: fam_trimmel@gmx.at
web: www.tiscover.at/trimmel

Urlaub am Bauernhof König,
Kirchberggegend 25
3204 Kirchberg an der Pielach
Tel: 02722/7473
E-Mail: koe.elfriede@direkt.at
web: www.tiscover.at/steinbauer

Gablonzer Hütte, Nr. 528
4825 Gosau-Hintertal
Tel: 06136/8465
E-Mail: posch.gosau@utanet.at
web: www.gablonzer-huette.at

Robinson Club Amade, Dorf 16
5603 Kleinarl
Tel: 06418/2111-0 Fax: 2111-900
E-Mail: amade@robinson.de
web: www.robinson-austria.at

Der Frienerhof in der Ramsau, Vorberg 33
8972 Ramsau am Dachstein
Tel: 03687/81835 Fax: 81835
E-Mail: info@frienerhof.at
web: www.frienerhof.at

Hotels, Beherbergungsbetriebe und Campingplätze

Hotel Imperial, Kärntner Ring 16
1010 Wien
Tel: 01/50110-0
E-Mail: reservations.imperialvienna@luxurycollection.com
web: www.hotelimperial.at

Hotel Bristol, Kärntner Ring 1
1010 Wien
Tel: 01/51516-0
E-Mail: hotel.bristol@luxurycollection.com
web: www.hotelbristol.at

Radisson SAS Palais Hotel Vienna,
Parkring 16
1010 Wien
Tel: 01/5151170-0
E-Mail: guest.vienna@radissonsas.com
web: www.palais.vienna.radissonsas.com

Austria Classic Hotel Papageno,
Wiedner Hauptstr.23-25
1040 Wien
Tel: 01/5046744
E-Mail: reservation@hotelpapageno.at
web: www.hotelpapageno.at

Intercity Hotel Wien,
Mariahilfer Str.122
1070 Wien
Tel: 01/52585-0 Fax: 52585-111
E-Mail: wien@intercityhotel.at
web: www.intercityhotel.at

Porzellaneum Hotelbetriebsgmbh,
Porzellang.30
1090 Wien
Tel: 01/3177282
E-Mail: office@porzellaneum.at
web: www.porzellaneum.com

Das InterCityHotel *InterCityHotel* Wien liegt direkt WIEN an der beliebtesten Shopping Meile Wien´s, der Mariahilfer Straße.
Das Hotel verfügt über 6 Tagungsräume mit Tageslicht. Breitband Internet, ein Restaurant, eine Innenhofterrasse und eine Bar runden das Angebot ab.
Die Nutzung der öffentlichen Verkehrsmittel in Wien ist im Zimmerpreis inkludiert!

Freizeit und Urlaub

Holiday Inn Vienna South,
Hertha-Finnberg-Str.5
1100 Wien
Tel: 01/60530-0
E-Mail: hivienna@whgeu.com
web: www.holiday-inn.co.at

Hotel Kolbeck,
Laxenburgerstr.19
1100 Wien
Tel: 01/6041773 Fax: 6029486
E-Mail: office@hotel-kolbeck.at
web: www.hotel-kolbeck.at

Hotel Klimt,
Felbigerg.58
1140 Wien
Tel: 01/9145565
E-Mail: office@klimt-hotel.at
web: www.klimt-hotel.at

Altwienerhof,
Herklotzg.6
1150 Wien
Tel: 01/8926000
E-Mail: office@altwienerhof.at
web: www.altwienerhof.at

HOTEL stadthalle
BOUTIQUEHOTEL IN WIEN

Hotel Stadthalle,
Hackeng.20
1150 Wien
Tel: 01/9824272-0 Fax: 9824272-56
E-Mail: office@hotelstadthalle.at
web: www.hotelstadthalle.at

Hotel Restaurant Strebersdorferhof,
Rußbergstr.46-48
1210 Wien
Tel: 01/2928869-0
E-Mail: info@strebersdorferhof.at
web: www.strebersdorferhof.at

Gasthaus Lindenhof,

Breitenleerstr.256
1220 Wien
Tel: 01/7343637
E-Mail: lindenhof.kirner@aon.at
web: www.lindenhof-breitenlee.com

Austria Trend Hotel Böck,
Wiener Str.196-198
2345 Brunn am Gebirge
Tel: 02236/31313-0
E-Mail: boeck@austria-trend.at
web: www.austria-trend.at/bbw

Campingplatz Paradise Garden, Höfn-
ergraben 2
2572 Kaumberg
Tel: 0676/4741966
E-Mail: grandl@camping-noe.at
web: www.camping-noe.at

Neue Seehütte - Rax Franz u. Doris Eggl,
2654 Prein an der Rax
Tel: 0676/7488719
E-Mail: neue.seehuette-rax@gmx.at

Panoramahotel Wagner, Hochstr.267
2680 Semmering
Tel: 02664/2512-0
E-Mail: biowelt@panoramahotel-wagner.at
web: www.panoramahotel-wagner.at
Tees, Fruchsäfte, Milchprodukte, Kaffee,
Prosecco, Getreide u. Getreideprodukte,
Honig, Kosemtik, Brot- und Backwaren,
Bio-Frühstück

Steinschalerhof, Warth 20
3203 Rabenstein/Pielach
Tel: 02722/2281
E-Mail: office@steinschaler.at
web: www.steinschaler.at

Zwergerlhof, Schwarzengrabengegend 3
3211 Loich
Tel: 02722/8382
E-Mail: sabine.moser@direkt.at
web: www.tisvoer.at/zwergerlhof

Freizeit und Urlaub

Lehrhotel Bundeslehranstalten für Tourismus,
Langenloiser Str.22
3500 Krems
Tel: 02732/880
E-Mail: office@hltkrems.ac.at
web: www.hlfkrems.ac.at

Prinzenhof Fam. Prinz,
Kottingnondorf 6
3929 Groß Gerungs
Tel: 02812/7193
E-Mail: prinzenhof@wavenet.at
web: www.prinzenhof.at
Bio-Frühstück

MOORHEILBAD HARBACH Kur-, Rehabilitations-, Stoffwechsel- u. Lebensstilzentrum,
Moorbach Harbach
3970 Harbach
Tel: 02858/5255-0
E-Mail: info@moorheilbad-harbach.at
web: www.moorheilbad-harbach.at

Waldpension Nebelstein,
Maissen 28
3970 Moorbach Harbach
Tel: 02858/5231
E-Mail: waldpension.nebelstein@xundheitswelt.at
web: www.waldpension-nebelstein.at

Gasthof Pension Nordwald, Hirschenwies 32
3970 Moorbad Harbach
Tel: 02858/5237
E-Mail: pension.nordwald@xundheitswelt.at
web: www.xundheitswelt.at/pension.nordwald

Gasthof - Pension Kristall, Hirschenwies 53
3970 Weitra
Tel: 02858/52360
E-Mail: pension.kristall@xundheitswelt.at
web: www.xundheitswelt.at/pension.kristall

Brauhotel Weitra, Rathauspl.6
3970 Weitra
Tel: 02856/2936-0
E-Mail: office@brauhotel.at
web: www.brauhotel.at

Sonnleitnerhof Anna u. Josef Sonnleitner, Nr. 25
4163 Klaffer am Hochficht
Tel: 07288/6514
E-Mail: sonnleitner1@utanet.at
web: www.tiscover.at/sonnleitnerhof
Bio-Frühstück

Sternsteinhof, Oberlaimbach 20
4190 Bad Leonfelden
Tel: 07213/6365
E-Mail: info@sternsteinhof.at
web: www.sternsteinhof.at

Hotel Guglwald,
Guglwald 8
4191 Guglwald
Tel: 07219/7007
E-Mail: rezeption@hotel-guglwald.at
web: www.hotel-guglwald.at

Prielschutzhaus
Bewirtschafter: Dieter Peneder,
Totes Gebirge
4573 Hinterstoder
Tel: 0664/1400789
E-Mail: prielschutzhaus@direkt.at
web: www.prielschutzhaus.at
Ausstattung: Kategorie I; 51 Zimmer- und 100 Matratzenlager; 10 Schlafplätze im Winterraum.Bewirtschaftung: Mitte Mai - Ende Oktober.

Landhotel Dietlgut Fam. Wendl,
Dietlgut 5
4573 Hinterstoder
Tel: 07564/5248-0
E-Mail: hotel@dietlgut.at
web: www.dietlgut.at

Rotbuchner Maria u. Karl Klinser,
Gaisriegl 11
4574 Vorderstoder
Tel: 07562/7483
Bio-Frühstück

Freizeit und Urlaub

Dümlerhütte Bewirtschafter: Wolfgang Peböck, Totes Gebirge
4575 Roßleithen
Tel: 07562/8603
E-Mail: duemlerhuette@pptv.at
web: www.duemlerhuette.at
Ausstattung: Kategorie I; 10 Zimmer- und 58 Matratzenlager; 12 Schlafplätze im Winterraum.Bewirtschaftung: Anfang Mai - Ende Oktober; 30. Dezember bis 1. Jänner.

Roithhof Baby-, Kinder- und Biobauernhof,
Hauergraben 1
4644 Scharnstein
Tel: 07616/8541
E-Mail: roithhof@almtaler-bauern.at
web: www.bauernhof.at/roithhof
Bio-Frühstück

Bammer im Herndlberg,
Hochbuchegg 15
4644 Scharnstein
Tel: 07615/7523
E-Mail: bammer@almtaler-bauern.at

Ferienhof Binder,
Keferg.284
4645 Grünau im Almtal
Tel: 07616/8655
E-Mail: binder@servas.at
web: www.almtaler-bauern.at

Gästehaus Mangstl,
Keferg.153
4645 Grünau im Almtal
Tel: 07616/8717
E-Mail: mangstl@almtaler-bauern.at
web: www.almtaler-bauern.at

Pankrazhof Fam.Zimmer,
Eichham 8
4655 Vorchdorf
Tel: 07614/8818
E-Mail: pankrazhof@aon.at
alkoholische Getränke, Brot und Backwaren, Eier, Wurst- und Fleischwaren, Geflügel, Getreide, Getreideprodukte, Kosmetik, Kräuter, Pflanzen, Saatgut, Lamm und Ziegenfleisch, Marmeladen, Fruchtsäfte, Milchprodukte, Rindfleisch, Schweinefleisch, Freizeitaktivitäten

Baby- und Kinderbauernhof Windberg,
Windberg 7
4656 Kirchham bei Vorchdorf
Tel: 07619/2123
E-Mail: windberg@aon.at
web: www.oberoesterreich.at/windberg

Bauernhof Moar,
Krottendorf 14
4656 Kirchham bei Vorchdorf
Tel: 07619/2357
E-Mail: moar@almtaler-bauern.at
web: www.bauernhof.at/moar

Landhotel Moritz, St. Florian 18
4780 Schärding
Tel: 07712/2361
E-Mail: info@landhotel-moritz.at
web: www.landhotel-moritz.at

Landhotel Traunsee, Klosterpl.4
4801 Traunkirchen
Tel: 07617/2216
E-Mail: traunsee@traunseehotels.at
web: www.traunseehotels.at/traunsee

Schlosshotel Freisitz Roith,
Traunsteinstr.87
4810 Gmunden
Tel: 07612/64905
E-Mail: info@schlosshotel.at
web: www.schlosshotel.at

Landhotel Gasthof Grünberg am See,
Traunsteinstr.109
4810 Gmunden
Tel: 07612/77700
E-Mail: gruenberg@vpn.at
web: www.gruenberg.at

Alpenhotel Altmünster, Haupstr.28
4813 Altmünster
Tel: 07612/87377
E-Mail: alpenhotel@traunseehotels.at
web: www.traunseehotels.at/alpenhotel

297

Freizeit und Urlaub

Pührethof, Nr. 22
4817 St. Konrad
Tel: 07615/8019
E-Mail: puehret@direkt.at
web: www.bauernhof.at/puehrethof

Hochleckenhaus Bewirtschafter: Karl Staufer, Salzkammergut
4853 Steinbach am Attersee
Tel: 07666/7588
Kategorie I; 32 Zimmer- und 62 Matratzenlager; 10 Schalfplätze im Winterraum. Bewirtschaftung: Palmsonntag bis Ende Okt.

Pension zur Nixe Inh.Günter Oberschmid, Franz-von-Schönthalnallee 6
4854 Weißenbach am Attersee
Tel: 07663/610
E-Mail: office@nixe.at
web: www.nixe.at

Seecamping Gruber, Dorfstr. 65
4865 Nußdorf am Attersee
Tel: 07666/80450
E-Mail: office@camping-gruber.at
web: www.camping-gruber.at

TBG Thermenzentrum Geinberg BetriebsgmbH, Thermenpl.1
4943 Geinberg
Tel: 07723/8500-0
E-Mail: therme@therme-geinberg.at
web: www.therme-geinberg.at

Altstadthotel Wolf-Dietrich
Wolf-Dietrich-Str.7
5020 Salzburg
Tel: 0662/871275
E-Mail: office@salzburg-hotel.at
web: www.salzburg-hotel.at
Bio-Frühstück

Josef Brunauer Zentrum,
Elisabethstr.45 a
5020 Salzburg
Tel: 0662/454265
E-Mail: office@brunauerzentrum.at
web: www.brunauerzentrum.at

Jugend & Familien Gästehaus Salzburg,
Josef-Preis-Alle 18
5020 Salzburg
Tel: 0662/842670
E-Mail: salzburg@jfgh.at
web: www.jfgh.at

Heffterhof Impulszentrum
ländlicher Raum,
Maria-Cebotari-Str.1-7
5020 Salzburg
Tel: 0662/641996-0
E-Mail: heffterhof@lk-salzburg.at
web: www.heffterhof.at
Bio-Frühstück

Hammerschmiede Hotel im Wald,
Acharting 22
5102 Anthering
Tel: 06223/2503
E-Mail: info@hammerschmiede.at
web: www.hammerschmiede.at
Hotel in einzigartiger Alleinlage, himmlische Ruhe, unberührte Naturlandschaft

Der Seewirt Fam. Maislinger,
Holzöster am See 21
5131 Franking
Tel: 06277/8666
E-Mail: seewirt@netway.at
web: www.der-seewirt.at

Schießentobel Fam. Rosenstatter,
Schiessentobel 1
5164 Seeham
Tel: 06217/5386
E-Mail: info@schiessentobel.at
web: www.schiessentobel.at

Kur und Rehabilitationszentrum Bad Vigaun,
Karl-Rodhammerweg 91
5244 Bad Vigaun
Tel: 06245/8999
E-Mail: office.kurundreha@klinik-st-barbara.at
web: www.badvigaun.com

Freizeit und Urlaub

Landhotel und Komfortcamping Berau,
Schwarzenbach 16
5360 St. Wolfgang
Tel: 06138/2543-0 Fax: 2543-5
E-Mail: office@berau.at
web: www.berau.at

Seeböckenhotel zum weißen Hirschen,
Markt 73
5360 St. Wolfgang im Salzkammergut
Tel: 06138/2238
E-Mail: office@weisserhirsch.at
web: www.weisserhirsch.at

Bio - Vitalhotel Sommerau,
Sommeraustr.231
5423 St.Koloman
Tel: 06241/212
E-Mail: info@biohotel-sommerau.at
web: www.biohotel-sommerau.at
alkoholische Getränke, Eier, Milch, die Küche bietet FAIRTRADE Produkte, sowie Produkte aus kontrolliert biologischen Anbau

Fürstenhof Fam. Rettenbacher,
Kellau 15
5431 Kuchl
Tel: 06244/6475
E-Mail: fam.rettenbacher@utanet.at
web: www.tiscover.com/fuerstenhof.kuchl
diverse EZA-Produkte werden angeboten.

Berghof Bachrain Fam. Siller,
Moosegg 19
5440 Golling an der Salzach
Tel: 06244/6166
E-Mail: info@bachtain.at
web: www.bachrain.at
Wurst- und Fleischwaren, Rindfleisch, Zustellung

Laufener Hütte Hüttenwart: Siegfried Fritsch, Tennengebirge
5441 Abtenau
Tel: 0049/8682-364
E-Mail: info@alpenverein-laufen.de
web: www.alpenverein-laufen.de
Ausstattung: Kategorie I; 19 Zimmer- und 45 Matratzenlager; 8 Schlafplätze im Winterraum.Bewirtschaftung: Selbstversorger (Getränke vorhanden), geöffnet von Pfingsten bis Anfang Oktober; im Winter mit AV-Schlüssel; Mitte Oktober bis Ende Juni bewartet.

Alpenhotel Russbacherhof, Saag 10
5442 Rußbach am Paß Gschütt
Tel: 06242/20705
E-Mail: russbacherhof@biohotels.info
web: www.russbacherhof.at
Bio-Frühstück

Mandlhof Fam. Höll, Annaberg 3
5524 Annaberg
Tel: 06463/8146
E-Mail: info@mandlhof.at
web: www.mandlhof.at

Theodor-Körner-Hütte Bewirtschafterin: Dorothea Rettenegger, Dachsteingebirge
5524 Annaberg
Tel: 0664/9166303
E-Mail: flo66@gmx.at
Ausstattung: Kategorie I; 6 Zimmer- und 33 Matratzenlager.Bewirtschaftung: Anfang Juni - Mitte Oktober.

Alfons u.Gerta Rettenwender vulgo Langegghof,
Neuberg 10
5532 Filzmoos
Tel: 06453/8501
Milchprodukte

Hammerhof Matthias u. Christine Ebner,
Filzmoos 6
5532 Filzmoos
Tel: 06453/82450
E-Mail: hammerhof@nextra.at
web: www.tiscover.com/hammerhof

Hofpürglhütte Bewirtschafter: DI Heinz Sudra, Dachsteingebirge
5532 Filzmoos
Tel: 06453/8304
E-Mail: heinz.sudra@jku.at
web: www.av-linz.at
Ausstattung: Kategorie I; 29 Zimmer- und 105 Matratzenlager; 8 Schlafplätze im Winterraum.Bewirtschaftung: Anfang Juni - Mitte Oktober.

Freizeit und Urlaub

Gut Neusess Sieglinde u. Alois Essl,
Neusess 2
5570 Mauterndorf, Lungau
Tel: 06472/7245
E-Mail: essl.neusess@aon.at
web: www.oekourlaub.at

ROBINSON CLUB AMADÉ

Robinson Club Amade, Dorf 16
5603 Kleinarl
Tel: 06418/2111-0 Fax: 2111-900
E-Mail: amade@robinson.de
web: www.robinson-austria.at

Sporthotel Rauriserhof, Martkstr.6
5661 Rauris
Tel: 06544/6213
E-Mail: info@rauriserhof.at
web: www.rauriserhof.at

Hotel Pension Hubertus, Gartenstr.4
5700 Zell am See
Tel: 06542/72427
E-Mail: 3sterne@hubertus-pension.at
web: www.hubertus-pension.at
reichhaltiges Frühstücksbuffet mit
Bioecke und FAIRTRADE Kaffee, Tee
und heißer Schokolade von EZA.

Jugend & Familiengästehaus Kaprun,
Nikolaus Gassner Str.448
5710 Kaprun
Tel: 06547/8507
E-Mail: kapun@jfgh.at
web: www.jfgh.at

Kirchner Wanderhotel,
Mühlbach 46
5732 Mühlbach
Tel: 06566/7208-0
E-Mail: info@wanderhotel.at
web: www.wamderhotel.at

Bauernhof-Hotel Habachklause Fam.
Maier,
Habach 17
5733 Bramberg am Wildkogel
Tel: 06566/7390-0
E-Mail: office@habachklause.com
web: www.habachklause.com

Warnsdorfer Hütte
Bewirtschafter: Ernst Meschik,
Venediger Gruppe
5743 Krimml
Tel: 06564/8241
E-Mail: meschik.ernst@aon.at
Ausstattung: Kategorie I; 13 Zimmer-
und 61 Matratzenlager; Winterraum.
Bewirtschaftung: Mitte Juni - Anfang
Oktober.

Zittauer Hütte
Bewirtschafter: Barbara und Hannes
Kogler, Zillertaler Alpen
5743 Krimml
Tel: 06564/8262
E-Mail: hanneskogler@aon.at
Ausstattung: Kategorie I; 7 Zimmer- und
66 Matratzenlager.Bewirtschaftung:
Mitte Juni - Mitte Oktober.

Gasthof Postwirt Fam. Faistauer,
Anton Faistauer Pl.1
5751 Maishofen
Tel: 06542/68214
E-Mail: faistauer@gasthof-postwirt.at
web: www.gasthof-postwirt.at
Milchprodukte, Rindfleisch, Schweine-
fleisch

Pension Ederbauer,
Bergerkreuzweg 51
5753 Saalbach
Tel: 06541/7104
E-Mail: info@ederbauer.info
web: www.ederbauer.info
Milch

Gartenhotel Theresia,
Glemmtaler Landesstr.208
5754 Hinterglemm
Tel: 06541/7414-0
E-Mail: info@hotel-theresia.co.at
web: www.hotel-theresia.co.at
Bio-Frühstück

Freizeit und Urlaub

Salzburger Hof, Sonnberg 170
5771 Leogang
Tel: 06583/7310
E-Mail: office@salzburgerhof.co.at
web: www.salzburgerhof.co.at

Vinzenz-Tollinger-Hütte Anfragen an OeAV-Sektion Hall/Tirol, Tuxer Alpen
6060 Hall in Tirol
Tel: 05223/56209
E-Mail: hall.in.tirol@sektion.alpenverein.at
web: www.alpenverein.at/hall-in-tirol
Ausstattung: 20 Zimmerlager

Bettelwurfhütte Bewirtschafter: Patricia Fiegl, Rainer Leitner, Karwendel
6067 Absam
Tel: 05223/53353
E-Mail: patriciafiegl@aon.com
web: www.alpenverein-ibk.at/huetten/bettenwurf.html
Ausstattung: Kategorie I; 24 Zimmer- und 44 Matratzenlager; Bewirtschaftung: Anfang Juni - Anfang Oktober.

Glungezerhütte Bewirtschafterin: Monika Zotter, Tuxer Alpen
6075 Tulfes
Tel: 05223/78018
E-Mail: glungezerhuette@glungezer.at
web: www.glungezer.at
Kategorie I; 10 Zimmer- und 30 Matratzenlager; 4 Schlafplätze im Winterraum. Bewirtschaftung: Mitte Jun. - Mitte Okt.; Mitte Dez. - Mitte April.

Karwendelhaus Bewirtschafter: Wolfgang Ruech, Karwendel
6108 Scharnitz
Tel: 05213/5623
E-Mail: wolf.ruech@aon.at
web: www.karwendelhaus.com
Ausstattung: Kategorie I; 52 Zimmer- und 141 Matratzenlager. Bewirtschaftung: Anfang Juni - Mitte Oktober.

Natur-Hotel Grafenast Dr. Hansjörg und Marianne Unterlechner,
Am Hochpillberg 205
6130 Schwaz
Tel: 05242/63209
E-Mail: sehnsucht@grafenast.at
web: www.grafenast.at

Lamsenjochhütte Bewirtschafter: Oswald Erhart, Karwendel
6134 Vomp
Tel: 05244/62063
web: www.lamsenjochhuette.at
Ausstattung: Kategorie I; 24 Zimmer- und 72 Matratzenlager; Bewirtschaftung: Anfang Juni - Mitte Oktober.

Geraer Hütte Bewirtschafter: Katharina und Arthur Lanthaler, Zillertaler Alpen
6154 Vals
Tel: 0676/9610303
E-Mail: arthur.lanthaler@rolmail.net
web: www.geraerhuette.com
Ausstattung: Kategorie I; 16 Zimmer- und 80 Matratzenlager; Bewirtschaftung: Mitte Juni - Ende Oktober.

Erfurter Hütte
Bewirtschafter: Hans Kostenzer, Rofangebirge
6212 Maurach
Tel: 05243/5517
E-Mail: rofan.achensee@chello.at
Ausstattung: Kategorie II; 24 Zimmer- und 50 Matratzenlager. Bewirtschaftung: Pfingsten - Mitte Oktober, Neujahr bis Ostern.

Greizer Hütte
Bewirtschafter: Herbert und Irmi Schneeberger,
Zillertaler Alpen
6283 Ramsau-Zillertal
Tel: 0664/1405003
E-Mail: greizerhuette@aon.at
web: www.alpenverein-greiz.de
Ausstattung: Kategorie I; 18 Zimmer- und 52 Matratzenlager; 14 Schlafplätze im Winterraum. Bewirtschaftung: Mitte Juni - Anfang Oktober.

Karl-von-Edel-Hütte
Bewirtschafterin: Gabi Schneeberger,
Zillertaler Alpen
6290 Mayrhofen
Tel: 0664/9154851
Ausstattung: Kategorie I; 20 Zimmer- und 60 Matratzenlager. Bewirtschaftung: Mitte Juni - Ende September, je nach Fahrbetrieb Ahornbahn.

Freizeit und Urlaub

Neue Kasseler Hütte
Bewirtschafter: Ferdinand Lechner,
Zillertaler Alpen
6290 Mayrhofen
Tel: 0664/1141496
E-Mail: skischule.f.lechner@tirol.com
web: www.skischule-lechner.at
Ausstattung: Kategorie I; 24 Zimmer- und 72 Matratzenlager; 8 Schlafplätze im Winterraum.Bewirtschaftung: Mitte Juni - Ende September.

Harasshof Bio- und Gesundheitsbauernhof Fam. Foidl,
Pramaweg 29-30
6353 Going am Wilden Kaiser
Tel: 05358/2488
E-Mail: harassen@aon.at
web: www.tiscover.at/harasshof
verschiedene FAIRTRADE Produkte,Bio-Frühstücksbuffet, Bio-Milch

Ackerlhütte
Hüttenwart: Georg Meikl,
Kaisergebirge
6353 Going am Wilden Kaiser
Tel: 05356/72022
Ausstattung: Kategorie I; 15 Matratzenlager.Bewirtschaftung: AV-Schloss, AV-Schlüssel von Heimatsektion mitbringen, Juni - Oktober am am Wochenende beaufsichtigt.

Biohotel Florian
Bichlachweg 41
6370 Kitzbühel
Tel: 05356/65242
E-Mail: office@hotel-florian.at
web: www.hotel-florian.at
Vollwert- u. Naturküche, rauchfreies Hotel, Brot und Getreide; nur geöffnet von Mitte Dezember bis Ende Oktober;

Breslauer Hütte
Bewirtschafter: Christian Scheiber,
Ötztaler Alpen
6458 Vent, Tirol
Tel: 05254/8156
E-Mail: bergwelt.vent@aon.at
web: www.venter.at
Ausstattung: Kategorie I; 50 Zimmer- und 107 Matratzenlager.Bewirtschaftung: Mitte Juni - Ende September.

Muttekopfhütte
Bewirtschafter: Andreas Riml,
Lechtaler Alpen
6460 Imst
Tel: 0664/1236928
E-Mail: info@muttekopf.at
web: www.muttekopf.at
Ausstattung: Kategorie I; 20 Zimmer- und 40 Matratzenlager.Bewirtschaftung: Mitte Mai - Ende Oktober.

Erlanger Hütte
Bewirtschafter: Christine Schmid, Michael Eiter,
Ötztaler Alpen
6471 Arzl im Pitztal
Tel: 0664/3920268
E-Mail: sektion@alpenverein-erlangen.de
web: www.alpenverein-erlangen.de
Ausstattung: Kategorie I; 8 Zimmer- und 40 Matratzenlager; 4 Schlafplätze im Winterraum.Bewirtschaftung: Ende Juni - Ende September.

Lundwigsburgerhütte
Bewirtschafterin: Lydia Holzknecht,
Ötztaler Alpen
6481 St. Leonhard im Pitztal
Tel: 05414/87537
E-Mail: ludwigsburger@aon.at
Ausstattung: Kategorie I; 9 Zimmer- und 43 Matratzenlager; 2 Schlafplätze im Winterraum; nur mit AV-Schlüssel. Bewirtschaftung: Ende Juni - Ende September.

Rüsselsheimer Hütte
Bewirtschafter: Florian Kirschner,
Ötztaler Alpen
6481 St. Leonhard im Pitztal
Tel: 0664/2808107
E-Mail: gaestehaus.kirschner@aon.at
web: www.dav-ruesselsheim.de
Ausstattung: Kategorie I; 35 Zimmer- und 61 Matratzenlager; 11 Schlafplätze im Winterraum.Bewirtschaftung: Mitte Juni - Ende September.

Freizeit und Urlaub

Niederelbehütte Bewirtschafter: Hubert Rudigier, Verwallgruppe
6555 Kappl
Tel: 0676/841385200
E-Mail: niederelbehuette@kappl.at
web: www.kappl.at/niederelbehuette
Kategorie I; 17 Zimmer- und 61 Matratzenlager. 10 Schlafplätze im Winterraum.
Bewirtschaftung: Ende Jun. - Ende Sept.

Friedrichshafener Hütte Bewirtschafter: Serafin Rudigier, Verwallgruppe
6561 Ischgl
Tel: 0664/3806765
Kategorie I; 20 Zimmer- und 48 Matratzenlager; 10 Schlafplätze im Winterraum.
Bewirtschaftung: Mitte Jun. - Ende Sept.

Edmund-Graf-Hütte Bewirtschafter: Helmut Lorenz, Verwallgruppe
6574 Pettneu am Arlberg
Tel: 05448/8555
20 Zimmer- und 70 Matratzenlager; 8 Schlafplätze im Winterraum.Bewirtschaftung: Ende Juni - Ende September.

Darmstädter Hütte Bewirtschafter: Albert Weiskopf, Verwallgruppe
6580 St. Anton am Arlberg
Tel: 05446/3130
web: www.alpenverein-darmstadt.de
Kategorie I, 14 Zimmer- und 80 Matratzenlager; 8 Schlafplätze im Winterlager.
Bewirtschaftung: Anfang Jul. - Mitte Sept.

Konstanzer Hütte
Bewirtschafter: Markus und Sabine Jankowitsch,
Verwallgruppe
6580 St. Anton am Arlberg
Tel: 0664/5124787
E-Mail: konstanzerhuette@aon.at
web: www.konstanzerhuette.at
Ausstattung: Kategorie I; 12 Zimmer- und 66 Matratzenlager.Bewirtschaftung: Ende Juni - Anfang Oktober.

Kaiserjochhaus,
Bewirtschafter: Jürgen Wolf
6600 Höfen
Tel: 0664/4353666
E-Mail: gabiwolf@aon.at
web: www.kaiserjochhaus.at
Ausstattung: Kategorie I; 60 Matratzenlager; 6 Schlafplätze im Winterraum.
Bewirtschaftung: Anfang Juli - Mitte September.

Simms-Hütte
Bewirtschafter: Markus Karlinger, Lechtaler Alpen
6654 Holzgau
Tel: 0664/4840093
web: www.simmshuette.at
Ausstattung: Kategorie I; 6 Zimmer- und 46 Matratzenlager; 7 Schlafplätze im Winterraum.Bewirtschaftung: Ende Juni - Anfang Oktober.

Tannheimer Hütte Bewirtschafter: Petra Wagner, Allgäuer Alpen
6672 Nesselwängle
Tel: 0676/5451700
E-Mail: tannheimer-huette@alpenverein-kempten.de
web: www.alpenverein-kempten.at
Kategorie I; 18 Matratzenlager.Bewirtschaftung: Mitte Mai - Ende Oktober.

Bad Kissinger Hütte Bewirtschafterin: Andrea Walch, Allgäuer ALpen
6682 Vils
Tel: 0676/3731166
Kategorie I; 9 Zimmer- und 55 Matratzenlager; 8 Schlafplätze im Winterraum.
Bewirtschaftung: Anfang Mai - Ende Okt.

Sarotla Hütte Bewirtschafter: Andreas Hassler, Rätikon
6708 Brand bei Bludenz
Tel: 0664/9652995
Ausstattung: Kategorie I; 4 Zimmer- und 40 Matratzenlager.Bewirtschaftung: Mitte Juni bis Anfang Oktober

Totalphütte Bewirtschafter: Helmut Gasser, Rätikon
6708 Brand bei Bludenz
Tel: 0664/2400260
web: www.members.aon.at/totalphuette
Ausstattung: Kategorie I; 85 Matratzenlager; 10 Schlafplätze im Winterraum.
Bewirtschaftung: Anfang Juni bis Anfang Oktober.

Freizeit und Urlaub

Propstei St. Gerold, Nr. 22
6722 St. Gerold
Tel: 05550/2121
E-Mail: propstei@propstei-stgerold.at
web: www.propstei-stgerold.at

Hotel Gasthof Kreuz, Buchboden 1
6731 Sonntag
Tel: 05554/5214
E-Mail: hotel.kreuz@aon.at
web: www.tiscover.at/hotel-kreuz

Vitalhotel Walserhof, Faschina 66
6733 Fontanella/ Vorarlberg
Tel: 05510/217
E-Mail: walserhof@faschina.at
web: www.walserhof.at

Schäfer's Hotel, Kirchberg 77
6733 Fontanella, Vorarlberg
Tel: 05554/5228-0
E-Mail: hotel@schaefers.at
web: www.schaefers.at

Stuttgarter Hütte Bewirtschafter: Florian Beiser, Lechtaler Alpen
6764 Lech
Tel: 0676/7580250
Ausstattung: Kategorie I; 18 Zimmer- und 54 Matratzenlager; 12 Schlafplätze im Winterraum.Bewirtschaftung:
Anfang Juli - Ende September.

Lindauer Hütte Bewirtschafter: Thomas Beck, Rätikon
6774 Tschagguns
Tel: 0664/5033456
E-Mail: lindauerhuette@aon.at
web: www.members.aon.at/lindauer-huette
Ausstattung: Kategorie I; 40 Zimmer- und 120 Matratzenlager; 2 Schlafplätze im Winterraum.Bewirtschaftung:
Anfang Juni bis Mitte Oktober; Winter: 26.12.-06.01., Ende Februar - Ende März.

Gasthof Sonne, Kriechere 66
6870 Bezau
Tel: 05514/2262-0
E-Mail: info@gasthaus-sonne.at
web: www.gasthof-sonne.at

Jugend & Familiengästehaus Bregenz, Mehrerauerstr.3-5
6900 Bregenz
Tel: 05574/42867
E-Mail: bregenz@jgh.at
web: www.jgh.at

Camping Mexiko am Bodensee, Hechtweg 4
6900 Bregenz
Tel: 05574/73260
E-Mail: info@camping-mexico.at
web: www.camping-mexico.at
Seit 2001 wird Umweltmanagement betrieben, dies in Zusammenarbeit mit ECOCAMPING.

Urlaub am Bauernhof Georg Nenning, Hagernfluh 105
6952 Hittisau
Tel: 05513/6316
E-Mail: georg.nenning@aon.at

Ferienhof Dürlinde,
Dürlinde 60
6952 Hittisau
Tel: 05513/6892
E-Mail: ferienhof.duerlinde@24on.cc
web: www.ferienhof-duerlinde.com

Ferienwohnung Familie Eberle, Pl. 395
6952 Hittisau
Tel: 05513/2556
E-Mail: eberle@vol.at

Moosbrugger Gästehaus, Pl. 391
6952 Hittisau
Tel: 05513/6458-0
E-Mail: gaestehaus-moosbrugger@utanet.at
web: www.gaestehaus-moosbrugger.at

Rohrspitz Yachting Salzmann GmbH, Rohr 1
6972 Fußach
Tel: 05578/75708
E-Mail: office@salzmann.at
web: www.salzmann.at
Campingplatz

Freizeit und Urlaub

Jugend & Familiengästehaus Graz,
Idlhofg.74
8020 Graz
Tel: 0316/708350
E-Mail: graz@fjgh.at
web: www.fjgh.at/graz.php

Jugend & Familiengästehaus
Thermenland,
Burgenlandstr.15-17
8280 Fürstenfeld
Tel: 03382/52152
E-Mail: fuerstenfeld@fjgh.at
web: www.fjgh.at/fuerstenfeld.php

Cavallatt Gästehaus & Pferdefarm,
Nr. 74b
8352 Unterlamm
Tel: 03155/5224
E-Mail: info@cavallatt.at
web: www.cavallatt.at
Kutschenfahrten, Wanderritte, Indianer-Tipi, Geburtstagsfeiern, Reiten für Kinder und Erwachsene, Reitferiencamps, Seminarräume für 30 Personen

Landhofmühle C. & F. Fartek OEG,
8384 Minihof-Liebau
Tel: 03329/2814
E-Mail: landhofmuehle@aon.at
web: www.landhofmuehle.at

Jugend- und Familiengästehaus Bruck/Weitental,
Stadtwaldstr.1
8600 Bruck an der Mur
Tel: 03862/58448
E-Mail: bruck@fjhg.at
web: www.fjgh.at/bruck.php

Der Murauer Gasthof - Hotel Lercher,
Schwarzenbergstr.10
8850 Murau
Tel: 03532/2431
E-Mail: hotel.lercher@murau.at
web: www.lercher.com

Ferienpark St.Lorenzen,
Ferienpark 100
8861 Lorenzen ob Murau
Tel: 03537/20050-0
E-Mail: info@ferien-park.at
web: www.ferien-park.at

Liezener Hütte
Hüttenwart: Ferdinand Hanus,
Totes Gebirge
8940 Liezen
Tel: 03612/26650
Ausstattung: Kategorie I; 30 Matratzenlager; 2 Schlafplätze im Winterraum.
Bewirtschaftung: Hütte am Wochenende beaufsichtigt, Anmeldung beim Hüttenwirt erforderlich.

Naturhaus Lehnwieser Fam. Erich und Maria Pleninger, Vorberg 20
8972 Ramsau am Dachstein
Tel: 03687/81576
E-Mail: naturhaus.lehnwieser@aon.at
web: www.naturhaus-lehnwieser.at

Pension Bacherhof, Leiten 53
8972 Ramsau am Dachstein
Tel: 03687/81377
E-Mail: office@bacherhof.at
web: www.bacherhof.at

Sporthotel Matschner GmbH, Ramsau 61
8972 Ramsau am Dachstein
Tel: 03687/81721-0
E-Mail: info@matschner.at
web: www.matschner.at

Pension Feichtlhof, Leiten 73
8972 Ramsau am Dachstein
Tel: 03687/81335
E-Mail: info@feichtlhof.at
web: www.feichtlhof.at

Alpenhotel & Biobauernhof Feistererhof
Robert Simonlehner GmbH & Co KG,
Ramsau 220
8972 Ramsau am Dachstein
Tel: 03687/81980
E-Mail: info@feistererhof.at
web: www.feistererhof.at

Freizeit und Urlaub

Hotel Berghof, Nr.192
8972 Ramsau am Dachstein
Tel: 03687/81848
E-Mail: office@hotel-berghof.at
web: www.hotel-berghof.at

Familien Hotel Knollhof,
Ort 71
8972 Ramsau am Dachstein
Tel: 03687/81758
E-Mail: office@knollhof.at
web: www.knollhof.at

Ramsauhof Alpenhotel & Villa,
Am Dachstein 220
8972 Ramsau am Dachstein
Tel: 03687/81965
E-Mail: info@ramsauhof.at
web: www.ramsauhof.at

Pension Waldhotel,
Leiten 49
8972 Ramsau am Dachstein
Tel: 03687/81545
E-Mail: info@waldhof-ramsau.at
web: www.waldhof-ramsau.at

Pension Köberl,
Leiten 323
8973 Pichl, Ennstal
Tel: 03687/81102
E-Mail: pension.koeberl@aon.at
web: www.koeberl.com

Viva Das Zentrum für Moderne Mayr Medizin, Seepromenade 11
9082 Maria Wörth
Tel: 04273/31117
E-Mail: office@viva-mayr.com
web: www.viva-mayr.com

Camping Rosental Roz, Gotschuchen 34
9173 St. Margareten im Rosental
Tel: 04226/8100-0
E-Mail: camping.rosental@roz.at
web: www.roz.at
Hunde erlaubt

Klagenfurter Hütte Bewirtschafter:
Heinz Schüttelkopf, Karawanken u. Bachergebirge
9181 Feistritz im Rosental
Tel: 04253/8556
E-Mail: schuette1@utanet.at
web: www.klagenfurterhuette.at
Kategorie I; 24 Zimmer- und 38 Matratzenlager; 16 Schlafplätze im Winterraum.
Bewirtschaftung: Anfang Mai - Ende Okt.

**Biolandhaus Arche Familie Tessmann,
Vollwertweg 1a
9372 St. Oswald-Eberstein
Tel: 04264/8120 Fax: 8120-20
E-Mail: bio.arche@hotel.at
web: www.bio.arche.hotel.at
Das Biolandhaus ARCHE ist das erste Biohotel Kärntens und das erste Ökohotel Österreichs.**

Schönleitn Dorfhotel,
Dorfstr.26
9582 Latschach ober dem Faaker See
Tel: 04254/2384
E-Mail: info@dorfhotel.com
web: www.dorfhotel.com

Robinson Club Schlanitzen Alm,
Sonnleitn 2
9620 Hermagor
Tel: 04282/8108-0
E-Mail: schlanitzenalm@robinson.de
web: www.robinson-austria.at

Zollnersee Hütte
Bewirtschafter: Andreas Spivey,
Karnischer Hauptkamm
9635 Dellach, Gailtal
Tel: 0676/7506886
E-Mail: office@oeav-obergailtal.at
web: www.oeav-obergailtal.at
Austattung: Kategorie I. Bewirtschaftung: Anfang Juni - Anfang Oktober.

Schlank-Schlemmer Hotel Kürschner,
Schlanke G.74
9640 Kötschach
Tel: 04715/259-0
E-Mail: info@hotel-kuerschner.at
web: www.hotel-kuerschner.at

Freizeit und Urlaub

Alpencamp Kötschach-Mauthen,
Kötschach 284
9640 Kötschach-Mauthen
Tel: 04715/429
E-Mail: info@alpencamp.at
web: www.alpencamp.at

Feldnerhütte Bewirtschafterin: Susanna
Bindert, Kreuzeckgruppe
9761 Greifenburg
Tel: 0650/6104379
E-Mail: feldnerhuette@t-online.de
Ausstattung: Kategorie I; 9 Zimmer- und
16 Matratzenlager; 6 Schlafplätze im
Winterraum.Bewirtschaftung: Ende Juni
- Ende September.

Adolf-Nossberger-Hütte, Schobergruppe
9843 Großkirchheim
Tel: 0664/9841835
E-Mail: roland@nossberger.at
web: www.nossberger.at
Ausstattung: Kategorie I; 14 Zimmer- und
22 Matratzenlager.Bewirtschaftung:
Mitte Juni - Mitte September.

Elberfelder Hütte Bewirtschafter: Gerhard Zimota, Schobergruppe
9844 Winkl
Tel: 04824/2525
E-Mail: elberfelderhuette@aon.at
web: www.skybird.net/elberfelder
Kategorie I; 12 Zimmer- und 44 Matratzenlager; 5 Schlafplätze im Winterraum.
Bewirtschaftung: Ende Jun. - Mitte Sept.

Osnabrücker Hütte Bewirtschafterin:
Anneliese Fleißner, Ankogelgruppe
9854 Malta, Kärnten
Tel: 04783/211139159
Kategorie I; 31 Zimmer- und 34 Matratzenlager; 14 Schlafplätze im Winterraum.
Bewirtschaftung: Anfang Jul. - Ende Sept.

Sillianer Hütte Bewirtschafterin: Viktoria Schneider, Karnischer Hauptkamm
9920 Sillian
Tel: 04842/6770
Kategorie I; 12 Zimmer- und 40 Matratzenlager; 8 Schlafplätze im Winterraum.
Bewirtschaftung: Mitte Jun. - Anfang Okt.

Neue Porzehütte Bewirtschafter: Peter
Auer, Karnischer Hauptkamm
9942 Obertilliach
Tel: 0664/4038929
E-Mail: sport.auer@aon.at
web: www.karnische-alpen.com
Ausstattung: Kategorie I; 60 Matratzenlager.Bewirtschaftung: Mitte Juni - Ende
September.

Hochschoberhütte Bewirtschafter:
Harald Lucca, Schobergruppe
9951 Ainet
Tel: 0664/9157722
E-Mail: harry_lucca@hotmail.at
web: www.hochschoberhuette.at
Ausstattung: Kategorie I; 12 Zimmer-
und 45 Matratzenlager.Bewirtschaftung:
Mitte Juni - Mitte September.

Sudetendeutsche Hütte
Bewirtschafter: Roland Rudolf,
Granatspitzgruppe
9971 Matrei in Osttirol
Tel: 04875/6466
web: www.alpenverein-sudeten.de
Ausstattung: Kategorie I; 23 Zimmer-
und 32 Matratzenlager; 12 Schlafplätze
im Winterraum.Bewirtschaftung: Ende
Juni - Mitte September.

Kalser Tauernhaus
Bewirtschafterin: Gerlinde Gliber,
Glockner Gruppe
9981 Kals am Großglockner
Tel: 0664/9857090
E-Mail: peter.gliber@oan.at
web: www.kalser-tauernhaus.de
Ausstattung: Kategorie I; 20 Zimmer- und
28 Matratzenlager.Bewirtschaftung:
Anfang Juni - Mitte Oktober.

Lienzer Hütte
Bewirtschafter: Georg Baumgartner,
Schobergruppe
9990 Nußdorf-Debant
Tel: 04852/69966
web: www.lienzerhuette.com
Ausstattung: Kategorie I; 33 Zimmer-
und 54 Matratzenlager; 10 Schlafplätze
im Winterraum.Bewirtschaftung:
Anfang Juni - Anfang Oktober.

Freizeit und Urlaub

Urlaub am Bio-Bauernhof

Lehnerhof Fam. Tauchner,
Unternberg 34
2880 Kirchberg am Wechsel
Tel: 02641/2517
E-Mail: lehnerhof@direkt.at
web: www.tiscover.at/lehnerhof
alkoholische Getränke, Gemüse, Käse, Marmelade und Fruchtsäfte, Milch, Obst

Villa Berging Familie Woitzuck,
Berging 1
3040 Neulengbach
Tel: 02772/52176
E-Mail: kontakt@pro-bio.at
web: www.pro-bio.at
Fleisch- und Wurstwaren, Getreide u. Getreideprodukte, Schweinefleisch, Zustellung, Ab-Hof Vermarkter

Hochedler Elfriede u.Josef Knoll,
Kerschenbach 56
3161 St.Veit/Gölsen
Tel: 02763/3204
Brot- und Backwaren, Fleisch- und Wurstwaren, Lamm- und Ziegenfleisch, Marmelade und Fruchtsäfte, Rindfleisch, Zustellung

Pichlerhof Herta Steigenberg,
Pichler 1
3180 Lilienfeld
Tel: 02762/53558
E-Mail: pichlerhof@tele2.at
web: www.tiscover.at/pichler-hof
Brot- und Backwaren, Fleisch- und Wurstwaren, Bio-Frühstück, Marmelade und Fruchtsäfte, Milch, Milchprodukte, Rindfleisch

Steinwandhof Adolf Schenner,
Langseitenrotte 16
3223 Langseitenrotte
Tel: 02728/243
E-Mail: steinwand@utanet.at
web: www.tiscover.at/steinwandhof
Käse, Milch

Bio-Haus Walsberg,
Brettl 28
3264 Gresten
Tel: 07485/973172
E-Mail: office@walsberg.at
web: www.walsberg.at
Bio-Frühstück

Hirmhof Karl Zehetner,
Buchberg 8
3264 Reinsberg
Tel: 07487/2725
E-Mail: karl.zehetner@hirmhof.at
web: www.hirmhof.at

Fallmann Franz u.Brigitte, Ginselberg 6
3270 Scheibbs
Tel: 07482/43734
E-Mail: franz.fallmann@utanet.at
web: www.tiscover.at/fallmann

Engelbert u.Maria Heigl Hochalm,
Hochalmstr.10
3293 Lunz/See
Tel: 07485/97388
E-Mail: heigl.hochalm@utanet.at
Brot- und Backwaren, Käse, Milchprodukte

Biohof Enöckl, Schaureith 1
3293 Lunz/See
Tel: 07486/8276
E-Mail: fam.enoeckl@utanet.at
web: www.tiscover.at/schaureith
Bio-Frühstück

Franz u. Elisabeth Kupfer, Lassing 15
3345 Göstling/Ybbs
Tel: 07484/7220
E-Mail: plachl@aon.at
Bio-Frühstück

Biohof Rettensteiner Hubert u. Angelika,
Königsberg 9
3345 Göstling/Ybbs
Tel: 07484/8368
E-Mail: kurzeck@goestling-hochkar.at
web: www.tiscover.at/rettensteiner
Bio-Frühstück, Rind- und Schweinefleisch

Freizeit und Urlaub

Josef & Marianne Schrefel Biobauernhof
Orth, Lassing 29
3345 Göstling/Ybbs
Tel: 07484/7217
E-Mail: orth@biobauernhof.com
web: www.biobauernhof.com
alkoholische Getränke, Geflügel, Käse,
Lamm- und Ziegenfleisch, Marmelade u.
Fruchtsäfte, Milch, Milchprodukte

Biohof Steinböck DI Andrea Steinböck
& Michael Freisinger, Frauenhofen 29
3580 Horn
Tel: 02982/4432 Fax: 4432
E-Mail: info@biohof-steinboeck.at
web: www.biohof-steinboeck.at
Kartoffel, alkoholische Getränke,
Brot- und Backwaren, Eier, Wurst- und
Fleischwaren, Gemüse, Getreideprodukte,
Honig, Kräuter, Pflanzen, Saatgut,
Lamm- und Ziegenfleisch, Marmeladen,
Fruchtsäfte, Obst, Schweinefleisch

Fritz & Judith Besenbäck Bio-Bauernhof, Klein-Nondorf 4
3911 Rappottenstein
Tel: 02828/7140
E-Mail: biohof.besenbaeck@direkt.at
web: www.biohof-urlaub.at
alkoholische Getränke, Getreideprodukte

Burkhard Gassner,
Schönfichten 4
4360 Grein
Tel: 07268/257
Getreide, Katrtoffeln, Germüse;

Fürstenhof Fam. Rettenbacher,
Kellau 15
5431 Kuchl
Tel: 06244/6475
E-Mail: fam.rettenbacher@utanet.at
web: www.tiscover.com/fuerstenhof.kuchl
viele Produkte aus der eigenen kontrolliert biologischen Landwirtschaft, sowie
aus anderen 100% kontrolliert biologischen Betrieben.diverse EZA-Produkte
werden angeboten.

Maria u. Karl Salchner "Sternhof",
Bachleite 1
6142 Mieders
Tel: 05225/62547
E-Mail: salchner.stubai@aon.at
Fleisch-Fisch-Geflügel; Ab-Hof-Verkauf
(telefon. Vereinbarung), Hauszustellung

Josef und Monika Lutz,
Hochmark 22
6154 Schmirn
Tel: 05279/5440
Fleisch-Fisch-Geflügel, Milch und
Milchprodukte;Ab-Hof-Verkauf;

Rudolf Span, Plöven 4
6165 Telfes im Stubai
Tel: 05225/63766
E-Mail: kassnhof@stubaital.at
Brot und Getreide, Fleisch-Fisch-Geflügel,
Gemüse, Erdäpfel; Ab-Hof, Hauszustellung

Christoph Ritter vulgo Brunnerl,
St.Margarethen 113
6200 Jenbach
Tel: 0676/5570944
E-Mail: christoph.ritter@aon.at
Milch und Milchprodukte, Eier, Gemüse,
Erdäpfel, Wurst, Schinken,Speck,
Gewürze, Kräuter, Tees; Bauernladen.

Veronika Fritz vulgo Eberler,
Laubichl 158
6290 Mayrhofen
Tel: 05285/63413
E-Mail: danis.ziegenhof@aon.at
Milch und Milchprodukte, Wurst,
Schinken, Speck, Fleisch-Fisch-Geflügel,
Hofladen (jederzeit, am besten vormittags),
Ab-Hof-Verkauf, Exkursionsbetrieb.

Andreas Lettenbichler vlg. Erbhof
Schwoicherbauer, Mühlstatt 4
6300 Wörgl
Tel: 05332/73561
E-Mail: info@schwoicherbauer.at
web: www.schwoicherbauer.at
Milch und Milchprodukte, Essig, Säfte,
Obst, Schnaps und Liköre;Ab-Hof-Ver-
kauf, Hauszustellung, Exkursionsbetrieb.

Freizeit und Urlaub

Thomas Egger vlg. Angererbauer,
Schönau 6
6323 Bad Häring
 Tel: 05332/72885
 E-Mail: bio.angererhof@chello.at
Milch und Milchprodukte, Brot und Getreide, Fleisch-Fisch-Geflügel, Obst, Schinken, Wurst, Speck, Liköre und Schnaps, Eier, Gemüse, Erdäpfel; Hofladen (MO-MI, FR-SA 8-12)

Hans-Jörg und Magdalena Gschwendtner
"Schnapflhof",
Amberg 16
6344 Walchsee
 Tel: 05374/5267
 E-Mail: schnapflhof@gmx.at
Ab-Hof-Verkauf für Hausgäste.

Johann Landegger vulgo Dorfbäck,
Dorf 38
6345 Kössen
 Tel: 05375/6322
 E-Mail: johann_landegger@hotmail.com
Milch und Milchprodukte; Ab-Hof-Verkauf.

Reinhold und Eva Weingartner,
Hütte 33
6345 Kössen
 Tel: 05375/6210
Bio-Frühstück

Harasshof Bio- und Gesundheitsbauernhof Fam. Foidl,
Pramaweg 29-30
6353 Going am Wilden Kaiser
 Tel: 05358/2488
 E-Mail: harassen@aon.at
 web: www.tiscover.at/harasshof
Verschiedene FAIRTRADE - Produkte, Bio-Frühstücksbuffet, Bio-Milch

Anton und Elke Recheis "Sölln",
Astbergweg 43
6353 Going am Wilden Kaiser
 Tel: 05358/31932
 E-Mail: info@soellnhof.at
Fleisch-Fisch-Geflügel;Ab-Hof-Verkauf (ab 17 Uhr telefonische Vereinbarung), Hauszustellung;

Johann u. Elisabeth Baierl vlg. Obertreichl,
Ritschberg 15
6364 Brixen im Thale
 Tel: 05334/8429
 E-Mail: johann_baierl@aon.at
Gewürze, Kräuter, Tees, Kosmetika und Heilendes, Wurst, Schinken, Speck, Essig, Säfte, Fleisch-Fisch-Geflügel, Felle, Wolle, Kissen;Bauernmarkt, Hofladen (MO-SA 9-12, 14-18)Ab-Hof-Verkauf-HauszustellungExkursionsbetrieb;

Biohotel Florian
Bichlachweg 41
6370 Kitzbühel
 Tel: 05356/65242
 E-Mail: office@hotel-florian.at
 web: www.hotel-florian.at
Vollwert- u. Naturküche, rauchfreies Hotel, Brot und Getreide; nur geöffnet von Mitte Dezember bis Ende Oktober.

Robert Grander vulgo Stindl,
Reiterdörfl 10
6384 Waidring
 Tel: 05353/5869

Leonhard & Christine Gapp Kastlehof,
Wald 5
6416 Obsteig
 Tel: 05264/8144
 E-Mail: kastlehof.gapp@aon.at
Fleisch-Fisch-Geflügel, Schinken, Wurst, Speck, Brot und Getreide, Gemüse, Erdäpfel, Obst, Milch und Milchprodukte; Bauernladen (Anders Hofladen: DI-FR 16-19)Bauernmarkt (Nasserreith: FR 9-12 + 15-17), Ab-Hof-Verkauf (telefonische Vereinbarung), Hauszustellung.

Heinz Griesser, Hauptstr.1
6433 Ötz
 Tel: 05252/6446
 E-Mail: griesserhof@utanet.at
Milch und Milchprodukte, Eier, Essig, Säfte, Gemüse, Erdäpfel, Fleisch-Fisch-Geflügel;Ab-Hof-Verkauf.

Freizeit und Urlaub

Klaus Loukota Pfundserhof, Leins 22
6471 Arzl im Pitztal
Tel: 05412/63053
E-Mail: pfundserhof@aon.at
Milchprodukte, Eier, Fleisch, Fisch, Geflügel;
Ab-Hof-Verkauf, Hauszustellung.

Karl Landhaus Raich, Dorf 26
6474 Jerzens
Tel: 05414/87293
E-Mail: urlaub@landhaus-raich.at
web: www.landhaus-raich.at
Milch und Milchprodukte; Exkursionsbetrieb, Streichelzoo.

Alois u. Irmgard Streng, Sanatoriumstr. 5
6511 Zams
Tel: 05442/62809
E-Mail: info@biobauernhof.cc
web: www.biobauernhof.cc
Fleisch-Fisch-Geflügel. Wurst, Speck,
Schinken, Likör, Schnaps, Essig, Säfte,
Getreide, Brot, Felle, Wolle, Kissen,
Ab-Hof-Verkauf (auf Anfrage jederzeit);
Hauszustellung.

Florian Maas vlg. Tiefhof, Tiefhof 170
6543 Nauders
Tel: 05473/87368
E-Mail: tiefhof@aon.at
Gemüse, Erdäpfel, Getreide, Brot,
Fleisch-Fisch-Geflügel, Milch und
Milchprodukte, Obst, Beeren, Nüsse,
Speck, Wurst, Schinken, Eier, Essig,
Säfte; Ab-Hof-Verkauf, Hauszustellung

Haus Sonneck Marie Luise Federspiel,
Hinterdorf 267
6543 Nauders
Tel: 05473/87541
E-Mail: info@haus-sonneck.at
web: www.haus-sonneck.at
Bio-Frühstück

Stefan Alber "Alberhof", St. Jakober
Dorfstr. 117
6580 St. Anton am Arlberg
Tel: 05446/2563
E-Mail: stefan.alber@aon.at
Milch und Milchprodukte, Fisch, Fleisch,
Geflügel; Ab-Hof-Verkauf, Hauszustellung.

Bioweingut und Gästehaus Linde u.
Ernst Steiner, Seeuferg. 14
7141 Podersdorf
Tel: 02177/2163
E-Mail: haus-linde@utanet.at
web: www.bioweinbauernhof.at

Bioweingut Erich Klinger, Wallnerstr. 7
7143 Apetlon
Tel: 02175/2219
E-Mail: erich.klinger@bionysos.at
web: www.bionysos.at

Ewald u. Silvia Deutsch, Nr. 95
7522 Heiligenbrunn
Tel: 03324/20055
E-Mail: deutsch.direktvermarktung@aon.at

Veronika u. Stefan Hamedl,
Nr. 26
7535 Deutsch Tschantschendorf
Tel: 03327/8679
E-Mail: biobauernhof.hamedl@aon.at
web: www.biobauernhof-hamedl.at

Joel Herbert Hesch,
Zahling 89
7562 Eltendorf
Tel: 03325/2701

Christa u. Franz Harb,
Schönegg 49
8102 Semriach
Tel: 03127/88655
E-Mail: paulmartin@utanet.at
web: www.paulmartin.at
Alle Produkte vom Apfelsaft bis zum
Zweigelt, Weltladenprodukte, Fleisch-
produkte auf Anfrage.

Posch'n Rita u. Vinzenz Pötz,
Kandlbauer 5
8254 Wenigzell
Tel: 03336/2495
E-Mail: poschnhof@aon.at
web: www.poschnhof.at

www.oekoweb.at
Österreichs zentrales
Umweltportal

Freizeit und Urlaub

Biohof DI Michael u Christiane Degenhardt, Erbersdorf 65
8322 Studenzen
Tel: 03115/4159
E-Mail: biohof.degenhardt@utanet.at
web: www.degenhardt.at
Ziegenmilch, und -frischkäse, Obstsäfte, Apfelmost, Kräutertee, Weißweine, Dinkel- und Vollkorneierteigwaren, umfangreiches Gemüsesortiment, Sojaprodukte, Kartoffelwurst, Laibchen, Konfitüren

Cavallatt Gästehaus & Pferdefarm, Nr. 74b
8352 Unterlamm
Tel: 03155/5224
E-Mail: info@cavallatt.at
web: www.cavallatt.at
Kutschenfahrten, Wanderritte, Indianer-Tipi, Geburtstagsfeiern, Reiten für Kinder und Erwachsene, Reitferiencamps, Seminarräume für 30 Personen

BIO Hofladen- u. Schenke Wurzschusterhof Fam. Adam, Oberfahrenbach 44
8452 Großklein
Tel: 03454/401
E-Mail: biohofadam@msn.com
Rivaner, Winzerfreude (Phönix), Zweigelt, Zweigelt Cuvees, Zweigelt Rose, Herbstlaube (Isabella), Ochsenfleisch, Verhackert, Roggen, viele Gemüse- und Obstsorten, Edelkastanien, Walnüsse, Fruchtsäfte, Kräuter, Brände/Liköre, Essig, Kürbiskerne, Kürbiskernöl, Brennholz, Kompost, Kosmetika, Selbsternte Blumen, Bauerngolf, Spielplatz, Kneipp und Geburtsbaumfeld

Weinbau Karl Menhard, Pößnitz 70
8463 Leutschach
Tel: 03454/6584
E-Mail: weingut@menhard.at
Junker (November-Jänner), Welschriesling, Muskateller, Sauvignon-Blanc, Ruländer, Morillon, Scheurebe, Zweigelt CuveeEdelbrände: Trester, Quitte, Himbeer

Klanghof Gunzy Beate und Peter, Glanz 74
8463 Leutschach
Tel: 03453/6302
Versuchsweingarten, Schwimmteich, Wandern, Seminare, Übernachtungsmöglichkeit bis max. 14 Personen

Badlechner Huber Stefanie u. Herbert, Ilgenberg 10
8953 Donnersbach
Tel: 03683/2214
E-Mail: badlechnerhof@webpim.at
web: www.badlechnerhof.at.tf
Selbstversorgerhütte bis max. 30 Personen

Alpenhotel & Biobauernhof Feistererhof Robert Simonlehner GmbH & Co KG, Ramsau 220
8972 Ramsau am Dachstein
Tel: 03687/81980
E-Mail: info@feistererhof.at
web: www.feistererhof.at

Ramsauer Bioniere

Der Frienerhof in der Ramsau, Vorberg 33
8972 Ramsau am Dachstein
Tel: 03687/81835 Fax: 81835
E-Mail: info@frienerhof.at
web: www.frienerhof.at

Fehler gefunden ?

Auch der besten Recherche passiert einmal ein Fehler ...

Wir möchten uns aber gerne verbessern und freuen uns daher sehr, wenn Sie uns auf Fehler aufmerksam machen!

Bitte rufen Sie uns an unter 01/4700866 oder schicken Sie ein mail an office@oedat.at!

Danke !

die grünen seiten

der Shopping-Guide für umweltbewußte Konsumenten

die grünen seiten ÖKO Adressbuch
mit Magazinteil

Gesundheit & Wellness
Essen & Trinken
Bauen & Wohnen
Ökologie & Umwelttechnik
und vieles mehr....

Best of Öko..
€ 14.90
..zum besten Preis!

2007

œkoweb
www.oekoweb.at

das zentrale Internetportal
für Gesundheit, Nachhaltigkeit und soziale Gerechtigkeit

Garten und Pflanzen

In unseren Gärten und auf unseren Balkonen oder sogar an den Zimmerfenstern versuchen wir ein Stückchen Natur nahe bei uns zu pflegen. In unserer unmittelbaren Nähe sollten wir natürlich darauf achten, dass die Natur wirklich natürlich ist und nicht von Schad- und Giftstoffen verunreinigt wird. Darüber hinaus sollte das Stückchen Natur um uns nicht andere Teile der Natur gefährden, wie das zum

Siegel	Ausgebende Stelle	Kontrollstelle	Kontakt
Österreichisches Umweltzeichen	Lebens-ministerium	Stich-proben-artige Kontrollen durch den Verein für Konsumenten-information (VKI) und unabhängige Berater und Prüfer	Lebensministerium Betrieblicher Umweltschutz und Technologie Abt. VI/5 1010 Wien, Stubenbastei 5 Tel.:+43/1/515 22 -0 email: info@umweltzeichen.at www: www.umweltzeichen.at www ✉

Garten und Pflanzen

Beispiel im Zuge des Torfabbaus für die Herstellung von Blumenerden und Düngern geschieht.

Auch Gartenmöbel geben Anlass zu genauem Nachfragen – wollen wir mit Chemie beladene Hölzer aus gefährdeten Wäldern? Die Anzahl der Gütesiegel für den Gartenbereich ist noch nicht groß, die Zertifizierungen nehmen aber zu.

Besonders kompetent hilft bei allen Fragen zum Thema Garten und Pflanzen die Umweltberatung: www.umweltberatung.at

Kurzzusammenfassung der Gütesiegel - Richtlinien

7 Kategorien: Umweltzeichen für Zierpflanzen (UZ51), Pflanzenpflege- und Pflanzenschutzprodukte (UZ52), Torffreie Kultursubstrate und Bodenhilfsstoffe (UZ 32), standortgebundene Holzspielgeräte und Holzmöbel im Außenbereich (UZ 28), Motorbetriebene Gartengeräte (UZ 48), Schmiermittel (Sägekettenöle auf Pflanzenölbasis) (UZ 14) und Kompostierbare Blumenarrangements und Kränze (UZ 29).

Zierpflanzen werden von nachhaltigen Gärtnereien gezüchtet, die ganzheitlicher Anwendung von biologischen, biotechnologischen, physikalischen, anbautechnischen und pflanzenzüchterischen Maßnahmen sollen Krankheiten vermeiden. Es gibt eine Obergrenze für die Verwendung von Torf und synthetisch hergestellten Langzeitdüngern. Bei einem eventuellen Schädlingsbefall dürfen nur die von der EU für biologischen Landbau freigegebenen Spritzmittel verwendet werden. Der Zuchtbetrieb muss ein Umwelt- und/ oder Abfallwirtschaftskonzept vorweisen können (EMAS bzw. ISO 14001).

Pflanzenpflege- und Pflanzenschutzprodukte biologischer, chemischer oder physikalischer Herkunft und Wirkungsweise dürfen keine ökologisch und toxikologisch bedenklichen Wirk- und Zusatzstoffe enthalten. Es dürfen keine weitreichenden Umweltwirkungen von dem Produkt ausgehen, vor allem nicht auf „Nützlinge". Gentechnisch veränderte Stoffe und Organismen sind grundsätzlich ausgeschlossen. Die Herstellungsbetriebe müssen ein Umwelt- und/oder Abfallwirtschaftskonzept vorweisen können (EMAS bzw. ISO14001).
Die Kriterien für Torffreie Kultursubstrate und Bodenhilfsstoffe werden gerade überarbeitet.

Standortgebundene Holzspielgeräte und Holzmöbel im Außenbereich dürfen nur aus zertifizierter Holzwirtschaft stammen, chemische Behandlung ist nicht erlaubt. Metall darf für funktionale Elemente verwendet werden, es darf aber kein Cadmium enthalten. Ebenso können einzelne Teile aus halogenfreien, gekennzeichneten Kunststoffen bestehen. Beton darf nur für Fundierungen eingesetzt werden. Die Geräte und Möbel müssen leicht reparierbar sein, die Herstellerfirma muss ein Umwelt- und/oder Abfallwirtschaftskonzept

Garten und Pflanzen

Siegel	Ausgebende Stelle	Kontrollstelle	Kontakt
Österreichisches Umweltzeichen (Fortsetzung)	Lebens-ministerium	Stich-probenartige Kontrollen durch den Verein für Konsumenten-information (VKI) und unabhängige Berater und Prüfer	Lebensministerium Betrieblicher Umweltschutz und Technologie Abt. VI/5 1010 Wien, Stubenbastei 5 Tel.:+43/1/515 22 -0 email: info@umweltzeichen.at www: www.umweltzeichen.at www ✉
Europäisches Umweltzeichen	Lebens-ministerium	Stich-probenartige Kontrollen durch den Verein für Konsumenten-information (VKI) und unabhängige Berater und Prüfer	Lebensministerium Betrieblicher Umweltschutz und Technologie Abt. VI/5 1010 Wien, Stubenbastei 5 Tel.:+43/1/515 22 -0 email: info@umweltzeichen.at www: www.umweltzeichen.at www ✉
Fair Trade			FAIRTRADE Verein zur Förderung des fairen Handels mit den Ländern des Südens Wohllebengasse 12-14/7 A-1040 Wien Tel.: + 43 /1/ 533 09 56 Fax: + 43/ 1/ 533 09 56 - 11

Garten und Pflanzen

Kurzzusammenfassung der Gütesiegel - Richtlinien
vorweisen können (EMAS bzw. ISO 14001). **Motorbetriebene Gartengeräte** müssen Emissionsgrenzwerte für Kohlenwasserstoffe, Stickoxide und Kohlenmonoxid einhalten (orientiert an neuen, strengeren Abgasnormen der EU) sowie lärmreduziert sein. Die Geräte müssen reparatur- und recyclingfreundlich sein und für emissionsarme Alternativen zu herkömmlichem Treibstoff geeignet sein, der Treibstoffverbrauch darf bei einem Viertaktmotor maximal 500g/kWh betragen. Handgeräte müssen ergonomisch geformt sein. **Schmiermittel** (Sägekettenöle auf Pflanzenölbasis) dürfen weder umwelt- noch gesundheitsgefährlich oder bioakkumulierbar sein, sie müssen ökologisch abbaubar sein. Organische Halogen- und Nitritverbindungen sowie Metallverbindungen dürfen nicht enthalten sein. Richtlinien für Kompostierbare Blumenarrangements und Kränze sind in Bearbeitung.
1 Kategorie: Bodenverbesserer Organische Stoffe im Produkt müssen aus Verarbeitung oder Wiederverwertung von Stoffen stammen, es darf kein Klärschlamm enthalten sein, Grenzwerte für Schwermetalle, Pestizid- und Torffreiheit ist verlangt, der Gesamtstickstoffgehalt darf 2% nicht überschreiten. Das Produkt darf die festgelegten Grenzwerte für primäre Krankheitserreger (z.B. E.Coli) nicht überschreiten und nicht mehr als 2 keimende Pflanzenteile enthalten. Momentan ist kein österreichisches Produkt ausgezeichnet, in anderen europäischen Ländern gibt es aber ausgezeichnete Produkte. Die Neuauszeichnung erfolgt jährlich.
Die beteiligten kleinbäuerlichen Genossenschaften müssen demokratisch organisiert und politisch unabhängig sein, Management und Verwaltung müssen transparent sein, Kinder- und Zwangsarbeit sind verboten, Umweltschutzmaßnahmen müssen ergriffen werden (Regenwald-, Erosions-, Gewässerschutz), die Produktion muss (mit Übergangsfristen) umgestellt werden auf biologische Produktion (Produkte, die aus fairem Handel stammen und biologisch produ-ziert wurden, sind mit "aus biologischer Landwirtschaft" gekennzeichnet), Fortbildungsprogramme müssen angeboten werden, gentechnisch veränderte Pflanzen sind verboten. Lokale gesetzliche und tarifliche Mindeststandards müssen eingehalten werden, Gewerk

Garten und Pflanzen

Siegel	Ausgebende Stelle	Kontrollstelle	Kontakt	
Fair Trade (Fortsetzung)			e-mail: office @fairtrade.at www.fairtrade.at	www
Flower Label Programme (FLP)	FLP e.V., Food-first Information and Action Network (FIAN)	Unabhängige Prüforganisationen	FLP Koordination ÖSTERREICH FIAN Sektion Österreich Laudongasse 40 1080 Wien Tel: +43/ 1/ 405 55 15 316 Fax: +43/ 1/ 405 55 19 e-mail: brigitte.reisenberger@oneworld.at www: www.fian.at	www ✉
DIN Certco Kompostierbarkeitszeichen (DIN EN 13432)	DIN Certco Gesellschaft für Konformitätsbewertungsmbh (entwickelt von European Bioplastics)	DIN Certco Gesellschaft für Konformitätsbewertung mbH (entwickelt von European Bioplastics)	DIN CERTCO Gesellschaft für Konformitätsbewertung mbH Alboinstraße 56 12203 Berlin Telefon: +49/ 30/ 7562-1134 Fax: +49/ 30/ 7562-1141 E-Mail: info@dincertco.de www: www.dincertco.de	www

Baumschulen und Gärtnereien

Floristik Modern, Pergerstr.11a
2500 Baden bei Wien
Tel: 02252/85456
E-Mail: floristik.modern@aon.at
web: www.floristikmodern.at

Blumenhandlungen und Blumenmärkte

Klaus Ruhnau GmbH Blumengeschäft,
Singerstr.26
1010 Wien
Tel: 01/5125997

Blumen Knoll GmbH, Trattnerhof 1
1010 Wien
Tel: 01/5335056

Floralstudio, Wollzeile 25
1010 Wien
Tel: 01/5133220

Garten und Pflanzen

Kurzzusammenfassung der Gütesiegel - Richtlinien

schaften dürfen gegründet werden. Überschüsse aus den Einnahmen müssen demokratisch verwaltet und zu Verbesserungen für die Gemeinschaft eingesetzt werden.

FLP-Blumen werden nach dem Internationalen Verhaltenscodex für die sozial- und umweltverträgliche Produktion von Schnittblumen (ICC) produziert: Blumenarbeiter(innen) müssen fest angestellt sein, geregelte Arbeitszeiten haben, existenzsichernde Löhne bezahlt bekommen, Kinder- und Zwangsarbeit ist verboten, Gleichbehandlung und Gewerkschaftsfreiheit müssen gewährleistet sein. Hochgiftige Pesitizide sind verboten, es muss eine Gesundheitsvorsorge für die Arbeiter geben. Mit natürlichen Ressourcen soll verantwortungsvoll umgegangen werden.

DIN EN 13432 „Verpackung – Anforderung an die Verwertung von Verpackungen durch Kompostierung und biologischen Abbau – Prüfschema und Bewertungskriterien für die Einstufung von Verpackungen."

Das DIN Certo ist kein spezielles Nachhaltigkeitsgütezeichen, es gibt aber Informationen über die Abbaubarkeit eines Produkts. Es müssen alle Inhaltsstoffe eines Produktes offengelegt werden, es gibt Grenzwerte für Schwermetalle. 90% der organischen Inhaltsstoffe müssen in wässriger Lösung in 6 Monaten zu CO_2 abgebaut werden können. Nach 3 Monaten Kompostierung dürfen nur mehr 10% der Inhaltsstoffe Korngrößen über 2mm aufweisen. Im Zuge einer chemischen Überprüfung wird festgestellt, dass keine organischen Schadstoffe über den Kompost in den Boden gelangen können.

Markus Lederleitner GmbH,
Schottenring 16
1010 Wien
Tel: 01/5320677
E-Mail: wien@lederleitner.at
web: www.lederleitner.at

Blumen Jasmin,
Belvederestr.36-38
1040 Wien
Tel: 01/5045764

Wolfgang Geihsler Blumengroßhandel,
Graf-Starhemberg-G.24
1040 Wien
Tel: 01/5053511

Garten und Pflanzen

Floristik Calla,
Gumpendorferstr.70
1060 Wien
Tel: 01/5879108

Bloom, Mariahilferstr.100
1070 Wien
Tel: 01/5265537

Alles Blume,
Kaiserstr.70
1070 Wien
Tel: 01/5221412
E-Mail: allesblume@allesblume.at
web: www.allesblume.at

Florales im Gerngroß,
Mariahilferstr.42-48
1070 Wien
Tel: 01/5265756
E-Mail: shop@florales.at
web: www.florales.at

Doll`s Blumen, Lange G.62
1080 Wien
Tel: 01/4059531

Blumen Angie, Garnisonstr.5
1090 Wien
Tel: 01/4037071

Blumen-Kavalier, Nußdorferstr.61
1090 Wien
Tel: 01/3151681

Blumenboutique Prein, Währingerstr.5-7
1090 Wien
Tel: 01/4051182

Otto Klimesch Rosen Handels GmbH,
Mühlsangerg.37
1110 Wien
Tel: 01/7672156
E-Mail: office@klimesch.com
web: www.rosen.at

Renate Wagner Blumenhandlung,
Simmeringer Hauptstr.108c
1110 Wien
Tel: 01/7495262

Florales im U4-Center, Schönbrunnerstr.222
1120 Wien
Tel: 01/8100610
E-Mail: shop@florales.at
web: www.florales.at

Blumenhaus Hietzing, HietzingerHauptstr.11
1130 Wien
Tel: 01/8769054
E-Mail: ing.noll@aon.at

Heinz Kralicek Blumenhandlung, Hütteldorferstr.92
1140 Wien
Tel: 01/9858598

Belflor Blumen, Hütteldorferstr.51
1150 Wien
Tel: 01/9824689

Friedericke Kren Blumenhandlung,
Martinstr.97
1180 Wien
Tel: 01/4791988

Andrea Kalch Blumenhandlung, Langobardenstr.121
1220 Wien
Tel: 01/2822155
E-Mail: kalch@kalch.at
web: www.kalch.at

Florimex Blumenimport GmbH, Lichtblaustr.4
1220 Wien
Tel: 01/2593535

Blumen Susi, Breitenfurterstr.357
1230 Wien
Tel: 01/8655919
web: www.blumensusi.at

Garten und Pflanzen

Fleura International GmbH Blumengroß-
handel,
Lamezanstr.17
1230 Wien
Tel: 01/6162340
E-Mail: fleura@aon.at

WBH-Blumenhandels GmbH,
Kolbeg.52
1230 Wien
Tel: 01/6155060
E-Mail: info@wbh-blumen.at
web: www.wbh-blumen.at

Steffek Blumen Handels GmbH,
Schreckg.12
1230 Wien
Tel: 01/8041301
E-Mail: steffek.vienna@steffek.jet2web.at

IlFIOREwolkersdorf,
Haasg.3
2120 Wolkersdorf im Weinviertel
Tel: 02245/2519
E-Mail: info@ilfiorewolkersdorf.at
web: www.ilfiorewolkersdorf.at

Blumen Haas Gärtnerei,
Bürgerspitalg.2
2136 Laa an der Thaya
Tel: 02522/2464

Blumen Plachy, Wienerstr.94
2230 Gänserndorf
Tel: 02282/2329
E-Mail: blumen.plachy@kronline.at

Penzo Fora GmbH Blumenhandlung,
Laxenburgerstr.148
2331 Vösendorf
Tel: 0664/2123249

Blumenpyramide Maher Blumengroßhandel, Babenbergerg.7/3/5/30
2340 Mödling
Tel: 02236/49317

**Blumengarten GmbH, Grenzg.7
2344 Maria Enzersdorf am Gebirge
Tel: 02236/24116-20 Fax: 24116-16
E-Mail: office@blumen.at
web: www.blumen.at**

Blumenstube Perchtoldsdorf, Wienerg.4
2380 Perchtoldsdorf
Tel: 01/8698349

Floristik Modern, Pergerstr.11a
2500 Baden bei Wien
Tel: 02252/85456
E-Mail: floristik.modern@aon.at
web: www.floristikmodern.at

Blumen-Galerie Elfi Weber, Beetho-
veng.2
2500 Baden bei Wien
Tel: 02252/44960

Konrad GmbH Blumenhandlung, Sat-
tersdorfer Hauptstr.127
3100 St. Pölten
Tel: 02742/253115
E-Mail: konrad-blumen@aon.at

Konrad GmbH Blumenhandlung, Kranz-
bichlerstr.31
3100 St. Pölten
Tel: 02742/73020

Blumen Zistler, Untere Hauptstr.13
3150 Wilhelmsburg an der Traisen
Tel: 02746/2079
web: www.blumenzistler.at

Völk Blumenhandlung, Bahnhofstr.6
3200 Ober-Grafendorf
Tel: 02747/2715
E-Mail: voelk.blumen@utanet.at
web: www.blumen-voelk.at

Blumen Schwanzer, Bahnhofstr.9
3462 Absdorf
Tel: 02278/2239

Garten und Pflanzen

Gärtnerei Ludwig Band GmbH, Wieseng.5
3580 Horn
Tel: 02982/2640

Katharina Schinko Blumenhandlung,
Marktpl.15
4020 Linz, Donau
Tel: 0732/600942

Robert Klima Blumenhandlung, Altstadt 30
4020 Linz, Donau
Tel: 0732/771577
E-Mail: klima@floristlinz.at
web: www.florist-klima.at

Iris-Blumengroßhandel Inh. Huber
Anna, Traunerstr.5
4061 Pasching
Tel: 07221/883660

Artegra Werkstätte GmbH gemeinnützige Werkstätte, Böhmerwaldstr.21
4121 Altenfelden
Tel: 07282/560333
E-Mail: office@artegra.at
web: www.artegra.at

FlorisTine Blumenhandlung, Hanriederstr.8
4132 Lembach im Mühlkreis
Tel: 07286/20069

Blumen Böhm, Marktpl.4
4210 Gallneukirchen
Tel: 07235/62615

Schnenk Freude Inh. Hr. Hinterramskogler, Linzer Str.5
4210 Gallneukirchen
Tel: 07235/62234

Blumenfreund Kepplinger,
Habergutstr.14
4400 Steyr
Tel: 07252/44722

Schützenhofer Gärtnerei,
Linzerstr.32
4532 Rohr im Kremstal
Tel: 07258/2124

Blumengalerie Hauser,
Bahnhofstr.56
4600 Wels
Tel: 07242/44694

Horizon Blumengroßhandel Inh. Johanna
Eichlberger, Schnarrndorf 75c
4621 Sipbachzell
Tel: 07240/20144
E-Mail: eichlberger@horizon.co.at
web: www.horizon.co.at

Baumgartner Gärtnerei Floristik,
Hofmark 141
4792 Münzkirchen
Tel: 07716/7242

Bogeschdorfer Gärtnerei, Rathauspl.13
4800 Attnang-Puchheim
Tel: 07674/62495

Blumen Nussbaumer, Wasserfeld 4
4812 Pinsdorf
Tel: 07612/64870
E-Mail: office@blumen-nussbaumer.at
web: www.blumen-nussbaumer.at

La Fiora Blumenhandlung, Kreuzpl.7
4820 Bad Ischl
Tel: 06132/23411

Blumen Dürlinger, Auleiten 100
4910 Ried im Innkreis
Tel: 07752/85097
E-Mail: office@duerlinger.com
web: www.duerlinger.com

Kunstgärtnerei Doll Gmbh, Nonntaler
Hauptstr.79
5020 Salzburg
Tel: 0662/821829
E-Mail: office@doll-salzburg.at
web: www.doll-salzburg.at

Garten und Pflanzen

Caritas Salzburg,
Universitätspl.7
5020 Salzburg
E-Mail: office@caritas-salzburg.at
web: www.caritas-salzburg.at

Flora Blumengroßhandel GmbH,
Karolingerstr.22
5020 Salzburg
Tel: 0662/827000

Floristik Sonnenblume Inh. Gertraud Schnaitl,
Färberstr.2
5110 Oberndorf bei Salzburg
Tel: 06272/4076

Trapp Gartenwelt GmbH,
Wertheim 50
5202 Neumarkt am Wallersee
Tel: 06216/6309
E-Mail: office@gartenwelt.at
web: www.gartenwelt.at

Filiale Abtenau Zachhalmel Gmbh,
Markt 86+91
5441 Abtenau
Tel: 06243/20061
E-Mail: office@zachhalmel.at
web: www.zachhalmel.at

Zachhalmel GmbH Filiale Bischofshofen,
Bahnhofstr.7
5500 Bischofshofen
Tel: 06462/5440
web: www.zachhalmel.at

Zachhalmel GmbH Filiale Annaberg,
Annaberg 40
5524 Annaberg
Tel: 06463/60013
E-Mail: info@zachhalmel.at
web: www.zachhalmel.at

Tamsweger Gartenland Inh.Robert Gloner,
Gewerbepark 285
5580 Tamsweg
Tel: 06474/7757
E-Mail: office@gloner.at
web: www.gloner.at

Zachhalmel Gartencenter,
Industriestr.5
5600 St. Johann im Pongau
Tel: 06412/52220

Zachhalmel GmbH Filiale St.Johann,
Ing. Ludwig Pech Str.1a
5600 St. Johann im Pongau
Tel: 06412/8431
web: www.zachhalmel.at

Zachhalmel GmbH
Filiale Wagrain,
Markt 37a
5602 Wagrain
Tel: 06413/20094
web: www.zachhalmel.at

Blumen Walpoth GmbH,
Wilhelm-Greil-Str.23
6020 Innsbruck
Tel: 0512/583397
E-Mail: blumen.walpoth@utanet.at

Blumengroßhandel Harm Barbara,
Fürstenweg 30
6020 Innsbruck
Tel: 0512/285550

Blumen Vergissmeinnicht
Dorf 17
6071 Aldrans
Tel: 0512/390049
E-Mail: office@vergissmeinnicht.net
web: www.vergissmeinnicht.net

Blumen Althaler,
Kinkstr.26
6330 Kufstein
Tel: 05372/63582
E-Mail: sandra.langmaier@kufnet.at

Garten und Pflanzen

Blumenstüberl Inh. Martha Glantschnig,
Untermarktstr.16
6410 Telfs
Tel: 05262/63663

Blumenstüberl im EKZ Inntalcenter,
Weißenbachg.9
6410 Telfs
Tel: 05262/62250

Blumen Jehle, Dorfstr.57
6580 St. Anton am Arlberg
Tel: 05446/2401

Rosen Waibel HandelsGmbH, Leha 1
6841 Mäder
Tel: 05523/62541
E-Mail: info@rosenwaibel.at
web: www.rosenwaibel.at

Blumen Graf, Apetlonerstr.1
7142 Illmitz
Tel: 02175/2243

Flowerpower-Blumenkunst, Schönaug 12
8010 Graz
Tel: 0316/817528
E-Mail: flowers@flowerpower.cc
web: www.flowerpower.cc

Orasch-Blumen Leitner,
Mariahilfer Str.18
8020 Graz
Tel: 0316/711766

St.Peter-Blumen,
St-Peter Hauptstr.63
8042 Graz-St. Peter
Tel: 0316/465608
E-Mail: st-peter-blumen@aon.at
web: www.st-peter-blumen-at

Gebrüder Leitner Blumen GmbH,
Puchstr.138
8055 Graz-Puntigam
Tel: 0316/296733

Blumen Brommmer Fleurop KG,
Luegerstr.27
9020 Klagenfurt
Tel: 0463/22600
E-Mail: blumen@brommmer.at
web: www.brommer.at

Blumen Brommer KG im EKZ Südpark,
Flatschacher Str.64
9020 Klagenfurt
Tel: 0463/31311
E-Mail: blumen@brommer.at
web: www.brommer.at

Sattler GmbR Gärtnerei,
Sonnwendg.7
9300 St. Veit an der Glan
Tel: 04212/2507

Blumensalon Moser,
8.Mai Pl.4
9500 Villach
Tel: 04242/24253

Blumen Nutschnig GmbH,
Waldsiedlungsstr.13
9601 Arnoldstein
Tel: 04255/3133

BlumenStängl Inh. Stangl Ursula,
Villacherstr.1
9710 Feistritz an der Drau
Tel: 0664/1547116

Florimex Passau,
Am Magauer Hof 1
D-94127 Neukirchen Pfennigbach
Tel: 0049/8502/91180
E-Mail: fmx.passau@florimex.de
web: www.florimex.de

Garten und Pflanzen

Bodenverbesserer, Humus, Wurmzüchter

Franz Kranzinger GmbH,
Haarlacken 24
5204 Straßwalchen
Tel: 06215/8409-0
E-Mail: office@kranzinger-erde.at
web: www.kranzinger-erde.at
KRANZINGER Garten- und Pflanzenhumus, KARAHUM Garten- und Pflanzenhumus, TORESA Protect, KRANZINGER Grüngutkompost, KRANZINGER Rindenkompost, TORESA HolzfaserKranzinger produziert seinen eigenen Grüngutkompost aus den Grünabfällen, die von umliegenden Gemeinden angeliefert werden.

Garten & Pflanzen allgemeiner Bedarf

Naturrein Reinhard Hölzl,
Fohrafeld 1
3233 Kilb
Tel: 02748/6609
E-Mail: office@naturren-bio.at
web: www.naturrein-bio.at
* ÖKOHUM Bio-Universalerde*
Bellaflora Professional Bio Naturerde*
Wurmkraft Vermicult verzichtet auf den Abbau von Torf in Mooren und fördert natürliche Kreisläufe

eiringer Umweltservice GmbH, Krügling 10
3250 Wieselburg an der Erlauf
Tel: 07416/54202
E-Mail: office@seiringer.at
web: www.seiringer.at
Qualitätskompost (freigegeben für den biol. Landbau), Torfverzicht.

Pro-Tech Handels GmbH Biologische und technische Produkte, Einfang 33,
Gewerbepark Ost
6130 Schwaz
Tel: 05242/74100
E-Mail: office@biomat.info
web: www.biomat.info
kompostierbare Abfallsäcke, Garten- bzw. Agrarfolien und Einwegbecher

Pflanzenpflege

Biohelp Gmbh biologischer Pflanzenschutz - Nützlingszucht, Kapleig.16
1110 Wien
Tel: 01/7699769-0 Fax: 7699769-16
E-Mail: office@biohelp.at
web: www.biohelp.at
Biologische Pflanzenschutzmittel für Zimmerpflanzen und Wintergarten: Encon (Encarsia formosa) - Erzwespe, Phyton (Phytoseiulus persimilis) - Raubmilbe, Chryson (Chrysopa carnea) - Florfliege, Crypton (Cryptolaemus montrouzieri) - Marienkäfer, Nemahelp (Steinernema feltiae) - Nematoden; Biologische Pflanzenschutzmittel fürs Freiland: Nematon (Heterorhabditis heliothidis) - Nematoden

Substral, Postfach 163
5020 Salzburg
Tel: 0662/453713-0
E-Mail: info-at@scotts.com
web: www.substral.at
Substral NATUREN Erden ohne Torf *
Hochwertiges Kultursubstrat ohne Torf *
Aus 100% nachwachsenden Rohstoffen
* Umweltschonend mit Holzfaser aus heimischem Fichtenholz * Lockere Struktur für optimale Durchlüftung *
Ausgeglichener Wasserhaushalt durch Lavagranulat und Tonminerale, die ein vorschnelles Austrocknen der Erde verhindern

Schädlingsbekämpfung, natürliche

**Biohelp Gmbh biologischer Pflanzenschutz - Nützlingszucht, Kapleig.16
1110 Wien
Tel: 01/7699769-0 Fax: 7699769-16
E-Mail: office@biohelp.at
web: www.biohelp.at
Biologische Pflanzenschutzmittel für Zimmerpflanzen und Wintergarten*
Encon (Encarsia formosa) - Erzwespe* Phyton (Phytoseiulus persimilis)
- Raubmilbe* Chryson (Chrysopa carnea) - Florfliege* Crypton (Cryptolaemus montrouzieri) - Marienkäfer*
Nemahelp (Steinernema feltiae) - Nematoden Biologische Pflanzenschutzmittel fürs Freiland* Nematon (Heterorhabditis heliothidis) - Nematoden**

NGOs

Interessensvertretungen, NGOs & Soziales

Im Bereich des Sozialen ist es nicht einfach, Gütesiegel zur Auszeichnung zu verwenden. Vieles wird per Gesetz geregelt. Manche Normen, z.B. die deutschen Din Normen 18024 und 18025 (Bariererefreies Bauen auf öffentlichen Plätzen und im Wohnbau) werden mittlerweile bei fast allen Neubauprojekten zur Pflicht, die Auszeichnung einzelner Gebäude oder Plätze kann aber nicht

Siegel	Ausgebende Stelle	Kontrollstelle	Kontakt
Spenden-gütesiegel	NPO-Dachverbände und die Kammer der Wirtschafts-treuhänder, KWT	Unabhängige Wirtschafts-treuhändler	Kammer der Wirtschaftstreuhänder Frau Mag. Nadja Schedina Schönbrunner Strasse 222-228 1120 Wien Telefon: +42/ 1/ 811 73-238 Fax: +43/ 1/ 811 73-100 e-mail: schedina@kwt.or.at www: www.osgs.at

Kontaktstellen für Behinderte

Diakonie Österreich, Trautsong.8
1080 Wien
Tel: 01/4098001
E-Mail: diakonie@diakonie.at
web: www.diakonie.at
Arbeit mit Kindern/Jugendlichen; Menschen mit Behinderungen, Pflege-bedürftigen, sowie Menschen auf der Flucht.

Österr. Blindenverband,
Hägeling.4-6
1140 Wien
Tel: 01/98189-0
E-Mail: office@blindenverband.at
web: www.blindenverband.at
Kontakt Spenden: Mag. Martin Tree, PR Referent, Mobil: 0664 100 68 39,
pr@braille.at,

Haus der Barmherzigkeit, Seeböckg.30a
1160 Wien
Tel: 01/40199-0
E-Mail: info@hausderbarmherzigkeit.at
web: www.hausderbarmherzigkeit.at
Die gemeinnützige Betreuungseinrichtung Haus der Barmherzigkeit bietet seit mehr als 130 Jahren Menschen mit chronischer Erkrankung oder geistiger und körperlicher Beeinträchtigung eine interdisziplinäre Langzeit-Betreuung.

NGOs

ausreichend sein, da auf Rollstühle und Gehhilfen angewiesene Menschen sich nicht aussuchen können, welche Gebäude sie aufsuchen müssen – diese Norm muss zum gesetzlichen Standard werden.

Für die NGOs (Non Governmental Organisations, im deutschen meist bezeichnet als NPOs, Non Profit Organisations) ist es vor allem wichtig, das Vertrauen der freiwilligen Spender durch Qualitätsmaßnahmen zu gewinnen.

Kurzzusammenfassung der Gütesiegel - Richtlinien

Das Spendengütesiegel ist ein Qualitätssiegel für Non-Profitorgansiationen (NPOs). Diese müssen über ein Mindestmaß von Organisation verfügen, müssen privat sein (sie dürfen allerdings stattliche Zuwendungen bekommen), die Einnahmen der Organsiastion müssen dem Zweck der Organisation zugeführt werden (dürfen also z.B. nicht an Mitglieder ausgeschüttet werden). Die Organisation muss ein Mindestmaß an Freiwilligkeit im Bezug auf Tätigkeiten für die Organisation bzw. Zuwendungen (Spenden) aufweisen. Erfüllt eine Organisation diese Kriterien, so kann sie sich um das Spendengütesiegel bewerben. Um dieses zu erlangen, muss eine ordnungsgemäße Abrechnung mit internem Kontrollsystem existieren, Jahresberichte müssen veröffentlicht werden. Weiters muss die Organisation die in Österreich gültigen Mitgliedschafts- und Kündingungsrechte anerkennen, darf niemanden ohne bestehende Vorkontakte kontaktieren (also keine „Keilerei" per telefon, Handy oder e-mail) und muss die Spenden komplett dem Zweck der Organisation zuführen (alles, was für „Verwaltungsaufwand" anfällt, muss genau dokumentiert werden und wird überprüft, sodass Spendengelder auch wirklich dem Spendenzweck zukommen und nicht in der Organisation verschwinden können).

Hilfsgemeinschaft d. Blinden u. Sehschwachen Österreichs,
Jägerstr.36
1200 Wien
Tel: 01/3303545
E-Mail: info@hilfsgemeinschaft.at
web: www.hilfsgemeinschaft.at
Die Hilfsgemeinschaft setzt sich für die Gleichstellung blinder und sehbehinderter Personen in der Gesellschaft ein.

Engel auf Pfoten - Verein, Großmarktstr.7
1230 Wien
Tel: 01/6150979
E-Mail: info@engelaufpfoten.at
web: www.engelaufpfoten.at
Verein zur Förderung der Mobilität sehbehinderter und blinder Menschen. Allgemeine Beratung sehbehinderter und blinder Menschen, deren Interessensvertretung und Beratung von Führhundinteressenten .

Lebenshilfe NÖ Vereinigung f.geistig u. mehrfach behinderten Menschen,
Viktor-Kaplan-Str.2
2700 Wiener Neustadt
Tel: 02622/21601-0
E-Mail: geschaeftsfuehrung@noe.lebenshilfe.at
web: www.noe.lebenshilfe.at
Interessensvertretung für geistig und mehrfach behinderte Menschen.

NGOs

OÖ. Blinden- und Sehbehindertenverband, Makartstr.11
4020 Linz, Donau
Tel: 0732/652296-0
E-Mail: office@blindenverband-ooe.at
web: www.blindenverband-ooe.at
Anlauf-, Beratungs- und Betreuungsstelle für blinde und sehbehinderte Menschen in Oberösterreich - Service, Hilfsmittelverkauf, ein Freizeitangebot und spezielle Kurse.

Institut Hartheim gemeinnützige BetriebsGmbH, Anton-Strauch-Allee 1
4072 Alkoven
Tel: 07274/6536-219
E-Mail: zentrale@institut-hartheim.at
web: www.institut-hartheim.at
Das Institut Hartheim führt behinderte Menschen zur Selbständigkeit, gibt ihnen aber gleichzeitig die individuell notwendige Unterstützung und Betreuung.

Evangelisches Diakoniewerk Gallneukirchen, Martin Boos-Str.4
4210 Gallneukirchen
Tel: 07235/63251
E-Mail: office@diakoniewerk.at
web: www.diakoniewerk.at
Die Mitarbeiterinnen und Mitarbeiter der Behindertenhilfe des Diakoniewerkes wollen Menschen mit geistiger und mehrfacher Behinderung ganzheitlich in ihrer Lebensgestaltung begleiten. Dies geschieht im Alltag durch Assistenz, Betreuung und Pflege.

SCHÖN für behinderte Menschen, Wohnen mit Betreuung, Freizeit und Fortbildung gemeinnützige GmbH, Schön 60
4563 Micheldorf
Tel: 07582/60917
E-Mail: zentrale@schoen-kreuzbichlhof.at
web: www.schoen-kreuzbichlhof.at
Die „Schön für behinderte Menschen gemeinnützige Gesellschaft mbH" bietet geistig und mehrfach behinderten Menschen und ihren Angehörigen Unterstützung und Betreuung.

Österr. Blinden- u. Sehbhindertenverband Landesgruppe Salzburg, Schmiedingerstr.62
5020 Salzburg
Tel: 0662/431663
E-Mail: sekretariat@sbsv.at
web: www.sbsv.at
Der Verband ist eine Anlauf-, Beratungs- und Betreuungsstelle für blinde und sehbehinderte Menschen in Land und Stadt Salzburg.

Tiroler Blinden- und Sehbehindertenverband, Sillg.8/III
6020 Innsbruck
Tel: 0512/33422
E-Mail: office@tbsv.org
web: www.tbsv.org
Der Tiroler Blinden- und Sehbehinderten-Verband (TBSV) ist die einzige Selbsthilfeorganisation in Tirol, welche die Interessen und Anliegen blinder und sehbehinderter Menschen vertritt.

Österr. Zivilinvalidenverband Landesgruppe Tirol, Anichstr.24/4
6020 Innsbruck
Tel: 0512/571983
E-Mail: oeziv@tirol.com
web: www.oeziv-tirol.at
Der ÖZIV setzt sich als Interessenvertretung seit 1963 für die Anliegen von Menschen mit Behinderung ein.

Österr. Zivilinvalidenverband Landesgruppe Vorarlberg,
St. Annastr.2A
6900 Bregenz
Tel: 05574/45579
E-Mail: oeziv.vorarlberg@ziviberg.at
web: www.ziviberg.at
Der ÖZIV setzt sich als Interessenvertretung seit 1963 für die Anliegen von Menschen mit Behinderung ein.

Initiativ für behinderte Kinder und Jugendliche,
Albertstr.8
8010 Graz
Tel: 0316/327936-0
E-Mail: rudlof@eu1.at
web: www.behindert.or.at
Die Organisation setzt sich dafür ein, dass behinderte Kinder und Jugendliche in ein selbstbestimmtes Leben hineinwachsen können.

NGOs

Förderverein Odilien-Institut,
Leonhardstr.130
8010 Graz
Tel: 0316/322667-766
E-Mail: margret.pittner@odilien.at
web: foerderverein.odilien.at
Der Förderverein Odilien-Institut wurde 1990 gegründet, um eine Plattform für die Bedürfnisse und Anliegen von Menschen mit Sehbehinderung oder Blindheit zu schaffen. Als weitere Aufgabe wurde die Öffentlichkeitsarbeit für das Odilien-Institut gesehen.

Österr. Zivilinvalidenverband Landesgruppe Steiermark, Opernring 7
8010 Graz
Tel: 0316/823346
E-Mail: oezivstmk@aon.at
web: www.oeziv-steiermark.at
Der ÖZIV setzt sich als Interessenvertretung seit 1963 für die Anliegen von Menschen mit Behinderung ein.Die Bezirksgruppen Graz und Graz-Umgebung erhielten das Spenden- Gütesiegel.

Steiermärkischer Blindenverein, Aug.132
8020 Graz-Eggenberg
Tel: 0316/62240
E-Mail: office@stmk-bsv.at
web: www.stmk-bsv.at
Die Aufgaben des Verbandes sind die Information, Beratung und Vertretung von blinden und sehbehinderten Menschen bei Behörden im Zusammenhang mit Pflegegeld, Gebührenbefreiung und bezüglich Hilfsmittelfinanzierung.

Lebenshilfe Bezirk Judenburg Gesellschaft für Behinderte,
St.-Christophorus-Weg 15
8750 Judenburg
Tel: 03572/20752
E-Mail: office@lebenshilfe-judenburg.at
web: www.lebenshilfe-judenburg.at
Die Organisation bietet ein breit gestreutes differenziertes Beschäftigungs-, Arbeits- und Ausbildungsangebot für Menschen mit Behinderung an.

Kontaktstellen für DiabetikerInnen

Aktive Diabetiker Austria,
Postfach10
1190 Wien
web: www.aktive-diabetiker.at

Kontaktstellen für Familienberatung

Gesellschaft österr. Kinderdörfer,
Ballg.2/2
1010 Wien
Tel: 01/5125205
E-Mail: office@kinderdoerfer.at
web: www.kinderdoerfer.at
Die "Gesellschaft Österreichischer Kinderdörfer" arbeitet seit 45 Jahren erfolgreich an der Obhut und Integration von Waisenkindern und Sozialwaisen.

Hermann-Gmeiner-Gesellschaft,
Nussdorferstr.65/11
1090 Wien
Tel: 01/3683135
E-Mail: info@sos-kd.org
web: www.sos-kinderdorf.at
Geborgenheit für Kinder, Perspektiven für Jugendliche, Hilfe zur Selbsthilfe für Familien, rasche Maßnahmen für Katastrophenopfer.

White Ribbon Österreich Verein v. Männern zur Prävention von männl. Gewalt,
Erlachg.95
1100 Wien
Tel: 01/6032828-28
E-Mail: office@whiteribbon.at
web: www.whiteribbon.at
Die White Ribbon Kampagne ist die international größte Bewegung von Männern, die sich für die Beendigung der Männergewalt in Beziehungen einsetzt.

Rettet das Kind Österreich, Pouthong.3
1150 Wien
Tel: 01/9826216
E-Mail: office@rettet-das-kind.at
web: www.rettet-das-kind.at
RETTET DAS KIND-Österreich ist eine private, gemeinnützige, überparteiliche und konfessionell nicht gebundene Kinderhilfsorganisation. Behindertenarbeit, der Betreuung von sozial gefährdeten Kindern bis zur Einzelfallhilfe für Familien in Not. Im Ausland helfen wir mit Patenschaften und Entwicklungs- bzw. Katastrophenhilfeprojekten.

NGOs

SOS Kinderdorf Wienerwald,
Kröpfelsteigstr.42
2371 Hinterbrühl
Tel: 02236/42302
E-Mail: hinterbruehl@sos-kinderdorf.at
web: www.sos-kinderdorf.at
Für über 115 Kinder ein dauerhaftes und beschützendes Zuhause, zwei sozialpädagogisch-therapeutische Wohngemeinschaften, in denen Jugendliche mit besonderen Schwierigkeiten betreut werden.

Aktion Leben St.Pölten Gemeinschaft zum Schutz menschlichen Lebens,
Mühlweg 26
3100 St. Pölten
Tel: 02742/363286-12
E-Mail: aktion.leben.st.poe@pgv.at

Aktion Leben Oberösterreich,
Kapuzinerstr.84
4020 Linz, Donau
Tel: 0732/76103418
E-Mail: aktion.leben@dioezese-linz.at
web: www.aktionleben.at/jugendooe/

Rettet das Kind - Oberösterreich,
Weidenweg 4
4600 Wels
Tel: 07242/224151
E-Mail: info@rettet-das-kind-ooe.at
web: www.rettet-das-kind-ooe.at
Die Organisation unterstützt hilfsbedürftige Familien in Oberösterreich.

SOS Kinderdorf Oberösterreich,
Kinderdorfstr.16
4813 Altmünster
Tel: 07612/88655
E-Mail: altmuenster@sos-kinderdorf.at
web: www.sos-kinderdorf.at
Heute betreuen SOS-Kinderdorf-Mütter in 13 Einfamilienhäusern rund 50 Kinder und Jugendliche bis zu deren Selbstständigkeit. Der Kindergarten, die Kinder- und Jugendbibliothek und die sozialpsychologische Beratungsstelle sind öffentlich zugänglich.

Pro Juventute - Kinderdorfvereinigung,
Fischerg.17
5013 Salzburg/Liefering
Tel: 0662/431355
E-Mail: office@projuventute.at
web: www.projuventute.at
Die Pro Juventute Kinderdorfvereinigung ist in Österreich seit 60 Jahren für Kinder, Jugend und Familie da, auch dort, wo sonst keiner mehr ist.Pro Juventute hilft umfassend durch Beratung, Kinder-Tagesbetreuung und Wohngemeinschaften.

Aktion Leben Salzburg,
Hellbrunner Str.13
5020 Salzburg
Tel: 0662/627984-14
E-Mail: aktionlebensbg@utanet.at
web: www.aktionleben.at/salzburg

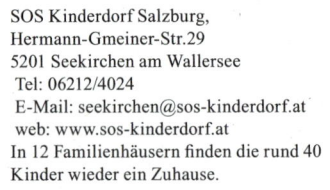

SOS Kinderdorf Salzburg,
Hermann-Gmeiner-Str.29
5201 Seekirchen am Wallersee
Tel: 06212/4024
E-Mail: seekirchen@sos-kinderdorf.at
web: www.sos-kinderdorf.at
In 12 Familienhäusern finden die rund 40 Kinder wieder ein Zuhause.

KIST 74-Beratungsstelle Innsbruck
West f. Familien, Kinder u. Einzelp.
Hermann-Gmeiner-Beratungs- und Stadtteilzentrum,
Lohbachufer 18
6020 Innsbruck
Tel: 0512/283724
E-Mail: kist@sos-kinderdorf.at
web: www.8ung.at/kist74
Ein eingespieltes Team von Psychotherapeut/innen und Erziehungsberater/innen steht bereit, Menschen zuzuhören, die mit ihren Sorgen in die Beratungsstelle kommen um bei der Bewältigung ihrer Probleme zu helfen.

Aktion Leben Tirol,
Riedg.9 (2.Untergeschoß)
6020 Innsbruck
Tel: 0512/2230-507
E-Mail: info@aktionleben-tirol.org
web: www.aktionleben-tirol.org

NGOs

Verein SOS-Kinderdorf Österreich
Hauptgeschäftsführung u. Verlag,
Stafflerstr.10a
6021 Innsbruck
Tel: 0512/5918-0
E-Mail: info@sos-kd.org
web: www.sos-kinderdorf.at
SOS Kinderdorf bietet kurz-, mittel-,
und langfristige Unterbringung von
Kindern und jungen Menschen, deren
Eltern für sie nicht mehr sorgen können.
In den Ländern des Südens schafft SOS
Kinderdorf über die Betreuung der
Kinder hinaus mit Programmen der Armutsbekämpfung unmittelbaren Nutzen
für das Umfeld seiner Einrichtungen
(community development).

SOS Kinderdorf Imst,
Sonnberg
6460 Imst
Tel: 05412/66234
E-Mail: imst@sos-kinderdorf.at
web: www.sos-kinderdorf.at
Imst - eine kleine Stadt im Tiroler Oberinntal. Von hier hat Hermann Gmeiners
Idee ihren Ausgangspunkt genommen
und ihren Weg um den ganzen Erdball
angetreten: Das erste SOS-Kinderdorf
der Welt wurde 1949 in Imst errichtet.

Aktion Leben Vorarlberg,
Dr. Anton Schneiderstr.3
6850 Dornbirn
Tel: 05572/33256
E-Mail: aktion.leben.vbg@aon.at

SOS Kinderdorf Dornbirn, Hermann-
Gmeiner-Weg 2
6850 Dornbirn
Tel: 05572/22833
E-Mail: dornbirn@sos-kinderdorf.at
web: www.sos-kinderdorf.at
Zum SOS-Kinderdorf gehört auch ein
Kindergarten und eine Jugend-Wohngemeinschaft.

Vorarlberger Kinderdorf, Kronhalderweg 2
6900 Bregenz
Tel: 05574/4992
E-Mail: vermittlung@voki.at
web: www.kinderdorf.cc
Was mit den von Kaplan Hugo Kleinbrod vor über 50 Jahren gegründeten
Ferienlagern in Schönenbach begann,
ist heute ein tragfähiges Netzwerk aus
professionellen Dienstleistungen für
Kinder, Jugendliche und Familien. Das
Vorarlberger Kinderdorf präsentiert sich
als Dorfgefüge mit mehreren Häusern.

SOS Kinderdorf Burgenland,
Hermann Gmeiner-Str.6
7423 Pinkafeld
Tel: 03357/42452
E-Mail: pinkafeld@sos-kinderdorf.at
web: www.sos-kinderdorf.at
Im SOS-Kinderdorf Burgenland leben
heute rund 50 Kinder und Jugendliche
in 11 SOS-Kinderdorf-Familien und in
einer SOS-Kinderdorf-Wohngemeinschaft. Angeschlossen sind außerdem ein
Kindergarten und ein SOS-Jugendhaus.

Aktion Leben in der Katholischen Aktion Steiermark, Bischofpl.4
8010 Graz
Tel: 0316/8041-262
E-Mail: ka.usl@graz-seckau.at
web: www.graz-seckau.at

SOS Kinderdorf Steiermark, Kleinstübing 18
8114 Stübing
Tel: 03127/41250
E-Mail: stuebing@sos-kinderdorf.at
web: www.sos-kinderdorf.at
SOS-Kinderdorf Steiermark mit Kindergarten und SOS-Jugendhaus in Graz.

Pro Mente Forschung, Villacher Str.161
9020 Klagenfurt
Tel: 0463/55112
E-Mail: office@promente-kaernten.at
web: www.promente-karnten.at
Forschungsarbeit, Untersuchungen sowie
Publikationen im Themenbereich
psychosozial benachteiligte Menschen.

SOS Kinderdorf Kärnten,
9062 Moosburg in Kärnten
Tel: 04272/83444
E-Mail: moosburg@sos-kinderdorf.at
web: www.sos-kinderdorf.at
Im Kinderdorf wohnen heute ca. 60
Kinder und Jugendliche in vierzehn Häusern; heilpädagogischer Kindergarten
und vier Kinderwohngruppen.

NGOs

SOS Kinderdorf Osttirol, Hermann-Gmeiner-Str.1
9990 Nußdorf-Debant
Tel: 04852/63944
E-Mail: nussdorf@sos-kinderdorf.at
web: www.sos-kinderdorf.at
Seit Oktober 2005 bietet SOS-Kinderdorf auch in Osttirol Ambulante Familienarbeit an. Betreut werden Familien, die sich vorübergehend in einer Notsituation befinden und in vielfältiger Weise Hilfe brauchen, damit deren Kinder in der Familie bleiben und sich positiv entwickeln können.

Kontaktstellen für Frauen

Katastrophenhilfe Österr.Frauen (KÖF), Krugerstr.3
1010 Wien
Tel: 01/5125800
E-Mail: wien@koef.at
web: www.koef.at
Die Katastrophenhilfe Österreichischer Frauen unterstützt Menschen, die durch Lebens- oder Naturkatastrophen in Not geraten sind.

Aktion Leben Österreich Gemeinsch. zum umfassenden Schutz menschl. Lebens, Dorotheerg.6-8
1010 Wien
Tel: 01/5125221-0
E-Mail: info@aktionleben.at

Zonta-Club Wien, St.Johanns Club Soz-Hilfestellung für die Frau, Schottenring 3 (Clubabend jeden 2.Di im Monat)
1010 Wien
Tel: 01/4924157
E-Mail: club.wiencity@zonta.at
web: www.zonta.at
Eines der Ziele von Zonta: Förderung und Verbesserung der rechtlichen, beruflichen, sozialen und politischen Stellung der Frau weltweit.

IMMO-HUMANA Verein f. Mütter in Wohnungsnot, Burgg.44
1070 Wien
Tel: 01/5248090
E-Mail: office@immo-humana.at
web: www.immo-humana.at
Die Aufgabe des Vereins besteht darin, alleinstehenden Frauen mit Kindern oder alleinstehenden schwangeren Frauen in Wohnungsnot die Anmietung einer eigenen Wohnung zu ermöglichen.

Caritas Socialis Generall. d. CS Schwesterngemeinschaft, Pramerg.9
1090 Wien
Tel: 01/3103843-0
E-Mail: info@caritas-socialis.or.at
web: www.cs.or.at
Drei CS Pflege- und Sozialzentren, die Menschen in Not unterstützen und begleiten. Lang- und Kurzzeitpflege, Tageszentren und die Dienste der CS Betreuung zu Hause. Kindergärten, Hilfs- und Beratungseinrichtungen, ein Wohnheim für Mutter und Kind.

Aktion Leben St.Pölten Gemeinschaft zum Schutz menschlichen Lebens, Mühlweg 26
3100 St. Pölten
Tel: 02742/363286-12
E-Mail: aktion.leben.st.poe@pgv.at

Aktion Leben Oberösterreich, Kapuzinerstr.84
4020 Linz, Donau
Tel: 0732/76103418
E-Mail: aktion.leben@dioezese-linz.at
web: www.aktionleben.at/jugendooe/

Aktion Leben Salzburg, Hellbrunner Str.13
5020 Salzburg
Tel: 0662/627984-14
E-Mail: aktionlebensbg@utanet.at
web: www.aktionleben.at/salzburg

Aktion Leben Tirol, Riedg.9 (2.Untergeschoß)
6020 Innsbruck
Tel: 0512/2230-507
E-Mail: info@aktionleben-tirol.org
web: www.aktionleben-tirol.org

Aktion Leben Vorarlberg, Dr. Anton Schneiderstr.3
6850 Dornbirn
Tel: 05572/33256
E-Mail: aktion.leben.vbg@aon.at

NGOs

Aktion Leben in der Katholischen Aktion Steiermark, Bischofpl.4
8010 Graz
Tel: 0316/8041-262
E-Mail: ka.usl@graz-seckau.at
web: www.graz-seckau.at

Kontaktstellen für ganzheitl. Krebshilfe

Kinder-Krebs-Hilfe Elterninit. für krebskranke Kinder, Kinderspitalg.7
1090 Wien
Tel: 01/4085090
E-Mail: elterninitiative@kinderkrebshilfe.at
web: www.kinderkrebshilfe.at
Die Organisation für betroffene Familien mit dem Ziel, krebskranke Kinder und Jugendlichen sowie ihre Familien ab dem Zeitpunkt der Diagnose, während und besonders nach der Therapie wirksam zu unterstützen. Die Kinder-Krebs-Hilfe fördert auch einschlägige Forschungsprojekte finanziell und personell.

Österr. Krebshilfe Niederösterreich KH Wr.Neustadt, Corvinusring 3
2700 Wiener Neustadt
Tel: 02622/321-2600
E-Mail: krebshilfe@krebshilfe-noe.or.at
web: www.krebshilfe-noe.or.at
Die Österreichische Krebshilfe Niederösterreich ist ein gemeinnütziger Verein. Alle Aktivitäten werden von Spenden aus Niederösterreich finanziert.

Österr. Krebshilfe Salzburg, Mertensstr.13
5020 Salzburg
Tel: 0662/873535
E-Mail: krebshilfe.salzburg@aon.at
web: www.krebshilfe-sbg.at
Krebsforschung, die Beratung und Betreuung von Krebskranken und deren Angehörigen, sowie Maßnahmen zur Unterstützung der Krebsvorbeugung und Krebsfrüherkennung. Der Verein bietet kostenlos psychoonkologische und psychotherapeutische Beratung und Begleitung, Ernährungs- und Raucherberatung, sowie medizinische Informationen.

Österr. Krebshilfe Vorarlberg, Franz-Michael-Felder Str.6
6845 Hohenems
Tel: 05576/79848
E-Mail: service@krebshilfe-vbg.at
web: www.krebshilfe-vbg.at
Als gemeinnütziger Verein stehen alle Leistungen für Betroffene, ihre Angehörigen und Gesundheitsinteressierte kostenlos zur Verfügung.

Österr. Krebshilfe Burgenland, Esterházystr.18
7000 Eisenstadt
Tel: 02682/75332
E-Mail: oe.krebshilfe.bgld@aon.at
web: www.krebshilfe.net/home.shtm
Aufgaben: Krebs - Aufklärung, Vorsorgestrategien für die Früherkennung erarbeiten und sie der Bevölkerung anzubieten.

Österr. Krebshilfe Steiermark, Rudolf-Hans Bartsch-Str.15-17
8042 Graz
Tel: 0316/474433-0
E-Mail: office@krebshilfe.at
web: www.krebshilfe.at
Forschung, Beratung & Betreuung sowie Vorsorge in Bezug auf bösartige Tumorerkrankungen in der Steiermark. Kostenlose klinisch-psychologische, ernährungsmedizinische und sozialrechtliche Hilfe für Patienten und deren Angehörige.

Steirische Kinderkrebshilfe Familienzentrum, Dr.Hanisch-Weg 4
8047 Graz-Ragnitz
Tel: 0316/302142
E-Mail: stkkh@aon.at
web: www.kinderkrebshilfe.at
Soziale und psychologische Hilfestellung für betroffene Eltern, Unterstützung der Klinischen Abteilung für Pädiatrische Hämatologie /Onkologie der Univ.-Klinik für Kinder- und Jugendheilkunde in Graz .

Leukämiehilfe Steiermark Hr. Rupert Tunner, Johannes-von-Gott-Str.10
8047 Graz-Ragnitz
Tel: 0316/304004
E-Mail: kontakt@leukaemiehilfe.at
web: www.leukaemiehilfe.at
Verbesserung der Situation von Leukämiekranken und deren Angehörigen, sowie die Unterstützung der Leukämie-Forschung.

NGOs

Österr. Krebshilfe Kärnten,
Bahnhofstr.24/4
9020 Klagenfurt
Tel: 0463/507078
E-Mail: krebshilfe@teleweb.at
web: www.1ec.at/krebshilfe/

Kontaktstellen für Gesundheit & Krankheit allgemein

Österr. Krebshilfe-Krebsgesellschaft,
Wolfeng.4
1010 Wien
Tel: 01/7966450
E-Mail: service@krebshilfe.net
web: www.krebshilfe.net
Die Österreichische Krebshilfe bietet umfangreiche Informationen über Maßnahmen zur Vermeidung bzw. Früherkennung von Krebserkrankungen. Die Organisation führt kostenlose und anonyme Beratung von Erkrankten und Angehörigen durch und setzt auch konkrete Hilfsmaßnahmen.

CliniClowns Austria,
Schwarzenbergpl.16
1010 Wien
Tel: 01/50200-201
E-Mail: lachen@cliniclowns.at
web: www.cliniclowns.at

DEBRA-Austria Interessensgemeinschaft Epidermolysis bullosa,
Am Heumarkt 27/3
1030 Wien
Tel: 01/8764030
E-Mail: office@debra-austria.org
web: www.schmetterlingskinder.at
Hilfe für Betroffene, besser bekannt als Schmetterlingskinder, die unter der angeborenen und derzeit noch nicht heilbaren Hauterkrankung Epidermolysis bullosa leiden. Professionelle medizinische Versorgung und Betreuung sowie kompetente Beratung der großen und kleinen Patienten.

Österr. Knochenmarkspenderzentrale
Österr. Stammzell-Register, Florianig.38/12
1080 Wien
Tel: 01/4037193
E-Mail: info@knochenmarkspende.at
web: www.stammzellspende.at
Die Aufgabe der Organisation ist es, für Patienten mit Leukämie oder anderen bösartigen Erkrankungen des Blutes den passenden Knochenmark-Spender zu finden.

Make-a-wish Foundation Austria,
Alserstr.26/3
1090 Wien
Tel: 01/3780728
E-Mail: office@make-a-wish.at
web: www.make-a-wish.at
Weltweit versuchen über 25.000 Mitarbeiter, Wünsche von schwer kranken Kindern zu erfüllen.

St.Anna Kinderkrebsforschung (vormals Forschungsinst. f. krebskranke Kinder),
Kinderspitalg.6
1090 Wien
Tel: 01/40470
E-Mail: org@ccri.at
web: www.kinderkrebsforschung.at
.Die St. Anna Kinderkrebsforschung leistet erfolgreiche und international anerkannte, wissenschaftliche Arbeit. Wesentliche Fragen wie z.B. das Ansprechen auf die Behandlung, die Aggressivität des Tumors, die Wahrscheinlichkeit eines Rückfalls können frühzeitig beantwortet und die Therapie darauf ausgerichtet werden.

Kinder P.P.H. Forschungsverein, Wilhelmstr.19
1120 Wien
Tel: 01/4023725
E-Mail: info@lungenhochdruck.at
web: www.lungenhochdruck.at
Der Kinder PPH Forschungsverein ist eine gemeinnützige nach dem österreichischen Vereinsgesetz agierende Organisation mit dem Zweck, die Forschung für Primäre Pulmonale Hypertension (Lungenhochdruck) mittels Fundraising zu fördern und finanziell zu unterstützen. Der Verein strebt insbesondere die Weiterentwicklung der anwendungsorientierten Grundlagenforschung an, um Behandlungsmethoden zu entwickeln, die eine effiziente Heilung dieser nach dem derzeitigen Stand der Wissenschaft unheilbaren Erkrankung, die jeden jederzeit treffen kann, möglich zu machen.

NGOs

Rote Nasen Clowndoctors Österreich,
Wattg.48
1170 Wien
Tel: 01/3180313
E-Mail: office@rotenasen.at
web: www.rotenasen.at
Basierend auf wissenschaftlichen und künstlerischen Erkenntnissen bilden ROTE NASEN professionelle darstellende Künstler zu Clowndoctors aus, die bei kranken und leidenden Menschen in den Krankenhäusern und sozialen Einrichtungen regelmäßig Visite machen.

Krankenhaus Göttlicher Heiland, Dornbacherstr.20-28
1170 Wien
Tel: 01/40088-9100
E-Mail: service@khgh.at
web: www.khgh.at
Christliche Werte bilden die Grundlage des Handelns. Der Respekt vor der Würde des Menschen steht neben der medizinischen Versorgung und liebevollen Pflege im Vordergrund.

Multiple Sklerose Gesellschaft Wien,
Hernalser Hauptstr.15-17
1170 Wien
Tel: 01/4092669
E-Mail: office@msges.at
web: www.msges.at
Gemeinnütziger, sozialmedizinischer Verein, der MS-Betroffenen und deren Angehörigen Beratung und Betreuung anbietet.

KMT - Verein zur Unterstützung der Knochenmarktransplantation, Corethg.4
2434 Götzendorf an der Leitha
E-Mail: lebenspenden@utanet.at
web: www.lebenspendenkmt.at

Österr. Krebshilfe Niederösterreich KH Wr.Neustadt, Corvinusring 3
2700 Wiener Neustadt
Tel: 02622/321-2600
E-Mail: krebshilfe@krebshilfe-noe.or.at
web: www.krebshilfe-noe.or.at
Gemeinnütziger Verein. Alle Aktivitäten werden von Spenden aus Niederösterreich finanziert.

Pro Mente Oberösterreich Gesellschaft f.psychische u.soziale Gesundheit,
Figuly Str.32
4020 Linz
Tel: 0732/6996
E-Mail: office@promenteooe.at
web: www.pmooe.at
Pro mente setzt sich für psychisch benachteiligte und beeinträchtigte Menschen ein.

Verein Zellkern - Wegweiser zum Leben,
Scharitzerstr.28
4020 Linz
Tel: 0732/608560
E-Mail: office@zellkern.at
web: www.zellkern.at
ZELLKERN ist eine Beratungsstelle für Schwer- und Chronisch-Kranke und deren Angehörige.

Österr. Krebshilfe Oberösterreich,
Harrachstr.13
4020 Linz
Tel: 070/777756-0
E-Mail: office@krebshilfe-ooe.at
web: www.krebshilfe-ooe.at
In ihrer Beratungsstelle in Linz hilft die Krebshilfe Oberösterreich Patienten und Angehörigen durch persönliche Gespräche, ärztliche und psychologische Beratung sowie Psychotherapie.

Oö. Kinder-Krebs-Hilfe, Kinderspitalstr.1/13
4020 Linz, Donau
Tel: 0732/600099
E-Mail: oe.kinder-krebs-hilfe@aon.at
web: www.kinderkrebshilfe.at
Der Verein unterstützt oberösterreichische Familien mit einem krebskranken Kind.

Verein zur Forschungsförderung der Krebshilfe Ooe., Harrachstr.13
4020 Linz, Donau
Tel: 0732/777756
E-Mail: office@krebshilfe-ooe.at
web: www.krebshilfe-ooe.at/forschung/verein.shtm
Seit Mitte 2000 beschäftigt sich der Verein zur Forschungsförderung der Krebshilfe Oberösterreich speziell mit der Organisation und Umsetzung sowie Unterstützung von Krebsforschungsprojekten.

NGOs

MTZ - Mehrfachtherapeutisches Zentrum, Dauphinestr.56
4030 Linz, Donau
Tel: 0732/304020
E-Mail: mtz-linz@aon.at
web: www.therapie-mtz.at
In dieser Institution findet die Konduktive Pädagogik Anwendung. Dies ist ein Fördersystem für Kinder, Jugendliche und Erwachsene mit Schädigungen des Zentralnervensystems, die eine Beeinträchtigung der motorischen Kompetenzen zur Folge haben.

Österr. Krebshilfe Salzburg, Mertensstr.13
5020 Salzburg
Tel: 0662/873535
E-Mail: krebshilfe.salzburg@aon.at
web: www.krebshilfe-sbg.at
Die Hauptaufgaben der Österreichischen Krebshilfe Salzburg sind die Krebsforschung, die Beratung und Betreuung von Krebskranken und deren Angehörigen, sowie Maßnahmen zur Unterstützung der Krebsvorbeugung und Krebsfrüherkennung. Der Verein bietet kostenlos psychoonkologische und psychotherapeutische Beratung und Begleitung, Ernährungs- und Raucherberatung, sowie medizinische Informationen.

ClownDoctors Salzburg, Elisabethstr.2
5020 Salzburg
Tel: 0662/887588
E-Mail: info@clowndoctors.at
web: www.clowndoctors.at

Salzburger Kinderkrebshilfe, L. v. Keutschach-Str.4/2
5071 Wals b. Salzburg
Tel: 0662/431917
web: www.kinderkrebshilfe.com
Das in Österreich einzigartige "Regenbogenteam", bestehend aus einer Kinderärztin und drei speziell ausgebildeten Diplomkinderkrankenschwestern, ermöglicht die Betreuung der Kinder in deren gewohntem Umfeld, dem Zuhause.

Krebshilfe-Krebsgesellschaft Tirol Österr., Innrain 66
6020 Innsbruck
Tel: 0512/577768
E-Mail: krebshilfe@iubk.ac.at
web: www.krebshilfe-tirol.at
Der Zweck des ausschließlich durch Spenden finanzierten Vereins ist die Förderung von wissenschaftlichen Projekten auf allen Gebieten der Krebsforschung in Tirol, insbesondere an den Kliniken und Instituten der Universität Innsbruck.

Österr. Krebshilfe Vorarlberg, Franz-Michael-Felder Str.6
6845 Hohenems
Tel: 05576/79848
E-Mail: service@krebshilfe-vbg.at
web: www.krebshilfe-vbg.at
Als gemeinnütziger Verein stehen alle Leistungen für Betroffene, ihre Angehörigen und Gesundheitsinteressierte kostenlos zur Verfügung.

Österr. Krebshilfe Burgenland, Esterházystr.18
7000 Eisenstadt
Tel: 02682/75332
E-Mail: oe.krebshilfe.bgld@aon.at
web: www.krebshilfe.net/home.shtm
Hat sich zum Ziel gesetzt, die Bevölkerung unseres Landes über den Krebs aufzuklären, Vorsorgestrategien für die Früherkennung zu erarbeiten und sie der Bevölkerung anzubieten.

Verein für Krebskranke an der Med. Universitätsklinik Graz, Auenbruggerpl.36
8036 Graz
Tel: 0316/3853900
E-Mail: alexandra.kotschar@klinikum-graz.at
web: www.verein-fuer-krebskranke.at/
Zentrale Aufgabe des Vereins ist es, Tätigkeiten der Klinischen Abteilung für Onkologie zu unterstützen.

Österr. Krebshilfe Steiermark, Rudolf-Hans Bartsch-Str.15-17
8042 Graz
Tel: 0316/474433-0
E-Mail: office@krebshilfe.at
web: www.krebshilfe.at
Forschung, Beratung & Betreuung sowie Vorsorge in Bezug auf bösartige Tumorerkrankungen in der Steiermark Pkostenlose klinisch-psychologische, ernährungsmedizinische und sozialrechtliche Hilfe für Patienten und deren Angehörige.

NGOs

Steirische Kinderkrebshilfe Familienzentrum, Dr.Hanisch-Weg 4
8047 Graz-Ragnitz
Tel: 0316/302142
E-Mail: stkkh@aon.at
web: www.kinderkrebshilfe.at
Neben dem primären Ziel der Steirischen Kinderkrebshilfe, betroffenen Eltern soziale und psychologische Hilfestellung zu gewähren, unterstützt der Verein die Klinische Abteilung für Pädiatrische Hämatologie /Onkologie der Univ.-Klinik für Kinder- und Jugendheilkunde in Graz bei der Erhaltung und Erweiterung des hohen medizinischen Ausstattungsstandards.

Leukämiehilfe Steiermark Hr. Rupert Tunner, Johannes-von-Gott-Str.10
8047 Graz-Ragnitz
Tel: 0316/304004
E-Mail: kontakt@leukaemiehilfe.at
web: www.leukaemiehilfe.at
Zu den Zielen zählen u.a. die Verbesserung der Situation von Leukämiekranken und deren Angehörigen, sowie die Unterstützung der Leukämie-Forschung.

Österr. Krebshilfe Kärnten,
Bahnhofstr.24/4
9020 Klagenfurt
Tel: 0463/507078
E-Mail: krebshilfe@teleweb.at
web: www.1ec.at/krebshilfe/

Kontaktstellen für HIV- und Aidsprobleme

AIDS-Hilfe Wien, Mariahilfer Gürtel 4
1060 Wien
Tel: 01/59937-0
E-Mail: wien@aids.at
web: www.aids.at

Kontaktstellen für Kinder und Jugendliche

Die Möwe - Verein für psychisch, physisch u. sexuell mißhandelte Kinde,
Börseg.9/1
1010 Wien
Tel: 01/5321414
E-Mail: ksz-wien@die-moewe.at
web: www.die-moewe.at
Karitative Hilfe für Kinder, insbesondere für psychisch, physisch oder sexuell misshandelte Kinder.

Die Möwe Kinderschutzzentrum gemeinnützige GmbH, Börseg.9/1
1010 Wien
Tel: 01/5321414
E-Mail: ksz-wien@die-moewe.at
web: www.die-moewe.at
Die Möwe Kinderschutzzentren sind Anlaufstellen für betroffene Opfer von sexuellem Missbrauch und Misshandlungsproblemen aller Art; Beratung und psychotherapeutischen Betreuung.

Stiftung Kindertraum Privatstiftung,
Mariahilfer Str.105/2/11
1060 Wien
Tel: 01/5854516
E-Mail: kindertraum@kindertraum.at
web: www.kindertraum.at
Erfüllt die Herzenswünsche schwer kranker und behinderter Kinder und Jugendlicher.

Make-a-wish Foundation Austria, Alserstr.26/3
1090 Wien
Tel: 01/3780728
E-Mail: office@make-a-wish.at
web: www.make-a-wish.at
Weltweit erfülen über 25.000 Mitarbeiter, Wünsche schwer kranker Kinder.

SOPS Schwechat Sozialpädagogische Betreuungs- u. Beratungsstelle, Dreherstr.5/1/32
2320 Schwechat
Tel: 01/7063113
E-Mail: sops_sw@utanet.at
web: www.refos.at
Beratung bei Berufsorientierung, Lehrstellen- und Jobsuche, Lernunterstützung und Freizeitangebote.

SOS Kinderdorf Wienerwald, Kröpfelsteigstr.42
2371 Hinterbrühl
Tel: 02236/42302
E-Mail: hinterbruehl@sos-kinderdorf.at
web: www.sos-kinderdorf.at
Zuhause für über 115 Kinder, zwei sozialpädagogisch-therapeutische Wohngemeinschaften für Jugendliche.

NGOs

"Auftrieb" Jugend- und Suchtberatungsstelle Mädchen- und Sexualberatung, Grazer Str.90/Hauptpl.24
2700 Wiener Neustadt
Tel: 02622/27777
E-Mail: auftrieb@jugendundkultur.at
web: www.jugendundkultur.at
Der gemeinnützige Verein widmet sich seit 1996 der sozio-kulturellen Arbeit mit Jugendlichen und für Jugendliche in Wiener Neustadt und der Region NÖ-Süd.

Kidsnest Ges. zum Schutz von Kindern und Jugendlichen, Niederösterreichring 1a
3100 St. Pölten
Tel: 02742/2255510
E-Mail: office@kidsnest.at
web: www.kidsnest.at
Gesellschaft zum Schutz von Kindern u. Jugendlichen; führt in Niederösterreich 3 Kinderschutz- und 2 Krisenzentren. Ziel ist, sexuelle, physische und psychische Gewalt gegen Kinder zu verhindern bzw. zu beenden und sie vor weiteren Übergriffen zu bewahren.

SOS Kinderdorf Oberösterreich, Kinderdorfstr.16
4813 Altmünster
Tel: 07612/88655
E-Mail: altmuenster@sos-kinderdorf.at
web: www.sos-kinderdorf.at
13 Einfamilienhäusern mit rund 50 Kindern und Jugendlichen. Kindergarten, die Kinder- und Jugendbibliothek und sozialpsychologische Beratungsstelle.

SOS Kinderdorf Salzburg, Hermann-Gmeiner-Str.29
5201 Seekirchen am Wallersee
Tel: 06212/4024
E-Mail: seekirchen@sos-kinderdorf.at
web: www.sos-kinderdorf.at
In 12 Familienhäusern finden die rund 40 Kinder wieder ein Zuhause.

KIST 74-Beratungsstelle Innsbruck West f. Familien, Kinder u. Einzelp. Hermann-Gmeiner-Beratungs- und Stadtteilzentrum, Lohbachufer 18
6020 Innsbruck
Tel: 0512/283724
E-Mail: kist@sos-kinderdorf.at
web: www.8ung.at/kist74
Ein eingespieltes Team von Psychotherapeut/innen und Erziehungsberater/innen steht bereit, Menschen zuzuhören, die mit ihren Sorgen in die Beratungsstelle kommen um bei der Bewältigung ihrer Probleme zu helfen.

SOS Kinderdorf Imst, Sonnberg
6460 Imst
Tel: 05412/66234
E-Mail: imst@sos-kinderdorf.at
web: www.sos-kinderdorf.at
Imst - eine kleine Stadt im Tiroler Oberinntal. Von hier hat Hermann Gmeiners Idee ihren Ausgangspunkt genommen und ihren Weg um den ganzen Erdball angetreten: Das erste SOS-Kinderdorf der Welt wurde 1949 in Imst errichtet.

SOS Kinderdorf Dornbirn, Hermann-Gmeiner-Weg 2
6850 Dornbirn
Tel: 05572/22833
E-Mail: dornbirn@sos-kinderdorf.at
web: www.sos-kinderdorf.at
Zum SOS-Kinderdorf gehört auch ein Kindergarten und eine Jugend-Wohngemeinschaft.

Vorarlberger Kinderdorf, Kronhalderweg 2
6900 Bregenz
Tel: 05574/4992
E-Mail: vermittlung@voki.at
web: www.kinderdorf.cc
Tragfähiges Netzwerk als professionellen Dienstleistungen für Kinder, Jugendliche und Familien. Das Vorarlberger Kinderdorf präsentiert sich als Dorfgefüge mit mehreren Häusern.

SOS Kinderdorf Burgenland, Hermann Gmeiner-Str.6
7423 Pinkafeld
Tel: 03357/42452
E-Mail: pinkafeld@sos-kinderdorf.at
web: www.sos-kinderdorf.at
Im SOS-Kinderdorf Burgenland leben heute rund 50 Kinder und Jugendliche in 11 SOS-Kinderdorf-Familien und in einer SOS-Kinderdorf-Wohngemeinschaft. Angeschlossen sind dem SOS-Kinderdorf außerdem ein Kindergarten und ein SOS-Jugendhaus.

NGOs

Jugend am Werk Steiermark GmbH,Sporg.11
8010 Graz
Tel: 0316/830066-10
E-Mail: gf@jaw.or.at
web: www.jaw.or.at
In den Bereichen Behindertenhilfe, Jugendwohlfahrt und Berufsbildung tätig.

SOS Kinderdorf Steiermark, Kleinstübing 18
8114 Stübing
Tel: 03127/41250
E-Mail: stuebing@sos-kinderdorf.at
web: www.sos-kinderdorf.at
Dem SOS-Kinderdorf Steiermark sind ein Kindergarten und ein SOS-Jugendhaus in Graz angeschlossen.

Pro Mente Jugend, Hoffmanng.12
9020 Klagenfurt
Tel: 0463/591500
web: www.promente-jugend.at/index.php
Zweigverein von pro mente Kärnten. Pädagogisch und therapeutisch ausgebildete Teams arbeiten in Wohngemeinschaften und Krisenintervenionsstellen mit Kindern und Jugendlichen.

SOS Kinderdorf Kärnten,
9062 Moosburg in Kärnten
Tel: 04272/83444
E-Mail: moosburg@sos-kinderdorf.at
web: www.sos-kinderdorf.at
60 Kinder und Jugendliche in vierzehn Häusern, heilpädagogischer Kindergarten und vier Kinderwohngruppen.

SOS Kinderdorf Osttirol, Hermann-Gmeiner-Str.1
9990 Nußdorf-Debant
Tel: 04852/63944
E-Mail: nussdorf@sos-kinderdorf.at
web: www.sos-kinderdorf.at
Seit Oktober 2005 bietet SOS-Kinderdorf auch in Osttirol Ambulante Familienarbeit an. Betreut werden Familien, die sich vorübergehend in einer Notsituation befinden und in vielfältiger Weise Hilfe brauchen, damit deren Kinder in der Familie bleiben und sich positiv entwickeln können.

Kontaktstellen für Männer

White Ribbon Österreich Verein v. Männern zur Prävention von männl. Gewalt, Erlachg.95
1100 Wien
Tel: 01/6032828-28
E-Mail: office@whiteribbon.at
web: www.whiteribbon.at
Die White Ribbon Kampagne ist die international größte Bewegung von Männern, die sich für die Beendigung der Männergewalt in Beziehungen einsetzt.

Kontaktstellen für MigrantInnen

Diakonie Österreich, Trautsong.8
1080 Wien
Tel: 01/4098001
E-Mail: diakonie@diakonie.at
web: www.diakonie.at
Die Diakonie in Österreich ist das Sozialwerk der evangelischen Kirchen und zählt zu den fünf größten Wohlfahrtsorganisationen in Österreich. Die Kernkompetenzen der Diakonie liegen in der Arbeit mit Kindern/Jugendlichen; Menschen mit Behinderungen, pflegebedürftigen, kranken und/oder älteren Menschen; sowie Menschen auf der Flucht.

Diakonie Evangelischer Flüchtlingsdienst Österreich, Steinerg.3/12
1170 Wien
Tel: 01/4026754
E-Mail: gf.efdoe@diakonie.at
web: fluechtlingsdienst.diakonie.at/
Der Diakonie Flüchtlingsdienst unterhält seit Anfang der 90er Jahre Beratungsstellen für Flüchtlinge in Niederösterreich und Wien mit der Zielsetzung AsylwerberInnen während ihres Asylverfahrens in Österreich zu beraten.

www.oekoweb.at
Österreichs zentrales Umweltportal

NGOs

Kontaktstellen für seelische Probleme

Pro Mente Wien Gesellschaft für psychische u.soziale Gesundheit, Grüng.1A
1040 Wien
Tel: 01/5131530
E-Mail: office@promente-wien.at
web: www.promente-wien.at
Angebote zur sozialen Integration von Menschen mit psychischen Erkrankungen

Pro Mente Kärnten, Villacher Str.161
9020 Klagenfurt
Tel: 0463/55112
E-Mail: office@promente-kaernten.at
web: www.promente-kaernten.at
Beratung von psychisch und sozial beeinträchtigten oder benachteiligten Menschen und deren Angehörigen.

Kontaktstellen für Senioren

Diakonie Österreich, Trautsong.8
1080 Wien
Tel: 01/4098001
E-Mail: diakonie@diakonie.at
web: www.diakonie.at
Arbeit mit Kindern/Jugendlichen; Menschen mit Behinderungen, pflegebedürftigen, kranken und/oder älteren Menschen; sowie Menschen auf der Flucht.

Caritas Socialis Generall. d. CS Schwesterngemeinschaft, Pramerg.9
1090 Wien
Tel: 01/3103843-0
E-Mail: info@caritas-socialis.or.at
web: www.cs.or.at
3 CS Pflege- und Sozialzentren, Spezialisierte Angebote in der stationären Lang- und Kurzzeitpflege, Kindergärten, Hilfs- und Beratungseinrichtungen, ein Wohnheim für Mutter und Kind.

Haus der Barmherzigkeit, Seeböckg.30a
1160 Wien
Tel: 01/40199-0
E-Mail: info@hausderbarmherzigkeit.at
web: www.hausderbarmherzigkeit.at
Die gemeinnützige Betreuungseinrichtung Haus der Barmherzigkeit bietet seit mehr als 130 Jahren Menschen mit chronischer Erkrankung oder geistiger und körperlicher Beeinträchtigung eine interdisziplinäre Langzeit-Betreuung.

Hospiz Melk, Dorfnerstr.36
3390 Melk
Tel: 02752/52680-6050
E-Mail: hospiz.melk@gmx.at
web: www.hospiz-melk.at
Der Verein Hospiz Melk dient dem Wohl eder Hospizgäste im Hospiz im Heim Melk.

Caritas der Diözese Feldkirch, Vorstadt 14
6800 Feldkirch
Tel: 05522/32333
web: www.caritas-vorarlberg.at
Die Caritas Vorarlberg hilft Menschen im In- und Ausland. Im Ausland konzentrieren sich die Organisation auf dieSchwerpunktregionen Äthiopien, Mosambik, Ecuador, Kosovo und Rumänien.

Kontaktstellen für soziale Hilfe

Gesellschaft österr. Kinderdörfer, Ballg.2/2
1010 Wien
Tel: 01/5125205
E-Mail: office@kinderdoerfer.at
web: www.kinderdoerfer.at
Die "Gesellschaft Österreichischer Kinderdörfer" arbeitet seit 45 Jahren erfolgreich an der Obhut und Integration von Waisenkindern und Sozialwaisen.

Pro Mente Oberösterreich Gesellschaft f.psychische u.soziale Gesundheit, Figuly Str.32
4020 Linz
Tel: 0732/6996
E-Mail: office@promenteooe.at
web: www.pmooe.at
Pro mente Oberösterreich setzt sich für psychisch benachteiligte und beeinträchtigte Menschen ein.

NGOs

Kontaktstellen für Wohnprobleme

IMMO-HUMANA Verein f. Mütter in Wohnungsnot, Burgg.44
1070 Wien
Tel: 01/5248090
E-Mail: office@immo-humana.at
web: www.immo-humana.at
Der Verein immo-humana wurde unter der Mithilfe der Fachgruppe Wien der Immobilien- und Vermögenstreuhänder in Wien gegründet. Die Aufgabe des Vereins besteht darin, alleinstehenden Frauen mit Kindern oder alleinstehenden schwangeren Frauen in Wohnungsnot die Anmietung einer eigenen Wohnung zu ermöglichen.

EFFATA Verein zur Schaffung Arbeitsprojekten und Wohngem., Rankg.17/2
1160 Wien
Tel: 0664/6479094
E-Mail: effata@telefondialog.at
web: www.telefondialog.at/members/effata
Der Verein arbeitet an verschiedenen Lang- und Kurzzeitprojekten und betreut Menschen, die am Rande der Gesellschaft stehen - Obdachlose, Langzeitarbeitslose, Alkohol- und Drogenabhängige sowie psychisch und physisch Behinderte und jetzt auch Asylanten.

Lebens- und Sozialberatung

Pro Mente Wien Gesellschaft für psychische u.soziale Gesundheit, Grüng.1A
1040 Wien
Tel: 01/5131530
E-Mail: office@promente-wien.at
web: www.promente-wien.at
Soziale Integration von Menschen mit psychischen Erkrankungen in den Lebensbereichen Arbeit, Wohnen und Freizeit sowie Unterstützung für selbsthilfeorientierte Projekte.

Pro Mente Oberösterreich Gesellschaft f.psychische u.soziale Gesundheit, Figuly Str.32
4020 Linz
Tel: 0732/6996
E-Mail: office@promenteooe.at
web: www.pmooe.at
Pro mente Oberösterreich setzt sich für psychisch benachteiligte und beeinträchtigte Menschen ein.

Psychosozialer Pflegedienst Tirol, Schmiedtorg.5/2
6060 Hall in Tirol
Tel: 05223/54911
E-Mail: kontakt@psptirol.at
web: www.psptirol.at
Rehabilitations- und Reintegrationsmöglichkeiten füt Menschen mit psychischen Erkrankungen / Behinderungen.

Pro Mente Kärnten, Villacher Str.161
9020 Klagenfurt
Tel: 0463/55112
E-Mail: office@promente-kaernten.at
web: www.promente-kaernten.at
Beratung von psychisch und sozial beeinträchtigten oder benachteiligten Menschen und deren Angehörigen.

Pro Mente Forschung, Villacher Str.161
9020 Klagenfurt
Tel: 0463/55112
E-Mail: office@promente-kaernten.at
web: www.promente-karnten.at
Pro mente forschung ist ein Zweigverein von pro mente Kärnten mit dem Zweck Forschungsarbeit, Untersuchungen durchzuführen sowie Publikationen zu erstellen, die den Themenbereich psychosozial benachteiligter Menschen betrifft.

Pro Mente Jugend, Hoffmanng.12
9020 Klagenfurt
Tel: 0463/591500
web: www.promente-jugend.at/index.php
Pro mente jugend ist ein autonom agierender und gemeinnütziger Zweigverein von pro mente Kärnten, der eng mit der Abteilung für Neuropsychiatrie des Kindes- und Jugendalters zusammenarbeitet. Pädagogisch und therapeutisch ausgebildete Teams arbeiten in Wohngemeinschaften und Krisenventionsstellen mit Kindern und Jugendlichen.

NGOs

Menschenrechtsorganisationen

Weisser Ring, Marokkanerg.3/2
1030 Wien
Tel: 01/7121405
E-Mail: office@weisser-ring.at
web: www.weisser-ring.at
Gesellschaft zur Unterstützung von Kriminalitätsopfern und Verhütung von Straftaten steht flächendeckend in ganz Österreich allen Opfern strafbarer Handlungen jeder Form, unabhängig von Alter, Geschlecht, Nationalität, Art des Deliktes, etc., offen.

amnesty international Österreich,
Moeringg.10/1.Stock
1150 Wien
Tel: 01/78008-0
E-Mail: info@amnesty.at
web: www.amnesty.at
ai greift ein, wenn unantastbare Menschenrechte durch Regierungen oder Oppositionsgruppen verletzt werden.

Aktion REGEN Verein für Entwicklungszusammenarbeit, Rußbergstr.13/13/R2
1210 Wien
Tel: 01/7206620
E-Mail: aktion.regen@netway.at
web: www.aktionregen.at
Aufbau von Gesundheitszentren und Kliniken in den Entwicklungsländern, Förderung von speziellen Frauenprojekten.

Allianz für Kinder,
Puchstr.7
4400 Steyr
Tel: 07252/80263
E-Mail: b.michitsch@allianz-fuer-kinder.at
web: www.allianz-fuer-kinder.at
medizinische Behandlung für Kinder aus Kriegs- und Krisengebieten

AMREF Austria Gesellschaft für Medizin und Forschung in Afrika,
Waagpl.3
5020 Salzburg
Tel: 0662/840101
E-Mail: office@amref.at
web: www.amref.at
AMREF, die Gesellschaft für Medizin und Forschung in Afrika mit den weltbekannten Fliegenden Ärzten, leistet seit knapp 5 Jahrzehnten wegweisende und international anerkannte Arbeit.

FGM-Hilfe Verein zur Bekämpfung weibl. Genitalverstümmelung,
Kirchg.14
9100 Völkermarkt
Tel: 04232/2014
E-Mail: ecencig@gmx.at
web: www.fgm-hilfe.at/
Die Ziele des Vereins bestehen aus 5 Punkten: Öffentlichkeitsarbeit, Vorträge in Schulen, Werbung und Betreuung von Mitgliedern und Sponsoren, Spendenaktionen, finanzielle Unterstützung des Hilfsprojektes Barako in Somaliland.

Migranten, Entwicklungspolitik, 3.Weltkirchliche Einrichtungen

Missio Austria,
Seilerstätte 12
1010 Wien
Tel: 01/5137722-30
E-Mail: wien@missio.at
web: www.missio.at
Missio ist in rund 140 Ländern die Partnerorganisation der katholischen Kirche für Menschen in den Ländern des Südens.Missio informiert in Österreich mit Bildungs- und Öffentlichkeitsarbeit über die Situation der Kirchen, über Kulturen, Lebensbedingungen der Ärmsten und internationale Zusammenhänge in Lateinamerika, Afrika, Asien und Ozeanien.

Katholische Frauenbewegung Österreichs (KFBÖ) Aktion Familienfasttag,
Spiegelg.3
1010 Wien
Tel: 01/5155123697
E-Mail: teilen@kfb.at
web: www.teilen.at
Die Aktion Familienfasttag der katholischen Frauenbewegung lädt zum Teilen mit benachteiligten Menschen ein. Mit den Spenden werden Projekte in Lateinamerika und Asien unterstützt, die Frauen ermächtigen ihr Leben und die Situation ihrer Familie aus eigener Kraft zu verbessern.

NGOs

Aktion SEI SO FREI Wien,
Stephanspl.6/5
1010 Wien
Tel: 01/51552-3333
E-Mail: m.gassmann@edw.or.at
web: www.seisofrei.at

Franziskaner für Mittel- und Osteuropa,
Elisabethstr.26/23
1010 Wien
Tel: 01/5854906
E-Mail: office@fmo.at
web: www.franzhilf.org
Hilfswerk des Franziskanerordens zugunsten der Sozial-, Pastoral- und Caritasarbeit der FranziskanerInnen im postkommunistischen Raum Europas und Sibiriens unter dem Motto: "10 Cent am Tag für die Not vor der Tür".

Kirchliches Institut Canisiuswerk
Zentrum für geistige Berufe,
Stephanpl.6
1010 Wien
Tel: 01/51251070
E-Mail: canisiuswerk@canisius.at
web: www.canisius.at
Die Organisation setzt sich für die geistige Förderung von geistlichen Berufen sowie die materielle Unterstützung von hilfsbedürftigen Personen, die einen geistlichen Beruf anstreben, ein.

Die Schwestern Maria Hilfswerk
für Kinder aus den Elendsvierteln,
Krong.2/27
1050 Wien
Tel: 01/5865989
E-Mail: info@schwesternmaria.at
web: www.schwesternmaria.at
Armenfürsorge in der dritten Welt, bietet nahezu 22.000 Kindern und Jugendlichen aus sehr armen Verhältnissen in Asien und Lateinamerika Heimstatt und Ausbildung.

CSI-Österreich Int. Christliche Solidarität, Lindeng.61-63/2/14
1070 Wien
Tel: 01/7121507
E-Mail: csi@csi.or.at
web: www.csi.or.at
Ökumenische Menschenrechtsorganisation, setzt sich für die Glaubensfreiheit der Christen in aller Welt ein und will in Zusammenarbeit mit Gruppierungen anderer Religionen, Religionsfreiheit nach Artikel 18 der Allgemeinen Erklärung der Menschenrechte der Vereinten Nationen verwirklicht sehen.

ADRA Österreich, Nußdorfer Str.5
1090 Wien
Tel: 01/3196043
E-Mail: office@adra.at
web: www.adra.at
ADRA hilft Menschen in Not - unabhängig von ihrer ethnischen Herkunft, politischen oder religiösen Einstellung und versteht sich als Anwalt der Armen.

Licht für die Welt - Christoffel Entwicklungszusammenarbeit, Niederhofstr.26
1120 Wien
Tel: 01/8101300
E-Mail: inf@licht-fuer-die-welt.at
web: www.licht-fuer-die-welt.at
Setzt sich für augenkranke, blinde und anders behinderte Menschen in den Armutsgebieten der Erde ein, Schwerpunkte sind die Prävention und Heilung von Blindheit und die Rehabilitation.

Hand in Hand Organisation für humanitäre Hilfe, Pohlg.10/4/7
1120 Wien
Tel: 0650/7026050
E-Mail: secretary@handinhand.at
web: www.handinhand.at
Die überkonfessionelle karitative Organisation Hand in Hand unterstützt die Ärmsten der Armen, wobei sich die Hilfe auf unterentwickelte Regionen in Indien konzentriert - kostenlose medizinische Grundversorgung und der Zugang zu Bildungseinrichtungen in unterversorgten Gebieten.

JUGEND EINE WELT - Don Bosco
Aktion Austria, St.Veit-G.25
1130 Wien
Tel: 01/8790707-0
E-Mail: info@jugendeinewelt.at
web: www.jugendeinewelt.at
Förderung von benachteiligten Kindern und Jugendlichen in aller Welt ein. "Bildung überwindet Armut" ist der Leitgedanke aller Projekte des Vereins.

NGOs

Dreikönigsaktion Hilfswerk
der kath. Jungschar Österreich,
Wilhelminenstr.92/2f
1160 Wien
Tel: 01/4810991-41
E-Mail: herret@dka.at
web: www.dka.at
Die Spenden ermöglichen so eine Zukunft für Kinder (ganz besonders Straßenkinder), schützen bedrohte indigene Völker und werden für Landlose und Kleinbauern eingesetzt; unterstützt Hilfsprojekte in den Bereichen: Bildung, Sozialprogramme, Pastoralprogramme, Menschenrechtsarbeit und Umweltschutz.

Diakonie Evangelischer Flüchtlingsdienst Österreich, Steinerg.3/12
1170 Wien
Tel: 01/4026754
E-Mail: gf.efdoe@diakonie.at
web: fluechtlingsdienst.diakonie.at/
Beratungsstellen für Flüchtlinge in Niederösterreich und Wien, beraten AsylwerberInnen während ihres Asylverfahrens in Österreich.

Kirche in Not/ Ostpriesterhilfe, Hernalser Hauptstr.55/1/8
1170 Wien
Tel: 01/4052553
E-Mail: kin@kircheinnot.at
web: www.kircheinnot.at
Internationales Katholisches Hilfswerk, unterstützt mehr als 7000 pastorale Projekte pro Jahr in Osteuropa, Afrika, Asien und Lateinameirka.

Evangelischer Arbeitskreis f.Weltmission - EAWM, Martinstr.25
1180 Wien
Tel: 01/4088073
E-Mail: eawm@magnet.at
web: www.eawm.at
Projektkooperation im Bereich Bildung, Frauenförderung und Gesundheit in Ghana, Tansania, Kamerun und dem Sudan. Anwaltschaftsarbeit im Bereich Menschenrechte, HIV/AIDS, Korruptionsbekämpfung. Entwicklungspolitische Bildungsarbeit an Schulen, in Pfarrgemeinden und Erwachsenenbildung.

EFA . Evang. Frauenarbeit in Österreich
Aktion Brot für Hungernde, Blumeng.4/6
1180 Wien
Tel: 01/4089605
E-Mail: frauenarbeit.oe@evang.at
web: www.evang.at/frauenarbeit
Partnerin für Menschen und Organisationen in der weltweiten Ökumene; fördert Projekte, die die Lebenssituationen von Benachteiligten in den Ländern des Südens verbessern.

Ökumenisches Nationalkomitee für den Weltgebetstag der Frauen in Österreich, Blumeng.4/6
1180 Wien
Tel: 01/4067870
E-Mail: wqt@weltgebetstag.at
web: www.weltgebetstag.at
Das Motto lautet: Informiert beten - betend handeln.Die Bewegung födert verschiedene Hilfs-Projekte.

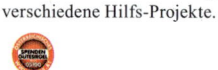

Barmherzigkeit international,
Pantzerg.6/2
1190 Wien
Tel: 01/3693385
E-Mail: barmherzigkeit.internat@teleweb.at
web: www.barmherzigkeit.org
Langzeitprojekte für Hilfe zur Selbsthilfe. Die Organisation bekämpft Armut, Hunger und Elend, indem sie Menschen anleitet, ihren Weg aus der Not selbst zu finden.

Österr. Bauorden, Eßlinger Hauptstr.74
1220 Wien
Tel: 01/7749512
E-Mail: bauorden@oebo.at
web: www.bauorden.at
Von Beginn war es Maxime des Bauordens, über alle Grenzen, Konfessionen und Weltanschauungen hinweg, zu helfen, wo Hilfe notwendig ist; verschafft der Bauorden jungen und junggebliebenen Menschen die Möglichkeit, in fremden Ländern bei sozial-karitativen Bauprojekten "handgreiflich" mitzuhelfen und so einen kleinen Beitrag zur Völkerverständigung zu leisten.

St. Gabriel Missionsprokur, Gabrielerstr.171
2340 Mödling
Tel: 02236/803-216
E-Mail: mipro@steyler.at
web: www.steyler.at
Die Ogranisation unterstützt ideell und materiell die Arbeit der Steyler Missionare in den armen Ländern des Südens und Osteuropas.

NGOs

Missionswerk der Missionare v. d. Heiligen Familie,
Bahnhofpl.6/1
2402 Maria Ellend, Donau
Tel: 02232/80829
E-Mail: heinzmsf@missio-msf.at
web: www.missio-msf.at
Das Missionswerk unterstützt Missionsprojekte der Kongregation in Papua Neuguinea, Weißrußland und Madagaskar sowie Kinderprojekte in Österreich. Einige Projekte werden auch durch Solidaritätseinsätze gestärkt. Der Grundsatz der Arbeit ist die Hilfe zur Selbsthilfe.

Stift Klosterneuburg Sozialprojekt "Ein Zuhause für Straßenkinder",
Stiftspl.1
3400 Klosterneuburg
Tel: 02243/411-184
E-Mail: dion@stift-klosterneuburg.at
web: www.stift-klosterneuburg.at
Seit dem Jahr 2000 unterstützt das Stift Klosterneuburg die Aktion Concordia von Pater Georg Sporschill SJ, die sich seit 1991 der Straßenkinder in Rumänien annimmt. Weiters unterstützt das Kloster mit den Gwinnen seiner Betriebe ein Kinderdorf in der Ukraine.

Aktion SEI SO FREI Linz, Kapuzinerstr.84
4020 Linz, Donau
Tel: 0732/7610-3463
E-Mail: seisofrei@dioezese-linz.at
web: www.seisofrei.at

Verein zur Förderung d. Kinderdörfer und Ausbildungsstätten von Agnel Ashram, Indien, Rooseveltstr.10
4400 Steyr
Tel: 07252/72049
Der Verein unterstützt finanziell zwei Proiekte in Indien:Das Kinderdorf in Goa und ein Heim für lepragefährdete Kinder in Greater Noida (40 Km von New Delhi).

MIVA Österr. Missions-Verkehrs-Arbeitsgemeinschaft, Miva-G.3
4651 Stadl-Paura
Tel: 07245/28945
E-Mail: office@miva.at
web: www.miva.at
Hilfswerk der katholischen Kirche. Mit Spenden werden Fahrzeuge für Priester, Schwestern, Ärzte und Lehrer in den ärmsten Ländern der Welt finanziert.

Aktion SEI SO FREI Salzburg, Kapitelpl.6
5020 Salzburg
Tel: 0662/8047-7557
E-Mail: seisofrei@ka.kirchen.net
web: www.seisofrei.at

Bruder und Schwester in Not - Innsbruck, Heiliggeiststr.16/1
6020 Innsbruck
Tel: 0512/727061
E-Mail: bsin@dibk.at
web: www.seisofrei.at

Caritas der Diözese Feldkirch,
Vorstadt 14
6800 Feldkirch
Tel: 05522/32333
web: www.caritas-vorarlberg.at
Die Caritas Vorarlberg hilft Menschen im In- und Ausland. Im Ausland konzentrieren sich die Organisation auf dieSchwerpunktregionen Äthiopien, Mosambik, Ecuador, Kosovo und Rumänien.

Bruder und Schwester in Not - Feldkirch Katholische Kirche Feldkirch,
Bahnhofstr.13
6800 Feldkirch
Tel: 05522/3485-0
web: www.kath-kirche-vorarlberg.at

Aktion SEI SO FREI Graz,
Bischofpl.4
8010 Graz
Tel: 0316/8041-263
E-Mail: gerd.neuhold@graz-seeckau.at
web: www.graz-seckau.at

NGOs

Migranten, Entwicklungspolitik, 3.Welt - Private und sonstige Organisationen

VOLKSHILFE ÖSTERREICH,
Auerspergstr.4
1010 Wien
Tel: 01/4026209
E-Mail: office@volkshilfe.at
web: www.volkshilfe.at
Gemeinnützige, überparteiliche und überkonfessionelle Organisation, leistet im In- und Ausland humanitäre Hilfe und gewährt dort, wo öffentliche Stellen nicht mehr helfen können, für sozial Schwache nach Möglichkeit materielle Hilfe.

Kindernothilfe Österreich,
Dorotheerg.18
1010 Wien
Tel: 01/5139330
E-Mail: office@kindernothilfe.at
web: www.kindernothilfe.at
Hilfe für Kinder in den ärmsten Regionen der Welt, überwiegend durch langfristige Projekte, die dauerhaft durch Patenschaften unterstützt werden. Zusammenarbeit mit lokalen Partnern, die mit den Bedürfnissen vor Ort vertraut und in der Arbeit mit Kindern und Jugendlichen erfahren sind. Gemeinsam fördern die Kindernothilfe-Partner heute über 268.000 Kinder, vorwiegend in Afrika, Asien und Lateinamerika.

Entwicklungshilfe-Klub Private gemeinnützige Organisation,
Böcklinstr.44
1020 Wien
Tel: 01/7205150
E-Mail: office@eh-klub.at
web: www.eh-klub.at
Gemeinsam mit betroffenen Menschen, lokalen Partnern, Freiwilligen und Unterstützern setzt sich die Organisation für eine bessere Lebenssituation von Menschen in Entwicklungsländern ein.

Ärzte ohne Grenzen,
Taborstr.10 (Eingang im Hof hinten links)
1020 Wien
Tel: 01/4097276
E-Mail: office@aerzte-ohne-grenzen.at
web: www.aerzte-ohne-grenzen.at

ICEP Inst. zu Cooperation bei Entwicklungshilfeprojekte,
Favoritenstr.24/14
1040 Wien
Tel: 01/9690254
E-Mail: icep@icep.at
web: www.icep.at
Das Institut zur Cooperation bei Entwicklungs-Projekten ICEP hat sich dem Kampf gegen die globale Armut verschrieben.

Menschen für Menschen Äthiopienhilfe Karlheinz Böhms, Capistrang.8/10
1060 Wien
Tel: 01/5866950-0
E-Mail: office@mfm.at
web: www.mfm.at
Betreibt in sieben Regionen Äthiopiens eine Vielzahl von langfristig angelegten Projekten - landwirtschaftliche und agro-ökologische Projekte, Brunnenbau, Mädchenwohnheimen und Schulen, Ausbau des Gesundheitswesens, Ausbildungsprogramme und aufklärende Maßnahmen zur Besserstellung der Frauen in der Gesellschaft.

Unsere kleinen Brüder und Schwestern Kinderhilfswerk, Zollerg.37/5
1070 Wien
Tel: 01/5260220
E-Mail: info@nphamigos.at
web: www.nphamigos.at
Iinternationales Kinderhilfswerk, das Waisen- und Straßenkindern in Latein-amerika und der Karibik ein neues Zuhause gibt.

CARE Österreich - Verein f. Entwicklungszusammenarbeit & Humanitäre Hilfe, Lange G.30/4
1080 Wien
Tel: 01/7150715-0
E-Mail: care@care.at
web: www.care.at
14.500 MitarbeiterInnen arbeiten in über 70 Projektländern an der Vision einer Welt ohne Armut. CARE hat Beraterstatus I bei den Vereinten Nationen.

NGOs

SONNE International Hilfsorganisation,
Hardtmuthg.45/26
1100 Wien
E-Mail: office@sonne-international.org
web: www.sonne-international.org
SONNE-International ist eine Hilfsorganisation zur weltweiten Unterstützung von Not leidenden Kindern u. Jugendlichen.

World Vision Verein f. Entwicklungszusammenarbeit u.Völkerverst, Graumanng.7/D-1
1150 Wien
Tel: 01/5221422
E-Mail: office@worldvision.at
web: www.worldvision.at
World Vision ist seit 1979 in Österreich vertreten. Heute fördern Tausende Patinnen und Paten, zahlreiche Spender sowie öffentliche Stellen die Arbeit von World Vision Österreich. Dadurch können mehr als 10.000 Patenkinder, ihre Familien und ihre regionalen Umfelder nachhaltig gefördert werden.

Irakhilfswerk in Österreich, Theresieng.9/1
1180 Wien
Tel: 0650/3163442
E-Mail: ala.alrawi@iraqirelief.org
web: www.irakhilfswerk.at
Das Irakhilfswerk ist eine humanitäre Hilfsorganisation, die Ende 2003 in Wien gegründet wurde. Das Irakhilfswerk hilft Not leidenden Menschen im Irak, vor allem Kindern.

Nepal Trust Austria Gesundheitsprojekt für Nepal, Martinstr.24/22
1180 Wien
Tel: 01/4020558
E-Mail: office@nepaltrust.at
web: www.nepaltrust.at
Die Organisation baut eine Gesundheitsversorgung in Humla, West Nepal auf. Den Menschen in diesem Gebiet stehen derzeit de Facto kein Zugang zu medizinischen Einrichtungen zu Verfügung.

Verein zur Unterstützung des Österr. Kinderspitals in Gjumri/Armenien, Donaufelderstr.81/12
1210 Wien
Tel: 01/2572634
web: www.oeffentlicherdienst.at/
    oed4you/free/armenia/index2.html
Im Dezember 1988 erschütterte ein Erdbeben den Kaukasus.Zentrum des Bebens war der Landesteil Shirak im Nordwesten Armeniens.Es gab rund 28.000 Tote und 150.000 zum Teil schwer Verletzte.Österreich war unter den ersten Ländern, ein Kinderspital in Gjumri wurde Wirklichkeit.

ZUKI - Zukunft für Kinder,
Passauerg.25
3400 Klosterneuburg
Tel: 0664/3823041
E-Mail: zuki@gmx.info
web: www.zuki-zukunftfuerkinder.at
Unterstützt Straßenkinder und Kinder ohne Möglichkeit auf Schulbildung und ärztliche Versorgung in der 3. Welt.

MUNDO COMPARTIDO - shared world
Hr. Dietmar Heck,
Födermayrstr.15
4470 Enns
Tel: 07223/84580
E-Mail: office@mundo-compartido.org
web: www.mundo-compartido.org
MUNDO COMPARTIDO SHARED WORLD bedeutet "Welt, in der miteinander geteilt wird". Konkrete Hilfsprojekte wie Kindergärten, Schulen und berufliche Ausbildungsstätten (Schulungen und Lehrwerkstätten), medizinische Versorgungseinrichtungen und Verbesserung der Infrastruktur (z.B. Trinkwasserversorgung) die von Mitarbeitern überwacht und ausgeführt werden, bauen freundschaftliche Beziehungen mit den Betroffenen auf und ermöglichen Hilfe zur Selbsthilfe.

EWA -Entwicklungswerkstatt Austria,
Thunstr.16
5400 Hallein
Tel: 07676/20779
E-Mail: office@ewa.or.at
web: www.ewa.or.at
Die EWA betreut und begleitet vor allem Projekte in den Sahelländern Senegal und Burkina Faso. Das globale Ziel der Arbeit der EWA ist die nachhaltige Verbesserung der Lebensbedingungen der Menschen und der Schutz von Wasser, Boden und Vegetation, um die weitere Ausbreitung der Wüste und eine Vergrößerung der Armut in diesen Regionen zu verhindern.

NGOs

Verein BRÜCKE NACH ÄTHIOPIEN,
Nachbauerstr.19
6845 Hohenems
Tel: 0699/15525501
E-Mail: office@bruecke-nach-aethiopien.at
web: www.bruecke-nach-aethiopien.at
Gemeinnütziger Verein zur Unterstützung von bedürftigen Kindern in Äthiopien - Information, Beratung und Begleitung bei der Adoption von Kindern aus Äthiopien.

Tier- und Umweltschutzinitiativen

GREENPEACE, Siebenbrunneng.44
1050 Wien
Tel: 01/5454580
E-Mail: info@greenpeace.at
web: www.greenpeace.at
Greenpeace arbeitet schon seit über 35 Jahren als weltweit vernetzte Umweltschutzorganisation, setzt seine Schwerpunkte primär auf die Bewältigung globaler Umweltprobleme.

Global 2000 Friends of the Earth Austria, Neustiftg.36
1070 Wien
Tel: 01/8125730-0
E-Mail: office@global2000.at
web: www.global2000.at
Sowohl Umweltschutzorganisation, als auch Umweltforschungsinstitut von GLOBAL 2000 sind mit dem Spendengütesiegel ausgezeichnet.

VGT Verein gegen Tierfabriken,
Waidhausenstr.13/1
1140 Wien
Tel: 01/9291498
E-Mail: vgt@vgt.at
web: www.vgt.at
Der VGT ist ein (partei)unabhängiger Verein mit dem Ziel der Verringerung von Tiermissbrauch, im Hinblick auf dessen vollständige Beseitigung.

Stiftung für Tierschutz Vier Pfoten,
Sechshauser Str.48
1150 Wien
Tel: 01/8950202-0
E-Mail: office@vier-pfoten.at
web: www.vier-pfoten.at
Die VIER PFOTEN zeigen überall dort, wo Tiere aus wirtschaftlichen oder wissenschaftlichen Zwecken nicht artgerecht gehalten oder gar gequält werden, die jeweiligen Missstände auf und arbeiten an deren Beseitigung.

WWF Österreich (World Wilde Fund For Nature),
Ottakringer Str.114-116
1160 Wien
Tel: 01/48817-0
E-Mail: service@wwf.at
web: www.wwf.at
Ziele des WWF:: Erhaltung der biologischen Vielfalt der Erde, naturverträgliche Nutzung erneuerbarer Ressourcen und Verhinderung von Umweltverschmutzung und die Verschwendung von Naturgütern.

ZET - Zentrum für Ersatz- und Ergänzungmethoden zu Tierversuchen,
Garnisonstr.21
4020 Linz
Tel: 0732/7703325
E-Mail: office@zet.or.at
web: www.zet.or.at/
Zweck des Zentrums ist die Förderung des wissenschaftlichen Tierschutzes - die Entwicklung und Förderung von Methoden, die Tierversuche ersetzen oder die Zahl der Versuchstiere und Leiden derselben reduzieren können.

Aktiver Tierschutz Steiermark Tierschutzhaus Arche Noah, Neufeldweg 211
8041 Graz-Liebenau
Tel: 0316/421942
E-Mail: office@archenoah.at
web: www.archenoah.at

Klimakatastrophe abwenden?

Ein Zeichen setzen - ökologisch einkaufen!

die grünen seiten ÖKO Adressbuch
mit Magazinteil

Best of Öko..
€ 14.90
..zum besten Preis!

Gesundheit & Wellness
Essen & Trinken
Bauen & Wohnen
Ökologie & Umwelttechnik
und vieles mehr....

2007

Reparaturen

Reparaturen

Alte Geräte und Gegenstände zu reparieren ist gelebte Nachhaltigkeit. Geräte wegzuwerfen erzeugt ein großes Umweltproblem – 14kg Elektro- bzw. Elektronikschrott fallen durchschnittlich pro Jahr und EU-Bürger an. Ist ein Gerät reparatur- und entsorgungsfreundlich konstruiert, so kann es

Siegel	Ausgebende Stelle	Kontrollstelle	Kontakt	
Reparatur-gütesiegel	Normungsinstitut	Unabhängige, zertifizierte Prüfer	ON Österreichisches Normungsinstitut Heinestraße 38 1020 Wien Tel.: +43/ 1/ 213 00-0 Fax: +43/ 1/ 213 00-818 e-mail: office@on-norm.at www: www.on-norm.at	www
Repanet	Verein Repanet	Kontrolle durch die regionalen Reparatur-netzwerke (Wien, Graz, Liezen, Ried)	ARGE Abfallvermeidung, Ressourcenschonung und nachhaltige Entwicklung GmbH Dreihackengasse 1 A-8020 Graz Tel: +43 / 316 / 712309 - 0 Fax: +43 / 316 / 712309 - 99 e-mail: office@arge.at www: www.repanet.at	www

Reparatur von Büro, Computer, Telekommunikation

Comtronic Telecom Service Center, Getreidemarkt 16
1010 Wien
Tel: 01/5874477
E-Mail: office@comtronic.at
web: www.comtronic.at

R.U.S.Z Reparatur- und Service-Zentrum, Lützowg.12-14
1140 Wien
Tel: 01/9821647
E-Mail: office@rusz.at
web: www.rusz.at

EDV-Butler Inh. Biebel Wolfgang, Cervantesg.7/17
1140 Wien
Tel: 0699/10100774
E-Mail: buero@edv-butler.at
web: www.edv-butler.at

Reparaturen

vor allem repariert werden (siehe Artikel zum Reparaturgütesiegel von Dr.Norbert Weiß im Magazinteil). Stellt sich heraus, dass die Reparatur doch unmöglich ist, so kann es schnell und einfach in seine Bestandteile zerlegt werden, die nun ihrerseits wieder verwertet - werden können. Auf jeden Fall besser, als auf einer Deponie zu landen!

Kurzzusammenfassung der Gütesiegel - Richtlinien

Mit dem Reparaturgütesiegel werden langlebige, reparaturfreundliche Geräte ausgezeichnet. Diese müssen zerlegbar sein (Steck-, Schraub- und Schnappverbindungen, keine Klebe- und Schweissverbindungen) und eine hohe Lebensdauer aufweisen (mindestens 10 Jahre). Die Herstellerfirma muss Gerätepläne (Explosionszeichnungen, Teileliste und Schaltpläne) verfügbar machen, es muss eine Anlaufstelle für Reparaturfragen geben. Die Komponenten müssen standardisiert und genormt sein, sodass sie nicht extra (und teuer) bestellt werden müssen; Hersteller müssen die Lieferung von Ersatzteilen garantieren.

Streng genommen handelt es sich nicht um ein Gütesiegel, aber da es Richtlinien für Betriebe gibt, wenn diese ein Repanet-Betrieb werden wollen, wurde es in diese Tabelle aufgenommen.
Mindestens 50% der Arbeitsplätze in einem Reparaturbetrieb müssen der Reparatur gewidmet sein, es muss sich um einen Universalreparaturbetrieb handeln (mindestens 5 Marken müssen zur Reparatur angenommen werden), Reparaturkostenvoranschläge müssen im Betrieb gemacht werden und dürfen 30 € Kosten nicht überschreiten (bei Kostenvoranschlägen vor Ort darf die Wegzeit verrechnet werden).

PC-Wellness Ing. Klaus Zivohlava,
Gusenleithnerg.15/10
1140 Wien
Tel: 0676/3059115
E-Mail: office@pc-wellness.at
web: www.pc-wellness.at

WIENPC Egmont Perthel, Beringg.17/6/13
1170 Wien
Tel: 0800/010181
E-Mail: office@wienpc.at
web: www.wienpc.at
Vorortservice für PC`s

Karall & Matausch GmbH, Hosspl.17
1210 Wien
Tel: 01/2711070
E-Mail: office@k-m.at
web: www.k-m.at

Reparaturen

PC-Holzer,
Wagramer Str.95/3/17
1220 Wien
Tel: 01/2640497
E-Mail: service@pc-holzer.at
web: www.pc-holzer.at
PC-Vor-Ort-Service, Aufrüsten und Umbauten, Datensicherung und -wiederherstellung

Trellis Automatisierungs- & Event-Technik GmbH,
Aumühlweg 3
2544 Leobersdorf
Tel: 02256/65999
E-Mail: office@trellis.at
web: www.trellis.at

Computer Dienstleistungen - Susanne Gromm,
Margeriteng.21/3/309
2700 Wiener Neustadt
Tel: 02622/61916
E-Mail: office@cd-gromm.at
web: www.cd-gromm.at

Computer Iris Lamers,
Linzerstr.44
3003 Gablitz
Tel: 02231/66170-11
E-Mail: office@cli.at
web: www.cli.at

Reparaturen Norbert Hackl,
Schafbergstr.10
3386 Hafnerbach
Tel: 02749/4512
E-Mail: office31@reparaturen.at
web: www.reparaturen.at
neben der Reparatur von Haushaltsgeräten auch Elektrowerkzeuge und Industrieelektronik

Josef Kneidinger,
Gustav Schwaiger-W. 2
4910 Ried im Innkreis
Tel: 07752/88098

One World GmbH, Hauptpl.25
4910 Ried im Innkreis
Tel: 0699/16999039
web: www.one.at

Repa fill GmbH, Handelszentrum 7
5101 Bergheim/Salzburg
Tel: 0662/455160-0
E-Mail: office@repafill.com
web: www.repafill.com
Drucker, Aufbereitung Druckerfarbpatronen/Toner

Computer-Klinik, Keplerstr.35
8020 Graz
Tel: 0316/710447
E-Mail: office@computerklinik.at
web: www.computerklinik.at

EDV - Leonard,
Schulg.13
8075 Hart bei Graz
Tel: 0316/491800
E-Mail: office@edv-leonard.at
web: www.edv-leonard.at

EDV- Lapp,
Wolfsgrabenstr.10a
8784 Trieben
Tel: 0650/3743256
E-Mail: info@lapp.at
web: www.lapp.at

EDV-Betriebsberatung Hertel-Pirner KEG, Technologiepark 4
8786 Rottenmann
Tel: 03614/20064-1
E-Mail: office@edvbetriebsberatung.at
web: www.edvbetriebsberatung.at

GBL Reparaturcenter,
Selzthalerstr.14b
8940 Liezen
Tel: 03612/25897
E-Mail: gbl@vip.at
web: www.gbl.at

Ivellio-Vellin KG,
Ramsauer Str.128
8970 Schladming
Tel: 03687/23720
E-Mail: office@ivellio-vellin.com

Reparaturen

Reparatur von Fahrrädern

Zweirad Ortner bike & more, Untere Augartenstr.32
1020 Wien
Tel: 01/2163673
web: www.zweiradortner.com

Neustart Fahrradwerkstatt, Brauerg.1B
1060 Wien
Tel: 01/4053546
E-Mail: hermannbergner@neustart.at
web: www.neustart.at

Wolfgang Brunner Fahrradmechanikermeister, Degeng.37
1160 Wien
Tel: 01/4855732

Weinhappl & Achleitner Fahrradeck, Gräfferg.1
1170 Wien
Tel: 01/4890872
E-Mail: office@wunda.at
web: www.wunda.at
auch Elektrofahrzeugreparatur

Bichl, Kapuzinerberg 9
4910 Ried im Innkreis
Tel: 07752/83649

Fahrradhaus Franz Vychodil, Elisabethinerg.15
8020 Graz-Eggenberg
Tel: 0316/714068
E-Mail: radsportvychodil@aon.at

Reparatur von Haushaltsgeräten

Doris HOCHLEITNER, Zieglerg.33a
1070 Wien
Tel: 01/5262761
E-Mail: d.hochleitner@utanet.at

Elektromechanische Werkstätte Karl Boubal, Neubaug.45
1070 Wien
Tel: 01/5232365

Näh + Bügeltechnik Traunfellner, Lerchenfelder Str.95
1070 Wien
Tel: 01/5235569
E-Mail: traunfellner@naehmaschinenservice.at
web: www.naehmaschinenservice.at

Services Ing. Heinz Tschürtz, Florianig.65/6/17
1080 Wien
Tel: 01/7890825
E-Mail: heinz.tschuertz@chello.at

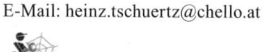

Friedrich Antoni, Klitschg.35/3/5
1130 Wien
Tel: 0664/3374804
E-Mail: friedrich.antoni@aon.at

Franz Pospischil Nfg. OHG - Elektromechanik & Elektromaschinenbau, Lützowg.12-14
1140 Wien
Tel: 01/9116300
E-Mail: office@pospischil.at
web: www.pospischil.at

R.U.S.Z Reparatur- und Service-Zentrum, Lützowg.12-14
1140 Wien
Tel: 01/9821647
E-Mail: office@rusz.at
web: www.rusz.at

Hausgeräte-Profi Nebojsa Gizdavic, Hütteldorferstr.323
1140 Wien
Tel: 01/9443399
E-Mail: office@hausgeraete-profi.at
web: www.hausgeraete-profi.at

MDP-Mechanik Daniel Pulkert, Bierhäuslbergg.86
1140 Wien
Tel: 0664/5735850
E-Mail: daniel.pulkert@aon.at

Reparaturen

MDP-Mechanik Daniel Pulkert,
Goldschlagstr.65
1150 Wien
Tel: 0664/5735850
E-Mail: daniel.pulkert@aon.at
web: www.mdp-mechanik.at
auch motorbetriebene Geräte: Pumpen,
Motorsägen, Rasenmäher und Schneefräsen

KOLLER Innovative Energietechniken
GmbH Installateur, Wattg.88
1170 Wien
Tel: 01/4849005
E-Mail: info@meister-team.at
web: www.meister-team.at
Gas-Wasser-Reparaturen f. Wohnung,
Haus und Gewerbe; sämtliche Marken.

AHT Novak KEG, Hernalser Hauptstr.79
1170 Wien
Tel: 01/4869335
E-Mail: haustechnik@chello.at
web: www.bad.co.at

Der Serviceprofi, Jörgerstr.18
1170 Wien
Tel: 01/4026400
E-Mail: der.serviceprofi@aon.at

TV-Video-Profi Elisabeth Meyrath
GmbH, Schüttaustr.14
1220 Wien
Tel: 01/2633715

Pospisil P.& R. Metallbau GmbH,
Wagramer Str.107
1220 Wien
Tel: 01/2037157
E-Mail: verkauf@pospisilmetallbau.com
web: www.pospisilmetallbau.com
Schloss- und Schlüsselreparatur, Schweiß-
arbeiten, Messer- und Scherenschleiferei

Reparaturen Norbert Hackl, Schafbergstr.10
3386 Hafnerbach
Tel: 02749/4512
E-Mail: office31@reparaturen.at
web: www.reparaturen.at
neben der Reparatur von Haushaltsgeräten auch Elektrowerkzeuge und
Industrieelektronik

Elektrohaus Scheuer, Hoher Markt 10
4910 Ried im Innkreis
Tel: 07752/82138
E-Mail: office@scheuer.at

Kochtopf-Service, Kastellfeldg.11
8010 Graz
Tel: 0316/826141
E-Mail: barbara.pogoriutschnigg@telering.at

Restaurierungswerkstätte Pucher,
Eggenberger Gürtel 78
8020 Graz
Tel: 0316/715013
Porzellan, Glas, Keramik, Kachelöfen.

Ing. Schöppel Nfg Alfred Lemmerer,
Ausseerstr.21
8940 Liezen
Tel: 03612/22283-0
E-Mail: elektro.schoeppel@aon.at

GBL Reparaturcenter,
Selzthalerstr.14b
8940 Liezen
Tel: 03612/25897
E-Mail: gbl@vip.at
web: www.gbl.at

Hafnerei August Singer,
Phyrnstr.13
8940 Liezen
Tel: 03612/22256
E-Mail: august.singer@liezen.at

HTS - Franz Schierl,
Döllach 64
8940 Liezen
Tel: 03612/82643
E-Mail: hts.schierl@aon.at
Ölbrenner-Service

Schretthauser Manfred Elektroinstalla-
tionen, Falkenburg 204
8952 Irdning
Tel: 03682/23958
E-Mail: elektro.schretthauser@aon.at

Reparaturen

Ewald Irmler Fernseh - Elektro - Service,
Hauptpl.38
8960 Öblarn
Tel: 03684/6022
E-Mail: e.irmler@uta1002.at

Red Zac Dämon Ing. Christian Seiringer,
Bahnhofstr.122
8990 Bad Aussee
Tel: 03622/52480
E-Mail: office@daemon.at
web: www.daemon.at

Reparatur von Heimwerker- und Gartengeräten

Potzmann & Winkler OHG,
Schönbrunner Str.18
1050 Wien
Tel: 01/5877292
E-Mail: potzmann.winkler@chello.at
Reparatur von Lichtmaschinen, Anlasser und anderer Kfz-Elektrik (keine mechanischen Reparaturen)

Elektromechanische Werkstätte Karl Boubal, Neubaug.45
1070 Wien
Tel: 01/5232365
Reparatur div. Haushaltsgeräte, KEINE Mikrowellengeräte

Näh + Bügeltechnik Traunfellner, Lerchenfelder Str.95
1070 Wien
Tel: 01/5235569
E-Mail: traunfellner@naehmaschinenservice.at
web: www.naehmaschinenservice.at
U.a. auch Messerschleifen, Reparatur von Motorsägen, Rasenmäher, Nähmaschinen

Franz Pospischil Nfg. OHG - Elektromechanik & Elektromaschinenbau,
Lützowg.12-14
1140 Wien
Tel: 01/9116300
E-Mail: office@pospischil.at
web: www.pospischil.at
E-Motoren, E-Handwerkzeug, Pumpen, Ventilatoren, Rasenmäher, Getriebemotoren

MDP-Mechanik Daniel Pulkert, Bierhäuslbergg.86
1140 Wien
Tel: 0664/5735850
E-Mail: daniel.pulkert@aon.at

MDP-Mechanik Daniel Pulkert, Goldschlagstr.65
1150 Wien
Tel: 0664/5735850
E-Mail: daniel.pulkert@aon.at
web: www.mdp-mechanik.at
Reparatur auch von motorbetriebenen Geräten und Maschinen wie: Pumpen, Motorsägen, Rasenmäher und Schneefräsen

Pospisil P.& R. Metallbau GmbH, Wagramer Str.107
1220 Wien
Tel: 01/2037157
E-Mail: verkauf@pospisilmetallbau.com
web: www.pospisilmetallbau.com
Schloss- und Schlüsselreparatur, div. Schweißarbeiten, Messer- und Scherenschleiferei

Reparaturen Norbert Hackl, Schafbergstr.10
3386 Hafnerbach
Tel: 02749/4512
E-Mail: office31@reparaturen.at
web: www.reparaturen.at
neben der Reparatur von Haushaltsgeräten auch Elektrowerkzeuge und Industrieelektronik

doma elektro-engineering, Roith 7
4921 Hohenzell
Tel: 07752/81097

Alois Stranzinger & Sohn Sonnenschutz & Maschinenhandel, Forchtenau 110
4971 Aurolzmünster
Tel: 07751/7643
E-Mail: buero@stranzinger.at
web: www.stranzinger.at

Wohnbau Kozmuth, Friedhofg.14
8020 Graz
Tel: 0316/715874

Reparaturen

Alko Technikcenter,
Andritzer-Reichsstr.57c
8045 Graz-Andritz
Tel: 0316/696640
web: www.al-ko.at

Richard Ulbel Zweirad u. Gartengeräte,
Kapellenstr.72
8053 Graz-Neuhart
Tel: 0316/262473
E-Mail: office@rad4you.at
web: www.rad4you.at

Ulrich Maschinenbau GmbH,
Eichfelderstr.20
8480 Mureck
Tel: 03472/2434
E-Mail: office@ulrich-maschinenbau.at
web: www.ulrich-maschinenbau.at

GBL Reparaturcenter,
Selzthalerstr.14b
8940 Liezen
Tel: 03612/25897
E-Mail: gbl@vip.at
web: www.gbl.at

Josef Fritz, Nr.27
8943 Aigen im Ennstal
Tel: 03682/22513
E-Mail: firma@metalltechnik-fritz.at
web: www.metalltechnik-fritz.at

Bernhard Pilz, Altirdning 89
8952 Irdning
Tel: 03682/22013-0
E-Mail: bernhardpilz.sl@24on.cc

Markus Schweiger Irdninger Schmiede,
Schulg.126
8952 Irdning
Tel: 03682/22873
E-Mail: schmiede.schweiger@direkt.at

Reparatur von Kinderspielzeug & Puppen

CLN - Modellbau,
Hradschin 148
2042 Guntersdorf
Tel: 0650/5531220
E-Mail: info@cln.at
web: www.cln.at

Reparatur von Kleidung und Textilien

Ledermanufaktur Posenanski GmbH,
Sebastian-Kneipp-G.6
1020 Wien
Tel: 01/9585010
E-Mail: office@ledermanufaktur.com
web: www.ledermanufaktur.com

LiZ-Lederwaren, Schönbrunner Str.242
1120 Wien
Tel: 01/8131263
E-Mail: info@liz-lederwaren.at
web: www.liz-lederwaren.at
Reparatur von Koffern, Rucksäcken aus
Kunststoff und Lederwaren aller Art

Didi Lederwaren Meisterdesigner Erika
Pilat, Mariahilferstr.203
1150 Wien
Tel: 01/8936231

Irene Rotböck, Kirchenpl.12
4910 Ried im Innkreis
Tel: 07752/84813

Katharina Windhager, Rossmarkt 41
4910 Ried im Innkreis
Tel: 07752/85511

Josef Resch Schneiderei, Ausseer Str.24
8940 Liezen
Tel: 03612/23487
E-Mail: sresch@utanet.at

www.ökoweb.at
Österreichs zentrales Umweltportal

Reparaturen

Reparatur von Möbeln u. Einrichtungsgegenständen

Pawelka Tischlerei,
Große Mohreng.27/3
1020 Wien
Tel: 01/2143918
E-Mail: tischlerei@pawelka.at
web: www.pawelka.at

Josef Gerstl Tapezierer,
Hamburgerstr.11
1050 Wien
Tel: 01/5876221
E-Mail: josef.gerstl@chello.at

Günther Mandl Tischlerei "Alles im Lot", Grabnerg.10/12
1060 Wien
Tel: 01/9207336
Reparatur von Holzkonstruktionen im Außenbereich

Elvira Lorenzi Int. Stahlwaren & Schleiferei, Siebensterng.41
1070 Wien
Tel: 01/5262187
E-Mail: office@lorenzi.co.at
web: www.lorenzi.co.at
Schleifservice f. Stahlwaren

Leder Magic Auto Magic KFZ-Service GmbH, Himbergerstr.50
1100 Wien
Tel: 01/6885333
E-Mail: office@automagic.at
web: www.lederreparatur.at

Tischlerei Kalkbrenner, Linzer Str.139-141
1140 Wien
Tel: 01/5971198
auch Reparatur von Fenstern

Remaill-Technik Werner Sattler, Sechshauserstr.97/2-3
1150 Wien
Tel: 01/6164532
E-Mail: wien@remaill-technik.at
web: www.remaill-technik.at
Badewannen-Beschichtungen

Dietl Raumausstatter, Billrothstr.8, Lißbauerstr.7
1190 Wien
Tel: 01/3687402
E-Mail: office@dietl.at
web: www.dietl.at
Reparatur u.a.von Bettwaren, Vorhängen, Tapeten, Sonnenschutz

Gute Polsterungen im Familienbetrieb Peter Ullmann, Donaufelder Str.13
1210 Wien
Tel: 01/2781696

Stefanik GmbH, Eipeldauer Str.38/5/8
1220 Wien
Tel: 01/2034929
E-Mail: stefanik@telering.at

Stefanik GmbH Bau- und Möbeltischlerei, Kirchenweg 15
2102 Hagenbrunn
Tel: 02262/672756
E-Mail: tischlerei.stefanik@a1.net

Peter Pachta Fahrende Tischlerwerkstatt, Spitalg.14
2120 Wolkersdorf im Weinviertel
Tel: 0650/5468004
E-Mail: pachta@tiscali.at

Dagmar Fischer Tapezierer- und Zimmermalermeisterin, Hauptstr.139
2245 Velm-Götzendorf
Tel: 02538/85202

Tischlerei und Holzprodukte Franz Schebesta, Schloßhoferstr.14
2301 Groß-Enzersdorf
Tel: 02249/2678

Sepp Zechmeister, Am Platengrund 13/2/7
2345 Brunn am Gebirge
Tel: 02236/33309
E-Mail: zechmeister.mum@kabsi.at

Reparaturen

Angelika Macho Tapezierermeisterin,
Hauptstr.64/ Sarasdorf
2454 Trautmannsdorf an der Leitha
Tel: 02169/2854
E-Mail: werkstatt@tapeziererin-macho.at
web: www.tapeziererin-macho.at

Kalksbrenner Tischlerei,
Linzer Str.139-141
3003 Gablitz
Tel: 02231/62747

Creativholz ProMente,
Emprechting 9
4921 Hohenzell
Tel: 07752/84123-0
E-Mail: kreativ.holz@promenteooe.at
web: www.promenteooe.at

Andreas Berger, Nr.125
8960 Niederöblarn
Tel: 03684/30074
E-Mail: andreas_berger@utanet.at

Prenner KEG,
Stoderstr.544
8962 Gröbming
Tel: 03685/221860
E-Mail: prenner-raumausstatter@utanet.at

Tischlerei Stangl, Nr.114
8965 Pruggern
Tel: 03685/22021
E-Mail: mail@tischlerei-stangl.at
web: www.tischlerei-stangl.at

Hollwöger Tapezierer, Ischlerstr.232
8990 Bad Aussee
Tel: 03622/52305
E-Mail: hollwoeger.raumstattung@aon.at

Reparatur von Musikinstrumenten

Klavierbau Berhard Balas Guter Ton aus
Meisterhänden, Märzstr.103
1140 Wien
Tel: 01/4842725
E-Mail: info@klavierbau-balas.at
web: www.klavierbau-balas.at

Reparatur von Schuhen

Reinhard Radl, Neug.1
4910 Ried im Innkreis
Tel: 07752/81185

Otto Helm Schuhe und Sport,
Reparaturwerkstätte, St.Gallen 19
8933 St.Gallen
Tel: 03632/275
E-Mail: ottohelm@gmx.at

Reparatur von Sportgeräten

Gerhard Lehmann Sportgeräte-Service
u. Schlosserei, Ritter-von-Heintlg.8
2112 Würnitz
Tel: 02263/7401

Reparatur von Uhren und Schmuckgegenständen

Dobler - Strehle,
Gebhardtg.5
4910 Ried im Innkreis
Tel: 07752/82025
E-Mail: office@dobler-strehle.at
web: www.dobler-strehle.at

Schmollgruber Klaus Kettl,
Rathausg.6
4910 Ried im Innkreis
Tel: 07752/87332
E-Mail: schmollgruber.schmuck@utanet.at

Schmollgruber Wolfgang Salhofer,
Rathausg.6
4910 Ried im Innkreis
Tel: 07752/82608
E-Mail: salhofer@uhren-schmollgruber.at
web: www.uhren-schmollgruber.at

Reparaturen

Poms Uhrmachermeister,
Trenkg.6
8041 Graz-Liebenau
Tel: 0316/463861

Ditlbacher Uhren-Schmuck GmbH Ngf
KG, Hauptpl.9
8940 Liezen
Tel: 03612/22131-0
E-Mail: imlinger@ditlbacher.at
web: www.ditlbacher.at

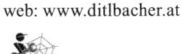

Franz Binder Uhren,
Ausseer Str.8
8940 Liezen
Tel: 03612/22296
E-Mail: office@juwelen-binder.at
web: www.juwelen-binder.at

Reparatur von Unterhaltungselektronik

Manfred Beck Kameraservice,
Schmalzhofg.1a
1060 Wien
Tel: 01/5978349
E-Mail: office@kamera-service.com
web: www.kamera-service.com
analoge Kameras; OH-Projektoren, fototech. Geräte, KEINE Videokameras

Doris HOCHLEITNER,
Zieglerg.33a
1070 Wien
Tel: 01/5262761
E-Mail: d.hochleitner@utanet.at

Ernst Panhuber Red Zac,
Lerchenfelder Str.89
1070 Wien
Tel: 01/5239560
E-Mail: ernst.panhuber@chello.at
web: www.lerchenfeld.at/sites/firmen/panhuber/panhuber.php

Fernsehservice Kurt Reutenauer,
Quellenstr.33
1100 Wien
Tel: 01/6042020
E-Mail: tvs-service@aon.at

R.U.S.Z Reparatur- und Service-Zentrum, Lützowg.12-14
1140 Wien
Tel: 01/9821647
E-Mail: office@rusz.at
web: www.rusz.at

EXPERT Schweiger Audio-, Video-, Antennentechnik, Schwenderg.21-23
1150 Wien
Tel: 01/8936116
E-Mail: expert.schweiger@chello.at

Top-TV Reparatur Service,
Schweglerstr.58
1150 Wien
Tel: 01/9905242
E-Mail: leopold.pfeffer@a1.net
web: www.tv-reparatur.at

INGRU Rusitsch u. Schwarzmann,
Herbststr.50
1160 Wien
Tel: 01/4931843

Gerhard Schwarzmann,
Herbststr.50-52
1160 Wien
Tel: 01/4931843

Karall & Matausch GmbH,
Hosspl.17
1210 Wien
Tel: 01/2711070
E-Mail: office@k-m.at
web: www.k-m.at

Floridofilm Foto - Video - Multimedia,
Felix Slavik Str.4/2/6
1210 Wien
Tel: 0650/2204488
E-Mail: info@floridofilm.com
web: www.floridofilm.com

Reparaturen

TV-Video-Profi Elisabeth Meyrath
GmbH, Schüttaustr.14
1220 Wien
Tel: 01/2633715

ABC Service,
Jochen-Rindt-Str.1
1230 Wien
Tel: 01/610390
E-Mail: abc@abc-service.co.at
web: www.abc-service.co.at

Hangl & Co OEG,
Schnalla 27
4910 Tumeltsham
Tel: 07752/85624
E-Mail: guenter.hangl@telering.at

Amschl & Gugg OEG,
Hugo-Suchadtstr.24
8010 Graz
Tel: 0699/14831230
E-Mail: oecus@aon.at

Elektro Perko,
Vinzenzg.22
8020 Graz
Tel: 0316/584457
E-Mail: elektro.perko@aon.at

Siegfried Winkler,
Pirchäckerstr.45
8053 Graz-Neuhart
Tel: 0316/261926
E-Mail: swinkler@inode.at

Ing. Evelyn Fasching,
Zahläckerweg 16
8054 Graz-Straßgang
Tel: 0316/284259
E-Mail: evelyn.fasching@utanet.at

EDV- Lapp,
Wolfsgrabenstr.10a
8784 Trieben
Tel: 0650/3743256
E-Mail: info@lapp.at
web: www.lapp.at

Johann Lautner EDV-Technik,
Unterlaussa 19
8934 Altenmarkt bei St. Gallen
Tel: 03631/329
E-Mail: edv@lautner.at
web: www.lautner.at

Ing. Schöppel Nfg Alfred Lemmerer,
Ausseerstr.21
8940 Liezen
Tel: 03612/22283-0
E-Mail: elektro.schoeppel@aon.at

GBL Reparaturcenter, Selzthalerstr.14b
8940 Liezen
Tel: 03612/25897
E-Mail: gbl@vip.at
web: www.gbl.at

Ewald Irmler Fernseh - Elektro - Service,
Hauptpl.38
8960 Öblarn
Tel: 03684/6022
E-Mail: e.irmler@uta1002.at

Franz Lemmerer, Oberdsorf 45
8983 Bad Mitterndorf
Tel: 03623/2609
E-Mail: f.lemmerer@gmx.at

Red Zac Dämon Ing. Christian Seiringer,
Bahnhofstr.122
8990 Bad Aussee
Tel: 03622/52480
E-Mail: office@daemon.at
web: www.daemon.at

die grünen seiten

der Shopping-Guide für umweltbewußte Konsumenten

die grünen seiten ÖKO Adressbuch
mit Magazinteil

Gesundheit & Wellness
Essen & Trinken
Bauen & Wohnen
Ökologie & Umwelttechnik
und vieles mehr...

Best of Öko...
€ 14.90
..zum besten Preis!

2007

oekoweb
www.oekoweb.at

das zentrale Internetportal
für Gesundheit, Nachhaltigkeit und soziale Gerechtigkeit

Gesundheit, Wellness und Kosmetik

Der Wellness- und Gesundheitsbereich boomt – und unter die zahlreichen guten und wertvollen Angebote mischen sich leider auch immer wieder Scharlatane, die gutgläubigen, nach Gesundheit suchenden Menschen das Geld aus der Tasche ziehen. Zertifikate und Überprüfungen sind längst überfällig, aber immer noch kaum vorhanden.

Anders im Bereich der Naturkosmetik: so viele Dinge wären zu beachten – Tierversuchsfreiheit, biologische Inhaltsstoffe, Zutaten aus fairem Handel und vieles mehr. Dies führt zu verschiedensten Zertifikaten und Siegeln mit jeweils anderen Hintergründen. Im Magazinteil dieses Buches erläutert Mag. Henriette Gupfinger von der ÖGUT das Problem der nachhaltigen Kosmetik.

Siegel	Ausgebende Stelle	Kontrollstelle	Kontakt
Österreichisches Umweltzeichen	Lebensministerium	Stichprobenartige Kontrollen durch den Verein für Konsumenteninformation (VKI) und unabhängige Berater und Prüfer	Lebensministerium Betrieblicher Umweltschutz und Technologie Abt. VI/5 Stubenbastei 5 1010 Wien Tel.:+43/ 1/ 515 22 -0 e-mail: info@umweltzeichen.at www: www.umweltzeichen.at www ✉
Europäisches Umweltzeichen	Lebensministerium	siehe österr. Umweltzeichen	siehe österr. Umweltzeichen

Wellness und Kosmetik

Wichtig zu wissen ist, dass der Bergiff „Naturkosmetik" in Österreich vom österreichischen Lebensmittelcodex geregelt wird. Nur was diesen Anforderungen entspricht, darf als „Naturkosmetik" verkauft werden.

Ebenso sind die Bezeichnungen „aus biologischer Landwirtschaft", „aus biologischem Anbau (oder Landbau)" oder „aus kontrolliert biologischem Anbau (kbA)" gesetzlich geregelt – sie gelten nur für Produkte, die von staatlich zugelassenen Kontrollstellen zertifiziert wurden. Finden man diesen Wortlaut auf einem Produkt, so kann man sicher sein, dass man es mit einem Bio-Produkt zu tun hat.

Da die Richtlinien für Naturkosmetik in Österreich im Österreichischen Lebensmittelcodex (ÖLK) geregelt sind, kontrollieren auch die selben staatlich anerkannten Kontrollinstitutionen die Einhaltung dieser Richtlinien. Diese Kontrollinstitute werden im Bereich „Essen & Trinken" ausführlich dargestellt.

Kurzzusammenfassung der Gütesiegel - Richtlinien

2 Kategorien: Seifen und Shampoos (UZ 58) und Hygienepapiere aus Altpapier (UZ 4).

Seifen und Shampoos und Hairconditioner dürfen keine gesundheitsgefährdenden Stoffe, vor allem im Bereich von Duft- und Farbstoffen, enthalten und müssen für Wasserorganismen ungefährlich sein. Alle im Produkt enthaltenen Tenside müssen leicht biologisch abbaubar sein. Für nicht leicht abbaubare Inhaltsstoffe gelten strenge Grenzwerte, ebenso gelten Limits für Duft- und Farbstoffe. Die Verpackung darf nur einen bestimmten, geringen Anteil des Gesamtgewichtes und -volumens ausmachen.

Hygienepapiere aus Altpapier müssen zu 100% aus Altpapier bestehen, allerdings variieren die zulässigen Altpapiersorten je nach Verwendungszweck. Optische Aufheller und Ethylendiamintetraacetat (EDTA) sind in der Produktion verboten, Chlor darf zur Bleichung nicht eingesetzt werden. Farben zur Bedruckung dürfen keine Schwermetalle enthalten, das Papier darf nicht eingefärbt werden. Es gibt für die Produktion strenge Abwasseremissionsgrenzen, die Betriebe müssen ein Umwelt- und/oder Abfallwirtschaftskonzept vorweisen können (EMAS bzw. ISO 14001).

---

2 Kategorien: Seifen und Shampoos; Hygienepapiere.
Für **Seifen und Shampoos** werden gerade Richtlinien erarbeitet, für Hygienepapiere überarbeitet; es gibt daher auch momentan keine zertifizierten Produkte.

Wellness und Kosmetik

Siegel	Ausgebende Stelle	Kontrollstelle	Kontakt	
Leaping Bunny (Corporate Standard of Compassion for Animals)	Coalition for Consumer Information of Cosmetics (CCIC)	CCIC	The Coalition for Consumer Information on Cosmetics P.O. Box 56537 Philadelphia, PA 19111 e-mail: info@leapingbunny.org www: www.leapingbunny.org	www
Kontrollierte Naturkosmetik (BDIH-Siegel)	Bundesverband Deutscher Industrie- und Handelsunternehmen für Arzneimittel, Reformwaren, Nahrungsergänzungsmittel und Körperpflege e.V. (BDIH)	PreCert Consulting & Audits	Bundesverband Deutscher Industrie- und Handelsunternehmen für Arzneimittel, Reformwaren, Nahrungsergänzungsmittel und Körperpflegemittel e.V. (BDIH) L 11, 20-22 68161 Mannheim Tel.: +49/ 621/ 1294330 Fax: +49/ 621/ 152466 e-mail: bdih@ghp-ma.de www: www.kontrollierte-naturkosmetik.de	www
IHTK (Kaninchen unter schützender Hand)	Deutscher Tierschutzbund & Internationaler Herstellerverband gegen Tierversuche in der Kosmetik e.V.	Stichprobenhafte Kontrolle durch den Deutschen Tierschutzbund	Internationaler Herstellerverband gegen Tierversuche in der Kosmetik e.V. Feldkircher Str.4, 71522 Backnang Tel: +49/ 71 91 / 98 04 72 Fax: +49/ 71 91 / 97 05 15 e-mail: info@ihtk.de www: www.ihtk.de	www

Wellness und Kosmetik

	Kurzzusammenfassung der Gütesiegel - Richtlinien
	Zertifizierte Firmen dürfen keine Tierversuche durchführen oder in Auftrag geben, keine Produkte von Zulieferfirmen kaufen, die nach einem fixen Enddatum noch Tierversuche durchgeführt haben und nachweisen, dass die Zulieferfirmen dieses Enddatum strikt einhalten. In Österreich ist die Stiftung Vier Pfoten Ansprechpartner: Johnstraße 4-6/Top 7 A-1150 Wien Tel.: +43/ 1/ 895 02 02-0 Fax: +43/ 1/ 895 02 02-99 e-mail: office@vier-pfoten.at www: www.kosmethik.at
	Pflanzliche Rohstoffe sollen möglichst aus kontrolliert biologischen Anbau (kbA) oder kontrolliert biologischer Wildsammlung stammen, der Einsatz von aus toten Wirbeltieren gewonnenen Substanzen ist verboten. Bei der Entwicklung, Herstellung und Prüfung der Endprodukte dürfen keine Tierversuche durchgeführt oder in Auftrag gegeben werden, das selbe gilt für Rohstoffe, die seit 1998 auf den Markt kamen. Anorganische Salze und mineralische Rohstoffe dürfen nicht verwendet werden, auf den Einsatz von organisch-synthetischen Farbstoffen, synthetischen Duftstoffen, ethoxilierten Rohstoffen, Silikonen, Paraffinen und anderen Erdölprodukten sowie bestimmter Fette, Zucker und Proteine wird verzichtet. Radioaktive Bestrahlung zum Zweck von Keimung und Konservierung ist verboten. Zusätzlich wird den Produzenten nahegelegt, aktiv gegen gentechnisch veränderte Produkte vorzugehen, auf die ökologische Verträglichkeit der Verpackungen zu achten und soziale Standards einzuhalten.
	Es dürfen keine Tierversuche zur Entwicklung und Herstellung des Produktes durchgeführt werden (allerdings dürfen unter bestimmten Voraussetzungen Produkte, die in der Vergangenheit an Tieren getestet wurden, verwendet werden). Rohstoffe dürfen nur verwendet werden, wenn sie nicht an Tieren getestet wurden oder diese Tests vor dem 01.01.1979 stattgefunden haben und danach nicht mehr durchgeführt wurden. Weiters dürfen keine Substanzen verwendet werden, die durch Tierquälerei gewonnen werden oder für deren Gewinnung Tiere getötet werden (Nerzöl, Walrat etc.). Es darf keine wirtschaftliche Abhängigkeit zu Firmen bestehen, die Tierversuche durchführen oder in Auftrag geben. Die zertifizierte Firma muss alle Inhaltsstoffe offenlegen und auf den jeweiligen Verpackungen oder in Katalogen angeben.

Wellness und Kosmetik

Siegel	Ausgebende Stelle	Kontrollstelle	Kontakt	
Fair Trade	Fair Trade Labelling Organisation (FLO)	FLOCert	**FAIRTRADE** Verein zur Förderung des fairen Handels mit den Ländern des Südens Wohllebengasse 12-14/7 A-1040 Wien Tel.: + 43/ 1/ 533 09 56 Fax: + 43/ 1/ 533 09 56 - 11 e-mail: office @fairtrade.at www: www.fairtrade.at	www
Demeter	Österreichischer Demeter- Bund	ABG, BIOS, Lacon, SGS, LVA, BIKO	Österreichischer Demeter-Bund Theresianumgasse 11 A - 1040 Wien Tel.: +43/ 1/ 8794701 Fax: +43/ 1/ 8794722 e-mail: info@demeter.at www: www.demeter.at	www ☎
Ecocert	Ecocert Kontrollverband	Ecocert	ECOCERT INTERNATIONAL Güterbahnhofstr. 10 37154 Northeim Deutschland Tel: +49/ 5551/ 908430 www.ecocert.de	www

Wellness und Kosmetik

Kurzzusammenfassung der Gütesiegel - Richtlinien
Wattepads aus organischer Baumwolle, hergestellt nach den Sozialrichtlinien der Fair Tade Labelling Organisation: Die beteiligten kleinbäuerlichen Genossenschaften müssen demokratisch organisiert und politisch unabhängig sein, Management und Verwaltung müssen transparent sein, Kinder- und Zwangsarbeit sind verboten, Umweltschutzmaßnahmen müssen ergriffen werden (Regenwald-, Erosions-, Gewässerschutz), die Produktion muss (mit Übergangsfristen) umgestellt werden auf biologische Produktion (Produkte, die aus fairem Handel stammen und biologisch produziert wurden, sind mit "aus biologischer Landwirtschaft" gekennzeichnet), Fortbildungsprogramme müssen angeboten werden, gentechnisch veränderte Pflanzen sind verboten. Lokale gesetzliche und tarifliche Mindeststandards müssen eingehalten werden, Gewerkschaften dürfen gegründet werden. Überschüsse aus den Einnahmen müssen demokratisch verwaltet und zu Verbesserungen für die Gemeinschaft eingesetzt werden.
Rohstoffe pflanzlichen und tierischen Ursprungs müssen zu 90% in Demeter-Qualität verwendet werden, die namensgebende (wichtigste) Zutat muss als Rohstoff Demeterzertifiziert sein. In der Zutatenliste darf der Name Demeter verwendet werden, wenn eine Zutat in Demeter-Qualität enthalten ist und mindestens 50% der Zutaten aus ökologischer Landwirtschaft (andere Verbände oder EG-VO 2092/91) kommen. Wildsammlungen, die nach EG-VO 2092/91 gesammelt werden, dürfen verwendet werden. Ausgeschlossen sind naturidentische Substanzen, Glyzerin, sulfatierte Pflanzenöle, Ethanol, Lecithin, Zitronensäure, Sorbit und eine Reihe anderer Stoffe. Tierversuche oder Rohstoffe, die mit Tierversuchen getestet wurden, sind grundsätzlich verboten. Alte und traditionelle Herstellungs- und Verarbeitungsverfahren sollen gefördert werden.
Ecocert, ein international tätiger Kontrollverband im Umweltbereich mit Sitz in Frankreich, untersucht auch Kosmetikprodukte auf ökologische und biologische Qualität. Er vergibt dabei 2 Siegel: **„Ökologische und biologische Kosmetik"** wird für Produkte vergeben, bei denen mindestens 95% der gesamten Inhaltsstoffe natürlichen Ursprungs sind, dabei müssen mindestens 95% der pflanzlichen Inhaltsstoffe aus biologischem Anbau sein. **„biologische Kosmetik"** wird an Produkte vergeben, bei denen mindestens 50% der pflanzlichen Inhaltsstoffe aus biologischem Anbau stammen. Es sind überwiegend französische Firmen zertifiziert, aber auch einige anderer europäischer Länder (z.B. Weleda, Dr. Hauschka, Primavera, SantaVerde,...).

Wellness und Kosmetik

Siegel	Ausgebende Stelle	Kontrollstelle	Kontakt
Best Health Austria	Best Health Austria Gesellschaft für Gesundheitstourismus mbH	Österreichische Arbeitsstelle für Qualität (ÖQA)	Best Health Austria Ossiacher-See-Süduferstraße 59-61 A-9523 Landskron/Villach Tel.: +43/ 4242/44200-50 Fax: +43/ 4242/44200-90 e-mail: office@besthealthaustria.com www: www.besthealthaustria.com www
neuform	neuform Vereinigung Deutscher Reformhäuser	Offizielle Prüfstellen in Deutschland	neuform international Ernst-Litfaß-Str. 16 19246 Zarrentin Deutschland Tel.: +49/ 38851/ 51-0 Fax: +49/ 38851/ 51-299 e-mail: neuform-international@neuform.de www: www.neuform-international.de www
hypoallergen			

Friseure und Haarpflege

STYX - Naturcosmetics GmbH,
Am Kräutergarten
3200 Obergrafendorf
Tel: 02747/3250-0
E-Mail: info@styx.at
web: www.styx.at

Kosmetikprodukte

Naturparfümerie Staudigl, Wollzeile 4
1010 Wien
Tel: 01/5128212
E-Mail: staudigl@gewusstwie.at
web: www.gewusstwie.at

Parfümerie Douglas GmbH,
Rotenturmstr.11
1010 Wien
Tel: 01/5321091
E-Mail: kontakt@douglas.at
web: www.douglas.at
die Produkte von Paul Mitchell sind mit dem "Leaping bunny" Gütesiegel ausgezeichnet. Zertifizierte Produkte: Stella McCartney (ECOCERT-geprüft)

Wellness und Kosmetik

Kurzzusammenfassung der Gütesiegel - Richtlinien

Die Clusterinitiative „Best Health Austria" versucht, ein Qualitätssiegel für den Gesundheitstourismus zu etablieren. Unabhängige Experten prüfen jährlich die Qualität der Hotels, Anwendungen und Angebote müssen bewiesenermaßen medizinisch wirksam sein, die fachliche und emotionale Kompetenz der Mitarbeiter wird überprüft, ständige Weiterbildung wird gefordert. Das Zeichen wird nur in Verbindung mit dem Gütezeichen der Österreichischen Arbeitsstelle für Qualität (ÖQA) für Gesundheitstourismus vergeben.

Ein deutsches Siegel für Reformhaus-Produkte, das den Herstellern nahe legt, möglichst natürliche und rückstandsarme Rohstoffe zu verwenden, radioaktive Bestrahlung und gentechnisch veränderte Stoffe verbietet, zur Konservierung nur bestimmte natürliche und naturidente Stoffe zulässt und Tierversuche verbietet. Tierische Rohstoffe müssen aus artgerechter Haltung kommen, Stoffe aus toten Tieren und eine Reihe von Emulgatorstoffen sind verboten, die Verpackungen sollen sparsam sein.

„Hypoallergen" ist genauso wie „allergenarm", „mit reduziertem Allergengehalt" und „dermatologisch getestet" kein geschützter Begriff – d.h. es gibt keinerlei Richtlinien, die eine Firma einhalten muss, um ihre Produkte so auszuzeichnen. Oft enthalten diese Produkte weniger Konservierungs-, Duft- und Farbstoffe, aber auch dafür gibt es keine Garantie.

The Body Shop,
Rotenturmstr. 5
1010 Wien
Tel: 01/5331891
E-Mail: info@the-body-shop.de
web: www.thebodyshop.de
tierversuchsfreie Kosmetik und Toiletteartikel, Holzbürsten in FSC-Qalität

Nägele & Strubell,
Graben 27
1010 Wien
Tel: 01/5337022
E-Mail: wien@naegele.co.at
web: www.naegelestrubell.at
Zertifizierte Produkte: Master Lin, Stella McCartney, Doux me

Biomarkt Maran GmbH,
Landstraßer Hauptstr. 37
1030 Wien
Tel: 01/7109884
E-Mail: office3@biomarkt.co.at
web: www.biomarkt.co.at
Mani, Sodasan, Waschnüsse

Wellness und Kosmetik

Master Lin TCM HandelsgmbH,
Am Heumarkt 10
1030 Wien
Tel: 01/71147-223
E-Mail: info@masterlin.com
web: www.masterlin.com

Alles Seife Schneider & Pfiffl OEG,
Am Naschmarkt Nr.54
1040 Wien
Tel: 0699/12700190
E-Mail: office@allesseife.at
web: www.allesseife.at

Im Margarethenhof Bio5 Naturkost &
Reformwaren, Margaretenpl.4
1050 Wien
Tel: 01/7989492 Fax: 7989492
E-Mail: bio5@bio5.at
web: www.bio5.at

Ing. Manfred Bläuel MANI Olivenöl-Import, Seideng.32
1070 Wien
Tel: 01/5220824
E-Mail: office@mani.at
web: www.mani.at

Biomarkt Maran GmbH,
Kaiserstr.57-59
1070 Wien
Tel: 01/5265886-18
E-Mail: office7@biomarkt.co.at
web: www.biomarkt.co.at

Anneliese Drogerie, Hütteldorfer Str.251
1140 Wien
Tel: 01/9141380 Fax: 9141380
E-Mail: drogerie.anneliese@aon.at
web: www.allesfuersie.at
Ecover, Waschnüsse

Biomarkt Maran GmbH, Ottakringer Str.186
1160 Wien
Tel: 01/4818880-42
E-Mail: maran@maran.co.at
web: www.biomaran.at
M.Gebhardt, Sanoll, Primavera, Ecover, Sodasan, Waschnüsse

Weleda GmbH & Co KG, Hosnedlg.27
1220 Wien
Tel: 01/2566060
E-Mail: dialog@weleda.at
web: www.weleda.at

CulumNatura, Korneuburgerstr.9
2115 Ernstbrunn
Tel: 02576/2089
E-Mail: culumnatura@aon.at
web: www.culumnatura.at

Little Pharm Naturkosmetik, Wienerstr.1
2320 Schwechat
Tel: 01/7073692
E-Mail: office@littlepharm.at
web: www.littlepharm.at

Biomarkt Maran, Brunnerm G.1-9
2380 Perchtoldsdorf
Tel: 01/8690788
E-Mail: office@biomarkt.co.at
web: www.www.biomarkt.co.at
Mani, Ecover, Sodasan, Waschnüsse

Bäckerei - Naturkost Berger, Hauptstr.18
3040 Neulengbach
Tel: 02772/52834
web: www.baeckerei-berger.at
Styx

STYX - Naturcosmetics GmbH,
Am Kräutergarten
3200 Obergrafendorf
Tel: 02747/3250-0
E-Mail: info@styx.at
web: www.styx.at
Styx

Haus der Natur, Grestnerstr.4
3250 Wieselburg an der Erlauf
Tel: 0650/2515468
E-Mail: info@haus-der-natur.com
web: www.haus-der-natur.com

Gsund & Schön Erwin Zauner,
Haberedt 1b
4775 Taufkirchen an der Pram
Tel: 07719/86888
E-Mail: vertrieb@sanoll.at
web: www.gsund-und-schoen.at

Wellness und Kosmetik

Kräuter Max Christoph Zauner,
Hoher Markt 1a-3
4910 Ried
Tel: 07752/82422
E-Mail: office@kraeutermax.at
web: www.kraeutermax.at/

Maharishi Ayurveda GmbH
Gesundheits- u.Seminarzentrum,
Bahnhofstr.19
4910 Ried
Tel: 07752/86622
E-Mail: info@ayurvedaarzt.at
web: www.ayurvedaarzt.at

DAS Reformhaus,
Lasserstr.18
5020 Salzburg
Tel: 0662/879617
Imbiss (95% Bio); Naturkosmetik, Körperpflege, Naturarzneimittel, Naturheilmittel, Tofu, Soja, Trockenware, Frischgemüse, Eier vom Biobauer

RJR Biokosmetik GmbH,
Edelweißstr.282
5071 Wals bei Salzburg
Tel: 0662/643561
E-Mail: info@rjr-biokosmetik.at
web: www.rjr-biokosmetik.at

dm drogerie markt GmbH, Kasernenstr.1
5073 Wals-Himmelreich
Tel: 0662/8583-0
E-Mail: info@dm-drogeriemarkt.at
web: www.dm-drogeriemarkt.at
Biologische Eigenmarke: AlnaturA (Zutaten aus kbA); FAIRTRADE Kaffee und Eiskaffee, Säfte, Schokolade, Kakao und Marmelade; Alverde (BDIH-zertifiziert).

Maria Pieper Naturkosmetik & ätherische Öle, Rechtes Salzachufer 30
5101 Bergheim/Salzburg
Tel: 0662/452585
E-Mail: naturkosmetik.pieper@inode.at

Santaverde c/o Lisa Perwein, Senselerstr.17
6111 Volders
Tel: 0650/2244121
E-Mail: santaverde@aon.at
web: www.santaverde.de

Farfalla Essentials AG, Kapfstr.52A
6805 Feldkirch
Tel: 05522/76137
E-Mail: info@farfalla.eu
web: www.farfalla.eu

Lavera Naturkosmetik c/o Fritz Naturprodukte, Hart-Puch 103
8184 Anger, Steiermark
Tel: 03175/2676-0
E-Mail: office@fritz-naturprodukte.at
web: www.fritz-naturprodukte.at

Logona Naturkosmetik c/o AL Naturkost HandelsgmbH, Am Ökopark 3
8230 Hartberg
Tel: 03332/65430-0
E-Mail: verkauf.trocken@al-naturkost.at
web: www.logona.de

Lavera Naturkosmetik c/o AL Naturkost Handels GmbH, Am Ökopark 3
8230 Hartberg
Tel: 03332/65430
E-Mail: verkauf.trocken@al-naturkost.at
web: www.lavera.de

Naturkosmetiksalon Karin Kanz Naturkosmetik, Pfarrpl.21
9020 Klagenfurt
Tel: 0463/55133
E-Mail: office@kanz.or.at
web: www.kanz.or.at

Brüder Unterweger GmbH, Thal-Aue 13
9911 Assling
Tel: 04855/8201-0
E-Mail: office@unterweger-wellness.com
web: www.unterweger-wellness.com

Bergland Pharma GmbH & Co KG,
Alpenstr.15
D-87751 Heimertingen/Allgäu
Tel: 0049/8335/982101
E-Mail: info@bergland.de
web: www.bergland.de

Wellness und Kosmetik

Kurzentren und -hotels und Thermen

Klinik Pirawarth Kur- und
Rehabilitationszentrum,
Kurhausstr.100
2222 Bad Pirawarth
Tel: 02574/29160
E-Mail: info@klinik-pirawarth.at
web: www.klinik-pirawarth.at

Herz-Kreislauf-Zentrum Groß Gerungs,
Am Kreuzberg 310
3920 Groß Gerungs
Tel: 02812/8681-0
E-Mail: office@herz-kreislauf.at
web: www.herz-kreislauf.at

Herz-Kreislauf-Zentrum Gross Gerungs,
Kreuzberg 310
3920 Groß Gerungs
Tel: 02812/8681
E-Mail: info@herz-kreislauf.at
web: www.herz-kreislauf.at

MOORHEILBAD HARBACH Kur-,
Rehabilitations-, Stoffwechsel- u.
Lebensstilzentrum,
Moorbach Harbach
3970 Harbach
Tel: 02858/5255-0
E-Mail: info@moorheilbad-harbach.at
web: www.moorheilbad-harbach.at

Kneippkuranstalt der
Marienschwestern vom Karmel,
Bad Mühllacken 55
4101 Feldkirchen an der Donau
Tel: 07233/7215
E-Mail: kurhaus.badmuehllacken@
marienschwestern.at
web: www.oberoesterreich.at/kneipp-muehllacken

Kneippkuranstalt der
Marienschwestern vom Karmel,
Nr.106
4362 Bad Kreuzen
Tel: 07266/6281-0
E-Mail: kurhaus.badkreuzen@marien
schwestern.at
web: www.badkreuzen.gesund-kneippen.at

Gesundheitshotel Gugerbauer,
Kurhausstr.4
4780 Schärding
Tel: 07712/3191
E-Mail: info@hotel-gugerbauer.at
web: www.hotel-gugerbauer.at

TBG Thermenzentrum Geinberg
BetriebsgmbH,
Thermenpl.1
4943 Geinberg
Tel: 07723/8500-0
E-Mail: therme@therme-geinberg.at
web: www.therme-geinberg.at

Kur und Rehabilitationszentrum
Bad Vigaun,
Karl-Rodhammerweg 91
5244 Bad Vigaun
Tel: 06245/8999
E-Mail: office.kurundreha@klinik-st-barbara.at
web: www.badvigaun.com

Bio - Vitalhotel Sommerau,
Sommeraustr.231
5423 St.Koloman
Tel: 06241/212
E-Mail: info@biohotel-sommerau.at
web: www.biohotel-sommerau.at
Alkoholische Getränke, Eier, Milch, die Küche bietet FAIRTRADE Produkte, sowie Produkte aus kontrolliert biologischen Anbau

Vitalhotel Elisabeth,
Nr. 274
5570 Mauterndorf
Tel: 06472/7365
E-Mail: vitalhotel.elisabeth@sbg.at
web: www.vitalhotel-elisabeth.at

Kur- und Thermenhotel
Bad Tatzmannsdorf,
Elisabeth-Allee 1
7431 Bad Tatzmannsdorf
Tel: 03353/8940-7160
E-Mail: info@kur-undthermenhotel.at
web: www.kur-undthermenhotel.at

Wellness und Kosmetik

Hotel Superior Thermenhof Paierl,
Wagerberg 120
8271 Bad Waltersdorf
Tel: 03333/2801-0
E-Mail: well-in@thermenhof.at
web: www.thermenhof.at

Quellenhof Heiltherme Bad Waltersdorf
GmbH & Co.KG, Thermenstr.111
8271 Bad Waltersdorf
Tel: 03333/500-0
E-Mail: office@heiltherme.at
web: www.heiltherme.at

Kurhotel im Park Familie Jausovec,
Kurhausstr.5
8490 Bad Radkersburg
Tel: 03476/2571
E-Mail: res@kip.or.at
web: www.hotel-im-park.at

Warmbaderhof Kur-Golf-Thermenhotel,
Kadischenallee 22-24
9504 Warmbad-Villach
Tel: 04242/3001-0
E-Mail: warmbaderhof@warmbad.at
web: www.warmbad.at

ThermenResort Warmbad-Villach,
Kadischen-Allee 22-24
9504 Warmbad Villach
Tel: 04242/3001-0
E-Mail: therme@warmbad.at
web: www.warmbad.com

Kurzentrum Thermalheilbad Warmbad-
Villach, Kadischenalle 26
9504 Villach-Warmbad Villach
Tel: 04242/3700-0
E-Mail: termin.kurzentrum@warmbad.at
web: www.warmbad.at

Wellness & Geniesser-Hotel Karnerhof
Fam. Melcher,
Karnerhofweg 10
9580 Egg am Faakersee
Tel: 04254/2188
E-Mail: hotel@karnerhof.com
web: www.karnerhof.com

Wellnesscenter und -hotels

Molzbachhof Fam. Pichler,
Aussen 36
2880 Kirchberg am Wechsel
Tel: 02641/2203
E-Mail: molzbachhof@netway.at
web: www.molzbachhof.at

Steigenberger Avance Hotel,
Am Goldberg 2
3500 Krems
Tel: 02732/71010
E-Mail: krems@steigenberger.at
web: www.krems.steigenberger.at

Herz-Kreislauf-Zentrum Groß Gerungs,
Am Kreuzberg 310
3920 Groß Gerungs
Tel: 02812/8681-0
E-Mail: office@herz-kreislauf.at
web: www.herz-kreislauf.at

Gesundheitshotel Klosterberg Fam.
Laister,
Am Berg 170
3921 Langschlag
Tel: 02814/8276-0
E-Mail: info@klosterberg.at
web: www.klosterberg.at

MOORHEILBAD HARBACH
Kur-, Rehabilitations-, Stoffwechsel- u.
Lebensstilzentrum,
Moorbach Harbach
3970 Harbach
Tel: 02858/5255-0
E-Mail: info@moorheilbad-harbach.at
web: www.moorheilbad-harbach.at

Kneippkuranstalt
der Marienschwestern vom Karmel,
Bad Mühllacken 55
4101 Feldkirchen an der Donau
Tel: 07233/7215
E-Mail: kurhaus.badmuehllacken@marienschwestern.at
web: www.oberoesterreich.at/kneipp-muehllacken

Wellness und Kosmetik

Wellnesshotel Dilly's,
Pyhrnstr.14
4580 Windischgarsten
Tel: 07262/5264-0
E-Mail: wellness@dilly.at
web: www.dilly.at

Gesundheitshotel Gugerbauer, Kurhausstr.4
4780 Schärding
Tel: 07712/3191
E-Mail: info@hotel-gugerbauer.at
web: www.hotel-gugerbauer.at

Wellness- und Familienhotel Winzer,
Kogl 66
4880 St.Georgen
Tel: 07667/6231
E-Mail: info@hotel-winzer.at
web: www.hotel-winzer.at

Ebner's Waldhof Wellnesshotel, Seestr.30
5330 Fuschl am See
Tel: 06226/8264
E-Mail: reservierung@ebners-waldhof.at
web: www.ebners-waldhof.at

Im weißen Rössl Fam. Peter, Markt 74
5360 St.Wolfgang
Tel: 06138/2306-0
E-Mail: office@weissesroessl.at
web: www.weissesroessl.at

Bio - Vitalhotel Sommerau, Sommeraustr.231
5423 St.Koloman
Tel: 06241/212
E-Mail: info@biohotel-sommerau.at
web: www.biohotel-sommerau.at
FAIRTRADE Produkte, Produkte aus kbA

Moisl Genuss- und Vitalhotel,
Markt 26
5441 Abtenau
Tel: 06243/22320
E-Mail: info@hotelmoisl.at
web: www.hotelmoisl.at

Vitalhotel Elisabeth, Nr. 274
5570 Mauterndorf
Tel: 06472/7365
E-Mail: vitalhotel.elisabeth@sbg.at
web: www.vitalhotel-elisabeth.at

Edelweiß Hotel,
Unterberg 83
5611 Großarl
Tel: 06414/300-0
E-Mail: info@edelweiss-grossarl.at
web: www.edelweiss-grossarl.com

Hotel Österr. Hof,
Kurgartenstr.9
5630 Bad Hofgastein
Tel: 06432/6216-0
E-Mail: info@oehof.at
web: www.oehof.at

Hotel Grüner Baum, Kötschachtal 25
5640 Bad Gastein
Tel: 06434/2516-0
E-Mail: urlaub@hoteldorf.com
web: www.hoteldorf.com

Hotel Krallerhof,
Rain 6
5771 Leogang
Tel: 06583/8246-0
E-Mail: office@krallerhof.com
web: www.krallerhof.com

Karwendel Hotel, Nr.54a/54b
6213 Pertisau
Tel: 05243/5284
E-Mail: info@karwendel.cc
web: www.karwendel.cc

Hotel Almhof Fam. Kröller-Kammerlander, Nr.21
6281 Gerlos
Tel: 05284/5202
E-Mail: info@kroeller.at
web: www.almhof-kroeller.at

Kinderhotel St. Zeno,
St.Zeno 3
6534 Serfaus
Tel: 05476/6328
E-Mail: st.zeno@kinderhotel.com
web: www.kinderhotel.com

Wellness und Kosmetik

Naturhotel Chesa Valisa Fam. Kessler,
Gerbeweg 18
6992 Hirschegg, Kleinwalsertal
Tel: 05517/54140
E-Mail: info@naturhotel.at
web: www.naturhotel.at

Naturhotel Chesa Valisa Familie Kessler,
Gerbeweg 18
6992 Hirschegg
Tel: 05517/5414-0
E-Mail: info@naturhotel.at
web: www.naturhotel.at

Kur- und Thermenhotel Bad Tatzmannsdorf, Elisabeth-Allee 1
7431 Bad Tatzmannsdorf
Tel: 03353/8940-7160
E-Mail: info@kur-undthermenhotel.at
web: www.kur-undthermenhotel.at

Hotel Superior Thermenhof Paierl,
Wagerberg 120
8271 Bad Waltersdorf
Tel: 03333/2801-0
E-Mail: well-in@thermenhof.at
web: www.thermenhof.at

Quellenhof Heiltherme Bad Waltersdorf
GmbH & Co.KG, Thermenstr.111
8271 Bad Waltersdorf
Tel: 03333/500-0
E-Mail: office@heiltherme.at
web: www.heiltherme.at

Hotel Vier Jahreszeiten, Loipersdorf 216
8282 Loipersdorf bei Fürstenfeld
Tel: 03382/8385
E-Mail: thermenhotel@4-jahreszeiten.com
web: www.4-jahreszeiten.com

Rogner-Bad Blumau,
Nr.100
8283 Blumau in Steiermark
Tel: 03383/5100
E-Mail: spa.blumau@rogner.com
web: www.blumau.com

Kurhotel im Park Familie Jausovec,
Kurhausstr.5
8490 Bad Radkersburg
Tel: 03476/2571
E-Mail: res@kip.or.at
web: www.hotel-im-park.at

Parkhotel Pörtschach,
Hans-Pruscha-Weg 5
9210 Pörtschach am Wörther See
Tel: 04272/2621
E-Mail: office@parkthotel-poertschach.at
web: www.parkthotel-poertschach.at

Biolandhaus Arche Familie Tessmann,
Vollwertweg 1a
9372 St. Oswald-Eberstein
Tel: 04264/8120 Fax: 8120-20
E-Mail: bio.arche@hotel.at
web: www.bio.arche.hotel.at

Kirchheimerhof Harmony Hotel, Maibrunnenweg 37
9546 Bad Kleinkirchheim
Tel: 04240/278
E-Mail: kiho@hhbkk.at
web: www.harmony-hotels.at/kirchheimerhof/

Felsenhof Hotel, Mozartweg 6
9546 Bad Kleinkirchheim
Tel: 04240/6810
E-Mail: office@hotelfelsenhof.at
web: www.hotelfelsenhof.at

Wellness & Geniesser-Hotel Karnerhof
Fam. Melcher, Karnerhofweg 10
9580 Egg am Faakersee
Tel: 04254/2188
E-Mail: hotel@karnerhof.com
web: www.karnerhof.com

Bio-Hotel Daberer, St.Daniel 32
9635 Dellach7Gailtal
Tel: 04718/590
E-Mail: info@biohotel-daberer.at
web: www.biohotel-daberer.at

Almwellnesshotel Tuffbad Fam. Obernosterer, Tuffbad 1
9654 St. Lorenzen im Lesachtal
Tel: 04716/622
E-Mail: info@almwellness.com
web: www.almwellness.com

Wirtschaft

Wirtschaft

Wirtschaftliche Interessen scheinen oft auf den ersten Blick konträr zu den Anforderungen der Nachhaltigkeit. Doch längst haben viele Firmen begriffen, dass eine Einbindung der Ziele der Nachhaltigkeit allen Seiten Nutzen bringt. Durch Zertifizierung nach der Umweltnorm DIN EN ISO 14001 oder europaweiten Öko-Audit-System EMAS kann ein ganzer Betrieb seine

Siegel	Ausgebende Stelle	Kontrollstelle	Kontakt
Österreichisches Umweltzeichen	Lebensministerium	Stichprobenartige Kontrollen durch den Verein für Konsumenteninformation (VKI) und unabhängige Berater und Prüfer	Lebensministerium Betrieblicher Umweltschutz und Technologie Abt. VI/5 1010 Wien, Stubenbastei 5 Tel.:+43/1/515 22 -0 email: info@umweltzeichen.at www: www.umweltzeichen.at

Ökofonds, Geldwesen

VINIS Gesellschaft für nachhaltigen Vermögensaufbau und Innovation m.b.H., Peterspl.4
1010 Wien
Tel: 050/100-19930
E-Mail: wolfgang.pinner@vinis.at
web: www.vinis.at
ökologische und soziale Leistungen von Unternehmen, nachvollziehbare Qualitätsanforderungen, Transparenz für Investoren

Kommunalkredit Dexia Asset Management,
Türkenstr.9
1090 Wien
Tel: 01/31631
E-Mail: office@kdam.at
web: www.kdam.at
ökologische und soziale Leistungen von Unternehmen im Vordergrund

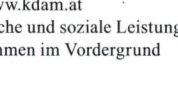

Sparkasse Oberösterreich Kapitalanlagegesellschaft m.b.H.,
Promenade 11-13
4020 Linz, Donau
Tel: 050/100-40559
E-Mail: wolfgang.peschke@sparkasse-ooe.at
web: www.s-fonds.at
s Ethik Aktien, s Ethik Bond, nachhaltige Veranlagungsmöglichkeiten

Wirtschaft

Umweltfreundlichkeit testen lassen (mehr dazu im Artikel von Mag. Gupfinger von der ÖGUT im Magazinteil). Einen wichtigen Beitrag zur Nachhaltigkeit in der Wirtschaft liefern auch ökologisch und ethisch einwandfreie Veranlagungsformen. Da es für den einzelnen sehr schwer ist zu beurteilen, ob die Firmen, in die man investiert, auch wirklich alle Voraussetzungen für ein nachhaltiges Unternehmen erfüllen (vor allem bei gemischten Fonds), kann eine Siegel-Auszeichnung hier bei der Entscheidung helfen.

Kurzzusammenfassung der Gütesiegel - Richtlinien

Grüne Fonds (UZ 49) gliedern sich in 4 Fonds-Typen: Nachhaltigkeitsfonds, Ethikfonds bzw. ethisch-ökologische Fonds, Öko- und Ökoeffizienzfonds und Umwelttechnologiefonds.
Es darf nicht in Unternehmen investiert werden, die von Atomkraft, Rüstung, Freisetzung von gentechnisch veränderten Organismen (GVO's) oder systematischen Menschenrechtsverletzungen profitieren. Es müssen die Qualitäts- und Integritätsprinzipien des „freiwilligen Qualitätsstandards für Ratingagenturen" zutreffen. Themenbereiche für grüne Fonds sind: Corporate Governance, Unternehmenspolitik & Management, Biodiversität, Arten- und Tierschutz, Klimaschutz, Luft- und Wasserverschmutzung, Abfall, Materialeffizienz und Umgang mit endlichen Rohstoffen, interne sowie externe ethische und soziale Standards.

3 Banken-Generali Investment-
Gesellschaft,
Untere Donaulände 28
4020 Linz, Donau
Tel: 0732/7802-0
E-Mail: fonds@3bg.at
web: www.3bg.at
nachhaltige Veranlagungsmöglichkeiten

Register

Register

Symbole

3.Welt	342
kirchliche Einrichtungen	342
Private und sonstige Organisationen	346

B

Bäckereien	43, 210
Backwaren	210
Bauelemente aus Holz	72
Bauen und Wohnen	56
allgemein	78
Baumaterialien	79
Baumschulen	318
Baustoffhandel	79
Bedarfsartikel	116
Beherbergungsbetriebe	294
Bekleidung	34, 140, 150
Bier	218
Bildung	152
Bio-Landwirtschaft	36, 38, 41
Biomasse-Heizanlagen	172
Biosupermärkte	218
Blumenhandlungen	318
Blumenmärkte	318
Bodenbeläge	81
Bodenverbesserer	325
Brennstoffe	172
Bürobedarf	23, 126

C

Campingplätze	294
Catering	220
Chemikalien	10
Contracting	176

D

Dämmstoffe	83
Dritte Welt Läden	132
Druck	126

E

Eier	224
Elektrogeräte	160
Energie	160
Energiesparberatung	176
Energiespargeräte	177
Energieversorgung	177
Entwicklungspolitik	342
kirchliche Einrichtungen	342
Private und sonstige Organisationen	346
Erwachsenenbildung	154
Essen	43, 180
allgemein	223
EU-Verordnung	38

F

Farben	84
Fette	274
Fisch	13, 15, 224
Fleisch	224
Fonds	52, 376
Freizeit	286
Freizeitangebot	293
Friseure	368

G

Garten	314
allgemeiner Bedarf	325
Gärtnereien	318
Geflügel	224
Geldwesen	52, 376
Geschenkartikel	131
Gesundheit	362
Getreideverarbeitung	235
Gewürze	236

H

Haarpflege	368
Haushaltsgeräte	177
Heurigenbetriebe	263
Holzböden	85
Holzbriketts	172
Holzwaren	18, 92
Hotels	294
Humus	325

I

Imkereiprodukte	236
Interessensvertretungen	326
Isoliermaterialien	83

K

Kaffee	277
Käse	238
Kontaktstellen für	326
Behinderte	326
DiabetikerInnen	329
Familienberatung	329
Frauen	332
ganzheitl.Krebshilfe	333
Gesundheit & Krankheit allgemein	334
HIV- und Aidsprobleme	337
Kinder und Jugendliche	337
Männer	339
MigrantInnen	339
seelische Probleme	340
Senioren	340
soziale Hilfe	340
Wohnprobleme	341
Korbwaren	111
Kosmetik	30, 362
Kosmetikprodukte	368
Kräuter	237
Kurhotels	372
Kurzentren	372

L

Lacke	84
Lebensberatung	341
Lernen	154
Liköre	273

M

Menschenrechtsorganisationen	342
Migranten	342
kirchliche Einrichtungen	342
Private und sonstige Organisationen	346
Milchprodukte	238
Möbel	111
Most	279

N

Nachhaltige Wochen	6

Register

Naturkost	240
Großhändler	240
Hersteller	240
Läden	242
Naturkostläden	242
NGOs	326

O

Ökofonds	52, 376

P

Parkett	85
Partyservice	220
Pflanzen	314
allgemeiner Bedarf	325
Pflanzenpflege	325

R

Rattan	111
Reformdrogerien	258
Reformhäuser	258
Reformkost	258, 262
Großhändler	262
Hersteller	262
Regionalität	43
Reinigung	132
Reinigungsmittel	132
Reparatur	32, 350
v. Büro, Computer, Telekommunikation	350
von Fahrrädern	353
von Haushaltsgeräten	353
v. Heimwerker- und Gartengeräten	355
von Kinderspielzeug & Puppen	356
von Kleidung und Textilien	356
von Möbeln u. Einrichtungsgegenständen	357
von Musikinstrumenten	358
von Schuhen	358
von Sportgeräten	358
von Uhren und Schmuckgegenständen	358
von Unterhaltungselektronik	359
Restaurants	263

S

Säfte	272
Schädlingsbekämpfung	325
Schlafzubehör	115
Schmierstoffe	177
Schnäpse	273
Schulen	154
Selbsternte-Projekte	273
Seminarzentren	157
Siegel	4, ab56
ABG	206
Alnatura	200
AMA -Gütesiegel	204
Aqua pro Natura	124
ARGE Biofisch	13, 188
Austria Bio	180
Austria Bio Garantie	206
BAF	184
BDIH-Siegel	30, 364
Best Health Austria	368
BIKO Tirol	206
Bio +	200
BIO AUSTRIA	41, 182
BioBio	200
Biokreis	194
Bioland	194
Biolandwirtschaft Ennstal	184
Biologische Ackerfrüchte	184
Biopark	194
bioRe	146
BIOS	206
Bio Suisse	196
Bioveritas	188
Blaue Flagge	288
Blauer Engel	68, 124
Corporate Standard of Compassion for Animals	364
Demeter	182, 366
Der grüne Punkt	126
Deutsches Biozeichen	194
Deutsches Umweltzeichen	68, 124
DIN Certco Kompostierbarkeitszeichen	124, 318
Echt B!o	198
Ecocert	366
Ecolabel	62, 120, 140, 164, 286, 316, 362
ecoproof	144
Ecovin	196
EMAS	46
Energieetikett	170
Energy Star	170
Erde & Saat	186
EU-Biozeichen	180
Europäisches Umweltzeichen	62, 120, 140, 164, 286, 316, 362
Fairkauf	204
Fair Trade	26, 66, 144, 190, 316, 366
Fair Wear Foundation	144
Flower Label Programme	318
FLP	318
Förderungsgemeinschaft für ein gesundes Bauerntum	186
Forest Stewardship Council	18, 21, 62, 120
FSC	18, 21, 62, 120
Gäa	196
GEEA Energielabel	170
Gentechnikfrei	190
Green Apple Eco-Tourism Award	290
Green Cotton Organic	146
Green Tourism Business Scheme	290
Grüner Schlüssel	290
GUT-Signet	70
Hautfreundlich	148
hypoallergen	368
IBO-Prüfzeichen	66
IBR Rosenheim	70
IFOAM	192
IHTK	364
International Federation of organic agriculture movements	192
ISO 14001	46
IVN Naturtextil	140
Best	142
Better	142
Ja! Natürlich	198
Kaninchen unter schützender Hand	364
Kontrollierte Naturkosmetik	364
Kork-Logo	70

Register

KT Freiland	182
LACON	208
Lamu Lamu	146
Leaping Bunny	364
Legambiente Turismo	290
Long Life	146
LVA	208
Marine Stewardship Council	15, 190
MPR-II	170
MSC	15, 190
Natur Aktiv	198
Naturata	202
Nature's Best	290
natureplus	18, 64
Naturland	68, 196
Natur Pur	198
Neckermann Umweltbutton/ Umweltprädikat	148
Neuform Bio	202, 368
Nordischer Schwan	290
ÖkoControl	70
Ökolog. Kreislauf Moorbad Harbach	186
Ökotex-Standards	142
ON-Regel	49
ORBI	186
Österreichisches Mehrweg-Logo	122
Österreichisches Umweltzeichen	8, 56, 116, 152, 160, 286, 314, 362, 376
PEFC	18, 64, 122
Programme for the Endorsment of Forest Certification Schemes	18, 64, 122
Purewear	148
Rapunzel	202
Repanet	350
Reparaturgütesiegel	32, 168, 350
Rugmark	68
SGS	208
SLK	208
Sonnentor	202
Spenden-gütesiegel	326
Steinbock-Label	290
STEP	66
Styria Beef	188
TCO-Label	168
Tierschutz-geprüft	192
toxproof	144
Umwelt-gütesiegel für Berghütten	288
Verein ökologisch-organischer Landbau Weinviertel	188
Viabono	290
Waldviertler Viktualien	200
Zurück zum Ursprung	204
Sojaprodukte	274
Solaranlagen	177
Solartechnik	177
Sozialberatung	341
Soziales	326
Speiseöle	274
Sprossen	274
Supermärkte	275
Süßmoste	272

T

Tagungshäuser	157
Tee	277
Teppiche	81
Textilien	34, 140, 150
Thermen	372
Tierbedarf	279
Tierfutter	279
Tierschutzinitiativen	348
Tofu	274
Tourismus	292
Trinken	180
allgemein	223

U

Umweltschutzinitiativen	348
Umwelttechnik	160
Urlaub	286
am Bio-Bauernhof	308

V

Verpackungsmaterialien	178
Verpackungstechnik	178

W

Wandbaustoffe	115
Waschmittel	132
Wein	279
Wellness	362
Wellnesscenter	373
Wellnesshotels	373
Welt-Läden	132
Werbegeschenke	131
Wirtschaft	46, 376
Wurmzüchter	325
Wurst	224

Fehler gefunden?

Auch der besten Recherche passiert einmal ein Fehler ...

Wir möchten uns aber gerne verbessern und freuen uns daher sehr, wenn Sie uns auf Fehler aufmerksam machen!

Bitte rufen Sie uns an unter 01/4700866 oder schicken Sie ein mail an office@oedat.at!

Danke!

www.oekoweb.at
Österreichs zentrales Umweltportal